唐代文學史

盧盛江
盧燕新 編著
傅璇琮 審訂

三民書局

國家圖書館出版品預行編目資料

唐代文學史 / 盧盛江,盧燕新編著;傅璇琮審訂.－－初版一刷.－－臺北市: 三民, 2016
面;　公分－－(國學大叢書)

ISBN 978-957-14-5930-1 (平裝)

1. 中國文學史 2. 唐代

820.9041　　103011547

© 唐代文學史

編著者	盧盛江　盧燕新
審訂	傅璇琮
責任編輯	莊婷雅
美術設計	郭雅萍
發行人	劉振強
著作財產權人	三民書局股份有限公司
發行所	三民書局股份有限公司
	地址　臺北市復興北路386號
	電話　(02)25006600
	郵撥帳號　0009998-5
門市部	(復北店) 臺北市復興北路386號
	(重南店) 臺北市重慶南路一段61號
出版日期	初版一刷　2016年8月
編號	S 630390

行政院新聞局登記證局版臺業字第〇二〇〇號

ISBN 978-957-14-5930-1 (平裝)

http://www.sanmin.com.tw　三民網路書店

序

這本不算太大的書，從二〇一〇年至今，經歷六年時間，凝聚了不少人的心力。

首先是尊敬的傅璇琮先生。還在五年之前，臺灣三民書局就與傅先生商量，寫一部《唐代文學史》。傅先生以其崇高的學術聲望和地位，在主持編纂《續修四庫全書》等國家級重大文化工程之餘，還關注這樣一部小書。本書以簡明淺白的語言，意圖讓臺灣的大學本科生，及一般自學讀者了解唐代文學的歷史，這體現了三民書局的遠見，也傾注了傅先生對青年讀者的關心。

傅先生畢竟年事已高，且正主持前述國家重大文化工程，不可能親自寫作，於是找到我和盧燕新先生。這是對我們的信任，也是對我們的提攜。盧燕新先生是傅先生的開山弟子，得傅先生精心培養，盧燕新先生的博士論文被評為全國優秀博士論文，這是大陸博士論文的最高獎。傅先生也是我的恩師，二十六年前，蒙傅先生主持我的博士論文答辯。後來我做《文鏡秘府論》，又蒙傅先生始終關心，大力提攜。我們自然放下其他工作，義不容辭地承擔了寫作任務。傅先生作為顧問，雖未親自命筆，但仍時時關心書的寫作，直到近期，傅先生因病多次住院，在病榻上仍過問書的進展情況。

臺灣三民書局的先生們為此書花費了很大心力。著書之事初議，他們即精心設計書的綱要，並與我們反復商量。書的初稿完成，他們細緻審讀校對之外，還外請專家審稿。外請專家細緻而在行。從文字語句的表述，到內容的安排，乃至觀點的確立，所提意見極為深入，甚至核對了引文。從所提意見看出，這是一位很有學術水準的先生。外審是匿名的，無法知道這位先生的大名，但我佩服這位先生，感謝這位先生。我很有些感觸。因為大陸出版這類著作，還未見過這樣認真這樣在行的外審。從三民書局的工作，從這位專家的審稿，我學到不少東西。按照外審專家的意見，我們對全書作了全面修訂，有些作家所有材料重新讀過，一些基本問題重新思考，個別章節重新編寫。這在很大程度上，提高了本書的品質。

還要專門說到盧燕新先生。他師從傅先生，一直研究唐代文學，唐人選唐詩的研究成果尤為特出，這使他在本書的寫作遊刃有餘。他在非常艱難的時間裡完成了本書的修訂。前面說到，傅璇琮先生因病多次住院，後又病躺在家。我和燕新都在天津，傅先生在北京。但安排傅先生住院，在醫院和家裡照顧傅先生，基本上都是燕新從天津跑到北京去做。那段時間，為看望傅先生，安排傅先生因病的一些事情，我也好幾次跑北京，但燕新跑得最多，基本上每週都要跑北京，有時一週兩次，甚至在北京住，一住就是一週甚至更長時間，後來也是每週至少跑兩次北京。我們衷心希望最最敬愛的傅先生早日痊癒，為了傅先生，我們覺得付出再多也是自然的。我還可以，但燕新經數月奔波勞心，自己也堅持不住了，壯實如牛的燕新竟然也病倒住院，而且動了不算小的手術。醫生再三叮囑燕新，要他手術出院之後一定靜養，至少靜養一個月，不許做事。但他記掛著這部《唐代文學史》，雖病臥在家，仍堅持著把《唐代文學史》校改完成。從燕新身上，我們看到作為一個弟子對恩師的深情，作為一個學者對學術的真情。

書很快就要呈現給大家。我寫初盛唐，燕新寫中晚唐。我們盡可能用簡潔明瞭的語言讓大家真切地了解唐代文學。一些問題，融入了我們新的看法。本書的編寫，吸收了學界不少成果，限於體例，不能一一注明。真切地希望讀者對本書提出寶貴意見。

二〇一五年十月二十六日　盧盛江

唐代文學史　目次

附錄

導言

一、初唐、盛唐文學發展概述

唐代文學經歷了從初唐、盛唐到中唐、晚唐的發展過程。

初唐是唐代文學發展的第一個時期。初唐承陳隋文風，從唐太宗君臣到上官儀，以及沈佺期、宋之問等人，都有不少作品寫宮廷生活，文采綺麗。但是，他們已沒有梁陳時期的輕佻和平庸。唐太宗君臣的詩有種帝國聲威和雍容氣度。他們的紀行送別詩也真切抒情，有健朗情調。永徽、龍朔間，以上官儀為代表的幾位宮廷詩人，文采綺麗，用辭雕琢，對偶精巧，手法婉轉多變，詩意生動多姿，形成了「上官體」。近體詩律體制也在這時完成。崔融、李嶠、蘇味道和杜審言等「文章四友」和沈佺期與宋之問的主要成就在完成律詩體制，在詩歌藝術的其他方面也各有特色。宮廷之外足以名家的詩人是王績，王績詩多寫隱居田園生活。他的一些詩缺乏提煉，但他把田家生活寫得閒適、樸厚，也寫出寧靜氛圍中的畫意和意境之美。

給初唐詩風帶來比較大變化的是四傑和陳子昂。四傑中盧照鄰和駱賓王時有宮廷詩的痕跡，但總體創作傾向已變了。不論盧、駱，還是王勃和楊炯，五言詩大多已褪盡造作痕跡，寫得情思真切，文辭自然。寫關山羈旅，傷懷贈別，或邊塞遊俠，也時有山水寫景，有怨憤不平，有慷慨豪情，有壯闊境界。盧照鄰和駱賓王寫得精彩的還有七言歌行，或鋪陳都市繁華，或思索世事興衰，體認人生哲理，或暢寫一生行跡，都一氣而下，寫出奔湧宏大的氣勢。陳子昂的詩作則有濃烈的政治色彩，諷刺現實問題，抨擊朝廷弊政，抒寫失志憤慨，多有比興寄託，幽獨孤傲中有昂揚自信，時在人生和歷史的思索中創蒼涼宏深之境，表現出風骨之美。

盛唐是唐代文學發展的第二個時期。盛唐早期有「二張」和「吳中四士」等重要詩人。張說和張九齡為宰相詩人，均延納眾多文士，對盛唐文學的發展有著特殊的影響。二張詩均平和典雅，體現曾居相位的雍容氣度和感情控制力。稱為「吳中四士」的賀知章、包融、張旭、張若虛四人，以及劉希夷、崔國輔、王灣等詩人，均有佳制，而張若虛的〈春江花月夜〉則以流麗婉轉的音調寫出純美明淨的境界，預示著盛唐將要到來的全新的審美創造。

盛唐首先值得注意的，是以王維、孟浩然為代表的一群詩人。孟浩然有過功名事業追求，但更嚮往隱逸生活。王維有功名之心，但從一開始就不強烈，亦官亦隱，隱居而不避世。其他詩人，如儲光羲、裴迪、祖詠、常建等，都隱居過。這群詩人多以山水田園為題材，寫歸隱自然的田園隱逸生活，把景物風光和田園生活融為一體，善於用簡練的筆墨寫出純淨而濃烈的情景交融的氛圍，寫出無窮的韻味。他們追求寧靜的境界、秀逸的美，同時有多方面的藝術追求。比如孟浩然和王維都寫過壯闊的境界，孟浩然寫洞庭湖、錢塘江潮，都寫得很壯偉；王維寫過少年遊俠的豪情，寫過邊塞，還有一些寫人間親情的精美小詩。

盛唐值得注意的，還有高適、岑參和王昌齡等詩人。高適詩常寫落拓失意的不平。岑參常用特異之語，寫各地奇峻山水。王昌齡的江南情歌，寫得清新活潑，他的閨怨詩特別是宮怨詩，往往以深婉之筆寫淒怨之情。李頎善寫人富於特點的容貌風采。雖然這些詩作風貌不盡一致，但他們的共同點，在於他們多曾至邊塞，所作邊塞詩都很著名。高適寫薊北邊塞，詩風蒼涼悲慨。岑參用親身經歷和感受，寫西域奇異風光，風土人情，軍戍生活和邊塞戰爭，展現瑰麗雄奇的境界。王昌齡的邊塞詩，寫征人思婦的怨愁，也有英雄的氣概，他善於用高度概括的藝術手法，委婉流暢而清剛的文筆，創造意蘊深廣的抒情境界。他把七絕藝術發揮到極致。

李白是盛唐，也是中國文學史上偉大的詩人之一。他幾入長安，有過政治抱負，但他畢竟不是政治人物。他一生的大量時間，在山水漫遊，求仙學道也是他生活的重要內容。李白詩總是寫得心境開朗，清雄剛健，豪邁奔放，痛快淋漓，體現出一種高昂慷慨、明朗向上的精神風貌。他的詩，常常寫主觀想像的世界，寫對現實的強烈主觀感受，詩思完全任感情自由流走，加上想像奇特，誇張大膽，表現了強烈的浪漫色彩和藝術個性。他的詩風或豪壯開闊，或明秀清新，語言看似平淡，卻是凝練純淨，渾然天成而又韻味無窮。

杜甫是盛唐和中國文學史上又一位偉大的詩人。杜甫有過少年壯心，但後來一生困頓。長安十年，歷盡辛酸。安史亂後，又顛沛流離，先後漂泊西南、江湘等地，這樣的經歷使他一生憂國憂民。他的詩多以時事為主題，寫出民生疾苦，尤其是戰亂帶給人們的心理創傷以及當時普遍的大眾心態，深刻地反映出唐代由盛轉衰時期廣闊的社會生活面貌，有著強烈的現實精神。他不但觀察入微，而且善用典型事件，畫面摹寫傳神，在平實、客觀的筆觸中，揭露現實的本質，寄寓深沉的情思，由此可見其寫實藝術的獨到之處。杜甫的詩多表現沉雄勃鬱之美，或有典雅清新之作，然不論風格如何，皆是他嚴謹構思、精心錘鍊的結晶。

二、中唐、晚唐文學發展概述

中唐是唐代文學發展的第三個時期。

大曆前後的詩人，如大曆十才子、劉長卿、韋應物等人，詩作表現出盛唐向中唐過渡的特點，他們或呈現盛唐餘韻，或反映戰亂，但更多的是展現淡泊寧靜、冷落寂寞的境界，作品往往細巧而富於韻味。同期其他詩人如顧況長於歌行，用語通俗；李益則以邊塞詩聞名。

貞元、元和年間，韓愈、孟郊、李賀等詩人追求怪奇。孟郊篤信古道，執拗不合於世，至於一生潦倒，白首不得官。詩寫世態炎涼、感情焦慮和內心痛苦，用困瘁冷峭的意象，寫陰鬱怪僻的詩境。韓愈以復興儒道為己任，一生奔競於仕途。詩多寫仕路遭際及人生所感，多以怪異之筆寫怒張狠重之美，語言結構都有散文化傾向。李賀才情早熟求仕無成，多病早逝。詩中有自我期許，但更多自傷落魄與怨憤絕望，其中多敏感之思，想像詭譎，意象畸異，詩風淒豔。

中唐白居易、元稹等詩人則在寫實中追求通俗平易。早前張籍、王建已有平易寫實的樂府詩，元、白更發展了這一傾向。元、白早年均有政治激情，元稹多次被貶，仕途坎坷，而白居易一生浮沉官場，有過貶謫，但晚年終安於富貴閒官。白居易早年詩多諷諭，極重功利，而晚年詩多閒適，寫身邊瑣事。其諷諭詩多意切言直，少有蘊藉，後來所作律詩，多於明直淺切中平淡寓情，其歌行則有深情之作。元稹的寫實樂府，多概念，而少情致。其與友朋酬唱，以及寫夫妻情事及個人情愛之作，則常於平易敘寫中出深摯之情。

中唐還有柳宗元、劉禹錫等重要詩人。柳宗元、劉禹錫都曾參與永貞革新，但因革新失敗而遠斥邊荒。柳宗元詩不論詠物、寄贈、紀遊，多寫被貶後的激越孤憤情懷，詩風清拔冷峭。劉禹錫詩感懷遭際而有清剛之氣，諷諭現實寓意銳利，懷古詠史感慨深沉，樂府小章清新自然。

中唐時散文發展取得重要成就。韓愈為明君臣之義，反對釋老和藩鎮而倡儒家道統，柳宗元提倡明道，重輔時及物，都把文風文體的改革與現實政治的改革結合起來。他們論文均主創新，韓愈還提出不平則鳴之說，其明確的主張，使得文風文體的改革在中唐達到高潮。韓愈的議論文潛藏強烈情感，說服力融合著感情氣勢，使議論文更富文學色彩。他的碑誌等敘事文寫法不循常例，變化莫測，抒情散文寓情深沉而文筆委婉，都精彩生動而有創新。柳宗元的山水遊記，細膩地感受山水之美，在清冷幽美的境界中融入內心的抑鬱與愴涼。他的雜文發洩鬱憤不平，抨擊現實醜惡，寓言寓意嚴肅深刻，行文簡潔而言辭犀利。

晚唐及五代是唐代文學發展的第四個時期。

晚唐詩文大家有杜牧和李商隱。杜牧性豪俊而有抱負，多才能，詩常寫家國之憂，尤多懷古詠史，深沉哲思，並諷世事，寫景紀行，亦多感懷，長於七絕，而詩風俊爽清麗。李商隱仕途坎坷，長期為幕僚，在黨爭的夾縫中浮沉，詩亦關心時事，而多個人淪落、世運衰微之感歎，尤以寄以身世之慨的無題愛情詩為著名，尤善七律，善以精工綺麗之筆，朦朧幽微之境，寄綿邈深曲之情。皮日休、杜荀鶴、聶夷中詩多寫生民疾苦。陸龜蒙、羅隱諷刺散文發抗爭和憤激之談。溫庭筠、韋莊、韓偓、鄭谷等則在詩中追求豔麗與清麗之美。

唐代傳奇和詞也有重要成就。都市經濟與市民階層的興起，促使了傳奇在唐代興起和發展。初盛唐時期，《古鏡記》、《補江總白猿傳》和《遊仙窟》等傳奇，雖仍未全脫志怪痕跡，卻已轉向現實，且敘述委婉曲折。中唐是傳奇小說繁榮時期，《枕中記》和《南柯太守傳》雖談神說怪，而實寫社會現實。《任氏傳》、《柳毅傳》、《霍小玉傳》、《李娃傳》等作品，歌頌堅貞愛情，故事曲折生動，人物形象鮮明，成就尤高。至晚唐，大批傳奇作品出現，《虯髯客傳》、《紅線傳》、《無雙傳》等，或寫愛情，或寫知遇報恩，亦為佳作。

詞起源於民間，產生於初盛唐，中唐以後流行。盛唐以前民間已有詞調流傳。敦煌發現的曲子詞是現傳最早的民間詞。張志和、劉長卿、韋應物等文人已有詞的創作，中唐以後，文人寫詞較多，白居易、劉禹錫已有較多詞作，而寫詞最多，對後世影響最大的作家是溫庭筠。溫詞多寫閨情，詞風柔弱，這影響了西蜀的花間詞人。南唐詞人成就最高的是李煜。李煜早期延續花間詞風，寫宮廷享樂，中期經家國悲劇，多寫離愁別恨。晚年由南唐國主降為囚徒，一改鏤金刻翠詞風，以自然明淨之筆，直抒失去故國之深悲劇痛。五代南唐的代表詞人還有馮延巳和李璟，二人詞仍多寫男女之情，而李璟詞語言更為曉暢。

三、本書的基本章節

本書根據唐代文學發展的特點安排內容。唐代最為繁榮、成就最高的是詩歌。唐代詩人和詩作之多，是空前的，在唐代各體文學中，也是最突出的。詩歌發展到唐代，各種詩體都已成熟，詩歌藝術在唐代也發展到頂峰。因此，本書著力闡述唐詩的發展和面貌，闡述眾多詩人詩作的思想風貌和藝術成就。其他各體文學在唐代的發展各有特點。比如散文。初盛唐散文已有發展。王績是初唐散體文的第一個重要作家。陳子昂的文章在當時即已聞名遐邇，「四傑」的駢體文已有抒情傾向。古文運動的先驅，如蕭穎士、李華都主要生活在盛唐。盛唐李白、任華的序文也很有特點。但是，唐代散文的主要發展在中唐，中唐韓柳古文運動成為唐代文學發展的重要事件。晚唐小品文也自有特點。相比而言，初盛唐散文的成就遠不足以與詩歌並列。受篇幅限制，初盛唐基本上闡述詩歌的發展，散文的問題都放在中唐集中闡述。小說和詞也一樣。如前所言，初盛唐已有小說，民間詞已有一定發展，盛唐還有文人詞，中唐填詞的文人已有很多。但小說主要到中晚唐進入它繁榮發展的黃金時代，詞則主要在晚唐五代。同樣的道理，本書初盛唐一般不涉及小說和詞，而統一放在全書最後，作綜合闡述。

本書一般根據時間段落，依初、盛、中、晚的順序劃分章節。同一時期，同一文學流派、群體，或有其他共同點的作家一般放在一起論述。比如，初唐「四傑」，「文章四友」和沈、宋，張說和張九齡，吳中四士等詩人，盛唐山水田園詩人，邊塞詩人，大曆十才子，中唐韓孟詩派及相關的詩人，白居易、元稹及其他詩人。某一時期重要的問題，也結合相關的作家集中論述。比如，初唐律詩體制的完成。

本書吸收了學界近年成果，特別是大陸近年的研究成果。有些問題，學界已有新定說的，一般採用新定說。

讀者若發現與傳統舊說不合，一般應屬這種情況。考慮到本書是一部教材，而且篇幅有限，書中採用新說，一般不詳述，所用學界成果之出處一般也不另注出。有意深探者，請自查相關研究成果。同一問題，學界有爭議，尚無定說者，本書或者並列諸說，或者採用更為通行的說法。

四、學習唐代文學史需注意的幾個問題

利用本書，學習唐代文學史，除了把握其基本面貌和發展線索，把握每一時期的代表作家，還應注意幾個問題。

㈠要從作品入手。唐代文學發展的歷史，歸根究柢是由一篇一篇作品構成的。離開了作品，所謂文學的面貌和發展就成了無本之木，無源之水。因此，要把主要精力放在對作品的閱讀和理解上。本書闡述過程中列舉並分析了不少代表性作品，所論作品，有些全篇或大段引用，但限於篇幅，本書所涉作品畢竟有限，而且多為摘錄引用，讀者如欲窺有關作品全貌，請自查相關文集。讀者可以依據本書的提示，擴大閱讀面。我們另編選了《唐詩選注》，可以參看。還有今人編選的一些文學作品選也可以參看。有條件的，可以讀一些作家的別集。比如，李白、杜甫、韓愈、白居易他們的別集。讀別集，可以更為全面地了解一個作家的創作。要把握每篇作品的思想內容和藝術特色，把握不同作家作品的不同寫作手法和風格，把握其內在深層的意蘊。

㈡讀作品，要注意文學自身的一些問題。要注意文體的特點。唐代文學，以詩歌來說，就有五言，有七言，有古體詩，有近體詩，近體詩又有律絕之分。還有歌行。這些詩體，都有各自的文體特點。認識這些不同的文體特點，才能更好的把握作品的藝術之美。要注意藝術表現手法的特點。唐人創造和採用了多種多樣的藝術表現手法。比興自然是最基本的表現方法。對偶是又一常用手法，形形色色的對偶，造就了唐詩的對稱之美。用

事用典，也是一種表現手法，精練的事典用詞，往往包含著無限深厚的內蘊。誇張，抓住事物的神態和主要特徵加以誇大強調，使之更為傳神，是一種手法，而修辭精警，將事物的神態和主要特徵加以濃縮，集中表現出來，使之小中見大，也是一種手法。至於散文，則有所謂開合擒縱，賓主變化，附辭會義。了解這些手法，才能把握唐人作品那豐厚而豐富的藝術美。讀孟浩然、王維的詩，要感受那興象玲瓏的意境之美。讀李白的詩，要感受那清雄奔放的美。讀杜甫的詩，要感受那沉鬱頓挫的美。讀韓愈的詩，要感受那怪奇震盪的美。讀李商隱的詩，要感受那淒豔而朦朧幽約的美。

㈢要注意把握政治文化背景和作家的生平思想背景。唐代文學發展離不開政治文化的影響。早先的國容赫然，南北統一，經濟繁榮，社會安定，不僅促進了文學繁榮，而且使盛唐詩歌普遍有一種昂揚風發的氣象，寫理想，寫抱負，發建功立業之志，抒雄壯高昂之情。安史之亂和晚唐的衰落，又使詩歌出現冷落寂寞情調和深沉的傷悼歎息。此外，唐代思想文化也在文學上留下了深深的印跡。了解唐代道教和遊俠文化，才能更深地理解李白詩；了解唐代佛教禪宗，才能更好地理解王維；了解儒家思想，才能更好地理解韓愈以明道說為思想基礎的古文創作；了解唐代都市經濟和市民生活，才能更好地理解唐傳奇。當然，要更好地理解作家的創作，也要了解其生平思想和心態。了解王維亦官亦隱、奉佛參禪的生活，以及雖挫折卻仍保持平和的心態，就能更好地理解他的詩境為何寧靜悠閒。了解杜甫困守長安和漂泊西南的生活，了解他仁民愛國的思想，就可以理解他為何以史詩般的筆寫生民疾苦，為何詩風沉雄勃鬱。了解柳宗元清峻的性格與遠放邊荒的生活，就能理解他的詩風為何清峭，山水遊記為何幽美得淒神寒骨，寓言為何辭意犀利。

㈣為學好唐代文學，需要對唐前文學特別是六朝文學有所了解。初唐流行綺靡文風，即是從六朝，特別是梁陳承續而來。初唐到盛唐，詩歌何以走著聲律辭采與質實風骨兼重的道路，就是因為南北文學統一之後合流，吸取了南北文學之長。不了解南北朝文學，就不能更好的理解這個文學進程。就作家個人來說。從王、孟、韋、柳那裡，能看到六朝陶、謝的影響。我們讀李白的詩，可以感受到《詩》的雅正，〈騷〉的瑰奇，曹植的壯氣，謝朓的清麗。至於杜甫詩，更是集前代之大成，自〈風〉、〈騷〉到漢魏古詩，自晉宋到梁陳，包括何遜、陰鏗等，可以看到他吸收前代幾乎所有優秀詩人的藝術營養。了解《詩》、〈騷〉到南北朝的文學發展，就能更好地理解杜甫詩轉益多師，博採眾長的特點，也才能更深地體會杜甫詩深厚的藝術底蘊。

(五)要了解國學與古漢語的基本知識。要懂得歷史典故、古代漢語特有的語法，還要有一點古音韻的知識，知道古詩的用韻和平仄。唐代詩文都是用古文寫的，首先要字面上讀懂，才談得上更深的理解。初學者不妨先找一些文字淺顯內容易懂的詩文作為入門，然後再看文字古奧內容較深的作品。要善於利用工具書。要學會使用各種參考資料。作家生平，歷代職官，典章制度，歷史地名，都有一些工具書可以利用。

第一章　初唐文學

第一節　貞觀詩壇

貞觀前後，是初唐文學發展的第一個階段。這一時期宮廷詩人占很大比重，這些詩人既沿襲梁陳宮廷詩風，又表現出新的特點。這當中的幾位詩人，到永徽、龍朔年間產生重要影響，形成「上官體」。宮廷之外的一般士人作者，則表現出不同的藝術風貌。

一、貞觀宮廷詩人

貞觀宮廷詩人，他們寫宮廷生活的部分作品，仍沿襲梁陳宮廷詩風。唐太宗李世民就有這樣的作品，身為一代英主，他也大量賦詠風物，詠風、雨、雪、桃、燭，賦櫻桃、李、浮橋、花庭霧、簾、臨池柳、臨池竹。他的重臣魏徵、長孫無忌、陳叔達、褚亮、虞世南、劉孝孫、李百藥、楊師道，都有這樣的作品，詠舞、琴、笙、巢烏、硯、弓、菊、笛等。大多數應制詩、奉和詩，不過是吟風月，狎池苑。他們的詩，也有香豔之色。寫「曙星臨夜燭，眉月隱輕紗」（褚亮），寫「輕啼濕紅粉，微睇轉橫波」（楊師道），寫芙蓉綺帳、翡翠珠被（長孫無忌〉，寫香緣羅袖、聲逐朱弦〈陳叔達〉。唐太宗是反對綺靡文風的，但他考慮的是政權得失，只是反對縱欲。一旦政權穩固，天下大治，他和他的臣下也要享受安逸。何況有些人原是陳隋舊臣，本來就從陳隋文風中來。虞世南早年屬文就效法陳代宮體詩的代表詩人徐陵。這種情況下，梁陳宮廷詩風的沿襲就很自然了。

但是，他們的詩歌畢竟有新的特色。宮廷生活之外，他們也寫紀行、送別、抒懷之作。唐太宗有不少這類詩，作為有雄才大略的開國君主，他的這類詩，總是表現出剛健的格調和壯大的情懷。〈經破薛舉戰地〉，重經戰地，回想當年鏖戰，「移鋒驚電起，轉戰長河決。營碎落星沉，陣卷橫雲裂。一揮氛沴靜，再舉鯨鯢滅」依然壯懷激烈。《過舊宅二首》，一方面，是「園荒一徑斷，苔古半階斜」，「紐落藤披架，花殘菊破叢。葉鋪荒草蔓，流竭半池空」感慨歲月流逝，舊宅荒蕪；一方面，是「一朝辭此地，四海遂為家」，「昔地一蕃內，今宅九圍中。……八表文同軌，無勞歌大風」，又是何等志得意滿。他的〈還陝述懷〉，回想當年戰事，「星旗紛電舉，日羽肅天行。遍野屯萬騎，臨原駐五營」，場景宏大，再看帝業已成，「在昔戎戈動，今來宇宙平」，又是意氣自得。貞觀十九年，出兵高麗，還師遼東，秋山夜宿，他寫下〈遼東山夜臨秋〉：「煙生遙岸隱，月落半崖陰。連山驚鳥亂，隔岫斷猿吟。」夜霧朦朦，遠岸漸漸隱去，月亮剛落，山崖在陰黝中半隱半現，軍營連山，一片喧譁，使得棲鳥驚飛，吟猿啼斷，呈現渾茫的氛圍、壯闊的境界。李世民賜贈或傷悼臣下的詩，也寫得情真意切。魏徵卒，他有〈望送魏徵葬〉，寫道：「慘日映峰沉，愁雲隨蓋轉。……望望情何極，浪浪淚空泫。」又有〈送魏徵靈座〉，寫道：「唯當掩泣雲臺上，空對餘形無復人。」征高麗哀悼行軍總管姜確，有〈傷遼東戰亡〉寫道：「悲驂嘶向路，哀笳咽遠空。淒涼大樹下，流悼滿深哀。」都是深切傷悼之情溢於言表。他的〈賜蕭瑀〉：「疾風知勁草，板蕩識誠臣。」充滿對臣下的信任之情。

他的重臣們也有這樣的詩。如魏徵有〈述懷〉，寫他中原逐鹿之時，投筆從戎，拜謁天子，驅馬出關，請纓南粵，深懷國士之恩，不憚艱難險阻，寫出沉雄剛健之氣。馬周的〈凌朝浮江旅思〉，在「山遠疑無樹，潮平似不流」的景象中抒寫「羈望傷千里，長歌遣四愁」的情懷，寫得深沉壯闊。李百藥〈秋晚登古城〉：「穨墉寒雀集，荒堞晚烏驚」，在荒茫之境中寫出惆悵之思，他的〈郢城懷古〉、〈晚渡江津〉、〈渡漢江〉等，都質實深沉。虞世南有幾首邊塞詩和遊俠詩，都頗有豪氣，特別是〈出塞〉的「雪暗天山道，冰塞交河源。霧鋒黯無色，霜旗凍不翻」，以邊塞的奇寒烘托守邊將士的耿介之氣，想像新鮮，頗有盛唐邊塞詩的風貌。

他們寫宮廷生活，也有了變化。李世民〈帝京篇〉，寫臨朝、閱武、賞樂、宴飲，不過是渲染帝王生活的豪華悠閒，但開篇寫「秦川雄帝宅，函谷壯皇居。綺殿千尋起，離宮百雉餘」，山川雄偉，宮殿巍峨，卻寫出帝國的壯大聲威和帝王的不凡氣魄。他有一些臨幸、遊獵、宴飲、詠物等反映宮廷生活的詩，〈正日臨朝〉寫「車軌同八表，書文混四方」；〈兩幸武功〉，寫新豐高宴，遙山日紅；〈詠風〉寫「勞歌大風曲，威加四海清」。總有一種帝業大成的滿足感和雍容自得的氣度。那些重臣們的一些詩，應詔、詠物，寫宮廷生活，已沒有梁陳時期的輕佻和平庸情調，而往往帶有一種滿足感。寫千乘萬騎，寫鳴鸞疊鼓，寫廣樂鈞天，寫「威風動百城，九旗映天霓」，寫奔濤驚浪，寫長劍高旗，都帶有氣度雍容，健朗情調。虞世南以應制詩寫景，〈發營逢雨應詔〉：「隴麥沾逾翠，山花濕更然。」〈侍宴應詔賦韻得前字〉：「橫空一鳥度，照水百花然。」〈初晴應教〉：「歸雲半入嶺，殘滴尚懸枝。」體物細緻，清新明麗。他的詠物詩如〈詠螢〉：「的歷流光小，飄搖弱翅輕。恐畏無人識，獨自暗中明。」〈蟬〉：「垂緌飲清露，流響出疏桐。居高聲自遠，非是藉秋風。」以及李百藥的〈詠蟬〉、〈詠螢火示情人〉等詩，都狀物生動，寓意巧妙，情調清雋。

二、上官體

貞觀幾位宮廷詩人，到永徽、龍朔年間，形成了「上官體」。「上官體」以上官儀的創作為代表。上官儀（六○八？－六六四），字游韶，陝州（今河南陝縣）人。貞觀初中進士，深受太宗賞識，被召受弘文館學士，遷秘書郎，轉起居郎，常參加太宗宴集，多為繼和。高宗朝，為秘書少監，龍朔二年（六六二），加銀青光祿大夫、西臺侍郎、同東西臺三品，兼弘文館學士，麟德元年（六六四），被誣以謀反罪，下獄而死。上官儀以及參與編撰《瑤山玉彩》和《芳林要覽》的另幾位詩人，許敬宗、許圉師、董思恭等人，都是自太宗、高宗至武后朝的著名宮廷詩人。

《舊唐書》本傳說上官儀「好以綺錯婉媚為本」。綺錯婉媚，即是他的主要創作傾向。所謂綺錯，主要是辭采的綺麗雕錯。文采綺麗，用辭雕琢，是他們詩歌的一個特點。上官儀的很多詩就是這樣。〈詠畫障〉：「芳晨麗日桃花浦，珠簾翠帳鳳凰樓。蔡女菱歌移錦纜，燕姬春望上瓊鉤。新妝漏影浮輕扇，冶袖飄香入淺流。未減行雨荊臺下，自比淩波洛浦遊。」晨是芳晨，簾是珠簾，日是麗日，帳是翠帳，樓是鳳凰樓，浦是桃花浦，纜是錦纜，鉤是瓊鉤，既寫蔡女，又寫燕姬，既寫新妝，又寫冶袖，景色物象本已華美，再加以辭藻雕飾，更顯得色彩豔麗。他的《八詠應制二首》其一：「……翡翠藻輕花，流蘇媚浮影。瑤笙燕始歸，金堂露初晞。風隨少女至，虹共美人歸。羅薦已擘鴛鴦被，綺衣復有蒲萄帶。殘紅豔粉映簾中，戲蝶流鶯聚窗外。……」既寫翡翠流蘇，又寫瑤笙金堂，寫鴛鴦之被，蒲萄之帶，殘紅豔粉，戲蝶流鶯聚窗外，都是一片華豔色彩。許敬宗也有同樣的傾向。登樓望遠，本可以寫得開闊雄偉，但他的〈奉和登陝州城樓應制〉，寫來卻雕琢綺麗：「挹河澄綠宇，御溝映朱宮。辰旗翻麗景，星蓋曳雕虹。學嚬齊柳嫩，妍笑發春叢。錦鱗文碧浪，繡羽絢青空。眷念三階靜，遙想二南風。」是綠宇朱宮，麗景雕虹，錦鱗繡羽，碧浪青空，寫來和上官儀詩並無區別。

所謂婉媚，是用婉轉多變的手法，寫出生動多姿的詩意。這方面突出的是上官儀。他的〈奉和秋日即目應制〉：「落葉飄蟬影，平流寫雁行。」這自然是名句。上一句，不寫蟬鳴，而寫蟬影，而且是落葉飄蟬影，落葉和蟬影，兩個意象，用一「飄」字巧妙地組合一起，既互相對比，又互相映襯。是蟬影映照在飄飛的落葉上，還是蟬影隨落葉而飄飛，抑或是蟬影如飄飛的落葉？都留給人們去聯想。下一句，流是平流，用詞已是新巧形象，讓人想見秋水平靜之狀，不寫雁飛於空中，不說雁行之影映照於秋水之中，而用一「寫」字，同樣顯得精緻細巧。他的名詩〈入朝洛堤步月〉：「脈脈廣川流，驅馬歷長洲。鵲飛山月曙，蟬噪野風秋。」用「脈脈」寫月下川流靜緩之狀，脈脈是川流，也是承恩之人緩轡步月、志得意滿的神態情懷。月是山月，風是野風，用「曙」字寫月光皎潔明亮，用「秋」字點明時序，營造氛圍，而廣川之中，長洲之上，一片月光秋色自然可見。只寫鵲飛、蟬噪，意象、氣度均單薄狹小，寫一片山月中的鵲飛，遍地野風中蟬噪，就寫出開闊而渾融的意境。他的〈王昭君〉：「霧掩臨妝月，風驚入鬢蟬。」不寫臨妝之花容，而寫臨妝之明月，不寫鬢髮如蟬，而寫入鬢之蟬，不寫出玉關而臉帶愁色，春色漸晚，容顏憔悴而心有所驚，而寫霧掩臨妝之月，風驚入鬢之蟬，也是用筆婉轉而意態生動。他的用詞常常精巧而生動。〈酬薛舍人萬年宮晚景寓直懷友〉：「池色搖晚空，巖花斂餘煦。」晚空映照在池色之中，用一「搖」字，既寫晚空映照在苑池之中，又寫出池中水波蕩漾之狀，彷彿晴朗的夜空在水中搖盪；用一「斂」字，寫巖花之前夕照餘暉漸漸褪去，夜色顯得那樣寧靜秀美。〈奉和山夜臨秋〉：「雲飛送斷雁，月上淨疏林。」斷雁隨飛雲而漸漸消逝，不直說斷雁隨飛雲漸漸消逝，而用一「送」字，彷彿飛雲有情，伴送飛雁而去，又彷彿詩人凝眸含情，遠遠眺望，目送歸雁遠去；不直寫疏林之上月光皎潔，而著一「淨」字，彷彿明月初上，頃刻間洗淨日間塵雜，那一片疏林，世間一切，都在月光下變得明淨透亮。

〈奉和秋日即目應制〉：「斜照蕩秋光。」斜照在秋光之中，讓人想見萬物清爽。斜照，是落日餘暉。傍晚時分，萬物已不甚分明，而那落日餘暉斜斜地照射過來，在秋光中蕩漾開來，鋪灑開來，給萬物抹上一層金輝。著一「蕩」字，就把這一切形象地表現出來。這些例子，都在字詞錘鍊之中顯出構思的細緻巧妙和形象意態的豐潤多姿。

綺錯婉媚的又一表現，是對偶的精緻多變。對偶自古有之，到初唐上官儀他們，則作了歸納總結。據魏慶之《詩人玉屑》卷七引《詩苑類格》，上官儀提出六對、八對之說，所謂六對，是正名對、同類對、連珠對、雙聲對、疊韻對、雙擬對。所謂八對，是的名對、異類對、雙聲對、疊韻對、聯綿對、雙擬對、回文對、隔句對。上官儀他們的詩，既文辭華美，又多用對偶，工致細巧。上官儀的詩，「東望安仁省，西臨子雲閣。」（〈酬薛舍人萬年宮晚景寓直懷友〉）「花明棲鳳閣，珠散影娥池。」（〈詠雪應詔〉）省與閣，閣與池，本已成對，而省名閣名中，安仁與子雲又是人名對，棲鳳與影娥又成對。對中含對，可稱為奇對。「風隨少女至，虹共美人歸。」（《八詠應制二首》其二）「少女風」指西風，見《三國志・魏書・管輅傳》裴松之注引《管輅別傳》。「美人虹」為虹之俗稱，見《爾雅・釋天》郭璞注。都是現成名詞，拆開後顛倒重新組合成對，更顯精巧。「殘紅豔粉映簾中，戲蝶流鶯聚窗外。」（《八詠應制二首》其一）「芳晨麗日桃花浦，珠簾翠帳鳳凰樓。」（〈詠畫障〉）上下句已對仗精緻，而殘紅對豔粉，戲蝶對流鶯，芳晨對麗日，珠簾對翠帳，當句又巧妙成對。再說許敬宗的詩。〈奉和登陝州城樓應制〉：「挹河澂綿宇，御溝映朱宮。辰旗翻麗景，星蓋曳雕虹。學嚬齊柳嫩，妍笑發春叢。錦鱗文碧浪，繡羽絢青空。眷念三階靜，遙想二南風。」綿宇對朱宮，麗景對雕虹，錦鱗對繡羽，碧浪對青空。〈奉和過慈恩寺應制〉：「鳳闕鄰金地，龍旗拂寶臺。雲楣將葉並，風牖送花來。月宮清晚桂，虹梁絢早梅。梵境留宸矚，掞發麗天才。」鳳闕對龍旗，金地對寶臺，雲楣對風牖，月宮對虹梁，晚桂對早梅。同樣是文辭華麗而對仗工巧。

上官儀的詩之所以為人所仿效而形成「上官體」，固然與他貴顯的地位有關，但他動人的藝術成就是不容否認的。他不僅有創作的表現，還有理論的探討和提倡。他所著《筆札華梁》，既論聲病，又論對偶，還論八階。論對偶，除六對、八對之外，還論七種言句例。「上官體」因而成為中國文學史上第一個以個人命名的詩體。下面我們將要談到，律體詩在上官儀時還未完全成熟。上官儀只有一首完全符合平仄黏對律的五言八句詩，就是證明。上官體對律詩格律的影響，或者主要在於上官儀對精美對偶的追求。由詞語的對仗走向聲律的對仗，應該是自然的事情。

三、王績

王績（五九〇—六四四），字無功，號東皋子，絳州龍門（今山西河津）人。隋大業中，應孝悌廉潔舉，授秘書省正字，因不樂在朝，請任外職，改授揚州六合縣丞。因簡傲耽酒，有妨政務，屢被彈劾，天下又將大亂，遂託於風疾，棄官歸里。入唐，武德五年（六二二），以前官待詔門下省，又因其兄王凝得罪朝廷重臣，受株連，於貞觀四年（六三〇）以疾罷歸。十一年（六三七），以家貧赴選，為太樂丞。未二年，又棄官還鄉，隱居東皋，貞觀十八年終於家。他三仕三隱，早年雖曾有「學劍覓封侯」之志，但入世之志並不強烈，而且越來越淡泊，始終嚮往琴酒自娛、山林樂趣。第一次棄官歸隱，即說：「不用功名喧一世，直取煙霞送百年。」（〈解六合丞還〉）第二次入仕，說待詔只三升美酒值得留戀，俸酒增至一斗，時人稱之為「斗酒學士」。第三次求作太樂丞，也說是看中了太樂署的府史焦革善釀酒。他是隋末大儒王通之弟，但思想實質與王通大異。他主要接受老莊——特別是莊子思想的影響。他心念仕途，功名心卻很淡泊。他屢屢隱居，既非政治失意，又非全因避亂畏禍。他有不平之氣，但不強烈。他認為浮生短暫，世事空虛，唯有縱心自適。他既從儒、釋、道三教中吸取隨分而適的思想，從這一思想出發，又覺得三教的教言也是多餘的，是一個為人行事都很獨特的人。

自然，王績的創作也與宮廷詩人迥然不同。他寫知足自保的心態感受和生活。《古意六首》，寫古曲高雅，而歎知音難求；竹富奇質，終遭刀斧，寶龜失運，而被刳腸，寓露才招禍之憂。〈贈梁公〉寫周公聖而被猜疑，霍光忠而遭族滅，唯范蠡、疏廣，功成而退，得以全身，因此歎世樂難久，祿極生殃。〈晚年敘志示翟處士〉自述中年遭逢喪亂，感慨生涯若浮，而失卻早年壯心，唯求安貧而處，知足居常。

他寫隱居田園生活，把田家生活寫得閒適、樸厚。他有《田家三首》，其一寫他：「相逢一醉飽，獨坐數行書。小池聊養鶴，閒田且牧豬。」又說：「倚床看婦織，登壟課兒鋤。」其二寫他：「琴伴前庭月，酒勸後園春。」其三寫他：「朝朝訪鄉里，夜夜遣人酤。」〈春晚園林〉：「老妻能勸酒，少子解彈琴。」〈春莊走筆〉：「約略載新柳，隨宜作小園。」「野婦調中饋，山朋促上樽。」從這些詩看，飲酒，是他田園生活的重要部分。他有〈嘗春酒〉、〈獨酌〉、〈醉後〉、《過酒家五首》、〈題酒店壁〉專門寫飲酒。他也寫採藥學仙，但他學仙，並沒有浪漫的仙境想像，有的只是採藥、煉丹、訪道，〈贈學仙者〉更說如可醉酒，「定不學丹砂」。他寫訪隱士山人，〈尋苗道士山居〉，〈過鄭處士山莊〉，〈贈山居黃道士〉。他寫山林田園境界，把田園境界寫得秀美、寧靜、疏野，〈春日山莊言志〉：「入屋欹生樹，當階逆湧泉。」〈春園興後〉：「歌鶯遼亂動，蓮葉繞池生。」〈春日還莊〉：「竹密連階暗，花飛滿宅香。」〈山中採藥〉：「澗尾泉恆細，山腰溪轉深。」〈晚秋夜坐〉：「芰荷高出岸，楊柳下欹池。」《山家夏日九首》其一：「樹奇全擁石，蒲長半侵砂。」其七：「澗泉通院井，山氣雜廚煙。」〈新園旦坐〉：「草香羅戶穴，茅茹結簷楹。」雖然時時有孤寂感，有未忘世事是非的不平，沒有陶淵明那樣的躬耕生活，沒有陶詩與自然冥合為一的寧靜心境，沒有後來王維、孟浩然山水田園詩中的蓬勃生機，但也寫出了悠閒自得之態，寫出了山林秀色和田園風光之美。

他的一些詩缺乏提煉，時有煩冗，儷對時有拼湊拖遝，露雕琢痕跡，不像陶詩在平淡自然中流露無窮韻味。但詩中的山水田園景物很多也觀察細緻，描寫生動。如〈山中採藥〉：「石橫疑路斷，雲暗覺峰沉。」〈尋苗道士山居〉：「水聲全繞砌，樹影半横簷。」《山家夏日九首》其一：「落藤斜引蔓，伏筍暗抽芽。」〈食後〉：「胡麻山麨樣，楚豆野麋方。始暴松皮脯，新添杜若漿。」〈春莊走筆〉：「豬肝時入饌，犢鼻即裁褌。」楚豆是一種落葉灌木，果實可吃。松皮脯是用松皮燻製的肉乾，犢鼻褌即圍裙，形同犢鼻。還有豬肝，都是俗詞。這樣的俗詞大量進入詩中，為詩增添樸野之味。一些詩語言通俗有如口語，卻能寫出詩的韻味。如〈在京思故園見鄉有問〉幾乎全用問語。他的詩有時也能寫出畫意與意境之美。〈夜還東溪中口號〉：「石苔應可踐，叢枝幸易攀。青溪歸路直，乘月夜歌還。」頗有味道。〈秋夜喜遇王處士〉：「北場芸藿罷，東皋刈黍歸。相逢秋月滿，更值夜螢飛。」山野之中，一片月色，幾點螢火，而在此秋夜喜遇王處士，寧靜中有一種親和之感。王績的代表作，當然是〈野望〉：

東皋薄暮望，徙倚欲何依。樹樹皆秋色，山山唯落暉。

牧人驅犢返，獵馬帶禽歸。相顧無相識，長歌懷采薇。

從「徙倚欲何依」、「長歌懷采薇」之句來看，似為更代而作，略有孤寂之感，但是，一片秋色，一片落暉，在此景色之中，放牛的趕著牛犢，獵戶帶著獵物而歸，自得而悠然，卻是牧歌式的田園圖景，一片寧靜的氛圍。

第二節　初唐四傑

高宗至武后初年，上官儀稍後，活躍著另一群作家，即王勃、楊炯、盧照鄰、駱賓王，人稱「初唐四傑」，簡稱「王、楊、盧、駱」。

一、王勃、楊炯

王勃（六五〇－六七六），字子安，絳州龍門（今山西河津）人。王通之孫，王績侄孫。幼有神童之譽，曾為沛王府修撰，因作〈檄英王雞〉文，被高宗逐出王府。二十至二十二歲漫遊蜀中。二十四歲任虢州參軍，因匿殺官奴曹達，犯死罪，遇赦革職，父福畤受到牽連，左遷交趾令。王勃渡海省親，溺水而死。

王勃宴遊贈別的序，寫得情致真切，文采飛揚。〈秋日登洪府滕王閣餞別序〉是其代表作。序開頭即以宏大的氣勢寫洪州「襟三江而帶五湖，控蠻荊而引甌越」的形勢，接著寫滕王閣的壯麗和登臨所見勝景，繼寫餞別引起的羈旅情懷，交織著感慨和勸慰。全文以駢文寫成，絢麗典重而流暢自然，有奔放氣勢，尤其寫登臨勝景，「落霞與孤鶩齊飛，秋水共長天一色。漁舟唱曉，響窮彭蠡之濱；雁陣驚寒，聲斷衡陽之浦。」對仗工巧，色彩絢麗，而氣象開闊，頗富詩意。

王勃存各體詩九十餘首。其中吟詠風物之作，仍難免做作痕跡，宴遊賦韻的幾首詩自然也是如此，其他題材的作品，如〈尋道觀〉、〈觀內懷仙〉、〈對酒春園作〉，唯見文辭工巧，未見詩情流動，仍是宮廷詩人的寫法。但他幾篇七言古詩，如〈臨高臺〉寫都城宮觀的豪華宏麗，貴戚生活的縱情佚樂，用華美辭采寫宮廷生活，而暗寓諷刺之意；〈滕王閣〉由眼前滕王閣勝景想到物換星移，人事難久，雖辭采華美而流麗自然，感慨深沉；〈採蓮曲〉以樂府曲調寫思婦悲苦，都體現了宮體詩風的變化。

王勃更多的詩，寫日常生活，寫關山羈旅，傷懷贈別。這些詩作，褪盡造作痕跡，寫得情思真切，文辭自然，如〈羈春〉：「客心千里倦，春事一朝歸。還傷北園裡，重見落花飛。」本懷客心，再遇春事，重見落花飄飛；千里之遠，一朝之短，強烈對比更引起感情的跌宕落差，有些作品則寫出明快的情調，如〈他鄉敘興〉：「綴葉歸煙晚，乘花落照春。邊城琴酒處，俱是越鄉人。」以及〈山扉夜坐〉：「抱琴開野室，攜酒對情人。林塘花月下，別似一家春。」前詩寫綠葉點綴晚煙，落暉照耀春花。後詩則寫林塘花月，抱琴攜酒，情人相對。一寫羈旅邊城，一寫山扉夜坐，都寫得格調明朗。此外，他也有場面開闊而內富氣勢的詩作，像是〈早春野望〉：「江曠春潮白，山長曉岫青。他鄉臨睨極，花柳映邊亭。」極寫眼前景色的曠遠，而那遠方的邊亭，花柳正茂，更顯出詩人思歸情深。又如〈山中〉：「長江悲已滯，萬里念將歸。況屬高風晚，山山黃葉飛。」詩人在山上望見不盡長江，想到自己久滯異鄉，歸途萬里，而時已入秋，黃葉紛飛，透過以景結情的手法，更顯出遊子的處境蕭瑟飄零，餘韻無窮。而〈杜少府之任蜀川〉更是名作：

城闕輔三秦，風煙望五津。與君離別意，同是宦遊人。
海內存知己，天涯若比鄰。無為在歧路，兒女共沾巾。

送友人赴任，因而遠望蜀川，三秦五津，盡在風煙渾茫之中，在這開闊之境中，並沒有離別的惆悵，只有「海內存知己，天涯若比鄰」的勉勵，而真摯的友情，志在四方的襟抱，少年的氣概，盡在其中。

王勃是初唐詩風轉變的重要詩人，他的五言小詩，往往情思濃烈，韻味悠遠；七言古詩則在句式參差中帶有流暢婉轉之氣。他以賦的鋪陳手法寫歌行之體，成為初唐盛行的風氣；而他詩歌中明朗開闊的風格，更昭示著後來的盛唐之音。

楊炯（六五〇—六九四？），華州華陰（今陝西華陰）人。早年應制舉，補校書郎，遷太子詹事司直，充崇文館學士，垂拱元年（六八五）冬，坐從祖弟神讓與徐敬業謀叛，左遷梓州司法參軍，後曾為盈川令。

楊炯存詩三十三首，藝術上有特色的不多。他多寫五言律詩，也有五言排律。初唐已有很多詩人寫作七言詩，楊炯存詩中卻一首七言也沒有。詩體的新變在他的存詩中沒有留下痕跡。與「四傑」另三人相比，楊炯成就不算是高的，他的詩偶有宮廷詩風雕琢的痕跡，但他總體上走著和宮體詩不同的路。他的詩多寫邊塞、遊俠、贈別、羈旅，用自己的感情寫，雖少特色，卻也平實自然，並不矯揉做作。〈送臨津房少府〉：「階樹含斜日，池風泛早涼。贈言未終竟，流涕忽沾裳。」〈送鄭州周司空〉：「望極關山遠，秋深煙霧多。唯餘三五夕，明月暫經過。」烘托離情，前詩以階樹斜日，池風泛涼，後詩以望極關山，秋深煙霧，都寫得情感真切。和「四傑」其他三人一樣，他的詩，也常有一種壯大的氣勢和力量。〈劉生〉：「劍鋒生赤電，馬足起紅塵。」〈出塞〉：「丈夫皆有志，會見立功勳。」〈紫騮馬〉：「發跡來南海，長鳴向北州。匈奴今未滅，畫地取封侯。」都寫出建功立業的慷慨豪情。他也有藝術的佳作。〈從軍行〉是其代表作：

烽火照西京，心中自不平。牙璋辭鳳闕，鐵騎繞龍城。
雪暗凋旗畫，風多雜鼓聲。寧為百夫長，勝作一書生。

起首即以「烽火照西京」寫出軍情緊急氣氛。頷聯寫唐軍出師迎敵，工穩的對句，於軍情緊急中顯從容之態，持牙璋，言鐵騎，方辭鳳闕，即繞龍城，又感受到一股勇銳之氣。頸聯寫大雪紛飛，狂風呼嘯，戰鼓雷鳴，旗畫凋零，未寫交戰場面而戰鬥之激烈可以想知。最後一聯直接抒寫赴敵報國的壯志。從軍情報來，辭闕赴敵，激烈交戰，極概括地寫出一次完整的戰鬥，筆墨簡潔而畫面生動，充溢於詩句中的是豪邁英雄的氣概。這是一位寓激情於平實描寫中的詩人。在初唐宮廷詩風向盛唐詩風的轉變中，同樣有楊炯的積極作用。

二、盧照鄰、駱賓王

盧照鄰（六三三？—六八三？），字升之，幽州范陽（今北京市）人，曾為鄧王府典簽，益州新都尉，後染風疾，服餌學道，終因不堪病苦，自投潁水而卒。

盧照鄰的詩時有宮廷詩人的痕跡。五言詩〈十五夜觀燈〉、〈芳樹〉、〈三月曲水宴得尊字〉，只見辭采拼湊，未見感情流動。七絕《登封大酺歌四首》純為歌功頌德。但他的詩歌傾向畢竟變了。他大量的五言詩，送別贈友，旅途寫景，山莊閒居，雖藝術上並無十分特出，卻全寫真切的感受。他寫邊塞，〈上之回〉寫道路艱險中振旅汾川，高歌秋風；〈紫騮馬〉寫塞門風急，長城水寒中騎金鞍騮馬，轉戰臯蘭；〈戰城南〉寫將軍出塞，鐵騎縱橫，欲駐白日，為戰方酣。他寫遊俠，〈結客少年場行〉寫烽火似月，兵氣成虹，於旌昏朔霧，陣卷胡風中橫行疆場，負羽從戎，追奔瀚海，轉戰陰山；〈劉生〉寫劉生懷不平之氣，抱劍專征，「報恩為豪俠，死難在橫行」；《詠史四首》讚美歷史上俠士的奇志雄才，為他們不遇其時而感慨，均寫出慷慨的情懷，充沛的氣勢。他的贈友詩〈贈益府群官〉借鳥喻志，說：「誰能借風便，一舉凌蒼蒼。」〈西使兼送孟學士南遊〉於征蓬萬里，風塵關塞的羈旅傷感中，說：「唯餘劍鋒在，耿耿氣成虹。」都有一種雄豪之氣。他將五言詩引向了真情實感，引向了內在的氣勢力量。〈初夏日幽莊〉：「苗深全覆隴，荷上半侵塘。」〈羈臥山中〉：「雪盡松帷暗，雲開石路明。」用平白之文，寫自然之景。他的五言律詩，抒情自然中求音律工穩。他有不少五言排律，雖受五言限制，不可能像他的七言歌行那樣寫出流蕩的氣勢，但可以看出他在藝術上的努力。盧照鄰有幾首騷體詩，以〈釋疾文三歌〉寫臥病臨終的苦痛尤為感人，用騷體抒抑鬱不平之情，可以看作一種藝術的嘗試。

盧照鄰寫得最好的，還是七言歌行。他的〈行路難〉，先寫長安渭橋一帶「昔日含紅復含紫，常時留霧亦留煙。春景春風花似雪，香車玉輿恒闐咽。……娼家寶襪蛟龍帔，公子銀鞍千萬騎。黃鶯一一向花嬌，青鳥雙雙將子戲」，盛極一時，而「一朝零落無人問，萬古摧殘君詎知」，由此想到人生難久，貴賤倏忽，唯當「金貂有時換美酒，玉麈但搖莫計錢」，盡情自適。個人抒情走向了歷史興衰的思索和人生哲理的體認，盡力的鋪排寫出了流走奔湧的氣勢。〈長安古意〉更為出色。詩先以「龍銜寶蓋承朝日，鳳吐流蘇帶晚霞」寫長安權貴競逐豪奢的繁華，以「得成比目何辭死，願作鴛鴦不羨仙」寫王孫公子流連娼家的浪蕩，而這些驕奢淫逸的過往，都隨著權貴「意氣由來排灌夫，專權判不容蕭相」的傾軋、鬥爭而消逝，最後歸於世事變幻，盛極而衰：「節物風光不相待，桑田碧海須臾改。昔時金階白玉堂，即今唯見青松在。寂寂寥寥揚子居，年年歲歲一床書。獨有南山桂花發，飛來飛去襲人裾。」一切繁華都將逝去，不變的唯有永恆的自然。同樣寫世事盛衰，而更重鋪陳，跌宕更為強烈，歷史和現實的思索，人生哲理的體認和感慨也更為深沉。其詩吸收樂府民歌的詠歎情調，充分發揮七言句式少受拘束，便於騰宕句意，舒展詩情的特點，處處對仗，又回環往復，綿延婉轉。用賦的鋪排手法，卻沒有賦的板滯繁冗，貫注於一氣直下的情感，寫出奔湧宏大的氣勢。雖然描寫長安豪貴仍未脫廣義的「宮廷」範疇，但盧照鄰顯然融入深沉的情感，把宮廷生活引向了開闊的境界。

駱賓王（六二三？－六八四？），字務光，婺州（今浙江義烏）人。早年曾為道王府屬官、奉禮郎、東臺詳正學士，因事被謫，從軍西域。後宦遊入蜀，曾任武功、明堂主簿，入朝為侍御史，因事被誣下獄，遇赦後曾任臨海丞，後棄官而去，從徐敬業起兵反武則天，不久兵敗，不知所終。

駱賓王的七言歌行寫得精彩。和盧照鄰一樣，用賦的手法，極力鋪陳，情感一氣而下，但又自有特色。〈豔情代郭氏答盧照鄰〉和〈代女道士王靈妃贈道士李榮〉，把思念之情寫得細膩動人，而文筆流麗婉轉。用歌行體傾述衷情，也是一種創造。〈帝京篇〉和〈疇昔篇〉則把流貫的氣勢寫得更為粗獷雄偉，更有力感。〈帝京篇〉開篇寫帝都形勢：「山河千里國，城闕九重門。不睹皇居壯，安知天子尊。皇居帝里崤函谷，鶉野龍山侯甸服。五緯連影集星躔，八水分流橫地軸。秦塞重關一百二，漢家離宮三十六。」真是雄偉壯麗。接寫權貴的聲勢和榮利，真是顯赫一時。但是，權貴們得勢時擅盡豪華，一旦失勢，則若委泥沙，從田竇相奪，到李廣失勢，從顏駟久留郎署，到魏勃空掃相門，邵平東門種瓜，從韓安國受辱於獄吏，到翟公門可羅雀，一個又一個典故，一個又一個事實，作者筆勢一轉，寫人生倚伏難測，榮利若雲易逝，最後歸於懷才不遇，感慨和憤懣不平中，有激越昂揚之氣。〈疇昔篇〉用歌行體鋪寫一生行跡，是一個創造。同樣寫得壯偉雄健，篇幅更為宏大。寫生平行跡大開大闔，開處盡力鋪陳，闔處極其凝練。寫生平諸多失意，卻處處激昂自信。寫少年抱負，是「少年重英俠，弱歲賤衣冠」，寫長安生活，是「金丸玉饌盛繁華，自言輕侮季倫家。五霸爭馳千里馬，三條競騖七香車」。寫為官得意，是「賦文慚昔馬，執戟歎前揚。揮戈出武帳，荷筆入文昌」，「潘陸詞鋒駱驛飛，張曹翰苑縱橫起」，「諸葛才雄已號龍，公孫躍馬輕稱帝。五丁卓犖多奇力，四士英靈富文藝。雲氣橫開八陣形，橋影遙分七星勢。」淹留蜀中，他想到的是諸葛才雄，公孫躍馬，五丁卓犖，四士英靈，雲開八陣，橋分七星。在後來的不平境遇中，寫羈旅所見，是「涘江拂潮沖白日，淮海長波接遠天」。出獄之後，也仍是自信：「涸鱗去轍還遊海，幽禽釋網便翔空。」較之盧照鄰的歌行，確實更有一種豪壯激昂之氣。

駱賓王的五言詩也很有特色。他的邊塞詩寫建功立業的豪情。〈從軍行〉：「平生一顧重，意氣溢三軍」，「不求生入塞，唯當死報君。」得君王賞識，便意氣縱橫，誓死以報。〈邊城落日〉：「壯志凌蒼兕，精誠貫白虹。君恩如可報，龍劍有雌雄。」〈宿溫城望軍營〉：「投筆懷班業，臨戎想顧勳。還應雪漢恥，持此報明君。」〈夕次蒲類津〉：「龍庭但苦戰，燕頷會封侯。莫作蘭山下，空令漢國羞。」志凌蒼兕，氣貫白虹，慕班超投筆從戎、封侯萬里之業，報君主知遇之恩。邊塞詩也寫懷才失遇的憤慨，〈邊夜有懷〉：「旅魂勞泛梗，離恨斷征蓬。蘇武封猶薄，崔駰宦不工。」〈晚度天山有懷京邑〉：「旅思徒漂梗，歸期未及瓜。寧知心斷絕，夜夜泣胡笳。」自比漢代出使匈奴被幽禁十九年的蘇武，從軍邊塞而失意的崔駰，身如征蓬、漂梗，久戍未有歸期，唯有胡笳相伴，夜夜泣淚。

他有宦遊詩，多寫窮愁哀怨。〈途中有懷〉：「涸鱗驚照轍，墜羽怯虛彎。素服三川化，烏裘十上還。」〈早發諸暨〉：「獨掩窮途淚，長歌行路難。」〈寒夜獨坐遊子多懷簡知己〉：「鶉服長悲碎，蝸廬未卜安。富鉤徒有想，貧鋏為誰彈。」自比涸轍之鱗，驚弓之雁，居室如蝸廬，身著為鶉服，掩窮途之淚，如戰國馮諼失意彈鋏而歌，功名富貴只是徒有其想。

他有詠物詩，好詩雖不多，〈浮槎〉和〈在獄詠蟬〉兩首卻很有特色。前詩寫水中浮木，「昔負千尋質，高臨九仞峰」，而忽遭風折，以致「似舟飄不定，如梗泛何從」。〈在獄詠蟬〉：

西陸蟬聲唱，南冠客思侵。那堪玄鬢影，來對白頭吟。
露重飛難進，風多響易沉。無人信高潔，誰為表予心。

功業未就，已是白頭，露重難進，風多響沉，正喻自己在權貴壓抑下有志不得伸，都具高潔之心，卻終不為人所察。詠物寫志，同樣抒發怨憤不平。詩句句貼切詠物，句句慨歎身世，成為詠蟬的名篇。

和盧照鄰一樣，駱賓王的詩也有宮廷詩人的痕跡。他有不少詠物詩，〈詠水〉：「波隨月色淨，態逐桃花春。」〈同張二詠雁〉：「霧深迷曉景，風急斷秋行。」〈詠雪〉：「含輝明素篆，隱跡表祥輪。」〈塵灰〉：「光飄神女襪，影落羽人衣。」他還詠秋風、秋蟬、秋露、秋月、秋水、秋螢、秋菊、秋雁、鏡等，都是沿六朝以來宮廷詩人詠物詩的路數。即使行旅詩，也常有榮光、瑞浪一類詞語。但是從上面的分析可以知道，駱賓王的主要傾向也已經變了。

第三節　律詩體制的完成與「文章四友」及沈、宋

與「四傑」大致同時或稍後，律詩體制完成。這是詩歌發展史上的一件大事。律詩體制的完成，有四傑中的楊炯，還有「文章四友」和沈、宋的貢獻。「文章四友」即崔融、李嶠、蘇味道和杜審言，沈、宋即沈佺期和宋之問。

一、詩歌聲律美的探求過程

從文學思想史看，人們對詩歌聲律美以至律詩體制的探求，經歷了一個漫長的過程。

魏晉時期，開始有意識地探討聲律問題。齊、梁時期，這種探討有了很大的發展。人們發現了平、上、去、入四聲，提出宮徵相變，低昂舛節；前有浮聲，後須切響；一簡之內，音韻盡殊；兩句之中，輕重悉異。所謂宮徵，是借古樂調名代指聲調。低昂舛節，是說聲調高低不同有所變化。所謂浮聲、切響，也是指聲調，一說一指平聲，一指仄聲。古時文章抄以竹簡，一簡代指一句。人們提出四聲制韻，提出平頭、上尾、蜂腰、鶴膝等病犯之說。所謂平頭，是五言詩第一字與第六字（下句第一字）同聲，第二字與第七字（下句第二字）同聲

之病；所謂上尾，是五言詩中第五字與第十字同聲之病；所謂蜂腰，是五言詩一句之中第二字與第五字同聲之病；所謂鶴膝，是五言詩第五字與第十五字同聲之病。還有五言詩第二字與第四字不得同聲之說。到了初唐，更有佚名的木枯、金缺之說。所謂木枯，是五言詩第三字與第八字同聲相犯，金缺是第四字與第九字相犯。元兢有換頭、護腰之說。所謂換頭，是五言詩上下句頭兩字平仄要互換。所謂護腰，五言詩上下句的第三字（所謂腰）不宜同聲。這些聲病調聲之說，不少與初唐近體詩律體制有密切關係。平、上、去、入四聲，是平仄認識的基礎，四聲二元化，就是平仄。近體詩律的原則，也是講宮徵相變，低昂舛節，前有浮聲，後須切響；也要避平頭、上尾。五言近體詩律的基本句式：平平平仄仄，仄仄仄平平，平平仄仄平，仄仄平平仄，二四都不同聲。平平平仄仄，仄仄仄平平二個句式，還避二五同聲的蜂腰。律詩的對句中，不論平平平仄仄對仄仄仄平平，還是仄仄平平仄對平平仄仄平，不僅回避平頭、上尾，而且護腰，不犯木枯病，即上句第三字與下句第三字不同聲；還回避金缺病，即上句第四字與下句第四字不同聲。元兢提出換頭說，實際既講上下兩句的聲調相對，又講上聯下句和下聯上句的聲調相黏。所謂相黏，就是相同。齊梁以來聲病之說走向近體詩律，是很自然的。

從創作上，可以追溯到更遠。遠古朝代，詩歌就已押韻。齊梁以來，聲病探討的同時，就已開始了詩律的探討。齊梁以來作家五言詩律句、律對和律黏都不斷增多。所謂律句，就是前面所說的平平平仄仄等幾種基本句式，加上幾種變化句式。所謂律對，就是同一聯中上下兩個律句平仄相反。所謂律黏，就是前一聯的下句和後一聯的上句，平仄相黏。

齊梁以來，也就開始出現全部符合平仄黏對律的五言八句詩。如永明時期沈約的〈登北固樓〉：

六代舊山川，興亡幾百年。繁華今寂寞，朝市昔喧闐。
夜月琉璃水，春風柳色天。傷時為懷古，垂淚國門前。

全詩平仄為：仄仄仄平平，平平仄仄平。平平平仄仄，平仄仄平平。仄仄平平仄，平平仄仄平。平平仄平平仄，平仄仄平平。均為律句（「傷時為懷古」，平平仄平仄，為律句的變化，另有首字可平可仄者）。上下句平仄均相對，上聯下句，下聯上句平仄均相黏。又如徐陵《關山月二首》其一：

關山三五月，客子憶秦川。思婦高樓上，當窗應未眠。
星旗映疏勒，雲陣上祁連。戰氣今如此，從軍復幾年。

全詩平仄與上詩基本相同，為：平平平仄仄，仄仄仄平平。平仄平平仄，平平仄仄平。平平仄平仄，平仄仄平平。仄仄平平仄，平平仄仄平。「星旗映疏勒」（平平仄平仄）是律句的變體。此外均為律句，均合律對律黏，即上下句平仄相對，上聯下句，下聯上句平仄相黏。此外，梁代徐摛、陳代江總、北朝庾信都有合於律體的作品。

創作上追求詩律，自然促使律詩體制逐步完善。然而「文章四友」和沈、宋之前，除楊炯之外，全部符合平仄黏對律的詩歌畢竟不普遍。五言八句詩中，往往夾著一些非律句，或者全為律句，卻失對，或者全為律對，而失黏。如上官儀〈早春桂林殿應詔〉：

步輦出披香，清歌臨太液。曉樹流鶯滿，春堤芳草積。
風光翻露文，雪華上空碧。花蝶來未已，山光曖將夕。

五言八句，但「雪華上空碧」（仄平仄平仄）、「花蝶來未已」（平仄平仄仄）非律句，首聯下句「清歌臨太液」（平平平仄仄）與頷聯上句「曉樹流鶯滿」（仄仄平平仄）失黏。如許敬宗〈奉和過慈恩寺應制〉：

鳳闕鄰金地，龍旗拂寶臺。雲楣將葉並，風牖送花來。
月宮清晚桂，虹梁絢早梅。梵境留宸矚，掞發麗天才。

全為律句，但頸聯上句「月宮清晚桂」（仄平平仄仄）既與頷聯下句「風牖送花來」（平仄仄平平）失黏，又與頸聯下句「虹梁絢早梅」（平平仄仄平）失對。尾聯上句也是既與頸聯下句失黏，也與尾聯下句失對。虞世南存在同樣的問題。完全符合平仄黏對律的五言八句詩，上官儀和虞世南的現存作品中各只有一首，許敬宗更是一首也無。詩體格律化的追求完善仍有待後人的持續努力。

二、五言律詩體制的成熟與「文章四友」及沈、宋

近體詩律的基本格律，是平仄黏對律。以五言來說，基本句式是上面所說的平平平仄仄，仄仄仄平平，仄平平仄，平平仄仄平（有的句型在此基礎上稍有變化，七言則變為仄仄平平平仄仄等），同一聯中上下兩句平仄須相對，而上聯下句和下聯上句須平仄相黏。雙句押韻，一般押平聲韻。首句偶而也可以押韻，特別是七言律詩，首句押韻居多。五律和七律都是八句，五絕和七絕則是四句，十句以上是排律或稱長律，偶而也有六句的律調詩，稱為小律。中間各聯除聲律相對之外，語詞還需相對。首尾兩聯一般不對，但也有的對仗。

五言律詩體制，到楊炯、「文章四友」及沈、宋已經定型化。

楊炯為初唐四傑之一，前面已有論述。「文章四友」中，崔、李、蘇都位躋通顯。**崔融**（六五三—七〇六），

字安成，齊州全節（今山東章丘）人。**李嶠**（六四五—七一三），字巨山，趙州贊皇（今河北贊皇）人。**蘇味道**（六四八—七〇五），趙州欒城（今河北）人。崔融曾為鳳閣舍人，司禮少卿，知制誥。蘇、李都位至宰相，唯杜審言政治坎坷蹭蹬。**杜審言**（六四五？—七〇八），字必簡，祖籍襄陽（今湖北），父遷居鞏縣（今河南鞏縣）。杜審言為杜甫祖父，曾為隰城尉、洛陽丞，坐事貶吉州司戶參軍，後還東都，授著作佐郎，遷膳部員外郎，坐與張易之兄弟交往，流放嶺南，尋召授國子監主簿，加修文館直學士。沈、宋二人均因文才受到賞識。**沈佺期**（六五六？—七一六），字雲卿，相州內黃（今河南）人。**宋之問**（六五六？—七一二），字延清，汾州西河（今山西汾陽）人。沈佺期曾為考功員外郎、給事中，宋之問曾為尚方監丞。沈、宋均預修《三教珠英》。崔、李、蘇、沈、宋都因依附張易之而坐貶，崔融貶袁州刺史，李嶠先貶豫州刺史，後貶通州刺史，蘇味道貶郿州刺史，沈佺期長流驩州（今越南），宋之問流放欽州。

蘇味道、李嶠、沈佺期和宋之問均多應制詩和其他宮廷詩，少數詩寫景狀物精緻，但內容上多為歌功頌德，點綴昇平，藝術上亦無可取。他們其他類型的詩倒不乏佳作，顯示他們的寫作才華。李嶠贈別友人的詩，平易自然而感情真摯。崔融兩度被貶期間所寫的與友人贈別和答之詩，於平和悠淡中寫出政治失意時的惆悵落寞，崔融的軍旅邊塞詩，寫邊塞景色和生活具體真切。更少雕琢，更富真情，更為質實自然的，是杜審言，還有沈佺期和宋之問遭貶流放時寫的詩。

他們已有很多定型的五言律詩。五言律詩不少作於宮廷，明確標為應制奉和的五言律詩，杜審言有十首，李嶠有三十首，蘇味道有二首，宋之問有十四首，沈佺期有十二首。另有一些詩，如沈佺期的〈芳樹〉、〈長安道〉、〈臨高臺〉、〈剪綵〉等，多為宮廷同題唱和之作。一些詠物詩，如李嶠百詠詩，蘇味道五首詠物詩，也應作於宮廷。宮廷應制唱和作詩，寫作其他宮廷詩歌，為人們考究聲律提供了環境氛圍，對律詩體制的形成起了積極的促成作用。這些應制詩和其他宮廷詩，內容上並無多少積極意義，但辭藻流麗，律法謹嚴，影響著唐初律詩體制的形成。

當然，當時很多律體詩也作於宮廷之外。楊炯的五律基本上用於寫邊塞、寫贈別。宋之問在應制詩之外，也寫了不少贈別、羈旅的五律。杜審言寫羈旅詠懷的五律更多。即使沈佺期，也用五律寫過羈旅生活。宮廷之外的現實生活，充實了律體詩的內容，也促進了律體詩藝術的成熟和發展。這時的五言律詩比七言律詩更為成熟，一個重要原因，就是七律更多的停留在宮廷唱和應制上，而五律更多地走向了廣闊的現實生活和感情。

就五言律詩的詩體來說，要先看五言排律。所謂排律，就是十句以上的律詩。十句以上的五言排律未必形成於五言八句律詩之後。永明以後，十句以上五言詩已有不少律句，如謝朓〈酬王晉安〉五言十二句中，九句為律句，蕭綱〈隴西行其二〉、〈登烽火樓〉，江總〈濟黃河〉，都是五言十二句中有十一句律句，沈約〈送別友人〉五言十句，江總〈侍宴玄武觀〉、〈詠采甘露詔〉五言十二句全為律句。這些詩中，不少有律對，甚至律黏。但是，平仄均合，全詩黏對，則主要出現於杜審言、李嶠、宋之問和楊炯詩中。杜審言的〈春日江津遊望〉、〈泛舟送鄭卿入京〉，李嶠的〈清明日龍門遊泛〉、〈奉和幸大薦福寺應制〉、〈奉和幸長安故城未央宮應制〉、〈奉和幸望春宮送朔方總管張仁亶〉、〈奉和幸三會寺應制〉、〈餞薛大夫護邊〉、〈和杜學士旅次淮口阻風〉、〈送光祿劉主簿之洛〉，宋之問的〈使過襄陽登鳳林寺閣〉、〈奉和晦日幸昆明池應制〉、〈奉和幸大薦福寺〉、〈奉和幸三會寺應制〉、〈奉和薦福寺應制〉、〈奉和幸神皋亭應制〉、〈宴安樂公主宅得空字〉，楊炯的〈早行〉、〈途中〉、〈送劉校書從軍〉、〈遊廢觀〉、〈和石侍御山莊〉、〈和崔司空傷姬人〉，都是格律嚴整的五言排律。有些詩，藝術上也頗為可取。杜審言〈春日江津遊望〉：

旅客搖邊思，春江弄晚晴。煙銷垂柳弱，霧捲落花輕。飛棹乘空下，回流向日平。
鳥啼移幾處，蝶舞亂相迎。忽歎人皆濁，堤防水至清。谷王常不讓，深可戒中盈。

江津指江津戍，在湖北江陵南。雖客旅異鄉，而春江晚晴景色，仍令人迷戀。「煙銷」四句，寫景細緻，末四句即景議論，感慨人生。全詩均為律句，合於黏對，是典型的五言排律。宋之問〈使過襄陽登鳳林寺閣〉：

香閣臨清漢，丹梯隱翠微。林篁天際密，人世谷中違。苔石銜仙洞，蓮舟泊釣磯。
山雲浮棟起，江雨入庭飛。信美雖南國，嚴程限北歸。幽尋不可再，留步惜芳菲。

使過襄陽，留戀南國景致。用「密」字形容遠接天際的竹林，用「銜」字形容仙洞中長滿青苔的山石突起，山雲飄渺繚繞，用一「浮」字，彷彿將寺閣浮起在空中，都很形象貼切。詩同樣均為律句，合於黏對，是典型的五言排律。

五言四句詩則為五言絕句。五言絕句體制這時也定型。沈佺期〈寒食〉：「普天皆滅焰，匝地盡藏煙。不知何處火，來就客心然。」全為律句，但失黏。李嶠三首五言四句詩，均合平仄黏對律。宋之問的五言絕句詩比較多，他的《傷曹娘二首》其一和〈燕巢軍幕〉全為律對，〈渡漢江〉、〈嵩山夜還〉、《題鑒上人房二首》其二則全合對黏。

他的〈渡漢江〉：

嶺外音書斷，經冬復歷春。近鄉情更怯，不敢問來人。

此詩又錄於李頻名下。按李頻生平未至嶺南，詩斷非李頻所作。宋之問於神龍二年（七〇六）自嶺南逃歸洛陽，詩當作於逃歸途中。四句仄仄平平仄，平平仄仄平，仄平平仄仄，仄仄仄平平，全是律句，全合黏對，是典型的五言絕句。久貶嶺外，音書斷絕，始得歸返，本應心情喜悅，卻說情更怯，本應急切地向來人詢問家人情況，卻說不敢問來人，突然貶謫帶給詩人的餘悸猶存，貶謫後對家人恐遭意外的預感和擔憂，作者只寫遭貶近鄉的瞬間感受，只短短二十個字，而種種複雜情思，盡在不言之中，充分發揮了五絕藝術。

當然，這時更值得注意的是五言八句律句。楊炯現存十四首五言八句詩，均合平仄黏對律。崔融現存九首五言八句詩，有八首除個別句子平仄不合之外，均合平仄黏對律。李嶠完整保存的一百六十首五言八句詩中，有一百五十八首除少數詩個別句平仄不合，其他均合平仄黏對律。蘇味道九首五言八句詩，有四首全合平仄黏對律。杜審言現存二十八首五言八句詩，有二十七首除個別句平仄不合之外，均合平仄黏對律，沈佺期七十六首五言八句詩中，有五十八首除偶有平仄不合之句外，均合平仄黏對之律。宋之問完整保存的九十八首五言八句詩中，有七十九首除偶有平仄不合之句外，均合平仄黏對之律。這當中，有一些是平庸的應制詩，但也有不少精熟的佳作。

沈佺期〈夜宿七盤嶺〉：

> 獨遊千里外，高臥七盤西。曉月臨窗近，天河入戶低。
> 芳春平仲綠，清夜子規啼。浮客空留聽，褒城聞曙雞。

八句詩為：仄平平仄仄，平仄仄平平；仄仄平平仄，平平仄仄平；平平平仄仄，平仄仄平平；平仄平平仄，仄平平仄平。除個別字可平可仄外，均合格律，全合黏對。詩寫獨遊而在千里之外，曉月臨近樓窗，天河低低地進入門戶，山之高聳入雲可知。山高入雲，猶可聞褒城曙雞，詩人夜宿未眠可知。雖當芳春葉綠之時，而子規夜啼，城雞曙鳴，只是空自留於聞聽之中，作者客遊異鄉的寂寞心情可知。無不即事寫景，又無不寫客子獨遊心情。

宋之問〈度大庾嶺〉：

度嶺方辭國，停軺一望家。魂隨南翥鳥，淚盡北枝花。

山雨初含霽，江雲欲變霞。但令歸有日，不敢恨長沙。

詩亦全合律對黏。度嶺之後，家國只在一望之中。北望淚已盡，而猶須魂隨南鳥，山雨變化，猶如人生難測，望歸有日，而歸實無望，心懷怨恨，而言不敢恨，實則怨恨愈深。同樣不事雕琢而情辭動人。

初唐五律成就最高的當數杜審言。他的五律少雕琢而富真情，質實自然而有雄渾之氣，使五言律詩達到相當高的藝術水準。他的〈和晉陵陸丞早春遊望〉：

獨有宦遊人，偏驚物候新。雲霞出海曙，梅柳渡江春。

淑氣催黃鳥，晴光轉綠蘋。忽聞歌古調，歸思欲沾巾。

身在宦遊，獨身一人，故新春景色偏令人心驚，驚歲月流逝，又是一個春天來到，更生他鄉客居之感，引人歸思。但江南早春景象，畢竟清新秀美。晴光淑氣之下，雲霞、梅柳和綠蘋，還有黃鳥，一片明麗的色彩。雲霞出海而曙，梅柳渡江而春，早春的氣息催著黃鳥，晴光在綠蘋上轉動，連用出、渡、催、轉等動詞，寫出一片盎然生機。詩歌格律謹嚴，中二聯對屬工穩，以宦遊起，以歸思結，忽聞與偏驚呼應，詩思連貫一氣，雖寫宦遊歸思而融入明秀的境界之中，並不哀沉淒切，工穩嚴整中有一種高華之調。他的〈登襄陽城〉：

旅客三秋至，層城四望開。楚山橫地出，漢水接天回。
冠蓋非新里，章華即舊臺。習池風景異，歸路滿塵埃。

眼前勝地，物是人非，宦遊異鄉，歸途迷茫。但三秋時光，登臨四望，楚山橫地而出，漢水接天而回，眼前景致是那樣壯闊，詩不僅質實自然，而且隱然有一種雄健壯大之氣。他〈旅寓安南〉，寫安南風物，「仲冬山果熟，正月野花開。積雨生昏霧，輕霜下震雷」對習慣了北地生活的作者來說，這一切皆令人感到奇異，故鄉萬里，客居異鄉之感也就更為強烈。異地風物的客觀描寫寓有深沉感慨。這些都是格律嚴整的五律。

三、七言律詩體制的發展與「文章四友」及沈、宋

就七言詩來說，楊炯現存作品未見，「文章四友」和沈、宋則多有。就七言八句詩來說，今存蘇味道一首，李嶠四首，崔融一首，均合平仄黏對律；杜審言三首中，除一首一處失黏外，其餘均合平仄黏對律；沈佺期十五首中，除二首各有二處失黏，二首各有一句平仄不合，此外均合平仄黏對之律；宋之問七首中，有五首合平仄黏對律。就七言四句詩來說，今存李嶠五首，杜審言三首，沈佺期八首，均合平仄黏對之律；宋之問六首中除一首失黏之外，均合平仄黏對律。

初唐七言律詩，和很多五言律詩一樣，多為宮廷詩人在宮廷中寫成。沈佺期十五首七律詩，有十二首為應制詩。蘇味道、崔融各一首七律，均為應制詩。李嶠五首七律，有四首為應制詩和宮廷唱和詩；五首七言絕句，三首為應制詩，另一首〈上清暉閣遇雪〉也作於宮廷。杜審言三首七律中，有一首應制詩，另一首寫宮廷生活。

學者趙昌平曾考察初唐九次同題唱和，或應制活動所作九十一首詩，其中多有完全合律的七言律詩，而其作者就有蘇味道、李嶠、沈佺期、宋之問他們（趙昌平〈初唐七律的成熟及其風格溯源〉，《中華文史論叢》一九八六年第四期）。

這些應制宮廷詩，內容無可取，而合於七言格律。如沈佺期〈興慶池侍宴應制〉：

碧水澄潭映遠空，紫雲香駕御微風。漢家城闕疑天上，秦地山川似鏡中。
向浦回舟萍已綠，分林蔽殿槿初紅。古來徒羨橫汾賞，今日宸遊聖藻雄。

無非頌聖之意，以碧水澄潭寫池水，以紫雲香駕寫聖駕，未見新意。碧水對紫雲，漢家對秦地，城闕對山川，疑對似，天上對鏡中，綠對紅，雖工巧而為熟套，向浦回舟、分林蔽殿二句為求對仗而尤露雕琢之跡。但詩的格律，仄仄平平仄仄平，仄平平仄仄平平；仄平平仄平平仄，平仄平平仄仄平；仄仄平平平仄仄，平平仄仄仄平平；仄平平仄平平仄，平仄平平仄仄平，除可平可仄之外，均為律句，全合黏對，是整齊的七律。

有些合律的七言八句詩，是換韻的。宋之問這類詩較多。如〈軍中人日登高贈房明府〉、〈寒食還陸渾別業〉、〈寒食江州滿塘驛〉、〈至端州驛見杜五審言沈三佺期閻五朝隱王二無競題壁慨然成詠〉、〈綠竹引〉都是，並且都是一二四句仄聲韻而轉五六八句平聲韻，這應該是從歌行體沿用過來的。其詩也有歌行體的流麗而乏七律的嚴整。如〈軍中人日登高贈房明府〉：

幽郊昨夜陰風斷，頓覺朝來陽吹暖。涇水橋南柳欲黃，杜陵城北花應滿。
長安昨夜寄春衣，短翮登茲一望歸。聞道凱旋乘騎入，看君走馬見芳菲。

八句平仄均合律，並且上下句平仄相對，上聯末句與下聯上句平仄亦相黏。僅從平仄格式來看，完全合於七律。只是前半斷、暖、滿押上聲韻，而後半衣、歸、菲押平聲韻，並且詩句流麗，有如歌行。平仄合律並且合於黏對卻又轉韻的七言詩，還有十二句和更多句的。如沈佺期的〈古歌〉十二句，一二四句臺開回韻，五六句色得韻，七八十十二句長光香腸韻；〈入少密溪〉亦十二句，一二四句斜花家韻，五六八句口後叟韻，九十十二句秦人春韻。看他的〈鳳簫曲〉、〈七夕曝衣篇〉，顯為歌行體，篇幅更長，雖雜以三言十言，卻均以七言為主體，均合律，並有黏對，亦轉韻，與他的七言八句轉韻詩體式無異。或者七言律詩的形成途徑也是多元，既從五言擴展而來，也從七言歌行變化而來。

不換韻的七律，已有一些藝術上很成熟。如沈佺期〈遙同杜員外審言過嶺〉：

天長地闊嶺頭分，去國離家見白雲。洛浦風光何所似，崇山瘴癘不堪聞。
南浮漲海人何處，北望衡陽雁幾群。兩地江山萬餘里，何時重謁聖明君。

嶺頭一過，則天長地闊，江山萬里，崇山瘴癘與洛浦風光成強烈對比，衡陽雁群已在北望之中，而人猶須再往南去，浮於漲海，羈旅之歎，京國之思，身世感慨，盡在字裡行間。初唐七律聲律規則已經形成，但內容上卻多單薄，未圓融，沈佺期此詩卻以真摯的感情，質實的內容，將七律藝術推進了一步。

杜審言〈春日京中有懷〉：

今年遊寓獨遊秦，愁思看春不當春。上林苑裡花徒發，細柳營前葉漫新。
公子南橋應盡興，將軍西第幾留賓。寄語洛城風日道，明年春色倍還人。

音調諧美，對仗工穩，而詩思深沉，文辭質實。

總體來說，不論是否轉韻，這時七言律詩的語言，很多顯得流麗有餘，凝練不足，帶有一種歌行體風格。這既說明七言律詩的形成途徑多元，有的從七言歌行變化而來，也說明這時七律在風格上仍受當時盛行的七言歌行的影響。作為歌行體，藝術上成熟了，但作為七律，要走向成熟，要擺脫這種歌行體的風格，還需要時間。

成熟的七言絕句很少。前已說過，李嶠五首七言絕句，四首為應制詩或其他宮廷詩。他的〈送司馬先生〉稍好一些：

> 蓬閣桃源兩處分，人間海上不相聞。一朝琴裡悲黃鶴，何日山頭望白雲。

司馬先生即司馬承禎。首二句巧借蓬閣桃源分指己所處之秘書省，司馬承禎將往天台山修道，而一處人間，一處海上，仙凡相隔，寓送別之意。末二句則借〈別鶴操〉曲，白雲仍喻仙鄉，又指司馬承禎之號白雲子，而抒別後思念之情。四句聲律：平仄平平仄仄平，平平仄仄仄平平；仄平平仄平平仄，平仄平平仄仄平，是整齊的七絕。

「文章四友」和沈、宋等人形成了律詩體制，他們的作品雖多為宮廷應制而作，但部分詩作已經擺脫宮廷詩風。初唐詩歌正一步步走向質實自然，走向盛唐。

第四節　陳子昂

一、陳子昂的生平與思想

陳子昂（六五九－七〇〇），字伯玉，梓州射洪（今四川射洪）人。他有著曲折的生活經歷。年十八發憤讀書，博覽群籍。文明元年（六八四）進士及第，上書言政，受到武后召見，擢為麒臺（即秘書省）正字。垂拱二年，隨左補闕喬知之北征同羅、僕固，至張掖而返，補右衛胄曹參軍。天授二年（六九一）秋，因繼母喪辭官歸蜀。服闋，拜右拾遺，不久，坐謀反之罪，被捕下獄一年，免罪復官。萬歲通天元年（六九六）九月，奉命隨建安王武攸宜東征契丹，參謀軍事，因諫議不合，徙為軍曹。軍罷還朝，仍守右拾遺。聖曆元年（六九八），以父老當歸侍為由，去官返里。後為縣令段簡陷害，死於獄中。他受過恩寵，但更多的是冷遇、誣陷和迫害。

陳子昂有著複雜的思想。少時任俠使氣。服母喪歸蜀期間，時常往來佛寺精舍，希望從佛理禪機中尋求精神解脫。守喪期間，他也仰慕過仙道思想，有過隱居山林的想法。但他更多的是儒家思想，更多的是關心現實，憂國憂民的情懷。

他少年讀書，歷觀丘墳，旁覽史籍，就重在原其政理，察其興亡。第一次進士考試落第，他明確表示，每在山谷，有願朝廷，以囊括經世道，遺身在白雲的鬼谷子自居。進士及第，更對匡君治國，建功立業充滿信心。任職朝廷期間，居右拾遺等微職，卻屢上諫疏，武后也多次召見，問以政事。陳子昂大膽指陳時政，就現實的政治、經濟、邊防問題，提出自己的政治主張。垂拱元年（六八五），他上軍國利害三條，指出，朝廷遣使巡察四方，不可任非其人，縣令、刺史的重要性，要妙選此職。垂拱三年（六八七），武則天準備在雅州開通道，襲擊羌族，並藉以攻擊吐蕃，陳子昂上〈諫雅州討生羌書〉，力陳此舉之弊害，以為雅州開通道不僅無益於攻擊吐蕃，反而有利於吐蕃的入侵，黷兵一事，實關乎國家興亡。自從光宅元年（六八四）武則天獎勵告密之後，酷吏橫行，嚴刑峻法，陳子昂上〈諫用刑書〉，直接批評武則天，說，「百姓思安久矣，今陛下不務玄默以救疲人，而反任威刑以失其望，欲察察為政，肅理寰區」，這是大有疑問的，只能是受一人而害百人，天下喁喁，莫知寧所。他還曾論西蕃邊州安危，論蜀川軍事，諫曹仁師出軍，陳政事八條。他反對橫徵暴斂，反對無名征伐，主張息兵，反對濫刑，主張措刑，主張任賢信賢。他曾經希望依靠武則天實現他的遠大抱負。

他是一個有著自己的政治態度，很有政治熱情的詩人。這一點，對於理解他的詩歌特點，是很重要的。

二、陳子昂詩豐富的生活內容

陳子昂是一個感情豐富的詩人，他的詩，表現著豐富的生活內容。

他有不少贈友送別詩。如《春夜別友人二首》其一：「銀燭吐青煙，金樽對綺筵。離堂思琴瑟，別路繞山川。明月隱高樹，長河沒曉天。悠悠洛陽道，此會在何年。」離筵經夜，情猶悠悠，寄寓的是對友人深摯之情。他也有羈旅遊覽之作。〈晚次樂鄉縣〉：「故鄉杳無際，日暮且孤征。川原迷舊國，道路入邊城。野戍荒煙斷，深山古木平。如何此時恨，噭噭夜猿鳴。」樂鄉在湖北荊門，思鄉而有邊遠之感。也因羈旅思鄉，而覺川原迷濛，野戍荒煙，深山古木，已有荒涼孤寂之感，而猿聲夜鳴，更添內心惆悵。詩寫景，也寫氛圍，在濃烈的氛圍中，渲染一片思鄉之情。

但他最有特色的，卻是政治色彩濃郁的那些作品。這方面，有他的代表作《感遇三十八首》。當時一些重要的現實政治問題，他都有詩歌諷刺揭露，表述對邊患問題的看法。《感遇》其二十九：

丁亥歲云暮，西山事甲兵。贏糧匝邛道，荷戟爭羌城。嚴冬陰風勁，窮岫泄雲生。昏曀無晝夜，羽檄復相驚。拳局競萬仞，崩危走九冥。籍籍峰壑裡，哀哀冰雪行。聖人御宇宙，聞道泰階平。肉食謀何失，藜藿緬縱橫。

丁亥，指垂拱三年（六八七）。這一年，武則天要開鑿蜀山，取道雅州攻擊生羌，以襲吐蕃。陳子昂曾上書諫阻，這首詩先用形象的描述，山路艱險，氣候惡劣，士兵在危境中隊伍擁護雜亂，哀號著前行。作者譴責統治者決策的失誤，用議論表明態度，反對武則天發動的這場黷武戰爭。像這樣反映邊患問題的詩還有不少。如《感遇》其三，描繪西北邊塞荒途緬遠，黃沙茫茫，「暴骨無全軀」的荒涼淒慘景象，詠史論政，說明無休止的邊塞戰爭只會給人民帶來巨大不幸。《感遇》其三十七，寫突厥歷來猖狂，而守邊無名將，致使邊地平民血染野草。

有些詩，抨擊朝廷弊政和腐敗現象，以及汙濁的世風。《感遇》其十九：

聖人不利己，憂濟在元元。黃屋非堯意，瑤臺安可論。吾聞西方化，清淨道彌敦。奈何窮金玉，雕刻以為尊。雲構山林盡，瑤圖珠翠煩。鬼工尚未可，人力安能存。誇愚適增累，矜智道逾昏。

武則天登基之後，大修寺廟，揮霍了大量國家資財。此詩顯然抨擊這一弊政，並且影射武則天「誇愚適增累，矜智道逾昏」。《感遇》其十：「深居觀元化，悱然爭朵頤。讒說相啖食，利害紛嗤嗤。便便誇毗子，榮耀更相持。務光讓天下，商賈競刀錐。已矣行采芝，萬世同一時。」抨擊世人爭權奪利，互相依附，阿諛諂媚，以至於像商賈那樣競刀錐之利。《感遇》其十二：「呦呦南山鹿，羅罟以媒和。招搖青桂樹，幽蠹亦成科。世情甘近習，榮耀紛如何。怨憎未相復，親愛生禍羅。瑤臺傾巧笑，玉杯殞雙蛾。誰見枯城蘖，青青成斧柯。」因馴鹿的引誘，而使野鹿落入羅網，青青的桂樹因蠹蟲蛀空而枯槁，禍羅往往生於親愛，枯城之蘖往往成斧柯禍根，恰如奸人告密誣諂，使賢者被禍。《感遇》其十五：「昔稱夭桃子，今為春市徒。鴟鴞悲東國，麋鹿泣姑蘇。」漢戚夫人得寵之時，美豔有如茂盛的桃花，被囚之後，卻成為春米的囚徒。忠誠如周公也受到周成王的猜忌，不得不避位東國，作《鴟鴞》詩以抒寫悲怨之情。伍子胥受讒被害之前，便預見吳國的衰亡，說將要看見麋鹿游於吳王夫差所建的姑蘇之臺。都是對武則天任用酷吏，殘害無辜表示憤慨。《感遇》其二十四：「挈瓶者誰子，姣服當青春。三五明月滿，盈盈不自珍。高堂委金玉，微縷懸千鈞。如何負公鼎，被奪笑時人。」那些知識短淺的人，有如汲水的小瓶，卻穿著華美的衣服，青春得志，有如十五當空盈盈的滿月，卻不自我珍惜，如《老子》所說的，高堂上堆滿了金玉，卻不能自守，才能只如一根細線，而委以千鈞重任，這樣的人怎能承擔玉鼎般的國家大任，一旦衰敗傾覆，就會被時人所笑。這是嘲諷得志小人。

一些詩，抒發不得志的憤激情懷。典型的是《薊丘覽古贈盧居士藏用七首》。北征出自薊門，歷觀燕之舊都，城池霸跡早已蕪沒，慨然仰歎歷史興衰，但更主要的是憶樂生、鄒子群賢之遊，緬懷燕昭王、燕太子丹禮賢下士的往事，而這樣的時代已經過去，寓自己懷才不遇，報國無門的痛苦。這類作品，還有著名的〈登幽州臺歌〉。這些作品，寫的是個人憤激之情，但它的背後，卻是對壓抑人才的現實的怨憤不平。

三、陳子昂詩的風骨美與思辨境界

陳子昂的詩，有一種孤傲梗概之氣。《感遇》其二：「蘭若生春夏，芊蔚何青青。幽獨空林色，朱蕤冒紫莖。遲遲白日晚，嫋嫋秋風生。歲華盡搖落，芳意竟何成。」讚美蘭草與杜若，雖歲華搖落，未成芳意，但那芊蔚青青之姿，卻在林中秀色超群，風姿卓然，空絕眾芳。他抨擊汙濁世風，憤激中可見對世俗的孤傲鄙夷，如《感遇》其十。他經常表示要隱居採芝，但不是消極避世，而是不願受塵世汙染，如《感遇》其二十。他讚美高潔人格的美，鄙夷爭名奪利之徒，《感遇》其十一讚美不慕浮榮，有經世之道的鬼谷子，《感遇》其三十一讚美隱居箕山，不受天下的許由。《感遇》其十八感慨世無骨鯁之道。〈與東方左史虯修竹篇〉中，他讚美修竹雖經歲寒霜雪之苦，猶含彩青青，節無凋零，堅貞可比金石。他的詩中，處處表現出不願與世隨時浮沉，超然獨立的態度。

陳子昂的詩，時時有昂揚壯大的感情基調。如〈酬李參軍崇嗣旅館見贈〉：「寶劍終應出，驪珠會見珍。未及馮公老，何驚孺子貧。青雲儻可致，北海憶孫賓。」雖備嘗艱辛，多受摧殘，但終將如寶劍而出，驪珠見珍，身致青雲。對友人勉勵中包含作者的自信。他有建功立業的壯心，如〈答洛陽主人〉：「方謁明天子，清宴奉良籌。再取連城璧，三陟平津侯。不然拂衣去，歸從海上鷗。寧隨當代子，傾側且沉浮。」要向天子奉良籌，像藺相如取連城璧，公孫弘三陟丞相，封平津侯那樣建立不世功業。〈送魏大從軍〉：「匈奴猶未滅，魏絳復從戎。悵別三河道，言追六郡雄。雁山橫代北，狐塞接雲中。勿使燕然上，惟留漢將功。」勉勵友人像春秋魏絳和漢將一樣，從戎塞上，建功燕然，表面勉勵友人，實表達作者建功立業的壯心。

陳子昂的詩，多有興寄。所謂興寄，一是比興，二是有所寄託。他多用比興。《感遇》其二幽獨空林色的蘭若，〈與東方左史虯修竹篇〉歷盡霜雪猶不凋零的修竹，都自比高潔的人格。《感遇》其十二以野鹿被誘遭捕，桂樹因蠹而枯空，枯蘖被做成斧柄，影射酷吏橫行，賢者被禍的現實。陳子昂詩的比興，不僅僅是藝術手法，更是為了寄託現實的感受。用比興的詩有寄託，不用比興手法的詩，同樣有寄託。寄託作者的內心情感，寄託作者的現實思考和感受。不論直接諷諭現實，對當下政治的重大事件發表看法，還是詠史懷古，抒發懷才不遇的怨憤，都寄託著他對現實深切的關注和思考。詩中對現實這樣深切的關注，初唐時期，無過陳子昂者。這種對現實的關注，使他的詩有一份深沉的感情，一種沉雄厚重的力，呈現出風骨的力與美。

陳子昂的《感遇》詩，多用議論。他抨擊現實，往往也用議論的方式。不是描寫現實，而是議論現實。有的則在形象描寫之後加入一段議論。陳子昂詩中的這種議論，有的是枯燥無味的，有的則在議論中貫注一種深沉的情思。前面例舉的抨擊現實的那些詩，很多就是這樣。我們再看幾例。《感遇》其四：「樂羊為魏將，食子殉軍功。骨肉且相薄，他人安得忠。吾聞中山相，乃屬放麑翁。孤獸猶不忍，況以奉君終。」《感遇》其五：「市人矜巧智，於道若童蒙。傾奪相誇侈，不知身所終。曷見玄真子，觀世玉壺中。窅然遺天地，乘化入無窮。」前詩以古論今，影射骨肉相薄的現實，後詩用議論的方式，直接抨擊矜於巧智，互相傾奪的世風。在議論中抨擊現實，在議論中貫注對世風衰敗的幽憤。《薊丘覽古贈盧居士藏用七首》之〈田光先生〉：「自古皆有死，徇義良獨稀。奈何燕太子，尚使田生疑。伏劍誠已矣，感我涕沾衣。」也是用議論，而在議論中寄寓深沉的歷史和現實感慨。議論，往往使這種憤世的情思、歷史的感慨更為深沉，更有一種憤激的力量，詩中風骨的力與美，往往也在這種議論中體現出來。

陳子昂的詩，常常從具體的現實和歷史問題，走向人生哲理的深沉思索。他的《薊丘覽古贈盧居士藏用七首》，〈軒轅臺〉：

北登薊丘望，求古軒轅臺。應龍已不見，牧馬空黃埃。尚想廣成子，遺跡白雲隈。

〈燕昭王〉：

南登碣石阪，遙望黃金臺，丘陵盡喬木，昭王安在哉。霸圖悵已矣，驅馬復歸來。

還有〈燕太子〉：

秦王日無道，太子怨亦深。一聞田光義，匕首贈千金。其事雖不立，千載爲傷心。

當年君臣際遇的故事何等動人，當年的英雄業績令人何等嚮往，而時光流逝，一切已成陳跡，在這感歎之中，不但有壯偉而又孤獨寂寞、悲憤蒼涼的情思，也有人生哲理的深沉思索。陳子昂是一個思想者，思想者往往是孤獨的。他的詩，就表現出一個偉大孤獨者的人生哲理思索。歷史的思辨，人生的思辨，結合作者的幽憤情思，就形成〈登幽州臺歌〉中蒼涼宏大的意境：

前不見古人，後不見來者。念天地之悠悠，獨愴然而涕下。

據陳子昂好友盧藏用的記載，在寫完《薊丘覽古七首》之後，陳子昂寫下了這首千古絕唱。千古之上，那些君臣際遇的動人故事，那些才能之士所建立的英雄功績，都已消逝，成為歷史，今已不可復見。後來或者還有更為動人的君臣遇合故事，更為輝煌的英雄功績，但今天也無法見到。只有這悠悠天地，既見證古人的功績，也將見證後人的功績。自己生不逢時，身懷才能無法施展，一腔抱負無法實現。而天地悠悠，竟也沒有一個人理解作者此時此刻的心情。歷史無限，宇宙無限，而人生有限，歲月不再，抱負落空，空留遺恨。它展現出因孤獨而產生的感情的力與美，也是人生哲理思辨中宇宙無窮的境界的美。

四、陳子昂與初唐詩風的變化

陳子昂〈與東方左史虬修竹篇序〉說：

> 文章道弊五百年矣。漢魏風骨，晉宋莫傳，然而文獻有可徵者。僕嘗暇觀齊梁間詩，彩麗競繁，而興寄都絕，每以詠歎。思古人常恐逶迤頹靡，風雅不作，以耿耿也。一昨於解三處見明公〈詠孤桐篇〉，骨氣端翔，音情頓挫，光英朗練，有金石聲。遂用洗心飾視，發揮幽鬱。不圖正始之音復睹於茲，可使建安作者相視而笑。

這是陳子昂的文學主張。要點有二，一是風雅興寄，二是風骨。從這段論述中，他所針對的，是晉宋以後詩，特別是齊梁間詩。他反對的是齊梁間詩彩麗競繁，還有逶迤頹靡的傾向。

陳子昂的詩歌是這一主張的具體實踐。他的詩歌諷諭現實政治，帶著濃郁的政治色彩，寄託著對現實的思考和個人的憤激情思。可以說，經過初唐漫長的演變，齊梁文風在陳子昂這裡已經基本蕩除。

陳子昂理想的詩風是漢魏風骨。這裡所謂漢，主要指漢末建安作者，所謂魏，主要指正始之音。陳子昂繼承了建安和正始詩歌的傳統，把詩歌引向社會現實。他的《感遇》詩三十八首，明顯仿正始詩人阮籍〈詠懷〉詩，兩者都多用比興的手法，都有寄託，都諷諭當時的政治現實。

但是，陳子昂詩歌有自己的創造和特色。風骨之美，在建安主要是慷慨悲涼。在陳子昂，則更多地走向自信，走向昂揚之氣，當然還有孤傲梗概之氣。興寄，詠懷，阮籍更多的是內心的悲涼，有終身履薄冰的感受，陳子昂則更有一種骨鯁之氣。阮籍寄意遙深，歸趣難求。陳子昂雖然也多比興寄託，但詩意並不遙深。不論建安詩歌還是正始詩歌，都有強烈的憂生之歎，陳子昂則是有更多的人生哲理的思辨，歷史和人生的思辨，結合作者的幽憤情思，創造了蒼涼宏大的意境。

時代畢竟不同了。既不是東漢末那個世積亂離的時代，雖酷吏橫行，但畢竟不同於司馬篡權、常恐罹謗遇禍的亂朝。初唐經過幾十年的發展，已經逐漸走向繁盛。士人心態不同了。陳子昂延續著四傑的文學，又從風雅興寄和風骨之美兩個方面，走向自信，走向昂揚的氣度，它和後來張若虛的〈春江花月夜〉一起，在人生哲理的思索中，走向壯大的境界美的創造，進一步走向盛唐。

第二章　盛唐初期文學

陳子昂之後，睿宗景雲初到玄宗開元中，盛唐創作尚未進入全盛，這是盛唐文學的早期，是初唐向盛唐轉變或說過渡的時期。這一時期，有張說、張九齡、吳中四士等重要詩人。

第一節　張說和張九齡

並稱為「二張」的張說和張九齡是唐代文學由初唐向盛唐過渡時期的兩個重要詩人。

一、張說

張說（六六七－七三〇），字道濟，一字說之，祖籍河東（今山西永濟），十四歲喪父後遷居洛陽（今河南洛陽）。天授元年（六九〇）制舉登科，歷仕至鳳閣舍人，長安三年（七〇三）因忤旨配流欽州（今廣西），後於睿宗景雲二年（七一一）同中書門下平章事，玄宗開元元年（七一三）因擁戴李隆基有功，封燕國公，為紫微令。後因與姚崇不合，貶外任，先後在相州、岳州、荊州、幽州等地任刺史、節度使等職，開元九年（七二一）再入朝為兵部尚書，同中書門下三品，十一年除中書令，十七年（七二九）復為右丞相。

張說前後三秉大政，掌文學之任凡三十年，在盛唐初期詩壇有著重要地位。他憑藉政治地位和與唐玄宗的密切關係，影響著玄宗的文治政策。玄宗採納他的主張，重道尊儒，博採文士，注重文治，改麗正殿書院為集賢殿書院，拜張說等十八人為學士，編撰典籍，刊正圖書，宴飲賦詩，給予文士很高的榮譽和地位，造成有利於文士人才成長的政治氛圍。張說注重獎掖文學新人，延納了很多文士。張九齡、賀知章、王灣等著名的詩人都受過張說的獎掖，這些人又提攜了一批傑出詩人和古文家。這對盛唐文學的發展有著重要的影響。張說一方面主張文學要吟詠德澤，佐佑王化，崇尚典則，講求實用，另一方面又離開教化說。他把詩歌看作抒發個人情志的需要，他在〈洛州張司馬集序〉中讚美張希元的詩「感激精微」，「天然壯麗」，「逸勢標起，奇情新拔」，《大唐新語》卷八〈文章〉載他評許景先之文「雖穠華可愛，而乏風骨」，韓休之文「雖雅有典則，而薄于滋味」，富嘉謨之文「如孤峰絕岸，壁立千仞，叢雲鬱興，震雷俱發」，可見他提倡自然之美，注重文采滋味，崇尚風骨和氣勢。繼陳子昂高倡復古革新之後，張說的文學主張更合乎文學發展的潮流。

張說現存詩三百六十多首，其廟堂樂章和應制、奉和之作幾占三分之一。這些詩，粉飾盛時，並沒有多少文學價值。此外的一些詩，卻有著豐富的內容。他外任欽州、岳州等地時，在〈南中別蔣五岑向青州〉中寫道：「有淚皆成血，無聲不斷腸。」《岳州宴別潭州王熊二首》其二寫道：「古木無生意，寒雲若死灰。」〈嶺南送使〉寫道：「將余去國淚，灑子入鄉衣。」寫出被貶後內心的淒婉之情。他出鎮幽州、并州的詩作，七古〈巡邊在河北作〉：「沙場磧路何為爾，重氣輕生知許國。人生在世能幾時，壯年征戰髮如絲。會待安邊報明主，作頌封山也未遲。」開元十年（七二二），張說受命往朔方軍巡邊，詩作於此時。詩人自問自答：荒漠沙場征戰為了什麼？是重氣節，輕生死，許身報國。人生短暫，壯年始得征戰，頭上已有如絲白髮，即使如此，也要安定邊關，報效明主，像漢代竇憲一樣刻石燕然山而歸。〈幽州夜飲〉：「涼風吹夜雨，蕭瑟動寒林。正有高堂宴，能忘遲暮心。軍中宜劍舞，塞上重笳音。不作邊城將，誰知恩遇深。」於涼風夜雨，蕭瑟寒林中只宜劍舞，只重笳音，心繫恩遇，能忘遲暮，都是安邊報國，建功立業的豪情。他送別贈答朋友，〈送郭大夫元振再使吐蕃〉：「腕刀贈分手，書帶加餐食。知君萬里侯，立功在異域。」〈送李侍郎迥秀薛長史季昶同賦得水字〉：「薛公善籌畫，李相威邊鄙。……勝敵在安人，為君汗青史。」是對國事的關切，對朋友的勉勵。他出使蜀地，被貶外任，也寫各地風物景色。他寫蜀山景色，〈過蜀道山〉：「披林入峭蒨，攀登陟崔嵬。白雲半峰起，清江出峽來。」他寫岳州異樣氣候風物，兩首〈岳州作〉，前首：「潦收江未清，火退山更熱。重欷視欲醉，懵滿氣如噎。器留魚鱉腥，衣點蚊虻血。」後一首：「日昏聞怪鳥，地熱見修蛇。」。他寫洞庭湖光，〈遊洞庭湖〉：「江寒天一色，日靜水重紋。樹坐參猿嘯，沙行入鷺群。」他寫巴陵景致，〈巴丘春作〉：「日出洞庭水，春山掛斷霞。江涔相映發，卉木共紛華。湘戍南浮闊，荊關北望賒。」他寫岳州灉湖景色，〈別灉湖〉：「千峰出浪險，萬木抱煙深。」他寫清遠江峽山寺，〈清遠江峽山寺〉：「雲峰吐月白，石壁淡煙紅。……簷牖飛花入，廊房激水通。」

張說的詩，有著從容、典雅、健朗的氣度，那些應制、奉和之作，雖沒有多少文學價值，大體都文筆精工穩健，頌揚得體。他的抒情詩，感情真摯但平和，沒有大起大落，即使貶謫在外，也常常有望闕承恩之思，沒有表現強烈的激憤慷慨，顯出曾居廟堂的身分氣度和對感情的控制，能寫出雄闊的意境，卻往往難見意興的飛揚。

當然，張說畢竟是很有藝術水準的詩人。他常常很自然地在景中寓情，寫出獨到的氛圍與韻味。如〈深渡驛〉：「旅泊青山夜，荒庭白露秋。洞房懸月影，高枕聽江流。猿響寒巖樹，螢飛古驛樓。他鄉對搖落，並覺起離憂。」青山荒庭，月影江流，寒巖古驛，猿響螢飛，寫得淒清荒寂，正是在這氛圍之中，感受到他鄉離憂和淪落失意的濃烈情思。又如〈送梁六自洞庭山作〉：「巴陵一望洞庭秋，日見孤峰水上浮。聞道神仙不可接，心隨湖水共悠悠。」一望洞庭，每日所見，唯孤峰浮於水上而已。境界開闊，而心境卻孤獨。神仙可聞，卻不可接，更添一片茫然。湖水悠悠，心更悠悠，別情悠悠不盡，貶謫之情更悠悠不盡。詩人在開闊之景中寫出自然渾成的境界，寫出濃烈的情思氛圍和無窮韻味。

張說勇於嘗試創作各種詩體。五言古詩和律詩寫得最多，此外還有多首七古、七律和七絕的佳作。他還寫有舞曲詞，他的〈破陣樂詞〉、〈舞馬詞〉、〈蘇摩遮〉都寫得頗有特色。

張說的文章與許國公蘇頲齊名，並稱為「燕許大手筆」，朝廷述作，多出其手，尤長碑文墓誌。他把人物描寫和抒情帶到碑誌中來，寫人物常有情節，有場面，表現出人物氣概。在他筆下，碑誌文風為之一變，這是他在文學上的又一貢獻。

二、張九齡

張九齡（六七八－七四〇），一名博物，字子壽，韶州曲江（今廣東韶關）人。長安二年（七〇二）舉進士。張說貶嶺南時，對張九齡非常器重，開元十年（七二二）張說為相，擢張九齡為中書舍人、內供奉。十四年（七二六）張說罷相，張九齡也被放外任，曾任桂州都督，兼嶺南按察使。開元二十一年（七三三）為相，二十四年（七三六）罷相，次年貶荊州長史。開元二十八年（七四〇）卒於故里。

張九齡是繼張說之後的文壇領袖，他從政的二十年間，也培養、提拔了一大批傑出的文士，對開元文學的繁榮，起了積極推動的作用。詩文理論上，張九齡主張「去華務實」（〈集賢殿書院奉敕送學士張說上賜燕序〉），贊同陳子昂提倡的興寄、風骨，〈鷹鶻圖贊序〉就說：「雖未極其天姿，有以見其風骨。」還提出「意得神傳，筆精形似」（〈宋使君寫真圖贊並序〉）。他銜接著初唐特別是陳子昂以來反對齊梁文風的主張，把文學引向質實、風骨。

張九齡的詩歌以抒寫個人窮通之感為主。他兩次遭貶，在洪、桂、荊等州，有很多這樣的作品。他常有歲月已逝，功業未成的感慨，說：「宦成名不立，志存歲已馳。五十而無聞，古人深所疵。……未得操割效，忽復寒暑移。」（《在郡秋懷二首》其一）詩當作於五十歲至五十二歲在洪州刺史任上。他有治國才能，因此受到張說賞識，但是，年已五十，有操割之能，卻一無所成，徒見歲月流逝。涉於宦途，他時時有如履薄冰之感。他說：「多慚入火術，常惕履冰心。一跌不自保，萬全焉可尋。」（〈始興南山下有林泉嘗卜居焉荊州臥病有懷此地〉）又說：「多謝周身防，常恐橫議侵。豈匪鵷鴻列，惕如泉壑臨。」（〈出為豫章郡途次廬山東巖下〉）又說：「胡為復惕息，傷鳥畏虛彈。」（《荊州作二首》其二）又說：「小人恐致寇，終日如臨深。」（《在郡秋懷二首》其二）他自知出身寒微，又來自當時還是僻壤之地的韶州。以這樣的出身入朝為官，而且官居宰輔，實在不易。他兩次被貶，都與他在朝廷中孤單無依有關。這一點，在他心裡留下難以磨滅的印記。他詩裡時時寫到這一點：「孤根自靡託，量力況不任。」（〈出為豫章郡途次廬山東巖下〉）「榮達豈不偉，孤生非所任。」（〈郡舍南有園畦雜樹聊以永日〉）說是「無階忽上摶」（《荊州作二首》其一）。他想過解脫，有過出世和歸老的念頭，但又不願放棄壯圖。時時有報君恩的念頭。說：「徇義在匹夫，報恩猶一餐。」（《荊州作二首》其二）仕途險惡，要自守潔操：「平生去外飾，直道如不羈。」（《在郡秋懷二首》其一）

這就有了《感遇十二首》和《雜詩五首》。張九齡《雜詩五首》或以孤桐自比孤高而難得知音，以湘妃漢女喻同心難見，或寫木直自寇，石堅他攻，都是感慨人生，尚襲魏晉時期以「雜詩」為題抒懷言志的傳統。《感遇十二首》則受陳子昂《感遇》詩的影響，一部分直接抒懷，更多的是比興寄託。不過陳子昂詩多直接抨擊現實，發表政見，張九齡詩純為個人抒懷言志。《感遇》其七是他的名篇：

江南有丹橘，經冬猶綠林。豈伊地氣暖，自有歲寒心。可以薦嘉客，奈何阻重深。運命惟所遇，循環不可尋。徒言樹桃李，此木豈無陰。

借丹橘抒懷。丹橘有歲寒之心，又有累累果實，卻因重重阻礙，無以薦以嘉客，人們所看重的只是嬌豔取媚的桃李。這顯然是自比秉賦高潔，而受到權奸勢力阻撓，不能為朝廷所用。詩受屈原〈橘頌〉影響，化用典故，貼切地興寄託志。

他也有其他借詠物以言志的作品。〈和黃門盧侍御詠竹〉讚美竹的「高節人相重，虛心世所知」，〈詠燕〉寫燕的「無心與物競，鷹隼莫相猜」，〈庭梅詠〉寫庭梅遭朝雪相妒，陰風屢吹，雖有芳意馨香，卻無人知曉，都是自詠其志。詠物詩在齊梁時代主要是單純詠物，以為娛樂，初唐駱賓王〈獄中詠蟬〉已是詠物言志，到張九齡進一步有所發展。

張九齡不少詩有山水描寫，如〈初入湘中有喜〉：「征鞍窮郢路，歸棹入湘流。……兩邊楓作岸，數處橘為洲。」〈耒陽溪夜行〉：「乘夕棹歸舟，緣源路轉幽。月明看嶺樹，風靜聽溪流。」也有專門的登臨望景之作，如〈湖口望廬山瀑布泉〉、〈登城樓望西山作〉、〈登臨沮樓〉。他描寫壯闊之景，也寫幽靜之景。他寫景，以形象刻劃為主，努力描寫山水景色的形貌。他的〈湖口望廬山瀑布泉〉：「萬丈洪泉落，迢迢半紫氛。奔飛流雜樹，灑落出重雲。日照虹蜺似，天清風雨聞。靈山多秀色，空水共氤氳。」著力外形的逼真描寫，另一首〈入廬山仰望瀑布水〉也是這樣。一些景物描寫很生動，如〈彭蠡湖上〉：「一水雲際飛，數峰湖心出。」為描寫景物，有些比喻很貼切，如〈自豫章南還江上作〉：「浦樹遙如待，江鷗近若迎。」但都著眼外形描寫，寫來像謝靈運，並沒有融情入景，並沒有情感氛圍。在傳神的刻劃中寫出情感氛圍，寫出韻味無窮的意境，還要待後來的山水詩人。

張九齡流傳最廣的詩，是〈望月懷遠〉：

海上生明月，天涯共此時。情人怨遙夜，竟夕起相思。
滅燭憐光滿，披衣覺露滋。不堪盈手贈，還寢夢佳期。

「海上生明月」句意境壯闊。由己之望月生情，想像遠方的情人月夜之中竟夕不眠，起而相思，思而生怨。憐愛月光而欲以此相贈，而一片虛光不堪盈握，最後寄託於夢中相會。月光引發種種聯想，詩清新自然而寓情深婉，富於韻味。

但是，張九齡這樣深婉多姿，富於韻味的詩並不多。大多平和清雅，體現曾居相位的雍容氣度和感情控制力量，質實有餘，而情韻文采不足。這一點，和張說有相似之處。盛唐初期出現兩位身為宰相而引領詩壇的詩人，是很值得注意的現象。

第二節　吳中四士等詩人

被稱為「吳中四士」的賀知章、包融、張旭、張若虛四人，以及劉希夷、崔國輔、王灣等，是盛唐早期另幾位重要詩人。「吳中四士」產生於文士薈萃的吳越之地，均風流清高、狂放不羈。劉希夷等人的詩作，也表現出初唐向盛唐過渡的特色。

一、吳中四士

賀知章（六五九－七四四），字季真，越州永興（今浙江蕭山）人，武周證聖元年（六九五）進士，授四門博士，官終秘書監。天寶二年（七四三）求度為道士，次年歸隱鏡湖，未幾病逝。

賀知章官位榮顯而性狂放，自號四明狂客，好飲酒，與李白、張旭等合稱為「飲中八仙」。賀知章現存詩中，七首郊廟樂章，三首應制詩，其餘則多是歸鄉、贈別、詠物之作。從他的〈題袁氏別業〉：「主人不相識，偶坐為林泉。莫謾愁沽酒，囊中自有錢。」還有皎然《詩式》輯錄的兩句：「落花真好些，一醉一回顛。」可以窺見他的狂逸天真。他寫得最好的是幾首七絕，〈詠柳〉：「碧玉妝成一樹高，萬條垂下綠絲條。不知細葉誰裁出，二月春風似剪刀。」以碧玉、絲條比喻柳樹柳條，雖精巧而有雕麗痕跡，以春風比剪刀，寫出一片生機，卻新穎生動而有自然之趣。他的《回鄉偶書二首》更是名篇，其一：

少小離家老大回，鄉音無改鬢毛衰。兒童相見不相識，笑問客從何處來。

從「少小離家」到「兒童相見不相識」，其中有多少人事滄桑，這一切，都融化在兒童的笑問中。兒童是陌生的，感受卻是親切的，眼前故鄉的親情，兒童的天真，還有什麼世事坎坷不能看淡，人生傷痛不能撫平呢？全是樸素無華的口語，卻寫出無窮的情趣韻味。他還有〈答朝士〉：「鈒鏤銀盤盛蛤蜊，鏡湖蓴菜亂如絲。鄉曲近來佳此味，遮渠不道是吳兒。」用民間俗物入詩，寫出鄉土氣息。他的七絕多有不合律的情況，這或者也看出他不拘格套的性格。

包融（生卒年不詳），潤州延陵（今江蘇丹陽）人，神龍（七〇五－七〇七）中，與賀知章、賀朝、萬齊融、張若虛、邢巨等吳越之士，俱以文詞俊秀，揚名京城。開元十三年（七二五）後，遷集賢院直學士、大理司直。包融存詩八首，多為五古和五律，時有精彩之句。〈送國子張主簿〉：「湖岸纜初解，鶯啼別離處。遙見舟中人，時時一回顧。坐悲芳歲晚，花落青軒樹。春夢隨我心，悠揚逐君去。」末句寫春夢隨心，悠揚逐君，饒有餘味。〈武陵桃源送人〉：「武陵川徑入幽遐，中有雞犬秦人家。先時見者為誰耶，源水今流桃復花。」也頗有清幽之境。

張旭（生卒年不詳），字伯高，吳郡（今江蘇蘇州）人。初任常熟尉，後官金吾長史。性曠達不羈，嗜酒，為飲中八仙之一。善狂草，每大醉後呼叫狂走，索筆揮灑，或以頭濡墨而書，時號「張顛」、「草聖」。張旭僅存六首絕句，均有韻味。〈桃花谿〉：

隱隱飛橋隔野煙，石磯西畔問漁船。桃花盡日隨流水，洞在清谿何處邊？

就寫景而言，遠有隔煙飛橋若隱若現，近有流水落花盡日相逐。在朦朧中又有明麗之美。就詩情而言，桃花盡日隨流水，心亦盡日隨流水，且妙在一個「問」字，一個「何處邊」，問而不答中引發人們的聯想和嚮往。〈山行留客〉：「山光物態弄春輝，莫為輕陰便擬歸。縱使晴明無雨色，入雲深處亦沾衣。」詩寫留客，以何留客？以山光物態之美。無須擔心天陰將雨而擬歸去，因為即使晴天，入雲深處也是煙霧迷濛，所以何不留下來，欣賞這空翠飄渺的春山美景。以山色之美留客，又借留客寫山色之美，兩者巧妙融合一體。兩詩都寫得風神飄逸，瀟灑自如，而又韻味無窮。〈清谿泛舟〉：「旅人倚征棹，薄暮起勞歌。笑攬清谿月，清輝不厭多。」月光可攬而不厭其多，發想新奇，引人神往。

張若虛（生卒年不詳），揚州（今江蘇）人，曾官兗州兵曹，其他事蹟不可考。其詩僅存二首，一首為五言排律〈代答閨夢還〉抒寫閨中少女的春思之情。另一首〈春江花月夜〉是千古絕唱。〈春江花月夜〉是樂府舊題，本是吳地民歌，陳朝引入宮廷，成為宮體詩的詩題之一，常用來寫春情閨怨，前人所寫，率多平庸浮淺。張若虛改五言短篇為七言歌行，創造了全新的意境。詩篇開頭先寫江月美景：

春江潮水連海平，海上明月共潮生。灩灩隨波千萬里，何處春江無月明。
江流宛轉繞芳甸，月照花林皆似霰。空裡流霜不覺飛，汀上白沙看不見。
江天一色無纖塵，皎皎空中孤月輪。

潮水連海，明月共生，波光萬里，何等開闊！春江月明，銀光灩灩，月照花林，如雪似霰，空裡流霜，若無若現，一切全融入江天一色，纖塵全無，又是何等幽美恬靜純淨美妙！正是在這純美的境界中，引發了美妙的思索：

江畔何人初見月？江月何年初照人？人生代代無窮已，江月年年望相似。
不知江月待何人，但見長江送流水。

他由純美的自然，想到純美的人生。人生本是短暫的，但人生代代無窮已，卻是無限的。時間無限，生命永恆，眼前純美的春江花月和美好的人生也是永恆的。江月待何人？江月不待何人，江月又等待所有人生，屬於所有美好的人生。人生世代與宇宙萬物永存，有限的生命融入無限的美好的江月，就獲得了永恆。這純美的境界和美妙的思索，寄託著對人生美好的嚮往。而這，也就引動了相思離別之情：

白雲一片去悠悠，青楓浦上不勝愁。誰家今夜扁舟子？何處相思明月樓？
可憐樓上月徘徊，應照離人妝鏡臺。玉戶簾中卷不去，擣衣砧上拂還來。
此時相望不相聞，願逐月華流照君。鴻雁長飛光不度，魚龍潛躍水成文。
昨夜閒潭夢落花，可憐春半不還家。江水流春去欲盡，江潭落月復西斜。
斜月沉沉藏海霧，碣石瀟湘無限路。不知乘月幾人歸，落月搖情滿江樹。

這是人生最普遍的感情，有離別，就有相思，而相思，正是因為嚮往相聚的美好。這一切，又都融入春江花月神話般純美的境界之中。明月徘徊於樓上，照耀著離人妝鏡之臺，輕拂著擣衣之砧，也願隨這月華流光照耀遠方的心上人。春江花月之下，有多少離別相思，有多少人盼望相聚後的美好生活。明月從海上生起，又漸漸西斜，沉沉地藏於海霧之中，詩人仍在遐想。落月灑滿江樹，那離別相思的淡淡感傷和對美好人生的嚮往之情，也仍在月下搖盪飛揚。自然的美好和人生的美好，宇宙無限和生命無限交融一體，語言清新自然，音調流麗婉轉，情感濃烈，境界純美明淨，韻味無窮。它預示著盛唐即將到來的全新的審美創造。

二、劉希夷、崔國輔、王灣

劉希夷（六五一—六七九？），字庭芝，汝州（今河南臨汝）人。上元二年（六七五）登進士。少有才華，生活落魄，不拘小節。劉希夷現存詩三十首，詩作仍帶有六朝宮體詩的餘風。如〈春女行〉、〈采桑〉、〈晚春〉等，還是寫玉樓妝粉，纖腰長袖，紅臉絳脣，寫女子晝眠的嬌媚慵懶之態。但是，他的〈公子行〉也寫真摯的愛情，〈擣衣篇〉細緻刻劃思婦的心態。〈將軍行〉寫將軍英勇殺敵，「劍氣射雲天」的豪情，〈從軍行〉寫軍士

「平生懷仗劍，慷慨即投筆」，「丈夫清萬里，誰能掃一室」的建功壯心。他有幾首懷古詩，〈謁漢世祖廟〉歌頌劉秀征戰南北恢復漢室的業績，〈蜀城懷古〉仰慕司馬相如、嚴君平、諸葛亮等蜀中人物。這些詩都讓人感到詩人也有過自己的壯心抱負。〈孤松篇〉則寫松樹的不羅寒暑，落落孤直，具廣廈之材，卻被委棄深澗，讓人強烈感受到這位少有才華的志士是那樣的失意。他有《江南曲八首》，寫來卻沒有民歌味，可見他可能有過把民歌文人化的嘗試。他最著名的作品是〈代悲白頭翁〉。詩的前半：

洛陽城東桃李花，飛來飛去落誰家。洛陽女兒惜顏色，坐見落花長歎息。
今年花落顏色改，明年花開復誰在。已見松柏摧為薪，更聞桑田變成海。
古人無復洛城東，今人還對落花風。年年歲歲花相似，歲歲年年人不同。

春花易落，青春易逝，桑田滄海之感，用自然流麗的語言寫來，尤為婉轉動人。年年歲歲與歲歲年年的回環往復，花相似與人不同的顯明對比，讓人感悟人生的短暫和自然的永恆，把人帶入哲理的思索。詩的後半，寫白頭翁的境遇。白頭翁也曾是紅顏美少年，也曾清歌妙舞，臺開錦繡，閣畫神仙，富貴無比，但一朝臥病，則無人相識，在大起大落中，感慨盛衰無常。和張若虛〈春江花月夜〉一樣，是人生的思索，卻比〈春江花月夜〉要更早。

崔國輔（生卒年不詳），吳郡（今江蘇蘇州）人。開元十四年進士，天寶十、十一載（七五一—七五二）任集賢院直學士、禮部員外郎，因事坐貶竟陵司馬，後行蹤不可考。

崔國輔詩今存四十一首。有邊塞詩、宮怨詩、古意詩，也有應制詩。就詩體來說，有五言律詩，五言古詩，數量最多且寫得最好的是五言絕句。五言絕句多用樂府舊題。《怨詞二首》其一：「妾有羅衣裳，秦王在時作。

為舞春風多，秋來不堪著。」從一件羅衣著筆，羅衣曾舞春風多，寓宮女盛時受寵，而羅衣秋來不堪著，暗寓宮女盛時已過，年歲已逝，終至失寵。純用比興，巧妙貼切而寓意深婉。〈魏宮詞〉：「朝日照紅妝，擬上銅雀臺。畫眉猶未了，魏帝使人催。」曹操曾築銅雀臺，臨終時遺命，列後諸妾和伎人皆著銅雀臺，每月朔望向帳前作伎。而曹操死後，魏文帝悉取其父宮人自侍，這就有「畫眉猶未了，魏帝使人催」之句。〈長樂少年行〉：「遺卻珊瑚鞭，白馬驕不行。章臺折楊柳，春日路傍情。」寫長安貴少章臺狎妓的放縱驕逸。珊瑚鞭、白馬，藉以狀貴少的身分。〈採蓮曲〉：「玉溆花爭發，金塘水亂流。相逢畏相失，並著採蓮舟。」寫人們採蓮相逢而傾心相愛。玉溆、金塘，極寫環境之美，而爭發的是花，亂流的是水，也是採蓮人的春心，人們尋找的不只是蓮蓬中的蓮子，也借機尋找自己的心上人。唐人五言絕句，李白、王維最為傑出。崔國輔的五言絕句雖略遜一籌，但短小含蓄中有靈動之氣，在唐代也有其突出的位置。

王灣（生卒年不詳），洛陽（今河南洛陽）人。先天元年（七一二）或先天二年進士。曾參與麗正院《群書四部錄》的撰輯工作，後任洛陽尉。開元十七年（七二九）秋曾在朝中任職，其後行跡不可考。存詩十首，其〈次北固山下〉：

客路青山外，行舟綠水前。潮平兩岸闊，風正一帆懸。
海日生殘夜，江春入舊年。鄉書何處達，歸雁洛陽邊。

客居在外，行舟江中，正問鄉書當抵達何處，作者的心已隨北歸的大雁，正飛向遙遠的故鄉洛陽。本是一般的羈旅鄉情之思，詩卻寫因潮水上漲與岸齊平，兩岸視野豁然空曠，胸襟也隨之開闊，展示出壯闊的境界和樂觀奮進的氣概。而當此時，風是正的，所謂「正」，既是順，又是有力，又帶有人的挺拔之態、昂揚之氣在。此句一作「風正數帆懸」，但仍當以「一帆懸」為佳，因為大江之上，唯一帆行駛，獨立環視，更顯江野和胸襟開闊，更有奮力挺進的氣概。舟行北固山下，尚在鎮江，本不近海，因江潮漲起，水闊如海，故稱「海日」。不稱江日而稱海日，就有一種雄闊的氣勢。夜近黎明，太陽升起，舊年未去，而交春時，這本不過是平常的自然現象，但作者寫「海日生殘夜，江春入舊年」，海日與殘夜，江春與舊年陡然形成強烈對比，使用「生」、「入」兩字，生動地將時序的自然交替，變為積極的躍動奮進，海日升起，一掃殘夜，江春遍地，頓驅舊年，在自然變化的哲理中引發一種希望和信心，寫出昂揚奮進的朝氣。寫詩時節，初唐入盛，唐王朝日顯朝氣蓬勃。這兩句帶著強烈的時代氣息，或者正因為此，身為宰相的張說手書這兩句於政事堂，令為作文楷式，這也使這首詩成為王灣的名篇，成為詩歌初唐入盛的代表作。

第三章　盛唐詩人（之一）：孟浩然、王維等

盛唐是一個繁花似錦的時代。首先值得注意的，是一群多以山水田園為題材，追求寧靜的境界，追求秀逸之美的詩人。這群詩人，以王維、孟浩然為代表。

第一節　孟浩然

這群作者中，孟浩然是第一個以自己獨有的藝術創造而卓然成家者。

一、孟浩然的生平和思想

孟浩然（六八九－七四〇），襄陽（今湖北襄陽）人。

孟浩然終身為求功名事業而奔波。開元十二年（七二四），孟浩然為求仕到洛陽滯留近三年。開元十六年（七二八），他入京應舉。開元二十三年（七三五），因韓朝宗引薦入京。但是，他數次努力均一無所獲。直到開元二十五年（七三七），張九齡出鎮荊州，始辟孟浩然為從事，僅一年左右，便因病辭職回家，結束幕僚生

活。

他有過多次漫遊。開元十二年到洛陽求仕之前，他就漫遊湖南、揚州、宣城等地。接著又有吳越之遊，開元二十五年從長安返襄陽之後，又有入蜀的短暫漫遊。他有過很長的隱逸生活。早年便隱居鹿門山，雖時有斷續，隱居的時間也長達二十多年。他是唐代少有的老於布衣的詩人。

他有入世之心，早年寫〈田園作〉，便說：「沖天羨鴻鵠，爭食羞雞鶩。」「誰能為揚雄，一薦〈甘泉賦〉。」〈洗然弟竹亭〉說他與二三子「俱懷鴻鵠志」，〈峴山送蕭員外之荊州〉：「再飛鵬激水，一舉鶴沖天。」他歌頌過俠義精神，有過建功立業的想法，當然也有過失意的苦悶。〈留別王侍御維〉是著名的一篇：「寂寂竟何待，朝朝空自歸。欲尋芳草去，惜與故人違。當路誰相假，知音世所稀。只應守索寞，還掩故園扉。」

對他影響最深的，是隱居生活和思想。他嚮往隱居生活。〈秋登蘭山寄張五〉：「北山白雲裡，隱者自怡悅。」他最欽慕的古人是陶淵明。〈仲夏歸漢南園寄京邑耆舊〉：「嘗讀《高士傳》，最嘉陶徵君。日耽田園趣，自謂羲皇人。」〈李氏園林臥疾〉：「我愛陶家趣，園林無俗情。」他的隱逸思想中，有佛家的影響。〈還山貽湛法師〉說：「幼聞無生理，常欲觀此身。」又說：「煩惱業頓舍，山林情轉殷。」也有道家貴閒寂和儒家安貧樂道思想的影響，〈山中逢道士雲公〉：「既笑接輿狂，仍憐孔丘厄。物情趨勢利，吾道貴閒寂。」〈西山尋辛諤〉：「回也一瓢飲，賢哉常晏如。」孟浩然的隱居，可能有終南捷徑，隱逸求名干祿的意圖，也有消極避世的因素，但主要是情懷淡泊，高出流俗，〈田園作〉：「弊廬隔塵喧，惟先養恬素。」養恬素是他的精神追求。隱逸山水田園是他所追求的美好自由生活，這是他積極的生活追求。正因為有這種美好自由的生活追求，所以他的詩才有那種寧靜中精神向上的生活之美、自然之美。

二、孟浩然的詩歌

孟浩然的詩以山水田園描寫見長。他的奉答贈和詩很多也有山水田園描寫，他的紀行紀遊作品是山水描寫的傑作，更有不少專寫山水田園景色和生活的作品。

他有一些比較工細的山水描寫。如〈登江中孤嶼贈白雲先生王迥〉：「悠悠清江水，水落沙嶼出。回潭石下深，綠篠岸傍密。」〈峴潭作〉：「石潭傍隈隩，沙岸曉夤緣。」〈經七里灘〉：「彩翠相氛氳，別流亂奔注。釣磯平可坐，苔磴滑難步。」〈采樵作〉：「橋崩臥槎擁，路險垂藤接。」可以看出他學謝靈運的痕跡，但他很快進入自己的創造。他寫景更為壯闊。〈自潯陽泛舟經明海〉：「大江分九流，淼淼成水鄉。」這是寫明海，寫出湖水的浩淼無邊。他寫錢塘江潮，〈與顏錢塘登障樓望潮作〉：「照日秋雲迥，浮天渤澥寬。驚濤來似雪，一坐凜生寒。」氣勢萬千。他寫洞庭湖，〈洞庭湖寄閻九〉：「莫辨荊吳地，唯餘水共天。渺瀰江樹沒，合遝海潮連。」水天一色，浩渺無邊，海潮相連。寫得最好的，當然是〈望洞庭湖贈張丞相〉：「氣蒸雲夢澤，波撼岳陽城。」以雲夢澤之廣，而湖水霧氣蒸騰籠罩之下，以岳陽城之雄偉，而被洶湧湖波撼動。寫開闊景象，更寫壯闊的力和氣勢，以至人們忽略了詩的干謁主題。然而孟浩然寫得最為動人的，其實是寧靜的境界和秀逸的美。像是〈閒園懷蘇子〉：

林園雖少事，幽獨自多違。向夕開簾坐，庭陰落景微。
鳥過煙樹宿，螢傍水軒飛。感念同懷子，京華去不歸。

他說，林園雖然少事，但也並非可以時時身處幽獨。而現在，黃昏時分，開簾而坐，就是庭院裡的落日餘暉也是那樣淺淺的，淡淡的。鳥兒已經飛走，在那煙霧迷濛的樹叢中安靜的宿下，只有那夜間才出來的螢火蟲傍著那水上軒臺飛來飛去。就是在這樣寧靜清幽的境界中，他感念友人。〈宿業師山房期丁大不至〉：「夕陽度西嶺，群壑倏已暝。松月生夜涼，風泉滿清聽。樵人歸欲盡，煙鳥棲初定。之子期宿來，孤琴候蘿徑。」又是黃昏時分，當夕陽度過西嶺，收起餘暉，群山眾壑頓然暗了下來，白日的喧鬧也一下子平靜了下來。明月升起，映照著松林，是那樣的清幽，又是那樣的涼爽，清風拂過松林，耳邊滿是松間泉水叮咚的聲音，夜更顯得幽靜。樵人都已歸返，夜色朦朧有如煙霧，鳥兒也已安靜的棲宿，只有詩人在長滿綠蘿的草徑中獨自一人抱琴等候。

他善於用簡練的筆墨寫出純淨而濃烈的情景交融的氛圍。孟浩然寫景，有謝靈運的工細，但已沒有謝的繁富。他的筆墨更為簡練，景物和情思更為純淨，它不僅是具體景物的傳神描寫，且是在不可句摘、渾融一體的境界描寫中，彌漫著濃烈的意蘊氛圍，而詩的無窮韻味正在其中。如〈宿建德江〉：

移舟泊煙渚，日暮客愁新。野曠天低樹，江清月近人。

他寫了什麼？就景物而言，只寫了移舟於江中小洲，只寫了曠野，只寫了江中月亮。這些景物具體如何？小洲上是否有雜英寒草，泊舟處是否有鄰船旁人，曠野上是否有民房陌路，那月亮是否圓如玉盤？這一切他都沒寫。就情思而言，他只寫了客愁，因何客遊，思念家中何人？旅途艱辛，一概都沒有寫。但整首詩卻彌漫著濃烈的意蘊氛圍。移舟泊於江渚，那江渚籠罩在朦朧煙霧之中，正像詩人心頭一片迷濛客愁。日暮之時，本是家人團聚的時候，而詩人卻仍羈旅在外，自然引起客愁，而這客愁每天都有，每天都不一樣，每天都有新的愁思，因此叫「客愁新」。雖然已是日暮泊舟，但因客愁而未能入眠。舟中望去，只見原野一片空曠，空曠到遠處天邊低低的垂下，彷彿和遠樹相接。原野空曠，詩人客愁之心也空曠無依。只有那江水清清，月影落在江心，與人是那樣的親近，給客愁孤獨之心一點安慰。但是，這是清江的月影，也是故鄉的月亮，月是故鄉明，這江心的月亮與人這樣親近，也使詩人更加思念故鄉，使客愁更為強烈。如〈宿桐廬江寄廣陵舊遊〉：

山暝聞猿愁，滄江急夜流。風鳴兩岸葉，月照一孤舟。
建德非吾土，維揚憶舊遊。還將兩行淚，遙寄海西頭。

仍然是寫客愁，仍是日暮時分，群山暗下來了，猿聲傳來，陣陣愁意，是猿愁，更是人愁。水流湍急，晝夜不停地流，是水流急，更是思鄉之情急切，是感情不平靜。本來是風吹動兩岸樹葉摩擦發出聲響，卻說「風鳴兩岸葉」，不是風吹，而是風鳴，彷彿兩岸滿是落葉，在急風中鳴叫。是落葉蕭瑟，更是內心蕭瑟。「月照一孤舟」，則寫內心孤單。又如〈夏日南亭懷辛大〉：「山光忽西落，池月漸東上。散髮乘夕涼，開軒臥閑敞。荷風送香氣，竹露滴清響。」只寫了一片月光中，荷風送來的香氣，竹上滴滴清露，便寫出一種寧靜的美的境界，一種悠然閒適的氛圍。

孟浩然的山水田園詩，特別是田園詩，常常把景物風光和田園生活融為一體，在他的詩裡，人也就是自然。孟浩然正是在人和自然的融合中，寫出寧靜悠閒的田園之美，這既是自然之美，也是生活之美。如〈過故人莊〉：

故人具雞黍，邀我至田家。綠樹村邊合，青山郭外斜。
開軒面場圃，把酒話桑麻。待到重陽日，還來就菊花。

詩主要是寫詩人應故人之邀，訪故人莊。但是，我們感受到的，不僅是一次訪故人莊的過程，而是一幅田園生活的畫面。「故人具雞黍，邀我至田家」，既盛情，又簡樸，不講虛禮。村邊綠樹環繞，郭外青山蜿蜒，是那樣的清新秀美。在這樣的背景之下，兩位老友打開軒窗，面對場圃，飲酒閒談莊稼之事，不談官場俗事，臨別之時，約定重陽之日，還要來喝菊花酒。恬靜秀美的田園風光，和悠閒淡泊的生活氣氛，和諧地融為一體。〈夜歸鹿門山歌〉：

山寺鐘鳴晝已昏，漁梁渡頭爭渡喧。人隨沙路向江村，余亦乘舟歸鹿門。鹿門月照開煙樹，忽到龐公棲隱處。巖扉松徑長寂寥，惟有幽人夜來去。

渡頭爭渡，人回江村，乘舟歸鹿門，都是寫人，但詩人是把這些人的活動作為田園風光來寫的。人也是自然景物的一部分。山寺鐘鳴，漁梁沙路，鹿門月照，煙樹蔥蘢，巖扉松徑，如此的恬靜，秀美，渡頭爭渡，人回江村，乘舟而歸，又是那樣的悠閒，安祥。這正是疏離俗世的隱士此時的心境。這是田園生活，也是田園風光，是兩者融為一體的圖景。寫出自然之美，也寫出田園生活之美。

孟浩然的山水田園詩有一種濃烈的感情氛圍，但又沒有感情上的大起大落，一切平實而寫。孟浩然詩的語言平淡，平淡到看不出作詩的痕跡，彷彿全不經意，而正是這極為平淡、極為淺白的語言，寫出了至佳的美的境界和無窮的詩的意味。〈春曉〉：

春眠不覺曉，處處聞啼鳥。夜來風雨聲，花落知多少。

從春眠醒來的聽覺和想像來寫。落筆即寫春眠不覺曉。詩人心情是悠然自得的，他盡情享受著春天的美好，盡情的春眠，以至於不知不覺，一覺醒來，天已見曉。從春眠不覺曉，慵懶中想見詩人悠閒之態，想見詩人心情之好。而這時，聞見處處鳥聲。心情這樣好，這鳥聲是婉轉悅耳的。由這鳥聲，想像外面春光燦爛，異常熱鬧的世界。夜來風雨，是從聲音聽來的。從春眠不覺曉的悠閒自得看，夜來春風春雨帶給詩人的也是美好的享受。享受悅耳鳥聲，也享受春風春雨，更享受雨後放晴空氣清新的拂曉和明媚的春光。只是瞬間掠過一絲輕輕的惋惜，花落知多少。而花落知多少，又令人想見春花是多麼爛漫，這是惋惜，更是神往，令人神往外面春花爛漫的世界。詩歌情趣盎然，韻味無窮，寫來卻毫不著力，而語言自然平淺，有如口語。他還有〈晚泊潯陽望廬山〉：「掛席幾千里，名山都未逢。泊舟潯陽郭，始見香爐峰。嘗讀遠公傳，永懷塵外蹤。東林精舍近，日暮但聞鐘。」只是輕輕地點染，彷彿信筆而寫，感情淡而低迴，語言平易淺近，寫出淳厚的意境和無窮的韻味。這是孟浩然的獨到之處。

第二節　王維

盛唐山水田園詩人中，王維是成就最高的大家。

一、王維的生平和思想

王維（六九二—七六二），字摩詰，祖籍太原祁縣（今山西太原），後徙家於蒲（今山西永濟）。王維於開元三年（七一五）年方十五歲時就離家赴長安，謀求進取。這時就曾在終南山隱居過。開元九年（七二一）登進士第，為太樂丞。旋因王維的下屬表演了專供皇帝觀賞的黃獅子舞，貶為濟州（今山東茌平西南）司倉參軍。其後曾官淇上，仕歷不詳。不久即棄官隱於淇上（今河南淇河一帶）。開元二十二年（七三四），張九齡為相，王維獻書張九齡，後曾隱居嵩山。次年，王維被提拔任右拾遺。此後歷仕監察御史、河西節度判官、殿中侍御史。開元二十九年（七四一）以後，一邊為官，一邊隱居終南山，經營藍田輞川別墅。後歷仕右補闕、吏部郎中等，天寶末官給事中。天寶十五載（七五六），安史亂軍陷長安，玄宗奔蜀，王維為叛軍所俘，被迫接受偽職。至德二載（七五七），唐軍收復兩京，陷賊官以六等定罪，王維因曾作詩表示故國之痛和對朝廷的思念，加以其弟縉懇請解職以贖兄罪，因此獲赦。次年復官，屢有升遷，官終尚書右丞，世稱「王右丞」。他終生為仕，雖有過波折，但仕途總體比較平穩，特別是後期。他多次隱居，最終過著半官半隱，亦官亦隱的生活。

他有功名之心，但不強烈。早年他寫〈老將行〉：「莫嫌舊日雲中守，猶堪一戰取功勳。」但同時也寫過〈桃源行〉，表達對田園生活的嚮慕。他仰慕的賢士，是解印歸田里的崔錄事，還有老於泉石安於丘樊的鄭霍二山人（《濟上四賢詠》）。還有陶淵明，〈奉送六舅歸陸渾〉就說：「酌醴賦歸去，共知陶令賢。」〈歎白髮〉說他「一生幾許傷心事」，這傷心事包括出貶濟州，陷賊官與獲罪，包括他一生所看到的種種社會不平，在官場上所遇到的種種冷落和爾虞我詐。《濟上四賢詠．鄭霍二山人》中寫道：「翩翩繁華子，多出金張門。」《偶然作六首》其五寫道：「夫婿輕薄兒，鬥雞事齊主。黃金買歌笑，用錢不復數。許史相經過，高門盈四牡。」他對這種現實顯然不滿。《偶然作六首》其五他感慨「讀書三十年，腰間無尺組。被服聖人教，一生自窮苦」，〈重酬苑郎中〉他又感慨「揚子解嘲徒自遣，馮唐已老復何論」。但他大多將怨憤和不滿歸於平和。出貶濟州，棄官隱居淇上，他寫〈淇上田園即事〉：「屏居淇水上，東野曠無山。日隱桑柘外，河明閭井間。牧童望村去，獵犬隨人還。靜者亦何事，荊扉乘晝關。」心境平和，看不出有多少怨憤。《偶然作六首》有不滿和感慨，但對一切又似乎無可無不可，甚至說：「五帝與三王，古來稱天子。干戈將揖讓，畢竟何者是？」武力征服和以位讓賢，究竟哪一個對？從詩意看，他覺得沒有差別。他因此說：「短褐不為薄，園葵固足美。」說：「得意苟為樂，野田安足鄙。」又說，像陶淵明那樣，「且喜得斟酌，安問升與斗」，「傾倒強行行，酣歌歸五柳」，這就很好。他是歸於知足和平和。他有他的人格獨立的追求，並不阿諛權貴，他作〈獻始興公〉獻張九齡，意在干謁，開頭卻說：「寧棲野樹林，寧飲澗水流。不用坐粱肉，崎嶇見王侯。」但又不敢傲視權貴，更未能傲世。他欽慕陶淵明的生活，但不敢說不為五斗米折腰，更不敢抨擊權貴。〈早秋山中作〉中自稱「無才不敢累明時」，〈贈從弟司庫員外絿〉又說「苦無出人智」，他自認沒有治國的才幹，也沒有在官場周旋的機巧。〈獻始興公〉：「任智誠則短，守仁固其優。」任智和守仁二者，他選擇的是守仁。所謂守仁，就是保持士人基本的節操和人格，不論有多少傷心事，都要保持內心的平和。他主要生活在開元天寶盛世，並沒有像杜甫那樣被捲入社會底層，感受社會更為殘酷的現實，感受唐代由盛轉衰的種種跡象，所以他亦官亦隱，隱居而不避世由此，雖有傷心之事，卻能保持內心平和寧靜。

王維一生與佛教有密切關係。其母奉佛三十多年，其弟王縉也素奉佛，王維自己早年就從大薦福寺華嚴宗道光禪師學頓教，後又與禪宗北宗的義福有交往。開元末在南陽見禪宗南宗名僧神會，並受其影響。晚年，他更是苦行齋心，退朝以後，焚香獨坐，以禪誦為事。他有儒家和道家思想，但都統攝在禪學之下。他有這樣的仕隱生涯，與他受禪宗影響是分不開的。佛學修養之外，王維還多才多藝，精於書畫、音樂。

二、王維的山水田園詩

王維現存四百多首詩中，直接以山水田園為題材的作品有百餘首。這些詩，最能代表他的詩歌創作特色和成就。

他寫山水景物的壯闊境界。如〈漢江臨汎〉：

楚塞三湘接，荊門九派通。江流天地外，山色有無中。
郡邑浮前浦，波瀾動遠空。襄陽好風日，留醉與山翁。

起首便大氣包舉，中間兩聯，寫江水奔流遠處，一望無際，竟似流於天地之外，而遠處山色迷濛，則在若有若無之中。郡邑彷彿浮於江水之上，江濤洶湧，彷彿撼動著遠方的天空，更是開闊壯觀。〈終南山〉：

太乙近天都，連山接海隅。白雲回望合，青靄入看無。
分野中峰變，陰晴眾壑殊。欲投人處宿，隔水問樵夫。

天都，一說指帝京，即長安，一說指天帝之都。當從後說。山峰之高，聳入雲天，山勢連綿，一直延伸到海邊。進入山中，更是一片茫茫雲海。同一座山，千巖萬壑，陰晴不同，景象千姿百態。同樣寫得雄偉壯闊。他寫「寒塘映衰草，高館落疏桐」（〈奉寄韋太守陟〉），「地迥古城蕪，月明寒潮廣」（〈送宇文太守赴宣城〉），「天寒遠山淨，日暮長河急」（〈齊州送祖三〉），讓我們知道，他對各種山水境界都能寫得傳神動人。但是，他最具特色的，是寫返歸自然、隨緣適意的山水田園生活，寫山水田園景色的幽美、空靜，在空靜的氛圍中表現自然的美和無窮的韻味，有畫意的美和音樂的美。

他寫返歸自然的田園閒逸生活。如〈渭川田家〉：

斜陽照墟落，窮巷牛羊歸。野老念牧童，倚杖候荊扉。雉雊麥苗秀，蠶眠桑葉稀。
田夫荷鋤至，相見語依依。即此羨閒逸，悵然吟式微。

斜陽西下，牛羊歸來，村野老人倚杖荊扉等候牧童，野雞在麥地裡呼喚著同伴，春蠶安然地眠於桑葉之間，農夫們荷鋤而歸，路上偶遇，依戀不捨地親密交談。一切是那樣和睦，那樣悠閒。但詩人有悵然，因為從詩來看，他寫的是渭川田家，不是他自己的田園生活，但可看作是他嚮往的田園生活寫照。詩有寫景，但主要是寫人們的田園生活。詩人把人的田園生活作為自然圖景來寫，這是一幅田家晚歸圖，人的生活和自然完全融為一體。〈淇上田園即事〉：「日隱桑柘外，河明閭井間。牧童望村去，獵犬隨人還。」〈丁寓田家有贈〉：「晨雞鳴鄰里，群動從所務。農夫行餉田，閨妾起縫素。」《田園樂七首》其六：「花落家童未掃，鶯啼山客猶眠。」其七：「酌酒會臨泉水，抱琴好倚長松。南園露葵朝折，東谷黃粱夜舂。」都是寫這種返歸自然的牧歌式的田園生活情景。又如〈山居秋暝〉：

空山新雨後，天氣晚來秋。明月松間照，清泉石上流。
竹喧歸浣女，蓮動下漁舟。隨意春芳歇，王孫自可留。

秋高氣爽，又值新雨過後，傍晚時分，空氣清新，明月照於松間，清泉流於石上，景色幽靜宜人。正是在這清新幽靜之中，從竹林中傳來的歡聲笑語，知道浣紗女正歡快地歸來，荷葉被撥動分開，那是晚歸的漁舟在順流而下。浣女和漁舟，人的生活，完全融入自然之中。清新宜人的是空山新雨後的景色，也是詩人的心境，詩人也完全融入到空靜自然之中。另外如〈終南別業〉：

中歲頗好道，晚家南山陲。興來每獨往，勝事空自知。
行到水窮處，坐看雲起時。偶然值林叟，談笑無還期。

興來獨往，乘興而行，乘興而樂，隨緣適意，可以順流直至水窮之處，可以看那雲霧無心而起，無心而去。詩人把自我完全化入自然與之融為一體。在與自然的觀照中，消融了自我，詩人所要寫的，就是化入自然的山水田園生活，寫返歸自然的生活的美。

王維善於表現山水田園空靜的境界和幽靜的美。《輞川集‧鹿柴》：

空山不見人，但聞人語響。返景入深林，復照青苔上。

山中杳無人跡，只是偶爾傳來一二聲人語，而短暫的人語之聲過後，山林顯得更杳無聲息。樹林幽深，只有淡淡的一抹夕陽餘暉透過林間縫隙照在青苔之上，又轉瞬而逝。真是一片靜寂。《輞川集‧竹里館》：「獨坐幽篁裡，彈琴復長嘯。深林人不知，明月來相照。」《輞川集‧辛夷塢》：「木末芙蓉花，山中發紅萼。澗戶寂無人，紛紛開且落。」〈鳥鳴澗〉：「人閒桂花落，夜靜春山空。月出驚山鳥，時鳴春澗中。」寫深林獨坐，明月相照，寫澗戶寂無一人，只有木末芙蓉花自開自落，寫靜夜春山，山是那樣的靜，以至可以聽到桂花落地的聲音，月亮出來可以驚動山鳥，那山鳥的鳴聲，更顯得春山的空寂幽靜。

這些空靜的境界，沒有人的活動，表現大自然的生機，使心靈在寧靜中感受到自然美，享受超脫塵俗的生活。王維追求自然空靜的美，與他的禪學修養有關，他接受禪宗萬有皆空的觀念和隨緣任運的思想，用佛教的空理消除內心的痛苦，「萬事不關心」（〈酬張少府〉），屏棄一切世俗之念，追求清靜而隨緣適意的人生，藝術上走向自然，尋找和表現自然的空靜的美，表現一塵不染的潔淨空間，表現與萬化冥一的心境，是很自然的。佛教的禪定，屏棄塵慮雜念，也有利於他的審美靜觀，有利於他在萬象紛繁中捕捉清幽明淨的境界，從而表現對宇宙、人生的微妙領悟。詩中大量表現佛禪境界，故人們稱其為「詩佛」。

和孟浩然詩一樣，王維詩也善於營造氛圍，表現出無窮的韻味。前面分析的王維那些山水田園詩多是如此。我們再看一首，〈書事〉：

輕陰閣小雨，深院晝慵開。坐看蒼苔色，欲上人衣來。

濛濛小雨剛止，天氣轉為輕陰，庭院深深，即使白天也懶得打開院門，這就隔絕了一切塵世喧鬧，即使在院裡，也只有一片薄霧，那蒼苔的翠色若有若無，彷彿就瀰漫在霧靄之中，染上人的衣袖。真是空寂到極點，幽靜到極點。在這種傳神的感覺氛圍中，寫出詩人的心境，寫出無窮的韻味和意境的美。

王維的山水田園詩常常表現出畫意的美，音樂的美。他善於用線條表現景物構圖的美，如〈使至塞上〉：「大漠孤煙直，長河落日圓。」在開闊的大漠背景之下，孤煙是一條向上的直線，長河是一條縱向的直線，而落日是圓形的曲線，簡單的構圖寫出景物粗獷壯偉的美。〈冬日遊覽〉：「青山橫蒼林，赤日團平陸。」平遠的原野之上，橫著一線青山蒼林，那是橫向的直線，那團團赤日，是圓形的曲線。〈輞川閒居贈裴秀才迪〉：「渡頭餘落日，墟里上孤煙。」渡頭落日是平緩的橫線上一個圓形的曲線，墟里孤煙是向上的直線。他善於表現繪畫色彩的美。〈送邢桂州〉：「日落江湖白，潮來天地青。」日落時分，江湖反射著日光，顯出一片白色，潮水湧來，色彩頓時變了，天地間又是一片青色，開闊宏遠中顯出青白色彩變化的美。〈輞川閒居〉：「青菰臨水拔，白鳥向山翻。」〈春園即事〉：「開畦分白水，間柳發紅桃。」前詩青菰的青色，白鳥的白色，後詩白水的白色，柳樹的綠色，紅桃的紅色，相互映襯，都寫出色彩的美。〈青谿〉：「聲喧亂石中，色靜深松裡。」色何以曰靜，蓋深松冷色調的綠色，讓人心境一下子寧靜下來。聲何以喧，蓋亂石之中清溪流過，那泉流之聲悅耳動聽。〈過香積寺〉：「泉聲咽危石，日色冷青松。」泉水從危石中流過，聲音低抑，因此曰「咽」，日色本是明亮之色，但映照在青松之上，也就成了冷色調，而這冷色調，正與詩人閒靜的心境相適應。兩詩都是一句寫聲音的悅耳，一句寫色彩的宜人。他善於寫景色構圖和層次的美。〈新晴野望〉：「白水明田外，碧峰出山後。」白水是近景，明田是中景，山是遠景，山後碧峰是更遠的景色。〈崔濮陽兄季重前山興〉：「千里橫黛色，數峰出雲間。」黛色之青，雲彩之白，構成色彩美，而千里橫黛色之中，有數峰挺拔，白雲繚繞其間，景物又層次錯落。故宋代詩人蘇軾稱：「味摩詰之詩，詩中有畫；觀摩詰之畫，畫中有詩。」（《苕溪漁隱叢話前集》卷一五引）

三、王維山水田園之外的詩歌

山水田園詩之外，王維詩歌還創造了多方面的藝術之美。

他寫少年遊俠。《少年行四首》：

新豐美酒斗十千，咸陽遊俠多少年。相逢意氣為君飲，繫馬高樓垂柳邊。（其一）

出身仕漢羽林郎，初隨驃騎戰漁陽。孰知不向邊庭苦，縱死猶聞俠骨香。（其二）

一身能擘兩雕弧，虜騎千重只似無。偏坐金鞍調白羽，紛紛射殺五單于。（其三）

寫他們浪漫生活和豪邁意氣，寫勇於獻身的報國熱忱，以及在戰場上勇武殺敵的氣概。

他的〈老將行〉，則寫老將「一身轉戰三千里，一劍曾當百萬師」，卻遭棄置，路旁賣瓜，而一旦邊情緊急，他又請纓殺敵，願為一戰取功勳。他寫邊塞詩。〈隴西行〉：「十里一走馬，五里一揚鞭。都護軍書至，匈奴圍酒泉。關山正飛雪，烽戍斷無煙。」選取飛馬傳書的片斷，寫出軍情緊急，而戰事具體情形和結果，留給人們想像。〈使至塞上〉：「單車欲問邊，屬國過居延。征蓬出漢塞，歸雁入胡天。大漠孤煙直，長河落日圓。蕭關逢候吏，都護在燕然。」大漠長河，孤煙落日，漢塞胡天，渾莽蒼涼，詩人正要奔赴歷史上名將刻石銘功的地方，內心也湧動著建功立業的豪情。再看〈觀獵〉：

風勁角弓鳴，將軍獵渭城。草枯鷹眼疾，雪盡馬蹄輕。
忽過新豐市，還歸細柳營。回看射雕處，千里暮雲平。

起首寫風勁角弓鳴，以環境襯出將軍的氣勢，並帶了出獵之意。草枯雪盡，視野更好，獵鷹更能迅疾鎖定獵物，飛速出擊；獵騎更能輕巧快速，追蹤而至。而這都是為表現將軍的勇銳和從容。經多豪俠的新豐酒鎮，歸漢代名將周亞夫屯軍的細柳之營，讓人想見詩中將軍瀟灑勇武的風度。而勒馬回眺，暮雲千里，更顯得豪縱雄闊，志得意滿。全詩借觀獵寫將軍的風采，寫出豪邁的氣概。王維的這些詩，都寫得筆勢跳蕩，意氣激揚，讓人想見他曾有過的壯志豪情，想見盛唐人們昂揚風發的氣概。

王維有幾首寫人間親情的小詩。〈九月九日憶山東兄弟〉：

獨在異鄉為異客，每逢佳節倍思親。遙知兄弟登高處，遍插茱萸少一人。

寫兄弟之情，寫人間普遍的每逢佳節倍思親的親情。以「獨」字開篇，又不惜重複兩個「異」，強調異鄉孤獨之感，而為下面寫思念兄弟作鋪墊。平日即已思念，佳節思念更甚，故曰「佳節倍思親」，情思更深而語言如同口語。己在京城思念兄弟，卻從兄弟登高寫來，既切重陽登高題意，又再次婉轉遞進，寫出更深的思親情思。寫這首詩時，王維才十七歲，在京城求仕，語言樸素，感情濃厚，顯示出王維少年的天賦。〈送元二使安西〉：

渭城朝雨浥輕塵，客舍青青柳色新。勸君更盡一杯酒，西出陽關無故人。

詩題一作〈渭城曲〉，寫送別之情。一場朝雨，洗盡輕塵，空氣更加清新，客舍四周一片青翠，楊柳吐出新綠，景色清明宜人，這一切，蕩盡了心中的煩慮，消融了送別的感傷和哀愁，而融入了友情的純潔真摯。送別的場景很多，只選取「勸君更盡一杯酒」，而正是這一杯酒包含了千言萬語，真摯的關切和無限的深情中，人們感受到的不是兒女低沉的悲切，而是隱約有一種盛唐人才有的清明開朗心境。〈送沈子福之江東〉：

楊柳渡頭行客稀，罟師蕩槳向臨圻。唯有相思似春色，江南江北送君歸。

又是送別之情。渡頭青青楊柳，行客稀疏冷清，烘托著送別的氛圍。臨圻當是友人所去之處，船夫蕩起船槳，將要將船駛向臨圻，臨別的時候終於到了。詩人以春色比別後相思之情，想像新奇而形象鮮明，又藉以把詩思由眼前的渡頭推展到江南江北，展開無限開闊的境界，無邊的春色帶著濃濃的相思之情，也帶著萬物蓬勃的生機，一片欣欣向榮，消融了送別的感傷，同樣帶有盛唐人才有的開朗、朝氣和自信。《雜詩三首》其二：

君自故鄉來，應知故鄉事。來日綺窗前，寒梅著花未。

寫故鄉之思。他鄉遇故人，便問故鄉事，首二句疊用二個「故鄉」，寫出心情的迫切，迫切想知道故鄉之事，問得急切，是因為思鄉情切。故鄉可問之事很多，初唐王績〈在京思故園見鄉人問〉便一下子問了很多事情。但王維卻只問了一件事，只問了綺窗前的寒梅。綺窗，伴隨他少年的生活，寒梅的高潔淡雅，象徵詩人追慕的人格，正是詩人的最愛。綺窗前清香雅淡的寒梅之花，便寄託了詩人對故鄉的全部思念。〈相思〉：

紅豆生南國，秋來發故枝。願君多采擷，此物最相思。

寫相思之情，是男女相思，也是朋友相思。借寫紅豆寫相思，構思巧妙，而含蓄蘊藉。說「此物最相思」，用語直白而寓情深婉。

第三節　盛唐其他山水田園詩人

除王維、孟浩然，盛唐還有一些寫山水田園，詩風相近的詩人，這些詩人有儲光羲、裴迪、祖詠、盧象、綦毋潛、丘為、常建、張子容、閻防、劉昚虛等。

一、儲光羲和裴迪

儲光羲（七〇六－七六二），潤州延陵（今江蘇丹陽）人。開元十四年（七二六）登進士第。曾任安宜、下邽、汜水等縣縣尉，開元二十一年（七三三）辭官還鄉，隱居於終南山，天寶六、七載（七四七－七四八）再次出仕。安史亂起，陷賊中，受偽職，後脫身逃歸，以附逆罪貶謫南方，寶應元年（七六二）遇赦，尋卒於貶所。儲光羲與孟浩然、王維都有交往。他並不是一個有大志的人，生活追求並不高，安時處順，認為自己宜於無為隱居，又認為人生沉浮、出入都沒有不同，隱居也只是精神的調劑。〈赴馮翊作〉：「本自江海人，且無寥廓志」，「恥從俠烈遊，甘為刀筆吏」，「大道且泛然，沉浮未云異」，《同王十三維偶然作十首》其二說「出入雖同趣，所向各有宜」，其四說：「浮雲在虛空，隨風復卷舒。我心方處順，動作何憂虞」，都反映了他的思想。也因此他既出仕又隱居，隱居後又出仕。

儲光羲的贈別詩，如〈洛橋送別〉：「海禽逢早雁，江月值新秋。一聽南津曲，分明散別愁。」〈洛中送人還江東〉：「孤舟從此去，客思一何長。直望清波里，唯餘落日光。」寫得感情真摯，能在景物描寫中融入惜別之情，但像他的為人一樣淡淡的，沒有深沉的情思，也沒有動人的描寫。他的懷古詩，如《臨江亭五詠》，借詠京口（今鎮江）臨江亭，感慨自晉及陳，五世而滅，但也缺乏深刻的感情。如其四，感慨南朝山水雖險而終至衰亡，但最後寫道：「平生何以恨，天地本無心。」將南朝衰亡歸於天地無心，淡化了感傷之情。

儲光羲最有代表性的是山水田園詩。這些詩，寫田家生活，寫隱逸情趣。《同王十三維偶然作十首》其九寫道：「裴回顧衡宇，僮僕邀我食。臥覽床頭書，睡看機中織。」《田家雜興八首》其二寫道：「滿園植葵藿，繞屋樹桑榆。禽雀知我閒，翔集依我廬。所願在優遊，州縣莫相呼。日與南山老，兀然傾一壺。」其四寫道：「田家趨壟畝，當晝掩虛關。鄰里無煙火，兒童共幽閒。桔槔懸空圃，雞犬滿桑間。時來農事隙，採藥遊名山。」他寫的很多應該就是他的生活。這些詩主要是寫他的閒逸情趣，寫返樸歸真的理想。沒有州縣相呼，沒有機巧競爭，悠閒自在，或作或息，或看書或採藥，隨意任興。

他善於寫一些自然的小景，表現自然的靜美和閒適情趣。《雜詠五首・釣魚灣》：

垂釣綠灣春，春深杏花亂。潭清疑水淺，荷動知魚散。日暮待情人，維舟綠楊岸。

水灣是綠的，潭水是清澈的，可以清楚地看到魚兒在活潑地游動，荷花在池灣裡搖曳，池邊是杏花開放，而詩人則悠閒地將船繫在岸邊垂釣，等待情人。〈齋後貽馬十二巽〉：「高天風雨散，清氣在園林。況我夜初靜，當軒鳴綠琴。雲開北堂月，庭滿南山陰。不見長裾者，空歌遊子吟。」寫山雨後園林中空氣清新，月光皎潔，灑滿庭院，夜色寧靜，詩人悠閒地彈著琴。

他寫得好的，還有《江南曲四首》，用民歌曲調，寫青年男女愛情生活。其三：「日暮長江裡，相邀歸渡頭。落花如有意，來去逐輕舟。」寫日暮時分，男女相邀渡頭，借落花追逐輕舟，暗寫男女有情，景色清新，情調歡快而語言明麗。

裴迪（七一六？—？），關中（今陝西）人。開元末在張九齡荊州幕府。後到長安，曾與王維、崔興宗等隱居終南山，也信奉佛教。上元（七六〇—七六一）間在蜀州為官。又曾任尚書省郎。

裴迪存詩二十多首，主要是山水詩，並且多在清幽境界中寫高情逸致。〈遊感化寺曇興上人山院〉：「不遠灞陵邊，安居向十年。入門穿竹徑，留客聽山泉。鳥囀深林裡，心閒落照前。浮名竟何益，從此願棲禪。」院裡竹徑，山中清泉，深林鳥囀，落照斜暉，在山林中安居棲禪。《輞川集二十首》是他的代表作。這是與王維的唱和之作，用五言絕句，寫輞川各處景物。藝術上遜於王維，但也能用自然素淡的語言寫出清幽寧靜之境。其〈華子岡〉：

落日松風起，還家草露晞。雲光侵履跡，山翠拂人衣。

詩以還家為線索，寫薄暮山間景色。首二句寫夕陽漸漸西沉，而涼爽的晚風又在松間輕輕地吹來，草上露水已乾，腳踩在乾爽的山草之上，更有輕軟細柔之感。「還家」與「落日」相應，點出詩人已遊覽多時，而遊興未盡。「落」字接以「起」字，是松間風起，也是遊興再起。後二句仿王維「山路元無雨，空翠濕人衣」，一句與「落日」呼應，寫雲隙斜暉，灑滿小徑，一句寫山色青翠欲滴，略嫌用力，不及王維詩空靈自然，但用「侵」字、

「拂」字，彷彿雲光山色依依不捨，追逐遊人的腳跡，輕拂遊人的衣衫，寫別一種境界，也恰到好處。〈木蘭柴〉：「蒼蒼落日時，鳥聲亂溪水。緣溪路轉深，幽興何時已。」用蒼蒼形容落日之景，略嫌詞重，鳥聲亂溪水，過於喧譁，寫山路緣溪越轉越深，卻寫出一種幽興。〈臨湖亭〉：「當軒彌滉漾，孤月正裴回。谷口猿聲發，風傳入戶來。」因孤月徘徊，亭臨湖水，因此水光滉漾，映照軒窗，而谷口猿聲，隨風傳來，更有清幽之境。

二、祖詠、盧象、綦毋潛、丘為

祖詠（生卒年不詳），洛陽（今河南洛陽）人。開元十二年（七二四）（一說十三年）進士。曾在齊州（今山東濟南）以東任地方官。後移家汝墳（今河南襄城），以漁樵農耕自終。與王維、儲光羲等詩人為友。

他現存的邊塞詩僅有〈望薊門〉一首，在「萬里寒光生積雪，三邊曙色動危旌。沙場烽火連胡月，海畔雲山擁薊城」的壯闊境界中寫「少小雖非投筆吏，論功還欲請長纓」的豪情，用筆雄健有力，在邊塞詩中別有一格。其他的詩作主要是山水詩，如〈夕次圃田店〉：「落日桑柘陰，遙村煙火起。」旅途奔波，馬煩人倦之時，遠處村莊的炊煙和燈火無疑帶給詩人寬慰。〈陸渾水亭〉：「淺沙平有路，流水漫無聲。」寫霽後晴日水亭旁景色，川水靜靜流淌，波瀾不驚，沙灘平淺，岸邊小路平緩，詩人心境也平和寧靜，寫流水而曰「無聲」，著一「平」字、「漫」字，形象貼切而傳神。〈泊揚子津〉：「江火明沙岸，雲帆礙浦橋。」寫泊船津口所見。後句「礙」字寫雲帆遮蔽浦橋之狀，雖造語新鮮但略嫌生硬。前句寫江中漁船上燈火在沙岸夜色中閃亮，用「明」字卻很自然，寫泊舟之景也頗真切。他的名作是〈終南望餘雪〉：

終南陰嶺秀，積雪浮雲端。林表明霽色，城中增暮寒。

據《唐詩紀事》，這是長安應試之作，本應六韻十二句，但他只寫四句就交卷，回答說「意盡」。所謂「意」，是題中之意，也是心中之意。終南高聳，又是遠望，因此山頂餘雪，如浮於雲端。雪化之時，天氣尤冷，又值晚暮，因此說城中增暮寒。而雪後放晴，山上只是餘雪，因此無雪之處，山嶺仍是秀麗，林表一片晴朗明亮之色。詩借餘雪寫清幽之境，而這也是作者此時心境。詩雖短小卻饒有餘味。

盧象（七〇〇—七六〇？），字緯卿，家居汶上（今山東泰安、曲阜一帶）。開元中進士，歷仕至司勳員外郎，天寶四載（七四五）前後，為流言中傷，外貶齊、汾、鄭等州司馬，安史之亂，陷賊，受偽職，後再貶果州長史等，應召回京途中，病死於武昌。

盧象與王維、李白、綦毋潛、祖詠等詩人來往。多寫山水田園。〈竹里館〉：「柳林春半合，荻筍亂無叢。」寫出景物特色。〈永城使風〉：「長風起秋色，細雨含落暉。夕鳥向林去，晚帆相逐飛。蟲聲出亂草，水氣薄行衣。一別故鄉道，悠悠今始歸。」細雨濛濛，落暉脈脈，夕鳥向林，晚帆相逐，草中蟲聲，水氣迷茫，秋色黯淡，寫羈旅故鄉之思，頗有意境氛圍。

綦毋潛（生卒年不詳），虔州南康（今江西）人。早年隱居。開元十四年（七二六）登進士第，曾任宜壽縣尉、集賢院直學士等，後棄官還虔州隱居，天寶中又再謀出仕，官終著作郎，約卒於安史亂起後。與王維、孟浩然、儲光羲等詩人友善。詩多題詠寺院道觀，寫方外之情。〈春泛若耶溪〉為其佳作：「幽意無斷絕，此去隨所偶。晚風吹行舟，花路入溪口。際夜轉西壑，隔山望南斗。潭煙飛溶溶，林月低向後。生事且彌漫，願為持竿叟。」乘興而遊，也隨遇而寫。晚風行舟，從溪口而入，轉到西壑，隔山始可望南斗，且潭煙溶溶，明月低垂，山已幽深，清幽是環境，也是詩人的心境。「吹」、「入」、「轉」、「望」，動詞用得貼切。溶溶形容潭煙，非常形象。

丘為（七〇三？－七九八？），蘇州嘉興（今浙江）人，天寶二年（七四三）進士及第，此時年已逾四十。逾八十，以左散騎常侍致仕，後又復官。與王維、劉長卿友善。存詩十多首，多山水田園詩且多為早年作品。〈泛若耶溪〉：「結廬若耶裡，左右若耶水。無日不釣魚，有時向城市。溪中水流急，渡口水流寬。每得樵風便，往來殊不難。一川草長綠，四時那得辨。短褐衣妻兒，餘糧及雞犬。日暮鳥雀稀，稚子呼牛歸。住處無鄰里，柴門獨掩扉。」平淺隨意，缺乏提煉，但也有一些田園情味。

三、常建、張子容、閻防、劉昚虛

常建，字里不詳，約生於武則天長安二年（七〇二），卒於大曆年間（七六六－七七九）。開元十五年（七二七）進士。天寶三載（七四四）以後，曾任盱眙尉。以仕途失意，遂放浪琴酒，往來長安附近的太白、紫閣諸峰，後隱居鄂渚（今湖北鄂城）。

常建的邊塞詩如《塞下曲四首》其二：「龍門雌雄勢已分，山崩鬼哭恨將軍。黃河直北千餘里，冤氣蒼茫成黑雲。」寫一次失敗的戰爭，不描述戰爭過程，而寫戰後山崩鬼哭，冤氣蒼茫，由此可想像戰爭的慘烈。其一：「玉帛朝回望帝鄉，烏孫歸去不稱王。天涯靜處無征戰，兵氣銷為日月光。」寫西漢王朝與烏孫民族友好交往，從此天涯萬里沒有征戰，兵氣銷盡，日月普照。立意在邊塞息戰，民族和睦，寫出邊塞詩的新境界。

但是，常建寫得更好更多的是山水詩。〈宿王昌齡隱居〉是他的名篇：

清溪深不測，隱處唯孤雲。松際露微月，清光猶為君。
茅亭宿花影，藥院滋苔紋。余亦謝時去，西山鸞鶴群。

清溪深遠，唯見孤雲，暗寫主人已去，清光為君，有懷戀之意。藥院苔紋，既寫環境幽寂，又暗寫主人離去已久。清溪孤雲，松際微月，茅亭花影，藥院苔紋，只寫清幽的環境氛圍，王昌齡的隱逸情趣和清高品格都在想像之中，卻巧妙地將詩人的嚮慕之情和寧靜心境也融入其內。他的另一名篇是〈題破山寺後禪院〉：

清晨入古寺，初日照高林。竹徑通幽處，禪房花木深。
山光悅鳥性，潭影空人心。萬籟此都寂，但餘鐘磬音。

同樣寫清幽之境。竹徑通幽，花木深深，越是深幽，越是遠離囂塵，越是心入禪境，鳥的自由自在，更是心的自由自在。不寫潭水，而寫潭影，古寺鐘磬之音，更顯深山幽寂寧靜，真是聲色萬慮皆空，心中俗念煩慮頓時全消，只剩下對自然的親和愉悅。

張子容（生卒年不詳），行八，襄陽（今湖北襄陽）人。早年隱於襄陽白鶴山，與孟浩然相鄰而居。先天二年（七一三）登進士第，開元中任晉陵尉，貶樂城尉，後棄官歸舊業，安史亂時尚在世。

他對永嘉山水多有著墨。〈永嘉即事寄贛縣袁少府瓘〉：「山繞樓臺出，谿通里閈斜。」「海氣朝成雨，江天晚作霞。」寫出景物特色。〈永嘉作〉：「拙宦從江左，投荒更海邊。山將孤嶼近，水共惡谿連。地濕梅多雨，潭蒸竹起煙。」從詩意看，詩人曾遭貶謫流放到近海的永嘉邊遠之地。永嘉山水在前代詩人那裡，曾寫得很秀美，但這裡既寫孤嶼、惡溪，又寫地面潮濕，多有梅雨，到處蒸騰著霧氣，寫景中寓含投荒失意怨憤之情。〈泛永嘉江日暮回舟〉寫得清新秀麗：「無雲天欲暮，輕鷁大江清。歸路煙中遠，回舟月上行。傍潭窺竹暗，出嶼見沙明。更值微風起，乘流絲管聲。」薄暮時分，月映大江，水天一色，故說回舟月上行。竹林深幽，故曰竹暗，月照沙灘，故曰沙明。一路舟行賞景，見心情愉悅，而一陣微風，更顯清爽，句末絲管之聲，留有餘味。

閻防（生卒年不詳），行九，河中（今山西永濟）人。開元二十二年（七三四）進士及第，開元二十五年（七三七）前後曾謫為長沙司戶。曾官大理評事。天寶初隱於終南山，與孟浩然、劉昚虛等有詩相贈。《全唐詩》存詩五首。多五言古詩，多寫山水。〈百丈谿新理茅茨讀書〉：「浪跡棄人世，還山自幽獨。始傍巢由蹤，吾其獲心曲。荒庭何所有，老樹半空腹。秋蜩鳴北林，暮鳥穿我屋。」寫荒庭老樹，秋蜩哀鳴，暮鳥穿行，幽靜中帶著枯寂荒寒。〈宿岸道人精舍〉：「秋風翦蘭蕙，霜氣冷淙壑。山牖見然燈，竹房聞搗藥。」雖算不上佳句，但也能寫出遠離囂塵，寂寞閉門的精舍氛圍。

劉昚虛（生卒年不詳），字全乙，洪州新吳（今江西奉新）人。一說開元十一年（七二三），一作二十一年，七三三）進士及第，又登博學宏詞科，曾官弘文館校書郎。卒於天寶十二載（七五三）之前。與王昌齡、孟浩然有詩贈往。

《全唐詩》存其詩一卷十六首。有山水登臨和專門的尋幽探勝之作，送別友人之作中多山水描寫。〈暮秋揚子江寄孟浩然〉：「木葉紛紛下，東南日煙霜。林山相晚暮，天海空青蒼。暝色況復久，秋聲亦何長。孤舟兼微月，獨夜仍越鄉。寒笛對京口，故人在襄陽。詠思勞今夕，江漢遙相望。」著力描寫暮秋蕭瑟景色和孤獨冷清氣氛，雖略嫌繁複，但很好地烘托作者悵然思友的心情。〈闕題〉寫得更好：「道由白雲盡，春與青溪長。時有落花至，遠隨流水香。閒門向山路，深柳讀書堂。幽映每白日，清輝照衣裳。」路隨山遠，盡頭高入雲端，而心情如白雲自由自在，所以說「道由白雲盡」，青溪兩岸，盡是春色，而心情亦如春色愉悅，所以說「春與青溪長」。「時有」、「遠隨」寫出乘興隨意，悠閒自得。棄絕人事，遠離囂塵，唯讀古書，因此是「閒門」、「深柳」。深山之中，雖是白日，所見亦是清幽的光輝。處處寫清幽之景，又處處見詩人幽雅閒逸之情。

第四章　盛唐詩人（之二）：高適、岑參和王昌齡等

王維、孟浩然等詩人之外，盛唐還有一些將詩寫得清雄剛健，豪放壯偉的詩人，他們可能寫各種題材，但都寫過邊塞，他們是盛唐乃至整個唐代邊塞詩的代表。這些詩人主要有高適、岑參和王昌齡，另外還有李頎、王之渙、崔顥、王翰等。

第一節　高適

一、高適的生平

高適（七〇〇？－七六五），字達夫，郡望渤海蓨縣（今河北景縣），少客於梁宋（今河南）。高適有很強的功名事業之心，早年卻仕途坎坷，屢遭挫折，常懷憤憤不平。二十歲西遊長安，干進無門，失意而歸，居於宋州，躬耕讀書。開元二十年（七三二），北遊燕趙，上詩朔方節度副大使信安王李禕，欲入幕

從戎，而無結果。開元二十二年（七三四）自薊北南歸宋州。次年到長安應制舉，又未中第。天寶八載（七四九），經張九齡之弟——睢陽太守張九皋推薦，始舉有道科中第，授封丘（今河南封丘）尉。漂淪十幾年，年已半百，始得一小縣尉，高適非常不滿，終於於天寶十一載辭去封丘尉。

這段時間，高適結識了不少詩人。早年遊長安，他結識了王之渙。天寶三載（七四四），他與李白、杜甫相遇於宋州，偕遊梁、宋。天寶五載，應北海太守李邕之邀，赴臨淄郡，與李白、杜甫再次相會，並同遊齊、魯。天寶十一載（七五二）秋，高適遊長安，與杜甫、岑參、儲光羲等詩文往還。

他北遊燕趙，登薊門，出盧龍塞，首次接觸燕北邊塞和戎旅生活。天寶十載（七五一）冬，他自封丘送兵至范陽青夷軍，過薊門，出居庸關，再次深入塞北，體察邊塞風土軍情。他幾次漫遊，對民風政情也有閱歷。失意的怨憤，現實的閱歷，激發了他的創作熱情。《舊唐書・高適傳》稱：「適喜言王霸大略，務功名，尚節義。逢時多難，以安危為己任。」這都影響著高適的詩風。這一時期，是高適創作的輝煌時期。

天寶十二載（七五三），高適的仕途生涯發生了轉折。這一年，他在長安應聘，入河西節度使哥舒翰幕府為掌書記。他兩度隨哥舒翰入朝，受到信任，情緒甚為高昂。天寶十四載（七五五），安史之亂起，這年十二月高適拜左拾遺，轉監察御史，隨哥舒翰守潼關，潼關失守後，隨玄宗入蜀，晉升諫議大夫。這時肅宗已即位靈武，至德元載（七五六）十二月，高適被肅宗召見議事，被委以淮南節度使，率兵討伐永王李璘。因權閹李輔國讒毀，高適左遷太子少詹事，乾元二年（七五九），出為彭州（今四川彭縣）刺史，後轉蜀州（今四川崇州）刺史，寶應二年（七六三）任劍南西川節度使，攝東川節度使，駐成都。廣德二年（七六四）被召回京，任左散騎常侍，封渤海縣侯。

《舊唐書・高適傳》：「有唐以來，詩人之達者，唯適而已。」高適晚年官位顯達，但沒有多少實際作為。

領軍討永王，兵未下而永王已敗亡。任劍南節度使，敗於吐蕃，致使松、維、保等西山三州為吐蕃占領。沒有多少處理實際事務的能力，因此《舊唐書》本傳又說他「言過其術」。晚年十年詩歌創作成績也遠不能跟前期比，官位顯達而詩情枯竭。

二、高適邊塞詩之外的詩歌

高適除了邊塞詩，有不少寄贈、酬和的抒情詩。這些詩，常常寫他落拓失意的不平。〈效古贈崔二〉：

十月河洲時，一看有歸思。風飆生慘烈，雨雪暗天地。我輩今胡為，浩哉迷所至。
緬懷當塗者，濟濟居聲位。邈然在雲霄，寧肯更淪躓。周旋多燕樂，門館列車騎。
美人芙蓉姿，狹室蘭麝氣。金爐陳獸炭，談笑正得意。豈論草澤中，有此枯槁士。
我慚經濟策，久欲甘棄置。君負縱橫才，如何尚憔悴。長歌增鬱快，對酒不能醉。
窮達自有時，夫子莫下淚。

詩作於北遊燕、趙時。這次北遊，本欲入幕求仕，但毫無結果。他很是失望，以至於感到風雨慘烈，天昏地暗。那些當途者居於高位卻只會奢侈享樂，全然不顧草澤中還有他這樣失意的才志之士，他感到憤憤不平。說自慚無才，甘於棄置，全是反話，正話反說，尤顯憤激。為朋友抱不平，實際是自己心中不平。以至於長歌反增鬱快，對酒不能澆愁。〈九日酬顏少府〉：

簷前白日應可惜，籬下黃花為誰有。行子迎霜未授衣，主人得錢始沽酒。

蘇秦憔悴人多厭，蔡澤棲遲世看醜。縱使登高只斷腸，不如獨坐空搔首。

詩作於客居梁、宋時期。此前，他西遊長安，自以為「舉頭望君門，屈指取公卿」，不料卻「白璧皆言賜近臣，布衣不得干明主」（〈別韋參軍〉），失意而歸。適逢九日重陽，本應有清高曠遠之興，但他卻毫無興味。秋高日麗，只覺可惜，籬下黃花，非我所有。已到霜寒之時，卻因仕祿全無而未能授衣，也沒有錢沽酒。他覺得自己正像古代蘇秦、蔡澤，憔悴失意，為人所厭。

他想過隱居，這是唐代很多失意文人走過的路。早年他在仕途上漂淪十幾年，年已半百，始得一小小的封丘尉。他寫〈封丘作〉：「只言小邑無所為，公門百事皆有期。拜迎官長心欲碎，鞭撻黎庶令人悲。」這時他就想到，「生事應須南畝田，世情付與東流水。夢想舊山安在哉，為銜君命且遲回。乃知梅福徒為爾，轉憶陶潛歸去來。」在此前，開元二十四年，長安應制失意之後，他居於淇上，其〈淇上別業〉也說過：「且向世情遠，吾今聊自然。」天寶元年前後，他寫〈奉酬睢陽李太守〉：「寸心仍有適，江海一扁舟。」但他實際並未認真隱居過。他也很少寫山水，除〈淇上別業〉等極少的詩之外，基本上沒有寄情山水田園的詩作。

雖然失意，但是他相信「窮達自有時」。他性格拓落慷慨（殷璠《河嶽英靈集》就說他「性拓落，不拘小節」），他也自信有才略（《舊唐書・高適傳》說他「喜言王霸大略」）。更主要的是，他有強烈的功名心，他的功名和富貴追求是聯繫在一起的。《行路難二首》其二：「君不見富家翁，舊時貧賤誰比數。一朝金多結豪貴，萬事勝人健如虎。子孫成行滿眼前，妻能管弦妾能舞。自矜一身忽如此，卻笑傍人獨愁苦。東鄰少年安所如，席門窮巷出無車。有才不肯學干謁，何用年年空讀書。」他相信自己會成為富翁，不願做一窮書生。他時時鼓勵友人。〈東平留贈狄司馬〉：「知君不得意，他日會鵬摶。」〈過盧明府有贈〉：「君觀黎庶心，撫之誠萬全。

何幸逢大道，願言烹小鮮。能奏明廷主，一試武城弦。」〈和崔二少府登楚丘城作〉：「公侯皆我輩，動用在謀略。聖心思賢才，朅來刈葵藿。」〈別王徹〉：「吾知十年後，季子多黃金。」他的詩，時時有著壯偉慷慨之氣。《別董大二首》其一：

　　十里黃雲白日曛，北風吹雁雪紛紛。莫愁前路無知己，天下誰人不識君。

沒有兒女淒惻之情，而充滿了對前程的自信。〈河西送李十七〉：「邊城多遠別，此去莫徒然。問禮知才子，登科及少年。出門看落日，驅馬向秋天。高價人爭重，行當早著鞭。」希望友人珍惜此次遠行的機會，不要徒然而去，要勤於問禮，了解社會事務，要當少年之時及早登科及第，「著鞭」用晉劉琨典故，謂策馬著鞭，殺敵建功。此處謂「早著鞭」，即謂儘早建功立業，有所作為，相信自己的才華，一定會為人所看重。勉勵多於惜別，壯心高於離情。「出門看落日，驅馬向秋天。」頗有一往無前的豪情。〈送別〉最後也寫：「攬衣出戶一相送，唯見歸雲縱復橫。」全然沒有離情之苦，而是慷慨相送。

　　他關注的是現實中可能實現的仕進和功業，在一些詩裡，寫過現實人民的苦難。《自淇涉黃河途中作十三首》其九：「深覺農夫苦。」〈東平路中遇大水〉看到一場大水，使「農夫無倚著，野老生殷憂」。〈苦雨寄房四昆季〉：「惆悵憫田農，裴回傷里閭。」他在「逢時多難」之時，也「以安危為己任」（《舊唐書・高適傳》）。

　　他豪壯，但時時有著理性的控制，時時歸結到現實的功名追求。他寫實、幽憤，心裡怎麼想，就怎麼寫，寫得沉雄，壯偉中交織著蒼涼。〈人日寄杜二拾遺〉：

　　人日題詩寄草堂，遙憐故人思故鄉。柳條弄色不忍見，梅花滿枝空斷腸。

身在遠藩無所預，心懷百憂復千慮。今年人日空相憶，明年人日知何處。
一臥東山三十春，豈知書劍老風塵。龍鍾還忝二千石，愧爾東西南北人。

詩於肅宗上元二年（七六一）寄杜二拾遺（即杜甫），時高適任蜀州刺史，杜甫流落蜀中，上一年始於成都營得草堂。起句點題，次句由「憐」而「思」，由「故人」而及「故鄉」。故人杜甫漂泊西南，倍嘗艱辛，一個「憐」字，寄寓無限同情。而中原故鄉正滿目瘡痍，「思故鄉」又寓無限感慨。同為飄泊異地，撩動鄉愁，故柳枝萌芽，梅花盛開，春日將臨，卻曰「不忍見」、「空斷腸」。詩人雖身為刺史，卻供職遠蕃，不能參預朝廷大政，建樹功業，時局動盪，更心懷百憂千慮。今年此時已是不得相見，時命危淺之秋，明年更難預料人在何處。詩人自二十歲到長安尋找出路，失意而歸，開始隱居，到四十九歲時中第授官，近三十年，故自比東晉謝安高臥東山。自謂書劍學成，豈料年已六十，老於宦途風塵。老態龍鍾，忝居二千石刺史之職，真是愧對飄泊流離於東西南北的友人。詩中懷友思鄉於感慨時局身世，寫得蒼涼深沉。

三、高適的邊塞詩

高適的邊塞詩，主要借寫邊事以抒情。他三次出塞，故所寫的邊塞詩有他的親身體會，有具體的邊塞事件作背景，甚至就是直接寫具體的邊塞事件，在實感的基礎上抒發感情。

前兩次去薊北邊塞，詩風蒼涼悲慨。他總是帶著深深的憂慮和感慨。〈自薊北歸〉：「驅馬薊門北，北風邊馬哀。蒼茫遠山口，豁達胡天開。五將已深入，前軍無半回。誰憐不得意，長劍獨歸來。」這應該是寫開元二十一年薊北的都山之敗，詩人這時正在薊北。這次戰役，唐軍不利，主將戰死，餘眾六千餘人猶力戰不已，盡被虜所殺，所謂五將深入，軍無半回，正感慨這次戰役的慘烈。《薊門行五首》其一：「薊門逢古老，獨立思氛氳。一身既零丁，頭鬢白紛紛。勳庸今已矣，不識霍將軍。」邊關征戰，頭鬢已白，猶孤身零丁，功勳全無。其二：「漢家能用武，開拓窮異域。戍卒厭糠核，降胡飽衣食。關亭試一望，吾欲淚沾臆。」士卒待遇低劣，降胡卻受到優待。其三：「邊城十一月，雨雪亂霏霏。元戎號令嚴，人馬亦輕肥。羌胡無盡日，征戰幾時歸。」號令嚴明，設備也精良，為什麼就不能結束戰爭？其五：「黯黯長城外，日沒更煙塵。胡騎雖憑陵，漢兵不顧身。」一邊是胡騎仗勢侵陵，一邊是漢兵奮不顧身，長城邊塞，煙塵彌漫，一片黯淡，詩人的心情也是黯淡沉鬱的。〈答侯少府〉：「邊兵若芻狗，戰骨成埃塵。」又是寫士卒受到非人的待遇。〈睢陽酬別暢大判官〉：「降胡滿薊門，一一能射雕。軍中多宴樂，馬上何輕趫。戎狄本無厭，羈縻非一朝。飢附誠足用，飽飛安可招。」降胡是那樣的驕橫，用籠絡的辦法能解決邊塞問題嗎？詩人感慨和憂慮之外，也常常冷靜地思考，常常議論邊塞問題。〈塞上〉：「東出盧龍塞，浩然客思孤。亭堠列萬里，漢兵猶備胡。邊塵漲北溟，虜騎正南驅。轉鬥豈長策，和親非遠圖。惟昔李將軍，按節出皇都。總戎掃大漠，一戰擒單于。常懷感激心，願效縱橫謨。倚劍欲誰語，關河空鬱紆。」東出邊塞，詩人思緒浩然。陳兵萬里，以備胡患，仍然邊塵不斷，虜騎南驅，怎麼辦？連年戰爭並非良策，但一味和親，屈辱妥協，也非長遠之計。最好的辦法是有良將鎮守，但是詩人懷感激之心，有縱橫之謨，卻苦於無人理睬。面對邊關河塞，詩人只空為歎息。憂慮和思考中，寓含著詩人雄才不展的憤慨。

著名的〈燕歌行〉是前期的作品：

漢家煙塵在東北，漢將辭家破殘賊。男兒本自重橫行，天子非常賜顏色。
摐金伐鼓下榆關，旌旆逶迤碣石間。校尉羽書飛瀚海，單于獵火照狼山。

山川蕭條極邊土，胡騎憑陵雜風雨。戰士軍前半死生，美人帳下猶歌舞。
大漠窮秋塞草腓，孤城落日鬬兵稀。身當恩遇恆輕敵，力盡關山未解圍。
鐵衣遠戍辛勤久，玉筯應啼別離後。少婦城南欲斷腸，征人薊北空回首。
邊庭飄颻那可度，絕域蒼茫更何有。殺氣三時作陣雲，寒聲一夜傳刁斗。
相看白刃血紛紛，死節從來豈顧勳。君不見沙場征戰苦，至今猶憶李將軍。

詩前原有序，云：「開元二十六年，客有從御史大夫張公出塞而還者，作〈燕歌行〉以示適，感征戍之事，因而和焉。」張公即幽州節度使張守珪，《舊唐書．張守珪傳》載，開元二十六年，幽州守將趙堪、白真陀羅等假以守珪之命，逼迫平盧軍使烏知主出兵攻奚、契丹，初勝後敗，守珪隱其敗狀，而妄奏克獲之功。詩有實事背景，但更融入了高適對薊燕邊事的種種實感，詩由應徵出師、戰敗、被圍至死鬥，以濃縮的筆墨，寫一戰事的全過程，展現了當時邊塞征戰生活的廣闊場景。詩人有著多方面的感慨，他既寫唐軍的聲威，寫士兵拼死戰鬥的英雄氣概和為國死節，不為功勳的高尚精神，又著力寫軍中的苦樂不均，將帥的腐敗，征人思婦的怨愁，最後慨歎沒有名將鎮守，終至征戰辛苦，戰事失利。山川蕭條，大漠蒼茫和慘烈的戰事描寫交融一體，大筆渲染著沉雄悲壯而蒼涼的氣氛。詩為七言歌行，而多用律句，轉韻急促，音韻節奏交織著感情節奏，跌宕起伏而淋漓酣暢。〈燕歌行〉不僅是高適的代表作，也是整個盛唐邊塞詩的傑作。

後來他到河西幕府，詩風變得激揚奮發。〈塞下曲〉：

結束浮雲駿，翩翩出從戎。且憑天子怒，復倚將軍雄。萬鼓雷殷地，千旗火生風。
日輪駐霜戈，月魄懸雕弓。青海陣雲匝，黑山兵氣沖。戰酣太白高，戰罷旄頭空。

萬里不惜死，一朝得成功。畫圖麒麟閣，入朝明光宮。大笑向文士，一經何足窮。
古人昧此道，往往成老翁。

從容的出征，一到戰場，氣氛陡然高昂，是萬鼓震撼，如雷殷地，千旗獵獵，如火生風，陣雲暗塞，兵氣沖天。他的目標很明確，是「畫圖麒麟閣，入朝明光宮」。不朽功業唾手可得。他因此大笑。之前高適沒有寫過大笑，但現在他要大笑向文士，他是那樣興奮，以至有點得意。他寫建功立業的壯心，更歌頌戰爭的勝利。《九曲詞三首》其二：「萬騎爭歌楊柳春，千場對舞繡騏驎。到處盡逢歡洽事，相看總是太平人。」其三：「鐵騎橫行鐵嶺頭，西看邏沙取封侯。青海只今將飲馬，黃河不用更防秋。」高適到河西，正值哥舒翰攻破洪濟城，收復黃河九曲，與吐蕃作戰取得勝利。詩即讚頌這場戰爭的勝利。在頌揚中，寄託著人民的和平願望，邊關太平了，到處是歡洽之事，不用再擔心吐蕃秋天入侵，調兵守邊了。詩人是興奮的。歌頌勝利，也歌頌主將的功勳。《九曲詞三首》其一：「許國從來徹廟堂，連年不為在疆場。將軍天上封侯印，御史臺上異姓王。」這是歌頌哥舒翰因此次勝利進封西平郡王。為了歌頌戰功，有時誇大其功，甚至歌頌殘殺場面，歌頌不義戰爭，缺乏批判精神。他後期邊塞詩的情調雖昂揚，但功名欲望太重，有其缺失。

高適也寫塞外風物。《使青夷軍入居庸三首》其一：「匹馬行將久，征途去轉難。不知邊地別，衹訝客衣單。溪冷泉聲苦，山空木葉乾。莫言關塞極，雲雪尚漫漫。」寫邊地苦寒，非親身經歷，難以寫得如此真切。《營州歌》：「營州少年厭原野，狐裘蒙茸獵城下。虜酒千鍾不醉人，胡兒十歲能騎馬。」寫邊塞的風俗人情。《塞上聽吹笛》：「雪淨胡天牧馬還，月明羌笛戍樓間。借問梅花何處落，風吹一夜滿關山。」月明羌笛，頗有意境，末二句既寫曲聲，又聯想梅花飄落實景，暗寓思鄉之情，委婉巧妙，富於餘韻。

第二節　岑參

一、岑參的生平和思想

岑參（七一五—七七〇），荊州江陵（今湖北江陵）人，十五歲時，移家登封（今河南開封），隱居於嵩山少室。開元二十二年（七三四）二十歲時，至洛陽獻書求官未果。此後十年，屢次出入京、洛，為出仕而奔波，但無所獲。其間他北遊河朔，曾在終南隱居。天寶三載（七四四），進士及第，授右內率府兵曹參軍。

天寶八載（七四九），岑參赴安西（治龜茲，今新疆庫車），首次出塞，入安西四鎮節度使高仙芝幕府。天寶十載（七五一）回長安。天寶十三載（七五四）夏秋之際，赴北庭（今新疆吉木薩爾），第二次出塞中，為安西、北庭節度使封常清僚屬，直到肅宗至德元載（七五六）。這期間，封常清曾西征，又破播仙（今新疆且末附近）。岑參受到封常清的賞識，以幕僚而預軍務。兩次出塞，前後約計四年，岑參感受了西域的奇異風光，經歷了戎馬軍旅生活，眼界大為拓展，他的大量邊塞詩，都是這兩次出塞創作的。

至德二載（七五七），岑參自北庭而歸，這年六月，經杜甫等推薦，岑參任右補闕。這時安史之亂尚未平息。乾元二年（七五九），他出為虢州（今河南靈寶）長史，代宗寶應元年（七六二）充關西節度判官，又入雍州李適的元帥府為掌書記，居陝州（今河南三門峽）。廣德元年（七六三），安史之亂平息，他歷任祠部員外郎、考功員外郎、虞部郎中、屯田郎中、庫部郎中，到永泰元年（七六五），這時岑參已五十一歲，仍為郎官。

大曆元年（七六六），岑參入蜀，初為劍南西川節度使杜鴻漸僚屬，後轉嘉州（今四川樂山）刺史。大曆三年（七六八）秩滿罷官，打算順江出峽北歸，中途為盜亂所阻，返歸成都，不久卒於成都旅舍。

岑參有強烈的功名心，祖上三代為相，岑參出生前二年，官至宰輔的堂伯父岑羲得罪伏誅，家道衰落，他時時想重整世業，一生都為仕途奔波，又時時感到失意。二十歲洛陽獻書求仕未果，其後「出入二郡，蹉跎十年」，但無所獲，他「歎君門兮何深，顧盛時而向隅」（〈感舊賦〉）。進士及第，授官職微，他感歎：「誤徇一微官，還山愧塵容。」（〈因假歸白閣西草堂〉）出塞西域，他一面說：「萬里奉王事，一身無所求。」（〈初過隴山途中呈宇文判官〉）一面又說：「丈夫三十未富貴，安能終日守筆硯。」（〈銀山磧西館〉）至德二載（七五七），他在鳳翔為扈從，寫《行軍詩二首》，其一感慨：「儒生有長策，無處豁懷抱。」其二感慨：「早知逢世亂，少小謾讀書。悔不學彎弓，向東射狂胡。……功業今已遲，覽鏡悲白鬢。」出為虢州長史，他感慨：「微才棄散地，拙宦慚清時。白髮徒自負，青雲難可期。」（〈虢中酬陝西甄判官見贈〉）在蜀中任職，又「終日不如意」（〈江上春歎〉）。他羨慕人們的富貴。〈北庭西郊候封大夫受降回軍獻上〉：「如公未四十，富貴能及時。直上排青雲，傍看疾若飛。」〈送張獻心充副使歸河西雜句〉：「未至三十已高位，腰間金印色赭然。前日承恩白虎殿，歸來見者誰不羨。」羨慕中帶著自己的期望。

但是，他也有比較豐富的生活情趣。早年他隱居，就說：「況本無宦情，誓將依道風。」（〈自潘陵尖還少室居止秋夕憑眺〉）從西域邊塞回到長安，他說：「物幽興易愜，事勝趣彌濃。願謝區中緣，永依金人宮。」（〈冬夜宿仙遊寺南涼堂呈謙道人〉）說：「何必濯滄浪，不能釣嚴灘。此地可遺老，勸君來考槃。」（〈太一石鱉崖口潭舊廬招王學士〉）說：「斂跡歸山田，息心謝時輩。」（〈終南山雙峰草堂作〉）出為虢州長史，他又說：「安得還舊山，東谿垂釣綸。」（〈南池夜宿思王屋青蘿舊齋〉）說：「愛茲清俗慮，何事老塵容。況有林下約，轉懷方外蹤。」（〈春半與群公同遊元處士別業〉）他有好奇的性格，愛尋幽探勝。在西域邊塞，就愛好奇異風光。在中原，他也常常題禪房，訪草堂，登寺院，至於名山勝景，自然風光，更是到處尋遊，從終南山到巴山蜀水，他都饒有興趣。他是一個感情豐富，多有興趣的詩人。這些都使他的詩歌更有奇光異彩。

二、岑參的邊塞詩

《全唐詩》存岑參詩四卷四百多首。這當中，邊塞詩有七十餘首，寫邊塞題材，盛唐以岑參數量最多。他用自己的親身經歷和感受，描寫西域的奇異風光，風土人情，軍戎生活和邊塞戰爭，展現瑰麗雄奇的境界。

他寫西域的浩瀚無邊：「黃沙磧裡客行迷，四望雲天直下低。為言地盡天還盡，行到安西更向西。」（〈過磧〉）、「平沙萬里絕人煙。」（〈磧中作〉）。他寫這裡與中原不同的風物氣候：「沙上見日出，沙上見日沒。」（〈日沒賀延磧作〉）、「黃沙西際海，白草北連天。」（〈過酒泉憶杜陵別業〉）、「千山萬磧皆白草。」（〈贈酒泉韓太守〉）、「秋雪春仍下，朝風夜不休。」（〈北庭作〉）、「終日風與雪，連天沙復山。」（〈寄宇文判官〉）、「銀山磧口風似箭，鐵門關西月如練。」（〈銀山磧西館〉）是黃沙，白草，荒漠，大山，風和雪。他寫天山雪，是「天山有雪常不開，千峰萬嶺雪崔嵬。北風夜卷赤亭口，一夜天山雪更厚」（〈天山雪歌送蕭治歸京〉）他寫這裡的熱海，〈熱海行送崔侍御還京〉：

側聞陰山胡兒語，西頭熱海水如煮。海上眾鳥不敢飛，中有鯉魚長且肥。
岸傍青草常不歇，空中白雪遙旋滅。蒸沙爍石然虜雲，沸浪炎波煎漢月。……

水如煮，蒸沙爍石，雲在燃燒，沸浪炎波，月在煎熬，居然還有既長又肥的鯉魚！真是聞所未聞，真是奇異。他的詩多次寫到火山。〈使交河郡郡在火山腳其地苦熱無雨雪獻封大夫〉就寫道：「暮投交河城，火山赤崔巍。

九月尚流汗，炎風吹沙埃。」〈送李副使赴磧西官軍〉又寫：「火山六月應更熱，赤亭道口行人絕。」寫得最為具體生動的，是〈經火山〉和〈火山雲歌送別〉，前詩：「火山今始見，突兀蒲昌東。赤焰燒虜雲，炎氛蒸塞空。不知陰陽炭，何獨然此中。我來嚴冬時，山下多炎風。人馬盡汗流，孰知造化功。」後詩：「火山突兀赤亭口，火山五月火雲厚。火雲滿山凝未開，飛鳥千里不敢來。」多以實寫手法描繪，但火山的奇異，卻已足以動人心魄。

他寫西域的風土人情。他寫胡人是「紫髯綠眼」《胡笳歌送顏真卿使赴河隴》，這裡的居住和中原不一樣，「雨拂氈牆濕，風搖毳幕羶。」《首秋輪臺》是氈牆，是毳幕，而且有羶味。他寫「涼州七里十萬家，胡人半解彈琵琶」《涼州館中與諸判官夜集》，寫「蕃書文字別，胡俗語音殊」《輪臺即事》，寫「座參殊俗語，樂雜異方聲」《奉陪封大夫宴得征字時封公兼鴻臚卿》，寫「黑姓蕃王貂鼠裘，葡萄宮錦醉纏頭」《胡歌》。他寫軍戎生活，他說：「軍中日無事，醉舞傾金罍。」《使交河郡郡在火山腳其地苦熱無雨雪獻封大夫》因此寫得最多的是軍中歌舞宴會。〈與獨孤漸道別長句兼呈嚴八侍御〉寫道：「軍中置酒夜撾鼓，錦筵紅燭月未午。花門將軍善胡歌，葉河蕃王能漢語。」〈酒泉太守席上醉後作〉寫道：「琵琶長笛曲相和，羌兒胡雛齊唱歌。渾炙犁牛烹野駝，交河美酒歸叵羅。」全是異域風情。宴會中還有遊戲：「城頭月出星滿天，曲房置酒張錦筵。美人紅妝色正鮮，側垂高髻插金鈿。醉坐藏鉤紅燭前，不知鉤在若個邊。為君手把珊瑚鞭，射得半段黃金錢，此中樂事亦已偏。」《敦煌太守後庭歌》他寫宴會中的歌舞，〈田使君美人舞如蓮花北鋋歌〉：「慢臉嬌娥纖復穠，輕羅金縷花蔥蘢。回裾轉袖若飛雪，左鋋右鋋生旋風。」美人立於高堂紅色的毛織地毯之上，旋舞如蓮花，真是美妙。他也寫邊塞戰爭，〈輪臺歌奉送封大夫出師西征〉寫封常清的一次西征，其中寫道：「上將擁旄西出征，平明吹笛大軍行。四邊伐鼓雪海湧，三軍大呼陰山動。」《獻封大夫破播仙凱歌六首》寫封常清破播仙，其三詩云：「嗚笳疊鼓擁回軍，破國平蕃昔未聞。丈夫鵲印搖邊月，大將龍旗掣海雲。」

岑參描寫邊塞，歌頌戰爭勝利，有時殘殺也作為歌頌對象，因此評價比較複雜。但是，他描寫的邊塞戰爭（比如封常清西征和破播仙），可補史載之失。更主要的是，他第一次大量地把西域的奇異風光和風土人情作為詩歌表現的題材，開拓了新的詩境，在盛唐異彩紛呈的詩壇添上了絢麗的一章。

岑參寫邊塞，有艱苦的描寫，寫過邊愁。他寫「馬走碎石中，四蹄皆血流」，寫「別家賴歸夢，山塞多離憂」（〈初過隴山途中呈宇文判官〉），寫「邊城夜夜多愁夢」（〈胡笳歌送顏真卿使赴河隴〉）。但他更多的是寫豪情。赴西域邊塞，本來就為建功立業，他來邊塞，特別是入封常清幕府，又得到主帥的信任，自然充滿信心。他勸友人：「時來整六翮，一舉凌蒼穹。」（〈北庭貽宗學士道別〉）又說：「功名祗向馬上取，真是英雄一丈夫。」（〈送李副使赴磧西官軍〉）他說：「花門樓前見秋草，豈能貧賤相看老。一生大笑能幾回，斗酒相逢須醉倒。」（〈涼州館中與諸判官夜集〉）帶著這樣的豪情，加上他的性格又好奇（杜甫〈渼陂行〉就說：「岑參兄弟皆好奇」），面對奇異的西域風光風情，岑參的邊塞詩因而寫得瑰麗豪壯。寫得更好的，是〈白雪歌送武判官歸京〉：

北風捲地白草折，胡天八月即飛雪。忽然一夜春風來，千樹萬樹梨花開。
散入珠簾濕羅幕，狐裘不暖錦衾薄。將軍角弓不得控，都護鐵衣冷難著。
瀚海闌干百丈冰，愁雲黲淡萬里凝。中軍置酒飲歸客，胡琴琵琶與羌笛。
紛紛暮雪下轅門，風掣紅旗凍不翻。輪臺東門送君去，去時雪滿天山路。
山迴路轉不見君，雪上空留馬行處。

北風捲地，白草為折，可見風勢之猛。八月秋高時節，卻已見飛雪滿天，令人驚奇。那飛雪滿樹，猶如一夜春風吹來，千樹萬樹梨花盛開，更是瑰麗壯美，奇異浪漫。就在這樣的背景下，中軍置酒，餞別歸客，胡琴琵琶與羌笛，氣氛熱烈。詩用豐富奇特的想像，寫出瑰異壯麗的美。〈走馬川行奉送出師西征〉也是一篇傑作：

君不見走馬川行雪海邊，平沙莽莽黃入天。輪臺九月風夜吼，一川碎石大如斗，隨風滿地石亂走。匈奴草黃馬正肥，金山西見煙塵飛，漢家大將西出師。將軍金甲夜不脫，半夜軍行戈相撥，風頭如刀面如割。馬毛帶雪汗氣蒸，五花連錢旋作冰，幕中草檄硯水凝。虜騎聞之應膽懾，料知短兵不敢接，車師西門佇獻捷。

邊地絕域環境是那樣的惡劣。自走馬川、雪海，經輪臺，只見大漠戈壁，黃沙莽莽，遮天蔽日。入夜，更是狂風怒吼，飛沙走石，軍情那麼緊急，天氣又是奇寒，寒風吹在臉上就像刀子在割一樣。天氣冷得出奇，馬毛帶著雪，汗水在蒸騰，旋即結成了冰，何況是硯臺裡的墨水呢？環境氣氛的渲染，正寫出唐軍的勇銳無敵。岑參邊塞詩的雄奇俊麗之美，高昂豪邁氣概，是高適詩所沒有的。

三、岑參邊塞詩之外的詩作

邊塞詩之外，岑參不少詩有山水描寫。

岑參常常在贈別感懷詩中，寫一點眼前小景。他的五律贈別詩，這樣的情況尤多，幾於形成一個套路。如〈祁四再赴江南別詩〉：「萬里來又去，三湘東復西。別多人換鬢，行遠馬穿蹄。山驛秋雲冷，江帆暮雨低。憐君不解說，相憶在書題。」詩本身並無深意，無非是頻繁的送別，旅程奔波，道途遙遠，冀望以後經常書信來往。詩中「山驛秋雲冷，江帆暮雨低」二句，寫出送別場景和環境，並未刻意烘托氣氛，卻寫得真切生動。

這樣的小景，贈別之外的詩也有不少。〈晚發五渡〉：「客厭巴南地，鄉鄰劍北天。江村片雨外，野寺夕陽邊。芋葉藏山徑，蘆花雜渚田。舟行未可住，乘月且須牽。」這是作於赴嘉州途中。〈郡齋平望江山〉：「水路東連楚，人煙北接巴。山光圍一郡，江月照千家。庭樹純栽橘，園畦半種茶。夢魂知憶處，無夜不京華。」這是居嘉州所作。前詩寫辭家南下，沿途所見，是夕陽邊的野寺，片雨外的江村，山徑藏於芋葉之下，川渚水田夾雜著蘆花。後詩寫郡齋所處，東連著荊楚，北接著三巴，四周山巒圍繞，有千百戶人家，庭院裡栽的都是橘樹，園畦裡多半種的茶葉。無意誇張，無意烘托渲染，只是客觀的隨意描寫，細細用筆，卻往往能把景物寫得真切生動。他的一些詩，善於寫這樣工細的山水小景，寫來有點像六朝的吳均、何遜。杜確〈岑嘉州詩集序〉：「時議擬公於吳均、何遜。」指的就是這些詩。

不過岑參的山水畢竟有自己的特色。他善於捕捉奇特的景物。在終南山，他寫〈終南雲際精舍尋法澄上人不遇歸高冠東潭石淙望秦嶺微雨作貽友人〉：「東南雲開處，突兀獮猴臺。崖口懸瀑流，半空白皚皚。噴壁四時雨，傍村終日雷。」山峰突兀，崖口瀑布懸於半空，水流噴壁，聲震如雷。〈太一石鱉崖口潭舊廬招王學士〉：「驟雨鳴淅瀝，颼飀谿谷寒。碧潭千餘尺，下見蛟龍蟠。石門吞眾流，絕岸呀層巒。幽趣倏萬變，奇觀非一端。」驟雨淅瀝，谿谷中風聲颼飀，讓人感到一陣寒意，千尺碧潭，絕岸險峻，眾流被石門所吞。在長安，他寫〈與高適薛據登慈恩寺浮圖〉：「塔勢如湧出，孤高聳天宮。登臨出世界，磴道盤虛空。突兀壓神州，崢嶸如鬼工。」突出塔勢的奇險。〈左僕射相國冀公東齋幽居〉寫冀公裴冕的齋居，注意到的是「山蟬上衣桁，野鼠緣藥盤」，山中的知了飛上了衣架，野外的老鼠圍繞裝藥的盤子。在虢州，他的〈出關經華嶽寺訪法華雲公〉：「竹徑厚蒼苔，松門盤紫藤。長廊列古畫，高殿懸孤燈。五月山雨熱，三峰火雲蒸。側聞樵人言，深谷猶積冰。」蒼苔紫藤，古畫孤燈，已非尋常，山上苦熱，而深谷積冰，更為奇異。到蜀中，詩中這樣的奇景險境就更多了。〈入劍門作寄杜楊兩二郎中〉：「雙崖倚天立，萬仞從地劈。」寫倚天而立的雙崖，萬仞險山，彷彿劈地而開。〈青山峽口泊舟懷狄侍御〉：「奔濤振石壁，峰勢如動搖。」奔濤可以振動石壁，整個山好像在動搖。〈早上五盤嶺〉：「江回兩崖鬥，日隱群峰攢。蒼翠煙景曙，森沉雲樹寒。」江流回轉，兩岸交錯，彷彿在爭鬥，而群峰攢集聳立，遮蔽了太陽，滿山蒼翠籠罩在迷濛的煙靄之中，雲中山樹陰森沉沉，帶來陣陣寒意。〈江上阻風雨〉：「積浪成高丘，盤渦為嵌窟。」江中積浪像一座座高丘，水中漩渦像一個深陷的洞穴。

岑參描寫山水，造語也奇峻特異。〈送任郎中出守明州〉：「城邊樓枕海，郭裡樹侵湖。」不說樓靠著海，樹臨著湖，而說城邊樓「枕」海，郭裡樹「侵」湖。〈漢上題韋氏莊〉：「水痕侵岸柳，山翠借廚煙。」不說岸柳上留下了漲水的痕跡，而說是水痕「侵」岸柳；不說翠綠的山間升起了炊煙，而說是山翠「借」廚煙。〈鳳翔府行軍送程使君赴成州〉：「江樓黑塞雨，山郭冷秋雲。」寫塞上暴雨驟然而來，烏天黑地，秋雲含雨，寒氣侵人，前句著一「黑」字，後句著「冷」字，都形象傳神。〈送揚州王司馬〉：「海樹青官舍，江雲黑郡樓。」以「青」字形容海樹濃蔭遮蔽官舍之狀，以「黑」字形容郡樓上烏雲沉沉之狀。〈高冠谷口招鄭鄠〉：「澗花然暮雨，潭樹暖春雲。」以「然」(燃)字、「暖」字，寫澗花在暮雨中燃燒，春雲溫暖了潭樹之狀。〈初授官題高冠草堂〉：「澗水吞樵路，山花醉藥欄。」以「吞」字描寫澗水漫過樵路，更寫出水流湍急之狀；以「醉」字形容藥欄裡山花紅豔，更寫出花開爛漫，令人陶醉之狀。〈題華嚴寺瓌公禪房〉：「寺南幾十峰，峰翠晴可掬。」用「可掬」形容晴日照映，峰巒青翠可愛，簡直要用雙手捧在手裡來觀賞。〈巴南舟中思陸渾別業〉：「嶺雲撩亂起，谿鷺等閒飛。」用「撩亂」寫出嶺上雲彩亂紛紛飛騰而起之狀，用「等閒」形容溪中之鷺自在飛翔之狀。〈終南山雙峰草堂作〉：「崖口上新月，石門破蒼靄。色向群木深，光搖一潭碎。」用「破」形容石門聳立於崖口，彷彿衝破了蒼靄；用「碎」字形容月映潭水，波光粼粼，本來水平如鏡，彷彿因風搖動弄碎了鏡子，一池碎銀，更顯異彩。〈冬夜宿仙遊寺南涼堂呈謙道人〉：「亂流爭迅湍，噴薄如雷風。」「燈影落前谿，夜宿水聲中。」流是亂流，湍是迅湍，而且「爭」迅湍，是噴薄如雷風。不是夜裡能聽到溪水之聲，而直接說夜宿水聲中。都顯出造語奇峻的特點。岑參的山水詩清秀動人，境奇意奇語奇，和他的邊塞山水描寫一樣，體現瑰奇峭拔的特點。

岑參不少贈答感懷詩，往往不是抒情，而是敘情，所謂敘情，就是敘尋常情事，別後情事，這情事又往往限於個人交往的小天地，語言質實，又平鋪直敘，中間時時夾著議論。這些詩，看不出有什麼特色。但是，岑參一些即景抒情的小詩卻值得一讀。〈逢入京使〉：

故園東望路漫漫，雙袖龍鍾淚不乾。馬上相逢無紙筆，憑君傳語報平安。

用極為平淺自然的語言，寫極為平凡而細小的生活片斷。故園東望，路途遙遠，漫漫望不到盡頭。因思念故園而淚流不盡，兩隻袖子都沾濕了。當此之時，逢入京使，當有千言萬語託之書信向家人傾訴，卻陡然一個轉折：馬上相逢無紙筆，眼看奔湧而出的感情之潮好像就要閘住，不料最後又突然放開閘，情緒再次推上高潮，而一個極為簡單平凡的報平安，融匯並表達了對家人無限思念的真摯之情。〈春夢〉：

洞房昨夜春風起，故人尚隔湘江水。枕上片時春夢中，行盡江南數千里。

因春風起而引起感情的波動，而美人遠在湘江之水，以至需要遙憶，更激起思念之情。這就自然有了春夢。春夢只是片時，卻行盡江南數千里，這既是夢境迷離恍惚的真實寫照，片時與數千里的強烈對比，又寫出思念心情之急切。這些詩，都顯示出岑參多方面的藝術才華。

第三節　王昌齡

一、王昌齡的生平及其邊塞詩

王昌齡（六九〇？－七五六？），字少伯，京兆萬年（今陝西西安）人。早年曾漫遊，到過并州，曾在嵩山隱居學道。開元十五年（七二七）進士及第。補秘書省校書郎。二十二年（七三四），登博學宏詞科，授汜水（今河南鞏縣東北）尉。二十七年（七三九），貶嶺南，翌年北歸，調任江寧（今江蘇南京）丞。天寶中，貶龍標（今湖南黔陽西南）尉。安史亂中，還江東，為亳州（今安徽亳州）刺史閭丘曉殺害，時間約在至德元載（七五六）。王昌齡一生位沉下僚，三十年仕途生涯，有二十年在貶謫中度過，最終遇害，可謂不幸。他始終執著功名，卻又脫略世務，輕慢不拘，可能因此不為俗情所容，屢遭貶謫，卻能超然處之，極少訴苦說窮，也沒有沮喪之意。理解這一點，就能理解他的詩風。

王昌齡詩今存一百八十首左右，邊塞詩是其中重要的部分。王昌齡邊塞詩有著豐富的思想內涵。他寫戰爭的殘酷，寫戰爭給人民帶來的痛苦。《塞下曲四首》其二寫道：「黃塵足今古，白骨亂蓬蒿。」其三寫道：「紛紛幾萬人，去者無全生。」《從軍行二首》其一寫道：「百戰苦風塵，十年履霜露。」〈代扶風主人答〉更借「十五役邊地，三回討樓蘭」的扶風主人之口說：「去時三十萬，獨自還長安。不信沙場苦，君看刀箭瘢。」這也就有了征人思婦不盡的怨愁。《從軍行七首》其一：

烽火城西百尺樓，黃昏獨上海風秋。更吹羌笛〈關山月〉，無那金閨萬里愁。

烽火城已是荒涼邊塞，再往西，戍樓高聳，四顧更為蒼茫，正是家人歸返的黃昏時分，獨自一人，登上戍樓，青海湖的晚風吹來，帶來蕭瑟秋意。當此之時，面關山明月，那表現征戍思鄉之情的〈關山月〉曲，隨著那羌笛之聲一陣又一陣地吹來，怎能不引動萬里思歸之情，怎能不想到明月之下，萬里之外，金閨之中，親人思婦和自己一樣苦苦的思念，無奈而悲傷！

王昌齡的邊塞詩也寫英雄氣概。《從軍行七首》其四：

青海長雲暗雪山，孤城遙望玉門關。黃沙百戰穿金甲，不破樓蘭終不還。

長雲籠罩，千里之間，青海雪山蒼茫一片，孤城與玉門關遙遙相望，黃沙彌漫，將士們身經百戰，把護身的金屬鎧甲都磨穿了，戰爭是那樣的艱苦激烈，而將士們猶有一個信念：「不破樓蘭終不還」。環境的艱苦，更顯出信念的堅定，更顯出殺敵立功的無畏氣概。其五：「大漠風塵日色昏，紅旗半捲出轅門。前軍夜戰洮河北，已報生擒吐谷渾。」大漠之上，風捲塵起，唐軍半捲紅旗，出陣迎敵，已有勇銳之氣。正在途中，捷報傳來，前軍不僅取勝，而且生擒敵酋，更顯出唐軍的軍威。寫的同樣是所向無敵的氣概。

正是這樣一種氣概，使王昌齡的邊塞詩有一種豪壯雄健的風格。這樣的氣概，顯然寄託了王昌齡個人建功立業的意願，看到他人生和性格率性不拘和進取的一面，盛唐昂揚風發的時代精神，影響了一代詩風，也影響著王昌齡的邊塞詩。

就藝術上來說，王昌齡善於用精練的藝術手法，委婉流暢而清朗剛健的文筆，創造形象而典型、意蘊深廣的抒情境界。他找到了絕句這樣一種絕佳的文體。絕句就是要在極有限的文字空間裡充分展開境界，在剛開頭就要結尾的極短文字裡，讓詩意詩情充分騰挪周轉。王昌齡寫得最好的是七絕，他以七絕寫成的邊塞詩，有《從軍行七首》和《出塞二首》，幾乎篇篇是傑作。前面我們已經看了不少。再看《出塞二首》其一：

秦時明月漢時關，萬里長征人未還。但使龍城飛將在，不教胡馬度陰山。

秦漢至今，是漫長的歷史。萬里長征，是廣闊的空間。千百年來，年復一年的戰爭，年復一年的邊愁，沒有變化。明月和邊關，是形象典型的呈現。遼闊的時空與數不清的戰事、愁思，都濃縮在這兩句之中。濃縮也是積累，是思考的積累，是感情的蓄壓。這就自然有了三、四句。「但使龍城飛將在，不教胡馬度陰山」，這讓人想到漢代飛將軍李廣守邊的歷史，想到秦漢千百年來，正因為無良將守邊，才使得萬里長征人未還，這是歷史的問題，更是現實的問題，是千百年來人們的願望。這一切，都同樣濃縮在兩句詩句之中。

二、王昌齡的其他詩作

王昌齡寫女性的抒情詩，同樣很有特色。

仿南朝民歌的江南情歌，寫得清新活潑。《採蓮曲二首》其二：

荷葉羅裙一色裁，芙蓉向臉兩邊開。亂入池中看不見，聞歌始覺有人來。

以清水芙蓉之筆，寫清水芙蓉之景。採蓮少女的羅裙綠得像荷葉一樣，臉龐紅潤鮮麗，又如出水的蓮花。綠色的羅裙融入田田荷葉，分不清何為羅裙，何為荷葉，少女的臉龐和豔麗的蓮花相互映襯，花猶如人，人猶如花。

採蓮少女和美麗的大自然恍若一體，因此「亂入池中看不見」。有驚異，有悵惘，更多的是對人花一色、滿池綠葉紅花美景的讚歎。「亂入」，又讓人想到採蓮女們嘻笑著喧鬧著，紛紛進入荷塘，忽地不見了，帶著一種躲迷藏般的調皮和可愛。正悵惘人花莫辨，看不見時，忽聞蓮歌，才發覺有人靠近，是詩意的又一層轉折，而那蓮池歌聲，又讓人感到採蓮女充滿青春活力的歡樂情緒。

閨怨詩則寫得婉曲細膩。〈閨怨〉：

閨中少婦不曾愁，春日凝妝上翠樓。忽見陌頭楊柳色，悔教夫婿覓封侯。

詩寫愁，卻先寫不曾愁。春日凝妝，登上翠樓，是不曾愁，也是美好青春的表現和嚮往，正有這種嚮往，「忽見」才引動思緒，陌頭楊柳色觸動春情，也可能念及離別，內心的平靜被打破了，於是又有了悔：「悔教夫婿覓封侯」。從不曾愁到愁，心理變化微妙，又如此細膩委婉。

與閨怨詩相聯繫的，是宮怨詩。其宮怨詩往往以深婉之筆，寫淒怨之情。《長信秋詞五首》其一：

金井梧桐秋葉黃，珠簾不捲夜來霜。熏籠玉枕無顏色，臥聽南宮清漏長。

井邊梧桐，秋深葉黃，蕭瑟冷寂。秋葉枯黃，那宮女又何嘗不是自歎在歲月的流逝中紅顏漸衰？霜重露冷，夜已漸深，而猶珠簾不捲，正暗示主人公夜深不寐，隱憂正深。深殿冷宮，陪伴主人公的只有覆蓋燃熏香爐子的籠子和珍美的玉枕，愈顯孤獨。曰「無顏色」，既因久受冷落，連熏籠玉枕也陳舊無色，也寫夜深色暗，主人公心情黯淡，更寫人的美色盛顏漸無。寫物是為寫人。此時主人公正躺臥著，但她愁恨難眠。她臥聽著南宮——那皇帝的居處——傳來一聲宮漏之聲，那漏聲在她聽來，既淒清又漫長。其三：

奉帚平明金殿開，且將團扇暫裴回。玉顏不及寒鴉色，猶帶昭陽日影來。

同樣用筆深婉，而抒情淒怨。天方平明，金殿已開，宮女拿起掃帚，開始打掃。一天復一天，她的生活是這樣單調刻板。陪伴她的只有團扇。於是打掃之餘，孤寂無聊，就暫且手執團扇，來回徘徊，打發時日。這團扇，正是漢代班婕妤詩中所寫的君恩斷絕，至秋見棄的團扇，暗示眼前宮女同樣失寵被棄的命運。這時，一隻寒鴉從漢代得寵的趙飛燕所居的昭陽殿飛過，她突然想到，自己顏白如玉，反而不如那又黑又醜的烏鴉，烏鴉雖黑雖醜，猶能帶著昭陽日影，自己深居冷宮，從來得不到君王的恩顧。王昌齡的〈西宮春怨〉、〈西宮秋怨〉，也同樣寫得優柔婉麗，含蘊無窮。

王昌齡的贈別以抒情的短詩，也寫得流麗自然而極有韻味。《芙蓉樓送辛漸二首》其一：

寒雨連天夜入湖，平明送客楚山孤。洛陽親友如相問，一片冰心在玉壺。

寒雨連天，煙雨迷濛，秋意蕭瑟，離別時的心境悵惘黯淡。煙雨透著寒意，離人心頭也沁透著寒意。由夜入湖到平明送客，暗示詩人因離情縈懷而徹夜未眠。當朋友離別，即將去洛陽與親友相見的時候，他想到什麼呢？他肯定想到一次一次被貶，謗議沸騰，眾口交毀。他肯定感到孤單無依，孤寂淒寒，又仍抱孤介傲岸之志，就像清早送客時所見遠處孤高屹立的楚山。和洛陽親友說什麼呢？他自認光明磊落，表裡清澈，當此之時，朋友間的相互信任和了解比什麼都重要。因此他說「洛陽親友如相問，一片冰心在玉壺」。無限的話語，無窮的意蘊，都融入在這冰清玉潔、晶瑩透明的形象之中，在這清空明澈的意境之中。〈送柴侍御〉：

流水通波接武岡，送君不覺有離傷。青山一道同雲雨，明月何曾是兩鄉。

王昌齡被貶龍標，友人將赴武岡，本是分隔兩地，但在詩人看來，流水通波相接，相距並不算遠，因此不覺有離傷，不但流水相接，而且青山相連，雲雨相同，更有同一個明月，因此惜別變成了勸慰，更寫出友情的深摯親切。

他的〈聽流人水調子〉也是一篇佳作：

孤舟微月對楓林，分付鳴箏與客心。嶺色千重萬重雨，斷絃收與淚痕深。

孤舟、微月、楓林，一片淒清秋景，當此之時，又聽到流落江湖的樂人彈箏，那聲情怨切的〈水調子〉曲，更引發了客愁之心。嶺上是千重萬重的雨，孤舟裡，絃斷箏收，只有深深的淚痕，讓人想見曾經淚如雨下。這是流人的淚痕，更是詩人的淚痕。淒清淒濛是秋景，是雨色，也是客愁心境，而這一切，都和淒怨的箏聲融為一體，讓讀者久久地沉浸其中。

王昌齡寫女性的抒情佳作，以及贈別以抒情的短詩，和他的邊塞詩一樣，多是用七絕寫的。七絕是王昌齡寫得最好的詩體，他是七絕聖手，在唐代，只有李白的七絕可以和他並稱。

第四節　李頎及其他詩人

一、李頎

李頎（六九〇？—七五二？），字行大小、籍貫均不詳。早年豪爽任俠，後隱居嵩山十年。開元二十三年

（七三五）進士及第，任新鄉（今河南新鄉）尉，時已中年。後辭官歸隱潁陽。與王昌齡、岑參、王維、高適、綦毋潛、崔顥等都有交往。約卒於天寶末葉。李頎信奉道教，曾親謁著名道士張果老，辭官歸隱潁後煉丹求仙。從他自敘生平的〈緩歌行〉可以知道，他早年曾與顯貴富家子弟交遊，傾財任俠，後幡然醒悟，男兒立身須自強，於是在潁水之陽十年，發憤讀書，得中進士，見到皇上，非常榮耀。因而嚮往鐘鳴鼎食的富貴功名。從〈不調歸東川別業〉，知道他仕途失意後，有所後悔，於是隱退林園。

李頎詩，《全唐詩》存三卷。他有邊塞詩。〈古從軍行〉：

白日登山望烽火，黃昏飲馬傍交河。行人刁斗風沙暗，公主琵琶幽怨多。
野雲萬里無城郭，雨雪紛紛連大漠。胡雁哀鳴夜夜飛，胡兒眼淚雙雙落。
聞道玉門猶被遮，應將性命逐輕車。年年戰骨埋荒外，空見蒲桃入漢家。

擬古抒懷，寫邊塞的艱苦，征人的幽怨。從白日到黃昏，整日是緊張的從軍生活。到夜晚，除了軍營中巡夜時敲擊形似鍋的軍用銅器刁斗報更的聲音，便是如泣如訴、幽怨的琵琶聲，而這琵琶聲又讓人想起漢代公主遠嫁烏孫國的悲淒命運。萬里杳無人跡，無城郭可依，唯是雨雪紛紛，荒漠一片。如此荒涼，本地的胡雁尚且哀鳴，胡兒尚且悲泣，而且是夜夜飛離，雙雙落淚，更不用說遠離故鄉的中原征人。漢軍曾因進攻大宛，戰事不利，請求罷兵回師，而被漢武帝派人遮斷玉門關，不許回師。當朝皇帝也同樣窮兵黷武，就只有跟著本部的輕車將軍去和敵人拼命。每一年都有征人埋骨荒外，犧牲了無數的戰士，卻只換得區區的蒲桃。詩寓諷刺於悲怨氣氛之中，詩用七言歌行寫成，感情沉鬱而有淋漓酣暢之勢。他的另一首邊塞詩是〈古意〉：「男兒事長征，少小幽燕客。賭勝馬蹄下，由來輕七尺。殺人莫敢前，鬚如蝟毛磔。黃雲隴底白雪飛，未得報恩不能歸。遼東小婦年十五，慣彈琵琶解歌舞。今為羌笛出塞聲，使我三軍淚如雨。」寫從軍遠征的遊俠少年，是豪壯慷慨，而寫羌笛出塞聲，則是幽怨如泣，豪壯和幽怨很好地融為一體，同樣寫得酣暢淋漓。由此可以看出李頎在盛唐邊塞詩中也占有一席之地。

李頎其他詩作也很有特色。他的贈答送別詩，不但寫贈答送別之情，而且有人物描寫，寫人物生活情態，甚至直接描寫人物外貌形象。〈寄萬齊融〉寫萬齊融為政清淨，「搖巾北林夕，把菊東山秋」。〈贈蘇明府〉寫「蘇君年幾許，狀貌如玉童」，「髮白還更黑，身輕行若風」。〈謁張果先生〉寫張果老「白雪淨肌膚」。〈送劉十〉寫劉十「西林獨鶴引閒步，南澗飛泉清角巾」。他善於寫人物富於特點的容貌風神，寫豪爽磊落、倜儻不羈的個性。這有李頎自己的個性追求，也反映盛唐人物的精神風貌。〈贈張旭〉寫張旭善草隸，「露頂據胡床，長叫三五聲。興來灑素壁，揮筆如流星。」家境貧寒，而仍豁達嗜酒，「左手持蟹螯，右手執丹經。瞪目視霄漢，不知醉與醒。」寫得栩栩如生。〈送陳章甫〉寫陳章甫「嘶馬出門思舊鄉」，不用騎馬，而用「嘶馬」，馬嘶叫著疾馳而去，既寫出策馬快行之狀，又烘托騎馬人思鄉之急切心情。寫其外貌，是「虬鬚虎眉仍大顙」，寫他富有才學，立身坦蕩，而傲視塵俗，是「腹中貯書一萬卷，不肯低頭在草莽。東門酤酒飲我曹，心輕萬事皆鴻毛。醉臥不知白日暮，有時空望孤雲高。」真是躍然紙上。〈別梁鍠〉：

梁生倜儻心不羈，途窮氣蓋長安兒。回頭轉眄似鵰鶚，有志飛鳴人豈知。
雖云四十無祿位，曾與大軍掌書記。抗辭請刃誅部曲，作色論兵犯二帥。
一言不合龍額侯，擊劍拂衣從此棄。朝朝飲酒黃公壚，脫帽露頂爭叫呼。
庭中犢鼻昔嘗掛，懷裡琅玕今在無。時人見子多落魄，共笑狂歌非遠圖。

忽然遣躍紫騮馬，還是昂藏一丈夫。……

寫神態，是「回頭轉眄似鵰鶚」，寫行動，是「擊劍拂衣從此棄」，寫飲酒，是「脫帽露頂爭叫呼」，雖已落魄而依然自信「還是昂藏一丈夫」，梁生豪放不拘的形象呼之欲出。

李頎也寫音樂。他愛寫胡樂，反映盛唐人們的音樂愛好。他常常交待樂曲的來由，既是背景的必要敘寫，又為樂曲描寫作鋪墊，醞釀氣氛。他更擅長描寫樂曲本身，簡潔地敘寫彈奏過程之外，更著重用形象比喻和渲染烘托，表現樂曲的變化和美的境界。

比如，〈聽董大彈胡笳聲兼寄語弄房給事〉，先寫蔡文姬創造胡笳的曲調，此曲有一十八拍，曾使胡人落淚，漢使斷腸，給人以蒼茫之感。接著寫董庭蘭「先拂商絃後角羽」，調音之際，「言遲更速皆應手，將往復旋如有情」，已是「四郊秋葉驚摵摵」，而引來深山妖精竊聽。樂曲彈奏描寫更為精彩：

空山百鳥散還合，萬里浮雲陰且晴。嘶酸雛雁失群夜，斷絕胡兒戀母聲。
川為淨其波，鳥亦罷其鳴。烏孫部落家鄉遠，邏娑沙塵哀怨生。
幽音變調忽飄灑，長風吹林雨墮瓦。迸泉颯颯飛木末，野鹿呦呦走堂下。……

樂聲有時縱放，有時收斂，就像山中百鳥忽而飛散，忽而聚合。曲調時而低沉，時而明朗，就像天上浮雲有時陰沉，有時放晴。這恰像文姬歸漢的悲歡離合。有時樂曲又像夜晚雛雁失群發出的嘶啞令人心酸之聲，這正是表現文姬歸漢與所生胡兒訣別時的絕望之聲。這時，萬物為之感動，河水不再揚波，鳥兒不再鳴叫。那幽咽的樂曲，又像在傾訴漢代烏孫公主思念遠方故鄉的淒怨，唐代文成公主和金城公主沙塵跋涉，遠嫁吐蕃，來到邏娑（今西藏拉薩）的悲哀。這時深沉幽怨的樂曲又變得飄灑了，像長風從樹林中吹過，像雨點墜落在屋瓦之上，又像高崖上迸發的泉水從樹梢飛過颯颯作響，又像野鹿來到堂下發出呦呦的鳴聲。這好像是在描述文姬歸漢後的歡快。他還有〈聽安萬善吹觱篥歌〉，先寫觱篥為竹子製成，觱篥樂曲則出自龜茲，後來流傳漢地。此曲之動人，足以讓思鄉遠客歎息垂淚，但人們還不懂此曲的美妙境界，於是李頎開始了樂曲境界的描寫：

枯桑老柏寒颼飀，九雛鳴鳳亂啾啾。龍吟虎嘯一時發，萬籟百泉相與秋。
忽然更作漁陽摻，黃雲蕭條白日暗。變調如聞楊柳春，上林繁花照眼新。……

樂聲忽而淒切低沉，如風吹枯桑，忽而歡快悅耳，如鳳鳴啾啾，忽而高亢粗獷，如龍吟虎嘯，忽而悠然清爽，如秋山流泉，忽而悲壯蒼涼，如漁陽摻鼓，忽而明豔繁麗，如楊柳之春、上林繁花。李頎詩的音樂描寫和人物描寫，都為唐詩增添了很有特色的篇章。

二、王之渙、崔顥、王翰

王之渙（六八八—七四二），字季淩，郡望晉陽（今山西太原），占籍絳州（今山西絳縣）人。以門蔭補冀州衡水（今河北衡水）主簿，受人誣構，拂衣去官，優遊山水。開元二十年前後，流寓薊門，與高適交遊。晚年經親友勸說，復補文安（今河北文安）尉。天寶元年（七四二）二月，卒於官舍。為人倜儻有才略。存詩僅六首。〈登鸛雀樓〉：

白日依山盡，黃河入海流。欲窮千里目，更上一層樓。

筆墨簡練，語言淺近自然，構圖簡潔，而境界雄渾壯闊，氣勢宏偉，末二句寓哲理於眼前之景，展示闊大的胸襟和昂揚向上的精神風貌，人們可以從中感受到盛唐氣象。

王之渙的邊塞詩有《涼州詞二首》，其一：

黃河遠上白雲間，一片孤城萬仞山。羌笛何須怨〈楊柳〉，春風不度玉門關。

在雄闊蒼涼的境界中，引入幽怨的羌笛之聲，並且巧借〈楊柳〉之曲，關聯春風楊柳和折柳送別，說笛聲怨，實人在怨，說何須怨，實怨更深，含蓄之中，委婉切情。而由〈楊柳〉曲又引發春風之想，「春風不度玉門關」之句，既承前三句寫邊關荒涼實況，又隱寓士卒辛苦戍邊而得不到體恤和溫暖的怨憤和不平。詩於婉曲中有壯拔之思，蒼涼中有雄渾之氣。

崔顥（？－七五四），稍晚於王之渙。汴州（今河南開封）人，開元十年（七二二）或十一年進士及第。曾任監察御史，曾在河東軍幕任職，到過東北邊塞，也曾南遊吳越荊鄂。

崔顥存詩四十二首。不少詩寫女子，有浮豔之風。但他的《長干曲四首》其一：「君家何處住，妾住在橫塘。停船暫借問，或恐是同鄉。」其二：「家臨九江水，來去九江側。同是長干人，自小不相識。」選取偶爾相逢的片斷對話，一問一答，關切之中流露著愛慕，語言淺近平易而感情樸素率真，取調南朝樂府而有新意。他的〈長安道〉寫霍將軍曾豪奢一時，須臾間火盡灰滅，說：「莫言貧賤即可欺，人生富貴自有時。一朝天子賜顏色，世上悠悠應始知。」〈江畔老人愁〉寫江畔老人曾世代榮華，不料遭遇兵戈之亂，而落入零丁貧賤，說：「人生貴賤各有時，莫見羸老相輕欺。」〈邯鄲宮人怨〉寫邯鄲宮人曾承恩得寵，但一旦君王身亡，市朝變化，則落得見譏放歸，詩人說：「百年盛衰誰能保。」則寫出現實，並且隱含著雖貧賤而富貴有時的自信。

他有七首邊塞詩。〈贈王威古〉寫三十羽林將射獵場面，「插羽兩相顧，鳴弓新上弦。射麇入深谷，飲馬投荒泉。」英武瀟灑，而赴邊殺敵，「長驅救東北，戰解城亦全。報國行赴難，古來皆共然。」寫出英雄氣概。〈古遊俠呈軍中諸將〉：

少年負膽氣，好勇復知機。仗劍出門去，孤城逢合圍。殺人遼水上，走馬漁陽歸。錯落金鎖甲，蒙茸貂鼠衣。還家行且獵，弓矢速如飛。地迥鷹犬疾，草深狐兔肥。腰間帶兩綬，轉盼生光輝。顧謂今日戰，何如隨建威。

仗劍出門，功成而歸，還家行獵，弓矢如飛，同樣是超人的膽氣和勇武精神，寄託著詩人建功立業的壯心。《河嶽英靈集》稱崔顥「晚節忽變常體，風格凜然，一窺塞垣，說盡戎旅」，可知他的邊塞詩當是晚年所作。但是崔顥寫得最好的，還是七律〈黃鶴樓〉：

昔人已乘黃鶴去，此地空餘黃鶴樓。黃鶴一去不復返，白雲千載空悠悠。
晴川歷歷漢陽樹，芳草萋萋鸚鵡洲。日暮鄉關何處是，煙波江上使人愁。

前四句懷古。疊用三個黃鶴，語勢奔瀉而下。既寫已去，又寫空餘，再寫一去不復返，最後是千載空悠悠，層層疊寫更顯出世事蒼茫的深沉感慨。是律詩而前四句平仄不合，有意不諧的音律中自有古拗之氣。後四句懷鄉。從世事的蒼茫之感到眼前景色的春色淒迷，江波浩渺，銜接自然，而又很好地烘托了思鄉氛圍，而詩人因思鄉、因世事感慨而惆悵迷惘的心境，也融入到日暮煙波、江天迷濛之中，和諧的音律，更使詩有一種悠然詠歎的味道。

王翰（生卒年不詳），字子羽，并州晉陽（今山西太原）人。少豪蕩不羈，景雲元年（七一〇）進士及第。得舉直言極諫科，調昌樂尉，開元九年（七二一）九月，張說為宰相，召為秘書正字，擢拜通事舍人，遷駕部員外郎。十四年（七二六）四月，張說罷相，出翰為汝州長史，改仙州別駕，又貶道州司馬。

王翰存詩十四首，一些七言歌行寫宮廷生活，有齊梁餘風。但也有描寫邊塞的詩作。〈飲馬長城窟行〉前半，寫少年壯士上陣殺敵：「遙聞鼙鼓動地來，傳道單于夜猶戰。此時顧恩寧顧身，為君一行摧萬人。壯士揮戈回白日，單于濺血染朱輪。」很有豪壯氣概。

最為著名的是《涼州詞二首》其一：

> 蒲萄美酒夜光杯，欲飲琵琶馬上催。醉臥沙場君莫笑，古來征戰幾人回。

酒是美酒，杯是夜光杯，讓人想見舉杯痛飲的熱烈場面，但因很快就要出發，連暢飲都來不及，壯行氣氛更為濃烈，一個催字，寫出陡然緊急的情勢。勢在欲發，接下卻陡然收住，不寫如何出行，轉寫辭別一語。不說戰死沙場，而說醉臥沙場，不說君莫哭，而說君莫笑，不是希望征戰回來，而是說幾人回。語氣從容坦然，與前句催行的情勢緊急形成對比，悲壯中更多的是視死如歸的勇氣和為國捐軀的豪情。

第五章　李　白

李白是中國歷史上偉大的詩人之一，他的詩歌代表了盛唐詩歌也是中國古代詩歌的最高成就。

第一節　李白的生活思想與創作歷程

一、李白早期的遊歷生活與創作歷程

李白（七〇一—七六二），字太白，自稱祖籍隴西成紀（今甘肅秦安），先代於隋末流徙西域。李白出生於中亞碎葉（今托馬克城），神龍初，隨父潛回廣漢，居綿州昌明縣（今四川江油）。一說李白生於蜀中。

李白在蜀中成長。他的家庭富有而有文化教養，從小受到很好的文化薰陶。他自述：「五歲誦六甲，十歲觀百家。」（〈上安州裴長史書〉）又說：「十五觀奇書，作賦凌相如。」（《贈張相鎬二首》其二）這可以知道，他從小就寫賦。他後來一再提到司馬相如和揚雄，這些蜀中古代大文學家，給少年李白很大的影響。大約在十八歲（開元六年，七一八）的時候，他隱居大匡山讀書。幾年間，他曾往來旁郡，遊江油、劍閣、梓州。

他開始受到各種思想的影響。他後來在詩中寫道：「家本紫雲山，道風未淪落。」（〈題嵩山逸人元丹丘山居〉）紫雲山在他生活的昌明縣南四十里，是道教勝地。唐代蜀中道教之風盛行。活動於武則天時期著名的道教學者王玄覽，就在離昌明不遠的綿竹。更遠一點的青城山是道教聖地，道教的十大洞天之一。他與道士有來往，曾訪戴天山道士。李白從小，仙遊和山水之遊就是分不開的。李白後來寫詩說：「十五遊神仙，仙遊未曾歇。」（《感興六首》之四）蜀中的環境，對於李白以後的求仙學道關係很大。他從梓州人趙蕤學過縱橫術。李白〈與韓荊州書〉：「十五學劍術。」〈贈從兄襄陽少府皓〉：「結髮未識事，所交盡豪雄。……托身白刃裡，殺人紅塵中。」魏顥〈李翰林集序〉：「（白）少任俠，手刃數人。」劉全白〈李君碣記〉說李白「少任俠，不事產業」。范傳正〈李公新墓碑〉說李白「少以俠自任，而門多長者車」。這都說明，少年的李白還受到遊俠思想的影響。他開始結識豪士，遍干諸侯。二十歲時（開元八年，七二〇）遊成都，謁見當時的益州長史蘇頲，受到賞識。

開元十二年（七二四），李白二十四歲時，又遊峨眉山。秋，從峨眉山沿平羌江（青衣江）東下，至渝州，寫下了著名的〈峨眉山月歌〉：「峨眉山月半輪秋，影入平羌江水流。夜發清溪向三峽，思君不見下渝州。」這首詩我們看到李白早熟的七絕藝術：明快的節奏，自然簡潔的語言，濃烈流走的情思，醇厚的韻味。

第二年春天，李白出三峽。

他各處漫遊。出峽之後，先到江陵，後自江陵南下，經岳陽、長沙到零陵，往遊瀟湘之浦，這是二妃神遊之地。再行東下，登廬山，至金陵、揚州、姑蘇，然後西上，遊雲夢，經襄陽，作客汝海，不久便在安陸住下來。在安陸，他與故相許圉師的孫女結婚。接著又以安陸為中心，再次外出遊歷。開元十五年（七二七）遊江夏，又曾遊襄陽，還曾遊洛陽，北上并州，往遊東魯。

在江陵，見到了著名道士司馬承禎。司馬承禎備受武后、睿宗、玄宗三朝皇帝禮遇。特別是玄宗，特別熱衷司馬承禎，既召至內殿受上清經法，又為其在王屋山建立陽臺觀，還遣胞妹玉真公主到道觀學道。李白受到司馬承禎的讚賞，被稱為「有仙風道骨，可與神遊八極之表」。李白寫下了〈大鵬遇稀有鳥賦〉（即〈大鵬賦〉），自比大鵬，以鳥喻人，記述這次會見。

李白暢遊了各地名山大川。他說：「此行不為鱸魚膾，自愛名山入剡中。」（〈初下荊門〉）他留下很多著名的作品，開始以詩文聞名。據李白的崇拜者魏萬（中進士後改名魏顥）說，李白作〈大鵬賦〉當時「家藏一本」，是他最早揚名天下的作品。在江夏，見到孟浩然，寫下〈黃鶴樓送孟浩然之廣陵〉。在廬山，寫了有名的〈望廬山瀑布〉，這首詩也很快傳誦天下。這些詩，都進一步反映他的詩歌成就，特別是七絕的成就。

外出遊歷充分表現了他的任俠性格。〈上安州裴長史書〉這樣描述：「曩昔東遊維揚，不逾一年，散金三十餘萬。有落魄公子，悉皆濟之。」何以能「不逾一年，散金三十餘萬」，何以能各地漫遊，涉及到他的經濟來源問題。初出夔門，應該借助於家庭的資助。他家可能有經商的背景，唐人有漫遊寄食的風氣，李白交遊廣，名氣大，時人對他優禮和敬愛。後來的漫遊，各地州佐縣吏和朋友可能會有經濟支持。富有的岳家的幫助，詩文所得報酬，也是有可能的。

他懷著建立不世功業的志向。〈代壽山答孟少府移文書〉表白，「達則兼濟天下，窮則獨善一身」，要「申管、晏之談，謀帝王之術，奮其智能，願為輔弼，使寰區大定，海縣清一。」他一面漫遊，一面積極地干謁。開元十七年，他在安陸受到安州都督馬公的禮遇。十八年上書安州裴長史，自述抱負、才華和品格，希求薦用。他說：「以為士生則桑弧蓬矢，射乎四方，故知大丈夫必有四方之志，乃仗劍去國，辭親遠遊」，他說：「願君侯惠以大遇，洞開心顏，終乎前恩，再辱英盼。」（〈上安州裴長史書〉）表現出很急迫的心情。開元二十二年，在襄陽見到韓朝宗，韓朝宗是前荊州刺史，是善於識別薦舉人才的著名官吏。李白作〈與韓荊州書〉，開頭便說：「白聞天下談士相聚而言：『生不用封萬戶侯，但願一識韓荊州。』」留下「識荊」的著名典故。又是以急迫的心情，希求薦用。但是，他的目的沒有達到。

二、李白後期的生活經歷與創作歷程

這之後，李白有了第一次長安之行。這期間他曾遊邠州、坊州。李白入長安的次數和時間，有各種說法。自唐代以來，各種關於李白生平記載的文獻，都一致認為李白一生中只在天寶初年奉詔到過一次長安。但後來學界有二次入長安之說和三入長安之說。第一次入長安時間，一說開元十八年，一說開元二十三年冬，一說在開元二十五年。

在長安，他謁見了張說，結識張說的兒子駙馬都尉、衛尉卿張垍，並向玄宗的妹妹玉真公主獻了詩。一說，玄宗冬季狩獵，李白趁玄宗冬狩之際，西遊上〈長楊賦〉。他的目的，都是希望得到賞識，以求得到薦用，但是都大失所望。第一次入長安，李白看到了官場的黑暗。他寫詩發洩心中的憤慨不平。《行路難三首》其二：「大道如青天，我獨不得出。羞逐長安社中兒，赤雞白狗賭梨栗。彈劍作歌奏苦聲，曳裾王門不稱情。」〈梁甫吟〉：「我欲攀龍見明主，雷公砰訇震天鼓，帝旁投壺多玉女。三時大笑開電光，倏爍晦冥起風雨。閶闔九門不可通，以額叩關閽者怒。」著名的〈蜀道難〉應該也是這時寫的，賀知章見其詩，驚為「謫仙人」。這一時期的作品，已經完全表現了李白的藝術個性。

開元二十六年（七三八）夏天，李白離開長安，來到梁宋。他寫下了〈梁園吟〉，一方面有很多感慨，一方面相信「東山高臥時起來，欲濟蒼生未應晚」。他又開始了漫遊。從梁宋到了洛陽，遊襄陽。之後，他移居東魯。天寶元年春夏間，攜子女南下，隱居南陵。

天寶元年（七四二），可能是李白的名聲受到了玄宗的注意，也可能是玉真公主和賀知章的薦舉，終於在這一年的秋天李白奉詔入京。他以為，多年的願望就要實現了，李白欣喜若狂。臨行時他寫下了〈南陵別兒童入京〉詩：「遊說萬乘苦不早，著鞭跨馬涉遠道。會稽愚婦輕買臣，余亦辭家西入秦。仰天大笑出門去，我輩豈是蓬蒿人。」在長安，李白受到隆重的禮遇。玄宗「降輦步迎，如見綺皓。以七寶床賜食，御手調羹以飯之」（李陽冰〈草堂集序〉）。李白頗為自得。但是不久他發現，玄宗實際上對他並不重視。他只是作為詞臣，供奉翰林。他性格傲岸，難免有奸佞之徒嫉妒與毀謗，天寶三載（七四四）春，他被「賜金放還」，離開了長安。

他開始了新的漫遊生活。初夏到洛陽，與杜甫相遇，並同遊梁宋。後回到東魯。不久杜甫也來東魯，兩人又一次短期同遊。

梁宋東魯期間，在齊州紫極宮，李白請北海的高如貴天師授道籙。〈奉餞高尊師如貴道士傳道籙畢歸北海〉詩可證。李陽冰的〈草堂集序〉也記載了這件事。李白在蜀中本就受道教影響，出峽之後，在江陵訪著名道士司馬承禎，後又在遊汝海時與道士元丹丘相識，一度想全家一起到元丹丘嵩山別業中隱居修道。這次授道籙，更是一件大事。授了道籙以後，李白便算正式入道，完成了他求仙學道的一件大事。

在梁園，李白與高宗時宰相宗楚客的孫女宗氏結婚。宗氏篤信道教，與李白志同道合。他又南下漫遊吳越，行前，他寫下了著名的〈夢遊天姥吟留別〉，與東魯諸公告別。詩中說：「且放白鹿青崖間，須行即騎訪名山。安能摧眉折腰事權貴，使我不得開心顏。」他到揚州，至越中，淮陰，往來於金陵、會稽、廬江、潯陽等處。在會稽，李白憑弔了過世的賀知章。不久，孔巢父也到了會稽，於是他和元丹丘、孔巢父暢遊禹穴、蘭亭等歷史遺跡。這時，王屋山人魏萬慕李白之名，自梁園，經東魯，往會稽，輾轉尾隨追尋數千里不遇，次年五月，終於在廣陵相見。李白深為感動，賦長詩相贈。據魏萬〈李翰林集序〉中說，李白把自己的文稿交付魏萬。安史之亂後，魏萬為李白編輯了第一個集子《李翰林集》。此集雖未流傳，但魏萬為這個集子所寫的序言成為後來研究李白的重要材料。

這期間，他曾北還任城。天寶十載（七五一）秋北遊幽燕，到過邯鄲、薊門、幽州等地。又至魏郡，再遊太原，南下宣城，往來於金陵、南陵、涇縣、宣城、當塗之間。

當他遊幽燕的時候，已預感到安祿山必反。安史亂起的時候，李白正在宣城，後把宗氏夫人接來，一起在廬山學道。玄宗奔蜀，在普安郡下了制置詔，命永王李璘出兵東南。李璘的軍隊經過九江時，李白應辟入李璘軍，寫下《永王東巡歌十一首》，其二：「但用東山謝安石，為君談笑靜胡沙。」其十一：「試借君王玉馬鞭，指揮戎虜坐瓊筵。南風一掃胡塵靜，西入長安到日邊。」李白以為報國立功的機會又來了。但這時肅宗已即位靈武，在靈武下了討伐李璘詔。永王兵敗，李白入潯陽獄，流放夜郎（今貴州桴潼）。流放途中，沿途官員慕李白盛名，仍熱情接待他、宴請他。李白豪放的性格依然沒有改變，仍然是那樣熱情奔放。乾元二年（七五九）二月，他流放夜郎途中，至巫山，遇赦東還。他寫下了著名的〈早發白帝城〉，心情極為輕快。遇赦之後，他到江夏，又應友人之邀，再遊洞庭。後回到宣城、金陵舊遊之地，差不多兩年時間，往來於兩地之間。上元二年（七六一），李光弼出兵東南，李白已是六十一歲高齡，還想請纓報國，終於半道病還，返於金陵。在金陵，李白的生活已相當落魄。不得已，投奔了在當塗作縣令的族叔李陽冰。次年病重，在病榻上把手稿交給了李陽冰，賦〈臨終歌〉，病死於當塗。終年六十二歲。

第二節　李白詩的精神風貌

李白詩有昂揚風發的精神風貌。他的詩，總有建功立業的豪情和對自己才能和前程的自信，處處表現豪邁奔放、痛快淋漓的感情氣勢和力量，總是寫得心境開朗，清雄剛健，體現出高昂慷慨，明朗向上的精神風貌。

一、李白詩的豪情氣概

李白詩有一種建功立業的豪情和英雄的氣概，有一種對自己才能和前程的自信。

李白寫邊塞詩，《塞下曲六首》，其三：

> 駿馬似風飆，鳴鞭出渭橋。彎弓辭漢月，插羽破天驕。
> 陣解星芒盡，營空海霧消。功成畫麟閣，獨有霍嫖姚。

駿馬似風，鳴鞭出征，插羽破敵，戰平功成，圖畫麟閣，垂名萬古。李白邊塞詩不多，像這樣橫行疆場，報國立功的豪情卻隨處可見。《塞下曲六首》其一：「曉戰隨金鼓，宵眠抱玉鞍。願將腰下劍，直為斬樓蘭。」其六：「漢皇按劍起，還召李將軍。兵氣天上合，鼓聲隴底聞。橫行負勇氣，一戰淨妖氛。」〈出自薊北門行〉：「揮刃斬樓蘭，彎弓射賢王。單于一平蕩，種落自奔亡。收功報天子，行歌歸咸陽。」〈從軍行〉：「鼓聲鳴海上，兵氣擁雲間。願斬單于首，長驅靜鐵關。」他寫邊塞奇勳，也寫自己的志向，寫英雄氣概。

他贈別友人。〈送張遙之壽陽幕府〉：「壽陽信天險，天險橫荊關。苻堅百萬眾，遙阻八公山。不假築長城，大賢在其間。戰夫若熊虎，破敵有餘閒。張子勇且英，少輕衛霍孱。投軀紫髯將，千里望風顏。勖爾效才略，功成衣錦還。」壽陽在唐代並非軍事險要，但李白卻由此想到歷史上這裡曾有淝水之戰，謝安一舉破敵。他寫壽陽天險橫荊關，寫苻堅百萬之眾，戰夫若熊虎，而謝安從容破敵，一般的送別之意，卻別出心裁寫出英雄氣概，寫出建功立業的壯心。李白經常在贈別友人的詩中這樣寫。《送外甥鄭灌從軍三首》其一：「六博爭雄好彩來，金盤一擲萬人開。丈夫賭命報天子，當斬胡頭衣錦回。」〈送梁公昌從信安北征〉：「旋應獻凱入，麟閣佇深功。」〈送張秀才從軍〉：「當令千古後，麟閣著奇勳。」都是勉勵友人，都是建立功業的豪情。

李白更多的是直接寫自己建立功業的願望。他在詩裡，這種願望表現得十分強烈。〈鄴中贈王大〉：

> 紫燕櫪下嘶，青萍匣中鳴。投軀寄天下，長嘯尋豪英。
> 恥學琅琊人，龍蟠事躬耕。富貴吾自取，建功及春榮。

他說他欲獻濟時之策，但此心沒有人了解，像是駿馬在櫪下嘶叫，寶劍在匣中奮鳴，所以他要投身天下，尋找豪英之士。他甚至不願像諸葛亮那樣隱居躬耕，而要及時博取富貴，建立功業。〈贈何七判官昌浩〉：「羞作濟南生，九十誦古文。不然拂劍起，沙漠收奇勳。」〈遊敬亭寄崔侍御〉：「世路如秋風，相逢盡蕭索。腰間玉具劍，意許無遺諾。壯士不可輕，相期在雲閣。」〈在水軍宴贈幕府諸侍御〉：「寧知草間人，腰下有龍泉。浮雲在一決，誓欲清幽燕。」詩中可見建立奇勳，雲閣留名的願望是強烈的。

他反復自比管仲、諸葛亮。〈別王司馬嵩〉：「余亦南陽子，時為〈梁甫吟〉。蒼山容偃蹇，白日惜頹侵。願一佐明主，功成還舊林。」〈南都行〉：「誰識臥龍客，長吟愁鬢斑。」〈駕去溫泉後贈楊山人〉：「自言管葛竟誰許，長吁莫錯還閉關。」他自比傅說、李斯。〈冬夜醉宿龍門覺起言志〉：「傅說版築臣，李斯鷹犬人。

欻起匡社稷，寧復長艱辛。」他自比呂望。〈留別于十一兄逖裴十三遊塞垣〉：「太公渭川水，李斯上蔡門。釣周獵秦安黎元，小魚狻兔何足言。」〈梁甫吟〉：「君不見朝歌屠叟辭棘津，八十西來釣渭濱。寧羞白髮照清水，逢時吐氣思經綸。廣張三千六百鈞，風期暗與文王親。」他的政治抱負是巨大的，他要像傳說輔佐殷高宗，呂望輔佐周文王，李斯輔佐秦始皇，諸葛亮輔佐劉備一樣，建立非凡的功業。

正因他追求非凡功業，所以歌頌英雄氣概。這在他的任俠詩裡有突出表現。〈俠客行〉：

趙客縵胡纓，吳鉤霜雪明。銀鞍照白馬，颯沓如流星。十步殺一人，千里不留行。
事了拂衣去，深藏身與名。閒過信陵飲，脫劍膝前橫。將炙啖朱亥，持觴勸侯嬴。
三杯吐然諾，五嶽倒為輕。眼花耳熱後，意氣素霓生。救趙揮金槌，邯鄲先震驚。
千秋二壯士，烜赫大梁城。縱死俠骨香，不慚世上英。誰能書閣下，白首《太玄經》。

是英姿颯爽，是意氣豪邁。李白的很多任俠詩，都寫俠肝義膽和英雄氣概。〈結襪子〉寫高漸離擊筑刺秦王：「燕南壯士吳門豪，筑中置鉛魚隱刀。感君恩重許君命，太山一擲輕鴻毛。」〈結客少年場行〉寫少年遊俠「紫燕黃金瞳，啾啾搖綠騣」，「笑盡一杯酒，殺人都市中」。〈幽州胡馬客歌〉寫幽州胡馬客，「笑拂兩隻箭，萬人不可干。彎弓若轉月，白雁落雲端」。〈白馬篇〉寫俠士，「弓摧南山虎，手接太行猱。酒後競風采，三杯弄寶刀。殺人如剪草，劇孟同遊遨。發憤去函谷，從軍向臨洮。叱吒萬戰場，匈奴盡奔逃。歸來使酒氣，未肯拜蕭曹」。

歌頌英雄氣概，常常是和功業的追求連繫在一起。〈司馬將軍歌〉：

狂風吹古月，竊弄章華臺。北落明星動光彩，南征猛將如雲雷。手中電擊倚天劍，直斬長鯨海水開。我見樓船壯心目，頗似龍驤下三蜀。揚兵習戰張虎旗，江中白浪如銀屋。
身居玉帳臨河魁，紫髯若戟冠崔嵬。細柳開營揖天子，始知灞上為嬰孩。羌笛橫吹〈阿嚲回〉，
向月樓中吹〈落梅〉。將軍自起舞長劍，壯士呼聲動九垓。功成獻凱見明主，丹青畫像麒麟臺。

司馬將軍，指陳安，為晉王司馬保的故將，因反抗劉曜而戰死。「古月」為「胡」的隱語，「章華臺」為楚靈王所築，借指劉曜非法弄兵之處。首二句謂胡人作亂，如狂風般襲來。「北落」為星名，在北方，主候兵，古人迷信，以為此星明亮且大則軍安。「南征猛將」指司馬將軍，以下極寫司馬將軍的勇武英威。宋玉〈大言賦〉：「長劍耿耿倚天外。」「倚天劍」典出於此。「長鯨」指叛軍。古代以蜀郡、廣漢、犍為「三蜀」，此處泛指蜀地。「龍驤」指西晉益州刺史王濬，時拜龍驤將軍。王濬受晉武帝之命，於太康元年（二八〇）修舟艦，率水軍，自蜀出發，順江東下，直取東吳。「我見樓船」二句以王濬比陳安，謂其修樓船，率大軍，戰胡寇。「虎旗」是繪有虎形的旗幟。「玉帳」為征戰時主將所居之軍帳。「河魁」為地支戌之方位，古謂主將之帳宜在戌。《史記．絳侯周勃世家》載，將軍周亞夫軍紀嚴明，屯軍細柳營，漢文帝勞軍，亦得有將軍之令始得開營而入。而此前漢文帝勞軍到灞上，至棘門，則可直馳而入。漢文帝因此感慨：「霸上棘門軍若兒戲耳。」此詩「細柳」二句借周亞夫比陳安，謂其治軍嚴明。〈落梅〉即〈梅花落〉，與〈阿嚲回〉均笛曲名。「九垓」即九天。「麒麟臺」即麒麟閣，漢閣名，在未央宮內，漢宣帝曾畫功臣霍光等十一人圖像於閣上。末二句謂陳安亦當建立功業，作為功臣畫像於麒麟閣上。詩人寫氣氛，星動光彩，將如雲雷，虎旗高張，白浪洶湧。將軍英武威猛。劍是倚天之劍，而且閃擊如電，直斬長鯨，劈開海水，紫髯若戟，高冠崔嵬，聲動九天。英雄氣概交織著對功業的強烈追求，格調高亢激揚。

他不願甘守貧賤。〈白馬篇〉讚美豪俠之士「弓摧南山虎，手接太行猱」的英武，和「叱吒萬戰場」的功業，說：「羞入原憲室，荒淫隱蓬蒿。」〈少年子〉讚美少俠士的英雄氣概，嘲笑說：「夷齊是何人，獨守西山餓。」〈少年行〉：「男兒百年且樂命，何須徇書受貧病。男兒百年且榮身，何須徇節甘風塵。衣冠半是征戰士，窮儒浪作林泉民。」他反對死守章句。〈嘲魯儒〉嘲笑說：「魯叟談五經，白髮死章句。」〈贈何七判官昌浩〉：「羞作濟南生，九十誦古文。」〈俠客行〉：「誰能書閣下，白首《太玄經》。」

他自比大鵬，〈上李邕〉：「大鵬一日同風起，摶搖直上九萬里。假令風歇時下來，猶能簸卻滄溟水。」他總有一種自信，相信自己的才能，相信自己能風雲際會，建立非凡功業。《奔亡道中五首》其三：「談笑三軍卻，交遊七貴疏。仍留一隻箭，未射魯連書。」詩作於至德二載，這時永王李璘兵敗，李白南奔彭澤。這個時候，他還相信，能在談笑之中使三軍退卻，能像戰國魯仲連一樣，一箭而克聊城，破燕軍。他又寫〈將進酒〉，說：「天生我材必有用，千金散盡還復來。」他又有〈書懷贈南陵常贊府〉，從詩意看，當作於天寶十載（七五一）征南詔之後。這時李白年過半百，功業未成。但他說：「君看我才能，何似魯仲尼。大聖猶不遇，小儒安足悲。」自比孔子，大聖猶有不遇之時，我又何必悲傷呢？

這樣一種英雄氣概，這樣一種強烈地追求建功立業的昂揚自信的精神風貌，是李白詩中普遍的感情基調。

二、李白詩的奔放氣勢和力量

李白的詩，處處可感到痛快淋漓的氣勢和力量。

他傾洩政治失意的怨憤憂愁。《行路難三首》其三：

有耳莫洗潁川水，有口莫食首陽蕨。含光混世貴無名，何用孤高比雲月。
吾觀自古賢達人，功成不退皆殞身。子胥既棄吳江上，屈原終投湘水濱。
陸機雄才豈自保，李斯稅駕苦不早。華亭鶴唳詎可聞，上蔡蒼鷹何足道。
君不見吳中張翰稱達生，秋風忽憶江東行。且樂生前一杯酒，何須身後千載名。

開頭全是反話。之所以有耳莫洗潁川水，之所以有口莫食首陽蕨，是因為世道太汙濁了，你不同流合汙，你在這個世道就沒有立身之地！這個世道容不得高潔，容不得賢能。不願混世而不得不混世，願求孤高而孤高何用！內心何等憤激，這憤激全借反話傾洩而出。接著寫自古賢達之人，功成不退，都失意殞身，從子胥被棄，屈原投水，到陸機不保，李斯遭戮，一個接一個的被害，自古以來，這世道就容不得賢達之人！自古賢達殞身的命運，就是詩人將要面對的命運！最後要學張翰辭官回家，瀟灑東行，慷慨杯酒，同樣是痛快淋漓。

他抨擊現實的黑暗。〈答王十二寒夜獨酌有懷〉：

……君不能狸膏金距學鬥雞，坐令鼻息吹虹霓。君不能學哥舒橫行青海夜帶刀，西屠石堡取紫袍。吟詩作賦北窗裡，萬言不直一杯水。世人聞此皆掉頭，有如東風射馬耳。魚目亦笑我，謂與明月同。驊騮拳跼不能食，蹇驢得志鳴春風。〈折楊〉〈皇華〉合流俗，晉君聽琴枉〈清角〉。巴人誰肯和〈陽春〉。楚地由來賤奇璞。黃金散盡交不成，白首為儒身被輕。一談一笑失顏色，蒼蠅貝錦喧謗聲。曾參豈是殺人者，讒言三及慈母驚。與君論心握君手，榮辱于余亦何有。孔聖猶聞傷鳳麟，董龍更是何雞狗。……

鬥雞時將狸油塗於雞頭，使對方的雞聞到狸的氣味就害怕，將金屬芒刺裝在雞足上，以刺傷對方的雞，那鬥雞而獲寵的小人只會這些，便氣焰熏天。攻吐蕃，破石堡，唐軍付出數萬士卒的性命，只獲吐蕃四百人，哥舒翰卻因此取紫袍，升高官。朝廷小人得志，用人不當，詩人吟詩作賦，不但萬言不值一杯水，而且為世人所不屑。魚目自謂與明月相同而嘲笑我。這世道是那樣的不平：良馬不得舒展，沒有吃的，蹇驢卻春風得意；低俗的樂聲被人喜歡，卻沒有有德之君能聽〈清角〉之曲。下里巴人不肯與〈陽春〉〈白雪〉相和，奇璞美玉受到輕視！詩人是那樣的怨憤：黃金散盡，真誠交友，卻交不成，已是白首之人，仍是一介儒生，功業未成，而且被人所輕。世道如此險惡，人心如此險惡，僅僅一談一笑之間，可以顏色頓失，翻臉不認，甚至招來一片喧謗之聲。李白入長安，就是因為小人讒毀，被賜金還山。他相信自己的清白，就像曾參並未殺人，但讒言那麼多，小人那麼多，以至人們不得不信。一個又一個事實，一件又一件不平，是抨擊，是斥問，甚至是指著鼻子怒罵，毫無遮擋，毫無顧忌，心中的怨憤不平盡情地奔瀉，真是痛快淋漓。〈鳴皐歌送岑徵君〉一詩，其旨也是一樣。「雞聚族以爭食，鳳孤飛而無鄰。蝘蜓嘲龍，魚目混珍。嫫母衣錦，西施負薪。」一群雞聚在一起爭搶食物，美麗的鳳凰卻孤零零地沒人理睬。小小的壁虎（蝘蜓）反而嘲笑高貴的蛟龍，醜陋的嫫母穿著錦繡衣服，美貌的西施卻辛勤地砍柴勞動。都是直洩不滿、牢騷與憤怒。

甚至一些山水寫景，也表現酣暢淋漓的感情氣勢。〈西嶽雲臺歌送丹丘子〉：「西嶽崢嶸何壯哉，黃河如絲天際來。黃河萬里觸山動，盤渦轂轉秦地雷。榮光休氣紛五彩，千年一清聖人在。巨靈咆哮擘兩山，洪波噴箭射東海。三峰卻立如欲摧，翠崖丹谷高掌開。」劈頭就是一聲驚歎，渲染出濃烈的氣氛，感受到詩人強烈感情的奔瀉。接下寫景，黃河是從天際奔流萬里，浩蕩而來，水的漩渦像車輪轉動，那聲響像是地底下雷聲轟鳴，像震撼山嶽，像巨靈咆哮，山被擘開，洪波噴箭，不是流向東海，而是射向東海。畫面的一切都在流動，在奔湧，這是驚人心魄的力與美，而這當中，流動著的同樣是詩人磅礴浩蕩的感情氣勢，感受到的是詩人昂揚奮進的精神風貌。又如〈蜀道難〉：

噫吁戲！危乎高哉！蜀道之難難於上青天。蠶叢及魚鳧，開國何茫然。爾來四萬八千歲，不與秦塞通人煙。西當太白有鳥道，可以橫絕峨眉顛。地崩山摧壯士死，然後天梯石棧相鉤連。上有六龍回日之高標，下有沖波逆折之回川。黃鶴之飛尚不得過，猿猱欲度愁攀援。青泥何盤盤，百步九折縈巖巒。捫參歷井仰脅息，以手撫膺坐長歎。問君西遊何時還，畏途巉巖不可攀。但見悲鳥號古木，雄飛雌從繞林間。又聞子規啼夜月，愁空山。蜀道之難難於上青天，使人聽此凋朱顏。連峰去天不盈尺，枯松倒挂倚絕壁。飛湍瀑流爭喧豗，砯厓轉石萬壑雷。其險也如此，嗟爾遠道之人胡為乎來哉。劍閣崢嶸而崔嵬，一夫當關，萬夫莫開。所守或匪親，化為狼與豺。朝避猛虎，夕避長蛇。磨牙吮血，殺人如麻。錦城雖云樂，不如早還家。蜀道之難難於上青天，側身西望長咨嗟。

殷璠《河嶽英靈集》稱這首詩為「奇之又奇，自騷人以還，鮮有此調」。這首詩的奇，不只是用奇特的誇張想像寫出蜀道的奇險氣氛，其語言的飛動瑰麗，更酣暢淋漓地表現了感情氣勢。他劈頭而來的同樣是驚歎，而這驚歎更為鋪張，因而也更有磅礴的氣勢。詩的洪流就像突現於千仞之巔，頃刻以萬鈞之力奔瀉而下。為什麼要從茫然的遠古開國神話寫來？要從四萬八千歲的漫長歲月寫來？為什麼要寫五丁開山，地崩山摧？是要讓人驚歎其神異。為什麼要寫捫參歷井仰脅息，以手撫膺坐長歎？為什麼要問君西遊何時還？為什麼要寫使人聽此凋朱顏？為什麼要寫嗟爾遠道之人胡為乎來哉？要寫側身西望長咨嗟？這是為了和開頭的驚歎呼應，烘托奇險氛圍，渲染感情氣勢。一再驚歎蜀道之難難於上青天，更使全詩氣勢連貫一體。以驚歎起首，又以驚呼結尾，奇險的寫景融合著感情的傾吐宣洩，在驚歎中感到的不是柔靡、低沉與徘徊，而是痛快淋漓，噴湧奔放的氣勢，是崇高的美感，是詩人豪放昂揚的精神風貌。

三、李白詩瀟灑快意的風度

李白的詩有一種瀟灑快意的風度，他的心境是熱烈開朗的。《遊泰山六首》其六：

朝飲王母池，暝投天門關。獨抱綠綺琴，夜行青山間。山明月露白，夜靜松風歇。
仙人遊碧峰，處處笙歌發。寂靜娛清暉，玉真連翠微。想像鸞鳳舞，飄颻龍虎衣。
捫天摘匏瓜，恍惚不憶歸。舉手弄清淺，誤攀織女機。明晨坐相失，但見五雲飛。

月明露白，青山碧峰，處處笙歌，鸞飛鳳舞，一片安祥和樂的景象。他寫任俠，寫英雄氣概，也寫縱情快意。特別寫遊俠少年縱酒狎妓。〈白鼻騧〉：「銀鞍白鼻騧，綠地障泥錦。細雨春風花落時，揮鞭直就胡姬飲。」《少年行二首》其二：

五陵年少金市東，銀鞍白馬度春風。落花踏盡遊何處，笑入胡姬酒肆中。

細雨春風，銀鞍白馬，踏盡落花，四處閒遊，爾後笑就胡姬，縱情飲酒，真是快意。李白嗜酒，他把縱酒生活寫得極為快樂。〈襄陽歌〉：

……鸕鷀杓，鸚鵡杯。百年三萬六千日，一日須傾三百杯。遙看漢水鴨頭綠，恰似葡萄初醱醅。此江若變作春酒，壘麴便築糟丘臺。千金駿馬換小妾，笑坐雕鞍歌〈落梅〉。車傍側掛一壺酒，鳳笙龍管行相

青蘿拂行衣。歡言得所憩，美酒聊共揮。長歌吟〈松風〉，曲盡河星稀。我醉君復樂，陶然共忘機。

山水是那樣的蒼翠，環境是那樣的幽靜，田家是那樣的熱情，一切倍感親切。相攜而到田家，童稚打開荊扉，盡興地歡言，盡興地飲酒。李白很多的閒遊詩，都寫得舒心快意。〈遊謝氏山亭〉：「謝公池塘上，春草颯已生。花枝拂人來，山鳥向我鳴。田家有美酒，落日與之傾。醉罷弄歸月，遙欣稚子迎。」謝靈運曾寫過「池塘生春草」的詩句，而今那池塘之上春草已經蓬勃生長。花枝輕拂著人的衣裳，山鳥在向我歌唱。黃昏時分，在田家盡興飲酒，酒罷乘月而歸，遠遠地家裡還有可愛的兒子在迎接。《陪侍郎叔遊洞庭醉後三首》其二：「船上齊橈樂，湖心泛月歸。白鷗閒不去，爭拂酒筵飛。」船上一齊舉起船槳為樂，湖上泛著月光，乘船盡興而歸，就連天上的白鷗彷彿也來助興，圍著酒筵飛來飛去。雖沒有玉女金童，鸞歌鳳舞，卻是青山綠水，湖光月色，寧靜幽美，悠閒自得，更有美酒共飲，長歌同歡。有學者說，李白寫遊仙，是因為現實黑暗，只有到幻想中的仙境才能找到快樂。其實，不論仙境或現實，李白處處都能找到快樂。之所以能找到快樂，就因為他心境開朗，他的精神風貌是昂揚風發的。

一些常人容易寫得哀怨傷感的題材，李白寫來總是清亮開朗，比如贈別詩。〈送友人〉：「青山橫北郭，白水繞東城。此地一為別，孤蓬萬里征。浮雲遊子意，落日故人情。揮手自茲去，蕭蕭班馬鳴。」「孤蓬萬里征」，以獨自飄飛的蓬草喻友人的孤零，表達對友人遠行的關切。「蕭蕭班馬鳴」，藉馬兒的哀鳴聲，將離別之情寫得難以分捨。但是，畫面是那樣的明麗，詩句是那樣明快，揮手自茲去，惜別中有高揚的情思。〈送韓侍御之廣德〉：

昔日繡衣何足榮，今宵貰酒與君傾。暫就東山賒月色，酣歌一夜送泉明。

從詩意看，友人是由侍御史外貶到廣德。遭此貶謫，心境應有不快，但詩中一點傷感也沒有，有的是豁達的勸慰和快意的縱酒酣歌。

他寫客居。客居異鄉，在很多詩人筆下，往往寫思鄉之情，且寫得悽惻傷感。但李白很少寫鄉思，偶爾寫客中之情，也寫得高揚開朗。〈客中行〉：

蘭陵美酒鬱金香，玉碗盛來琥珀光。但使主人能醉客，不知何處是他鄉。

美酒散發出醇濃的香味，看上去猶如琥珀光豔透明，是那樣的誘人，是那樣的美好，只有興奮和快意，怎麼會有傷感？在李白看來，處處可以開心，可以隨心所欲，可以縱情飲酒，怎麼會有他鄉之感呢？

他也寫自己失意時的境遇，他常常是傾洩內心的憤激不平。有時也寫憂愁。〈流夜郎贈辛判官〉：「昔在長安醉花柳，五侯七貴同杯酒。氣岸遙凌豪士前，風流肯落他人後。夫子紅顏我少年，章臺走馬著金鞭。文章獻納麒麟殿，歌舞淹留玳瑁筵。與君自謂長如此，寧知草動風塵起。函谷忽驚胡馬來，秦宮桃李向明開。我愁遠謫夜郎去，何日金雞放赦回。」永王李璘兵敗，李白先入獄，後被流放夜郎。詩即作於此時。遭此挫折，不免有一番怨愁，詩也寫了愁，說遠謫夜郎而去，不知何日放赦而回，但詩更多的，是寫昔日在長安的生活。醉眠花柳，章臺走馬，豪貴同飲，文章獻納，歌舞淹留，是何等的風流快意，眼下的憂愁都被融入到這快意的回想之中，詩有憂愁，但整個詩的情調是明快的、清亮的。

也因此，李白經常寫笑，《前有一樽酒行二首》其二：「當壚笑春風。」《少年行二首》其二：「笑入胡姬酒肆中。」〈襄陽歌〉：「傍人借問笑何事，笑殺山翁醉似泥。」他經常寫大笑。〈敘舊贈江陽宰陸調〉：「大笑同一醉，取樂平生年。」〈南陵別兒童入京〉：「仰天大笑出門去，我輩豈是蓬蒿人。」〈登敬亭北二小山余時送客逢崔侍御並登此地〉：「屈盤戲白馬，大笑上青山。」這是歡快的笑，舒心的笑，自信的笑，是豪爽的笑。他經常寫歌。〈少年行〉：「風光去處滿笙歌。」〈贈丹陽橫山周處士惟長〉：「放歌丹陽湖。」〈送韓準裴政孔巢父還山〉：「高歌在巖戶。」〈留別廣陵諸公〉：「狂歌自此別。」《送殷淑三首》其三：「醉歌驚白鷺。」〈遊南陽白水登石激作〉：「長歌盡落日。」是歡愉輕快的笙歌、清歌，是縱情盡興的醉歌，是慷慨激昂的長歌、酣歌、高歌、放歌、浩歌、狂歌。

四、李白詩精神風貌的評價

李白有建功立業的強烈願望，也有他的政治理想和主張，但是他並沒有實際的政治才能。在政治上，他太天真，太迂闊，以至於不能判斷起碼的政治形勢。應辟入李璘軍，自以為報國立功的機會來了，卻看不到肅宗李亨與李璘兄弟涉及帝位之爭的矛盾。流放夜郎遇赦而歸，又以為皇帝會重用他，「聖主還聽〈子虛賦〉，相如卻與論文章。」（〈自漢陽病酒歸寄王明府〉）都說明這一點。他的個人素質與所處的政治環境，決定他不可能建立像管仲、諸葛亮、傅說、李斯、呂望那樣非凡的功業。

李白熱衷任俠和求仙學道，任俠行為本身，不論在古代還是在唐代，評價都是複雜的。他的任俠詩和遊仙詩，評價也是複雜的。李白歌詠的縱酒狎妓，帶有及時行樂，沉溺酒色的消極一面。李白求仙學道，沉迷於白日飛升，他的遊仙詩，也帶有及時享樂的一面。

但是，李白詩中那種建功立業的豪情，對自己才能和前程的自信，那種豪邁奔放、痛快淋漓的感情氣勢和力量，那種高昂慷慨、明朗清亮的精神風貌，都帶給人們一種昂揚向上的力量，它激勵人們積極進取，創造了清雄剛健的藝術美。

這種精神風貌，與李白的個性有關。他是一個豪爽率直的人，有了憂愁悲哀，如夏日雷雨，傾洩出來，就雨過天晴。他可能帶有胡人的習氣。當然，他也是一個有著非凡天賦，才華出眾的人。他相信自己會有奇遇，建立奇功，相信自己會有非凡的功業。他的家裡經濟可能富庶，使他不逾一年，散金三十餘萬，還自信千金散盡還復來。

但是更主要的是，李白詩中這種感情基調，反映著盛唐人的精神風貌，反映著盛唐氣象。社會發展到盛唐，不但國家統一，疆域遼闊，而且政治安定，經濟繁榮，社會富庶，各種文化融為一體。整個社會朝氣蓬勃，欣欣向榮。人們的胸襟眼界是這樣開闊，擁有空前的自豪感和自信心。李白詩歌那種豪邁奔放的氣勢，高昂明朗的情調，那種壯大開闊的胸襟，在在凝聚著盛唐人的精神追求和風貌。

第三節　李白詩的浪漫色彩

李白詩有寫實的一面，在如實的描寫中，人們可以細細地體會到他的感情。但是，李白更值得注意的，是他寫理想、寫主觀想像的詩。有時他也寫現實，但不是冷靜地描寫現實本身，而是寫他對現實強烈的主觀感受，他用幻想的方式寫現實。他把人帶入他的感情世界。現實的一切，都服從他強烈的感情抒發的需要，服從他的主觀理想。他的詩歌的思維方式也因此帶著強烈的主觀色彩，任感情自由流走。想寫什麼就寫什麼，傳統的結構、詩思的連接都被打破了。他的詩想像奇特、誇張大膽，多用擬人手法，筆下的自然物充滿生命。他的這些詩，有著強烈的浪漫色彩，鮮明地體現著他的藝術個性。

一、李白詩主觀幻想的世界

李白寫幻想主觀的世界，〈夢遊天姥吟留別〉是這方面的傑作：

海客談瀛洲，煙濤微茫信難求。越人語天姥，雲霓明滅或可覩。天姥連天向天橫，勢拔五嶽掩赤城。天台四萬八千丈，對此欲倒東南傾。我欲因之夢吳越，一夜飛渡鏡湖月。湖月照我影，送我至剡溪。謝公宿處今尚在，淥水蕩漾清猿啼。腳著謝公屐，身登青雲梯。半壁見海日，空中聞天雞。千巖萬轉路不定，迷花倚石忽已暝。熊咆龍吟殷巖泉，慄深林兮驚層巔。雲青青兮欲雨，水澹澹兮生煙。列缺霹靂，丘巒崩摧。洞天石扇，訇然中開。青冥浩蕩不見底，日月照耀金銀臺。霓為衣兮風為馬，雲之君兮紛紛而來下。虎鼓瑟兮鸞回車，仙之人兮列如麻。忽魂悸以魄動，怳驚起而長嗟。惟覺時之枕席，失向來之煙霞。世間行樂亦如此，古來萬事東流水。別君去兮何時還？且放白鹿青崖間，須行即騎訪名山。安能摧眉折腰事權貴，使我不得開心顏！

真是瑰麗奇異，變幻莫測。湖月清溪，淥水蕩漾，幽靜秀麗，半壁海日，是那樣壯觀，熊咆龍吟，驚人心魄，而日月照耀金銀臺，仙人披霓為衣，以風為馬，以虎鼓瑟，以鸞回車，紛紛而來，又異彩繽紛，光耀奪目。這是詩人理想的世界，在這個虛幻的世界裡，寄託著詩人嚮往自由快意生活的理想。

這樣的世界，李白往往寫得很真切。《遊泰山六首》其一：「天門一長嘯，萬里清風來。玉女四五人，飄颻下九垓。含笑引素手，遺我流霞杯。」其二：「清曉騎白鹿，直上天門山。山際逢羽人，方瞳好容顏。捫蘿欲就語，卻掩青雲關。遺我鳥跡書，飄然落巖間。」〈元丹丘歌〉：「朝飲潁川之清流，暮還嵩岑之紫煙，三十六峰長周旋。長周旋，躡星虹，身騎飛龍耳生風。」彷彿可以看到玉女的笑容，看到玉女伸出白淨的手，彷彿可以看到羽人的好容顏。李白不但有專門的遊仙詩，而且在其他詩中也常常寫這樣的世界。〈西嶽雲臺歌送丹丘子〉，前半寫山水，後半：「雲臺閣道連窈冥，中有不死丹丘生。明星玉女備灑掃，麻姑搔背指爪輕。我皇手把天地戶，丹丘談天與天語。九重出入生光輝，東來蓬萊復西歸。玉漿倘惠故人飲，騎二茅龍上天飛。」仙境中的明星玉女灑水掃地，麻姑輕輕地用指爪搔背。玄宗皇帝把守天地的門戶，和丹丘生談論天地玄理，又與故人飲玉漿一樣的美酒，像漢代仙人呼子先一樣，二隻茅狗化為龍，騎著它飛上華山成了仙。〈廬山謠寄盧侍御虛舟〉，前半也是寫山水，後半：「遙見仙人彩雲裡，手把芙蓉朝玉京。先期汗漫九垓上，願接盧敖遊太清。」又進入虛幻的仙人世界。〈酬崔五郎中〉，這是友人酬贈詩，後半也有：「又結汗漫期，九垓遠相待。舉身憩蓬壺，濯足弄滄海。從此凌倒景，一去無時還。朝遊明光宮，暮入閶闔關。」寫得這樣真切，山水詩、贈答詩都寫，正說明詩人神往於這樣的世界，神往於用主觀的想像，寫理想的虛幻的世界。

李白筆下的現實有大量的主觀想像。他寫安史之亂，〈北上行〉：「殺氣毒劍戟，嚴風裂衣裳。奔鯨夾黃河，鑿齒屯洛陽。」「猛虎又掉尾，磨牙皓秋霜。」〈北上行〉本來就是借樂府古題寫虛構的、慘戚的北上故事，故事中寫到了安史之亂，但是詩中只寫殺氣、寫嚴風、寫奔鯨和鑿齒，寫猛虎掉尾磨牙。他寫了「沙塵接幽州，烽火連朔方」，但是此外，安史之亂的具體情形，唐軍如何敗退，河北河南諸郡如何紛紛陷落，亂軍如何殘害百姓，詩中沒有詳述，用的全是想像的畫面。他的很多詩寫到安史之亂，〈猛虎行〉：「巨鼇未斬海水動，魚龍奔走安得寧。」〈扶風豪士歌〉：「天津流水波赤血，白骨相撐如亂麻。」《古風》其十九：「俯視洛陽川，茫茫走胡兵。流血塗野草，豺狼盡冠纓。」都是用想像和誇飾，生動地表現安史之亂帶來的恐懼與不安。李白沒有親身經歷安史之亂。安史之亂爆發的時候，他正在宣城。他只能憑藉想像。但是，他親身經歷的現實，也用相同的寫法。他寫朝政的黑暗，社會的不平。《古風》其二十四：「大車揚飛塵，亭午暗阡陌。中貴多黃金，連雲開甲宅。路逢鬥雞者，冠蓋何輝赫。鼻息干虹蜺，行人皆怵惕。世無洗耳翁，誰知堯與蹠。」〈答王十二寒夜獨酌有懷〉：「不能狸膏金距學鬥雞，坐令鼻息吹虹霓。」他抨擊現實的黑暗，已是漫畫式誇張描寫，帶有浪漫寫意性質。〈梁甫吟〉：「我欲攀龍見明主，雷公砰訇震天鼓。帝傍投壺多玉女，三時大笑開電光。倏爍晦冥起風雨，閶闔九門不可通。以額扣關閽者怒，白日不照吾精誠，杞國無事憂天傾。猰貐磨牙競人肉，騶虞不折生草莖。」更是融入屈原〈離騷〉上天入地的寫法。朝廷如何權奸當道，奸人如何讒毀，具體情形都看不到，看到的只是雷公震鼓，玉女大笑，閽者發怒，風雨晦冥，猰貐磨牙，現實的一切都化為了虛幻而神奇的文字。他寫〈遠別離〉：

遠別離，古有皇英之二女，乃在洞庭之南，瀟湘之浦。海水直下萬里深，誰人不言此離苦。日慘慘兮雲冥冥，猩猩啼煙兮鬼嘯雨。我縱言之將何補，皇穹竊恐不照余之忠誠。雲憑憑兮欲吼怒，堯舜當之亦禪禹。君失臣兮龍為魚，權歸臣兮鼠變虎。或言堯幽囚，舜野死，九疑聯綿皆相似，重瞳孤墳竟何是。帝子泣兮綠雲間，隨風波兮去無還。慟哭兮遠望，見蒼梧之深山。蒼梧山崩湘水絕，竹上之淚乃可滅。

他說「君失臣兮龍為魚，權歸臣兮鼠變虎」，他要寫的是天寶後期玄宗昏庸，奸臣弄權，朝政腐敗的政治危機。這是他所經歷的，親身體會過的，但在詩裡並沒有現實事件的具體敘述和描寫。詩裡出現的，是娥皇女英的神奇傳說。他相信堯被囚禁，舜外出巡視時死於蠻荒之野的傳說。他寫愁慘的氣氛，是「海水直下萬里深」，是「日慘慘兮雲冥冥，猩猩啼煙兮鬼嘯雨」，是淒慘的別離，別離後的慟哭遠望。現實化作了誇張而生動的畫面。把現實化為誇張而生動的畫面，也就產生了濃烈的情思。〈將進酒〉：「君不見黃河之水天上來，奔流到海不復回。君不見高堂明鏡悲白髮，朝如青絲暮成雪。」詩人的悲憤如黃河之水奔湧而來，詩人的怨愁令頭髮頃刻滿頭轉白。詩人為何如此悲憤？因為現實的不平，現實的黑白顛倒，奸人當道。但是，現實的這一切，詩人都沒有寫，詩人只寫他怨憤的情緒。人們卻可以從他盡興的飲酒，從他「烹羊宰牛且為樂，會須一飲三百杯」，從他「但願長醉不願醒」，以酒銷萬古愁，感受到他內心的怨憤以及現實的不平。在這裡，反映現實是第二位的，抒寫現實引發的內心情思，才是第一位的。他把人帶入他的濃烈情思之中。現實化作濃烈的情思，也就用濃烈情思的抒發駕馭現實的描寫。〈梁甫吟〉：「君不見朝歌屠叟辭棘津，八十西來釣渭濱。寧羞白髮照清水，逢時吐氣思經綸。廣張三千六百釣，風期暗與文王親。大賢虎變愚不測，當年頗似尋常人。君不見高陽酒徒起草中，長揖山東隆準公。入門不拜騁雄辯，兩女輟洗來趨風。東下齊城七十二，指揮楚漢如旋蓬。」《行路難三首》其二：「淮陰市井笑韓信，漢朝公卿忌賈生。君不見昔時燕家重郭隗，擁篲折節無嫌猜。劇辛樂毅感恩分，輸肝剖膽效英才。昭王白骨縈爛草，誰人更掃黃金臺。」〈襄陽歌〉：「咸陽市中歎黃犬，何如月下傾金罍。君不見晉朝羊公一片石，龜頭剝落生莓苔。」呂望八十歲垂釣渭濱而遇文王，一展經綸天下之才略。酈食其只是一介落魄酒徒，靠自己的雄辯和才略，得到劉邦的尊重，東下齊城七十二，建立豐功偉業。名將韓信早年曾被市井小兒辱笑，胸有英才的賈誼被朝廷公卿忌恨，郭隗、劇辛、樂毅感受到燕昭王的重用，李斯被殺前後悔抽身太遲，牽黃犬到東門外逐兔的安樂生活已不可得。晉朝羊祜鎮守襄陽，常登峴山，置酒賦詩，死後部屬建碑立廟。這都實有其事。但是，詩人所要表現的仍然不是這些歷史事實本身，而是詩人內心的情思。他渴望建立非凡的功業，渴望有奇異的風雲際會，但現實再難遇到燕昭王，再難有人識賢才，而且功成不退就有殺身之禍，人生是那樣的險惡，又是這樣的短暫。他把一個個歷史事實帶入他的感情之中，又用他的濃烈情思駕馭歷史事實。他的著眼點不在表現現實，而是把一切都融入主觀想像、主觀情思。

二、李白詩思維方式的浪漫色彩

李白詩歌的思維方式、構思方式也帶著強烈的主觀浪漫色彩。

一般人寫詩，往往從容而起，作些鋪墊，如劉勰所說的，「章句在篇，如繭之抽緒」，「啟行之辭，逆萌中篇之意」。文章如此，詩歌也如此，一首詩歌，往往有一個嚴整的結構，組成一個嚴整的整體。但是李白很多詩不是這樣。〈宣州謝朓樓餞別校書叔雲〉：

棄我去者昨日之日不可留，亂我心者今日之日多煩憂。

詩一開始，洶湧澎湃的感情浪潮就劈頭奔來，他不需要醞釀，不需要過渡，不需要從容的發展，不是從源頭慢慢地流來，漸漸形成感情的洪流，而是開頭就是大聲的呼喊，像是久久壓抑的一座火山，終於噴發出來，像是被沉重的閘門久久堵塞的滔滔浪潮，一下子拉開閘門，頓時奔瀉而出。而且，為什麼棄我去者昨日之日不可留，為什麼亂我心者今日之日多煩憂，昨日何事而憂，今日何事而煩，後面完全沒有照應，突如其來，又飄然而去。又如〈將進酒〉：

君不見黃河之水天上來，奔流到海不復回。君不見高堂明鏡悲白髮，朝如青絲暮成雪。

也是突然而起。詩的下文是寫飲酒的，黃河是詩人飲酒之時眼前所見？高堂是詩人飲酒之處？詩人此時正對鏡而照？都不知道，唯一知道的也是最重要的是，我們可以感覺到他的一肚子不平和牢騷，他在傾洩他的怨憤。就像河流在奔流，他突然截取中間的一段，感情的源頭在哪裡？如何流瀉而來？都不知道，從一開始，就是感情的高潮洶湧而來。《行路難三首》：

金樽清酒斗十千，玉盤珍羞值萬錢。停杯投筯不能食，拔劍四顧心茫然。（其一）

大道如青天，我獨不得出。（其二）

其一，詩人在做什麼？在哪裡飲酒？跟誰一起飲酒？還是獨自飲酒？都不知道，都沒有寫。我們只知道樽是金樽，盤是玉盤，酒是美酒，而且斗酒十千，菜餚是珍饈，而且值萬錢。但是，美酒珍饈，詩人竟然停杯投箸不能食，我們可以想像詩人內心的怨憤不平，但是，為什麼怨憤不平？詩歌同樣沒有任何鋪墊說明，突如其來就是拔劍四顧心茫然。其二連這樣的形象也沒有，為什麼大道如青天，我獨不得出？沒有任何說明鋪墊，突如其來就是一聲大喊，就是內心怨憤的傾洩。著名的〈蜀道難〉開頭：

噫吁戲！危乎高哉！蜀道之難難於上青天。

山水寫景從來沒有這樣一聲駭人心魄的驚歎開頭，但是李白這樣寫了。開頭突如其來，中間又往往聯翩展開。我們不知道他的思路如何發展，如何銜接。〈宣州謝朓樓餞別校書叔雲〉：

長風萬里送秋雁，對此可以酣高樓。蓬萊文章建安骨，中間小謝又清發。
俱懷逸興壯思飛，欲上青天覽明月。

從無可排遣的煩憂中，回到眼前的高樓餞別，從「長風萬里送秋雁」，我們知道詩人心胸是開闊的。何以又寫「蓬萊文章建安骨，中間小謝又清發」？為什麼又說「欲上青天覽明月」？是酒酣中談詩論古？是評價友人詩作？都不知道，我們只知道詩人的情思是高揚風發的。〈將進酒〉：

> 人生得意須盡歡，莫使金樽空對月。天生我材必有用，千金散盡還復來。烹羊宰牛且為樂，會須一飲三百杯。岑夫子，丹丘生，將進酒，杯莫停。與君歌一曲，請君為我側耳聽。鐘鼓饌玉不足貴，但願長醉不願醒。古來聖賢皆寂寞，惟有飲者留其名。陳王昔時宴平樂，斗酒十千恣讙謔。

從開頭的怨憤奔湧，那樣的失意，到這裡的人生得意，再到天生我材必有用，我們感受到的是詩人的得意和自信，是一個感情的高潮。烹羊宰牛且為樂，並且一飲三百杯，是何等的豪爽。但這與天生我材必有用有什麼關聯？這也看不出前面一個想像如何銜接這一個想像。我們只能感受到詩人感情氣勢的連貫。岑夫子、丹丘生又是怎麼出來？他們和詩人一起飲酒？還是詩人飲酒的時候順手把他們的名字拈來，藉以助興？在這裡，前後想像的銜接已經不重要了，重要的是詩人意興的流動。這樣看，與君歌一曲，但願長醉不願醒的議論，也是隨興的想像，未必要和前面的想像銜接起來。當然，興之所至，想到陳王的平樂之宴也是自然的了。我們只感到詩人感情的流動，一個感情高潮接著一個感情高潮，這中間是怎麼過渡的，怎麼銜接的，在詩人看來，全不重要。《行路難三首》：

> 欲渡黃河冰塞川，將登太行雪滿山。閒來垂釣碧溪上，忽復乘舟夢日邊。
> 行路難，行路難，多歧路，今安在。（其一）

羞逐長安社中兒，赤雞白狗賭梨栗。彈劍作歌奏苦聲，曳裾王門不稱情。
淮陰市井笑韓信，漢朝公卿忌賈生。君不見昔時燕家重郭隗，擁篲折節無嫌猜。
劇辛樂毅感恩分，輸肝剖膽效英才。昭王白骨縈爛草，誰人更掃黃金臺。（其二）

其一，從金樽清酒，何以突然出現黃河、太行？何以出現冰塞川，雪滿山？是現實情景，還是意中之象？找不到銜接的線索。但這已不要緊，要緊的，是詩人四顧無路，茫然憤懣的情思。碧溪又從何而來？又突然閒來垂釣？又怎麼突然乘舟夢日邊？都看不出詩思的發展和銜接，但詩人感情潮水的奔流和不平，是感覺得到的，而這也就夠了。行路難，多歧路的感慨，也就很自然了。其二，從大道如青天，我獨不得出，如何突然寫到長安社中兒鬥雞走狗之徒，彈劍作歌是寫戰國時的馮諼，還是詩人自寫？而這與前面的鬥雞走狗之徒又如何銜接？從韓信受辱，如何一下子寫到賈生遭忌，如何又寫到郭隗、劇辛和樂毅，寫到燕昭王的黃金臺，如何一下子從當今跳到古代？這又是如何銜接的？我們同樣只能感受到詩人的怨憤不平，感受到詩人情思的流貫。

結尾也是一樣。李白一些詩的結尾往往是戛然而止，收束無跡。說它結束了，詩人的感情潮流還在奔湧，說它沒有結束，詩人卻再沒有寫下去，也不需要再寫下去了。我們還是來看前面例舉的幾首詩。〈宣州謝朓樓餞別校書叔雲〉結尾：

抽刀斷水水更流，舉杯銷愁愁更愁。人生在世不稱意，明朝散髮弄扁舟。

舉杯，或者可以與前面的酣高樓銜接。但是，想上青天覽明月，何以突然抽刀斷水？正俱懷逸興，何以又舉杯銷愁？而更重要的是，寫到明朝散髮弄扁舟，感情的潮流還在奔湧，詩思似乎還在騰躍，何以戛然而止了呢？

〈將進酒〉：

主人何為言少錢，徑須沽取對君酌。五花馬，千金裘，呼兒將出換美酒，與爾同銷萬古愁。

主人是誰？與前面沒有任何銜接。「五花馬，千金裘，呼兒將出換美酒」，也是突來奇想，更主要的是，換出美酒，正要盡情盡興，用前面的話說，要一飲三百杯，感情也正在奔湧，怎麼又是戛然而止了呢？《行路難三首》也是這樣，其一，結尾：「長風破浪會有時，直挂雲帆濟滄海。」其二：「行路難，歸去來。」既未追媵前旨，詩思情感都像在繼續發展，詩句卻結束了。〈蜀道難〉結尾：「蜀道之難難於上青天，側身西望長咨嗟。」詩人還在驚歎，詩思似乎還在往前奔湧，卻結束了。

李白的很多詩都是這樣，特別是那些抒情的七言歌行。比如〈梁甫吟〉，從朝歌屠夫釣渭濱，一下想到高陽酒徒，接又攀龍見明主，詩思正在天國的境界馳騁，猛然又是杞人憂天之想，是賢愚不辨的憤激，詩思都看不出在何處銜接，如何發展。還有〈鳴皋歌送岑徵君〉、〈留別于十一兄逖裴十三遊塞垣〉、〈魯郡堯祠送竇明府薄華還西京〉等。在這些詩裡，詩思完全按照主觀，任感情自由流走，隨任情思的發展而動盪奔湧。傳統的結構，固有的詩思的連接，都被打破了。這些詩的思維方式、構思方式，帶著強烈的主觀浪漫色彩。

三、李白詩奇特想像、誇張和擬人手法表現的浪漫色彩

李白詩有著奇特的想像。他往往出人意料的寫出新奇的情境，也因此表現出浪漫的色彩。《陪侍郎叔遊洞庭醉後三首》其三：

剗卻君山好，平鋪湘水流。巴陵無限酒，醉殺洞庭秋。

寫洞庭的很多，人們寫洞庭的壯闊，寫洞庭的秀色。李白這次遊洞庭，前面二首也寫了他的暢飲之趣，其一寫：「今日竹林宴，我家賢侍郎。三杯容小阮，醉後發清狂。」其二寫：「船上齊橈樂，湖心泛月歸。白鷗閒不去，爭拂酒筵飛。」但是猶不盡興，於是有了第三首。他想到什麼呢？他想到把湖中君山剗去，讓湘水平鋪而流，而酒似是無限的，無論這酒是巴陵之酒，還是想像中湖中之水就是無限之酒，總之他要盡情一醉，也要在醉中盡情享受這洞庭秋色。他寫出新奇的境界，也寫出浪漫的情趣。還是遊洞庭，他又寫了《陪族叔刑部侍郎曄及中書賈舍人至遊洞庭五首》，其二：

南湖秋水夜無煙，耐可乘流直上天。且就洞庭賒月色，將船買酒白雲邊。

水是秋水，清澈澄淨可知。因為夜無煙，能一覽湖上月色美景。但詩人沒有一般地寫湖光浩渺、空明一片、水天一色，而是突發奇想，既然水天相連，應該可以乘流直上天去。這樣的奇想，李白《秋浦歌十七首》其十二也寫過：「水如一匹練，此地即平天。耐可乘明月，看花上酒船。」但是在這首詩裡，詩人奇想並沒有就此而止。詩人接著寫：「且就洞庭賒月色，將船買酒白雲邊。」或者就在洞庭湖上用月色賒賬，划著船到白雲邊去買酒。詩人不止一次說到賒月色，〈送韓侍御之廣德〉就說：「昔日繡衣何足榮，今宵貰酒與君傾。暫就東山賒月色，酣歌一夜送泉明。」月色而可以賒，水天一色而想到可以直上天去，真是奇思妙想，真是情趣浪漫！

李白詩常常可以看到這種奇特的想像。他寫九華山：「天河掛綠水，秀出九芙蓉。」（〈望九華贈青陽韋仲堪〉）讓人想見芙蓉秀色。他寫九江：「白波九道流雪山。」（〈廬山謠寄盧侍御虛舟〉）讓人想見白濤滔天，滾滾而來。他寫涇縣藍山：「藍岑竦天壁，突兀如鯨額。奔蹙橫澄潭，勢吞落星石。」（〈涇溪南藍山下有落星潭可以卜築余泊舟石上寄何判官昌浩〉）比作鯨額，既突兀竦立，又奔蹙而來，山勢之險峻躍然紙上。他寫廬山五老峰：「廬山東南五老峰，青天削出金芙蓉。」（〈登廬山五老峰〉）是金芙蓉，而且是削出，既險峻，又秀麗。他的〈草書歌行〉，描寫懷素草書，是「墨池飛出北溟魚」，是「飄風驟雨驚颯颯，落花飛雪何茫茫」，「左盤右蹙如驚電，狀同楚漢相攻戰」，想像都很奇特。還有他的〈春怨〉：

白馬金羈遼海東，羅帷繡被臥春風。落月低軒窺燭盡，飛花入戶笑床空。

關於獨守春閨，孤單寂寞，人們寫了很多。但李白卻寫「落月低軒窺燭盡」，可見一夜未眠，再寫「飛花入戶笑床空」，可見獨守空閨。從尋常情態中寫出奇想，寫出浪漫情趣，是李白詩的特點。

李白詩多用誇張，而且大膽神奇，寫出浪漫色彩。他寫愁，《秋浦歌十七首》其四：「兩鬢入秋浦，一朝颯已衰。猿聲催白髮，長短盡成絲。」猿聲何以催白髮？這想像已是奇特，而說猿聲一催，頃刻間長短盡成絲，這就太誇張了。但更為奇特的是其十五：

白髮三千丈，緣愁似箇長。不知明鏡裡，何處得秋霜。

白髮竟然三千丈，真是誇張大膽！誰也不敢這樣誇張，但是李白寫了，這是李白式的誇張。為什麼白髮三千丈？因為愁！不這樣誇張，不足以表現內心憂愁之深。他寫天台山：「天台四萬八千丈。」（〈夢遊天姥吟留別〉）又是誇張。不這樣寫，不足以顯天姥山的高峻神奇，不足以表現詩人對天姥山的神往。他寫橫江，「一風三日吹倒山，白浪高於瓦官閣。」（《橫江詞六首》其一）風再大，也不可能吹倒山，浪再高，也不可能高過瓦官閣。這又是李白式大膽的誇張。這樣寫，就傳神地寫出風的狂惡，浪的洶湧。《古風》其二十三：「三萬六千日，夜夜當秉燭。」人生苦短，當及時行樂，秉燭夜遊，這是普通的說法，說三萬六千日，夜夜都當秉燭而遊，這就誇張了。《古風》其四十六：「鬥雞金宮裡，蹴踘瑤臺邊。舉動搖白日，指揮回青天。」白日是不可能搖動的，青天是不可能回轉的，但在詩人筆下，鬥雞之徒，卻可以如此，這又是誇張，極寫鬥雞小兒氣焰薰天。〈遠別離〉：「海水直下萬里深。」這是寫洞庭之南，瀟湘之浦，說萬里深，也是誇張，極寫離別之苦和憂愁之深。〈將進酒〉：「君不見黃河之水天上來，奔流到海不復回。君不見高堂明鏡悲白髮，朝如青絲暮成雪。」又是寫愁，又是誇張，而且朝如青絲暮成雪，誇張中有強烈對比，更寫出一種強烈的感情氣勢。《行路難三首》其二：「大道如青天，我獨不得出。」青天無限廣闊，大道何以能如青天？顯然是誇張，大道如此寬廣，何以我獨不得出？這又是誇張，誇張中有強烈對比。〈北風行〉：「黃河捧土尚可塞，北風雨雪恨難裁。」黃河是不可能捧土塞的，但是詩人認為可以。這又是誇張，不這樣寫，不足以表現內心之恨。〈上三峽〉：「三朝上黃牛，三暮行太遲。三朝又三暮，不覺鬢成絲。」本是逆行，加上人生愁苦，心情沉重，因此步步艱難，行走太慢，三朝、三暮的重疊，更有沉重之感。三朝三暮之後，不覺鬢已成絲，這又是誇張。更為傳神的誇張，還是著名的〈望廬山瀑布〉：

日照香爐生紫煙，遙看瀑布掛前川。飛流直下三千尺，疑是銀河落九天。

說飛流，說直下，已寫出瀑布的氣勢，說三千尺，已是誇張。日照之下，紫煙飄浮，瀑布銀光閃閃，從三千尺高空飛流直下，難怪李白會有銀河落九天之想。大膽的誇張加上神奇的想像，就傳神地寫出廬山瀑布在煙霧迷濛之中飛瀉而下的神態特點。

李白詩還常用擬人的手法。在他的筆下，自然界的一切充滿生命，它們懂得人的感情。這些詩同樣充滿浪漫色彩。〈聞王昌齡左遷龍標遙有此寄〉：

楊花落盡子規啼，聞道龍標過五溪。我寄愁心與明月，隨風直到夜郎西。

漂泊不定的楊花已經落盡，子規正在啼叫，那啼聲是那樣的悽惻。在這樣的氣氛下，聽到友人被貶過五溪的消息。能陪伴友人到夜郎的，只有月亮。在詩裡，月亮擁有了生命，它帶著詩人的愁，也帶著詩人的關切，陪伴友人直到夜郎之西。在李白的詩裡，自然物常常懂得離愁別緒。〈峨眉山月歌送蜀僧晏入中京〉：「峨眉山月還送君，風吹西到長安陌。」又是月亮陪送友人。〈白雲歌送劉十六歸山〉：「楚山秦山皆白雲，白雲處處長隨君。長隨君，君入楚山裡，雲亦隨君渡湘水。湘水上，女蘿衣，白雲堪臥君早歸。」這次是白雲，同樣帶著詩人的關切，懂得送別。《秋浦歌十七首》其一：「寄言向江水，汝意憶儂不。遙傳一掬淚，為我達揚州。」江水可以按照人的意志，把詩人的思念、詩人的眼淚，帶到揚州。〈把酒問月〉：「青天有月來幾時，我今停杯一問之。」月亮可以被問。〈登太白峰〉：「西上太白峰，夕陽窮登攀。太白與我語，為我開天關。」太白峰可以與詩人對話，為詩人開天關。〈勞勞亭〉：「天下傷心處，勞勞送客亭。春風知別苦，不遣柳條青。」春風也懂得離愁之苦。〈對酒〉：「勸君莫拒杯，春風笑人來。桃李如舊識，傾花向我開。」桃李像是老朋友，向詩人綻放。

李白詩常常出人意料，想落天外，他的奇特想像，與誇張、擬人的手法，常常是為了更強烈地表現感情，表現事物給他的強烈主觀感受。

第四節　李白詩藝術美的境界

李白一些詩歌表現豪壯的美，也有一些詩歌表現明秀清新的美。不論豪壯還是明秀，都自然天成而又韻味無窮。

一、李白詩豪壯與明秀的美

李白一些詩歌表現出豪壯的美。

他的詩那種高昂慷慨、明朗向上的精神風貌，常常通過開闊的境界來表現。〈黃鶴樓送孟浩然之廣陵〉：

故人西辭黃鶴樓，煙花三月下揚州。孤帆遠影碧空盡，惟見長江天際流。

友人將去的揚州正值煙花三月，令人嚮往。眼前是長江浩浩蕩蕩，流向天際，孤帆漸漸遠去，消失在碧空之中，正是這浩瀚開闊的境界，融入了詩人的送別之情。〈望天門山〉：

天門中斷楚江開，碧水東流至此回。兩岸青山相對出，孤帆一片日邊來。

天門山夾江對峙，浩蕩東流的長江彷彿沖斷天門，奔騰而去。乘舟而下，只見兩岸青山相對而出，而轉過天門，則一片開闊，遠處一片孤帆，從日邊若隱若現駛來。

他常寫壯麗的景色。他寫塞外景色，「明月出天山，蒼茫雲海間。長風幾萬里，吹度玉門關。」（〈關山月〉）

寫天山雪，是「天山三丈雪」（〈獨不見〉），寫西嶽，「西嶽崢嶸何壯哉」（〈西嶽雲臺歌送丹丘子〉），寫黃河，「黃河如絲天際來。黃河萬里觸山動」（〈西嶽雲臺歌送丹丘子〉），「黃河落天走東海，萬里寫入胸懷間」（〈贈裴十四〉），「君不見黃河之水天上來，奔流到海不復回」（〈將進酒〉）。寫廬山，是「廬山秀出南斗傍，屏風九疊雲錦張，影落明湖青黛光。金闕前開二峰長，銀河倒掛三石樑。」寫登山遠望，是「登高壯觀天地間，大江茫茫去不還。黃雲萬里動風色，白波九道流雪山」（〈廬山謠寄盧侍御虛舟〉）。

他常用很有力的動詞，「巨靈咆哮擘兩山，洪波噴箭射東海」（〈西嶽雲臺歌送丹丘子〉）是咆哮，是擘，是噴，而且是噴箭，是射向東海。〈公無渡河〉：「黃河西來決崑崙，咆哮萬里觸龍門。」又是咆哮，是觸，是沖決，而且是沖決昆侖。《橫江詞六首》其四：「濤似連山噴雪來」，其六：「驚波一起三山動」。又是噴，是連山，驚波。

他常用大的數量。常寫「萬」。寫萬里，寫海水，「海水直下萬里深」（〈遠別離〉）；寫黃河，「咆哮萬里觸龍門」（〈公無渡河〉）；寫天馬，「萬里足躑躅」（〈天馬歌〉）。寫萬古，「與爾同銷萬古愁」（〈將進酒〉）；「萬古共悲辛」（〈中山孺子妾歌〉）。寫淚，「添成萬行淚」（〈流夜郎永華寺寄尋陽群官〉）。寫時間，是「爾來四萬八千歲」（〈蜀道難〉）；「百年三萬六千日，一日須傾三百杯」（〈襄陽歌〉）。還有九千，四千。寫鳳飛，鳥飛，「鳳飛九千仞」（《古風》其四），「一擊九千仞」（〈贈郭季鷹〉），遠謫，「我竄三巴九千里」（〈江夏贈韋南陵冰〉），寫山之高峻，「黃山四千仞」（〈送溫處士歸黃山白鵝峰舊居〉）。

李白一些詩，表現明秀清新的美。他閒逸快意的心境，在清新明麗的境界中得到安頓。終南山，他的〈望終南山寄紫閣隱者〉：「秀色難為名，蒼翠日在眼。有時白雲起，天際自舒卷。」一片秀色，蒼翠滿眼。華州羅敷潭，他寫〈春日遊羅敷潭〉：「攀崖度絕壑，弄水尋回溪。雲從石上起，客到花間迷。」碧溪回繞，石上生雲，山花爛漫。他寫江南景致，就更為秀麗。〈遊水西簡鄭明府〉：「天宮水西寺，雲錦照東郭。清湍鳴回溪，綠水繞飛閣。」「石蘿引古蔓，岸筍開新籜。」天宮水西寺，在涇縣。這裡是清湍綠水，石蘿新籜。〈秋登宣城謝脁北樓〉：「江城如畫裡，山曉望晴空。兩水夾明鏡，雙橋落彩虹。人煙寒橘柚，秋色老梧桐。」這是在宣城。水如明鏡，橋似彩虹，江城如畫，山曉秋爽。

明秀清新美的追求，還在蜀中便有體現。〈訪戴天山道士不遇〉：

犬吠水聲中，桃花帶雨濃。樹深時見鹿，溪午不聞鐘。
野竹分青靄，飛泉掛碧峰。無人知所去，愁倚兩三松。

桃花帶雨，野竹飛泉，是那樣的秀麗，又是那樣的幽深寧靜。直到李白晚年，他的詩仍然時時寫秀美的境界。〈流夜郎至江夏陪長史叔及薛明府宴興德寺南閣〉：「紺殿橫江上，青山落鏡中。岸回沙不盡，日映水成空。天樂流香閣，蓮舟颺晚風。恭陪竹林宴，留醉與陶公。」這是乾元元年（七五八）流放夜郎途經江夏時作。寫水明如鏡，清碧成空，蓮舟竹林，晚風送涼。《陪族叔刑部侍郎曄及中書賈舍人至遊洞庭五首》其五：

帝子瀟湘去不還，空餘秋草洞庭間。淡掃明湖開玉鏡，丹青畫出是君山。

結合著娥皇、女英悲舜之死而於湘江自盡殉夫的淒美傳說，一縷薄霧淡淡地散開，漸露出玉鏡般的明湖，圖畫般的君山，是那樣的秀美。這時已是乾元二年（七五九）四、五月間。不論在何處，不論是早年晚年，李白詩表現豪壯美的同時，也表現秀麗清新的美。

二、李白詩自然天成而韻味無窮的美

不論豪壯還是明秀，李白的詩都自然天成而又韻味無窮。李白的詩，語言自然平淡而凝練純淨，彷彿不經意而寫，既不著意於刻劃，也不用力於錘鍊，卻寫得渾然天成，興象玲瓏，韻味無窮。我們從李白詩中可以看到很多這樣的例子。《子夜吳歌．秋歌》：

長安一片月，萬戶擣衣聲。秋風吹不盡，總是玉關情。何日平胡虜，良人罷遠征。

李白常寫望月思鄉，「舉頭望明月，低頭思故鄉」（〈靜夜思〉）就是名句。秋風漸涼，擣衣為遠方征人趕製寒衣，這很自然引發對戍邊親人的思念，也很自然地引發平胡虜，罷遠征的心聲。詩人只就所見（一片月）所聞（擣衣聲）自然而寫，只是尋常之語，未見著力錘鍊之處，卻寫得很有意蘊。〈寄東魯二稚子〉：

吳地桑葉綠，吳蠶已三眠。我家寄東魯，誰種龜陰田。春事已不及，江行復茫然。南風吹歸心，飛墮酒樓前。樓東一株桃，枝葉拂青煙。此樹我所種，別來向三年。桃今與樓齊，我行尚未旋。嬌女字平陽，折花倚桃邊。折花不見我，淚下如流泉。小兒名伯禽，與姊亦齊肩。雙行桃樹下，撫背復誰憐。

像敘家常，家在東魯，春天到了，沒人種田，樓東有一株桃樹，那是李白三年前種下的，想來已經長大了，李白認為他的兩個兒女一定在樹下想他。只用明白如話的口語，將家常事平平敘來，彷彿信口而成，毫無修飾，卻寫得一往情深，意蘊深厚。

有的詩有民歌風味。〈長干行〉：

妾髮初覆額，折花門前劇。郎騎竹馬來，遶床弄青梅。同居長干里，兩小無嫌猜。
十四為君婦，羞顏未嘗開。低頭向暗壁，千喚不一回。十五始展眉，願同塵與灰。
常存抱柱信，豈上望夫臺。十六君遠行，瞿塘灩澦堆。五月不可觸，猿聲天上哀。
門前遲行跡，一一生綠苔。苔深不能掃，落葉秋風早。八月蝴蝶來，雙飛西園草。
感此傷妾心，坐愁紅顏老。早晚下三巴，預將書報家。相迎不道遠，直至長風沙。

全是口語，明白如話，用商婦的口吻娓娓說來，都像是順手拈來，彷彿沒有任何錘鍊加工，卻寫得那樣生動，兩小無猜的可愛，初婚時的甜蜜，別後相思的痛苦，商婦內心變化的描寫那麼細膩，十四，十五，十六，五月，八月，既表明時間順序，行文有明快的節奏，又巧妙地藉以寫商婦的心理，彷彿商婦在數著時間過日子。從「青梅竹馬」、「兩小無猜」的孩提時代，到「千喚不一回」的新婦，「願同塵與灰」，海誓山盟、永矢忠貞的少婦，再到盼望丈夫歸返的思婦，內容那樣豐滿，一個完整的思婦故事，一首敘事兼抒情的長詩，卻仍然是民歌那種質樸自然，不事雕琢的語言和風格。

在自然天成中寫出淳厚含蘊，寫出興象玲瓏而又韻味無窮的意境，在李白的絕句中有突出表現。李白詩歌各體俱佳，而歌行和絕句尤為傑出。歌行寫出奔放的氣勢，絕句則善於捕捉靈悟的片刻，彷彿信口說出，但又韻味無窮。他的七絕成就最高。〈早發白帝城〉：

朝辭白帝彩雲間，千里江陵一日還。兩岸猿聲啼不住，輕舟已過萬重山。

詩當作於乾元二年（七五九）流放途中於白帝城遇赦，回舟抵達江陵時。詩有精心構思，寫彩雲間，既寫出白帝城高入雲端，地勢之高，為全詩寫下水行船之快蓄勢，又寫曙光燦爛，一片絢麗，為詩人的愉快心情營造氣氛。但寫來卻像平平而起，並未見刻意造勢。第二句，千里與一日，用懸殊的數字形成強烈對比，寫出船速之快，如離弦之箭，而詩人也歸心似箭，用思巧妙而全不費力。第三句，寫船行，何以寫兩岸猿聲？又何以啼不住？正如乘坐高速列車看見車外路旁不斷往後倒的電線杆和樹一樣，有這具體的參照物，船行之快才顯得具體，而這一句即景而寫，同樣渾然天成。最後一句，輕舟與萬重，同樣以量的強烈對比，進一步寫船行之快。輕快的不只是舟，也是詩人的心情。已過萬重山，是船行一日實況描寫，又是詩人人生經歷萬重艱難險阻，終於得赦而歸，輕鬆釋然的處境和心境的寫照。而寫來同樣不露雕琢痕跡。全詩輕快心情，躍然紙上，寫得空靈飛動，又自然天成。李白的七絕幾乎篇篇如此。〈贈汪倫〉：

李白乘舟將欲行，忽聞岸上踏歌聲。桃花潭水深千尺，不及汪倫送我情。

乘舟欲行，忽聞歌聲，就在那靈悟的片刻，即景喻情，詩句彷彿脫口而出，寫來明白如話，卻一往情深，耐人尋味。〈山中問答〉：

問余何意棲碧山，笑而不答心自閒。桃花流水窅然去，別有天地非人間。

詩人顯然明知故問，但正是這一問，逗起全詩意趣。接下卻笑而不答，意料之外，又在情味之中，承接中有意輕輕蓄勢，「笑」和「心自閒」，已經寫出詩人心境。三、四句自然順勢鋪開，寫一個桃花流水的境界，寫那裡別有天地，這脫俗的境界，吸引著詩人，也令人神往。這正是「何意棲碧山」的答案，詩人不答而答，寫得流暢靈動，更顯得韻味無窮。全詩用問答的形式寫來，猶如口語。

李白的五絕也有不少這樣的佳作。〈靜夜思〉：

牀前明月光，疑是地上霜。舉頭望明月，低頭思故鄉。

沒有華麗的辭采，沒有奇特的想像，只是明白如話的敘述，卻是那樣的意味深長。畫面簡單，只寫了明月如霜，只寫了靜夜，而恰恰是整個世界只剩下一片月光的寧靜裡，讓人清晰地感受到詩人細微的心理活動。不直接寫夜月似霜，而寫「疑是地上霜」，在疑似之中，寫出詩人的錯覺，正是這錯覺，讓人感到詩人迷離恍惚的心情，想見他深夜不能成眠。月色與霜有一種清冷之感，這是身心共同的感受，因內心有清冷之感，始感到這床前月光清冷如霜，進而疑是地上之霜，而因疑是地上之霜，又加重了內心的清冷之感，又因這清冷，而由短夢初醒的迷離到完全清醒，又因這清醒，感到夜是那樣的靜，月是那樣的明，當此夜靜月明之時，方知客居他鄉的孤獨和冷清，於是自然「舉頭望明月，低頭思故鄉」。這一切細微的內心活動，這種種韻味，都蘊含在自然平淡的詩句和簡潔到只剩一片月色的畫面描寫之中。〈獨坐敬亭山〉：

眾鳥高飛盡，孤雲獨去閒。相看兩不厭，只有敬亭山。

所有的鳥都飛走了，就連天上的孤雲也悠然飄去了。詩人感到孤寂，但也嚮往那眾鳥的自由高飛，嚮往白雲的悠閒自得。讓詩人感到欣慰的，是敬亭山還與他相伴，他們像一對老朋友，靜靜地對看著，讓他感到親切。詩人和大自然融為了一體，真是靜極了，心境真是安寧極了，在那一刻，世上的一切，人生的一切都消融在靜靜的境界之中。詩寫得那樣興象玲瓏，卻又是那樣自然平淡，明白如話。

第六章 杜 甫

與李白齊名的盛唐另一位偉大詩人是杜甫。杜甫的詩歌同樣代表了盛唐詩歌與中國古代詩歌的最高成就。

第一節 杜甫的生活思想與創作歷程

一、杜甫早年壯遊和長安十年困頓的生活思想與創作歷程

杜甫（七一二—七七〇），字子美，原籍襄陽（今湖北襄陽），曾祖時遷居河南府鞏縣（今河南鞏縣）。杜甫為晉代名將杜預之後，杜氏家族「奉儒守官，未墜素業」，對杜甫的忠君思想有重要影響。杜甫祖父為初唐著名詩人杜審言，這對杜甫的詩歌創作也有影響。

杜甫少有才華，七歲就能寫詩文，十四五歲出遊翰墨場。出仕之前，有過壯遊之舉。十九歲遊晉之郇瑕。二十歲南下遊吳越，直到二十四歲，回東都洛陽，舉進士不第。第二年，開始齊趙之遊，三十歲，回到東都，築室偃師，在那裡結了婚。三十三歲遊梁宋，第二年再遊齊趙。

吳越之遊，杜甫瞻仰了歷代文化遺跡。在洛陽，見到被賜金放還來到東都的李白，兩人同遊宋中。在宋中，又遇到高適。三人縱遊酣酒，懷古論今，慷慨暢快。在齊州，杜甫陪同名滿天下的李邕遊歷下亭和新亭。這一時期，他寫下了〈望嶽〉、〈房兵曹胡馬〉、〈畫鷹〉等名作。這些名作都是五言律詩，藝術上已經很成熟。〈望嶽〉有句：「會當淩絕頂，一覽眾山小。」〈畫鷹〉有句：「何當擊凡鳥，毛血灑平蕪。」展示了杜甫少年時的非凡襟抱。他就是帶著這樣的襟抱，開始了他的人生和創作道路。

天寶五載（七四六），杜甫三十五歲，帶著求取功名的志向來到長安，開始他長達十年的長安生活。天寶六載，玄宗下詔廣求天下之士，「命能一藝者詣京師」接受考試。杜甫參加了這次考試。但因李林甫壟斷朝政，一人不取，還上表玄宗說「野無遺賢」。這件事給杜甫很大的打擊，後來他回憶此，怨憤地說：「破膽遭前政，陰謀獨秉鈞。微生沾忌刻，萬事益酸辛。」（〈奉贈鮮于京兆二十韻〉）杜甫因此認識到朝政的黑暗，生活的艱難。但杜甫獻〈雕賦〉和〈三大禮賦〉等，〈三大禮賦〉受到玄宗重視，命他待制集賢院，這次殊遇使他終生難忘。但他並沒有獲得一官半職。他不停地干謁權貴。在長安，上書尚書左丞韋濟，贈詩京兆尹鮮于仲通、翰林學士張垍以及哥舒翰等人。他說，他的志向是：「致君堯舜上，再使風俗淳。」（〈奉贈韋左丞丈二十二韻〉）他希求汲引，但全部落空。

在長安，他歷盡辛酸，他在詩中寫道：「騎驢三十載，旅食京華春。朝扣富兒門，暮隨肥馬塵。殘杯與冷炙，到處潛悲辛。」（〈奉贈韋左丞丈二十二韻〉）他必須為餬口而奔波，不得不賣藥都市，寄食友朋。他說：「饑臥動即向一旬，敝裘何啻聯百結。」（〈投簡成華兩縣諸子〉）

他感到世情的淡薄。〈貧交行〉：「翻手作雲覆手雨，紛紛輕薄何須數。君不見管鮑貧時交，此道今人棄如土。」他關注現實問題，關注生民疾苦。一場秋雨，他想到的是：「禾頭生耳黍穗黑，農夫田婦無消息。」（《秋兩歎三首》其二）他寫邊塞詩，看到軍中苦樂不均。《前出塞九首》其五：「軍中異苦樂，主將寧盡聞。」他看到窮兵黷武給百姓帶來的災難，抨擊朝廷開邊政策。他說：「君已富土境，開邊一何多。」又說：「殺人亦有限，列國自有疆。苟能制侵陵，豈在多殺傷。」（《前出塞九首》其一、其六）他寫〈兵車行〉，抨擊「武皇開邊意未已」，寫道：「君不聞漢家山東二百州，千村萬落生荊杞。縱有健婦把鋤犁，禾生隴畝無東西。」這是武皇開邊帶來的惡果，還有租稅問題：「且如今年冬，未休關西卒。縣官急索租，租稅從何出。」他對現實問題的思考已經很深。他寫〈麗人行〉，諷刺楊國忠兄妹驕縱荒淫的生活：他們吃得那樣精美，「紫駝之峰出翠釜，水精之盤行素鱗」，仍然「犀箸厭飫久未下，鑾刀縷切空紛綸」，而且還有「黃門飛鞚不動塵，御廚絡繹送八珍」。他對國家的前途非常憂慮。〈同諸公登慈恩寺塔〉：「秦山忽破碎，涇渭不可求。俯視但一氣，焉能辨皇州。回首叫虞舜，蒼梧雲正愁。」用象徵的手法，寫出山河破碎，前途迷茫的預感。他的創作開始表現出憂國憂民的現實精神，從此，這種精神就貫注他的一生。

天寶十四載（七五五），四十四歲的杜甫被擢河西尉，杜甫不願去。改授右衛率府胄曹參軍。這一年冬十一月，杜甫由長安赴奉先（今陝西蒲城）探望寄居在那裡的妻兒，寫下了〈自京赴奉先縣詠懷五百字〉。他說，「許身一何愚，竊比稷與契。」又說：「窮年憂黎元，歎息腸內熱。」但是抱負沒法實現，內心苦悶無法排遣。現實讓他那樣的憂慮。他路過驪山，看到唐玄宗和楊貴妃正在尋歡作樂，而朝廷權貴的糜爛生活，全是搜括百性財富所得：「彤庭所分帛，本自寒女出。鞭撻其夫家，聚斂貢城闕。聖人筐篚恩，實欲邦國活。臣如忽至理，君豈棄此物。」他寫道，「朱門酒肉臭，路有凍死骨。榮枯咫尺異，惆悵難再述。」這是怎樣的貧富對立！他寫道：「群冰從西下，極目高崒兀。疑是崆峒來，恐觸天柱折。」他預感大亂將至，擔心國家的大廈會傾折。他回到家裡，一家十口正處在飢寒交迫之中。他說：「生常免租稅，名不隸征伐，撫跡猶酸辛，平人固騷屑。默思失業徒，因念遠戍卒。」他由個人的困苦想到廣大百姓的疾苦，由此他「憂端齊終南，澒洞不可掇」。這時他到長安已經困頓十年。這是他長安十年思想的總結。對國家前途，對生民疾苦，他是那樣的憂慮。幾乎就在寫〈自京赴奉先縣詠懷五百字〉的同時，安史之亂爆發了。杜甫的預感是那樣的敏銳，認識是那樣的深刻。他帶著這樣的思想深度，帶著這樣的憂國憂民之心，捲入了戰亂。這首詩以百轉千回之筆，寫深沉浩瀚的憂國憂民之思，標誌杜甫詩歌藝術探求已經達到一個新的高度。這也奠定了此後十幾年杜甫創作的風格基調。

二、安史之亂前五年杜甫的生活經歷與創作

天寶十四載（七五五）十一月，安祿山在范陽發動叛亂。十二月，攻陷東都洛陽。十五載（七五六）正月，在洛陽稱帝。六月，潼關失守。杜甫在奉先（今陝西蒲城）家中得知叛亂爆發消息，先移居白水，不久白水也陷落，杜甫攜家避亂至鄜州。這時，他得知肅宗在靈武（今甘肅靈武）繼位的消息，便不顧生命危險，冒死投奔肅宗。不料半途被亂軍所虜，押往已經淪陷的長安。在長安，他看到了淪陷後的悲慘景象。至德二載（七五七）二月，肅宗到鳳翔。杜甫逃離長安，奔赴鳳翔行在。五月，肅宗任命他為左拾遺。但不久，因疏救房琯，觸怒肅宗，幸得宰相張鎬力救，得以免罪。閏八月，他被放還鄜州省家。九月長安收復，杜甫攜家回到長安，在長安仍任左拾遺。這段時間他生活安定，經過疏救房琯被問罪的變故，政治熱情大異昔時。

但不久，生活又把杜甫甩入顛沛流離之中。乾元元年（七五八）五月，房琯被貶，杜甫受到牽連。六月，杜甫被貶華州司功參軍。乾元二年（七五九）春，他從華州回河南陸渾莊舊居，二月，回東都洛陽，又自洛陽回華州。入秋，棄官西走。

他看到了戰亂的殘酷。看到「青是烽煙白人骨」（〈悲青阪〉），「夜深經戰場，寒月照白骨。」（〈北征〉）他

看到了亂軍的殘暴，他看到「群胡歸來血洗箭，仍唱胡歌飲都市」（〈悲陳陶〉）。

他和普通百姓一樣，經歷了亂離的生活。〈彭衙行〉寫他逃難避亂：

憶昔避賊初，北走經險艱。夜深彭衙道，月照白水山。盡室久徒步，逢人多厚顏。參差谷鳥吟，不見遊子還。癡女飢咬我，啼畏虎狼聞。懷中掩其口，反側聲愈嗔。小兒強解事，故索苦李餐。一旬半雷雨，泥濘相牽攀。既無禦雨備，徑滑衣又寒。有時經契闊，竟日數里間。野果充餱糧，卑枝成屋椽。早行石上水，暮宿天邊煙。

真是千辛萬險，有這樣的經歷，他才能更深切地體會戰亂給生民帶來的苦難。長安陷賊，他寫下〈春望〉：

國破山河在，城春草木深。感時花濺淚，恨別鳥驚心。
烽火連三月，家書抵萬金。白頭搔更短，渾欲不勝簪。

「家書抵萬金」，非在戰亂中親身經歷家人離散，是體會不到的。正是親身經歷亂離，杜甫才更深切地憂國憂民。他看到戰亂中，王孫也不能倖免於難。〈哀王孫〉寫道：「長安城頭頭白烏，夜飛延秋門上呼。又向人家啄大屋，屋底達官走避胡。金鞭斷折九馬死，骨肉不待同馳驅。腰下寶玦青珊瑚，可憐王孫泣路隅。問之不肯道姓名，但道困苦乞為奴。已經百日竄荊棘，身上無有完肌膚。」至於普通百姓，遭遇就更悲慘。〈述懷〉寫道：「比聞同罹禍，殺戮到雞狗。」「幾人全性命，盡室豈相偶。」從洛陽回華州的途中，他看到鄴城大敗，官軍到處抓兵服役，給百姓帶來巨大苦難。他寫下了著名的「三吏」、「三別」。

他又是那樣的忠君戀闕。避亂中，得知肅宗在靈武繼位，冒死投奔肅宗。肅宗到鳳翔，杜甫又一次冒死逃離長安，奔赴鳳翔行在。〈述懷〉寫這一經過：「去年潼關破，妻子隔絕久。今夏草木長，脫身得西走。麻鞋見天子，衣袖露兩肘。朝廷湣生還，親故傷老醜。涕淚授拾遺，流離主恩厚。」《喜達行在所三首》寫他自京逃抵鳳翔的心情，其一：「西憶岐陽信，無人遂卻回。眼穿當落日，心死著寒灰。霧樹行相引，蓮峰望忽開。所親驚老瘦，辛苦賊中來。」

這一時期，是杜甫創作的又一個高潮。長安任左拾遺，有過七個月的安定生活，他和岑參、賈至、王維互相唱和，有過優遊不迫的情調。其他的詩，都寫得深沉悲壯。他的寫實名篇，如〈彭衙行〉、〈春望〉、〈月夜〉、〈哀江頭〉、〈哀王孫〉、〈悲陳陶〉、〈悲青阪〉、〈北征〉、《羌村三首》和「三吏」、「三別」，都寫於這一時期。他已經有意識的用詩來寫時事，紀錄下時局的每一個變化，有意識地用詩來反映生民疾苦。詩歌憂國憂民的情思更加深沉。他已經很擅長用敘述的方法寫實抒情，並且注意選取現實中的典型事件和人物。不論思想上還是寫實藝術上，杜甫這一時期的詩歌都有所發展。

去官西行原因，史書說是「關輔饑」，但更可能是年來杜甫對朝廷感到失望。房琯事件是一個原因。房琯因陳陶斜之役戰敗為人所譖，罷宰相職。杜甫身為諫官，疏救房琯，自以為是出於一片忠心，不料反而觸怒肅宗，獲罪幾死，幸得張鎬等人疏救，才得以免罪，但從此肅宗疏遠他，先是放還省家，再是貶為華州司功參軍。鄭虔被貶可能也是一個原因。長安陷落之時，鄭虔被叛軍所虜，押至洛陽，被授予水部郎中之職，但他未接受。逃歸長安後，被冤枉治罪。這引起杜甫對鄭虔的同情和對朝廷的不滿。他的〈送鄭十八虔貶台州司戶〉和後來的〈哭台州鄭司戶〉等詩，都流露這種情緒。〈立秋後題〉也說：「平生獨往願，惆悵年半百。罷官亦由人，何事拘形役。」這是乾元二年立秋後所作。朝廷是非不明，讓杜甫失望，他不願受官役束縛，這可能是杜甫棄官更深層的原因。

棄官西走，從此開始了他後半生的漂泊生活。他離朝廷越來越遠，故國之情也越來越深。

三、杜甫漂泊西南的生活思想與創作歷程

乾元二年（七五九）秋，杜甫棄官西走，攜全家長途跋涉，先來到秦州（今甘肅天水）。在秦州大約住了三個月，又投奔同谷（今甘肅威縣）。冬十二月，又離同谷赴蜀。

這一年，春由洛陽回華州，秋由華州到秦州，再到同谷，再赴蜀，「一歲四行役」（〈發同谷縣〉），一路歷盡險阻和飢寒，心境和生活淒涼。《秦州雜詩二十首》其一：「滿目悲生事，因人作遠遊。」〈赤谷〉：「山深苦多風，落日童稚飢。……貧病轉零落，故鄉不可思。常恐死道路，永為高人嗤。」家人已受飢餓。《乾元中寓居同谷縣作歌七首》其一：「歲拾橡栗隨狙公，天寒日暮山谷裡。中原無書歸不得，手腳凍皴皮肉死。」他要靠拾橡栗為生，而且要受凍。其二：「長鑱長鑱白木柄，我生托子以為命。黃獨無苗山雪盛，短衣數挽不掩脛。此時與子空歸來，男呻女吟四壁靜。」他要靠採黃獨為生，到了冬天，穿的還是短衣。

杜甫過劍門，於臘月底抵成都。暫時寓居於城西七里之草堂寺中，第二年春，在成都西郊浣花溪畔建了草堂。他的好友高適任彭州刺史，離成都很近。他有一些親朋，如杜濟、李之芳、裴迪等，都在成都。他還有舅舅為縣令。他寫詩向高適求助。〈因崔五侍御寄高彭州〉：「百年已過半，秋至轉飢寒。為問彭州牧，何時救急難。」這一時期，「故人供祿米，鄰舍與園蔬」（〈酬高使君相贈〉），維持著他的生活。寶應元年（七六二），嚴武到達成都，為成都尹兼御史大夫、劍南節度使鎮蜀。他是杜甫的好友，生活上常資助他。

杜甫總算有一個安身之處。草堂在城郊，「錦里煙塵外，江村八九家。」（〈為農〉）有溪流，有林塘，有竹林，有荷花，環境幽靜宜人。他種菜種樹種花，經常有朋友來看望他。〈進艇〉：「晝引老妻乘小艇，晴看稚子

浴清江。」〈江村〉：「清江一曲抱村流，長夏江村事事幽。自去自來堂上燕，相親相近水中鷗。老妻畫紙為棋局，稚子敲針作釣鉤。」自戰亂以來，生活總算比較平靜。

自秦州入蜀，杜甫寫詩賦詠道中景物。自秦州到同谷，他賦詠道中赤谷、鐵堂峽、寒峽、法鏡寺、青陽峽、龍門鎮、積草嶺、泥功山、鳳凰臺等，自同谷赴蜀，他賦詠道中木皮嶺、飛仙閣、玉盤、龍門閣、石櫃閣、桔柏渡、白沙渡、劍門、鹿頭山等，這可看作杜甫有意識的創作紀遊詩。在成都，他寫詩賦詠他的平靜生活。當然，他一直沒有忘記時局。〈蜀相〉、〈春夜喜雨〉、〈卜居〉、〈茅屋為秋風所破歌〉、〈恨別〉等名篇都作於此時。這時他寫詩，出現有意識的精神錘鍊。〈江上值水如海勢聊短述〉：「為人性僻耽佳句，語不驚人死不休。」可看作他此時的創作態度。他還寫《戲為六絕句》，評價六朝和初唐詩歌，讚美庾信老更成的凌雲健筆，提出「清詞麗句必為鄰」、「別裁偽體親風雅，轉益多師是汝師」。杜甫是有意識地從詩歌發展的高度考慮自己的詩歌創作。

寶應元年（七六二）六月，嚴武入朝，杜甫相送至綿州。就在這時，劍南兵馬使徐知道反，成都大亂。杜甫回不了成都，只好暫留綿州，依附當時任綿州刺史的從侄杜濟。不久又從綿州到梓州，並去成都接家屬到梓州。梓州期間，他曾往遊漢州、閬州、射洪、涪城。廣德二年（七六四）春，杜甫本想出蜀，三月，聞嚴武再為成都尹，兼劍南東西川節度使，於是舉家返回成都。六月，嚴武薦杜甫為節度使署參謀、檢校工部員外郎，賜緋魚袋，但不到半年，杜甫厭倦幕府生活，永泰元年（七六五）正月辭職，回草堂閒居。

永泰元年（七六五）四月，嚴武突然去世，杜甫失去依靠。五月，杜甫攜家離開成都草堂，乘舟東下，經嘉州（今四川樂山）、戎州（今四川宜賓）、渝州（今重慶市）、忠州（今重慶市忠縣）到雲安（今重慶市雲陽）。因身體多病，在雲安停留調養半年多。大曆元年（七六六）夏，杜甫到夔州（今重慶市奉節）。

在夔州，先住在西閣。十月，柏茂林為夔州都督，力勸杜甫不要出峽。在柏茂林的幫助下，杜甫於第二年遷居夔西，主管東屯一百頃公田，又經營那裡的四十畝橘園。

夔州是杜甫創作的一個豐收期。在夔州將近兩年的時間，杜甫寫下了四百三十多首詩，如〈登高〉、《秋興八首》、《詠懷古跡五首》、〈閣夜〉、〈又呈吳郎〉等名篇。他寫詩一遍一遍地回憶往事，回憶開元盛世，回憶少壯之遊，回憶和高適、李白的昔日之遊。他在藝術上精心探討，他說：「新詩改罷自長吟」（《解悶十二首》其七）。他寫了大量的七律，這種詩體在他手裡已經得心應手。他寫了大量組詩，還有排律。他有意識地探索各種詩體，並探討詩歌格律，嘗試運用拗律。他說：「晚節漸於詩律細」（〈遣悶戲呈路十九曹長〉）。

杜甫在夔州住了三個年頭。大曆三年（七六八）正月，其弟杜觀在當陽催促他東下。於是，杜甫舉家離開夔州，乘舟經瞿塘峽、巫峽，暮春抵江陵。他思念家鄉，想要北還，但安史亂後，北方又開始藩鎮割據、軍閥混戰，杜甫無法北還，只好由江陵去公安，時在晚秋。在江陵和公安，親友都沒有給他什麼幫助，人情淡薄，貧困潦倒。他寫〈久客〉：「羈旅知交態，淹留見俗情。衰顏聊自哂，小吏最相輕。去國哀王粲，傷時哭賈生。狐狸何足道，豺虎正縱橫。」可以知道此時的處境和心態。這年暮冬，他離開公安，歲暮，來到岳陽。大曆四年（七六九）正月初，杜甫起程南行。杜甫南行的目的是投靠韋之晉，韋之晉先為衡州刺史，後改潭州刺史。杜甫入洞庭湖，過湘陰，三月抵潭州，旋又向衡州，復折回潭州。這時杜甫已貧病交加，「右臂偏枯半耳聾」（《清明二首》之二）。這年夏天，韋之晉病故。大曆五年春天，杜甫仍住在舟中。這年四月，湖南兵馬使臧玠殺潭州刺史崔瓘，潭州大亂。杜甫只好移舟避亂，入衡州，後又往郴州，打算依其舅父郴州錄事參軍崔偉，但舟行至距耒陽四十餘里之方田驛，遇江水大漲，不得前進，困在那裡，有五天得不到食物。耒陽縣令知道此事，派人送去牛肉白酒。待水退，遍尋江上，已不見杜甫蹤影。可能這時就已死於舟中。因何而死，有各種說法，但都缺乏足夠證據。這位偉大的詩人，半生漂泊，貧愁潦倒，就這樣寂寞地死於一葉小舟之中。

杜甫漂泊江湘期間，仍不停地作詩，仍惦記時局和民生疾苦。在岳陽，他登上岳陽樓，寫下了著名的〈登岳陽樓〉：「昔聞洞庭水，今上岳陽樓。吳楚東南坼，乾坤日夜浮。親朋無一字，老病有孤舟。戎馬關山北，憑軒涕泗流。」他寫〈風疾舟中伏枕書懷〉，這是詩人的絕筆，詩中還寫道：「公孫仍恃險，侯景未生擒。書信中原闊，干戈北斗深。……戰血流依舊，軍聲動至今。」類似東漢公孫述這樣的藩鎮軍閥仍據險割據，梁代侯景這樣的叛賊還未擒獲。已經很久沒有來自中原的書信了，長安一帶仍處在干戈戰亂之中。戰火中血仍舊在流，殺伐之聲直到現在還沒有停止。

第二節　杜甫詩的現實精神

杜甫詩深刻地反映了唐代由盛轉衰時期廣闊的社會生活面貌，他寫時事，寫各種現實問題，寫生民疾苦，寫戰亂給人們心理帶來的創傷，寫戰亂時代社會心態的反映，有著強烈的現實精神。

一、杜甫詩深刻反映唐代由盛轉衰時期廣闊的社會生活面貌

安史亂前，唐皇開邊未已，頻頻徵兵點行，杜甫寫〈兵車行〉，寫送行的悲慘場面：「耶娘妻子走相送，塵埃不見咸陽橋。牽衣頓足攔道哭，哭聲直上干雲霄。」這些被徵士卒，「或從十五北防河，便至四十西營田。去時里正與裹頭，歸來頭白還戍邊。」安史亂起，他更時時關注時局的發展。至德元載（七五六）冬，杜甫身陷長安賊中，聽得宰相房琯統兵收復京都，先是大敗於陳陶，復又敗於青阪，他寫下〈悲陳陶〉、〈悲青阪〉，前

詩：「孟冬十郡良家子，血作陳陶澤中水。野曠天清無戰聲，四萬義軍同日死。」後詩：「焉得附書與我軍，忍待明年莫倉卒。」至德二載（七五七）春，平亂進行中，他寫〈塞蘆子〉，對時局提出看法，認為在延州塞蘆子要塞應該有一支軍隊防守：「焉得一萬人，疾驅塞蘆子。岐有薛大夫，旁制山賊起。近聞昆戎徒，為退三百里。蘆關扼兩寇，深意實在此。」是年秋，郭子儀率軍進至長安附近，朝廷欲借兵回紇。杜甫寫〈北征〉、〈喜聞官軍已臨賊境二十韻〉，一方面歡呼：「禍轉亡胡歲，勢成擒胡月。胡命其能久，皇綱未宜絕。」「胡虜潛京縣，官軍擁賊壕。鼎魚猶假息，穴蟻欲何逃。」另一方面，〈北征〉又對借兵回紇提出看法，以為回紇王願意幫助朝廷平定叛亂，但回紇之俗善騎射突擊，每人兩匹馬，過於勇猛，可以借兵回紇，但以少為貴：「陰風西北來，慘澹隨回鶻。其王願助順，其俗善馳突。送兵五千人，驅馬一萬匹。此輩少為貴，四方服勇決。」兩京相繼收復，杜甫又寫《收京三首》。乾元二年（七五九）春，郭子儀等九節度使進兵圍鄴，勝利在即，杜甫寫〈洗兵馬〉，一方面歡欣鼓舞：「中興諸將收山東，捷書日報清晝同。河廣傳聞一葦過，胡危命在破竹中。」稱讚平叛諸軍的功勞，另一方面又暗諷朝廷舉措不當：「攀龍附鳳勢莫當，天下盡化為侯王。」三月，九節度使兵敗鄴城，朝廷為補充兵員，到處徵兵抓伕，杜甫自洛陽回華州途中，寫下著名的「三吏」、「三別」，深刻地反映了戰亂帶給百姓的苦難。當時回紇兵留沙苑，杜甫非常擔憂，在華州寫下〈留花門〉，指出：「修德使其來，羈縻固不絕。胡為傾國至，出入暗金闕。」「花門既須留，原野轉蕭瑟。」

寶應元年（七六二）七月，劍南兵馬使徐知道反，成都大亂。杜甫後來寫〈草堂〉記述此事，寫道：「大將赴朝廷，群小起異圖。中宵斬白馬，盟歃氣已粗。西取邛南兵，北斷劍閣隅。布衣數十人，亦擁專城居。其勢不兩大，始聞蕃漢殊。西卒卻倒戈，賊臣互相誅。焉知肘腋禍，自及梟獍徒。」從他的記述我們知道，大將嚴武還朝，徐知道便趁機反叛，他糾結了邛南的羌人，跟隨他的都是一些布衣之人。後來蕃漢兩方發生內訌，徐知道為部下李中厚所殺。他又寫道：「眼前列杻械，背後吹笙竽。談笑行殺戮，濺血滿長衢。到今用鉞地，風雨聞號呼。鬼妾與鬼馬，色悲充爾娛。」從杜甫的描述，我們又知道叛賊是多麼的殘忍。廣德元年（七六三）十月，吐蕃陷長安，代宗逃往陝州，再度失國，杜甫寫《傷春五首》，其四：「再有朝廷亂，難知消息真。近傳王在洛，復道使歸秦。奪馬悲公主，登車泣貴嬪。」「奪馬」句寫叛將高歡奪公主三百匹馬之事，「登車」句寫代宗倉皇出逃之狀。又其五：「聞說初東幸，孤兒卻走多。難分太倉粟，競棄魯陽戈。胡虜登前殿，王公出御河。」孤兒指羽林孤兒，從軍而死者之子，養於羽林，教以五兵，故稱。代宗出逃，羽林孤兒紛紛棄戈出走，王公貴族等人被害。時吐蕃陷松州、維州、保州，杜甫多首詩記述此事。〈警急〉：「和親知拙計，公主漫無歸。青海今誰得，西戎實飽飛。」唐太宗曾以文成公主嫁吐蕃，中宗曾以金城公主嫁吐蕃，但終未能阻止吐蕃入寇。《西山三首》，其一寫道：「西戎背和好，殺氣日相纏。」其二寫道：「辛苦三城戍，長防萬里秋。煙塵侵火井，雨雪閉松州。」松、維、保三城辛苦防戍，終不免煙塵相侵。〈王命〉：「漢北豺狼滿，巴西道路難。血埋諸將甲，骨斷使臣鞍。」寶應元年（七六二），吐蕃陷臨洮，取秦、成、渭等州，次年，又取蘭、河等州，故詩言「漢北豺狼滿」。「骨斷」句，指廣德元年（七六三），李子芳、崔倫出使吐蕃，被拘留。唐代借兵回紇，收復河北，回紇兵入洛陽，收府庫積帛，大掠三日。永泰元年（七六五），郭子儀使白元光與回紇將破吐蕃於靈臺西原，回紇胡祿都督等入見，前後贈繒帛十萬匹，府藏空竭。杜甫寫〈遣憤〉：「聞道花門將，論功未盡歸。自從收帝里，誰復總戎機。蜂蠆終懷毒，雷霆可震威。莫令鞭血地，再濕漢臣衣。」對此深為擔憂。杜甫又有《三絕句》，其一：「前年渝州殺刺史，今年開州殺刺史。群盜相隨劇虎狼，食人更肯留妻子。」詩記述的當是蜀中一次叛亂，但史已失載。

當時重要的時事，很多在杜甫詩中都有反映。這些時事，有的史已失載，杜詩提供了史書缺載的史實。更重要的是，杜甫詩不是一般的記述，他所提供的是時事的形象畫面，是詩人自己和當時人們的感受和看法，是當時動亂時代的真切畫面和生動面貌。

二、杜甫詩深刻揭露各種現實問題

杜甫揭露統治集團的腐敗，寫〈麗人行〉諷刺楊國忠兄妹驕縱荒淫的生活。又寫〈自京赴奉先縣詠懷五百字〉，在百姓飢寒交迫，國家危機四伏的時候，玄宗仍然在驪山尋歡作樂：「君臣留歡娛，樂動殷樛嶱」、「中堂舞神仙，煙霧散玉質。暖客貂鼠裘，悲管逐清瑟。勸客駝蹄羹，霜橙壓香橘」。

他抨擊朝廷的開邊政策。如〈兵車行〉和《前出塞九首》，抨擊「武皇開邊意未已」、「君已富土境，開邊一何多。」安史亂爆發，秦州路上他又寫《遣興三首》，其一藉故老之說：「故老行歎息，今人尚開邊。漢虜互勝負，封疆不常全。安得廉恥將，三軍同晏眠。」

他抨擊統治者對百姓誅求不已。在成都，他寫〈送韋諷上閬州錄事參軍〉：「國步猶艱難，兵革未衰息。萬方哀嗷嗷，十載供軍食。庶官務割剝，不暇憂反側。誅求何多門，賢者貴為德。」時在廣德二年（七六四），安史之亂已經十年，但兵革未息，官員務為盤剝百姓，索求多種多樣。他又說：「當令豪奪吏，自此無顏色。必若救瘡痍，先應去蝨賊。」要罷免那些巧取豪奪的官吏。在夔州，他寫《上白帝城二首》，其一：「兵戈猶擁蜀，賦斂強輸秦。」他又寫〈晝夢〉：「故鄉門巷荊棘底，中原君臣豺虎邊。安得務農息戰鬥，普天無吏橫索錢。」賦斂無度，官吏向百姓橫索錢的現象太嚴重了。

他抨擊邊帥的驕縱。在閬州寫〈嚴氏溪放歌行〉說：「天下甲馬未盡銷，豈免溝壑常漂漂。劍南歲月不可度，邊頭公卿仍獨驕。費心姑息是一役，肥肉大酒徒相要。」戰火未息，百姓不免死而棄屍溝壑，而邊塞身居公卿之位的將帥卻驕奢淫逸，這完全是朝廷姑息縱容的結果。他寫《三絕句》，其一寫群盜凶殘如虎狼，「食人更肯留妻子」，其三則寫官軍邊帥：「殿前兵馬雖驍雄，縱暴略與羌渾同。聞道殺人漢水上，婦女多在官軍中。」同樣殘暴，同樣掠人妻女。

他抨擊朝廷對宦官的縱容。在閬州，他寫《憶昔二首》，其一：「鄴城反覆不足怪，關中小兒壞紀綱，張后不樂上為忙。至今今上猶撥亂，勞身焦思補四方。我昔近侍叨奉引，出兵整肅不可當。為留猛士守未央，致使岐雍防西羌。犬戎直來坐御林，百官跣足隨天王。」九節度使的大軍被本已投降，復又叛亂的史思明敗於鄴城不足為奇，因為有李輔國這樣的閹豎小兒敗壞了朝廷綱紀，肅宗為討好張皇后而手忙腳亂，直到代宗仍在治理亂世，代宗即位後，又聽信宦官程元振的讒言，奪去郭子儀的兵權，留在長安，致使岐雍一帶兵力薄弱，西羌吐蕃侵擾，使代宗逃奔陝州，長安再次淪陷。杜甫又寫〈釋悶〉：「但恐誅求不改轍，聞道嬖孽能全生。」宦官程元振專權亂政，朝野共憤，致使吐蕃侵擾長安時，代宗下詔徵兵，各地都不回應，代宗狼狽出逃。後太常博士柳伉上書請斬程元振，但代宗仍是姑息，只是削其官爵，放歸故里。詩寫「聞道嬖孽能全生」指此。

杜甫寫得更多也更為深刻的，是生民疾苦。如〈兵車行〉，就寫朝廷開邊，窮兵黷武，帶給百姓巨大的苦難，他寫道：「君不聞漢家山東二百州，千村萬落生荊杞。縱有健婦把鋤犁，禾生隴畝無東西。」又寫道：「縣官急索租，租稅從何出。」男子十五歲就被徵，或者戰死邊關，埋沒隨百草，或者頭白還要去戍邊。於是農田荒廢，而這邊縣官還要索租，真是無以為生。安史之亂爆發，杜甫更傾注筆墨。

他寫戰亂給百姓帶來的痛苦，給社會帶來的空前破壞。「三吏」、「三別」是重要作品。詩作於乾元二年（七五九），鄴城一役，官軍潰敗，杜甫從洛陽回華州任所，親眼見官吏到處徵兵抓伕，寫下這一組詩。〈新安吏〉，他寫「縣小更無丁」，只有「次選中男行」。在〈石壕吏〉，他寫「有吏夜捉人」，一家「三男鄴城戍」，「二男新戰死」，「老翁逾牆走」，而老婦也被抓去「急應河陽役」。〈新婚別〉，寫剛新婚就被抓應役。〈垂老別〉：「四郊未寧靜，垂老不得安。子孫陣亡盡，焉用身獨完。投杖出門去，同行為辛酸。幸有牙齒存，所悲骨髓乾。」子孫全都陣亡，老夫骨髓已乾，還要投杖從軍。接著寫：「老妻臥路啼，歲暮衣裳單。孰知是死別，且復傷其寒。此去必不歸，還聞勸加餐。土門壁甚堅，杏園度亦難。勢異鄴城下，縱死時猶寬。人生有離合，豈擇衰老端。」明知是生死之別，還要勸慰。越是勸慰，越寫出內心悲傷。詩接著寫道：「萬國盡征戍，烽火被岡巒。積屍草木腥，流血川原丹。何鄉為樂土，安敢尚盤桓。棄絕蓬室居，塌然摧肺肝。」萬國征戍，即使不應徵，又何鄉為樂土？百姓已是沒有活路了。〈無家別〉：

寂寞天寶後，園廬但蒿藜。我里百餘家，世亂各東西。存者無消息，死者為塵泥。
賤子因陣敗，歸來尋舊蹊。久行見空巷，日瘦氣慘淒。但對狐與狸，豎毛怒我啼。
四鄰何所有，一二老寡妻。宿鳥戀本枝，安辭且窮棲。方春獨荷鋤，日暮還灌畦。
縣吏知我至，召令習鼓鞞。雖從本州役，內顧無所攜。近行止一身，遠去終轉迷。
家鄉既蕩盡，遠近理亦齊。永痛長病母，五年委溝谿。生我不得力，終身兩酸嘶。
人生無家別，何以為烝黎。

陣敗歸來的士兵，見故鄉已是殘破荒涼，死的死，逃的逃，他的母親早已在五年前死於貧困，家裡只剩下蒿藜和狐狸，即使這樣，還要被本縣的官吏徵去服役，他已是無家可歸，也無家可別。從這個村子，可以想見經過戰亂，北方中國農村的破敗，百姓命運的悲慘。

從杜甫詩中我們看到，不僅戰火所經之地，其他地方百姓也非常痛苦。《三絕句》其二：「二十一家同入蜀，惟殘一人出駱谷。自說二女齧臂時，回頭卻向秦雲哭。」二十一家人一同入蜀，只剩下一個人走出終南山的駱谷回長安，這個人自言和二個女兒訣別時咬臂出血，還回頭向著秦中哭泣。這是在蜀地。〈遭遇〉：「石間採蕨女，鬻菜輸官曹。丈夫死百役，暮返空村號。聞見事略同，刻剝及錐刀。貴人豈不仁，視汝如莠蒿。索錢多門戶，喪亂紛嗷嗷。奈何黠吏徒，漁奪成逋逃。」這是在湘地。丈夫死於各種徭役，只有採野菜來交賦稅，官家甚至小如錐刀之物也要盤剝，在官吏的殘酷對待之下，老百姓只有逃亡。〈歲晏行〉：「去年米貴闕軍食，今年米賤大傷農。高馬達官厭酒肉，此輩杼軸茅茨空。……況聞處處鬻男女，割慈忍愛還租庸。」這仍是湘地。百姓賣兒賣女來還租庸。

在夔州，杜甫寫〈最能行〉和〈負薪行〉這兩篇姊妹篇。〈最能行〉寫峽中丈夫冒死行船，沒有條件讀書，剛成年就要冒著危險出外經商，「欹帆側柁入波濤，撇漩捎濆無險阻」。他不認為這裡沒有英俊之才，他說：「若道土無英俊才，何得山有屈原宅。」〈負薪行〉的女子命運更為悲慘：

夔州處女髮半華，四十五十無夫家。更遭喪亂嫁不售，一生抱恨堪咨嗟。
土風坐男使女立，男當門戶女出入。十猶八九負薪歸，賣薪得錢應供給。
至老雙鬟只垂頸，野花山葉銀釵並。筋力登危集市門，死生射利兼鹽井。
面妝首飾雜啼痕，地褊衣寒困石根。若道巫山女粗醜，何得此有昭君村。

頭髮花白，仍無夫家，為什麼無夫家？因為遭遇喪亂。所謂遭遇喪亂，就是男子死於兵役徭役。而且當地風俗重男輕女，男的坐在家裡而女的出入擔負沉重的勞動。要去砍柴，要翻山越嶺賣薪，賣薪得錢交租稅，還要到鹽井去負鹽。為了掙錢謀生，常常不顧生死，根本沒有條件打扮。因為未嫁，至老還是未嫁女子的髮式。生活這樣的困苦艱難。杜甫不認為這裡的女子粗醜，他說：如果說巫山一帶的女子粗醜，為什麼古代這裡出了王昭君這樣的美女呢？

他不止一次揭露社會嚴重的貧富階級對立。〈自京赴奉先縣詠懷五百字〉就寫道：「彤庭所分帛，本自寒女出。鞭撻其夫家，聚斂貢城闕。」接著揭露了一個驚心動魄的事實：

朱門酒肉臭，路有凍死骨。

〈驅豎子摘蒼耳〉又一次寫道：「亂世誅求急，黎民糠籺窄。飽食復何心，荒哉膏粱客。富家廚肉臭，戰地骸骨白。」

三、杜甫詩的憂國憂民之情

杜甫詩表現出憂國憂民之情，寫亂離情思，寫戰亂帶給人們心理上的傷害，寫戰亂時代的社會心態。他把個人遭遇和情感與國家命運、生民疾苦融為一體，個人情感與時代精神、百姓心聲融為一體。在這方面，更廣泛地體現了現實的精神。

杜甫直接寫時事、揭露現實問題，反映民生疾苦，憂國憂民之情當然有突出的表現，即使寫日常生活的詩，也處處表現這種情思。〈出郭〉：

霜露晚淒淒，高天逐望低。遠煙鹽井上，斜景雪峰西。
故國猶兵馬，他鄉亦鼓鼙。江城今夜客，還與舊烏啼。

詩作於上元元年（七六〇）在成都時。出成都城中，返歸草堂，一路見霜露淒淒，高天漸低，鹽井上燃煙升起，雪峰西灑落斜下的日光。這本是一幅普通的夜歸圖，但杜甫卻寫到故國兵馬，他鄉鼓鼙，且客居異鄉，孤獨寂寞之感油然而生。又如〈九日〉：

去年登高郪縣北，今日重在涪江濱。苦遭白髮不相放，羞見黃花無數新。世亂鬱鬱久為客，路難悠悠常傍人。酒闌卻憶十年事，腸斷驪山清路塵。

寫的是重陽佳節，詩裡卻只有亂離身世之感，每年佳節都流落異鄉，白髮已多，黃花羞見，傍人為客。而詩人赴奉先，經過驪山，玄宗幸華清宮，那已是十年前的事情了。十年世亂，十年漂泊，詩人為此而深憂腸斷。〈宿江邊閣〉：

暝色延山徑，高齋次水門。薄雲巖際宿，孤月浪中翻。鸛鶴追飛靜，豺狼得食喧。不眠憂戰伐，無力正乾坤。

寫的是夜宿夔州西閣卻不眠，因為所見所聞，觸動詩人的思緒。暝色漸漸延伸，籠罩山徑，也籠罩詩人心境。薄雲棲宿於山巖之際，就像詩人一樣漂泊無依；孤月翻騰於浪中，就像詩人內心翻騰不平。飛鳥追逐了一天的食物，已經安靜下來，但詩人的內心卻難以平靜。豺狼得食而喧的聲音陣陣傳來，怎不令人想起戰亂中叛賊的猖狂？詩人因戰亂不休，憂而不眠，深感自己無力整頓乾坤。憂國憂民，正是杜甫詩中常見的基調。

因杜甫自己有親身經歷，故能將亂離情思寫得非常真切。他寫陷賊時對家人的思念。〈月夜〉：

今夜鄜州月，閨中只獨看。遙憐小兒女，未解憶長安。
香霧雲鬟濕，清輝玉臂寒。何時倚虛幌，雙照淚痕乾。

安史亂軍攻陷長安，杜甫家人寄居於鄜州，而他自己則陷於賊營。想像鄜州閨中妻子思念自己，想像兒女年紀還小，只有妻子久久佇立於月夜之下，以至如雲的秀髮被霧水打濕，手臂也感到寒意，寫出詩人對家人的深切思念。安史亂起，杜甫弟阻隔在山東，得弟弟消息，他寫《得弟消息二首》，其一：「近有平陰信，遙憐舍弟存。側身千里道，寄食一家村。烽舉新酣戰，啼垂舊血痕。不知臨老日，招得幾人魂。」亂離中雖知道弟弟還活著，但戰火仍在繼續，血痕已舊，新淚又啼，生死仍是不測，故說「不知臨老日，招得幾人魂」，其二：「生理何顏面，憂端且歲時。兩京三十口，雖在命如絲。」更是寫出亂離中人命危淺之感。他又寫《憶弟二首》，其一寫「人稀書不到，兵在見何由」，其二寫「百戰今誰在，三年望汝歸」，「斷絕人煙久，東西消息稀」，消息隔絕，書信難得，相見無由，盼望返歸。他不停寫對弟妹的思念。入秦州，他寫〈月夜憶舍弟〉：「露從今夜白，月是故鄉明。有弟皆分散，無家問死生。寄書長不達，況乃未休兵。」家已毀於戰火，因此無家問死生，家人離散，書信不達。在成都，他寫〈遣興〉：「干戈猶未定，弟妹各何之。拭淚沾襟血，梳頭滿面絲。地卑荒野大，天遠暮江遲。衰疾那能久，應無見汝時。」離散已久，衰疾又至，感到已不可能有再相見之時。寫得非常悽愴。在成都，他送友人探望父母，又勾起他對弟妹的思念之情，〈送韓十四江東覲省〉寫道：「兵戈不見老萊衣，歎息人間萬事非。我已無家尋弟妹，君今何處訪庭闈。」正值兵荒馬亂，家人離散，難在父母跟前盡孝。杜甫已很難找到弟妹，他也懷疑，友人能在哪裡探望到父母。在梓州，他寫〈九日登梓州城〉：「弟妹悲歌裡，朝廷醉眼中。」流落瀟湘，他寫〈登岳陽樓〉：「親朋無一字，老病有孤舟。戎馬關山北，憑軒涕泗流。」思念弟妹，是杜甫自戰亂以來詩中經常表現的情思。

又如〈述懷〉：

……寄書問三川，不知家在否。比聞同罹禍，殺戮到雞狗。山中漏茅屋，誰復依戶牖。
摧頹蒼松根，地冷骨未朽。幾人全性命，盡室豈相偶。嶔岑猛虎場，鬱結回我首。
自寄一封書，今已十月後。反畏消息來，寸心亦何有。……

自潼關失守，杜甫陷賊，就和寄居鄜州的妻子隔絕消息，亂軍是那樣的凶殘，至於「殺戮到雞狗」，不知道有多少人能保全性命，也不知家人是否安在，杜甫自四月就從賊中竄歸鳳翔行在，寄書家中，到現在已經過了十個月了，不是盼望消息，而是「反畏消息來」，生怕得到家人不幸的消息。《羌村三首》其一：

崢嶸赤雲西，日腳下平地。柴門鳥雀噪，歸客千里至。妻孥怪我在，驚定還拭淚。
世亂遭飄蕩，生還偶然遂。鄰人滿牆頭，感歎亦歔欷。夜闌更秉燭，相對如夢寐。

杜甫陷賊竄歸，九死一生，總算和家人相見，卻不相信眼前的事實，不相信家人還存活，反而「妻孥怪我在，驚定還拭淚」，「夜闌更秉燭，相對如夢寐」，驚魂難定，如夢一樣。〈送路六侍御入朝〉：

童稚情親四十年，中間消息兩茫然。更為後會知何地，忽漫相逢是別筵。
不分桃花紅勝錦，生憎柳絮白於綿。劍南春色還無賴，觸忤愁人到酒邊。

詩作於廣德元年（七六三），杜甫流亡在梓州。他與路六幼童時代感情親密，相別已四十年，各自為生活而奔波，更經歷近十年的戰亂。不料相逢之時，又是離別之際，戰亂頻仍，不知道何時何地能再相會。詩人寫的是經歷戰亂，人命危淺，世事難料的現實感受。

另有一種亂離情思，是平息戰亂的願望和勝利的喜悅。兩京收復，杜甫寫《收京三首》，其三歡呼勝利：「汗馬收宮闕，春城鏟賊壕。賞應歌《杕杜》，歸及薦櫻桃。」他又寫《洗兵馬》：「安得壯士挽天河，淨洗甲兵長不用。」詩人一次又一次地表達這個願望。《蠶穀行》：「焉得鑄甲作農器，一寸荒田牛得耕。」《傷秋》：「何年滅豺虎，似有故園歸。」大曆二年（七六七），傳聞河北諸鎮入朝，詩人寫下《承聞河北諸道節度入朝歡喜口號絕句十二首》，其二：「十二年來多戰場，天威已息陣堂堂。神靈漢代中興主，功業汾陽異姓王。」這一年九月，吐蕃寇靈州，進寇邠州，十月，朔方節度使路嗣恭破吐蕃於靈州城下，吐蕃退去。杜甫寫《喜聞盜賊蕃寇總退口號五首》，其五：「今春喜氣滿乾坤，南北東西拱至尊。大曆二年調玉燭，玄元皇帝聖雲孫。」寫得更感人的，是《聞官軍收河南河北》：

劍外忽傳收薊北，初聞涕淚滿衣裳。卻看妻子愁何在，漫捲詩書喜欲狂。
白日放歌須縱酒，青春作伴好還鄉。即從巴峽穿巫峽，便下襄陽向洛陽。

這首詩被稱為老杜「生平第一首快詩」（浦起龍《讀杜心解》），身在劍門之外的蜀中，倍受流離之苦，收復薊北的消息來得突然，以至喜極而泣、欣喜若狂，放歌縱酒，詩人歸心似箭，想像中從巴峽穿過巫峽，來到襄陽，又奔向故鄉洛陽，幾乎一氣而下。它寫的就是久經亂離，忽聞勝利消息的驚喜之情。

第三節　杜甫詩的寫實藝術

與杜甫詩現實精神相聯繫的，是他的寫實藝術。杜甫詩嚴格按照生活的本來面貌反映生活，他基本上寫現實的境界，現實的生活，在對生活平實的客觀的描寫中，揭示現實的本質，寄寓深沉的情思，杜甫詩的想像只在現實中發展，他運用敘述和描寫的方法廣泛反映現實，寓抒情於敘述和描寫之中。他善於對現實作高度的概括描寫，善於用典型事件和畫面表現廣闊的社會現實，並且對事物作細緻入微的觀察和傳神描寫。杜甫詩的寫實藝術有其獨特的創造。

一、杜甫詩寫實藝術之一：嚴格寫實以反映生活

杜甫詩嚴格按照生活的本來面貌反映生活。

杜甫極少寫虛幻的境界，他基本上寫現實的境界，現實的生活，在對生活平實的客觀的描寫中，揭示現實的本質，寄寓深沉的情思。

我們可以看他的名作〈北征〉，這是一首史詩性的長詩。先寫離開朝廷傷時憂國的心情：

皇帝二載秋，閏八月初吉。杜子將北征，蒼茫問家室。維時遭艱虞，朝野少暇日。

顧慚恩私被，詔許歸蓬蓽。拜辭詣闕下，怵惕久未出。雖乏諫諍姿，恐君有遺失。

君誠中興主，經緯固密勿。東胡反未已，臣甫憤所切。揮涕戀行在，道途猶恍惚。

乾坤含瘡痍，憂虞何時畢。

首二句用史筆，強調儘管亂軍猖狂，唐皇才是正統，並點明時間。次二句交代此次遠行為了探親。接著寫帶著對時艱的憂慮，先是辭別肅宗而惶恐不安，久久未出來，後是走到路途，仍揮灑淚水，眷戀皇上。而敘事中夾著抒情，抒情中寫出現實的背景：時局艱危，東胡安祿山叛亂仍未平息，到處是戰爭留下的創傷。是直接抒情，沒有借助虛幻的境界和誇張想像。接下寫道途所見：

靡靡踰阡陌，人煙眇蕭瑟。所遇多被傷，呻吟更流血。回首鳳翔縣，旌旗晚明滅。
前登寒山重，屢得飲馬窟。邠郊入地底，涇水中蕩潏。猛虎立我前，蒼崖吼時裂。
菊垂今秋花，石戴古車轍。青雲動高興，幽事亦可悅。山果多瑣細，羅生雜橡栗。
或紅如丹砂，或黑如點漆。雨露之所濡，甘苦齊結實。緬思桃源內，益歎身世拙。
坡陀望鄜畤，岩谷互出沒。我行已水濱，我僕猶木末。鴟鳥鳴黃桑，野鼠拱亂穴。
夜深經戰場，寒月照白骨。潼關百萬師，往者散何卒？遂令半秦民，殘害為異物。

傷患、呻吟、流血、戰馬飲水的水窪，到處是戰爭留下的痕跡，一片蕭瑟淒慘景象。客觀描寫中寄寓著深深的憂慮。「回首」難捨，再次寫出對皇帝宮闕的留戀，旌旗在晚景中忽明忽滅，又點明時間在傍晚。接著寫山景。蹲踞崖石，有如猛虎，晚風怒吼，山崖像要開裂。菊花盛開，山果繁多而小，色彩多樣，在細緻客觀的描寫中引發桃源之思和身世之歎，同時寫出行程，經過小路，登上寒山，來到邠郊，渡過涇水。無一不是寫實。這時又經過戰場，寒月之下照著一片白骨。這就引發詩人聯想：潼關一戰，哥舒翰倉促迎敵，百萬之師，頃刻潰敗，長安失陷，秦地百姓遭到屠戮。詩人的聯想，仍然未離現實，仍然是寫實。接著寫到家：

況我墮胡塵，及歸盡華髮。經年至茅屋，妻子衣百結。慟哭松聲回，悲泉共幽咽。
平生所嬌兒，顏色白勝雪。見耶背面啼，垢膩腳不襪。床前兩小女，補綻才過膝。
海圖坼波濤，舊繡移曲折。天吳及紫鳳，顛倒在裋褐。老夫情懷惡，嘔泄臥數日。
那無囊中帛，救汝寒凜慄。粉黛亦解苞，衾裯稍羅列。瘦妻面復光，癡女頭自櫛。
學母無不為，曉妝隨手抹。移時施朱鉛，狼藉畫眉闊。生還對童稚，似欲忘飢渴。
問事競挽鬚，誰能即嗔喝。翻思在賊愁，甘受雜亂聒。新歸且慰意，生理焉能說。

全是實寫。妻子的破爛衣服，嬌兒蒼白的臉色，腳是髒的，連襪子也沒有穿，兩個小女，衣服全是補綻，而且才過膝，即使補綻，也找不到合適的布，只有隨便拼湊，顛倒相縫。沒有借助任何誇張想像，純是客觀的描寫，卻生動地展示出戰亂中家境的貧困，而這又深刻反映出戰亂給百姓帶來的苦難。接著寫杜甫解開行囊，一家相聚，我們看到生動的生活畫面，孩童的可愛，讓詩人稍覺寬慰，隨之來的是更深沉的憂思。接著是聯想：

至尊尚蒙塵，幾日休練卒。仰觀天色改，坐覺妖氛豁。陰風西北來，慘澹隨回紇。
其王願助順，其俗善馳突。送兵五千人，驅馬一萬匹。此輩少為貴，四方服勇決。
所用皆鷹騰，破敵過箭疾。聖心頗虛佇，時議氣欲奪。伊洛指掌收，西京不足拔。
官軍請深入，蓄銳可俱發。此舉開青徐，旋瞻略恒碣。昊天積霜露，正氣有肅殺。
禍轉亡胡歲，勢成擒胡月。胡命其能久，皇綱未宜絕。憶昨狼狽初，事與古先別。

姦臣竟葅醢，同惡隨蕩析。不聞夏殷衰，中自誅褒妲。周漢獲再興，宣光果明哲。
桓桓陳將軍，仗鉞奮忠烈。微爾人盡非，於今國猶活。淒涼大同殿，寂寞白獸闥。
都人望翠華，佳氣向金闕，園陵固有神，掃灑數不缺。煌煌太宗業，樹立甚宏達。

先想到皇帝還蒙塵在外，不知何時能休兵息戰，只是時局已有好轉跡象。再想到借兵回紇之事，回紇勇決善戰，為平息叛亂，要借助其力量，但回紇兵又有破壞力，因此杜甫說：「此輩少為貴。」再想到時局，官軍蓄銳待發，天地間已是正氣肅殺，不僅兩京收復在望，而且很快可以直搗安史亂軍的老巢。再想到當時長安失守，玄宗逃亡，而現在，奸臣受到懲處，有如周、漢有中興氣象。〈北征〉真實地描寫北上探親沿途和到家之後的見聞。一切如生活那樣真實，他對時局艱危的憂思，復興唐朝的願望，就寓於其中。

杜甫詩偶爾也有誇張，如〈飲中八仙歌〉寫李適之，「左相日興費萬錢，飲如長鯨吸百川」，只是這樣的浪漫誇張很少。他主要寫生活的本來面貌。寫情懷憂愁，無法進食，李白是「金樽清酒斗十千，玉盤珍羞值萬錢。停杯投箸不能食，拔劍四顧心茫然」（《行路難三首》其一），杜甫則是「老夫情懷惡，嘔泄臥數日」（〈北征〉），寫遭遇坎坷，內心不平，李白是「欲渡黃河冰塞川，將登太行雪滿山」（《行路難三首》其一），杜甫則是「騎驢十三載，旅食京華春。朝扣富兒門，暮隨肥馬塵。殘杯與冷炙，到處潛悲辛」（〈奉贈韋左丞丈二十二韻〉）。李白是奇特的想像和誇張，杜甫是嚴格寫實中寄寓不平。

嚴格寫實，因此杜甫抒情也和李白不一樣。李白抒情，多是內心獨白，直抒胸臆，「大道如青天，我獨不得出」（《行路難三首》其二）、「棄我去者昨日之日不可留，亂我心者今日之日多煩憂」（〈宣州謝脁樓餞別校書叔雲〉）。杜甫總是實寫眼前景象，而寓情於其中。〈江漢〉：「江漢思歸客，乾坤一腐儒。片雲天共遠，永夜月同孤。落日心猶壯，秋風病欲疏。古來存老馬，不必取長途。」寫漂泊異鄉的孤寂，而又存壯心，沒有離開眼前的實景，片雲和詩人一樣漂泊，明月和詩人一樣孤單，而於眼前落日秋風中萌發壯心。

杜甫詩的想像特點也和李白不同。李白詩多浪漫想像，杜甫詩的思路、想像只在現實中發展，多寫所見所聞，一般不作過多的想像。即使想像，也寫得平實，不作憑空想像。〈江村〉：「清江一曲抱村流，長夏江村事事幽。自去自來堂上燕，相親相近水中鷗。老妻畫紙為棋局，稚子敲針作釣鉤。多病所須唯藥物，微軀此外更何求。」詩作於上元元年（七六〇）。經過幾年的流亡生活，杜甫又回到成都，生活暫時安定下來。他寫他的安逸心情，他的詩思沒有離開眼前景物，他只寫眼前的清江，堂上自由飛翔的燕子，水中相親相近的鷗鳥，還有老妻稚子的生活，所見所聞之外，再沒有展開什麼想像。他的〈新婚別〉：

兔絲附蓬麻，引蔓故不長。嫁女與征夫，不如棄路旁。結髮為妻子，席不暖君床。
暮婚晨告別，無乃太匆忙。君行雖不遠，守邊赴河陽。妾身未分明，何以拜姑嫜。
父母養我時，日夜令我藏。生女有所歸，雞狗亦得將。君今往死地，沉痛迫中腸。
誓欲隨君去，形勢反蒼黃。勿為新婚念，努力事戎行。婦人在軍中，兵氣恐不揚。
自嗟貧家女，久致羅襦裳。羅襦不復施，對君洗紅妝。仰視百鳥飛，大小必雙翔。
人事多錯迕，與君永相望。

新婚夫婦的對話、新娘的傾訴之語，詩人不太可能聽得到。他將所知的事實加以想像之後寫成。他的想像寫來如同生活本身，沒有任何浪漫的成分。就在這如實的描寫中，寫出新婚而別的痛苦，寫出新娘的深明大義和對愛情的堅貞不渝，也寫出戰亂給百姓帶來的深重苦難。

杜甫寫夢和李白不一樣。李白寫夢，往往寫浪漫之境，寫得神思飛揚，杜甫寫夢，則如現實一樣。《夢李白二首》其一：「死別已吞聲，生別常惻惻。江南瘴癘地，逐客無消息。故人入我夢，明我長相憶。君今在羅網，何以有羽翼。恐非平生魂，路遠不可測。魂來楓葉青，魂返關塞黑。落月滿屋梁，猶疑照顏色。水深波浪闊，無使蛟龍得。」寫真實的夢，而不是借夢寫幻境。「魂來楓葉青，魂返關塞黑」，有點迷離惝恍，但總體寫來和現實生活一樣。〈晝夢〉：

二月饒睡昏昏然，不獨夜短晝分眠。桃花氣暖眼自醉，春渚日落夢相牽。
故鄉門巷荊棘底，中原君臣豺虎邊。安得務農息戰鬥，普天無吏橫索錢。

夢中故鄉一片荒蕪，中原仍然豺虎橫行，與現實無異，沒有任何浪漫的成分，卻寄託著詩人對故鄉的思念，對時局的憂慮，和平息戰亂的願望。

二、杜甫詩寫實藝術之二：敘述和描寫以反映現實

杜甫詩多運用敘述和描寫的方法廣泛反映現實，寓抒情於敘述和描寫之中，這是杜甫詩的主要藝術成就。他的很多詩作都帶有敘事詩的性質，尤其是古詩，〈彭衙行〉就是一個例子。安史之亂爆發，潼關失守，杜甫攜家從白水縣逃難，北走鄜州，路經彭衙同家窪，得到友人孫宰的熱情接待。詩用敘述的方法寫這一經過。開頭寫起因：「憶昔避賊初，北走經險艱。夜深彭衙道，月照白水山。」為避賊而不顧夜深，從白水出發。接著寫路上情形：「盡室久徒步，逢人多厚顏。參差谷鳥吟，不見遊子還。癡女飢咬我，啼畏虎狼聞。懷中掩其口，反側聲愈嗔。小兒強解事，故索苦李餐。」一路的擔驚受怕，都通過外在行為的敘述寫出。接著繼續寫路

上情形：「一旬半雷雨，泥濘相牽攀。既無禦雨備，徑滑衣又寒。有時經契闊，竟日數里間。野果充餱糧，卑枝成屋椽。早行石上水，暮宿天邊煙。」頂風冒雨，風餐露宿，歷盡艱難，情形如在眼前。接著寫遇到故人孫宰：「少留周家窪，欲出蘆子關。故人有孫宰，高義薄曾雲。延客已曛黑，張燈啟重門。暖湯濯我足，翦紙招我魂。從此出妻孥，相視涕闌干。眾雛爛熳睡，喚起沾盤餐。誓將與夫子，永結為弟昆。遂空所坐堂，安居奉我歡。」故人張燈重門，暖湯濯足，翦紙招魂，請出家人相見，眾小孩爛熳而睡，又喚起吃飯，故人空出房子，讓杜甫一家人安居，都一一敘來。最後寫感慨：「誰肯艱難際，豁達露心肝。別來歲月周，胡羯仍構患。何當有翅翎，飛去墮爾前。」全詩敘述家人逃難和故人盛情接待經過，對故人的感激之情寓於其中，更重要的是，路途的艱難，家人的遭遇，從側面反映了戰亂給普通百姓帶來的苦難。他用寫實的方法敘述，把這一切寫得具體，他展示的是戰亂歷史上一幅生動形象的畫卷。

律詩一般是抒情的，杜甫有時也用敘述的方法。〈有客〉：「幽棲地僻經過少，老病人扶再拜難。豈有文章驚海內，漫勞車馬駐江干。竟日淹留佳客坐，百年粗糲腐儒餐。不嫌野外無供給，乘興還來看藥欄。」先寫迎接客人到來，自己老病，要人扶著，無法行拜禮。客人慕杜甫文章之名來訪，因此三、四句自謙之語，五、六句寫客人停留整天，而杜甫卻只能用粗茶淡飯招待。七、八句是送別時客氣之語，希望下次再來。這位客人看來只是慕名而來的某個人物，並非摯友，杜甫對他的態度很有分寸，熱情卻並不親密，客氣而不失禮數，這種種情趣，都盡在客觀敘述之中。〈客至〉是又一篇：

> 舍南舍北皆春水，但見群鷗日日來。花徑不曾緣客掃，蓬門今始為君開。
> 盤餐市遠無兼味，樽酒家貧只舊醅。肯與鄰翁相對飲，隔籬呼取盡餘杯。

一、二句寫居處環境，環境秀麗而客人來少，唯與群鷗為伴，因此客人來訪，特別高興。三、四句寫為客人開門，閒居郊外，客人來訪，意外驚喜。五、六句寫招待客人，自謙因為地僻家貧，沒有很好的招待。七、八句寫請鄰翁一起過來暢飲。不難看出，杜甫待這位客人，不僅熱情，而且隨意、親切，同樣是客觀用敘述的方法，寫出歡悅場面、融洽氣氛。用敘述的方法寫七律，是杜甫詩的獨到之處。

杜甫詩往往有具體的事件、情節，具體的場景，甚至有人物，往往寫一個完整的事件過程。前面例舉的詩都是這樣。我們再看〈石壕吏〉：

暮投石壕村，有吏夜捉人。老翁逾牆走，老婦出門看。吏呼一何怒，婦啼一何苦。聽婦前致詞，三男鄴城戍。一男附書至，二男新戰死。存者且偷生，死者長已矣。室中更無人，惟有乳下孫。有孫母未去，出入無完裙。老嫗力雖衰，請從吏夜歸。急應河陽役，猶得備晨炊。夜久語聲絕，如聞泣幽咽。天明登前途，獨與老翁別。

有具體的事件：「有吏夜捉人」。有具體情節和場景：老翁逾牆逃走之後，老婦向衙吏訴苦，傾訴中寫出老婦的悲慘遭遇：三男鄴城戍，二男新戰死，家裡還有乳下孫，而兒媳出入無完裙，但最終老婦被抓服役。有人物：老翁、老婦、衙吏，夜久泣幽咽的兒媳，此外還有投宿石壕村的作者。從作者「暮投石壕村」，到「天明登前途，獨與老翁別」，整首詩以客觀手法敘述故事，卻深刻地反映出戰亂給人民帶來的巨大災難，作者始終沒有出來說一句話，但是，作者的愛憎，對受苦百姓的深切同情，卻深藏於客觀敘述之中。

與敘述相聯繫的是描寫。杜甫詩多場景的描寫，夾著議論，展示現實的面貌，寄寓詩人的感情。〈兵車行〉描寫送行的悲慘場面，寄寓著對開邊政策的不滿和對被徵戍邊士卒悲慘命運的同情；〈麗人行〉描寫楊國忠兄妹驕縱荒淫的生活情景，而諷刺藏於其中，都是例子。〈哀江頭〉：

……憶昔霓旌下南苑，苑中萬物生顏色。昭陽殿裡第一人，同輦隨君侍君側。
輦前才人帶弓箭，白馬嚼齧黃金勒。翻身向天仰射雲，一箭正墜雙飛翼。……

經歷戰亂，陷賊長安，回憶往昔曲江盛景，一方面是盛衰巨變的深沉感慨，另一方面，又含著諷刺，今日的慘亂，不正是帝王后妃們當日的放縱享樂所造成的嗎？各種複雜的感情都深藏於客觀的描寫之中。

用對話敘述事情，反映現實，寄寓情思，是杜甫常用的方法。〈新安吏〉、〈潼關吏〉行客與新安吏和潼關吏對話，〈石壕吏〉老婦向衙吏傾訴。〈兵車行〉寫道旁過者與行人的對話，在對話中揭露朝廷開邊政策給百姓帶來的苦難。《羌村三首》其三：

群雞正亂叫，客至雞鬥爭。驅雞上樹木，始聞叩柴荊。父老四五人，問我久遠行。
手中各有攜，傾榼濁復清。苦辭酒味薄，黍地無人耕。兵革既未息，兒童盡東征。
請為父老歌，艱難愧深情。歌罷仰天歎，四座淚縱橫。

全詩用敘述手法，寫村莊父老，攜酒慰問。從父老的對話，我們知道戰亂未息，連兒童都東征打仗去了，更不用說成年人，於是黍地無人耕種，反映出經歷戰亂農村的殘破情景。〈遭田父泥飲美嚴中丞〉，寫社日田翁邀我嘗春酒，接著是田翁的對話：「酒酣誇新尹，畜眼未見有。回頭指大男，渠是弓弩手。名在飛騎籍，長番歲時久。前日放營農，辛苦救衰朽。差科死則已，誓不舉家走。今年大作社，拾遺能住否。」誇耀新尹的新政，反映出百姓息戰務農的願望，當然，從對話可以想像田翁歡欣得意的神態。對話之後，又是敘述，寫出田翁的熱情可愛。

三、杜甫詩寫實藝術之三：凝練概括與細節描寫

杜甫善於對現實作凝練的描寫，他所要反映的現實生活內容非常豐富，涉及層面非常廣闊，詩歌篇幅有限，特別是抒情的詩歌，不可能對現實的方方面面都作描寫。這個時候，就需要藝術的概括。杜甫詩歌正是在這方面，體現了他的寫實藝術。他善於用有限的詩句概括豐富的現實內容。〈遣懷〉：「邑中九萬家，高棟照通衢。舟車半天下，主客多歡娛。」只用四句，寫出宋中當年之繁盛。又說：「先帝正好武，寰海未凋枯。猛將收西域，長戟破林胡。」天寶年間令王忠嗣、高仙芝、哥舒翰等先後攻吐蕃、吐谷渾、小勃律等，是所謂「猛將收西域」；開元年間令張守珪、安祿山先後攻契丹，即所謂「長戟破林胡」，都只用一句總括寫出一段大的戰事。接著：「百萬攻一城，獻捷不云輸。組練棄如泥，尺土負百夫。拓境功未已，元和辭大爐。」又是用高度凝練的手法寫出開元天寶年間朝廷窮兵黷武的情狀。〈昔遊〉：「是時倉廩實，洞達寰區開。猛士思滅胡，將帥望三臺。君王無所惜，駕馭英雄材。幽燕盛用武，供給亦勞哉。吳門轉粟帛，泛海陵蓬萊。肉食三十萬，獵射起黃埃。」詩寫杜甫與高適、李白同遊之時，社會上一方面經濟繁榮，另一方面是崇尚武力開邊，而安祿山借機壯大自己的勢力，最終釀成後來的戰亂。這樣的一種情狀，詩人沒有一一寫其細節，而是用概括的手法，寫出當時全國的情狀。〈春望〉：「國破山河在。」安史亂軍攻陷國都長安，北方山河都陷於戰火之中，整個情勢，杜甫只用一句描述。「國破」，是國都被攻破，也是國家殘破，「山河在」，是只見滿目瘡痍的一片山河，又隱含國雖破敗，青山仍在的信念。〈出郭〉：「故國猶兵馬，他鄉亦鼓鼙。」故國，指長安洛陽一帶，他鄉，指詩人流離所在的蜀中，到處是戰火，有多少戰事，杜甫只用兩句，極為精練地描寫了當時情勢，而其中深藏著憂國憂

民的情思。〈歲暮〉：「歲暮遠為客，邊隅還用兵。煙塵犯雪嶺，鼓角動江城。天地日流血，朝廷誰請纓。濟時敢愛死，寂寞壯心驚。」客居異鄉的身世，邊地戰火不息的現實，為國請纓的壯心，都用凝練的筆墨寫出。高度概括，是杜甫寫實的一個重要特點。

杜甫善於用典型事件和畫面表現廣闊的社會現實。《羌村三首》選擇三個典型場景：第一個場景，杜甫千里到家，妻子兒女驚魂不定，夜闌秉燭相對，仍以為在夢中。第二個場景：

晚歲迫偷生，還家少歡趣。嬌兒不離膝，畏我復卻去。憶昔好追涼，故繞池邊樹。
蕭蕭北風勁，撫事煎百慮。賴知禾黍收，已覺糟床注。如今足斟酌，且用慰遲暮。

寫詩人到家後家裡的生活狀況。第三個場景，寫鄉人攜酒慰問，慨歎因兵革未息，黍地無人耕，兒童盡東征。這又從三個側面描寫，反映戰亂給人們帶來的苦難和創傷。

杜甫詩常常從一些具體的小事發掘出詩意，反映現實的深刻內容。他在夔州就將一些小事寫成詩，寫了〈課伐木〉、〈園人送瓜〉、〈信行遠修水筒〉、〈催宗文樹雞柵〉等詩。有些詩從小事中寫出現實的深意，比如〈槐葉冷淘〉寫採槐葉而食，想到希望得到一匹快馬將美味的槐葉冷陶獻於天子，寫出戀君之思。〈園官送菜〉寫管理官家菜園的官吏，因苦苣、馬齒掩蓋了鮮美的蔬菜，而有好幾天沒有送菜，引發聯想：「嗚呼戰伐久，荊棘暗長原。乃知苦苣輩，傾奪蕙草根。小人塞道路，為態何喧喧。」叫僮僕摘蒼耳而食，聯想到：「亂世誅求急，黎民糠籺窄。飽食復何心，荒哉膏粱客。富家廚肉臭，戰地骸骨白。寄語惡少年，黃金且休擲。」（〈驅豎子摘蒼耳〉）

杜甫善於對事物作細緻入微的觀察和傳神描寫，這是杜甫嚴格寫實的另一特點。如「仰蜂黏落絮，行蟻上枯梨」（〈獨酌〉）、「芹泥隨燕觜，花蕊上蜂鬚」（〈徐步〉），他還觀察到江上燕子「銜泥點汙琴書內，更接飛蟲打著人」（《絕句漫興九首》其三）。在對這些細微之處的觀察和描寫中，可以感受到詩人的情趣心境。他寫「嫩葉商量細細開」（《江畔獨步尋花七絕句》其七），嫩葉萌生，何以「商量」，何以「細細」？但這樣寫，就寫出一片生機，寫出一種意趣。《水檻遣心二首》其一：「細雨魚兒出，微風燕子斜。」郭外眺望，江平地曠，有誰注意細雨裡魚兒從水中出來，微風中燕子斜飛的影子？杜甫注意到了，而且描寫得細緻傳神，微風細雨，魚游燕飛，又可體會到詩人閒適平靜的心情。

杜甫的一些細節描寫，總是包含著深厚的現實容量。〈哀江頭〉，寫杜甫春天裡偷偷地來到曲江偏僻之處，只見江頭數不清的宮殿都緊鎖著大門，裡面空蕩蕩的，一片冷落荒蕪，回憶當年唐明皇與楊貴妃遊苑，何等盛況，不料樂極生悲，一個血汙遊魂，一個逃奔劍閣，何等淒涼。而正不勝感慨之時，滿城都是胡騎，詩人趕緊逃回，以至「欲往城南忘南北」。杜甫用這樣一個情節，寫出逃回時的慌亂之狀，讓人想見亂軍占領下的長安是何等恐怖。〈彭衙行〉寫詩人為避亂，攜家北走彭衙道，途中，「癡女飢咬我，啼畏虎狼聞。懷中掩其口，反側聲愈嗔」。小女兒因為飢餓而咬我，哭了起來，又擔心被亂軍聽見。因為「比聞同羅禍，殺戮到雞狗」（〈述懷〉），如果被亂軍聽到哭聲，結果可想而知。因此只有懷中掩其口，不料越是掩其口，小孩哭聲越大。小女哭聲這個細節，讓人想見亂軍是何等殘暴，避亂時何等危險，人們是何等恐懼。

第四節　杜甫詩藝術美的境界

杜甫詩創造了獨特的藝術美。他主要表現沉雄勃鬱的美，也有詩表現或典雅或清新的美。不論沉雄勃鬱還是典雅清新，他都嚴謹構思，精心錘鍊，在精謹凝練中體現傳神之美。

一、杜甫詩沉雄勃鬱的美

杜甫詩表現出沉雄勃鬱的美。

讀杜甫的詩，總感到憂思深廣。直接寫生民疾苦、寫時事的那些詩不用說，寫個人詠懷詩、個人生活、個人遭際的詩，送別詩、詠物詩、紀遊詩、山水詩，無不深藏著一份憂思。他的詩中很少出現歡快的詞語。他的詩中經常出現的，是兵戈、戎馬、鼓角、鼓鼙、亂離、喪亂，是衰病、悲愁、泣血，是漂零、憔悴、飢寒、艱危。他很多詩，就以悲、歎、哀為題。他的〈聞官軍收河南河北〉是平生第一快詩，他的〈春夜喜雨〉，確實為「好雨知時節，當春乃發生」感到由衷的喜悅，但是，他的〈喜雨〉：「春早天地昏，日色赤如血。農事都已休，兵戈況騷屑。巴人困軍須，慟哭厚土熱。」「何由見寧歲，解我憂思結。」〈喜晴〉：「干戈雖橫放，慘澹鬥龍蛇」，「丈夫則帶甲，婦女終在家。力難及黍稷，得種菜與麻。」雖是以「喜」為題，寫的實是憂，喜的背後，深藏著對生民疾苦的同情和憂慮。這一點，和李白詩有很大不同。李白詩的心境是開朗的，詩風是飄逸的；杜甫詩的心境是凝重的，詩風是沉鬱的。但有一點相同，他們的情思都表現出壯闊的感情與力的美。杜甫詩深沉但不消沉，不是在狹小的天地裡自哀自怨，他的個人遭遇和國家災難、生民疾苦緊緊聯繫在一起，他的憂思背後是一場浩大的戰亂，是這場戰亂引起的社會巨變和國家生民的巨大苦難。正因為這樣，他寫「憂端齊終南，澒洞不可掇」（〈自京赴奉先縣詠懷五百字〉），寫「洛陽宮殿燒焚盡，宗廟新除狐兔穴。傷心不忍問耆舊，復恐初從亂離說」（《憶昔二首》其二），寫「喪亂死多門，嗚呼淚如霰」（〈白馬〉），「天地日流血，朝廷誰請纓」（〈歲暮〉），「不眠憂戰伐，無力正乾坤」（〈宿江邊閣〉），還寫「安得廣廈千萬間，大庇天下寒士俱歡顏，風雨不動安如山。嗚呼何時眼前突兀見此屋，吾廬獨破受凍死亦足」（〈茅屋為秋風所破歌〉），杜甫的詩，憂思深沉浩瀚，表現強烈的現實精神，也給人以沉雄勃鬱，壯偉浩瀚的感情與力的美。

這樣一種深廣浩瀚的憂思，不是像李白那樣噴洩而出。他經常把浩瀚的憂思，沉著的情懷，深藏於客觀的敘述描寫之中。他的一些抒情詩，感情的潮流總是在詩的深層迴旋，湧動。如果說李白詩的感情抒發有如飛流直下的瀑布，杜甫詩的感情抒發則有如湧動的海潮，看似沉緩，卻每一個浪潮的湧動都有萬鈞之力。前面舉的很多詩例都是這樣，我們再看幾例。〈自京赴奉先縣詠懷五百字〉：

杜陵有布衣，老大意轉拙。許身一何愚，竊比稷與契。居然成濩落，白首甘契闊。
蓋棺事則已，此志常覬豁。窮年憂黎元，歎息腸內熱。取笑同學翁，浩歌彌激烈。
非無江海志，瀟灑送日月。生逢堯舜君，不忍便永訣。當今廊廟具，構廈豈云缺。
葵藿傾太陽，物性固莫奪。顧惟螻蟻輩，但自求其穴。胡為慕大鯨，輒擬偃溟渤。
以茲悟生理，獨恥事干謁。兀兀遂至今，忍為塵埃沒。終愧巢與由，未能易其節。
沉飲聊自遣，放歌破愁絕。……

這是這一名篇的開頭。他並沒有像李白突如其來的大聲呼喊，而是平實的一句「杜陵有布衣」，但內心的憂思怨憤已深藏其中。試想杜甫懷「致君堯舜上，再使風俗淳」（〈奉贈韋左丞丈二十二韻〉）之志來到長安，十年蹭蹬，年已老大，猶是布衣之身，內心的憂憤可想而知。他又說：「老大意轉拙」，杜甫時年四十三歲，而自稱「老大」，已含牢騷。欲堅持志向，又不合時宜，所以是意轉拙。這又含不平。接下：「許身一何愚，竊比稷與契。」自述志向，只能「竊比」，感情已是深藏。此志向因為不合時宜，因此說「一何愚」，說「一何愚」，又是一層牢騷，接下：「居然成濩落，白首甘契闊。」志向落空，又從感情高峰跌落下來，申述老大無成，感情抒發上一個反復，一層頓挫。「蓋棺事則已，此志常覬豁。窮年憂黎元，歎息腸內熱。取笑同學翁，浩歌彌激烈。」申述志向，前面說「竊比稷與契」，這裡說「窮年憂黎元」，感情抒發又一次反復，又一個迴旋，一個頓挫。接下：「非無江海志，瀟灑送日月。生逢堯舜君，不忍便永訣。」並非沒有想過放棄志向，只是不忍與當今堯舜之君永訣，又一個迴旋，一個起伏。心戀堯舜之君，卻不為堯舜之君所識所用，牢騷仍然深藏其中。接下：「當今廊廟具，構廈豈云缺。葵藿傾太陽，物性固莫奪。」既然朝廷構廈不缺治理國家的人才，自己就沒有必要堅守志向，為什麼仍然堅守，是因為有著如葵藿般總是朝向太陽的忠君之性。杜甫真的認為朝廷重臣都是治理國家的人才嗎？並不是，這當中，又深藏著牢騷。接下：「顧惟螻蟻輩，但自求其穴。胡為慕大鯨，輒擬偃溟渤。」自己提出疑問，又是一個頓挫，自問中又深藏著牢騷。接下說：「以茲悟生理，獨恥事干謁。兀兀遂至今，忍為塵埃沒。」何以要堅持志向，說是悟生理，就是詩人有自己的生活原則，這生活原則就是恥於低聲下氣，拜謁權貴。這又回過來堅守志向，但最終的結果，是勤苦至今，一無所成，志向無成，又只是「忍為塵埃沒」，不是盡情發洩，而是不忍，是只有忍受。接下：「終愧巢與由，未能易其節。」詩人仍然堅持自己的志向，未能易其節，未能走巢父與許由之路，因此「終愧巢與由」。所謂愧，是正話反說，這當中，又深藏著牢騷。最後是「沉飲聊自遣，放歌破愁絕」，感情的浪潮並沒有沖決而下，只是在自遣中把內心的憂憤深藏起來。詩人就這樣，在反復的抒發中，在反復的頓挫起伏中，在一次又一次的迴旋中讓感情的潮流往前湧動，每一次迴旋起伏，都聚集著更大的往前湧動的力量。我們再看他的〈宿府〉：

清秋幕府井梧寒，獨宿江城蠟炬殘。永夜角聲悲自語，中天月色好誰看。

風塵荏苒音書絕，關塞蕭條行路難。已忍伶俜十年事，強移棲息一枝安。

感情仍是沉緩地湧動。一、二句中使用「清秋」、「井梧寒」等語，已有蕭瑟之感，「獨宿」，有一層寂寞，蠟炬已殘，暗示愁思已久。清秋景象，蕭瑟和寂寞的氛圍，詩人的憂思就在這氛圍中彌漫。三、四句，整夜的畫角聲，不但暗示著詩人徹夜未眠，也意味著戰亂未息，詩人內心充滿悲愁。說角聲悲，實是內心悲，角聲自語，實是因無人共語，更進一層寫出孤寂的處境和心境。中天月色，反觸動故國之思，引發愁思，因此月色雖好而不願看。五、六句，因風塵荏苒，戰亂頻仍，因此與家人音書斷絕，因關塞蕭條，行路艱難，而無法回到故鄉。詩人深沉的悲慨，就寓於其中。七、八句，不僅漂泊異鄉，而且自安史之亂以來，已是十年之久，飄零十年，猶只在別人幕府中棲息一枝，心中悲慨更為深沉。杜甫的詩就是這樣，其力道並非直接奔放地展露，而是在感情的頓挫起伏中，表現出詩人特有的渾厚沉雄。所謂沉鬱，既是感情基調的深沉，也是表達方法的深沉。

杜甫常寫壯大的境界和雄奇的景物，在其中蘊含一種蒼茫雄渾之氣。〈白帝〉：

白帝城中雲出門，白帝城下雨翻盆。高江急峽雷霆鬥，翠木蒼藤日月昏。
戎馬不如歸馬逸，千家今有百家存。哀哀寡婦誅求盡，慟哭秋原何處村。

以雲從門中湧出，雨在城下翻盆，襯托白帝城之高峻。江岸高聳，或者說雨勢洶湧，以至江水猛然高漲，故曰高江，峽水湍急，故曰急峽，用一「急」字，則本來靜止的峽谷猛然有了強烈的動感和氣勢。雷霆不是在九霄之上，而在這高江急峽之中，不是轟響，而是猛烈的鬥，更顯得壯偉駭人，氣勢騰湧激蕩。雨勢如傾盆，加上峽谷裡山崖上滿是翠木蒼藤，所以看起來日色昏暗，天地間整個渾茫一片。就在這壯偉而蒼茫的境界中，可以感受到詩人對時局風雨狂猛，社會渾昏一片的深廣憂思。這就自然有了詩的後半。戰亂不已，戎馬不停地奔波於戰場，故曰「戎馬不如歸馬逸」。百姓或死於戰亂，或死於飢餓，到處十室九空，因此說「千家今有百家存」。男子都從軍死於戰場，村裡只剩下寡婦，而寡婦是那樣的可憐，她們被官家索求而盡，於是，茫茫秋原，到處是慟哭之聲，已經辨不清是從何處村莊傳出來了。整首詩湧動著深沉浩廣的憂思，有一種宏大駭人的氣勢。〈閣夜〉：

> 歲暮陰陽催短景，天涯霜雪霽寒宵。五更鼓角聲悲壯，三峽星河影動搖。
> 野哭幾家聞戰伐，夷歌數處起漁樵。臥龍躍馬終黃土，人事依依漫寂寥。

茫茫一片天涯霜雪，一切都在動盪之中。冬天日短，故曰「短景」，而詩寫短景，是被陰陽日月緊催而短，不是一般的歲序逼人，而彷彿整個時間在急速的激蕩流動。鼓角聲，激蕩在山城之中，在那五更之夜，彷彿天地間一片悲壯之聲。本是河漢之星影在湍急的峽流中搖曳不定，但給人的感覺，卻是三峽和星河，整個天地都在動盪搖動。於是詩人心境就拓展在這動盪不定而又雄渾壯大的境界之中。杜甫經常寫這種壯偉雄奇的境界。他寫山水的雄奇：「前臨洪濤寬，卻立蒼石大。山色一徑盡，崖絕兩壁對。削成根虛無，倒影垂澹瀨。」（〈萬丈潭〉）寫鐵堂峽：「峽形藏堂隍，壁色立積鐵。徑摩穹蒼蟠，石與厚地裂。」（〈鐵堂峽〉）寫青陽峽：「林迴硤角來，天窄壁面削。溪西五里石，奮怒向我落。」（〈青陽峽〉）他寫壯大雄渾而蒼茫的境界，〈白帝城最高樓〉：「峽坼雲霾龍虎臥，江清日抱黿鼉遊。扶桑西枝對斷石，弱水東影隨長流。」〈登岳陽樓〉：「吳楚東南坼，乾坤日夜浮。」在這樣的境界中，湧動著詩人浩瀚的憂思，表現出沉雄勃鬱而壯偉的美。

二、杜甫詩典雅清麗的美

杜甫還有一些詩，表現了典雅或清麗的美。

杜甫有過兩段相對平靜的生活。一段是在長安任左拾遺的時候。這是至德二載（七五七），此前杜甫因疏救房琯，被放省家。唐軍先後收復長安和洛陽，這年十月，肅宗回到長安，杜甫也帶著家眷回到長安，在長安度過了七個月相對安定的生活。這段時間，他和賈至、岑參、王維唱和。這時的一些詩，寫得典雅雍容。〈臘日〉：

臘日常年暖尚遙，今年臘日凍全消。侵陵雪色還萱草，漏泄春光有柳條。
縱酒欲謀良夜醉，還家初散紫宸朝。口脂面藥隨恩澤，翠管銀罌下九霄。

從常年臘日寫到今年臘日，起首平穩。三、四句承凍全消之意而寫萱草萌芽，柳枝垂條，承接緊湊；寫萱草萌芽從覆蓋著的白雪之中冒尖而出，柳枝垂條透露著春天來到的消息，寫臘日春景，用「侵陵」和「漏泄」來形容，貼切而形象。五、六句從容一轉，寫初春時節下朝還家的優遊生活，七、八句以感受皇恩之意作結。全詩由臘日春景寫到臘日生活，寫得從容不迫，從感受自然的溫暖春光寫到感受朝廷的皇恩帝澤，寓意巧妙，融合無間而不露痕跡。《曲江二首》其二：

朝回日日典春衣，每日江頭盡醉歸。酒債尋常行處有，人生七十古來稀。
穿花蛺蝶深深見，點水蜻蜓款款飛。傳語風光共流轉，暫時相賞莫相違。

有人生短促，及時行樂之意，但不是深沉的憂思，從「每日江頭盡醉歸」，可以想像詩人的優遊縱意，而日日典春衣和酒債行處有，可以看作實情描寫，也可以看作優遊瀟灑的點綴和襯托。也因此，「人生七十古來稀」並不顯得過分的感傷，穿花蛺蝶和點水蜻蜓，融入詩人對春意和生活的眷戀。優遊不迫，輕鬆自如的是蛺蝶蜻蜓，也是詩人的心情。兩首詩都顯出雍容典雅的美。

杜甫還有一段相對安定的生活，在成都。時在上元元年（七六〇），經歷長安十年的困苦，戰亂的恐怖，一年四行役的奔波漂泊，總算在成都營建草堂，安居下來。這時的詩寫得閒逸清麗。他寫環境的清幽寧靜。〈為農〉：「錦里煙塵外，江村八九家。圓荷浮小葉，細麥落輕花。」〈狂夫〉：「萬里橋西一草堂，百花潭水即滄浪。風含翠篠娟娟靜，雨裛紅蕖冉冉香。」〈堂成〉：「背郭堂成蔭白茅，緣江路熟俯青郊。榿林礙日吟風葉，籠竹和煙滴露梢。暫止飛烏將數子，頻來語燕定新巢。」在遠離塵囂的郊外，有八九戶人家，有澄江清溪，有荷花翠竹。他寫生活的瀟灑閒適。他常掩柴門，悠閒信步，把酒獨酌，長吟野望。「整履步青蕪，荒庭日欲晡。芹泥隨燕觜，花蕊上蜂鬚。把酒從衣濕，吟詩信杖扶。」（〈徐步〉）「坦腹江亭暖，長吟野望時。」（〈江亭〉）「步屧深林晚，開樽獨酌遲。」（〈獨酌〉）「懶慢無堪不出村，呼兒日在掩柴門。蒼苔濁酒林中靜，碧水春風野外昏。」（《絕句漫興九首》其六）他有生活的許多樂趣。〈西郊〉：「傍架齊書帙，看題減藥囊。」這是整理書帙和藥囊。〈進艇〉：「晝引老妻乘小艇，晴看稚子浴清江。」〈江村〉：「老妻畫紙為棋局，稚子敲針作釣鉤。」這是和老妻稚子在清江遊玩，在家閒居。〈春水〉：「接縷垂芳餌，連筒灌小園。」這是垂釣、灌園。他還江畔尋花，與到訪的客人和鄰居一同飲酒，賓主盡歡。他還寫江村細美秀麗的景色，寫他寧靜的心境和閒逸的情趣。《絕句漫興九首》：

手種桃李非無主，野老牆低還是家。恰似春風相欺得，夜來吹折數枝花。（其二）

糝徑楊花鋪白氈，點溪荷葉疊青錢。筍根稚子無人見，沙上鳧雛傍母眠。（其七）

前詩，只是野老矮牆內的桃李，有數枝花折落。後詩，路徑上飄灑而落的楊花，點綴於荷塘裡像青錢重疊一般的荷葉，竹根下的稚筍、沙上傍母而眠的鳧雛，都是一些細景，詩人卻寫出無限情趣，寫出自然的生機，詩人的閒逸心境也自然融入其中。《江畔獨步尋花七絕句》：

黃師塔前江水東，春光懶困倚微風。桃花一簇開無主，可愛深紅愛淺紅。（其五）

黃四娘家花滿蹊，千朵萬朵壓枝低。留連戲蝶時時舞，自在嬌鶯恰恰啼。（其六）

正是這些細美的小景，寫出詩人對春光明媚的喜愛，寫出愉悅閒逸的心情。那一簇野桃花，既有深紅，又有淺紅，令人不知道該喜歡哪一種。那滿蹊的花朵，成千上萬，蝴蝶在其中飛舞嬉戲、留連不去，叫聲甜美的黃鶯也在一旁自在地歌唱。除了寫景，也寫出詩人的心情。詩人閒逸心情和秀麗的小景融為一體，形成清麗秀逸的美。

三、杜甫詩的嚴謹構思

不論沉雄勃鬱還是典雅清麗，杜甫都嚴謹構思，精心錘鍊。他說過：「頗學陰何苦用心。」（《解悶十二首》其七）又說過：「為人性僻耽佳句，語不驚人死不休。」（〈江上值水如海勢聊短述〉）如果說，李白詩創造的是自然的美，天賦的美，杜甫詩則處處讓人感到他精謹深厚的藝術功力，有著人工錘鍊的傳神之美。

我們可以看杜甫詩的構思和結構。讀杜甫詩，總讓人感到他有精心的構思，嚴整的布局。他注意詩思的層層推進。前面提到的〈自京赴奉先縣詠懷五百字〉，先是詠懷，詠懷也是頓挫起伏一層一層推進。接著寫旅途，寫旅途的寒苦，過驪山所見所感，看到「榮枯咫尺異」而「惆悵難再述」，既與前面的詠懷呼應，又將感情抒發推進一層。接著再寫旅途艱辛，對國家危亂前程的擔憂深藏其中。再寫到家中情形，由家人飢寒交迫，幼子餓死，想到失業徒和遠戍卒，想到平民百姓，最後「憂端齊終南，澒洞不可掇」，既呼應全篇，又把憂思的抒發推向更深。他的抒情長詩，無不如此。他的抒情短篇，也同樣層層推進。我們來看〈春宿左省〉：

花隱掖垣暮，啾啾棲鳥過。星臨萬戶動，月傍九霄多。
不寢聽金鑰，因風想玉珂。明朝有封事，數問夜如何。

首二句寫花隱，棲鳥，則知天色已晚。三、四句寫星臨，月傍，則是入夜已深。而五、六句則寫聽金鑰，想玉珂，是寫詩人難以成眠，想著上朝之事。這就有七、八句寫明朝封事。由宿省之景，寫到宿省之情，詩思是一層一層推進。他的詠懷律詩，往往是前半寫景，景中寓情，而後半抒情，情與景合，都是詩思一層一層推進。他注意扣緊題意。他的詩，往往會點題，然後緊緊圍繞題意展開。〈和裴迪登蜀州東亭送客逢早梅相憶見寄〉：

東閣官梅動詩興，還如何遜在揚州。此時對雪遙相憶，送客逢春可自由。
幸不折來傷歲暮，若為看去亂鄉愁。江邊一樹垂垂發，朝夕催人自白頭。

詩題為和裴迪詩，前半四句即答裴之詩意。首句「東閣官梅」，應題中「蜀州東亭送客逢早梅」，東閣即蜀州東亭。次句以何遜在揚州詠梅，喻指裴迪在蜀州詠梅。相憶句和詩題憶寄，而由對方相憶寫到憶方相憶。送客句和詩題送客。兩句對雪，逢春，又扣緊「早梅」。後半四句對時感懷，引伸題意，幸不折來，江邊一樹，又仍扣緊題中早梅。

杜甫更注意詩意的前後關聯。他注意開頭結尾相互呼應。〈石壕吏〉開篇寫「老翁逾牆走」，接著寫老婦苦述，老翁不可能再出現，也就一直沒有再寫到老翁，但到詩尾，詩人寫道：「天明登前途，獨與老翁別。」不忘再提到老翁。詩中並未寫老婦被捉，而寫「獨」與老翁別，暗示老婦已被捉，又是一個照應。前面提到的〈客至〉，以群鷗日日來開篇，用海翁狎鷗故事，末尾則寫鄰翁作陪，「肯與鄰翁相對飲，隔籬呼取盡餘杯」，賓主一時忘機，正暗與首聯句意呼應。

他注意詩句中間的前後關聯。他總是能做到如劉勰所說的，「啟行之辭，逆萌中篇之意，絕筆之言，追勝前句之旨。故能外文綺交，內義脈注，跗蕚相銜，首尾一體。」（《文心雕龍・章句》）他的一些非組詩的單篇作品也是如此。〈恨別〉：

> 洛城一別四千里，胡騎長驅五六年。草木變衰行劍外，兵戈阻絕老江邊。
> 思家步月清宵立，憶弟看雲白日眠。聞道河陽近乘勝，司徒急為破幽燕。

首句切題寫恨別，而何以恨別，蓋因安史之亂，故接以「胡騎長驅」之句。第三句「行劍外」承首句「四千里」，極寫路途之遙。第四句「兵戈阻絕」承「胡騎長驅」，「老」承「五六年」，原為壯年，經五六年戰亂，今已老矣。因洛城一別，故有五、六句寫「思家」「憶弟」，家即在「洛城」，首句伏線，五、六句呼應。既有胡騎長驅，兵戈阻絕，因此七、八句望胡騎早平。全詩前後絲絲入扣，勾連照應，非常嚴整。他的組詩也是如此，前後往往也關聯照應，整個組詩渾然成一體。我們來看《秋興八首》，詩作於代宗大曆元年（七六六）秋旅居夔州時，為杜甫七律組詩的重要代表作。詩於悲秋的氣氛中引發故國之思和魏闕之戀，既抒寫身世孤淒的哀愁，更寄寓國家盛而轉衰的感慨。詩寫得起伏頓挫，回環往復，沉鬱宏博，蒼涼悲壯，而前後銜接，脈絡連貫，章法縝密，格律精麗。我們來看第一首：

玉露凋傷楓樹林，巫山巫峽氣蕭森。江間波浪兼天湧，塞上風雲接地陰。
叢菊兩開他日淚，孤舟一繫故園心。寒衣處處催刀尺，白帝城高急暮砧。

首切秋興之題，寫雄渾悲壯而蒼涼的悲秋氣氛，為全詩寫故國之思，身世之慨奠定感情基調。第五句寫「叢菊」，應「秋興」之題，自離開草堂，去年秋居雲安，今年秋居夔州，轉眼間又漂泊兩年，故有叢菊兩開之慨，引起他日流離之想。他日既指離開成都草堂後的兩年漂泊，更指自戰亂以來多年流離。因江間波浪，故第六句寫到江中孤舟。杜甫欲乘舟東下，返回故鄉，故說孤舟一繫故園心。五、六句寫他日淚，故園心，為全詩對往事的回憶和故國的思念伏下線索。七、八句寫寒衣刀尺，更引起故園之思。這就有了第二首：

夔府孤城落日斜，每依北斗望京華。聽猿實下三聲淚，奉使虛隨八月槎。
畫省香爐違伏枕，山樓粉堞隱悲笳。請看石上藤蘿月，已映洲前蘆荻花。

首句「夔府孤城」，承上首末句「白帝城高」。白帝城即夔府孤城。第二句「望京華」承前首「故園心」，故園即在京華一帶。杜甫在成都，入嚴武幕府，希望有機會隨其還朝，但嚴武死，希望落空，因此說「奉使虛隨」，這是對往事的回憶，應前首「他日淚」，「畫省」句仍寫他日，而「山樓」句回到眼前，應首句「夔府孤城」和前首「白帝城」。由首句「落日斜」，到末句月映洲前蘆荻花，由落日寫到月出，詩人思念已久，又是一個照應。這就有了第三首：

千家山郭靜朝暉，日日江樓坐翠微。信宿漁人還泛泛，清秋燕子故飛飛。匡衡抗疏功名薄，劉向傳經心事違。同學少年多不賤，五陵衣馬自輕肥。

由前首末二句的月出，到這一首一、二句的「朝暉」和「日日」，時間上相銜接。情繫故園，心境悲涼，因此三、四句寫漁人江中泛舟，燕子自在飛翔，而自己卻飄蕩江湖，無所歸宿。而五、六句寫自己當年任左拾遺時，像漢代的匡衡一樣上疏而觸犯朝廷，遭到貶斥，不可能像漢代劉向那樣朝廷講經。回憶往事，又寓身世之慨。七、八句譏諷同學少年生活豪奢，志得意滿。又是回憶往事，而寫到長安。因此第四首：

聞道長安似弈棋，百年世事不勝悲。王侯第宅皆新主，文武衣冠異昔時。直北關山金鼓震，征西車馬羽書馳。魚龍寂寞秋江冷，故國平居有所思。

一、二句寫長安政局變化不定，有似弈棋，而自己經歷各種世亂，一生不勝悲哀。二句領起下面的描寫，三、四句寫長安王侯第宅都換了新的主人，縉紳望族都和往時不同。五、六句寫不論北方還是西邊，均戰爭頻繁。這都是不勝悲的百年世事，都是第一首所說的「他日淚」。第七句回到眼前秋景，第八句又引起故國之思。這就有了第五首：「蓬萊宮闕對南山，承露金莖霄漢間。西望瑤池降王母，東來紫氣滿函關。雲移雉尾開宮扇，日繞龍鱗識聖顏。一臥滄江驚歲晚，幾回青瑣照朝班。」這一首前六句全寫京華之事，故國之思，一片盛況，第七句回到眼前，第八句又回到長安，這就有了第六首：「瞿塘峽口曲江頭，萬里風煙接素秋。花萼夾城通御氣，芙蓉小苑入邊愁。朱簾繡柱圍黃鵠，錦纜牙檣起白鷗。回首可憐歌舞地，秦中自古帝王州。」第七首：「昆明池水漢時功，武帝旌旗在眼中。織女機絲虛月夜，石鯨鱗甲動秋風。波漂菰米沉雲黑，露冷蓮房墜粉紅。關塞極天唯鳥道，江湖滿地一漁翁。」第八首：「昆吾御宿自逶迤，紫閣峰陰入渼陂。香稻啄餘鸚鵡粒，碧梧棲老鳳凰枝。佳人拾翠春相問，仙侶同舟晚更移。彩筆昔遊干氣象，白頭吟望苦低垂。」都是對故國的思念，都是回憶往事，而最後回到夔府孤城，回到「白頭吟望苦低垂」，回應全詩「望京華」之思。整體結構非常嚴謹。

四、杜甫詩詩意與字句的精心錘鍊

李白是將詩情誇張高揚，奔瀉流暢的表現出來，杜甫則善於將浩瀚深廣的詩情凝聚而集中的表現出來。如〈登高〉：

風急天高猿嘯哀，渚清沙白鳥飛迴。無邊落木蕭蕭下，不盡長江滾滾來。
萬里悲秋常作客，百年多病獨登臺。艱難苦恨繁霜鬢，潦倒新停濁酒杯。

客居異鄉，本就讓人憂愁，何況鄉關萬里，久不得歸。時序又已入秋，讓人倍感蕭瑟，暮年抱病，隻身登臺遠眺，孤寂淒涼之感又深一層。再想到自身經歷的國難家愁，憂思更甚，白髮日多，卻又苦於肺疾而戒酒，不能借酒澆愁，這種種愁思，真何以堪！詩人就是把這複雜而深沉的情思在一首詩裡集中表現，它的背景，是滾滾而來的不盡江水，是蕭蕭而下的無邊落木，一切都融入激烈的動盪之中。在這樣沉雄而蒼涼的境界中，凝聚著深廣浩瀚的憂思，更讓人體會到其中悲壯深沉的力量。

杜甫善於用特有的方式準確傳神地表現詩意。我們看幾個例子。一個例子是〈客夜〉，戰亂時四處奔波，本就睡眠不好，這時流落梓州，生活困窘，缺少衣食，依靠友人接濟為生，更徹夜難眠，怎樣表現這種情狀呢？他寫：「高枕遠江聲。」高枕而臥，可以聽到遠處江水之聲。江水之聲那麼遠卻可以清楚地聽到，他根本沒能入睡，而且可以想像，他的心情，他的思緒，也像那江濤之聲，起伏不平。寫「高枕遠江聲」，就把這一切都傳神地表現出來了。我們再看《自閬州領妻子卻赴蜀山行三首》其三，山中竹樹茂密，雲霧繚繞，人入其中，時隱時見，若有若無，常常只聞其語，不見其人，這一情狀，杜甫用「僕夫穿竹語，稚子入雲呼」二句，就很傳神地表現出來。又如〈船下夔州郭宿雨濕不得上岸別王十二判官〉，雨天而行，鐘聲從遠處傳來，怎麼表現呢？杜甫寫道：「晨鐘雲外濕。」鐘聲是不可能「濕」的，但這樣寫，就把晨鐘穿過迷濛的晨霧傳來的情狀傳神地表現出來。我們還可以看：「岸花飛送客，檣燕語留人。」這是〈發潭州〉中的兩句，詩人自潭州往衡州，曉行江上，春色正好，但孤獨一身，無人送別，詩人於是想像：那兩岸的飛花，彷彿在為我送行，那檣桅上的燕鳴，像在勸我留下。詩人在孤獨中留戀春色，在自我安慰中進一步寫孤獨之感。

杜甫善於煉句。他常常改變詩句語序，使句勢拗峭中有勁健之勢。我們來看幾個例子。〈堂成〉：「榿林礙日吟風葉，籠竹和煙滴露梢。」正常句式語序，應該是「葉吟風」「露滴梢」，這就分別與「林礙日」和「竹和煙」相對，而這就顯得圓熟呆板。不作「葉吟風」而作「吟風葉」，不作「露滴梢」而作「滴露梢」，句式就有了變化，而語勢也顯得勁健。《陪鄭廣文遊何將軍山林十首》其五：「綠垂風折筍，紅綻雨肥梅。」其七：「脆添生菜美，陰益食單涼。」前二句正常句意和語序，應該是「風折綠筍垂，雨肥紅梅綻」，寫山林之中，綠筍被風折斷，折斷的竹筍垂了下來，而春雨滋潤著紅梅，紅梅在雨中綻放。後二句正常句意和語序，應該是「添生菜脆美，益食單陰涼」，現在分別用「綠垂風折筍，紅綻雨肥梅」和「脆添生菜美，陰益食單涼」，語勢拗峭而有勁健之力，前二句還突出了綠和紅的色彩，突出了春意。《秋興八首》其八：「香稻啄餘鸚鵡粒，碧梧棲老鳳凰枝。」正常語序應該是「鸚鵡啄餘香稻粒，鳳凰棲老碧梧枝」，這樣的語序顯然平軟圓熟，杜甫現在這樣寫，就有拗健之勢。類似的例子，還可以舉出《秦州雜詩二十首》其二：「月明垂葉露，雲逐渡溪風。」（正常語序是「月明葉垂露，雲逐風渡溪」）《重過何氏五首》其四：「雨抛金鎖甲，苔臥綠沉槍。」（正常語序是「金鎖甲抛雨，綠沉槍臥苔」）

他善於通過詞語的巧妙組合，使詩句表達多層微妙含意。《秋興八首》其一：「叢菊兩開他日淚，孤舟一繫故園心。」前句「開」字，既是菊開，又是淚開。後句「繫」字，既是舟繫於江邊，又是心繫於故園，因需乘舟東下，返回故園，見孤舟繫於江邊，而生故園之思。這樣寫，多層詩意盡含其中。〈野望〉：「遠水兼天淨，孤城隱霧深。」前句，水天一色，故曰兼天，既是水淨，也是天淨。後句，既是城深，也是霧深。這樣寫，既寫景傳神，又句式健拔。〈奉酬李都督表丈早春作〉：「紅入桃花嫩，青歸柳葉新。」紅何以能入？青何以能歸？但如果寫「桃花紅而嫩，柳葉青且新」，就極為平淡，毫無詩味。現在這樣寫，就生動寫出了大自然給萬物帶來的一片春意，而且句式勁拔有力。

杜甫善於通過字的錘鍊，準確傳神地寫情狀物，而且往往寫特有的韻味。〈旅夜書懷〉：

細草微風岸，危檣獨夜舟。星垂平野闊，月湧大江流。
名豈文章著，官應老病休。飄飄何所似，天地一沙鷗。

我們看「星垂平野闊，月湧大江流」二句。星何以用「垂」？但試想一下，平野之上，空曠無際，遠處天上，星星確實垂懸欲落，用一「垂」字，就很形象地把平野的開闊空曠，遠處天與地接的情狀寫出來了。月何以是

「湧」？試想一下，大江奔流，遠接天際，浪濤洶湧，月亮升起，就好像被大江波濤托湧而出。這樣寫，就寫出了大江奔湧的氣勢。〈船下夔州郭宿雨濕不得上岸別王十二判官〉：「江鳴夜雨懸。」江何以曰「鳴」，雨何以曰「懸」？江濤洶湧，聲如雷霆，夜雨不絕如注，前者用一「鳴」字，後者用一「懸」字，就很好地寫出了這一情狀。〈春夜喜雨〉：「隨風潛入夜，潤物細無聲。」前句用一「潛」字，很好地寫出春夜細雨綿綿，無聲無息飄灑之狀。〈夜歸〉：「仰看明星當空大。」〈遣懷〉：「水淨樓陰直。」夜空之上，星星明亮，因而顯得「大」。水面平淨，無一絲波紋，樓陰映於水中，因而是「直」的。不用任何修飾，直接用「大」和「直」，看似拙直，但細想一想，用這兩個字最為傳神，沒有別的字可以代替。用「大」用「直」，實有詩人的錘鍊之功。

杜甫確實追求精謹凝練的傳神之美。

第七章　中唐詩歌（之一）：大曆詩風

經過安史之亂，唐王朝社會經濟繁盛不再。大曆前後，面對戰亂留下來的社會傷痛，詩人們陷於矛盾困惑的窘境。這一時期詩人，依據其詩歌風格，可以分為三類：一類以韋應物等人為代表；二類以大曆十才子為代表；三類以元結等人為代表。其中，韋應物與劉長卿成就最高。

第一節　韋應物和劉長卿

韋應物屢任地方官吏，頗悉社會民生，其詩承盛唐餘韻，自成一家。劉長卿歷經盛世，目睹戰亂，無論是詩歌內容，還是藝術成就，都比十才子等人要高。

一、韋應物

韋應物（七三七？—七九三？），京兆杜陵（今陝西西安）人。早年放浪不羈，天寶末，入宮為侍衛。乾元二年（七五九），罷出侍衛，曾入太學讀書。廣德元年（七六三）秋冬間（一說廣德二年），為洛陽丞。後棄官，閒居洛陽同德寺。大曆九年（七七四），因京兆尹黎幹舉薦任京兆府功曹，歷鄠縣令，轉櫟陽令。德宗建中三年（七八二），由尚書比部員外郎出刺滁州。興元元年（七八四）冬，罷滁州刺史，移江州。貞元三年（七八七），由江州刺史入為左司郎中。四年（七八八），出為蘇州刺史，約貞元六年（七九〇）冬，罷。稍後，卒於蘇州，世稱韋蘇州。

韋應物曾任京官，又屢任地方官吏，也有閒居經歷，故其詩歌思想內容較為豐富。《四庫全書總目》卷一四九〈韋蘇州集提要〉：「首賦，次雜擬，次燕集，次寄贈，次送別，次酬答，次逢遇，次懷思，次行旅，次感歎，次登眺，次遊覽，次雜興，次歌行。」賦，如〈冰賦〉。雜擬，如《擬古詩十二首》、《雜體五首》、《效何水部二首》等。寄贈，如〈雪中聞李儋過門不訪聊以寄贈〉、〈西郊遊宴寄贈邑僚李巽〉、〈寄柳州韓司戶郎中〉等。酬答，如〈期盧嵩枉書稱日暮無馬不赴以詩答〉、〈答李博士〉、〈答崔主簿倬〉等。逢遇，如〈長安遇馮著〉、〈逢楊開府〉、〈因省風俗訪道士姪不見題壁〉等。懷思，如〈有所思〉、〈春思〉、〈清明日憶諸弟〉等。行旅，如〈經函谷關〉、〈夕次盱眙縣〉、〈山行積雨歸塗始霽〉等。感歎，如〈往富平傷懷〉、〈月夜〉、〈閒齋對雨〉等。登眺，如〈登寶意寺上方舊遊〉、〈登樓〉、〈樓中月夜〉等。遊覽，如〈遊龍門香山泉〉、〈觀田家〉、〈遊西山〉等。雜興，如〈任洛陽丞請告一首〉、〈夜直省中〉、〈燕居即事〉、〈寓居永定精舍〉、〈滁州西澗〉等。歌行，如《漢武帝雜歌三首》、〈采玉行〉等。

以思想內容觀之，韋應物的一部分詩歌體現出他的政治抱負以及對社會民生的關懷。他有詩〈廣德中洛陽作〉：「生長太平日，不知太平歡。今還洛陽中，感此方苦酸。飲藥本攻病，毒腸翻自殘。王師涉河洛，玉石俱不完。時節屢遷斥，山河長鬱盤。蕭條孤煙絕，日入空城寒。蹇劣乏高步，緝遺守微官。西懷咸陽道，躑躅心不安。」該詩作於詩人洛陽任期。這一時期，正值安史亂後。詩云「王師涉河洛，玉石俱不完」、「蕭條孤煙絕，日入空城寒」、「西懷咸陽道，躑躅心不安」，表現其對時局的關心。〈任鄠令渼陂遊眺〉：「野水灃長塘，煙花亂晴日。氛氳綠樹多，蒼翠千山出。游魚時可見，新荷尚未密。屢往心獨閒，恨無理人術。」渼陂，在鄠縣西。面對美好的自然景色，詩人發出「屢往心獨閒，恨無理人術」的感歎，寄寓了他的理想抱負。又如〈子規啼〉：「鄰家孀婦抱兒泣，我獨輾轉何時明。」通過「孀婦」悲酸的描寫，表現詩人同情與悲憤的情懷。《雜體五首》是韋應物關注現實的名篇，詩中說「孤奉肉食恩，何異城上鴟」、「春羅雙鴛鴦，出自寒夜女」、「長安貴豪家，妖豔不可數」、「舞罷復裁新，豈思勞者苦」，表達了詩人對上層統治者的不滿，以及對下層貧窮勞動者的同情。其淩厲風格，與杜甫〈自京赴奉先縣詠懷五百字〉所言「彤庭所分帛，本自寒女出」有異曲同工之妙。

韋應物擅長描繪山水田園景物。〈幽居〉：「貴賤雖異等，出門皆有營。獨無外物牽，遂此幽居情。微雨夜來過，不知春草生。青山忽已曙，鳥雀繞舍鳴。時與道人偶，或隨樵者行。自當安蹇劣，誰謂薄世榮。」「微雨」以下四句描寫早春清晨田園景物，情趣盎然。〈園亭覽物〉：「積雨時物變，夏綠滿園新。殘花已落實，高筍半成筠。」寥寥數語，即將花草竹樹雨後新變、綠蔭滿園的情態刻劃出來。〈遊溪〉：「野水煙鶴唳，楚天雲雨空。玩舟清景晚，垂釣綠蒲中。落花飄旅衣，歸流澹清風。緣源不可極，遠樹但青蔥。」詩歌描寫江南水、煙、鶴、天、雲、雨、竹、蒲、花、風、樹等自然景色，酣暢如畫。〈林園晚霽〉：「雨歇見青山，落日照林園。山夕煙鳥亂，林清風景翻。提攜唯子弟，蕭散在琴言。同遊不同意，耿耿獨傷魂。寂寞鐘已盡，如何還入門。」詩歌描繪雨後青山林園，選擇「山夕」這個獨特的時間點，極寫眼前所見及其感受，真切自然。〈山行積雨歸途始霽〉：「攬轡窮登降，陰雨遘二旬。但見白雲合，不睹巖中春。急澗豈易揭，峻途良難遵。深林猿聲冷，沮洳虎跡新。始霽升陽景，山水閱清晨。雜花積如霧，百卉萋已陳。鳴騶屢驟首，歸路自欣欣。」詩歌以歸途為線索，融合視角、聽覺，將所見所聞之「陰雨」、「白雲」、「急澗」、「峻途」、「深林」、「猿聲」等，一一刻劃描繪，景象生動奇警。

韋應物紀行、寄贈等詩歌成就也很高。如〈遊開元精舍〉：「夏衣始輕體，遊步愛僧居。果園新雨後，香臺照日初。綠陰生晝靜，孤花表春餘。符竹方為累，形跡一來疏。」詩作於蘇州刺史任內，是一首記遊佳作。「夏衣始輕體」點名時序，「果園」以下各句描寫所見的不同景物及其特點。詩人將初夏果園雨後、香臺日照、綠蔭生晝等美景娓娓道來，淡雅而又幽深。〈寄全椒山中道士〉：「今朝郡齋冷，忽念山中客。澗底束荊薪，歸來煮白石。欲持一瓢酒，遠慰風雨夕。落葉滿空山，何處尋行跡？」詩寫作者欲去探望全椒山道士，又恐不能相遇，故以詩寄意。全詩形象鮮明，情韻深長。類似詩歌名篇，如〈乘月過西郊渡〉：「遠山含紫氛，春野靄雲暮。值此歸時月，留連西澗渡。謬當文墨會，得與群英遇。賞逐亂流翻，心將清景悟。行車儼未轉，芳草空盈步。已舉候亭火，猶愛村原樹。還當守故扃，悵恨乖幽素。」〈寒食寄京師諸弟〉：「雨中禁火空齋冷，江上流鶯獨坐聽。把酒看花想諸弟，杜陵寒食草青青。」等。

韋應物影響最大、成就最高的詩是〈滁州西澗〉：

獨憐幽草澗邊生，上有黃鸝深樹鳴。春潮帶雨晚來急，野渡無人舟自橫。

詩寫詩人春遊西澗賞景和晚雨野渡所見，「獨憐」兩句，空間上以寫視覺形象、聽覺印象為主，由下到上，由小草到鶯鳴，兼融詩人內心感受。後兩句描寫澗水、春雨、渡船，展現出各自的形態與情態特點。這首詩繪景別致，抒情獨到，廣為後人喜愛。

韋詩各體俱長，五古成就尤高。白居易〈與元九書〉：「其五言詩，又高雅閒淡，自成一家之體，今之秉筆者誰能及之？」蘇東坡〈觀淨觀堂效韋蘇州詩〉：「樂天長短三千首，卻愛韋郎五字詩。」《四庫全書總目・

韋蘇州集提要》：「其詩七言不如五言，近體不如古體。」如〈夕次盱眙縣〉：「落帆逗淮鎮，停舫臨孤驛。浩浩風起波，冥冥日沉夕。人歸山郭暗，雁下蘆洲白。獨夜憶秦關，聽鐘未眠客。」詩寫詩人停舫孤驛所見、所聞、所感，將風塵飄泊，羈旅愁思寄託於景物的描寫之中。

韋應物詩受陶淵明、謝靈運、王維、孟浩然等詩人的影響。胡應麟在《詩藪》中說：「蘇州（指韋應物）最古，可繼王、孟。」韋應物與王維並稱「王韋」，與王維、孟浩然、柳宗元並稱「王孟韋柳」，與劉長卿並稱「五言雙璧」。

二、劉長卿

劉長卿（？—七九〇？），字文房，祖籍宣城（今安徽），郡望河間（今河北）。劉長卿出生地不詳，生平事蹟有待確考的地方甚多。少年時代在洛陽度過。長卿久困場屋，仍矢志苦讀。他寫詩說「十年未稱平生意，好得辛勤謾讀書」（〈客舍喜鄭三見寄〉），可見他屢試不中的境況。約天寶十四載（七五五），進士及第。歷長洲尉、海鹽令等。坐事入獄，俄出獄，貶南巴尉。約大曆九年（七七四），為鄂岳觀察使吳仲孺誣，再貶睦州司馬。約德宗建中元年（七八〇），除隨州（今湖北隨縣）刺史。避李希烈亂，至揚州，移居蘇州。貞元三年（七九〇）或稍後，卒。世稱「劉隨州」。

劉長卿生於盛世，歷經離亂，命運多舛，仕途不達，一生大部分時間在逆境中度過。高仲武《中興間氣集》說他「有吏幹，剛直犯上，兩遭貶謫，皆自取之。」可見，逆境並未改變其性格，他剛直堅強，因此也常遭嫉恨。現實中，劉長卿常常表現出寬厚誠摯的特點，這類特徵，在其寄贈詩中表現比較明顯。如〈重送裴郎中貶吉州〉：「猿啼客散暮江頭，人自傷心水自流。同作逐臣君更遠，青山萬里一孤舟。」「猿啼」點明時地，渲染送別的淒涼氣氛。「傷心」與「流水」映襯，寄寓離別傷懷。「同作」、「君更遠」抒發同病相憐之情時，表達了對友人極為深厚的關愛。「青山萬里一孤舟」抒寫依依惜別之情。通篇景情妙合，別有韻味。

他的寄贈詩，感人篇章較多。如〈寄萬州崔使君〉：「時艱方用武，儒者任浮沉。搖落秋江暮，憐君巴峽深。丘門多白首，蜀郡滿青襟。自解書生詠，愁猿莫夜吟。」〈酬李穆見寄〉：「孤舟相訪至天涯，萬轉雲山路更賒。欲掃柴門迎遠客，青苔黃葉滿貧家。」〈餞別王十一南遊〉：「望君煙水闊，揮手淚沾巾。飛鳥沒何處，青山空向人。長江一帆遠，落日五湖春。誰見汀洲上，相思愁白蘋。」這些詩，用「憐」、「愁」、「孤」、「淚」等表意，情真意摯，感人至深。

劉長卿大部分作品寫於安史亂後，其中不乏反映現實詩作。如〈江樓送太康郭主簿赴嶺南〉：「對酒憐君安可論，當官愛士如平原。料錢用盡卻為謗，食客空多誰報恩。」〈自江西歸至舊任官舍贈袁贊府〉：「欲見同官喜復悲，此生何幸有歸期。空庭客至逢遙落，舊邑人稀經亂離。」這些詩歌或反映詩人的政治理想，或描述安史之亂給社會帶來的負面影響。又如〈穆陵關北逢人歸漁陽〉：

逢君穆陵路，匹馬向桑乾。楚國蒼山古，幽州白日寒。
城池百戰後，耆舊幾家殘。處處蓬蒿遍，歸人掩淚看。

詩歌描述戰亂影響，以及憂國憂民情懷，語言樸實而飽含感情。此外，〈疲兵篇〉：「萬里飄飄空此身，十年征戰老胡塵」、「只恨漢家多苦戰，徒遺金鏃滿長城」，借軍卒之口，表達詩人對待戰爭的態度。〈旅次丹陽郡遇康侍御宣慰召募兼別岑單父〉：「胡馬暫為害，漢臣多負恩」、「憂憤激忠勇，悲歡動黎元」，敘述戰爭危害、官吏昏聵以及詩人對時局的關心，頗有高適〈燕歌行〉等詩章餘韻。

劉詩也有一部分描摹景物及歌詠山水的詩篇。如〈江中對月〉：「空洲夕煙斂，望月秋江裡。歷歷沙上人，月中孤渡水。」詩歌巧妙捕捉視覺感受，將煙、月、江、沙、人、舟形象地展現紙上。又如〈下山〉：「誰識往來意，孤雲長自閒。風寒未渡水，日暮更看山。木落眾峰出，龍宮蒼翠間。」寫景雅靜，美妙如畫。《唐詩鏡》評曰：「悠然趣遠。」據此，可見一斑。又如〈渡水〉：「日暮下山來，千山暮鐘發。不知波上棹，還弄山中月。伊水連白雲，東南遠明滅。」描繪山水雲月，自然清新。

劉長卿還有部分弔古詠懷詩章。如〈登餘干古縣城〉：「孤城上與白雲齊，萬古荒涼楚水西。官舍已空秋草沒，女牆猶在夜烏啼。平沙渺渺迷人遠，落日亭亭向客低。飛鳥不知陵谷變，朝來暮去弋陽溪。」詩人登臨古城，用誇張筆法描寫仰視古城的感受。又如〈長沙過賈誼宅〉：「三年謫宦此棲遲，萬古惟留楚客悲。秋草獨尋人去後，寒林空見日斜時。漢文有道恩猶薄，湘水無情弔豈知？寂寂江山搖落處，憐君何事到天涯！」詩歌借古傷今，抒發無罪遭讒的悲憤和痛苦。其他，如〈登吳古城歌〉，抒寫登城時，目睹眼前景，心思遠古事。又如〈春草宮懷古〉，詩人面對零落臺榭，哀傷沉思，悽楚感人。

劉長卿五言詩成就較高，曾自許為「五言長城」。最為著名的詩是〈逢雪宿芙蓉山主人〉：

日暮蒼山遠，天寒白屋貧。柴門聞犬吠，風雪夜歸人。

詩歌文字省淨，意境幽遠。施補華《峴傭說詩》評曰：「較王（維）、韋（應物）稍淺，其清妙自不可廢。」

劉長卿思銳而才窄。前人多指責他拙於敘述，其詩十首以上語意即顯重複，但其地位和影響不可忽視。高仲武《中興間氣集》謂：「詩體雖不新奇，甚能煉飾。」胡應麟《詩藪》：「錢製作富而章法多乖，劉篇章巨而句律時舛。盛之降之中也，二子實首倡之。」翁方綱《石洲詩話》亦云：「盛唐之後，中唐之初，一時雄俊，無過錢、劉。」

第二節　大曆十才子和李益

大曆年間，活躍著風格相近的一群詩人，他們的詩風和韋應物等人不同，這就是所謂的「大曆十才子」。《唐音癸籤》卷一〇：「杜陵雄深浩蕩，超忽縱橫，又一變也。錢、劉稍加流暢，降為中唐，又一變也。大曆十才子，中唐體備，又一變也。」李益是大曆詩壇另一位有名詩人，與盧綸等人交往較深，他的邊塞詩較有影響。

一、大曆十才子

「大曆十才子」之名，見於姚合《極玄集・李端小傳》：「（端）字正己，趙郡人。大曆五年進士。與盧綸、吉中孚、韓翃、錢起、司空曙、苗發、崔峒、耿湋、夏侯審唱和，號十才子。」

錢起（七一〇？—七八二？），字仲文，吳興（今浙江湖州）人。約天寶十載（七五一），進士及第。釋褐，授秘書省校書郎。約乾元元年（七五八），授藍田尉。歷官祠部員外郎、司勳員外郎等，終考功郎中，世稱錢考功。詩與郎士元齊名，世稱「錢郎」。十才子中，錢起年輩較老，高仲武《中興間氣集》以錢起為首，評曰：「員外詩，體格新奇，理致清贍。越從登第，挺冠詞林。文宗右丞，許以高格，右丞沒後，員外稱雄。芟宋齊之浮遊，削梁陳之靡嫚，迥然獨立，莫之與群。」

今存錢起詩，唱詠寄贈詩較多。如〈送李大夫赴廣州〉、〈送崔校書從軍〉等。《郡齋讀書志》卷一七〈郎士元詩〉：「與錢起俱有詩名，而士元尤更清雅。時朝廷公卿出牧奉使，若兩人無詩祖行，人以為愧。」這類詩中，也有一些比較好的篇章。如〈送鍾評事應宏詞下第東歸〉：「芳歲歸人嗟轉蓬，含情回首灞陵東。蛾眉不入秦臺鏡，鵷羽還驚宋國風。世事悠揚春夢裡，年光寂寞旅愁中。勸君稍盡離筵酒，千里佳期難再逢。」抒寫離別離愁，寄寓身世感慨，確有感人特色。又如〈贈闕下裴舍人〉：「二月黃鶯飛上林，春城紫禁曉陰陰。長樂鐘聲花外盡，龍池柳色雨中深。陽和不散窮途恨，霄漢長懸捧日新。獻賦十年猶未遇，羞將短髮對華簪。」這首詩以「上林」、「春城」、「長樂鐘聲」等暗寓裴舍人的身分地位，巧妙的表達對「贈」詩對象的恭維，用「陽和不散」、「霄漢長懸」、「獻賦十年」等訴說自己遭遇，抒情達意，分寸恰到好處。

錢起善於描寫田園山水。如〈登勝果寺南樓雨中望嚴協律〉：「微雨侵晚陽，連山半藏碧。林端陟香榭，雲外遲來客。孤村凝片煙，去水生遠白。但佳川原趣，不覺城池夕。更喜眼中人，清光漸咫尺。」〈晚入宣城界〉：「斜日片帆陰，春風孤客心。山來指樵路，岸去惜花林。海氣蒸雲黑，潮聲隔雨深。鄉愁不可道，浦宿聽猿吟。」〈早渡伊川見舊鄰作〉：「鶡雞鳴曙霜，秋水寒旅涉。漁人昔鄰舍，相見具舟楫。出浦興未盡，向山心更愜。村落通白雲，茅茨隱紅葉。東皋滿時稼，歸客欣復業。」這些詩頗有王維詩歌風采。錢起有些詩敘說生活瑣事，其中也不乏山水田園佳句。如〈自終南山晚歸〉：「白水到初闊，青山辭尚近。」〈早渡伊川見舊鄰作〉：「村落通白雲，茅茨隱紅葉。」〈獨往覆釜山寄郎士元〉：「古壁苔入雲，陰溪樹穿浪。」〈省中對雪寄元判官拾遺昆季〉：「散影成花月，流光透竹煙。」等等，善於抓住景物特點工筆描繪，形態逼真，情態生動。

錢起有一些反映現實的詩章。如〈觀村人牧山田〉：「六府且未盈，三農爭務作。貧民乏井稅，墝土皆墾鑿。禾黍入寒雲，茫茫半山郭。秋來積霖雨，霜降方銍獲。中田聚黎甿，反景空村落。顧慚不耕者，微祿同衛鶴。庶追周任言，敢負謝生諾。」表現了詩人對村人命運的同情，同時，也表達了他對不耕而獲的憤慨。〈盧龍塞行送韋掌記〉：「雨雪紛紛黑山外，行人共指盧龍塞。萬里飛沙咽鼓鼙，三軍殺氣凝旌旆。陳琳書記本翩翩，料敵張兵奪酒泉。聖主好文兼好武，封侯莫比漢皇年。」詩中雖對韋掌記有譽美之詞，然而亦可以看出詩人對邊塞戰爭的關注以及對良將、聖主的敬仰。〈效古秋夜長〉：「秋漢飛玉霜，北風掃荷香。含情紡織孤燈盡，拭淚相思寒漏長。簷前碧雲靜如水，月弔棲烏啼烏起。誰家少婦事鴛機，錦幕雲屏深掩扉。白玉窗中聞落葉，應憐寒女獨無衣。」對織婦淒苦、寒女無衣的描寫，表現了詩人對下層人民的態度，讀之頗有杜甫〈自京赴奉先縣詠懷五百字〉同情寒女的詩味。

錢起仕途不達，他的感時傷懷詩頗多淒涼氣氛。他的詠物篇章如〈紫參歌〉：「蓬山才子憐幽性，白雲陽春動新詠」、〈瑪瑙杯歌〉：「瑤溪碧岸生奇寶，剖質披心出文藻。良工雕飾明且鮮，得成珍器入芳筵。含華炳麗金尊側，翠斝瓊觴忽無色」、〈片玉篇〉：「至寶未為代所奇，韞靈示璞荊山垂。獨使虹光天子識，不將清韻世人知。世人所貴惟燕石，美玉對之成瓦礫」等，這些詩章歌詠紫參、瑪瑙杯、片玉，藉以詠懷，寄寓詩人高材而不能為時所用之感慨。

錢起詩，或敘旅途所見，或寫登臨所感。如〈海畔秋思〉：「匡濟難道合，去留隨興牽。偶為謝客事，不顧平子田。魏闕責翹楚，此身長棄捐。箕裘空在念，咄咄誰推賢。無用即明代，養痾仍壯年。日夕望佳期，帝鄉路幾千。秋風晨夜起，零落愁芳荃。」該詩抒寫壯志理想，以古託今，寄以內心的壓抑憤懣。這類詩比較有名的篇章是〈暮春歸故山草堂〉：

谷口春殘黃鳥稀，辛夷花盡杏花飛。始憐幽竹山窗下，不改清陰待我歸。

詩人寫自己「春殘」歸來，眼前所見的是黃鳥稀、辛夷盡、杏花飛，通過這些，烘托出全詩空寂、凋零的氣氛。

高棅《唐詩品彙》卷四九錄謝枋得評論曰：「謝迭山云：春光欲盡，鶯老花殘，獨山窗幽竹不改清陰，如待主人之歸，此與歲寒然後知松柏之後凋之意同。」

錢起的〈省試湘靈鼓瑟〉是一首應試詩，這首詩頗為後人稱道：

善鼓雲和瑟，常聞帝子靈。馮夷空自舞，楚客不堪聽。苦調淒金石，清音入杳冥。
蒼梧來怨慕，白芷動芳馨。流水傳瀟浦，悲風過洞庭。曲終人不見，江上數峰青。

題「省試」說明該詩乃試帖詩。詩作於天寶九載（七五〇）。湘靈，神名，出自《楚辭．遠遊》：「使湘靈鼓瑟兮，令海若舞馮夷。」王逸《楚辭章句》考為「百川之神」。瑟，古代一種絃樂器。全詩讚揚湘靈善於鼓瑟，給人以瑰麗多姿、生動形象之感。尤其是「曲終人不見，江上數峰青」兩句，千古以來廣為傳頌。《舊唐書．錢徽傳》載：「初從鄉薦，寄家江湖，嘗於客舍月夜獨吟，遽聞人吟於庭曰：『曲終人不見，江上數峰青。』起愕然，攝衣視之，無所見矣，以為鬼怪，而志其一十字。起就試之年，李暐所試〈湘靈鼓瑟詩〉題中有『青』字，起即以鬼謠十字為落句，暐深嘉之，稱為絕唱。」謝榛《四溟詩話》：「錢仲文〈省試湘靈鼓瑟〉云：『曲終人不見，江上數峰青』，摘出末句，平平語爾，合兩句味之，殊有含蓄。」唐人同題詩如魏璀〈湘靈鼓瑟〉：「杜間寒水碧，曲裡暮山青」，陳季〈湘靈鼓瑟〉：「一彈新月白，數曲暮山青」，均不及錢起詩意境佳妙。

王士禎《戲仿元遺山論詩絕句三十二首》第八首：「《中興》高步屬錢郎，拈得維摩一瓣香。」意即錢起詩風上承王維，新奇而又清贍。翁方綱《石洲詩話》卷二：「盛唐之後，中唐之初，一時雄俊，無過錢、劉。」可見，錢起在中唐詩壇上頗有影響。錢起詩體長於五言，藝術風格清空閒雅、流麗秀俊。《四庫全書總目．錢仲文集提要》說：「大曆以還，詩格初變。開寶渾厚之氣，漸遠漸漓。風調相高，稍趨浮響。升降之關，十子實為之職志。起與郎士元其稱首也。然溫秀蘊藉，不失風人之旨。前輩典型，猶有存焉。」可見，大曆詩壇，錢起是一位有特色的詩人。

盧綸也是「十才子」中成就較高的詩人，有的學者甚至認為，盧綸成就在錢起之上。如《分甘餘話》卷四：「盧綸，大曆十才子之冠冕。」盧綸，生卒年不詳。郡望范陽，後徙於蒲州。大曆初，屢舉進士不第。他在〈綸與吉侍郎中孚司空郎中曙……兼寄夏侯侍御審侯倉曹釗〉中說：「方逢粟比金，未識公與卿。十上不可待，三年竟無成。」可見他仕途窮蹇狀況。曾入河南副元帥王縉幕為判官。大曆六年（七七一），因元載薦，授閿鄉縣尉。歷集賢學士、秘書省校書郎等職。約卒於貞元十四、五年間。

今存盧綸詩，絕大部分是寄贈唱和詩。盧綸交遊廣泛，他在長安等地，與吉中孚、司空曙、苗發、崔峒、耿湋、李端等交遊，雖然他的寄贈唱和詩或為宴飲，或為送友，或為酬唱，不一定全有真情實感，不過其中也有一些佳篇。如〈李端公〉：「故關衰草遍，離別自堪悲。路出寒雲外，人歸暮雪時。少孤為客早，多難識君遲。掩淚空相向，風塵何處期？」將離別之情置於衰草、寒雲、暮雪的特殊環境之中，真切地再現了送別友人的悲苦之慨。又如〈雨中酬友人〉：「看山獨行歸竹院，水繞前階草生遍。空林細雨暗無聲，唯有愁心兩相見。」詩人寫自己竹院遇雨而生思念友人之情，全詩即景生情，情景交融，別有趣味。

盧綸有一些詩，表達了他對社會政治的關注。〈逢病軍人〉：「行多有病住無糧，萬里還鄉未到鄉。蓬鬢哀吟古城下，不堪秋氣入金瘡。」詩人用「有病」、「無糧」、「蓬鬢」、「金瘡」介紹退伍傷兵遭遇，再現這類軍卒的悲慘命運。〈村南逢病叟〉：「雙膝過頤頂在肩，四鄰知姓不知年。臥驅鳥雀惜禾黍，猶恐諸孫無社錢。」描寫病叟生活現狀，淒慘感人。這類詩歌，從詩歌內容看，應當是作者目睹社會現實而生發的感慨。

盧綸有一些感傷歲月人生的詩章。〈同李益傷秋〉：「歲去人頭白，秋來樹葉黃。搔頭向黃葉，與爾共悲傷。」〈白髮歎〉：「髮白曉梳頭，女驚妻淚流。不知絲色後，堪得幾回秋。」這兩首詩傷懷歲月流逝，以頭髮顏色寫起，頗能引起讀者共鳴。後一首，誇張式的描寫「女驚妻淚」，饒有情趣。〈山中詠古木〉：「高木已蕭索，夜雨復秋風。墜葉鳴叢竹，斜根擁斷蓬。半侵山色裡，長在水聲中。此地何人到，雲門去亦通。」詩歌描寫山中的古木在夜雨秋風中的境況，詠物抒懷，寄託遙深。

盧綸有一些羈旅抒懷詩。如〈夜泊金陵〉：「圓月出高城，蒼蒼照水營。江中正吹笛，樓上又無更。洛下仍傳箭，關西欲進兵。誰知五湖外，諸將但爭名。」〈泊揚子江岸〉：「山映南徐暮，千帆入古津。魚驚出浦火，月照渡江人。清鏡催雙鬢，滄波寄一身。空憐莎草色，長接故園春。」詩歌在描寫所見的同時，或表現詩人對政局的關心，或寄寓了詩人的身世之慨，讀來確有一定的思想深度。

盧綸最有名的詩歌是《塞下曲六首》（詩題亦作《和張僕射塞下曲》）：

林暗草驚風，將軍夜引弓。平明尋白羽，沒在石稜中。（其二）

月黑雁飛高，單于夜遁逃。欲將輕騎逐，大雪滿弓刀。（其三）

第一首用李廣射獵故事，描寫其勇猛威武，技藝高超。第二首截取戰場的一幅畫面，歌頌邊關將士在艱難的環境中臨危不懼、英勇作戰的精神。這兩首詩，善於選取描寫角度，刻劃人物形象浪漫生動。

盧綸詩歌五七言兼長，宋以後頗有學者論及。如劉克莊《後村詩話》卷三：「盧綸、李益善為五言絕句，意在言外。」管世銘《讀雪山房唐詩鈔》：「大曆諸子兼長七言古者，推盧綸、韓翃，比之摩詰（王維）、東川（李頎），可稱具體。」

韓翃存詩在「大曆十才子」中僅次於盧綸、錢起。韓翃，生卒年不詳，字君平，南陽（今河南）人。天寶十三載（七五四），登進士第。永泰元年（七六五），侯希逸為部將所逐，韓翃隨之返京。閒居十年，與錢起等人唱和。建中元年（七八〇），因〈寒食〉詩見賞於德宗，擢為駕部郎中，遷知制誥、中書舍人，約貞元（七八五－八〇五）初，卒。

今存韓翃詩，多唱酬贈別之作，這些詩內容比較單調。如〈令狐員外宅宴寄中丞〉：「寒色凝羅幕，同人清夜期。玉杯留醉處，銀燭送歸時。獨坐隔千里，空吟對雪詩。」韓翃詩歌，雖多為酬唱送別寄贈，但詩人善於錘鍊加工，讀來工整清麗。如〈送李司直赴江西使幕〉：「雨晴西山樹，日出南昌郭。竹露點衣巾，湖煙濕扃鑰。」〈送故人歸魯〉：「雨餘衫袖冷，風急馬蹄輕。」〈贈兗州孟都督〉：「遠山重疊水逶迤，落日東城閒望時。」等等，都可代表其風格。總的說來，這類詩，較多地注意辭藻和技巧，缺乏深刻的社會內容。

韓翃有一些記錄生活瑣事的詩章，如〈宿甑山〉：「山中今夜何人，闕下當年近臣。青瑣應須早去，白雲何用相親。」這類詩，其內容多為詩人登臨羈旅的所見所感，在韓翃存詩中所占份量較小。

韓翃有些詩，學習模仿民歌痕跡明顯。如〈張山人草堂會王方士〉：「嶼花晚，山日長，蕙帶麻襦食草堂。一片水光飛入戶，千竿竹影亂登牆。園梅熟，家醞香。新濕頭巾不復篸，相看醉倒臥藜床。」〈寄柳氏〉：「章臺柳，章臺柳，顏色青青今在否？縱使長條似舊垂，也應攀折他人手。」今存韓翃的這類詩也比較少，然可以看出韓翃詩藝術風格的多樣性。

韓翃的〈寒食〉（一作〈寒食日即事〉），影響較大：

春城無處不飛花，寒食東風御柳斜。日暮漢宮傳蠟燭，輕煙散入五侯家。

寒食節是中國古老的節日。唐代詩人以寒食為題材的詩歌中，韓翃詩最為著名。據孟棨《本事詩》載，唐德宗御賜韓翃「駕部郎中知制誥」，時江淮刺史也叫韓翃，德宗便御筆親書「春城無處不飛花」全詩，並批道：「與此韓翃」。這條材料，也見於《新唐書・盧綸傳》附韓翃傳。韓詩由描寫春城景色始，借用「五侯」典故，以「漢」代唐，通過描述寒食禁火而宮廷卻傳燭的特異現象，暗諷中唐宦官專權的政治弊端。吳喬《圍爐詩話》：「唐之亡國，由於宦官握兵，實代宗授之以柄。此詩在德宗建中初，只『五侯』二字見意，唐詩之通於《春秋》也。」可見，韓詩寓意深刻。

韓翃詩，高仲武《中興間氣集》評價很高，說「韓員外詩，匠意近于史，興致繁富，一篇一詠，朝士珍之」，又說「方之前載，芙蓉出水，未足多也」。翁方綱《石洲詩話》亦稱：「韓君平風致翩翩，尚覺右丞以來，格韻去人不遠。」可見，「大曆十才子」中，韓翃也是一位值得關注的詩人。

耿湋，生年不詳，字洪源，約寶應二年（七六三）登第，生平事蹟可考者也不多，約大曆初年，入朝為拾遺等官。《全唐詩》編其詩兩卷，主要內容為羈旅抒懷、酬唱贈答。如〈關山月〉：「月明邊徼靜，戍客望鄉時。塞古柳衰盡，關寒榆發遲。蒼蒼萬里道，戚戚十年悲。今夜青樓上，還應照所思。」比較真切地反映了中唐詩人淒苦的內心情感。〈代宋州將淮上乞師〉：「唇齒幸相依，危亡故遠歸。身輕百戰出，家在數重圍。上將堅深壘，殘兵鬥落暉。常聞鐵劍利，早晚借餘威。」〈贈興平鄭明府〉：「海內兵猶在，關西賦未均。仍勞持斧使，尚宰茂陵人。遙夜重城掩，清宵片月新。綠琴聽古調，白屋被深仁。跡與儒生合，心惟靜者親。深情先結契，薄宦早邀塵。貧病休何日，艱難過此身。悠悠行遠道，冉冉過良辰。明主知封事，長沮笑問津。棲遑忽相見，欲語淚沾巾。」這些詩，表現出詩人對社會現實的關心。

司空曙（七二〇？－七九〇？），字文初，一字文明，河北廣平（今河北永年）人。約永泰元年（七六五）

至大曆初，居長安與盧綸、錢起等人唱和。曾官拾遺、虞部郎中等，約貞元六年（七九〇），卒。

其詩主要抒寫行旅贈別。如〈冬夜耿拾遺王秀才就宿因傷故人〉：「舊時聞笛淚，今夜重沾衣。方恨同人少，何堪相見稀。竹煙凝澗壑，林雪似芳菲。多謝勞車馬，應憐獨掩扉。」司空曙也有一些詩，或描寫所見自然景色，或抒發鄉情旅思，或即事歎詠。如〈板橋〉：「橫遮野水石，前帶荒村道。來往見愁人，清風柳陰好。」〈江村即事〉：「釣罷歸來不繫船，江村月落正堪眠。縱然一夜風吹去，只在蘆花淺水邊。」這些詩歌，詩人抒寫親身經歷，情感真摯，清新自然。

司空曙長於五律，其詩情真意切，清新樸素。盧綸〈綸與吉侍郎中孚司空郎中曙苗員外發崔補闕峒……兼寄夏侯侍御審侯倉曹釗〉評曰：「郎中善餘慶，雅韻與琴清。」《唐才子傳》卷四：「屬調幽閒，終篇調暢」胡震亨《唐音癸籤》卷七曰：「司空虞部婉雅閒淡，語近性情。」

李端，生卒年不詳。大曆五年，與顧少連等同登進士第。歷官秘書省校書郎、杭州司馬等。其詩內容主要是寄贈唱和。如〈留別柳中庸〉：「惆悵流水時，蕭條背城路。離人出古亭，嘶馬入寒樹。江海正風波，相逢在何處。」〈寄暢當〉：「麥秀草芊芊，幽人好晝眠。雲霞生嶺上，猿鳥下床前。顏子方敦行，支郎久住禪。中林輕暫別，約略已經年。」李端羈旅抒懷的作品，視野比較寬闊。如〈過宋州〉：「睢陽陷虜日，外絕救兵來。世亂忠臣死，時清明主哀。荒郊春草遍，故壘野花開。欲為將軍哭，東流水不回。」此外，李端還有一些詠物詩，如〈瘦馬行〉：「城傍牧馬驅未過，一馬徘徊起還臥。眼中有淚皮有瘡，骨毛焦瘦令人傷。朝朝放在兒童手，誰覺舉頭看故鄉。往時漢地相馳逐，如雨如風過平陸。豈意今朝驅不前，蚊蚋滿身泥上腹。路人識是名馬兒，疇昔三軍不得騎。玉勒金鞍既已遠，追奔獲獸有誰知。終身櫪上食君草，遂與駑駘一時老。倘借長鳴隴上風，猶期一戰安西道。」內容充實，情感真摯。

「大曆十才子」其他幾位詩人，存詩不多。**崔峒**，生卒年不詳，大曆初年登進士第，歷官集賢學士、左補闕。其詩主要內容為羈旅抒懷與寄贈唱和。前者如〈揚州選蒙相公賞判雪後呈上〉、〈奉和給事寓直〉等，後者如〈宿禪智寺上方演大師院〉、〈宿江西竇主簿廳〉等。**吉中孚**，生卒年不詳，初為道士，後還俗，歷官校書郎、知制誥、諫議大夫、戶部侍郎、中書舍人等。**苗發**，生卒年不詳，肅、代時宰相苗晉卿之子，歷官都官員外郎、駕部員外郎等，終兵部員外郎。**夏侯審**，生卒年不詳，歷官校書郎、侍御史、主客員外郎、祠部郎中等，這幾位詩人，今存詩作甚少。其內容以送別為主。

大約和「大曆十才子」同時，且詩風接近的詩人，尚有郎士元。**郎士元**，生卒年不詳，與錢起齊名，並稱「錢郎」。天寶十五載（七五六），登進士第。歷官授校書郎、渭南尉、左拾遺、郢州刺史等。其詩多投贈送別之作，內容較貧乏，如〈送韋湛判官〉：「惜別心能醉，經秋鬢自斑。臨流興不盡，惆悵水雲間。」高仲武《中興間氣集》謂：「前有沈宋，後有錢郎。」《唐音癸籤》引劉辰翁語：「士元詩，殊洗煉有味。雖自濃景，別有淡意。」今觀之，郎士元詩以五律見長，多有名句。他的〈柏林寺南望〉：「溪上遙聞精舍鐘，泊舟微徑度深松。青山霽後雲猶在，畫出東南四五峰。」〈盩厔縣鄭礒宅送錢大〉：「暮蟬不可聽，落葉豈堪聞。共是悲秋客，那知此路分。荒城背流水，遠雁入寒雲。陶令東籬菊，餘花可贈君。」等，比較有影響。

二、李益

李益（七四八—八二九），字君虞，郡望涼州姑臧（今甘肅武威）。他是盛中唐過渡時期重要詩人，是否為「大曆十才子」成員，目前尚有爭議。李益少居隴上，後徙於洛陽。代宗大曆四年（七六九），登進士第。大曆六年（七七一），登制舉科。九年（七七四）秋，以三輔屬吏秉筆參幕，開始第一次朔方軍旅生活。約建中二年

（七八一）秋，入朔方節度使李懷光幕府為僚。建中四年（七八三），拔萃登科，授官侍御史。此後，李益曾入靈州大都督杜希全、邠寧節度使張獻甫以及幽州節度使劉濟等人幕府，屢次從軍塞上。約十六年（八〇〇），離開幽州，南遊揚州等地，與劉禹錫等人宴飲聯唱。約元和元年（八〇六），入為都官郎中，遷中書舍人。約元和三年（八〇八），出為河南少尹。七年（八一二）左右，入為秘書少監、集賢殿學士，歷左散騎常侍，轉右散騎常侍。大和元年（八二七），禮部尚書致仕，三年（八二九），卒。

李益早年詩中流露出報效朝廷的願望。如〈從軍有苦樂行〉，詩中說「時逢漢帝出，諫獵至長楊……秉筆參帷帟，從軍至朔方……俠氣五都少，矜功六郡良……寄語丈夫雄，苦樂身自當。」可見，詩人決心秉筆從戎、立志獻身報國、不畏艱難困苦的氣概。又如〈又獻劉濟〉：「感恩知有地，不上望京樓。」〈聞雞贈主人〉：「膠膠司晨鳴，報爾東方旭。無事戀君軒，今君重鳧鵠。」因不得志，詩人往往流露出抑鬱傷感情懷，甚至流露出求仙向道之心。如〈罷鏡〉：「手中青銅鏡，照我少年時。衰颯一如此，清光難復持。欲令孤月掩，從遣半心疑。縱使逢人見，猶勝自見悲。」〈入華山訪隱者經仙人石壇〉：「三考西嶽下，官曹少休沐。久負青山諾，今還獲所欲。嘗聞玉清洞，金簡受玄籙。夙駕升天行，雲遊恣霞宿。」等。這些傷逝懷人、感歎功業未就等思想感情，既是李益個人之慨，也是大曆詩人共有的情感特徵。

李益也有部分送別贈答詩。如〈送同落第者東歸〉：「東門有行客，落日滿前山。聖代誰知者，滄州今獨還。片雲歸海暮，流水背城閒。余亦依嵩潁，松花深閉關。」〈送人流貶〉：「漢章雖約法，秦律已除名。謫遠人多惑，官微不自明。霜風先獨樹，瘴雨失荒城。疇昔長沙事，三年召賈生。」因為思想境界、身行閱歷等不同，李益的送別贈答詩，或體現其對現實的認識思考，或反映其人生慨歎，或寄寓其功業理想追求，和「大曆十才子」相比，李益的寄贈酬唱詩，無論是情感內容，還是藝術表現等，都要高出許多。

李益的邊塞題材詩較多，數量約占現存詩作的三分之一。他屢出邊塞從軍，親身經歷邊塞生活，親眼目睹邊塞風光，因此，他的邊塞詩內容豐富，思緒深沉，情感真摯，生活氣息濃郁。如〈聽曉角〉：「邊霜昨夜墮關榆，吹角當城漢月孤。無限塞鴻飛不度，秋風卷入小單于。」詩歌寫詩人秋風中聽到城頭號角所起的邊愁鄉思，全詩不寫人，而句句可見人物形態；不寫情，而字字可見征人的感受。〈鹽州過胡兒飲馬泉〉：「綠楊著水草如煙，舊是胡兒飲馬泉。幾處吹笳明月夜，何人倚劍白雲天。從來凍合關山路，今日分流漢使前。莫遣行人照容鬢，恐驚憔悴入新年。」通過描寫飲馬泉春天楊柳如煙的美麗景象，抒發詩人心中感慨：要塞亟需英雄將領鎮守，自己卻空懷壯志虛度年華。

李益邊塞詩，歷代傳誦的名篇較多，如：

回樂峰前沙似雪，受降城外月如霜。不知何處吹蘆管，一夜征人盡望鄉。(〈夜上受降城聞笛〉)

天山雪後海風寒，橫笛遍吹〈行路難〉。磧裡征人三十萬，一時回首月中看。(〈從軍北征〉)

伏波惟願裹屍還，定遠何須生入關。莫遣隻輪歸海窟，仍留一箭定天山。(〈塞下曲〉)

鸛雀樓西百尺檣，汀洲雲樹共茫茫。漢家簫鼓空流水，魏國山河半夕陽。事去千年猶恨速，愁來一日即為長。風煙並起思歸望，遠目非春亦自傷。(〈同崔邠登鸛雀樓〉)

所列詩中，〈夜上受降城聞笛〉聲名尤著。詩歌描寫邊塞景色，抒發心中感受，把所見、所聞、所感融為一體，意境渾成。李肇《唐國史補》卷下載：「李益詩名早著，有〈征人歌且行〉一篇，好事者畫為圖障。又有云：

『回樂峰前沙似雪，受降城外月如霜。不知何處吹蘆管，一夜征人盡望鄉。』天下亦唱為樂曲。」方東樹《昭昧詹言》卷二一評唐人壓卷之作，認為李益〈夜上受降城聞笛〉、劉禹錫〈石頭城〉、杜牧〈泊秦淮〉、鄭谷〈淮上與友人別〉均乃「氣象稍殊，亦堪接武」之詩。

與高適、岑參等相比，李益的邊塞詩雖充滿了建功報國壯志，但已經沒有盛唐詩人那種積極向上的豪邁情懷。在王昌齡筆下，也寫到「撩亂邊愁聽不盡」，但詩人情感卻是活潑樂觀的，在「邊愁」面前，詩人視野與情思移向「高高秋月照長城」，邊塞的「明月」高高在上，「長城」起伏綿延，愁思之間，留給人們更多的是清新之感，悲涼之際，留給人們更多的是壯闊之情。而李益的「磧裡征人三十萬，一時回首月中看」、「伏波惟願裹屍還」、「事去千年猶恨速，愁來一日即為長」留給人們的是淒涼傷感與愁苦心酸。

李益長於七絕，七絕名篇甚多。有些雖不是邊塞詩，成就也很高，如〈汴河曲〉：

汴水東流無限春，隋家宮闕已成塵。行人莫上長堤望，風起楊花愁殺人。

題「汴河」，指通濟渠東段，即從板渚（今河南滎陽北）到盱眙入淮一段。隋煬帝為遊江都，前後徵用百餘萬民工鑿渠，岸堤種植柳樹，稱隋堤。詩人就汴水、隋宮、長堤、柳樹等意象點染詠歎，抒發今昔盛衰、弔古傷今之慨，語詞清新，詩意雋永。

除七絕外，其他各體也有佳作。樂府歌行如〈從軍有苦樂行〉、〈雜曲〉、〈置酒行〉等，七律有〈鹽州過胡兒飲馬泉〉等，五律有〈喜見外弟又言別〉、〈登長城〉（一題作〈塞下曲〉）、〈送遼陽使還軍〉等，五絕有〈重贈邢校書〉、〈聞雞贈主人〉等，藝術成就都是比較高的。另外，李益尚有模仿民歌的詩作，如〈江南曲〉：「嫁得瞿塘賈，朝朝誤妾期。早知潮有信，嫁與弄潮兒。」抒寫閨怨，娓娓道來，富有情趣。

李益既有盛唐餘韻，也是中唐詩的先聲。自唐始，他的詩歌即受到敬仰。王建〈寄李益少監送張實遊幽州〉：「〈大雅〉廢已久，人倫失其常。天若不生君，誰復為文綱。」孟郊、賈島也曾向他投詩，尊為宿德。元和十二年（八一七），令狐楚奉旨編《御覽詩》，選李益詩三十六首，為集中之冠。唐末張為作《詩人主客圖》，以李益為「清奇雅正主」。

第三節　元結和顧況

中唐前期，元結和顧況與「大曆十才子」同時而詩風不同。元、顧詩與杜甫同調，開新樂府運動先河。

一、元結

元結（七一九—七七二），字次山，自號元子、猗玗子、浪士、漫郎、漫叟等，河南汝州魯山（今河南魯山）人。少不羈，年十七方折節向學，從宗兄元德秀為學。天寶十三載（七五四），與韓翃等同登進士第。因國子司業蘇源明薦於肅宗，擢授右金吾兵曹、攝監察御史，充山南東道節度參謀。廣德元年（七六三）冬，拜道州刺史。大曆三年（七六八），遷容州刺史，加容州都督，兼侍御史、本管經略使。四年，拜左金吾衛將軍兼御史中丞，管使如故。七年，朝京師，卒於崇坊之旅館，贈禮部侍郎。

元結詩文兼善。他的詩文，常常體現出其「救世勸俗」的政治抱負。如〈管仲論〉：「自兵興已來，今三年，論者多云，得如管仲者一人，以輔人主，當見天下太平矣。」〈茅閣記〉：「以威惠理戎旅，以簡易肅州縣，刑政之下，則無撓人。」《時議三篇・下篇》：「若天子能追行已言之令，必行將來之法，且免天下無端雜徭，且除天下隨時弊法，且去天下拘忌煩令，必任天下賢異君子，屏斥天下奸邪小人，然後推仁信威令，與之不惑，此帝王常道，何為不及？」反映在詩歌中，如《二風詩・治風詩五篇・至仁》：「猗皇至聖兮，至惠至仁，德施蘊蘊。」表明元結對仁明治理天下的帝王的頌贊。又如〈忝官引〉：「敢誦王者箴，亦獻當時論。」〈漫酬賈沔州〉：「往年壯心在，嘗欲濟時難。」〈題孟中丞茅閣〉：「公欲舉遺材，如此佳木歟。公方庇蒼生，又如斯閣乎。」這些詩，詩人或直抒胸臆，或寓意於物，表達了其期望建功立業的理想，以及這種理想不能實現的怨憤。

和理想抱負相聯繫的，是詩人對現實社會的觀察和思考。在元結詩文中，他往往以政治家的眼光來分析社會現象。如〈道州刺史廳壁記〉：「前輩刺史，或有貪猥惛弱，不分是非，但以衣服飲食為事。」〈時規〉借中行公之口評批道：「子何思不盡耶？何不曰願得如九州之地者億萬，分封君臣父子兄弟之爭國者，使人民免賊虐殘酷者乎？何不曰願得布帛錢貨珍寶之物，溢於王者府藏，滿將相權勢之家，使人民免飢寒勞苦者乎？」言辭之中，表現了對黑暗現實的批判精神。這種思想也同樣反映在他的詩中。如〈別何員外〉：「猶是尚書郎，收賦來江湖。人皆悉蒼生，隨意極所須。比盜無兵甲，似偷又不如。」表達對賦斂制度的不滿。〈閔荒詩〉：「煬皇嗣君位，隋德滋昏幽。日作及身禍，以為長世謀……奈何昏王心，不覺此怨尤。」這裡，詩人更是大膽的將矛頭指向唐王朝的最高統治者。詩人對現實的批判，在〈舂陵行〉中反映尤為深刻：

軍國多所需，切責在有司。有司臨郡縣，刑法競欲施。供給豈不憂？徵斂又可悲。
州小經亂亡，遺人實困疲。大鄉無十家，大族命單羸。朝餐是草根，暮食仍木皮。
出言氣欲絕，意速行步遲。追呼尚不忍，況乃鞭扑之！郵亭傳急符，來往跡相追。

更無寬大恩，但有迫促期。欲令鬻兒女，言發恐亂隨。悉使索其家，而又無生資。
聽彼道路言，怨傷誰復知！「去冬山賊來，殺奪幾無遺。所願見王官，撫養以惠慈。
奈何重驅逐，不使存活為！」安人天子命，符節我所持。州縣忽亂亡，得罪復是誰？
逋緩違詔令，蒙責固其宜。前賢重守分，惡以禍福移。亦云貴守官，不愛能適時。
顧惟孱弱者，正直當不虧。何人采國風，吾欲獻此辭。

詩前有序，云：「癸卯歲，漫叟授道州刺史。道州舊四萬餘戶，經賊已來，不滿四千，大半不勝賦稅。到官未五十日，承諸使徵求，符牒二百餘封，皆曰『失其限者，罪至貶削。』於戲！若悉應其命，則州縣破亂，刺史欲焉逃罪。若不應命，又即獲罪戾，必不免也。吾將守官，靜以安人，待罪而已。此州是春陵故地，故作〈春陵行〉以達下情。」據序言和詩中「刑法競欲施」、「更無寬大恩」、「欲令鬻兒女」等句，詩人以沉痛的心情，指責官府不恤民眾，嚴斂苛賦，以及由此而造成民眾賣兒賣女、家破人亡，疾呼「安人天子命」、「何人采國風」，表達詩人對愛民治國理想的期盼。

元結飽經離亂，同情人民，關心民生疾苦。如《系樂府十二首・農臣怨》：「一朝哭都市，淚盡歸田畝。」〈喻常吾直〉：「山澤多飢人，閭里多壞屋。」〈酬孟武昌苦雪〉：「兵興向九歲，稼穡誰能憂。何時不發卒，何日不殺牛。耕者日已少，耕牛日已希。」這些詩，或悲憫農夫苦難生活現狀，或同情農夫被掠奪的不幸遭遇，詩句之中，表達了詩人對民眾的深厚同情。〈賊退示官吏〉向來被認為是體現元結這方面思想的代表作：

昔歲逢太平，山林二十年。泉源在庭戶，洞壑當門前。井稅有常期，日晏猶得眠。
忽然遭世變，數歲親戎旃。今來典斯郡，山夷又紛然。城小賊不屠，人貧傷可憐。

是以陷鄰境，此州獨見全。使臣將王命，豈不如賊焉。今彼徵斂者，迫之如火煎。
誰能絕人命，以作時世賢。思欲委符節，引竿自刺船。將家就魚麥，歸老江湖邊。

面對下層民眾的遭遇，詩人憤怒指斥橫徵暴斂者「豈不如賊焉」，表達出對「井稅有常期，日晏猶得眠」的嚮往，並且表示自己不願「絕人命」而作所謂的「時世賢」。元結的這種思想若能付諸現實，對處於水深火熱之中的下層民眾，無疑如雪中送炭。《新唐書・元結傳》載：「會母喪，人皆詣節度府請留……民樂其教，至立石頌德。」這也可以看出，元結對下層民眾的關懷。

元結強調詩文的社會功用，追求風雅傳統，反對浮豔文風。如〈篋中集序〉提出：「風雅不興，幾及千歲，溺於時者，世無人哉……近世作者，更相沿襲，拘限聲病，喜尚形似，且以流易為辭，不知喪於雅正。」〈二風詩論〉強調：「極帝王理亂之道，係古人規諷之說。」〈文編序〉也說：「是以所為之文，可戒可勸，可安可順。」以詩歌形式而論，元結詩大都是古體，語言質樸。以內容而論，元結詩歌真實的記錄了安史之亂前後的社會現狀，以及詩人對這一時期社會現實的認識，內容充實，情感真摯。以表達方式而論，元結詩歌多直抒胸臆，辭氣浩蕩。杜甫〈同元使君舂陵行〉：「道州憂黎庶，詞氣浩縱橫。」正好指出了元結的詩風。以影響而論，元結的《系樂府十二首》，是較早新樂府詩，下啟中唐元白詩風。

元結編有選詩總集《篋中集》，錄沈千運、王季友、于逖、孟雲卿、張彪、趙微明、元季川七人之詩，凡二十四首。選本體現了元結的文學主張。在唐人編纂的唐詩選本中，該集有其特殊價值。

二、顧況

顧況（七二七？—八〇六？），字逋翁，晚年自號華陽山人、華陽真逸等，蘇州海鹽（今浙江海寧）人。肅宗至德二載（七五七），登進士第。代宗大曆年間至德宗貞元初，歷杭州新亭監鹽官、溫州永嘉監鹽官等。德宗貞元三年（七八七），為校書郎（或以為秘書郎），遷著作郎（或以為著作佐郎）。貞元五年（七八九），李泌卒，不哭，而有調笑之言，為憲司所劾，貶饒州司戶參軍。貶途經蘇州時，與韋應物有詩酬唱。約於貞元九年（七九三），離饒州。晚年定居茅山。卒於元和元年（八〇六）後，年九十餘。子非熊，亦有詩名。

顧況強調詩歌思想內容。其〈文論〉說：「夫以文求士，十致八九，理亂由之，君臣則之。舜堯禹湯有文，桀紂幽厲無文，太顛閎夭有文，飛廉惡來無文。昔霍去病辭第曰：『匈奴未滅，無以家為。』於國如此，不得謂之無文。范蔚宗著《後漢書》，其妻不勝珠翠，其母唯薪樵一廚，於家如此，不得謂之有文。且夫日月麗乎天，草木麗乎地，風雅亦麗於人，是故不可廢。廢文則廢天，莫可法也；廢天則廢地，莫可理也；廢地則廢人，莫可象也。」可見，顧況注重詩歌的社會功能。如〈公子行〉、〈宿昭應〉、《宮詞五首》等詩篇，或勸規豪門子弟，或譏諷達官貴人，或諫刺政治腐敗黑暗，詩人所觸及的盡皆社會現實問題。如名詩〈囝〉：

> 囝生閩方，閩吏得之，乃絕其陽。為臧為獲，致金滿屋。為髡為鉗，如視草木。天道無知，我罹其毒。
> 神道無知，彼受其福。郎罷別囝，吾悔生汝。及汝既生，人勸不舉。不從人言，果獲是苦。囝別郎罷，
> 心摧血下。隔地絕天，乃至黃泉，不得在郎罷前。

閩俗，呼子為「囝」，詩中所云「囝」的不幸遭遇：「閩吏得之，乃絕其陽」、「為臧為獲」、「為髡為鉗」、「心摧

血下」等，正是對唐代的閩地（今福建）地主、官僚、富商掠賣兒童罪行的揭露與批判，同時，也寄寓了詩人對受害者的同情。

今存顧況詩作，有一部分為感時傷逝之作，如〈洛陽早春〉：「何地避春愁，終年憶舊遊。一家千里外，百舌五更頭。客路偏逢雨，鄉山不入樓。故園桃李月，伊水向東流。」〈蕭寺偃松〉：「淒淒百卉病，亭亭雙松迴。直上古寺深，橫拂秋殿冷。輕響入龜目，片陰棲鶴頂。山中多好樹，可憐無比並。」〈初秋蓮塘歸〉：「秋光淨無跡，蓮消錦雲紅。只有溪上山，還識揚舲翁。如何白蘋花，幽渚笑涼風。」這些詩歌，詩人或直抒胸臆，或詠物言志，或借景抒情，表達了詩人對人生、對理想的認識。

從詩歌內容看，顧況比元結要複雜一些。如〈遊子吟〉：「故櫪思疲馬，故窠思迷禽。浮雲蔽我鄉，躑躅遊子吟……艱哉遠遊子，所以悲滯淫。」〈奉酬劉侍郎〉：「幾回新秋影，璧滿蟾又缺。鏡破似傾臺，輪斜同覆轍。雖分上林桂，還照滄洲雪。暫伴顛顇人，歸華耿不滅。」這些詩歌，詩人或描述羈旅生活及感受，或寄贈酬唱。又如〈李供奉彈箜篌歌〉、〈王郎中妓席五詠〉、〈李湖州孺人彈箏歌〉等，對音樂的描繪相當出色。《從軍行二首》、〈塞上曲〉是今存顧況為數不多的邊塞詩，「醜虜何足清，天山坐寧謐」、「仗劍出門去，三邊正艱厄」、「點軍三十千，部伍嚴以整。酣戰祈成功，於焉罷邊釁」反映了顧況對邊塞戰爭的積極態度。〈長安道〉、〈步虛詞〉、〈南歸〉、〈送李道士〉等，反映了顧況的歸隱與仙道思想。

顧況善於寫景狀物。如〈白鷺汀〉：「靃靡汀草碧，淋森鷺毛白。」〈黃菊灣〉：「時菊凝曉露，露華滴秋灣山。」〈石竇泉〉：「吹沙復噴石，曲折仍圓旋。」這些詩多為一詩一景，詩人善於捕捉「鷺毛白」、「凝曉露」、「吹沙復噴石」等形態或者情態特點，並借「靃靡汀草碧」、「仙人釀酒熟」、「野客漱流時」加以點綴渲染，色澤分明，形態逼真。顧況這類小詩，名篇如〈江上〉：

江清白鳥斜，蕩槳罥蘋花。聽唱菱歌晚，回塘月照沙。

詩歌前半部分選取白鳥斜飛江上、蘋花纏繞船槳兩幅畫面，一動一靜，一高一低，一白一綠，生動鮮明。後半部分寫江上所聞、所感，尤其是末句，詩味雋永。

顧況也有一部分詩歌受民歌影響較為明顯。如〈臨平湖〉：「採藕平湖上，藕泥封藕節。船影入荷香，莫沖蓮柄折。」又如〈溪上〉：「採蓮溪上女，舟小怯搖風。驚起鴛鴦宿，水雲撩亂紅。」詩歌不僅運用民歌常用的遣詞造語等表達手法，也運用了民歌經常述寫的生活事件。類似者，尚有〈春草謠〉、〈送行歌〉、〈漁父詞〉等，皆是模仿民歌詩篇。皇甫湜〈顧況詩集序〉稱其：「吳中山泉氣狀……君出其中間，翕輕清以為性，結泠汰以為質，煦鮮榮以為詞……往往若穿天心，出月脅，意外驚人語，非尋常所能及，最為快也。」可見吳地獨特的自然文化環境對顧況詩的影響。

顧況詩，四言、五言、七言、雜言均有佳作。四言以《上古之什補亡訓傳十三章》為代表，這類詩歌，詩人效法《詩經》小序，取首句一二字為題。如〈囝〉，題下標注：「囝，哀閩也。」如〈上古〉，注云：「上古，湣農也。」〈築城〉，注云：「築城，刺臨戎也。寺人臨戎，以墓磚為城壁。」顧況的這些詩作，開新樂府「首句標其目」詩風。五言詩篇章較多，佳篇如〈江上〉、〈過山農家〉等。雜言較好的詩歌，如〈公子行〉、〈古離別〉等。七言雖然數量較少，但也有一些詩寫得很好。如〈苔蘚山歌〉：

野人夜夢江南山，江南山深松桂閒。野人覺後長歎息，帖蘚黏苔作山色。
閉門無事任盈虛，終日欹眠觀四如：一如白雲飛出壁，二如飛雨巖前滴。
三如騰虎欲咆哮，四如懶龍遭霹靂。嶮峭嵌空潭洞寒，小兒兩手扶欄干。

詩歌描寫黏帖苔蘚作山水的生活瑣事，既突出詩人內心之「閒」的情致特點，又有突出帖蘚黏苔作山水的形態特點，通俗明快，樸實自然，比喻新巧。尤其是「小兒兩手扶欄干」，引人產生無限遐思。

顧況以詩著稱，他的文也有一定的成就。如〈送朱拾遺序〉敘述暮秋楚天送行離別情景，勸慰友人「何山不可以為家，何水不可以泛舟」，表面爽朗，實際是寄寓著作者人生離別的悲慨。〈宋州刺史廳壁記〉以記述宋州變遷，指出「自貞觀以來，列名氏者，以房梁公為首，存乎東壁。大曆之後，繼聲躅者，宜司徒公為首」，頗似史家筆法。〈陰陽不測之謂神論〉涉及天文、哲學等多領域，指出「釋氏五蔭，輪為四生，或居人中，以為鬼神，唯代有佛法，獨能究竟。白雲依山，出入自得；飛鳥以滅，虛空不礙。清明在躬，志氣如神，陰陽不測，唯佛而已。」〈文論〉、〈如意輪畫贊〉是兩篇文藝論文。其他，尚有碑誌文〈蘇州乾元寺碑〉、〈饒州刺史趙郡李府君墓誌銘〉等。

顧況詩，皇甫湜〈顧況詩集序〉對其評價甚高。唐末詩僧貫休有〈讀顧況歌行〉：「忽睹逋翁一軸歌，始覺詩魔辜負我。」嚴羽《滄浪詩話・詩評》：「顧況詩多在元、白之上，稍有盛唐風骨處。」胡應麟《詩藪・內編》卷二：「唐人諸古體，四言無論，為騷者太白外，王維、顧況三二家，皆意淺格卑，相去千里。」可見，在大曆前後，顧況是一位不可忽視的詩人。

第八章　中唐詩歌（之二）：韓孟詩派與劉禹錫、柳宗元等詩人

大曆以後，經過短暫的過渡，貞元、元和年間，詩壇湧現出一批詩人。這些詩人，以韓愈、孟郊為核心，形成尚怪重意派；以元稹、白居易為核心，形成尚俗寫實派，另有劉禹錫、柳宗元、李賀等詩人，雖然和韓孟、元白詩派有諸多聯繫，但又自成一家。這一時期的唐詩，繼開元、天寶以後，再一次呈現出繁榮景象。

第一節　韓愈

一、韓愈的生平、歷史地位及詩歌理論主張

韓愈（七六八—八二四），字退之，河陽（今河南孟州）人，自謂郡望昌黎。韓愈三歲喪父，由其兄韓會撫養。韓愈雖孤貧卻刻苦好學，貞元二年（七八六），韓愈始赴長安應考，應舉不第，其〈出門〉詩：「長安百萬家，出門無所之。」反映了落魄舉子悲觀情緒。貞元八年（七九二），進士及第，這一年，同及第者英才輩出，

如歐陽詹、李觀、王涯、李絳、崔群等人，號「龍虎榜」。韓愈登第後，與李觀等人建交，其〈北極贈李觀〉：「風雲一朝會，變化成一身。誰言道里遠，感激疾如神。我年二十五，求友昧其人。哀歌西京市，乃與夫子親。」「一朝會」、「求友昧其人」、「乃與夫子親」，敘述交友時間以及愉快心情。此後，韓愈遊於鳳翔、長安、河陽、東都等地。貞元十二年（七九六）秋，為汴州董晉幕府觀察巡官。十五年（七九九），轉徐州節度推官。十八年（八〇二），調授四門博士。十九年（八〇三），拜監察御史。本年，京畿乾旱，百姓窮困，韓愈上天旱人飢疏，請求寬免租稅，為京兆尹李實所譖，冬十二月，貶陽山令。順宗永貞元年（八〇五），移江陵法曹參軍。元和元年（八〇六），召為國子博士。四年（八〇九），改都官員外郎，守東都省。五年（八一〇），為河南縣令。六年（八一一），行尚書職方員外郎。七年（八一二），因上書言事，復為國子博士。八年（八一三），作〈進學解〉，執政覽其文而憐之，由國子博士改尚書比部郎中、史館修撰。九年（八一四），為考功郎中、知制誥。約十一年（八一六），遷中書舍人，旋因伐蔡等事降太子右庶子。這段時間，韓愈詩風發生轉變，元稹〈見人詠韓舍人新律詩因有戲贈〉：「喜聞韓古調，兼愛近詩篇。」這時期，韓愈所作〈寒食值歸遇雨〉、〈送李六協律歸荊南〉、〈題於賓客莊〉、〈晚春〉、〈落花〉、〈贈張十八助教〉等，均為律絕。十二年（八一七），為彰義行軍司馬，旋拜刑部侍郎。十四年（八一九），因極諫憲宗法門寺迎佛骨，貶潮州刺史，移袁州。十五年（八二〇），召為國子祭酒。長慶元年（八二一），遷兵部侍郎。二年（八二二），奉使鎮州，遷吏部侍郎。三年（八二三），為京兆尹兼御史大夫，復為兵部侍郎，又遷吏部侍郎。四年（八二四）冬，卒。世稱韓昌黎、韓吏部，諡文，亦稱韓文公。

韓愈的一生，坎坷曲折，但他始終保持積極進取的心態。李杜以後的五、六十年間，韋應物、元結、顧況等詩人也將一部分精力投向現實，但詩壇影響較大的是以十才子為代表的卑弱詩風。這一時期，沒有出現大詩人。貞元、元和時期，詩壇群星燦爛，其中，韓愈是最具影響力的詩人之一。趙翼《甌北詩話》卷三：「至昌黎時，李、杜已在前，縱極力變化，終不能再闢一徑。惟少陵奇險處，尚有可推擴，故一眼覷定，欲從此闢山開道，自成一家。此昌黎注意所在也。」可見，盛唐詩壇繁榮，讓其後學難以為繼。但在盛極難及的環境中，白居易、韓愈同時登上詩壇。在白居易等人積極探索平易樸素詩風的同時，韓愈詩歌走出一條新路子。回顧大曆詩壇，韓愈詩風的形成，既有現實因素以及韓愈主觀努力的成分，也有詩歌自身發展規律等因素影響。從現實狀況看，安史之亂後，唐王朝繁榮不再。大曆前後詩人，他們所聞所見的，是國家危難、民眾疾苦以及社會的千瘡百孔。唐德宗以後，國家元氣有所恢復，尤其是唐憲宗元和十幾年間，一些藩鎮叛亂得以平息，中央政府，以皇帝為核心的政治集團也表現出了治亂救世的雄心壯志，這就不免激發了文人的志向抱負，他們將更多的精力投向現實社會。這一時期詩人，他們既有「惟歌生民病，願得天子知」的上進心願，也有「刺史莫辭迎候遠，相公新破蔡州回」等現實生活事件的觀察感受，這一切，和大曆詩人截然不同。

韓愈詩歌，一方面強調繼承《詩經》、漢魏、陳子昂、李白、杜甫等詩歌傳統，另一方面，又積極追求創新變革。其〈薦士〉詩說：「周《詩》三百篇，雅麗理訓誥。曾經聖人手，議論安敢到。五言出漢時，蘇李首更號。東都漸瀰漫，派別百川導。建安能者七，卓犖變風操。逶迤抵晉宋，氣象日凋耗。中間數鮑謝，比近最清奧。齊梁及陳隋，眾作等蟬噪。搜春摘花卉，沿襲傷剽盜。國朝盛文章，子昂始高蹈。勃興得李杜，萬類困陵暴。後來相繼生，亦各臻閫奧。」可見韓愈對前人的學習繼承。雖然大曆詩人相對成就不高，這一時期詩人積極學習民歌，注重詩歌技巧，學習《詩經》等，都對貞元、元和詩人有著巨大影響。至於李杜等詩人，韓愈說「李杜文章在，光芒萬丈長」，據此可見一斑。韓愈詩體現出新變特點，正如胡仔《苕溪漁隱叢話前集》卷一七引蘇軾云：「詩之美者，莫如韓退之。然詩法之變，自退之始。」韓愈詩歌，開創了中唐詩歌新局面，不僅孟郊、賈島，李賀、盧仝、馬異等人受到韓愈的影響，其同期及以後的諸多文士，也不同程度的受到韓愈的影響。

二、韓愈詩的思想內容

韓愈文名過盛，遮掩了詩名。實際上，韓愈詩歌成就也是很高的。其一部分詩歌，表達出積極上進的功業理想追求；一部分詩歌，反映社會秩序混亂及藩鎮戰亂。如《汴州亂二首》其一：「健兒爭誇殺留後，連屋累棟燒成灰。諸侯咫尺不能救，孤士何者自興哀。」〈歸彭城〉：「天下兵又動，太平竟何時。」一部分詩歌，如〈謝自然詩〉：「童騃無所識，但聞有神仙。」〈桃源圖〉：「神仙有無何渺茫，桃源之說誠荒唐。」表達了詩人對神仙、佛法的態度。有些詩，如〈縣齋有懷〉：「少小尚奇偉，平生足悲吒。……誰為傾國謀，自許連城價。初隨計吏貢，屢入澤宮射。……嗣皇新繼明，率土日流化。」詩中所說的「誰為傾國謀，自許連城價」、「兩府變荒涼，三年就休假」、「嗣皇新繼明，率土日流化」等，可以看出，詩人對時弊的思考，以及對皇帝新政的期盼。又如〈古風〉：「彼州之賦，去汝不顧。此州之役，去我奚適」，表達對賦役的態度，〈永貞行〉：「北軍百萬虎與貔，天子自將非他師。一朝奪印付私黨，懍懍朝士何能為。……董賢三公誰復惜，侯景九錫行可歎」表達了詩人對時局的關心。

因為仕途坎坷，韓愈也有部分詩篇抒發自己的失意與憤懣。如〈利劍〉：「我心如冰劍如雪，不能刺讒夫，使我心腐劍鋒折。」〈齪齪〉：「齪齪當世士，所憂在飢寒。但見賤者悲，不聞貴者歎。大賢事業異，遠抱非俗觀。」〈烽火〉：「我歌寧自感，乃獨淚沾衣。」有時，詩人將自己的憤懣之情寄寓於傷時感懷的歎詠之中。如〈夜歌〉：「靜夜有清光，閒堂仍獨息。念身幸無恨，志氣方自得。」〈晚菊〉：「少年飲酒時，踴躍見菊花。今來不復飲，每見恆咨嗟。佇立摘滿手，行行把歸家。此時無與語，棄置奈悲何。」詩人或者傷時歎逝，或者感物傷懷。值得注意的是，詩人的這種情懷，不是心灰意冷的宣洩，也不是壓抑不平的怨怒，而是失意憤懣中伴著重重的期盼。如《秋懷詩十一首》，詩人說「浮生雖多塗，趨死惟一軌。胡為浪自苦，得酒且歡喜」、「歸還閱書史，文字浩千萬。陳跡竟誰尋，賤嗜非貴獻」、「豈不感時節，耳目去所憎。……惜哉不得往，豈謂吾無能」、「低心逐時趨，苦勉祗能暫。有如乘風船，一縱不可纜」，同時又說「丈夫意有在，女子乃多怨」、「尚須勉其頑，王事有朝請」、「丈夫屬有念，事業無窮年」、「知恥足為勇，晏然誰汝令」，可見，詩人始終抱著建功立業之心。有些詩，如〈食曲河驛〉：「下負明義重，上孤朝命榮。殺身諒無補，何用答生成。」〈瀧吏〉：「聖人於天下，於物無不容。……歷官二十餘，國恩並未酬。」〈題楚昭王廟〉：「猶有國人懷舊德，一間茅屋祭昭王。」這些詩，作於貶潮州途中或潮州任所，可以看出，貶謫失意之時，詩人間或牢騷滿腹，但他也沒有忘了自己的志向抱負。

韓愈還有部分行旅、登臨、遊覽詩。如〈南山詩〉、〈暮行河堤上〉、《岐山下二首》、〈寒食日出遊〉等。韓愈的這類詩歌，或敘述行旅所見所感，或詠物抒懷，或描繪山水風光，往往別有情致。如〈晚春〉：「草樹知春不久歸，百般紅紫鬥芳菲。楊花榆莢無才思，惟解漫天作雪飛。」這首詩乃《遊城南十六首》其三，詩歌描寫晚春郊行所見的景物，如「草樹」、「楊花」、「榆莢」等，均融入了自己特殊情態的審美體驗。詩人有些紀行詩，如〈歸彭城〉：「前年關中旱，閭井多死饑。去歲東郡水，生民為流屍」，〈次鄧州界〉：「潮陽南去倍長沙，戀闕那堪又憶家。……早晚王師收海嶽，普將雷雨發萌芽」，將其對社會民生的關心與自己的行旅之慨結合在一起，內容上擺脫了大曆詩人行旅詩狹窄的個人情思的局限。

今存韓愈詩，有相當數量的詠物詩。如名詩〈春雪〉：「新年都未有芳華，二月初驚見草芽。白雪卻嫌春色晚，故穿庭樹作飛花。」詩以擬人筆法描寫長安春雪，既表現了詩人內心的情感活動，又表現了春雪的情態、形態特點，風趣幽默，寓意深刻。這類詩歌，又如〈木芙蓉〉、〈新竹〉、〈晚菊〉、〈芍藥〉、〈題百葉桃花〉、〈杏花〉等，詩人均能抓住詠頌之物的特點，一物一詠。有些詩歌，如《奉和虢州劉給事使君三堂新題二十一詠》、《題張十一旅舍三詠》、《盆池五首》等，以組詩詠物，氣象頗為壯觀。

韓愈還有一些寄贈唱和詩。如著名詩篇〈早春呈水部張十八員外〉：「天街小雨潤如酥，草色遙看近卻無。最是一年春好處，絕勝煙柳滿皇都。」這首詩名為寄贈，實乃以詩歌文字傳達詩人遊歷所見及內心感受。又如〈長安交遊者一首贈孟郊〉：「長安交遊者，貧富各有徒。親朋相過時，亦各有以娛。陋室有文史，高門有笙竽。何能辨榮悴，且欲分賢愚。」〈鎮州路上謹酬裴司空相公重見寄〉：「銜命山東撫亂師，日馳三百自嫌遲。」〈贈張籍〉：「吾老著讀書，餘事不掛眼。」這些詩歌，詩人或者訴說所見不平等現象，或者敘論人生態度，或者交流文學批評觀點，或者表達對時局的看法，或者暢談登臨攬勝及心中感受，和大曆時代詩人寄贈詩風有著明顯的不同。

三、韓愈詩的藝術成就

韓愈詩歌藝術成就很高。嚴羽《滄浪詩話》「詩體」條有「韓昌黎體」，韓愈積極探索詩歌新形式、新技巧，形成其獨特風格。以下列點說明：

第一，韓詩境界開闊，氣勢雄偉。如〈南山詩〉，全詩一千餘字，開篇總敘四時之變，次敘南山連亙之所止，末敘其經歷之所見。方位空間上，有「東西」、「表裡」、「西南」、「前尋」以及上下、高低、遠近等轉換，時間上，有春、夏、秋、冬以及「初」、「時」、「旋」、「前年」、「昨來」等不同，天氣狀況，有「晴明」、「無風」、「橫雲」、「陰霰」、「雷電」、「清霽」等變化，尤其是詩人描寫南山光怪陸離的景象，連用五十一個「或」

引起比喻、誇張、擬人句式，形成氣勢磅礴的排比，恰如漢賦，恢弘壯闊。又如〈謁衡嶽廟遂宿嶽寺題門樓〉，開篇云「五嶽祭秩皆三公，四方環鎮嵩當中。火維地荒足妖怪，天假神柄專其雄。噴雲泄霧藏半腹，雖有絕頂誰能窮。」大有李白「天姥連天向天橫，勢拔五嶽掩赤城」的氣勢。

韓愈詩，無論長篇短章，均具有氣勢壯闊的特點。長篇巨製者，除上文所引〈南山詩〉等，又如〈赴江陵途中寄贈王二十補闕李十一拾遺李二十六員外翰林三學士〉、〈合江亭〉、〈陪杜侍御遊湘西兩寺獨宿有題一首，因獻楊常侍〉、〈岳陽樓別竇司直〉、〈陸渾山火和皇甫湜用其韻〉等，從篇章構思到取景立意等，極為雄壯。一些小詩，如〈條山蒼〉：「浪波沄沄去，松柏在山岡。」〈貞女峽〉：「江盤峽束春湍豪，風雷戰鬥魚龍逃。懸流轟轟射水府，一瀉百里翻雲濤。漂船擺石萬瓦裂，咫尺性命輕鴻毛。」〈古意〉：「太華峰頭玉井蓮，開花十丈藕如船。」這些詩，雖然篇幅不長，但詩人選取不同凡響的畫面，運用超凡的筆法，寫得境界異常開闊。韓詩這一特點，後人多有論述。如張戒《歲寒堂詩話》卷上：「退之詩，大抵才氣有餘，故能擒能縱，顛倒崛奇，無施不可。放之則如長江大河，瀾翻洶湧，滾滾不窮；收之則藏形匿影，乍出乍沒，姿態橫生，變怪百出，可喜可愕，可畏可服也。」辛文房《唐才子傳》謂：「至若歌詩累百篇，而驅駕氣勢，若掀雷走電，撐決於天地之垠，詞鋒學浪，先有定價也。」

第二，體裁多樣化。從詩歌體裁上看，韓愈詩，古體、近體均有較高成就。古體佳作，如〈聽穎師彈琴〉：

昵昵兒女語，恩怨相爾汝。劃然變軒昂，勇士赴敵場。浮雲柳絮無根蒂，天地闊遠隨飛揚。
喧啾百鳥群，忽見孤鳳凰。躋攀分寸不可上，失勢一落千丈強。嗟余有兩耳，未省聽絲篁。
自聞穎師彈，起坐在一旁。推手遽止之，濕衣淚滂滂。穎乎爾誠能，無以冰炭置我腸。

全詩緊扣「聽琴」，從不同角度展現穎師彈琴的音樂效果，比喻生動貼切，描寫繪神繪色，既將優美琴聲與聽者內心波瀾巧妙融合，烘托了琴聲的波瀾疊起、變態百出，又表現了聽者的個性特點，歷來為人們所稱道。又如〈琴操〉，胡仔《苕溪漁隱叢話前集》卷一八引《唐子西語錄》云：「古樂府命題皆有主意，後之人用樂府為題者……太白輩或失之，惟退之〈琴操〉得體，〈琴操〉，柳子厚不能作。」韓愈其他古體詩，如〈八月十五夜贈張功曹〉、〈齪齪〉、〈薦士〉、《汴州亂二首》、〈山石〉、〈謁衡嶽廟遂宿嶽寺題門樓〉等，其內容與藝術也都很有影響。

以風格發展演變而論，韓愈早期詩歌，多學習《詩經》，取法漢魏，詩歌體裁多為古體詩，以五言為主，篇幅較長，風格古拙。貞元中後期以後，詩人風格開始變化，近體詩數量增多，奇險詭怪特徵更為明顯。如近體詩名篇〈左遷至藍關示侄孫湘〉：

一封朝奏九重天，夕貶潮州路八千。欲為聖明除弊事，肯將衰朽惜殘年！
雲橫秦嶺家何在？雪擁藍關馬不前。知汝遠來應有意，好收吾骨瘴江邊。

元和十四年（八一九）正月，韓愈因上〈論佛骨表〉觸怒憲宗，由刑部侍郎貶潮州刺史。潮州路遙，加之韓愈倉猝上路，至藍田關遇大雪阻路，詩人觸景生情，發而為詩。全詩熔敘事、寫景、抒情為一爐，情感濃郁，感懷真切，頗有杜甫抑鬱頓挫詩風。韓愈近體詩，如〈送桂州嚴大夫〉、〈送鄭尚書赴海南〉等，均乃後人稱頌名篇。

今存韓愈近體詩中，七絕成就很高。如〈早春呈水部張十八員外〉、〈題百葉桃花〉、〈春雪〉、〈晚春〉、〈湘中酬張十一功曹〉等，均乃膾炙人口名篇。宋人編《萬首唐人絕句》，選韓愈七言絕句近八十首，據此可見一斑。

第三，表達方式豐富多姿。韓愈善於描寫，形象生動。如〈雉帶箭〉：

> 原頭火燒靜兀兀，野雉畏鷹出復沒。將軍欲以巧伏人，盤馬彎弓惜不發。地形漸窄觀者多，
> 雉驚弓滿勁箭加。衝人決起百餘尺，紅翎白鏃相傾斜。將軍仰笑軍吏賀，五色離披馬前墮。

詩歌起筆描摹原野之靜態，緊接著描寫將軍心理活動及其神采、獵場的地貌特點及射獵場面、受傷獵物的形態特點、將軍獲得獵物的得意與驕矜，詩人兼融敘述、描寫，採用正面側面描寫結合等方式，將描繪物件的特點描繪得明晰、神韻別致、情趣橫生。高棅《唐詩品彙》卷三五評〈雉帶箭〉：「讀之其狀如在目前，蓋寫物之妙者。」朱彝尊〈批韓詩〉：「句句實境，寫來絕妙，是昌黎極得意詩，亦正是昌黎本色。」

尤其是詠物詩，詩人所詠的「雪」、「木芙蓉」、「竹」、「菊」、「芍藥」、「桃花」、「流水」等，均能抓住所詠物件獨特特徵。如〈鳴雁〉描繪鳴雁「噭噭鳴雁鳴且飛」、〈柳溪〉描繪夾岸柳蔭「行行夾岸高」、〈月池〉描繪月下池水「寒池月下明」、〈花源〉描繪鮮花顏色「丁寧紅與紫」、〈落花〉描繪殘春落花「已分將身著地飛」、〈竹溪〉描繪溪邊修竹「梢梢岸筱長」、〈楸樹〉描繪雨中樹蔭「青幢紫蓋立童童，細雨浮煙作彩籠」等等，詩人或繪其形、或繪其神，均能顯現詩人高超的描寫技巧。

韓詩也善於敘事、議論，如〈山石〉：

> 山石犖确行徑微，黃昏到寺蝙蝠飛。昇堂坐階新雨足，芭蕉葉大梔子肥。
> 僧言古壁佛畫好，以火來照所見稀。鋪床拂席置羹飯，疏糲亦足飽我飢。

夜深靜臥百蟲絕，清月出嶺光入扉。天明獨去無道路，出入高下窮煙霏。
山紅澗碧紛爛漫，時見松櫪皆十圍。當流赤足踏澗石，水聲激激風吹衣。
人生如此自可樂，豈必局束為人鞿。嗟哉吾黨二三子，安得至老不更歸。

詩雖以「山石」為題，非為詠物，而是敘寫遊蹤。詩歌採用敘事方法，以行程為序，先後敘寫登山、到寺、觀畫、用餐、夜臥、離去，結尾議論點題，如同遊記散文。又如〈八月十五夜贈張功曹〉，在交代環境之後，以請「君」唱歌始，以勸「君」終，結尾「人生由命非由他，有酒不飲奈明何」以議論點明詩人人生觀，脈絡分明，如同宴飲序記散文。

韓愈這種以文為詩的寫法，體現了韓愈求新求變的詩歌審美追求。他的很多詩篇，均表現出這一特徵。如〈歸彭城〉、〈嗟哉董生行〉、〈寒食日出遊〉、〈豐陵行〉、〈遊青龍寺贈崔大補闕〉等。韓愈以文為詩，亦受到指斥。陳師道《後山詩話》：「退之以文為詩，子瞻以詩為詞，如教坊雷大使之舞，雖極天下之工，要非本色。」然而也正是這樣，使得韓愈詩歌顯現出新變的特徵。

第四，詩歌語言奇險與新穎。在結構、表達方式求新的同時，韓愈詩歌選詞用語、句式等也體現出新的特徵。遣詞方面，詩人力求陳言務去。他在〈縣齋有懷〉說他自己「少小尚奇偉，平生足悲吒」，〈薦士〉也說：「冥觀洞古今，象外逐幽好。橫空盤硬語，妥帖力排奡。」他的詩，如「私習簋簠」（〈元和聖德詩〉）、「崢嶸躋塚頂，倏閃雜鼯鼬」（〈南山詩〉）、「千鍾萬鼓咽耳喧，攢雜啾嚄沸箎塤。彤幢絳旃紫纛旛，炎官熱屬朱冠褌，髹其肉皮通髀臀，頹胸垤腹車掀轅，緹顏韎股豹兩鞬」（〈陸渾山火和皇甫湜用其韻〉）、「放縱是誰之過歟，效尤戮僕愧前史」（〈寄盧仝〉）、「三十骨骼成，乃一龍一豬」（〈符讀書城南〉）等等，用奇字、壓險韻，一味追求險怪風格，有時甚至過於冷僻，令人難以卒讀。

句式方面，詩人反對駢儷，他的詩多古體少近體，句式不拘一格，《環溪詩話》云：「近體當法杜，長句當法韓與李。」這些都體現了韓愈積極的追求探索。但有時候，詩人一味追求變化，如〈忽忽〉，長句「忽忽乎余未知生之為樂也」，多達十一個字；短句「絕浮塵」，僅僅三個字，在不到六十字的一首詩中，詩人用了三、六、七、十一字不等，顯得有些過分。至於〈利劍〉中「噫！劍與我俱變化歸黃泉」、〈嗟哉董生行〉：「嗟哉董生朝出耕。夜歸讀古人書，盡日不得息。或山于樵，或水于漁。入廚具甘旨，上堂問起居。父母不慼慼，妻子不咨咨。嗟哉董生孝且慈。人不識，惟有天翁知。生祥下瑞無時期」等等，句式如同散文。惠洪《冷齋夜話》引沈括語：「退之詩，押韻之文耳；雖健美富贍，然終不是詩。」從韓詩這類詩句看，批評是正確的。

第二節　孟郊和賈島

一、孟郊

孟郊（七五一－八一四），字東野，郡望平昌（今山東臨邑東北），先世徙至湖州武康（今浙江德清）。孟郊早年屢試不第，德宗貞元十二年（七九六），進士及第，時孟郊已四十六歲。他有詩〈登科後〉，描述登第喜悅：「昔日齷齪不足誇，今朝放蕩思無涯；春風得意馬蹄疾，一日看盡長安花。」及第後，孟郊東遊汴州（今河南開封）、越州（今浙江紹興）等地。貞元十六年（八〇〇），任溧陽尉，縣有投金瀨，孟郊常至水邊吟詩為樂，曹務多廢。縣令以假尉代之，分其半俸。憲宗元和（八〇六－八二〇）初，河南尹、東都留守鄭餘慶奏為河南水陸轉運從事、試協律郎，遂定居洛陽。元和九年（八一四），鄭餘慶任山南西道節度使，奏為興元軍參謀、試大理評事，赴任行至閿鄉（今河南靈寶），暴病卒，年六十四。

孟郊現存詩五百餘首，其中部分詩篇，將關注目光投向社會現實。如〈殺氣不在邊〉：「殺氣不在邊，凜然中國秋。道險不在山，平地有摧輈。河南又起兵，清濁俱鎖流。」〈汴州離亂後憶韓愈、李翺〉：「忠直血白刃，道路聲蒼黃。食恩三千士，一旦為豺狼。」這些詩歌，揭示藩鎮割據給社會帶來的危害，表達了詩人對戰爭的憎惡。他的一些詩歌，表達了對民生疾苦的關懷。如〈寒地百姓吟〉：「無火炙地眠，半夜皆立號。冷箭何處來，棘針風騷勞。霜吹破四壁，苦痛不可逃。高堂搥鐘飲，到曉聞烹炮。……遊遨者是誰，君子為鬱陶。」〈長安道〉：「胡風激秦樹，賤子風中泣。……高閣何人家，笙簧正喧吸。」這些詩，將苦寒煎熬中的民眾與高堂富貴之家的腐朽生活進行對比，表達詩人極為深廣的憤慨。又如〈贈農人〉：「勸爾勤耕田，盈爾倉中粟。勸爾伐桑株，滅爾身上服。」〈織婦辭〉：「筋力日已疲，不息窗下機。」這些詩，或表現詩人對農事的關心，或表現詩人對民眾艱辛的同情。與大曆前後詩人比較，內容上有明顯的變化。

孟郊詩中，寫得最多、影響最大、最為感人的，是他的一些訴說窮困遭遇詩章。如《秋懷十五首》其二：

秋月顏色冰，老客志氣單。冷露滴夢破，峭風梳骨寒。席上印病文，
腸中轉愁盤。疑慮無所憑，虛聽多無端。梧桐枯崢嶸，聲響如哀彈。

《秋懷十五首》為同題組詩，從不同方面抒寫了他晚境的淒涼哀怨，反映出封建制度對人才的摧殘和世態人情的冷酷。這首詩是第二首，從秋夜月景寫起，透露了詩人畢生奔波、仕途失意、夢想破滅、孤寂無奈的感慨，寓寄著詩人一生窮困與失意的悲哀。又如〈自歎〉：「愁與髮相形，一愁白數莖。有髮能幾多，禁愁日日生。」

〈寒江吟〉：「冬至日光白，始知陰氣凝。寒江波浪凍，千里無平冰。」〈訪疾〉：「冷氣入瘡痛，夜來痛如何。瘡從公怒生，豈以私恨多。」〈借車〉：「借車載傢俱，傢俱少於車。借者莫彈指，貧窮何足嗟。」歐陽脩《六一詩話》：「孟郊、賈島皆以詩窮至死，而平生尤自喜為窮苦之句。孟有〈移居〉詩云：『借車載傢俱，傢俱少於車』，乃是都無一物耳。」孟郊一生，清貧徹骨，這些詠歎貧窮飢寒的詩歌，多融合了詩人親身體驗，淒慘悲苦的情感發自詩人內心，故寫得十分感人。

孟郊也有敘說別離情思的詩篇，體現了詩人的現實生活體驗。如〈渭上思歸〉：「獨訪千里信，回臨千里河。家在吳楚鄉，淚寄東南波。」〈古怨別〉：「颯颯秋風生，愁人怨離別。含情兩相向，欲語氣先咽。心曲千萬端，悲來卻難說。別後唯所思，天涯共明月。」這些詩，敘說離情別意，同時又寄寓了詩人淒苦的內心感慨。又如《征婦怨》其一：「良人昨日去，明月又不圓。別時各有淚，零落青樓前。」〈分水嶺別夜示從弟寂〉：「別泉萬餘曲，迷舟獨難行。四際亂峰合，一眺千慮並。」這類詩歌，或責怨戍守、戰亂，或訴說別離遭亂之際的心中憂愁，均是詩人真切體會，其魅力，與那些訴說窮困遭遇的詩章相當。

孟郊還有一些遊賞、行旅、寄贈詩章，這些詩從不同側面反映了孟郊的生活及其思想情感。如〈遊終南山〉：「南山塞天地，日月石上生。高峰夜留景，深谷晝未明。山中人自正，路險心亦平。長風驅松柏，聲拂萬壑清。到此悔讀書，朝朝近浮名。」詩歌讚美終南的高俊奇偉，寄寓其對功名利祿的反思。春天來臨，激發詩情，詩人說：「兩滴草芽出，一日長一日。風吹柳線垂，一枝連一枝。獨有愁人顏，經春如等閒。且持酒滿杯，狂歌狂笑來。」（〈春日有感〉）登臨勝跡，詩人感歎「佞是福身本，忠是喪己源」（〈弔比干墓〉）。有時，面對春光，詩人又感歎「春色不揀墓傍株，紅顏皓色逐春去」（〈傷春〉）。遠行時，詩人感歎自己「遠行少僮僕，驅使無是非」（〈遠遊〉），有時，詩人目睹旅途所見，情感極為複雜：「四望失道路，百憂攢肺肝。日短覺易老，夜長知至寒。淚流瀟湘弦，調苦屈宋彈。」（〈商州客舍〉）有時，詩人感歎時光流逝而又功業未就，便把這種牢騷寄贈友人，與友人交流對黨朋伐異的看法：「夜鏡不照物，朝光何時升。黯然秋思來，走入志士膺。志士惜時逝，一宵三四興。清漢徒自朗，濁河終無澄。舊愛忽已遠，新愁坐相淩。君其隱壯懷，我亦逃名稱。古人貴從晦，君子忌黨朋。傾敗生所競，保全歸瞢瞢。浮雲何當來，潛虯會飛騰。」（〈寄張籍〉）失意以後，詩人便以詩訴說內心愁苦：「自念西上身，忽隨東歸風。長安日下影，又落江湖中。」（〈失意歸吳因寄東臺劉復侍御〉）等。孟郊一生奔波，他將自己的足跡所至、目光所觸、心中所想等等，均寄寓在詩歌之中，無怪乎他因癡迷於詩歌而被削減俸祿。

孟郊還有一些詩敘寫生活瑣事，體現出其濃厚親情體驗。如〈寄義興小女子〉：「小女未解行，酒弟老更癡」，〈憶江南弟〉：「生離不可訴，上天何曾聰」，〈別妻家〉：「孤雲目雖斷，明月心相通」，等等，據此可見孟郊的內心情感。這類詩歌，最為有名的是〈遊子吟〉：

> 慈母手中線，遊子身上衣。臨行密密縫，意恐遲遲歸。誰言寸草心，報得三春暉！

詩人於〈遊子吟〉詩題下注曰：「迎母溧上作。」全詩共六句三十字，歌頌了偉大無私的母愛，表達詩人對母愛的理解與敬意，清新流暢、淳樸素淡的語言中，飽含著濃郁醇美的詩味，情真意切，千百年來撥動多少讀者的心弦，引起萬千遊子的共鳴。

孟郊與賈島並稱，均以苦吟著名，和韓愈交情很深，是韓愈文學主張的支持者，為「韓孟」詩派中堅，時有「孟詩韓筆」之稱。他的詩以古體為主，多為五言。寫法上，孟郊精思苦煉，喜好雕刻。蘇軾〈祭柳子玉文〉以「寒」論評孟郊詩，這實際也指出了孟詩在意象選擇、意境構造方面的特點。孟郊詩多選擇「風」、「霜」等景物，前者如「胡風」、「北風」、「秋風」、「涼風」、「風雨」、「海風」、「朔風」、「春風」、「野風」、「東風」、「霜風」、「驚風」、「悲風」、「西風」、「風雪」、「旋風」、「回風」、「峭風」、「枯風」、「長風」等，後者如「雨霜」、「風霜」、「清霜」、「霜葉」、「霜氣」、「雪霜」、「霜枝」、「霜煙」等；他尤其喜歡具有「清」、「寒」等特點的意象，如「清晨」、「清夜」、「清光」、「清江」、「清歌」、「清水」、「清桂」、「清泉」、「清歌」、「清詩」、「清溪」、「清宵」、「清夢」、「清雨」、「清流」、「清浪」、「清池」、「寒花」、「寒天」、「寒江」、「寒松」、「寒雨」、「寒塘」、「寒木」、「寒原」、「寒景」、「寒星」、「寒色」、「寒竹」、「寒蛩」、「寒溪」、「寒谷」、「寒芳」、「寒氛」、「寒泉」等，以之抒發「愁」、「苦」的內心情懷。韓愈〈薦士〉：「冥觀洞古今，象外逐幽好。橫空盤硬語，妥帖力排奡。」比較準確地概括了孟郊詩精於語詞雕飾的特點。

在詩歌的總體風格上，孟郊追逐高古。今存孟郊詩，〈長安羈旅行〉、〈古薄命妾〉、〈雜怨〉、〈傷哉行〉等，均為古體。韓愈〈孟生詩〉：「孟生江海士，古貌又古心。嘗讀古人書，謂言古猶今。作詩三百首，窅默咸池音。」較好地概括了孟郊的詩風。孟郊也有一些自然流暢的近體詩作。如〈洛橋晚望〉：

天津橋下冰初結，洛陽陌上人行絕。榆柳蕭疏樓閣閒，月明直見嵩山雪。

全詩以「望」為詩眼，依次描摹洛橋橋初冰、路上行人稀少、榆柳蕭疏、樓閣靜謐、月明夜靜、山雪可見，突出表現初冬時節洛橋萬籟俱寂、悄無人聲的雅致環境，讓讀者感受到極度的快意和美感。全詩描摹真切，清新自然。又如〈南浦篇〉描寫桃花柳絮「南浦桃花亞水紅，水邊柳絮由春風」，〈臨池曲〉描寫蒲葉菱角「池中春蒲葉如帶，紫菱成角蓮子大」，〈清東曲〉描寫雨中櫻花「櫻桃花參差，香雨紅霏霏」，〈越中山水〉描述所見山水「碧嶂幾千繞，清泉萬餘流」，〈同年春宴〉描繪繁春景象「紅雨花上滴，綠煙柳際垂」等等，這些均反映了孟郊詩歌風格清新俊逸的一面。

孟郊詩歌，影響較大。李翺〈薦所知於徐州張僕射書〉：「郊為五言詩，自漢李都尉（陵）、蘇屬國（武）及建安諸子、南朝二謝，郊能兼其體而有之。」張為《詩人主客圖》列孟郊為「清奇僻苦主」，元好問《論詩三十首》說：「東野窮愁死不休，高天厚地一詩囚。」據此均可以看出孟郊的詩歌成就，以及其地位與影響。

二、賈島

賈島（七七九—八四三），字浪仙，河北范陽（今北京市）人。早年出家為僧，號無本。元和間，往來於兩京。《唐詩紀事》卷四〇載，賈島為僧時，洛陽令禁止僧侶午後外出，賈島作詩發牢騷：「不如牛與羊，猶得日暮歸。」曾以詩謁李益、韓愈等人，返俗後參加科舉考試，終身未第。文宗開成二年（八三七），任長江主簿。五年（八四〇），遷普州司倉參軍。武宗會昌三年（八四三），轉普州司戶參軍，未及受任，卒。

賈島和孟郊齊名，後人以「郊寒島瘦」並稱，不過賈島詩歌思想內容相對貧乏。今存賈島詩，有一些反映現實的作品。如〈病蟬〉說：「病蟬飛不得，向我掌中行。拆翼猶能薄，酸吟尚極清。露華凝在腹，塵點誤侵睛。黃雀並鳶鳥，俱懷害爾情。」據《唐詩紀事》卷四〇載：「島久不第，吟〈病蟬〉之句以刺公卿。」可見，賈島對唐代科舉弊端的怨憤態度。又如〈送沈秀才下第東歸〉：「沈生才俊秀，心腸無邪欺。君子忌苟合，擇交如求師。……下第子不恥，遺才人恥之」、〈送令狐相公〉：「姓名猶語及，門館阻何因。苦擬修文卷，重擎獻匠人。……下第能無恧，高科恐有神。罷耕田料廢，省釣岸應榛」等，這些詩，揭露了科舉制度的黑暗。賈島有些詩，反映了戰亂社會現實。如〈逢舊識〉：「幾歲阻干戈，今朝勸酒歌。……舊宅兵燒盡，新宮日奏多」、〈暮過山村〉：「初月未終夕，邊烽不過秦」等，反映戰亂給社會帶來的危害。有些詩，如〈哭盧仝〉：

「賢人無官死，不親者亦悲。空令古鬼哭，更得新鄰比。平生四十年，惟著白布衣。天子未辟召，地府誰來追。」〈代舊將〉：「舊事說如夢，誰當信老夫。戰場幾處在，部曲一人無。」表達了詩人對黑暗政治的不滿，寓寄著自己的內心苦悶。

賈島有時也有慷慨激越之情，如〈劍客〉：

十年磨一劍，霜刃未曾試。今日把似君，誰為不平事。

詩歌刻劃劍客形象，用十年磨劍暗寓自己為理想奮鬥之歷程，用把劍示君表明功業理想，慷慨而又豪爽。又如〈病鶻吟〉：「俊鳥還投高處棲，騰身戛戛下雲梯。……不緣毛羽遭零落，焉肯雄心向爾低！」〈崔卿池上鶴〉：「翎羽如今從放長，猶能飛起向孤雲。」〈代邊將〉：「持戈簇邊日，戰罷浮雲收。露草泣寒霽，夜泉嗚隴頭。三尺握中鐵，氣沖星斗牛。報國不拘貴，憤將平虜讎。」這些詩，表現出賈島期望建功立業的志向抱負。

賈島一生不得志，宦途極艱，孤貧潦倒，他的詩歌，主要內容是反映其淒苦生活和不幸遭遇。如〈冬夜〉：「羈旅復經冬，瓢空盎亦空。淚流寒枕上，跡絕舊山中。凌結浮萍水，雪和衰柳風。曙光雞未報，嘹唳兩三鴻。」詩歌描述其寒冬之夜瓢空盎空、淚流寒枕、凌晨不能入睡的淒苦現狀，又以寒冰、冬風、衰柳等加以渲染，使人不由得為詩人遭遇而悲憫。又如〈枕上吟〉：「夜長憶白日，枕上吟千詩。何當苦寒氣，忽被東風吹。」詩歌寫詩人因夜寒而難以入睡的遭遇，與陶淵明「風來入房戶，中夜枕席冷。氣變悟時易，不眠知夕永」（《雜詩十二首》之二）有異曲同工之妙。類似者，又如〈即事〉：「索莫對孤燈，陰雲積幾層」、〈旅遊〉：「空巢霜葉落，疏牖水螢穿」、〈送路〉：「歎命無知己，梳頭落白毛」等等，描述自己的淒慘生活，體現出來的不是奮爭、反抗，而是詩人的消極悲吟和感傷。

賈島有一些寄贈詩，如〈憶江上吳處士〉：「此地聚會夕，當時雷雨寒。蘭橈殊未返，消息海雲端。」〈寄韓潮州愈〉：「此心曾與木蘭舟，直至天南潮水頭。」這些詩，詩人或敘離別情誼，或訴說生活不幸愁苦，情感多憂傷淒惻。他的〈哭孟郊〉：「身死聲名在，多應萬古傳。寡妻無子息，破宅帶林泉。塚近登山道，詩隨過海船。故人相弔後，斜日下寒天。」詩歌追懷孟郊不幸遭遇，既憐人又悲己。賈島有一部分寄贈僧侶詩章，如〈贈智朗禪師〉、〈寄無可上人〉、〈送貞空二上人〉等，這些詩，既反映了詩人的交往活動，也反映其禪靜生活情趣。

賈島詩以「苦吟」著稱。他在〈送無可上人〉詩「獨行潭底影，數息樹邊身」句下自注：「二句三年得，一吟雙淚流。」司空圖〈與李生論詩書〉：「賈閬仙誠有警句，然視其全篇，意思殊餒。大抵附於蹇澀，方可致才。」不過，賈島有些詩，篇句俱佳，如〈題李凝幽居〉：

> 閒居少鄰並，草徑入荒園。鳥宿池邊樹，僧敲月下門。
> 過橋分野色，移石動雲根。暫去還來此，幽期不負言。

李凝，字行不詳。詩歌以描寫李凝幽居的周圍環境起筆，記敘訪問途中以及初到家門的情景、回歸路上所見所感，融敘事、寫景、抒懷為一爐，語言凝練，韻味醇厚。計有功《唐詩紀事》卷四〇記載，一天，賈島在驢背上斟酌詩句「鳥宿池邊樹，僧推月下門」中的「推」是否應該換為「敲」，不知不覺，騎著驢誤撞了韓愈的儀仗隊。韓愈得知事件原委後，不僅沒有生氣，反而幫助賈島，說：「『敲』字佳矣。」據此可以看出，賈島創作，精於構思。

賈島有些詩，看似平淡，實卻雅致。如〈尋隱者不遇〉：

松下問童子，言師採藥去。只在此山中，雲深不知處。

全詩構思精絕，人物對話語言洗煉。韓愈〈送無本師歸范陽〉：「狂詞肆滂葩，低昂見舒慘。奸窮怪變得，往往造平澹。」正好指出賈島詩歌這方面特點。

總體上看，賈島詩不以境勝。不過，也應看到，賈島的詩，在描寫物件方面，較多的選取雪、石、霜、露以及鶴、鳥、馬等動物，時序層面，描寫秋冬多於春夏，描寫夜晚多於白晝，同時，他喜歡用清、寒、空、枯、病等字構成詩歌意象，這樣，賈島的詩歌，有時也構成詩歌寂寞空虛的境界，表現出清奇僻苦的特徵。

賈島詩在晚唐很有影響。張為《詩人主客圖》列為「清奇雅正」升堂七人之一。李洞酷愛賈島詩歌，編《集賈島句圖》。宋人也很喜歡賈島詩歌，蘇軾〈祭柳子玉文〉以「瘦」評價賈島詩歌，南宋江湖詩派喜尚賈島詩，曾集賈島、姚合詩作為《二妙集》。

第三節　李賀

一、李賀的生平及詩歌內容

李賀（七九〇－八一六），字長吉，郡望隴西（今甘肅），籍河南府福昌之昌谷（今河南宜陽），宗室鄭孝王亮後裔。李賀早年即有詩名，王定保《唐摭言》卷一〇載：「賀年七歲，以長短之制名動京華。」當時，韓愈與皇甫湜讀李賀文章，大為驚奇地說：「若是古人，吾曹不知者；若是今人，豈有不知之理？」登門拜訪時，竟發現是一個總角小孩。二人不相信眼前事實，即命李賀賦詩。李賀承命欣然，旁若無人，即賦〈高軒過〉：「華裾織翠青如蔥，金鐶壓轡搖冬瓏，馬蹄隱耳聲隆隆，入門下馬氣如虹。云是東京才子、文章鉅公。二十八宿羅心胸，殿前作賦聲磨空，筆補造化天無功，元精炯炯貫當中。龐眉書客感秋蓬，誰知死草生華風。我今垂翅負冥鴻，他日不羞蛇與龍。」李賀七歲賦〈高軒過〉，學界對此事多有懷疑，不過李賀早年即有詩名，卻是不爭的事實。因父名晉肅，毀之者以為不得舉進士。韓愈為之作〈諱辯〉，勸勉李賀舉進士，但李賀終未能登第。約元和五年（八一〇），以恩蔭得官奉禮郎。三年後，稱病辭歸。元和十一年（八一六），卒於家，年二十七歲。

李賀生涯短促，然與賈島等詩人相比較，其詩歌內容並不單調。今存李賀詩，有一部分篇章，其內容以抒發理想抱負、慨歎生不逢時與內心苦悶為主。如《南園》其五：「男兒何不帶吳鉤，收取關山五十州。請君暫上凌煙閣，若個書生萬戶侯？」南園，是李賀讀書處。這組詩共十三首，約李賀鄉居時即興詩作。這首詩歌用一連串發問的方式，表達詩人嚮往建功立業、報效國家的壯志豪情。又如〈開愁歌〉：「我當二十不得意，一心愁謝如枯蘭」，〈野歌〉：「男兒屈窮心不窮，枯榮不等嗔天公」等等，均可見李賀胸襟抱負以及壯志難酬的悲慟。

李賀有一些詠物詩篇，如〈竹〉：「露華生筍徑，苔色拂霜根。織可承香汗，裁堪釣錦鱗。三梁曾入用，一節奉王孫。」詩歌描寫修竹露華生筍、苔色拂根的特質，歌詠其可織以為席、可承香汗、可釣錦鱗等特點。如《馬詩二十三首》其一：「龍脊貼連錢，銀蹄白踏煙。無人織錦韂，誰為鑄金鞭。」描述良馬善行，感傷其未為所知。又如〈出城寄權璩楊敬之〉：「自言漢劍當飛去，何事還車載病身」，〈春坊正字劍子歌〉：「直是荊軻一片心，莫教照見春坊字」等詩，名為詠物，實則言志。

李賀關心現實，如〈老夫採玉歌〉：

採玉採玉須水碧，琢作步搖徒好色。老夫飢寒龍為愁，藍溪水氣無清白。
夜雨岡頭食蓁子，杜鵑口血老夫淚。藍溪之水厭生人，身死千年恨溪水。
斜山柏風雨如嘯，泉腳掛繩青裊裊。村寒白屋念嬌嬰，古臺石磴懸腸草。

老夫，年老的採玉工。詩歌從不同角度描寫採玉老夫的悲慘境遇，語含譏刺，寄託尤深。王琦《李長吉歌詩匯解》云：「夫不恨官吏，而恨溪水，微詞也。」可見一斑。李賀有些詩，如〈猛虎行〉、〈貴主征行樂〉、〈公出無門〉刺藩鎮割據，〈天上謠〉、〈仙人〉、〈古悠悠行〉、〈拂舞歌詞〉、〈神仙曲〉刺憲宗篤信神仙，〈呂將軍歌〉刺宦官專權，〈黃家洞〉揭露官軍腐敗與殘酷，〈梁公子〉揭露官府腐敗生活等，這些詩歌，反映了李賀詩同情民生、關心時事、敢於直斥時弊的風貌。

李賀還有一類作品，其內主要是描寫戀情、閨思、宮怨。如〈黃頭郎〉：「黃頭郎，撈攏去不歸。南浦芙蓉影，愁紅獨自垂。水弄湘娥珮，竹啼山露月。玉瑟調青門，石雲濕黃葛。沙上蘼蕪花，秋風已先發。好持掃羅薦，香出鴛鴦熱。」船郎未歸，思婦南浦懷遠、水邊思憶、玩竹望月、極目雲石、感歎蘼蕪、傷心秋風、手掃羅薦、情思鴛鴦，一系列動作心理描寫，將女主人公內心情感描寫得淋漓盡致。又如〈蝴蝶舞〉：「東家蝴蝶西家飛，白騎少年今日歸」，寫少婦期盼夫婿歸來。〈大堤曲〉：「今日菖蒲花，明朝楓樹老」，再現女主人公感歎時光易逝，期盼及時行樂的心理。〈三月過行宮〉：「垂簾幾度青春老，堪鎖千年白日長」，對宮女的不幸表示同情。〈宮娃歌〉：「夢入家門上沙渚，天河落處長洲路」，表現宮女幽禁於深宮，思歸家而不能的內心苦楚。

李賀有較多詩篇頌贊神仙、敘述神話故事、描摹鬼魅世界，因此，前人譽之為「鬼才」。如〈天上謠〉：

「天河夜轉漂回星，銀浦流雲學水聲。玉宮桂樹花未落，仙妾采香垂珮纓。秦妃捲簾北窗曉，窗前植桐青鳳小。王子吹笙鵝管長，呼龍耕煙種瑤草。粉霞紅綬藕絲裙，青洲步拾蘭苕春。東指羲和能走馬，海塵新生石山下。」描述天庭的天河流雲、玉宮花樹、仙女摘桂等景象，突出天庭的閒適和優美。〈仙人〉：「彈琴石壁上，翻翻一仙人。手持白鸞尾，夜掃南山雲。鹿飲寒澗下，魚歸清海濱。當時漢武帝，書報桃花春。」描述仙人居住環境、生活喜尚、形態特點等，極力突出其與凡俗的不同。又如〈春坊正字劍子歌〉：「提出西方白帝驚，嗷嗷鬼母秋郊哭」，以神鬼故事渲染寶劍的神奇威力。〈漢唐姬飲酒歌〉：「勉從天帝訴，天上寡沉厄」，期冀天帝公平決斷，嚮往少沉厄之苦的天庭生活。

此外，李賀還有一些詩，如〈雁門太守行〉、〈平城下〉，取材自邊關戰爭、描寫邊塞將士生活、抒發邊塞戰亂感慨。〈殘絲曲〉、《昌谷北園新筍四首》，寫景詠物。〈還自會稽歌〉、《詠懷二首》其一、〈王濬墓下作〉，詠史懷古。〈示弟〉、〈送韋仁實兄弟入關〉，感傷離別、寄思親友。〈李憑箜篌引〉描寫音樂，品評演奏效果等。這些題材，也是李賀詩內容層面值得關注的部分。

二、李賀詩的藝術成就

李賀是中、晚唐詩風轉變期的代表者。他的一生，仕途艱難、身體多病、胸懷壯志而又飽受壓抑，使他詩歌在總體風格上具有濃厚的悲劇色彩。如〈致酒行〉：

> 零落棲遲一杯酒，主人奉觴客長壽。主父西遊困不歸，家人折斷門前柳。
> 吾聞馬周昔作新豐客，天荒地老無人識。空將箋上兩行書，直犯龍顏請恩澤。

我有迷魂招不得，雄雞一聲天下白。少年心事當拏雲，誰念幽寒坐嗚呃。

詩中描述自己的潦倒困窘，表現出詩人積極向上努力進取的情懷。由於身體以及時代等原因，詩人理想受到挫折以後，其內心是無限傷感與苦悶，體現出一種悲壯美。

李賀與李白、李商隱並稱唐代「三李」，其詩詭異富有想像力。如〈夢天〉：

老兔寒蟾泣天色，雲樓半開壁斜白。玉輪軋露濕團光，鸞珮相逢桂香陌。
黃塵清水三山下，更變千年如走馬。遙望齊州九點煙，一泓海水杯中瀉。

詩題「夢天」，即夢遊天上。詩中幻想夢遊月宮所見的老兔寒蟾、雲樓玉輪、鸞佩桂香，又想像月宮俯瞰人世的黃塵清水、三山更變、齊州煙小、海水泓淼，構思奇妙，妙想聯翩。黃周星《唐詩快》卷一贊評李賀這一特色：「命題奇創。詩中句句是天，亦句句是夢，正不知夢在天中耶？天在夢中耶？是何等胸襟眼界，有如此手筆！」又如李賀想像蘇小小「風為裳，水為珮。油壁車，夕相待」（〈蘇小小墓〉），想像銀河有「流雲學水聲」（〈天上謠〉），想像御溝水流「別館驚殘夢，停杯泛小觴」（〈同沈駙馬賦得御溝水〉），想像金銅仙人也會潸然淚下（〈金銅仙人辭漢歌〉），羲和敲日會發出猶如玻璃的聲音（〈秦王飲酒歌〉），他甚至想像「桂露對仙娥，星星下雲逗」（《感諷五首》其五）、「王母桃花千遍紅，彭祖巫咸幾回死」（〈浩歌〉）、「蛇毒濃凝洞堂濕，江魚不食啣沙立」（〈羅浮山父與葛篇〉）、「天東有若木，下置銜燭龍」（〈苦晝短〉）、「骨重神寒天廟器，一雙瞳人剪秋水」（〈唐兒歌〉）、「青霓扣額呼宮神，鴻龍玉狗開天門」（〈綠章封事〉）等等，設想奇絕，令人歎嘖。

奇妙絕倫的想像，加之李賀精於構思、勇於創新，他的詩歌意象具有瑰異奇險的特點。如〈李憑箜篌引〉：

吳絲蜀桐張高秋，空山凝雲頹不流。江娥啼竹素女愁，李憑中國彈箜篌。
崑山玉碎鳳凰叫，芙蓉泣露香蘭笑。十二門前融冷光，二十三絲動紫皇。
女媧煉石補天處，石破天驚逗秋雨。夢入神山教神嫗，老魚跳波瘦蛟舞。
吳質不眠倚桂樹，露腳斜飛濕寒兔。

詩歌描寫箜篌器材用「吳絲」、「蜀桐」，描寫其聲用「江娥啼竹」、「素女愁」、「玉碎」、「鳳凰叫」、「芙蓉泣露」、「香蘭笑」，很好的渲染了李憑彈奏箜篌的音樂效果，又用十二城門之「冷光」、九宮最高者「紫皇」加以渲染，這些意象的使用，已足以稱奇。詩人再用女媧補天之「石」、石破天驚之「雨」以及「神山」、「神嫗」、「老魚」、「瘦蛟」、「吳質」、「桂樹」、「寒兔」等，意象間之跳躍、虛幻、奇詭，可謂奇之又奇。李賀詩中，有些意象，如「蛟胎」、「鬼母」、「鯉魚尾」、「猩猩唇」、「濃蛾」、「鬼燈」、「豸角」、「猰犬」、「飢蟲」、「蠐螬」等，奇瑰之餘，又有險怪的特點。

李賀長於樂府古體。杜牧〈李長吉歌詩敘〉贊之為「〈騷〉之苗裔。」毛先舒《詩辨坻》曰：「大曆以後，解樂府遺法者，惟李賀一人。」李賀古體詩歌名篇甚多，如〈老夫採玉歌〉、〈李憑箜篌引〉、〈致酒行〉等，又如〈雁門太守行〉：

黑雲壓城城欲摧，甲光向日金鱗開。角聲滿天秋色裡，塞上燕脂凝夜紫。
半捲紅旗臨易水，霜重鼓寒聲不起。報君黃金臺上意，提攜玉龍為君死。

〈雁門太守行〉，樂府相和歌瑟調三十八首之一。詩歌通過誇張式的描寫戰地氣氛與將士苦戰的場面，既渲染敵軍兵臨城下緊張氣氛的同時，又渲染了城內守軍嚴陣以待的軍情，突出表現將士們報效朝廷的決心。全詩寫景色彩斑斕，敘事情節曲折感人，抒情格調昂揚，詩意妙奇，意境渾融。張固《幽閒鼓吹》載，李賀以詩謁韓愈，恰逢韓愈送客歸，極為困乏，本想解帶休息，但當他讀到「黑雲壓城城欲摧，甲光向日金鱗開」時，卻將衣帶束回，命人邀李賀入見。沈德潛《唐詩別裁集》卷八亦認為這首詩是李賀詩中的「老成之作」。

李賀善於煉字，詩歌語言冷峭穠麗。李商隱〈李長吉小傳〉云：「恆從小奚奴，騎距驢，背一古破錦囊，遇有所得，即書投囊中。及暮歸，太夫人使婢受囊出之，見所書多，輒曰：『是兒要當嘔出心乃已爾！』上燈，與食，長吉從婢取書，研墨疊紙足成之，投他囊中。非大醉及弔喪日，率如此，過亦不復省。」可見，李賀作詩，對待字句的認真態度。他的詩，往往在描寫物件前加上不同的修飾語，以達到不同的表達效果。如風有「南風」、「北風」、「東風」、「西風」，又有「曉風」、「春風」、「二月風」，還有「海風」、「山風」、「幽風」、「清風」、「旋風」，更有「酸風」、「香風」、「苦風」。又如李詩寫雨，有「香雨」、「蜀雨」、「鬼雨」、「紅雨」、「寒雨」，寫淚，「紅淚」、「清淚」、「粉淚」，寫蟬，有「青蟬」、「金蟬」、「綠蟬」，修飾限定，極為講求。李賀喜歡色澤描寫，如寫綠，有「寒綠」、「濃綠」、「靜綠」、「小綠」、「細綠」、「頹綠」、「閑綠」、「新綠」、「蛾綠」，寫紅，有「愁紅」、「冷紅」、「嫣紅」、「老紅」、「凝紅」、「鮮紅」、「幽紅」、「衰紅」等。李賀又善於用顏色修飾描寫對象，如「紫鬢」、「黑旗」、「白水」、「青霓」、「黃柳」、「粉霞」、「紅渠」、「綠蘚」等等，色彩琳琅滿目。李賀又善於體貌寫物，如金銅仙人的清淚為「鉛水」，敲擊亮麗太陽的聲音為「玻璃聲」，瘦峭堅勁馬骨的聲音有如「銅聲」等等，均表現出李賀的遣詞煉字功夫及其語言特點。

李賀詩受《楚辭》、古樂府、齊梁詩體、李白等影響，在中唐詩壇上，形成獨具特點的詩風。前人對其詩評價不一，如張戒《歲寒堂詩話》卷上云：「賀詩乃李白樂府中出，瑰奇譎怪則似之，秀逸天拔則不及也。賀有太白之語，而無太白之韻。……賀以詞為主，而失於少理」雖然李賀詩歌成就很高，但其險怪晦澀、缺少理思等缺點，卻是不能否認的事實。

第四節　劉禹錫和柳宗元

一、劉禹錫

劉禹錫（七七二—八四二），字夢得，洛陽（今河南洛陽）人。因避安史之亂，隨父劉緒東遷，寓居嘉興（今浙江）。禹錫貞元九年（七九三），與柳宗元同榜及進士第。貞元十一年（七九五），應吏部取進士科試，授太子校書。後為幕府書記、渭南縣主簿、監察御史等。貞元二十一年（八〇五），劉禹錫任屯田員外郎、判度支鹽鐵文案，參與王叔文新政。九月，劉禹錫坐貶連州（今廣東連縣）刺史，十月，再貶朗州（今湖南常德）司馬，同貶遠州為司馬者有柳宗元等八人，史稱「八司馬」。元和九年（八一四）末，劉禹錫與柳宗元等人奉召回京。次年三月，因〈戲贈看花諸君子〉語涉譏刺，出為播州刺史，改連州。歷夔州刺史、和州刺史。大和元年（八二七），任主客郎中分司東都。二年（八二八），入朝為尚書主客郎中、集賢院學士。五年（八三一），由禮部郎中出為蘇州刺史，後移汝州（今河南臨汝）刺史、同州（今陝西大荔）刺史。開成元年（八三六），遷太子賓客分司東都，後加秘書監、檢校禮部尚書等銜。會昌二年（八四二）七月，卒。

劉禹錫一生，長期貶遷。在憂患交加的謫居年月裡，詩人內心充滿憤激與感傷。他曾評價自己：「我本山東人，平生多感慨。」（〈謁枉山會禪師〉）他的名詩〈酬樂天揚州初逢席上見贈〉：「巴山楚水淒涼地，二十三年棄置身。懷舊空吟聞笛賦，到鄉翻似爛柯人。沉舟側畔千帆過，病樹前頭萬木春。今日聽君歌一曲，暫憑杯酒長精神。」全詩充滿著貶遷的惆悵憂傷。值得關注的是，貶遷生活沒有使劉禹錫屈服消沉，反而激發了他不屈的抗爭精神。久謫還朝，為〈戲贈看花諸君子〉抒憤，因之外遷。再任京官，他又寫〈重遊玄都觀絕句〉：「百畝庭中半是苔，桃花淨盡菜花開。種桃道士歸何處，前度劉郎今又來。」由此可見劉禹錫的戰鬥意志。與前一首詩「玄都觀裡桃千樹，儘是劉郎去後栽」，後一首謂「前度劉郎今又來」，諷刺意義更為明顯。劉禹錫有些詩，譏刺鋒芒直指時事。如〈百舌吟〉以百舌鳥喜歡啼鳴，刺流言者讒言利口。〈聚蚊謠〉以夏日成群蚊子譏刺奸佞小人。〈飛鳶操〉以鴟鳶刺貪官惡吏。〈平蔡州〉、〈平齊行〉以狂童、妖童斥責吳元濟等叛亂藩鎮。〈城西行〉以「三叛族」、「雨洗血痕」刺濫殺無辜等。

長期以來，劉禹錫的詠史詩為人頌贊。如〈西塞山懷古〉：

王濬樓船下益州，金陵王氣黯然收。千尋鐵鎖沉江底，一片降幡出石頭。
人世幾回傷往事，山形依舊枕寒流。今逢四海為家日，故壘蕭蕭蘆荻秋。

西塞山，在今湖北大冶。唐穆宗長慶四年（八二四），劉禹錫自夔州調往和州，途經此山，詩人觸景生情，傷往事、憂今世，期以藉古為鑑、警示時人。《唐詩鼓吹箋注》稱此詩是「唐人懷古之絕唱」，薛雪《一瓢詩話》云：「似議非議，有論無論，筆著紙上，神來天際，氣魄法律，無不精到，洵是此老一生傑作，自然壓倒元、白。」劉禹錫《金陵五題》長期被譽為詠史懷古名篇，如其二〈烏衣巷〉：「朱雀橋邊野草花，烏衣巷口夕陽斜。舊時王謝堂前燕，飛入尋常百姓家。」詩歌描述王謝舊居周圍的野花、夕陽、飛燕，感歎江山如舊，人世滄桑。感慨低懷綿長，用筆曲宛極致。

劉禹錫還有部分山水詩。如〈望洞庭〉：「湖光秋月兩相和，潭面無風鏡未磨。遙望洞庭山水翠，白銀盤裡一青螺。」〈晚泊牛渚〉：「蘆葦晚風起，秋江鱗甲生。殘霞忽變色，遊雁有餘聲。」他的有些詩，山水僅作為抒情達意的點綴之筆。如《奉送家兄歸王屋山隱居二首》：「水淨苔莎色，露香芝朮苗。」〈八月十五日夜桃源玩月〉：「塵中見月心亦閒，況是清秋仙府間。凝光悠悠寒露墜，此時立在最高山。碧虛無雲風不起，山上長松山下水。」這些詩，雖不以山水為主，然其中山水詩句，成就頗高。

劉禹錫有大量的寄贈唱和、羈旅歎詠詩。如〈再授連州至衡陽酬柳柳州贈別〉：「歸目並隨回雁盡，愁腸正遇斷猿時。」〈途次敷水驛伏睹華州舅氏昔日行縣題詩處潸然有感〉：「今來重垂淚，不忍過西州。」〈途中早發〉：「中庭望啟明，促促事晨征。寒樹鳥初動，霜橋人未行。」這些詩，或歌詠友誼，或感慨人生。以數量而論，劉禹錫寄贈唱和詩多於羈旅歎詠詩。若以成就而論，後者反而要高出很多。

此外，劉詩還有一些題材也值得注意。他有部分詠物詩，如〈庭竹〉：「露滌鉛粉節，風搖青玉枝。依依似君子，無地不相宜。」〈詠紅柿子〉：「曉連星影出，晚帶日光懸。本因遺採掇，翻自保天年。」他有些詩篇，關注民眾生活，如〈插田歌〉、〈畬田行〉等。劉詩受民歌影響，所寫的反映民間風情與地方風物的篇章，如〈踏歌詞〉、〈竹枝詞〉、〈楊柳枝詞〉等，極為前人稱頌。

劉禹錫詩現存八百餘首，無論長篇短章，大都有一種哲人的睿智和詩人的摯情，極富藝術魅力。如《秋詞二首》其一：

自古逢秋悲寂寥，我言秋日勝春朝。晴空一鶴排雲上，便引詩情到碧霄。

詩人否定前人悲秋的觀念，展現秋天特有的壯闊氣象。全詩融情、景、理於一爐，氣勢雄渾，意境壯麗。此外，詩人學習模仿民歌所作的詩篇，新鮮活潑，清麗可喜。如《竹枝詞二首》其一：

> 楊柳青青江水平，聞郎江上唱歌聲。東邊日出西邊雨，道是無晴還有晴。

〈竹枝詞〉是四川東部巴渝一帶的民間歌謠，人們邊舞邊唱，用鼓和短笛伴奏。穆宗長慶二年（八二二），劉禹錫任夔州刺史，深受當地民歌影響，創作了組詩《竹枝詞》。這首詩描寫江邊姑娘聞郎唱歌後微妙的內心情感活動，含蓄微妙，情態可掬。藝術上先用依依楊柳、如鏡江水鋪墊，再用「晴」字諧音雙關，顯得新穎清麗，自然俊爽。

劉禹錫詩歌諸體兼長，絕句、律詩成就較高，民歌體以及一些樂府詩也很有名，與柳宗元並稱「劉柳」，與白居易並稱「劉白」。張戒《歲寒堂詩話》卷上云：「李義山、劉夢得、杜牧之三人，筆力不能相上下。」方回《瀛奎律髓》卷四七云：「劉夢得詩格高在元白之上，長慶以後詩人皆不能及。」後世稱劉禹錫「詩豪」，蘇軾等人對其極為推崇。

白居易《劉白唱和集解》評劉禹錫：「彭城劉夢得，詩豪者也。其鋒森然，少敢當者。」

二、柳宗元

柳宗元（七七三—八一九），字子厚，祖籍河東（今山西永濟），出生於京都長安（今陝西西安），官宦世家。少有才名，貞元九年（七九三）進士，時年二十一歲。又登博學宏詞科，授集賢殿正字。貞元十七年（八〇一），調藍田尉。十九年（八〇三），徵為監察御史裡行。二十一年（八〇五），擢禮部員外郎。本年九月，坐交王叔文，貶邵州刺史。十一月，加貶永州司馬。元和十年（八一五）春，回京師，旋出為柳州刺史。元和十四年（八一九）十一月，卒於柳州任所。世稱「柳河東」、「柳柳州」。

柳宗元傳世詩歌一百餘首，其中，大部分寫於永州、柳州謫居期間。因此，其詩歌內容以抒發其離鄉去國的悲憤抑鬱之情為主。如「不知從此去，更遣幾年回」（〈再上湘江〉）感歎歸期無期，「一身去國六千里，萬死投荒十二年」（〈別舍弟宗一〉）慨歎貶謫久遠，「瘴江南去入雲煙，望盡黃茆是海邊」（〈嶺南江行〉）感傷謫居環境險惡等。其中，〈登柳州城樓寄漳汀封連四州〉最為有名：

城上高樓接大荒，海天愁思正茫茫。驚風亂颭芙蓉水，密雨斜侵薜荔牆。
嶺樹重遮千里目，江流曲似九回腸。共來百越文身地，猶自音書滯一鄉。

詩作於元和十年（八一五）秋。本年春，柳宗元被召回京，旋又被貶遠州。同時被貶者有韓泰、劉禹錫。詩寫詩人登樓，遠眺荒野與茫海，近觀驚風與密雨，感歎自己遠謫千里，傷懷同貶者的不幸遭遇。唐汝詢《唐詩解》卷四四評曰：「此登樓覽景慕同類也。言樓高與大荒相接，海天空闊，愁思無窮，驚風密雨愈添愁矣。況樹重疊，既遮我望遠之目；江流盤曲，又似我腸之九回也。因思我與諸君同來絕域，而又音書久絕，各滯一鄉。對此風景，情何以堪乎。」可見，全詩賦中有比，象中含興，立意高遠，感人至深。

詩人關心政治。如〈古東門行〉：「赤丸夜語飛電光，徼巡司隸眠如羊。當街一叱百吏走，馮敬胸中函匕首。凶徒側耳潛愜心，悍臣破膽皆杜口。」詩歌寫於宰相武元衡被刺之後。以「赤丸」、「眠如羊」、「凶徒」、「悍臣破膽」等詞，對頑凶之徒寄以憤慨，對奸佞之臣表示憎恨，對昏庸無為的執政者顯示了無比的輕蔑。〈零陵贈李卿元侍御簡吳武陵〉：「理世固輕士，棄捐湘之湄。陽光競四溟，敲石安所施。鎩羽集枯榦，低昂互鳴悲。朔雲吐風寒，寂歷窮秋時。君子尚容與，小人守競危。」詩中的「理世」、「敲石」、「君子」、「小人」等詞，一方面表現了柳宗元的理想追求，一方面也表達了他對無為惡吏的不滿。

柳宗元也有一部分詩篇表達了對下層人民的關心。如《田家三首》其一：「蓐食徇所務，驅牛向東阡。雞鳴村巷白，夜色歸暮田。札札耒耜聲，飛飛來烏鳶。竭茲筋力事，持用窮歲年。盡輸助徭役，聊就空自眠。子孫日已長，世世還復然。」「蓐食」、「驅牛」、「雞鳴」、「夜色」、「耒耜聲」等，表現了柳宗元對農人生活的熟悉了解，「烏鳶」、「筋力事」、「窮歲年」、「盡輸助徭役」，表達了詩人對賦稅制度的不滿，「盡輸」、「空舍眠」，「子孫日已長，世世還復然」，在指責賦稅殘民的同時，寓寄了詩人對耕作者艱辛處境的同情。又如〈視民詩〉：「帝懷民視，乃降明德，乃生明翼。」表達了作者對關愛子民的執政者的期望。〈首春逢耕者〉：「南楚春候早，餘寒已滋榮。土膏釋原野，百蟄競所營。綴景未及郊，穡人先耦耕。」因逢耕者，而念及田園稼穡。又如〈掩役夫張進骸〉：「生平勤皂櫪，剉秣不告疲。既死給槥櫝，葬之東山基。奈何值崩湍，蕩析臨路垂。髐然暴百骸，散亂不復支。從者幸告余，睠之涓然悲。」詩歌一方面反思不合理的社會制度，一方面，對遭遇不幸的役夫寄予同情。

柳宗元還有部分山水景物詩，如〈中夜起望西園值月上〉：「寒月上東嶺，泠泠疏竹根。石泉遠逾響，山鳥時一喧。」寫月、山、竹、石、泉、鳥等景物，抓住其寒、遠、疏、響等特點，點面、遠近、動靜、虛實結合，既如樂章，又似畫軸。又如「海畔尖山似劍鋩」（〈與浩初上人同看山寄京華親故〉）寫聳峙的崇山峻嶺及其巉削陡峭，「閒依農圃鄰，偶似山林客。曉耕翻露草，夜榜響溪石」（〈溪居〉）描述田園風光等，均能給人以美的享受。柳宗元這類題材詩，〈漁翁〉影響甚大：

漁翁夜傍西巖宿，曉汲清湘燃楚竹。煙銷日出不見人，欸乃一聲山水綠。回看天際下中流，巖上無心雲相逐。

詩歌寫西巖漁翁、清湘翠竹、煙銷日出、綠山青天、流水浮雲，詩境極是悠逸恬淡，用詞省淨，詩意雋永。孫月峰《評點柳柳州全集》卷四三云：「是神來之調，句句險絕，煉得渾然無痕。後二句尤妙，意竭中復出餘波，含景無窮。」

此外，柳宗元詠史詩如〈詠史〉、〈詠三良〉、〈詠荊軻〉等，亦是膾炙人口的名篇。

柳宗元古今體兼長，前人多以其詩與陶淵明、王維比較。不過其詩與陶、王有別。簡言之，柳詩既有陶、王的清淡峻潔，同時他的詩又有深沉委婉、精絕工致的特點。如〈江雪〉：

千山鳥飛絕，萬徑人蹤滅。孤舟蓑笠翁，獨釣寒江雪。

這首詩，歷代學者評價很高。如胡應麟《詩藪・內編》卷六云：「二十字骨力豪上，句格天成。」「鳥飛絕」、「人蹤滅」、「孤舟」、「獨釣」、「寒江」，寥寥幾字，便將江邊雪景、獨釣魚翁的形態、情態，躍然紙上。

柳詩在唐代詩壇上的影響，胡應麟《詩藪・外編》卷四云：「元和而後，詩道浸晚，而人才故自横絕一時。若昌黎之鴻偉、柳州之精工、夢得之雄奇、樂天之浩博，皆大家材具也。」可見在韓孟、元白以外，有柳宗元與劉禹錫等人，詩風別樹一幟。

第九章　中唐詩歌（之三）：白居易、元稹及其他詩人

元和前後，詩壇除韓愈、孟郊等尚奇尚怪詩人，還有元稹、白居易為代表的尚實尚俗詩派。這派詩人繼承元結、顧況的詩歌傳統，以元、白為核心，王建、張籍、李紳等是其中重要詩人。

第一節　白居易

一、白居易的生平及詩歌理論主張

白居易（七七二－八四六），出生於新鄭，字樂天，晚年號香山居士，後人稱白香山。又因晚年官太子少傅，後人亦稱白傅、白少傅。謚文，後世亦稱白文公。白居易在〈與元九書〉中說「知我者以為詩仙，不知我者以為詩魔」，後世亦稱其「詩魔」。其先世居山西太原，後遷下邽（今陝西渭南）。白居易的祖父曾任鞏縣令，和新鄭縣令是好友，見新鄭山清水秀，就舉家搬遷到新鄭（今鄭州新鄭）。白居易自幼聰穎，讀書十分刻苦。貞

元十六年（八〇〇），進士及第。後舉書判拔萃，與元稹訂交。十九年（八〇三）春，與元稹同登書判拔萃科。稍後，授官校書郎，步入仕途。元和元年（八〇六）初，罷校書郎。本年四月，登才識兼茂明於體用科，授盩厔縣尉。二年（八〇七），自盩厔調充京兆府進士考官，試畢，授集賢校理。本年十一月，由集賢院入翰林，授翰林學士。次年（八〇八）四月，與裴垍、王涯等同為制策覆考官，旋除左拾遺、充翰林學士。五年（八一〇），改京兆府戶曹參軍、充翰林學士。九年（八一四）冬，授太子左贊善大夫。十年（八一五），因上疏請急捕刺殺武元衡凶手，貶江州（今江西九江）司馬。十三年（八一八），授忠州刺史。十五年（八二〇），自忠州召還，除尚書司門員外郎等。旋擢主客郎中、知制誥。後，加朝散大夫，遷中書舍人。長慶二年（八二二），求外放，自中書舍人除杭州刺史。四年（八二四），除太子左庶子分司洛陽。敬宗寶曆元年（八二五），除蘇州刺史。文宗大和元年（八二七），拜秘書監。二年（八二八），除刑部侍郎、封晉陽縣男。三年（八二九），以太子賓客分司東都。四年（八三〇）冬，除河南尹。七年（八三三），復授太子賓客分司東都。九年（八三五），授同州刺史，辭疾不就，改授太子少傅分司東都、進馮翊縣開國侯。會昌元年（八四一），停少傅。二年（八四二），以刑部尚書致仕。六年（八四六）八月，卒於洛陽履道裡第，贈尚書右僕射。

白居易一生，以貶江州為界，大致可以分為前後兩個時期。前期，是白居易「志在兼濟」時期，表現在思想行動上，他敢於直言，勇於進取，積極思考社會問題，直斥各種弊端。〈長恨歌〉、《秦中吟十首》、《新樂府五十首》等，都是這一時期代表作品；後期，是白居易「獨善一身」時期。貶謫江州，使白居易的政治理想受到打擊。雖然在元和十三年後，白居易屢任京官，但其思想上已形成傷痕。加之牛李黨爭，善諫者不僅不為所用，反致禍患。因此，白居易主動請求外調，先後刺杭州、分司洛陽、刺蘇州等，這既是他避離禍患的舉措，也是他思想轉變的必然結果。在江州任所，白居易便開始藉詩酒山水排遣抑鬱。刺忠州以後，他更是怡悅詩酒，因此寫下大量的唱和寄贈詩，這些詩先後編入《盛山十二詩》、《元白三州唱和集》、《元白唱和集》、《杭越寄和詩集》、《劉白唱和集》等唱和詩總集。居洛陽期間，白居易的詩酒山水之興有增無減。他說：「分司洛中多暇，數與諸客宴遊，醉後狂吟……」（《白香山詩集》卷三五）例如，會昌五年三月二十一日，白居易舉辦了一次很有影響的詩會，其詩云：「七人五百七十歲，拖紫紆朱垂白鬚。手裡無金莫嗟歎，樽中有酒且歡娛。詩吟兩句神還王，酒飲三杯氣尚粗。嵬峨狂歌教婢拍，婆娑醉舞遣孫扶。天年高過二疏傳，人數多於四皓圖。除卻三山五天竺，人間此會更應無。」（《白香山詩集》卷四〇）詩前序文曰：「胡、吉、鄭、劉、盧、張等六賢皆多年壽，予亦次焉，偶于弊居合成尚齒之會，七老相顧，既醉甚歡，靜而思之，此會稀有，因成七言六韻以紀之，傳好事者。」稍後，他將這次唱和詩編為《七老會詩》。詩酒唱和以外，他又寄情遊賞，如〈和友人洛中感春〉、〈洛中春遊呈諸親友〉等，他又將自己洛陽遊賞詩編纂為《洛下遊賞宴集》。這些都可以看出，白居易前後期思想、詩歌活動及其創作狀況的不同。

白居易是著名的詩歌理論家，其詩歌理論具有鮮明時代特徵。概括起來，主要有以下幾點：

首先，強調創作動機。關於詩文創作的目的與動機，他在〈與元九書〉中明確提出「文章合為時而著，歌詩合為事而作」，他又說：「有可以救濟人病，裨補時闕，而難於指言者，輒詠歌之。欲稍稍遞進聞於上，上以廣宸聰，副憂勤，次以酬恩獎，塞言責，下以復吾平生之志。」（〈與元九書〉）在〈新樂府序〉中，他強調：「為君、為臣、為民、為物、為事而作，不為文而作也。」他在〈寄唐生〉中強調「句句必盡規」，又說：「惟歌生民病，願得天子知。」可見，白居易強調詩人應當關心社會民生，要有社會責任感。他的「為時」、「為事」、「為君」、「為臣」、「為民」、「為物」的詩學理論，不僅有其時代意義，在文學史、詩學批評史上，均有其特殊意義。

其次，強調詩歌內容。他在〈寄唐生〉中強調「篇篇無空文」，他在《傷唐衢二首》其二：「但傷民病痛，不識時忌諱。」可見，白居易對詩歌內容重視的程度。內容在詩文中處於何種地位，他在〈與元九書〉中認為「感人心者，莫先乎情，莫始乎言，莫切乎聲，莫深乎義。《詩》者，根情、苗言、華聲、實義……未有聲入而不應，情交而不感者」，在白居易看來，「情」，也就是情感內容，這是「言」的根本。白居易何以如此重視詩歌內容，他在〈與元九書〉做了很好的解釋：「洎周衰秦興，採詩官廢，上不以詩補察時政，下不以歌洩導人情，乃至於諂成之風動，救失之道缺，於時六義始刓矣。」他又說：「故聞〈蓼蕭〉之詩，則知澤及四海也；聞〈禾黍〉之詠，則知時和歲豐也；聞〈北風〉之言，則知威虐及人也；聞〈碩鼠〉之刺，則知重斂於下也；聞『廣袖高髻』之謠，則知風俗之奢蕩也；聞『誰其獲者婦與姑』之言，則知征役之廢業也。故國風之盛衰，由斯而見也；王政之得失，由斯而聞也；人情之哀樂，由斯而知也。然後君臣親覽而斟酌焉，政之廢者修之，闕者補之，人之憂者樂之，勞者逸之。」（《策林》六九）可見，白居易強調內容，既是他報國為民思想的需要，也是詩歌理論發展的必然。

再次，反對過分追求詩歌藝術形式。他在〈寄唐生〉中說「非求宮律高，不務文字奇」，在〈新樂府序〉中強調「不為文而作」，又說「其辭質而徑，欲見之者易諭也。其言直而切，欲聞之者深誡也。其事核而實，使采之者傳信也。其體順而肆，可以播于樂章歌曲也」，他喜愛陶淵明，曾為《效陶潛體詩十六首》，又說「常聞陶潛語，心遠地自偏」（〈酬吳七見寄〉）、「常愛陶彭澤，文思何高玄」（〈題潯陽樓〉），表現出他對淡樸俗易一類文風的崇尚。值得強調的是，白居易並非一味強調詩歌內容或形式。他以樹設比，將「情」喻之為「根」，將「言」喻之為「苗」，在〈與元九書〉中用「盡工盡善」評價杜甫，又說：「因其言，經之以六義；緣其聲，緯之以五音。音有韻，義有類；韻協則言順，言順則聲易入。」可見，白居易尚「俗」，並非刻意追求，其旨在於希望形式能很好的為內容服務。

二、白居易詩的內容

白居易曾把自己的詩歌分為四類：諷諭詩、閒適詩、感傷詩、雜律詩。他在〈與元九書〉說：「僕數月來檢討囊篋中，得新舊詩，各以類分，分為卷目。自拾遺來，凡所適所感，關於美刺興比者；又自武德訖元和，因事立題，題為〈新樂府〉者，共一百五十首，謂之『諷諭詩』；又或退公獨處，或移病閒居，知足保和，吟玩情性者一百首，謂之『閒適詩』。又有事務牽於外，情性動於內，隨感遇而形於歎詠者一百首，謂之『感傷詩』。又有五言、七言、長句、絕句，自一百韻至兩韻者四百餘首，謂之『雜律詩』。」這個分類，學人有爭議的是「雜律詩」。焦點在於，從文辭表面意義看，「諷諭」、「閒適」、「感傷」之內涵偏重於詩歌內容，而「雜律」則更側重於詩歌形式。白居易又說「故僕志在兼濟，行在獨善。奉而始終之則為道，言而發明之則為詩。謂之『諷諭詩』，兼濟之志也；謂之『閒適詩』，獨善之義也。故覽僕詩者，知僕之道焉。其餘『雜律詩』，或誘於一時一物，發於一笑一吟，率然成章，非平生所尚者，但以親朋合散之際，取其釋恨佐懽。今銓次之間，未能刪去，他時有為我編集斯文者，略之可也。」由此可以看出，諷諭、閒適體現他「奉而始終之」的兼濟、獨善之道，感傷、雜律則是「感遇而形於歎詠」、「一時一物」、「一笑一吟」的吟詠抒懷之作。

白居易最看重的是諷諭詩。今存白居易諷諭詩有一百七十餘首，這些詩大多作於貶謫以前。「諷諭」，白居易自己的解釋是「兼濟之志」，其內容主要有兩點，一是「惟歌生民病」。如〈觀刈麥〉：

田家少閒月，五月人倍忙。夜來南風起，小麥覆隴黃。婦姑荷簞食，童稚攜壺漿。

相隨餉田去，丁壯在南岡。足蒸暑土氣，背灼炎天光。力盡不知熱，但惜夏日長。
復有貧婦人，抱子在其傍。右手秉遺穗，左臂懸敝筐。聽其相顧言，聞者為悲傷。
家田輸稅盡，拾此充飢腸。今我何功德，曾不事農桑。吏祿三百石，歲晏有餘糧。
念此私自愧，盡日不能忘。

詩歌先寫「田家」多忙少閒，再寫勞作辛苦，再寫「家田輸稅盡，拾此充飢腸」的淒慘生活現狀，表現了詩人對民生疾苦的關心，對苛重賦稅危害民生的憤怒。又如〈村居苦寒〉：「八年十二月，五日雪紛紛。竹柏皆凍死，況彼無衣民。回觀村閭間，十室八九貧。北風利如劍，布絮不蔽身。唯燒蒿棘火，愁坐夜待晨。乃知大寒歲，農者尤苦辛。顧我當此日，草堂深掩門。褐裘覆絁被，坐臥有餘溫。倖免飢凍苦，又無壟畝勤。念彼深可愧，自問是何人。」詩歌描寫蕭條鄉村十室八九貧的淒慘現狀。風寒之夜，「農者」衣不蔽體，食不果腹，唯有守在蒿棘火爐旁艱難生活。又如〈採地黃者〉：「麥死春不雨，禾損秋早霜。歲晏無口食，田中採地黃。採之將何用，持以易糇糧。凌晨荷鋤去，薄暮不盈筐。攜來朱門家，賣與白面郎。與君啖肥馬，可使照地光。願易馬殘粟，救此苦飢腸。」詩歌描寫因乾旱早霜而致饑荒，歲晏無食的民眾，不得已採地黃充飢，與朱門家「白面郎」、「啖肥馬」形成鮮明對照。「願易馬殘粟，救此苦飢腸」一句，猶見諷刺意蘊。有些詩，如〈陵園妾〉悲憫幽閉宮女，〈鹽商婦〉痛斥鹽商之幸。〈井底引銀瓶〉譏刺淫奔，「慎勿將身輕許人」，以誠摯口吻告誡癡小女子，反映了詩人對受害者的同情。

二是「裨補時闕」，即暴露上層達官貴人腐化生活，批判諷刺其驕奢縱逸的腐朽生活及其對勞動人民的多重欺壓。如〈歌舞〉：「朱輪車馬客，紅燭歌舞樓。歡酣促密坐，醉暖脫重裘。秋官為主人，廷尉居上頭。日中為一樂，夜半不能休。豈知閿鄉獄，中有凍死囚。」〈悲哉行〉：「沉沉朱門宅，中有乳臭兒。狀貌如婦人，光明膏粱肌。手不把書卷，身不擐戎衣。二十襲封爵，門承勳戚資。春來日日出，服御何輕肥。朝從博徒飲，暮有倡樓期。」這些詩，或諷刺上層社會奢侈生活，或評判富貴紈絝子弟輕薄行為，或直斥暴卒的蠻橫行徑，或者揭露賦稅制度及其給民生帶來的危害。又如名篇〈賣炭翁〉：「賣炭翁，伐薪燒炭南山中。滿面塵灰煙火色，兩鬢蒼蒼十指黑。賣炭得錢何所營，身上衣裳口中食。可憐身上衣正單，心憂炭賤願天寒。夜來城上一尺雪，曉駕炭車輾冰轍。牛困人飢日已高，市南門外泥中歇。翩翩兩騎來是誰，黃衣使者白衫兒。手把文書口稱敕，回車叱牛牽向北。一車炭，千餘斤，官使驅將惜不得。半匹紅紗一丈綾，繫向牛頭充炭直。」該詩小序：「苦宮市也。」詩人通過描述宮市賣炭老人的不幸遭遇，揭露統治者欺壓民眾的強盜行為。又如〈官牛〉、〈紫毫筆〉諷執政者，〈隋堤柳〉感慨煬帝荒淫誤國，其旨則在於以史為鑑。這些詩歌，均乃白居易為時為事而歌，其旨在於「救濟人病」、「補察時政」。

在白居易詩歌創作中，「閒適詩」也很是重要，今存者近三百首。白居易自謂他這類詩作於「退公獨處」或者「移病閒居」時期，旨在「知足保和，吟玩情性」。他又謂，名之「閒適」，取其「獨善之義」。今觀其集，「閒適詩」創作時間起貞元末迄寶曆初，跨其生平前後兩個時期，題旨內容較為複雜。從題材特徵上概括，主要有以下幾點：

第一，抒懷感興。這主要是指詩人獨處歎詠、見聞感興與傷時抒懷等詩篇。如〈官舍小亭閒望〉：「風竹散清韻，烟槐凝綠姿。日高人吏去，閒坐在茅茨。葛衣禦時暑，蔬飯療朝飢。持此聊自足，心力少營為。亭上獨吟罷，眼前無事時。數峰太白雪，一卷陶潛詩。人心各自是，我是良在茲。迴謝爭名客，甘從君所嗤。」詩歌描述官舍人吏去後，詩人茅茨生活以及所思所感，「閒坐」、「葛衣」、「蔬飯」、「獨吟」、「無事」、「陶潛詩」

等，表現出詩人獨處時淡淡的愁思。又如〈前庭涼夜〉：「露簟色似玉，風幌影如波。坐愁樹葉落，中庭明月多。」描寫秋葉珠露、秋風、落葉、月明，表現詩人彼時彼刻特殊的心境感受。又如〈晚望〉：「江城寒角動，沙洲夕鳥還。獨在高亭上，西南望遠山。」詩描寫詩人在江州登臨所見，「夕鳥還」、「獨在高亭」、「望遠山」等，透露出詩人貶謫時期的壓抑與憂愁。又如〈觀稼〉：

世役不我牽，身心常自若。晚出看田畝，閒行旁村落。纍纍繞場稼，嘖嘖群飛雀。
年豐豈獨人？禽鳥聲亦樂。田翁逢我喜，默起具樽杓。斂手笑相延，社酒有殘酌。
愧茲勤且敬，藜杖為淹泊。言動任天真，未覺農人惡。停盃問生事，夫種妻兒穫。
筋力苦疲勞，衣食常單薄。自慚祿仕者，曾不營農作。飽食無所勞，何殊衛人鶴？

這首詩作於元和七年，時詩人為官下邽。詩歌敘述詩人傍晚村旁田畝所見，表現其對農人苦於疲勞而又衣食單薄的生活的同情。對比之中，表現出對自己這樣「不營農作」的祿仕者的不滿與愧疚。

第二，寄贈。寄贈是古代詩歌中常見的題材，但白居易「閒適詩」中寄贈詩有其獨特特點。如〈常樂里閒居偶題十六韻兼寄劉十五公輿王十一起……時為校書郎〉：「帝都名利場，雞鳴無安居。獨有懶慢者，日高頭未梳。工拙性不同，進退跡遂殊。幸逢太平代，天子好文儒。小才難大用，典校在秘書。三旬兩入省，因得養頑疏。」〈旅次華州贈袁右丞〉：「化行人無訟，囹圄千日空。政順氣亦和，黍稷三年豐。客自帝城來，驅馬出關東。愛此一郡人，如見太古風。方今天子心，憂人正忡忡。」這些詩，在寄贈友人的同時，表達了詩人對社會問題的思考。有些詩，如〈寄李十一建〉：「有時君未起，稚子喜先迎。連步笑出門，衣翻冠或傾。掃階苔紋綠，拂榻藤陰清。家醞及春熟，園葵乘露烹。看山東亭坐，待月南原行。門靜唯鳥語，坊遠少鼓聲。」詩人以寄贈詩回憶往事，充滿濃厚生活情趣。又如〈寄同病者〉：「三十生二毛，早衰為沉痾。四十官七品，拙宦非由他。年顏日枯槁，時命日蹉跎。豈獨我如此，聖賢無奈何。回觀親舊中，舉目尤可嗟。或有終老者，沉賤如泥沙。」詩歌同情「同病者」，反思社會不合理現象，詩意深刻，感情深沉。

第三，羈旅抒懷與登臨即興。這一題材，也非「閒適詩」獨有。白居易這類題材的詩積極關注現實，表現了大膽的進取精神與功業理想抱負。如〈九日登西原宴望〉：「起登西原望，懷抱同一豁。……酒酣四向望，六合何空闊。天地自久長，斯人幾時活？請看原下村，村人死不歇。一村四十家，哭葬無虛月。」登臨之際，詩人目光所見是村人生活慘狀。又如〈遊悟真寺詩〉：「既登文字科，又忝諫諍員。拙直不合時，無益同素餐。」這首詩作於貶遷稍前未久，「諫諍」、「拙直」等，既是詩人對以往官宦生活的總結，也是詩人對現實的不滿與批判。貶江州以後，白居易此類題材詩歌充滿被貶以後的內心愁苦與憂傷。後期因詩人思想變化，也有一些詩篇，表現了詩人瀟灑飄逸與閒雅的風采。如〈舟行〉：「帆影日漸高，閒眠猶未起。起問鼓枻人，已行三十里。船頭有行灶，炊稻烹紅鯉。飽食起婆娑，盥漱秋江水。平生滄浪意，一旦來遊此。何況不失家，舟中載妻子。」小序曰：「江州路上作。」「日漸高」、「猶未起」等，表現詩人內心充滿壓抑。「滄浪意」、「來遊此」、「不失家」、「載妻子」即使是自嘲自諷，也常有幾分輕鬆與詼諧的意韻。

白居易今存感傷類詩歌二百餘首，他自謂這類詩歌內容為「事務牽於外，情性動於內，隨感遇而形於歎詠」，此言不虛。如〈夜雨〉：「早蛩啼復歇，殘燈滅又明。隔窗知夜雨，芭蕉先有聲。」〈寄元九〉：「蕙風晚香盡，槐雨餘花落。秋意一蕭條，離容兩寂寞。」這些詩，或感物，或即事，或贈友，其主題大多為感時抒懷、隨遇歎詠。

白居易「感傷詩」以敘事長詩〈長恨歌〉、〈琵琶行〉最為著名。以〈琵琶行〉為例：

潯陽江頭夜送客，楓葉荻花秋瑟瑟。主人下馬客在船，舉酒欲飲無管絃。
醉不成歡慘將別，別時茫茫江浸月。忽聞水上琵琶聲，主人忘歸客不發。
尋聲闇問彈者誰，琵琶聲停欲語遲。移船相近邀相見，添酒迴燈重開宴。
千呼萬喚始出來，猶抱琵琶半遮面。轉軸撥絃三兩聲，未成曲調先有情。
絃絃掩抑聲聲思，似訴平生不得志。低眉信手續續彈，說盡心中無限事。
輕攏慢撚抹復挑，初為〈霓裳〉後〈綠腰〉。大絃嘈嘈如急雨，小絃切切如私語。
嘈嘈切切錯雜彈，大珠小珠落玉盤。間關鶯語花底滑，幽咽泉流水下難。
冰泉冷澀絃凝絕，凝絕不通聲暫歇。別有幽愁暗恨生，此時無聲勝有聲。
銀瓶乍破水漿迸，鐵騎突出刀槍鳴。曲終收撥當心畫，四絃一聲如裂帛。
東船西舫悄無言，唯見江心秋月白。沉吟放撥插絃中，整頓衣裳起斂容。
自言本是京城女，家在蝦蟆陵下住。十三學得琵琶成，名屬教坊第一部。
曲罷曾教善才伏，妝成每被秋娘妒。五陵年少爭纏頭，一曲紅綃不知數。
鈿頭雲篦擊節碎，血色羅裙翻酒汙。今年歡笑復明年，秋月春風等閒度。
弟走從軍阿姨死，暮去朝來顏色故。門前冷落鞍馬稀，老大嫁作商人婦。
商人重利輕別離，前月浮梁買茶去。去來江口守空船，繞船月明江水寒。
夜深忽夢少年事，夢啼妝淚紅闌干。我聞琵琶已嘆息，又聞此語重唧唧。
同是天涯淪落人，相逢何必曾相識。我從去年辭帝京，謫居臥病潯陽城。
潯陽地僻無音樂，終歲不聞絲竹聲。住近湓江地低溼，黃蘆苦竹繞宅生。

其間旦暮聞何物，杜鵑啼血猿哀鳴。春江花朝秋月夜，往往取酒還獨傾。
豈無山歌與村笛，嘔啞嘲哳難為聽。今夜聞君琵琶語，如聽仙樂耳暫明。
莫辭更坐彈一曲，為君翻作〈琵琶行〉。感我此言良久立，卻坐促絃絃轉急。
淒淒不似向前聲，滿座重聞皆掩泣。座中泣下誰最多，江州司馬青衫溼。

詩名〈琵琶行〉，一作〈琵琶引〉。詩前有序：「元和十年，予左遷九江郡司馬。明年秋，送客湓浦口，聞舟船中夜彈琵琶者。聽其音，錚錚然有京都聲。問其人，本長安倡女，嘗學琵琶於穆、曹二善才。年長色衰，委身為賈人婦。遂命酒，使快彈數曲。曲罷憫默。自敘少小時歡樂事，今漂淪憔悴，轉徙於江湖間。余出官二年，恬然自安，感斯人言，是夕始覺有遷謫意。因為長句，歌以贈之，凡六百一十六言。命曰〈琵琶行〉。」元和十年（八一五）六月，刺客殺宰相武元衡，傷御史中丞裴度，朝野為之譁然。時白居易在太子左贊善大夫任，他上疏主張討賊緝兇，因此得罪權貴，被貶江州司馬。〈琵琶行〉作於唐憲宗元和十一年（八一六），即白居易貶謫江州司馬任第二年。全詩介紹琵琶女出場，描寫琵琶女高超的演奏技巧，藉琵琶女之口自述其身世，抒發詩人自己與琵琶女的同病相憐之情，把歌詠者與被歌詠者的思想感情融二為一，綜合寫景、寫樂、寫人、寫事等手段，使作品自始至終浸沉在一種悲涼哀怨的氛圍裡。白居易「感傷詩」另一名篇〈長恨歌〉歌詠唐玄宗和楊貴妃的婚姻愛情故事，既有「漢皇重色思傾國」的寄諷，更有「此恨綿綿無絕期」的感傷和同情。這兩首詩成就極高，前人多以千古敘事詩歌佳作譽之。

白居易自謂其「雜律詩」內容為「誘於一時一物，發於一笑一吟」，這只是一個概括的描述。今觀白集，「雜律詩」計有兩千餘首，時跨其生平前後兩期，內容比較複雜。如〈寒食月夜〉：「風香露重梨花濕，草舍無燈愁未入。南鄰北里歌吹時，獨倚柴門月中立。」〈庾樓曉望〉：「獨憑朱檻立淩晨，山色初明水色新。竹霧曉籠銜嶺月，蘋風暖送過江春。子城陰處猶殘雪，衙鼓聲前未有塵。三百年來庾樓上，曾經多少望鄉人。」這些詩，詩人或吟花賞月，或登臨抒懷，或覽物即興，或玩山觀水，或寄贈酬唱，或杯光酒影。有些篇章，成就並不是很高。不過，有些篇章很有影響。如〈錢塘湖春行〉：

孤山寺北賈亭西，水面初平雲腳低。幾處早鶯爭暖樹，誰家新燕啄春泥。
亂花漸欲迷人眼，淺草纔能沒馬蹄。最愛湖東行不足，綠楊陰裡白沙堤。

錢塘湖，即杭州西湖。白居易長慶二年（八二二）除杭州刺史，約於長慶三年或四年創作此詩。詩歌先總繪，再分類描述，引領讀者從孤山、賈亭，到湖東、白堤，巧妙的譜寫了一部錢塘湖的春天讚歌。方東樹《續昭昧詹言》評曰：「象中有興，有人在，不比死句。」可見這首詩情景交融，物我交會，取景卓絕高妙，描繪窮形盡相，無論思想境界，還是藝術表現手法，都是相當成功的。

三、白居易詩的藝術

白居易是唐代詩壇偉大的詩人，其詩歌不僅取材廣闊，在藝術上也取得很高的成就。理論上，白居易強調為時、為事、為君、為民。在〈采詩官〉中，他說：「采詩官，采詩聽歌導人言。言者無罪聞者誡，下流上通上下泰。……若求興諭規刺言，萬句千章無一字。不是章句無規刺，漸及朝廷絕諷議。諍臣杜口為冗員，諫鼓高懸作虛器。一人負扆常端默，百辟入門兩自媚。夕郎所賀皆德音，春官每奏唯祥瑞。君之堂兮千里遠，君之門兮九重閟。君耳唯聞堂上言，君眼不見門前事。貪吏害民無所忌，奸臣蔽君無所畏。君不見，厲王胡亥之末年，群臣有利君無利。君兮君兮願聽此，欲開壅蔽達人情，先向歌詩求諷刺。」可見，白居易極為關心詩歌的社會價值。寫作手法上，白居易崇尚「寫實」的敘事方法。詩歌創作過程中，他的《新樂府》、《秦中吟》等，很好的實踐了其理論主張。如〈賣炭翁〉、〈上陽白髮人〉、〈縛戎人〉、〈重賦〉、〈觀刈麥〉等，均乃繼承《詩經》以來的現實主義傳統的佳篇。有時，白詩中所寫，幾同於史志。如〈觀刈麥〉：「吏祿三百石，歲晏有餘糧。」據《新唐書》卷四九下〈職官志〉、卷五五〈食貨志〉，九品四十石，從九品三十石。時白居易官盩厔尉，官級正九品下，一年俸祿約合三百石。又如〈新豐折臂翁〉：「無何天寶大徵兵，戶有三丁點一丁。」《新唐書》卷五一〈食貨志〉：「廣德元年，詔一戶三丁者免一丁，凡畝稅二升，男子二十五為成丁，五十五為老，以優民。而強寇未夷，民耗斂重。及吐蕃逼京師，近甸屯兵數萬，百官進俸錢，又率戶以給軍糧。」《唐會要》卷八三亦載：「廣德二年七月十一日制，一戶之中，有三丁放一丁。」據此可見，白詩的現實主義特徵。

白居易有些詩，將現實主義傳統與浪漫主義手法很好的結合在一起。如〈長恨歌〉：

漢皇重色思傾國，御宇多年求不得。楊家有女初長成，養在深閨人未識。
天生麗質難自棄，一朝選在君王側。回眸一笑百媚生，六宮粉黛無顏色。
春寒賜浴華清池，溫泉水滑洗凝脂。侍兒扶起嬌無力，始是新承恩澤時。
雲鬢花顏金步搖，芙蓉帳暖度春宵。春宵苦短日高起，從此君王不早朝。
承歡侍宴無閒暇，春從春遊夜專夜。後宮佳麗三千人，三千寵愛在一身。
金屋妝成嬌侍夜，玉樓宴罷醉和春。姊妹弟兄皆列土，可憐光彩生門戶。
遂令天下父母心，不重生男重生女。驪宮高處入青雲，仙樂風飄處處聞。

緩歌慢舞凝絲竹，盡日君王看不足。漁陽鞞鼓動地來，驚破〈霓裳羽衣曲〉。
九重城闕煙塵生，千乘萬騎西南行。翠華搖搖行復止，西出都門百餘里。
六軍不發無奈何，宛轉蛾眉馬前死。花鈿委地無人收，翠翹金雀玉搔頭。
君王掩面救不得，迴看血淚相和流。黃埃散漫風蕭索，雲棧縈紆登劍閣。
峨嵋山下少人行，旌旗無光日色薄。蜀江水碧蜀山青，聖主朝朝暮暮情。
行宮見月傷心色，夜雨聞鈴腸斷聲。天旋地轉迴龍馭，到此躊躇不能去。
馬嵬坡下泥土中，不見玉顏空死處。君臣相顧盡霑衣，東望都門信馬歸。
歸來池苑皆依舊，太液芙蓉未央柳。芙蓉如面柳如眉，對此如何不淚垂？
春風桃李花開日，秋雨梧桐葉落時。西宮南苑多秋草，宮葉滿階紅不掃。
梨園弟子白髮新，椒房阿監青娥老。夕殿螢飛思悄然，孤燈挑盡未成眠。
遲遲鐘鼓初長夜，耿耿星河欲曙天。鴛鴦瓦冷霜華重，翡翠衾寒誰與共？
悠悠生死別經年，魂魄不曾來入夢。臨邛道士鴻都客，能以精誠致魂魄。
為感君王輾轉思，遂教方士殷勤覓。排空馭氣奔如電，升天入地求之遍。
上窮碧落下黃泉，兩處茫茫皆不見。忽聞海上有仙山，山在虛無縹緲間。
樓閣玲瓏五雲起，其中綽約多仙子。中有一人字太真，雪膚花貌參差是。
金闕西廂叩玉扃，轉教小玉報雙成。聞道漢家天子使，九華帳裡夢魂驚。
攬衣推枕起徘徊，珠箔銀屏迤邐開。雲鬢半偏新睡覺，花冠不整下堂來。
風吹仙袂飄飄舉，猶似〈霓裳羽衣〉舞。玉容寂寞淚闌干，梨花一枝春帶雨。

含情凝睇謝君王，一別音容兩渺茫。昭陽殿裡恩愛絕，蓬萊宮中日月長。
迴頭下望人寰處，不見長安見塵霧。唯將舊物表深情，鈿合金釵寄將去。
釵留一股合一扇，釵擘黃金合分鈿。但令心似金鈿堅，天上人間會相見。
臨別殷勤重寄詞，詞中有誓兩心知。七月七日長生殿，夜半無人私語時。
在天願作比翼鳥，在地願為連理枝。天長地久有時盡，此恨綿綿無絕期。

詩歌前半部分，詩人敘說唐玄宗得楊貴妃後沉湎歌舞酒色、荒廢政務，以及由此而引起的安祿山叛亂、玄宗逃難、貴妃賜死，均採用了現實主義手法。從「黃埃散漫風蕭索」至「魂魄不曾來入夢」，詩人描述楊貴妃死後，唐玄宗在蜀中的寂寞悲傷、還都路上的追懷憶舊，可以看作是現實描寫向浪漫想像的過渡。從「臨邛道士鴻都客」至「此恨綿綿無絕期」，寫玄宗派方士尋覓楊貴妃魂魄、楊貴妃的孤寂和唐玄宗對往日愛情生活的追憶，完全採用浪漫想像、虛構誇張的手法。

與白居易既重現實主義詩風，又重浪漫主義手法相關聯的，是白詩在注重敘事「寫實」同時，強調抒情的特徵。他的眾多敘事詩篇，如〈上陽白髮人〉、〈新豐折臂翁〉等，對下層民眾的不幸寄以無限的同情。又如〈村居苦寒〉對不事稼穡者寄以愧疚之情，〈紅線毯〉對宮廷奢侈寄以怨憤等，都具有相當程度的抒情色彩。有些即事感發、登臨歎詠詩則更是如此。〈感秋寄遠〉：「惆悵時節晚，兩情千里同。離憂不散處，庭樹正秋風。燕影動歸翼，蕙香銷故叢。佳期與芳歲，牢落兩成空。」「惆悵」、「離憂」、「兩成空」等，表現詩人別後憂愁以及對親友的思念。

白居易古體詩取得了很高的成就。他的「諷諭」、「閒適」、「感傷」三大類題材近七百首詩，以古體為主，數量之多，在唐代詩壇上，是不多見的。這些古體詩中，《秦中吟十首》、《新樂府五十首》品質最高，影響最大，長期以來，受到廣泛的關注。《秦中吟十首》作於貞元、元和之際。其藝術方面的特點，白居易在〈秦中吟序〉謂之「直歌其事」，他在〈與元九書〉又說「聞《秦中吟》，則權豪貴近者相目而變色矣」。在〈編集拙詩成一十五卷因題卷末戲贈元九李二十〉中，他說「十首秦吟近正聲」，元稹在〈白氏長慶集序〉：「因為〈喜雨詩〉《秦中吟》等數十章，指言天下事，時人比之〈風〉〈騷〉焉。」可見，《秦中吟十首》繼承了《詩經》雅詩的優良傳統。從「直歌」、「權豪貴近者相目而變色」，可以看出白詩批判現實的精神。如〈買花〉：

帝城春欲暮，喧喧車馬度。共道牡丹時，相隨買花去。貴賤無常價，酬直看花數：灼灼百朵紅，戔戔五束素。上張幄幕庇，旁織笆籬護。水洒復泥封，移來色如故。家家習為俗，人人迷不悟。有一田舍翁，偶來買花處。低頭獨長歎，此歎無人諭：一叢深色花，十戶中人賦！

詩歌通過買花場面以及養花細節的描繪，反映了貧富之間的矛盾。李肇《國史補》卷中云：「京城貴遊，尚牡丹三十餘年矣。每春暮，車馬若狂，以不耽玩為恥。執金吾鋪宮圍外寺觀，種以求利，一本有值數萬者。」可見，白居易詩歌的現實意義。全詩成功的描寫了貴遊與田舍翁的形象，前者重在描寫買花、養花動作與形態，後者重在描寫心理。兩類形象形成巧妙對比，表現詩人對社會不平等現象的認識、反思。

《新樂府五十首》亦作於元和初，其藝術追求，白居易〈新樂府序〉云：「篇無定句，句無定字，繫於意，不繫於文。首句標其目，卒章顯其志，《詩》三百之義也。其辭質而徑，欲見之者易諭也，其言直而切，欲聞之者深誡也。其事覈而實，使采之者傳信也。其體順而肆，可以播於樂章歌曲也。」由此可知，《新樂府五十首》

有以下幾個特徵：第一，篇章長短無定制。第二，首句標其目，卒章顯其志。第三，具有諷刺藝術特徵。第四，可以播於樂章歌曲。第五，句式自由，文辭淺易。如〈上陽白髮人〉：

上陽人，紅顏暗老白髮新。綠衣監使守宮門，一閉上陽多少春。玄宗末歲初選入，入時十六今六十。同時采擇百餘人，零落年深殘此身。憶昔吞悲別親族，扶入車中不教哭。皆云入內便承恩，臉似芙蓉胸似玉。未容君王得見面，已被楊妃遙側目。妒令潛配上陽宮，一生遂向空房宿。秋夜長，夜長無寐天不明。耿耿殘燈背壁影，蕭蕭暗雨打窗聲。春日遲，日遲獨坐天難暮。宮鶯百囀愁厭聞，梁燕雙棲老休妒。鶯歸燕去長悄然，春往秋來不記年。唯向深宮望明月，東西四五百回圓。今日宮中年最老，大家遙賜尚書號。小頭鞋履窄衣裳，青黛點眉眉細長。外人不見見應笑，天寶末年時世妝。上陽人，苦最多。少亦苦，老亦苦，少苦老苦兩如何？君不見昔時呂向〈美人賦〉，又不見今日上陽白髮歌。

詩歌小序云：「潛怨曠也。」全詩約三百字，詩題即首句「上陽人，紅顏暗老白髮新」的縮寫，篇末「上陽人，苦最多」、「少亦苦，老亦苦」描述宮女的不幸遭遇，「君不見昔時呂向〈美人賦〉，又不見今日上陽白髮歌」昇華主題。「守宮門」、「一閉上陽」、「入時十六今六十」、「零落年深殘此身」、「妒令潛配上陽宮」可見對上陽宮女的同情，將諷刺的矛頭指向殘害宮女的統治者。全詩詩句字數從三字到十字，自由活潑。又如〈西涼伎〉詩前小序：「刺封疆之臣也」，詩題即首句「西涼伎，假面胡人假獅子」前三字，篇末「遺民腸斷在涼州，將卒相看無意收。天子每思長痛惜，將軍欲說合慚羞。奈何仍看西涼伎，取笑資歡無所愧。」表明詩人情感態度，「縱無智力未能收，忍取西涼弄為戲」兩句，進一步昇華了主題。這首詩同情「遺民」的不幸，諷刺邊將無能。句式靈活自如，文辭淺易曉暢。

白居易有大量的近體詩，成就很高，這在唐代詩人之中，也是不多見的。如〈賦得古原草送別〉：

離離原上草，一歲一枯榮。野火燒不盡，春風吹又生。遠芳侵古道，晴翠接荒城。又送王孫去，萋萋滿別情。

張固《幽閒鼓吹》載，白居易應試長安，攜詩往謁顧況，顧況說：「米價方貴，居亦弗易。」看了白詩後，即嗟賞曰：「道得箇語，居即易矣。」因為之延譽，聲名大振。雖是小說家言語，但此可窺知白居易詩的藝術魅力。詩先寫古原草，後寫送別，以原上草喻萋萋離別之情，想像別致，詩味雋永。其中，「野火」兩句傳誦千古，顯示了白詩的藝術感染力。又如〈大林寺桃花〉：

人間四月芳菲盡，山寺桃花始盛開。長恨春歸無覓處，不知轉入此中來。

詩作於元和十二年（八一七）初夏，時詩人在江州任。詩首兩句寫大林寺不同凡響的景物特點：大地春暮、芳菲落盡，但古寺中仍是一派春色。第三句筆鋒一轉，寫詩人登臨之前的惜春與失望，襯托眼前所見帶給詩人的驚詫和欣喜。立意新穎，構思靈巧。

白詩語言風格頗具特點。前人多以「俗」品評白詩，某種程度即針對其語言風格而言，尤其是他的《新樂府》等篇章。理論上，白居易反對「宮律高」、「文字奇」，強調文辭「質而徑」、「直而切」，提倡「韻協」、「言順」，追求「見之者易喻」的表達效果。創作過程中，白詩很好的實踐了其理論主張。如〈杜陵叟〉：

杜陵叟，杜陵居，歲種薄田一頃餘。三月無雨旱風起，麥苗不秀多黃死。九月降霜秋早寒，禾穗未熟皆青乾。長吏明知不申破，急斂暴徵求考課。典桑賣地納官租，明年衣食將何如？剝我身上帛，奪我口中粟。虐人害物即豺狼，何必鉤爪鋸牙食人肉。不知何人奏皇帝，帝心惻隱知人弊。白麻紙上書德音，京畿盡放今年稅。昨日里胥方到門，手持尺牒榜鄉村。十家租稅九家畢，虛受吾君蠲免恩。

全詩語言明白曉暢，通俗易懂。「杜陵叟，杜陵居，歲種薄田一頃餘」、「三月無雨旱風起」、「剝我身上帛，奪我口中粟」等等，猶如口語直白。這一風格，「諷諭」詩表現最為突出。又如「外人不見見應笑」（〈上陽白髮人〉）、「紅線毯，擇繭繅絲清水煮，揀絲練線紅藍染」（〈紅線毯〉）、「賣炭翁，伐薪燒炭南山中」（〈賣炭翁〉）、「母別子，子別母，白日無光哭聲苦」（〈母別子〉）等。諷諭詩以外，其他篇章，語辭也常見類似風格。如〈問劉十九〉：

綠螘新醅酒，紅泥小火爐。晚來天欲雪，能飲一杯無？

語辭猶如與摯友話白，娓娓道來。又如〈暮江吟〉：

一道殘陽鋪水中，半江瑟瑟半江紅。可憐九月初三夜，露似真珠月似弓。

詩人勾勒描摹的暮江秋景，隨口吟成，格調清新，自然可喜。

白居易詩語言特點，劉熙載《詩概》評云：「常語易，奇語難，此詩之初關也。奇語易，常語難，此詩之重關也。香山用常得奇，此境良非易到。」對白居易所追求的語言風格，給予了極為中肯的評價。

自唐始，白居易詩歌即受到重視。張為《詩人主客圖》以居易為廣大教化主。周必大《二老堂詩話》指出：

「本朝蘇文忠公不輕許可，獨敬愛樂天，屢形詩篇。蓋其文章皆主辭達，而忠厚好施，剛直盡言，與人有情，於物無著，大略相似。謫居黃州，始號東坡，其原必起於樂天忠州之作也。」白居易詩歌傳播於日本等國，亦受到喜愛。白詩亦有一些缺憾，如《新樂府》，為了達到「卒章顯其志」的藝術效果，有時則畫蛇添足。白詩語辭淺切，有時近於俚俗，缺少必要的含蓄等等，亦為前人詬病。

第二節　元稹

一、元稹的生平及詩歌理論主張

元稹（七七九—八三一），字微之，行九，世稱元九，後魏昭成皇帝後裔。郡望河南洛陽，六世祖遷居京兆萬年（今陝西西安）。德宗貞元九年（七九三），明兩經及第，時年十五。十九年（八〇三），與白居易同登書判拔萃科，入秘書省任校書郎。元和元年（八〇六），應才識兼茂明於體用科試，授左拾遺。四年（八〇九）二月，擢監察御史。本年三月，出使劍南東川。五年（八一〇）召還，旋貶江陵府士曹參軍。十年（八一五）正月，奉召回朝，旋出為通州司馬。十三年（八一八），遷虢州長史。長慶元年（八二一），擢為中書舍人、翰林承旨學士。旋罷翰林學士，為工部侍郎。長慶二年（八二二）拜相，旋出為同州刺史。三年（八二三），遷越州刺史、浙東觀察使。文宗大和三年（八二九），入為尚書左丞。四年（八三〇），檢校戶部尚書，兼鄂州刺史、御史大夫、武昌軍節度使。五年（八三一），暴卒於任所。

元稹是中唐積極活躍的詩人，他推崇杜甫，曾說：「得杜甫詩數百首，愛其浩蕩津涯」（〈敘詩寄樂天書〉）、

「則詩人以來，未有如子美者」（〈唐故工部員外郎杜君墓系銘〉）、「杜甫天材頗絕倫，每尋詩卷似情親。憐渠直道當時語，不著心源傍古人」（《酬李甫見贈十首》之二）等，對杜甫給予高度評價。他將李白與杜甫比較，說「時山東人李白，亦以奇文取稱，時人謂之『李杜』。予觀其壯浪縱恣，擺去拘束，模寫物象，及樂府歌詩，誠亦差肩於子美矣」（〈唐故工部員外郎杜君墓系銘〉），他又說：「近代唯詩人杜甫〈悲陳陶〉、〈哀江頭〉、〈兵車〉、〈麗人〉等，凡所歌行，率皆即事名篇，無復倚傍。」（〈樂府古題序〉）元稹肯定杜甫即事詩篇，推崇杜甫詩風，這直接影響到他的樂府詩創作。

元稹強調詩歌內容，主張繼承《詩》、〈騷〉傳統：「安問宮徵角，先辨雅鄭淫。」（〈桐花〉）他又說：「旋吟新樂府，便續古〈離騷〉。」（〈送東川馬逢侍御使回十韻〉）他提倡刺美精神，希望詩人敢於諫諷：「於文或有短長，於義咸為贅賸。尚不如寓意古題，刺美見事，猶有詩人引古以諷之義焉。」（〈樂府古題序〉）對風雅不振的詩風予以批評：「始病沈、宋之不存寄興，而訝子昂之未暇旁備矣。」（〈敘詩寄樂天書〉）他在〈和李校書新題樂府十二首序〉認為應當「雅有所謂，不虛為文」。這些主張，與白居易「為君、為臣、為民、為物、為事而作，不為文而作也」的詩歌主張相呼應。元稹亦重視詩歌形式。〈上令狐相公詩啟〉：「常欲得思深語近，韻律調新，屬對無差，而風情宛然，然而病未能也。」他稱讚劉采春：「言辭雅措風流足，舉止低回秀媚多。」（〈贈劉采春〉）可見，元稹是希望詩歌內容與形式相適應。他反對盲目模仿，認為：「江湖間多有新進小生，不知天下文有宗主，妄相仿效，而又從而失之，遂至於支離褊淺之詞，皆目為元和詩體。」（〈上令狐相公詩啟〉）這些主張，在元和年間的時代背景下，有其現實意義。

二、元稹詩歌思想與藝術特色

從內容看，元稹關心政治，憂國憂民。他說「秦政虐天下，黷武窮生民」（〈四皓廟〉），對暴政強烈不滿。〈旱災自咎貽七縣宰〉：「胡為旱一州，禍此千萬人？一旱猶可忍，其旱亦已頻。臘雪不滿地，膏雨不降春。惻惻詔書下，半減麥與糟。半租豈不薄，尚竭力與筋。竭力不敢憚，慚戴天子恩。纍纍婦拜姑，吶吶翁語孫。禾黍日夜長，足得盈我囷。」對旱災給下層民眾帶來的苦難深表同情。

元稹關心社會詩篇以其新題樂府成就最高。如和劉猛、李餘《樂府古題十九首》、《和李校書新題樂府十二首》等，深入地反映了人民的苦痛與不幸。現以〈織婦詞〉為例：

織夫何太忙，蠶經三臥行欲老。蠶神女聖早成絲，今年絲稅抽徵早。早徵非是官人惡，去歲官家事戎索。征人戰苦束刀瘡，主將勳高換羅幕。繅絲織帛猶努力，變緝撩機苦難織。東家頭白雙女兒，為解挑紋嫁不得。簷前嫋嫋游絲上，上有蜘蛛巧來往。羨他蟲豸解緣天，能向虛空織羅網。

詩歌通過「太忙」、「早成絲」、「抽徵早」、「苦難織」、「嫁不得」等，描述織婦的不幸生活。「羨他蟲豸解緣天，能向虛空織羅網」，將織婦與「蟲豸」對比，設比巧妙，寓意深刻。「早徵非是官人惡，去歲官家事戎索。征人戰苦束刀瘡，主將勳高換羅幕」又宕開一筆，將織婦的不幸與「征夫」遭遇、主將「勳高換羅幕」聯繫起來，諷刺力度進一步加強。這也從另一個方面看出，詩人對國家社會的關注。又如〈上陽白髮人〉：「醉酣直入卿士家，閨闈不得偷回避。良人顧妾心死別，小女呼爺血垂淚。十中有一得更衣，永配深宮作宮婢。」詩句對「花鳥使」暴行予以辛辣諷刺，對被迫入宮的受害女子寄以深切的同情。其〈田家詞〉：「六十年來兵蔟蔟，月月食糧車轆轆。一日官軍收海服，驅牛駕車食牛肉。歸來攸得牛兩角，重鑄鋤犁作斤劚。」詩中所寫，全是下層農民的激憤話，表達了下層民眾的憤怒與抗爭。表現詩人關心國計民生，〈連昌宮詞〉頗為有名：

連昌宮中滿宮竹，歲久無人森似束。又有牆頭千葉桃，風動落花紅蔌蔌。
宮邊老翁為予泣：「小年進食曾因入。上皇正在望仙樓，太真同憑欄干立。
樓上樓前盡珠翠，炫轉熒煌照天地。歸來如夢復如癡，何暇備言宮裡事。
初過寒食一百六，店舍無煙宮樹綠。夜半月高弦索鳴，賀老琵琶定場屋。
力士傳呼覓念奴，念奴潛伴諸郎宿。須臾覓得又連催，特敕街中許燃燭。
春嬌滿眼睡紅綃，掠削雲鬟旋裝束。飛上九天歌一聲，二十五郎吹管逐。
逡巡大遍涼州徹，色色龜茲轟錄續。李謩擫笛傍宮牆，偷得新翻數般曲。
平明大駕發行宮，萬人歌舞途路中。百官隊仗避岐薛，楊氏諸姨車鬥風。
明年十月東都破，御路猶存祿山過。驅令供頓不敢藏，萬姓無聲淚潛墮。
兩京定後六七年，卻尋家舍行宮前。莊園燒盡有枯井，行宮門閉樹宛然。
爾後相傳六皇帝，不到離宮門久閉。往來年少說長安，玄武樓成花萼廢。
去年敕使因斫竹，偶值門開暫相逐。荊榛櫛比塞池塘，狐兔驕癡緣樹木。
舞榭歌傾基尚在，文窗窈窕紗猶綠。塵埋粉壁舊花鈿，烏啄風箏碎珠玉。
上皇偏愛臨砌花，依然御榻臨階斜。蛇出燕巢盤鬥拱，菌生香案正當衙。
寢殿相連端正樓，太真梳洗樓上頭。晨光未出簾影黑，至今反掛珊瑚鉤。

指似傍人因慟哭，卻出宮門淚相續。自從此後還閉門，夜夜狐狸上門屋。」
我聞此語心骨悲，太平誰致亂者誰。翁言野父何分別，耳聞眼見為君說。
姚崇宋璟作相公，勸諫上皇言語切。燮理陰陽禾黍豐，調和中外無兵戎。
長官清平太守好，揀選皆言由相公。開元之末姚宋死，朝廷漸漸由妃子。
祿山宮裡養作兒，虢國門前鬧如市。弄權宰相不記名，依稀憶得楊與李。
廟謨顛倒四海搖，五十年來作瘡痏。今皇神聖丞相明，詔書才下吳蜀平。
官軍又取淮西賊，此賊亦除天下寧。年年耕種宮前道，今年不遣子孫耕。
老翁此意深望幸，努力廟謨休用兵。

連昌宮，在唐河南壽安縣，唐高宗顯慶年間置。詩歌通過宮邊老翁之口敘述連昌宮的興廢變遷，反映了唐王朝自開元以還的興衰歷程，揭示太平致亂的緣由，表現了人民對昇平盛世的嚮往，也寄託了詩人對國家「天下寧」、「休用兵」的強烈願望。

元稹寫作了一些豔詩和悼亡詩。陳寅恪《元白詩箋證稿》第四章〈豔詩及悼亡詩〉云：「微之自編詩集，以悼亡詩與豔詩分歸兩類。其悼亡詩即為元配韋叢而作。其豔詩則多為其少日之情人所謂崔鶯鶯者而作。微之以絕代之才華，抒寫男女生死離別悲歡之情感。其哀豔纏綿，不僅在唐人詩中不可多見，而影響及於後來之文學者尤巨。」豔詩如〈夢遊春〉：「身回夜合偏，態斂晨霞聚。睡臉桃破風，汗妝蓮委露。叢梳百葉髻，金蹙重臺屨。紕軟鈿頭裙，玲瓏合歡袴。鮮妍脂粉薄，暗淡衣裳故。」用「晨霞聚」、「桃破風」、「蓮委露」、「百葉髻」、「紕軟鈿頭裙」、「玲瓏」、「脂粉薄」等描寫女性形態與裝束，用筆濃豔而又細膩。又如〈會真詩三十韻〉、

〈鶯鶯詩〉等，均乃元稹豔詩名篇。悼亡詩名篇如《三遣悲懷》其一：

謝公最小偏憐女，自嫁黔婁百事乖。顧我無衣搜藎篋，泥他沽酒拔金釵。
野蔬充膳甘長藿，落葉添薪仰古槐。今日俸錢過十萬，與君營奠復營齋。

詩作於元和四年（八〇九），是元稹悼念亡妻韋叢所作組詩，這首詩乃組詩第一首。韋叢，是太子少保韋夏卿小女，於德宗貞元十九年（八〇三）嫁與元稹，七年後病死。詩歌敘述韋氏屈身下嫁以及婚後的艱苦生活，用「野蔬充膳」、「落葉添薪」等，旨在讚歎韋氏的賢德，抒發詩人抱憾之情。黃叔燦《唐詩箋注》卷五云：「此微之悼亡韋氏詩，通首說得哀慘，所謂貧賤夫妻也。『顧我』一聯，言其婦德。『野蔬』一聯，言其安貧。『十萬』僅為營奠營齋，真可哭殺。」可見這首詩的藝術魅力。

此外，元稹創作了大量的唱和贈答、羈旅抒懷以及詠物詩。如〈蟲豸詩〉、〈寺院新竹〉、〈松鶴〉、〈和樂天贈樊著作〉、〈和樂天折劍頭〉、〈東西道〉、〈襄陽道〉等。

元稹詩，長篇短制均有很高成就。前人多肯定他的樂府詩，其實，他寫了不少長篇排律，如〈代曲江老人百韻〉、〈開元觀閒居酬吳士矩侍御三十韻〉、〈酬翰林白學士代書一百韻〉、〈紀懷贈李六戶曹崔二十功曹五十韻〉、〈答姨兄胡靈之見寄五十韻〉、〈酬樂天東南行詩一百韻〉，這些詩歌，均取得了很高的藝術成就。

元稹的一些小詩也很精彩，如〈菊花〉：

秋叢繞舍似陶家，遍繞籬邊日漸斜。不是花中偏愛菊，此花開盡更無花。

詩約作於貞元十八年（八〇二）。詩歌介紹居舍四周菊花茂盛的環境，介紹賞菊興致之濃以及自己鍾情菊花的原因，取陶詩意境，淡雅樸素，耐人回味。又如他的小詩名篇〈行宮〉：

寥落古行宮，宮花寂寞紅。白頭宮女在，閒坐說玄宗。

詩作於元稹為監察御史分務東臺時。行宮，皇帝外出所住的地方，本詩當指洛陽上陽宮。詩歌首句點明地點，緊接著介紹人物，敘說人物活動，構築了一幅完整動人的白髮宮人生活圖。洪邁《容齋隨筆・古行宮詩》評這首詩：「語少意足，有無窮之味。」

元稹詩歌在藝術上和白居易並稱「元白」，是「新樂府運動」的宣導人和代表作家之一。《新唐書》本傳記載：「稹尤長於詩，與居易名相埒，天下傳諷，號『元和體』，往往播樂府。穆宗在東宮，妃嬪近習皆誦之，宮中呼元才子。」元稹〈敘詩寄樂天書〉敘述自己詩歌藝術特點：「其中有旨意可觀，而詞近古往者，為古諷。意亦可觀，而流在樂府者，為樂諷。詞雖近古，而止於吟寫性情者，為古體。詞實樂流，而止於模象物色者，為新題樂府。聲勢沿順屬對穩切者，為律詩，仍以七言、五言為兩體。其中有稍存寄興、與諷為流者，為律諷。不幸少有伉儷之悲，撫存感往，成數十詩，取潘子〈悼亡〉為題。又有以干教化者，近世婦人暈淡眉目，綰約頭鬢，衣服修廣之度，及匹配色澤，尤劇怪豔，因為豔詩百餘首，詞有今古，又兩體。」可見元稹詩歌藝術成就多樣。一方面他追求淺俗，另一方面他又崇尚豔麗。既積極創作新樂府詩歌，又頗為喜愛近體律絕。既主張美刺諷諫，又嗜好吟詠性情。在元和詩壇，他和白居易一樣，是一位積極致力於詩歌藝術探索的詩人。

第三節　張籍、王建及李紳

一、張籍

張籍（七六六？—八三〇？），字文昌，行十八，吳郡（今江蘇蘇州）人，後移家和州烏江縣（今安徽和縣）。貞元十三年（七九七），因孟郊薦，與韓愈相識。十五年（七九九），為韓愈薦，中書舍人高郢下進士及第。約元和元年（八〇六），補太常寺太祝。歷國子監助教、遷秘書郎、國子博士。約長慶二年（八二二），遷水部員外郎。四年（八二四），遷主客郎中。大和二年（八二八），遷國子司業。約大和四年（八三〇），因疾卒於長安荒郊。世稱張水部或張司業。

張籍是中唐新樂府運動的積極參與者和推動者，與王建齊名，世稱「張王樂府」。他的樂府詩和元白詩歌風格接近，內容上多反映當時社會現實之作，表現了對國家政治的關心，以及對民生疾苦的同情，如〈征婦怨〉：

> 九月匈奴殺邊將，漢軍全沒遼水上。萬里無人收白骨，家家城下招魂葬。
> 婦人依倚子與夫，同居貧賤心亦舒。夫死戰場子在腹，妾身雖存如晝燭。

詩歌借征婦遭遇，指責戰爭給社會帶來的危害。又如〈董逃行〉：「洛陽城頭火曈曈，亂兵燒我天子宮。宮城南面有深山，盡將老幼藏其間。重巖為屋橡為食，丁男夜行候消息。聞道官軍猶掠人，舊里如今歸未得。董逃行，漢家幾時重太平。」描述藩鎮戰亂對社會的影響，同時對官軍擾民予以揭露。〈洛陽行〉：「洛陽宮闕當中州，城上峨峨十二樓。翠華西去幾時返，梟巢乳鳥藏蟄燕。御門空鎖五十年，稅彼農夫修玉殿。六街朝暮鼓鼕鼕，禁兵持戟守空宮。百官月月拜章表，驛使相續長安道。上陽宮樹黃復綠，野豺入苑食麋鹿。陌上老翁雙淚垂，共說武皇巡幸時。」詩歌以陌上老翁之不幸，描述洛陽上層達官腐朽奢靡生活，指斥帝王宮廷對人民的剝削，表達了作者對農夫的同情與對剝削集團的諷刺，反映了不合理的社會現實。

張籍有部分詩歌描繪農村風俗和生活畫面，如〈江南曲〉：

江南人家多橘樹，吳姬舟上織白苧。土地卑濕饒蟲蛇，連木為牌入江住。
江村亥日長為市，落帆渡橋來浦裡。青莎覆城竹為屋，無井家家飲潮水。
長干午日酤春酒，高高酒旗懸江口。倡樓兩岸懸水柵，夜唱竹枝留北客。
江南風土歡樂多，悠悠處處盡經過。

〈江南曲〉是樂府舊題，又名〈江南可採蓮〉，《樂府解題》謂之「江南古詞」。本詩生動地描繪了江南水鄉的獨特風光，敘寫江南人家的耕織生活，以「亥日長為市」、「落帆渡橋」寫市井貿易日期以及集市位置，「青莎覆城竹為屋」等句寫市井面貌以及繁華狀況。全詩詩境清新，情景俱妙。類似詩篇，又如〈採蓮曲〉、〈春別曲〉等。

張籍交遊甚廣，贈答酬唱詩較多。如〈山中酬人〉：「山中日暖春鳩鳴，逐水看花任意行。向晚歸來石窗下，菖蒲葉上見題名。」〈贈王建〉：「白君去後交遊少，東野亡來篋笥貧。賴有白頭王建在，眼前猶見詠詩人。」張籍曾寫過一首詩〈酬朱慶餘〉：「越女新妝出鏡心，自知明豔更沉吟。齊紈未是人間貴，一曲菱歌敵萬金。」范攄《雲谿友議》卷下〈閨婦歌〉：「朱慶餘校書，既遇水部郎中張籍知音……朱君尚為謙退，作〈閨意〉一篇，以獻張公。張公明其進退，尋亦和焉。……朱公才學，因張公一詩，名流于海內矣。」朱慶餘〈閨意〉，一題作〈近試上張籍水部〉：「洞房昨夜停紅燭，待曉堂前拜舅姑。妝罷低聲問夫婿，畫眉深淺入時無。」張籍與朱慶餘互為贈答，成為一時美談。

張籍的詩歌內容藝術風格多樣。他在〈祭退之〉中謂自己「學詩為眾體」，以今存詩歌觀之，張詩藝術成就最高者為樂府詩。如〈野老歌〉：

老農家貧在山住，耕種山田三四畝。苗疏稅多不得食，輸入官倉化為土。
歲暮鋤犁倚空室，呼兒登山收橡實。西江賈客珠百斛，船中養犬長食肉。

詩題一作〈山農詞〉。開篇寫山農終年辛勞而不得食。「山」字兩見，表明主人公身分與生活環境。「三四畝」表明土地數量少，「苗疏」意味收成狀況不佳。故山地貧瘠，廣種薄收，山農貧困而無力繳租。「輸入官倉化為土」與山農繳完租「不得食」形成鮮明對比。「登山收橡實」寫老農迫於生計不得不採野果充飢，再一次突出山農生活窮困，結尾以「西江賈客」的生活作比，全詩對比鮮明，形象生動，具有很高的諷刺藝術成就。

張籍近體詩成就也很高。如〈夜到漁家〉：

漁家在江口，潮水入柴扉。行客欲投宿，主人猶未歸。
竹深村路遠，月出釣船稀。遙見尋沙岸，春風動草衣。

題亦作〈宿漁家〉。詩歌描寫漁家住所的環境，渲染氣氛。又通過述說夜幕降臨而主人未歸，透露出主人在江上打漁時間之長、勞作之辛苦。「竹深」等句敘述詩人屋外躑躅、觀看四周環境，表明詩人期待漁人回來的情懷。全詩形象生動，內心情感描寫真切感人。「遙見尋沙岸，春風動草衣」一聯，為歷來傳誦名句。又如〈秋思〉：

洛陽城裡見秋風，欲作歸書意萬重。復恐匆匆說不盡，行人臨發又開封。

詩歌借助日常生活中的一個片斷，表達了詩人思念家鄉及親人的情懷。起句說客居洛陽，又見秋風。承句緊扣「見秋風」，正面寫「思」字。轉接兩句剪取寄家書之前的一個細節，生動形象地表明詩人因思念至極乃至行動反常的心理活動及其特徵。

後世對張籍的評價，可謂毀譽參半。白居易〈讀張籍古樂府〉稱讚張籍：「張君何為者？業文三十春。尤工樂府詩，舉代少其倫。為詩意如何？六義互鋪陳。」張戒《歲寒堂詩話》卷上則認為：「元、白、張籍、王建樂府，專以道得人心中事為工，然其詞淺近，其氣卑弱。」又云：「元、白、張籍，其病正在此，只知道得人心中事，而不知道盡則又淺露也。」對比今存張籍詩，這些評價各有其長。白居易等人指出張籍樂府詩的成就，這是元白詩派共同的審美追求。張戒所謂「淺近」、「淺露」等，也正是元白詩派共同存在的弊端。

二、王建

王建（七六六？—八三二？），字仲初，潁川（今河南許昌）人。德宗建中年間，王建與張籍建交，並開始了「自從出關輔，三十年做客」的漫遊生活。約元和八年（八一三），初仕昭應縣丞。約元和十一年（八一六），轉渭南尉。約於次年受太府寺丞。疑十四年（八一九），轉太常寺丞。約長慶二年（八二二），轉秘書丞。至晚於大和二年（八二八），遷官侍御史。稍後，出為陝州司馬。大和六年左右（八三二），卒。

王建一生沉淪下僚，有機會接觸社會現實，了解人民疾苦。其詩歌內容，首先是反映勞動人民受剝削壓迫的痛苦生活。如〈田家行〉：「男聲欣欣女顏悅，人家不怨言語別。五月雖熱麥風清，檐頭索索繰車鳴。野蠶作繭人不取，葉間撲撲秋蛾生。麥收上場絹在軸，的知輸得官家足。不望入口復上身，且免向城賣黃犢。回家衣食無厚薄，不見縣門身即樂。」詩歌描述農夫生活，野蠶作繭，五月麥熟，而農夫卻無衣無食，只得賣牛為生。「不見縣門身即樂」一句，批判、諷刺精神尤為強烈。類似詩篇，又如〈簇蠶辭〉、〈織錦曲〉、〈促刺詞〉、〈水夫謠〉等。

王建也有部分詩篇揭露權豪凶橫和藩鎮混戰等黑暗的社會現實，如〈羽林行〉：「長安惡少出名字，樓下劫商樓上醉。天明下直明光宮，散入五陵松柏中。百回殺人身合死，赦書尚有收城功。九衢一日消息定，鄉吏籍中重改姓。出來依舊屬羽林，立在殿前射飛禽。」詩歌歷數長安惡少諸多罪行，但即使這樣的惡少，也得不到合理的懲處。結尾兩句，表明詩人對當時政局黑暗憤激之情。又如〈古從軍〉：「回面不見家，風吹破衣服。金瘡在肢節，相與拔箭鏃。聞道西涼州，家家婦女哭」、〈遼東行〉：「年年郡縣送征人，將與遼東作丘阪。寧為草木鄉中生，有身不向遼東行」、〈涼州行〉：「邊頭州縣盡胡兵，將軍別築防秋城。萬里人家皆已沒，年年旌節發西京」等，抨擊了給廣大人民帶來災難的開邊戰爭，同時也譴責了邊將的無能。

王建的《宮詞》百首，廣泛地描繪宮闕樓臺、朝禮儀式、節日宴飲、君王行樂、宮女怨思以及歌伎樂工的歌舞彈唱生活等，是研究唐代宮庭生活的重要資料。現舉一例：

魚藻宮中鎖翠娥，先皇行處不曾過。如今池底休鋪錦，菱角雞頭積漸多。

這首詩選取生活瑣事，通過今昔對比，表現深鎖禁庭的宮女的不幸遭遇，乃王建《宮詞》膾炙人口者之一。《宮詞》所援引的材料，大多有實際依據。據范攄《雲谿友議．琅琊忤》載：「渭南先與內宮王樞密，盡宗人之分，然彼我不均，後懷輕謗之色。忽因過飲，語及『桓靈信任中官，多遭黨錮之罪，而起興廢之事』，樞密深憾其譏，詰曰：『吾弟所有宮詞，天下皆誦於口。禁掖深邃，何以知之？』建不能對。元公親承聖旨，令隱其文，朝廷以為孔光不言溫樹者，何其慎靜乎！二君將遭奏劾，為詩以讓之，乃脫其禍也。建詩曰：『先朝行坐鎮相隨，今上春宮見長時。脫下御衣偏得著，進來龍馬每交騎。常承密旨還家少，獨奏邊情出殿遲。不是當家頻向說，九重爭遣外人知。』」這些雖然是小說家言，但據王建《宮詞》內容看，詩歌中的資料確實具有一定的史料價值。宮詞雖不創始於王建，但連用七絕百首之例，其開創之功，實值得關注。從宮詞實際狀況看，王建《宮詞》之所以天下諷誦，其藝術價值也是重要原因。

王建還有一些作品，描寫了農村風俗和生活畫面。如〈雨過山村〉：

雨裡雞鳴一兩家，竹溪村路板橋斜。婦姑相喚浴蠶去，閒著中庭梔子花。

詩歌開篇「雨裡雞鳴」突出山村風味，緊接著敘說「雨過」曲徑、聞見農事，結句用「閒」襯忙，通過梔子花「閒」襯托山村人忙，想像豐富，意境優美，語言表現詼諧幽默，篇章構思精妙別致。王建的〈寄遠曲〉、〈鏡聽詞〉等，表現了婦女對出門遠行親人的思念。〈望夫石〉、〈精衛詞〉等，歌頌了堅貞的愛情。

和張籍一樣，王建也是元白詩歌主張的積極支持者，他寫出大量優秀的樂府詩，與張籍並稱「張王樂府」。《唐才子傳》云：「工為樂府歌行，思遠格幽。」魏慶之《詩人玉屑》卷一六引〈唐王建宮詞舊跋〉亦云：「效此體者雖有數家，而建為之祖」。嚴羽《滄浪詩話》云：「大曆後，劉夢得之絕句，張籍、王建之樂府，吾所深取耳。」如〈水夫謠〉：

苦哉生長當驛邊，官家使我牽驛船。辛苦日多樂日少，水宿沙行如海鳥。

逆風上水萬斛重，前驛迢迢後淼淼。半夜緣堤雪和雨，受他驅遣還復去。
衣寒衣濕披短蓑，臆穿足裂忍痛何。到明辛苦無處說，齊聲騰踏牽船出。
一間茆屋何所直，父母之鄉去不得。我願此水作平田，長使水夫不怨天。

詩歌以「苦哉」統領，選取水夫生活的幾則細節，敘述其生活苦辛，結句「我願此水作平田，長使水夫不怨天」句，以及其憤怒的語言直抒胸臆，描寫人物兼用外貌、心理、行動等方式，形象生動，比喻貼切，詩歌語言既似民歌通俗流利，又帶有文人的凝煉精警。全詩給人的感覺，看似平淡淺近，實乃奇崛雋永。

王建的近體詩也很有成就。如〈江館〉：

水面細風生，菱歌慢慢聲。客亭臨小市，燈火夜妝明。

江館，即臨江而建的旅館。詩歌寫詩人夜宿江館中的水亭及所見，詩緒頓挫曲折，展示了江館夜景的畫面美和詩意美。又如〈十五夜望月〉：

中庭地白樹棲鴉，冷露無聲濕桂花。今夜月明人盡望，不知秋思在誰家？

詩題《全唐詩》作〈十五夜望月寄杜郎中〉，杜郎中，名字不詳。詩歌描寫月上中天時庭院的景色、月圓之夜人們的活動以及詩人的月下情思，以「望」字統領，由所見寫到所思，以景語引出情語，構思頗為別致，尤其是結尾情深意曲，極具感染力。

三、李紳

李紳（七七二—八四六），字公垂，郡望譙（今安徽亳州）。元和元年（八〇六），進士及第。後歷官國子助教、山南西道觀察判官、右拾遺等。穆宗即位，擢翰林學士，與李德裕、元稹同時，號「三俊」。長慶元年，加司勳員外郎知制誥，遷中書舍人加承旨，改御史中丞，出為江西觀察使，改戶部侍郎。敬宗即位，貶端州司馬，移江州長史，遷滁州刺史，改壽州刺史。大和七年，授太子賓客分司東都。旋為浙東觀察使，後又復為太子賓客。開成元年，官河南尹，改宣武軍節度使等。會昌二年，拜中書侍郎、同中書門下平章事。四年，罷為淮南節度使。六年七月，卒。

李紳曾作《新樂府二十首》，惜這些詩歌逸佚。元稹有《和李校書新題樂府十二首》，詩前有序云：「予友李公垂貺予《樂府新題》二十首，雅有所謂，不虛為文。予取其病時之尤急者，列而和之，蓋十二而已。」這十二篇和詩分別為〈上陽白髮人〉、〈華原磬〉、〈五弦彈〉、〈西涼伎〉、〈法曲〉、〈馴犀〉、〈立部伎〉、〈驃國樂〉、〈胡旋女〉、〈蠻子朝〉、〈縛戎人〉、〈陰山道〉，通過元稹和詩，可以管窺李紳樂府詩概貌。

李紳今存〈憫農〉詩兩首（亦作《古風二首》），向來被認為能夠反映李詩新樂府詩歌主張：

春種一粒粟，秋成萬顆子。四海無閒田，農夫猶餓死。

鋤禾日當午，汗滴禾下土。誰知盤中餐，粒粒皆辛苦。

這兩首詩描述農夫生活、命運，對不合理的社會現實予以批判，對苦辛農夫的生活處境寄以深摯的同情，顯示了詩人高度的社會責任感。全詩選材精妙，形象生動，虛實結合，對比鮮明，用語淺切。無論是思想境界，還是藝術成就，均和白居易〈杜陵叟〉、元稹〈織婦詞〉、張籍〈野老歌〉、王建〈田家行〉等詩歌有異曲同工之妙。

李紳詩散佚極多。現傳《追昔遊集》是李紳於文宗開成三年編纂而就，未包括早年和晚年作品。有自序：「追昔遊，蓋歎逝感時，發於淒恨而作也。或長句，或五言，或雜言，或歌，或樂府齊梁，不一其詞，乃由牽思所屬耳。起梁溪，歸諫署，升翰苑，承恩遇，歌帝京風物，遭讒邪，播歷荊楚，涉湘沅，逾嶺嶠荒陬，止高安，移九江，泛五湖，過鍾陵，溯荊江，守滁陽，轉壽春，改賓客，留洛陽，廉會稽，過梅里，遭讒者，再賓客，為分務歸東周，擢川守，鎮大梁，詞有所懷，興生於怨。故或隱顯不常其言，冀知者於異時而已。」以這篇序文與今存李紳詩對比，內容上，李詩主要包括抒寫理想、感歎謫遷生活、抨擊奸邪佞惡、寫景詠物抒情等。如〈初出淝口入淮〉：「野老擁途知意重，病夫抛郡喜身輕。人心莫厭如弦直，淮水長憐似鏡清。」〈北樓櫻桃花〉：「開花占得春光早，雪綴雲裝萬萼輕。凝豔拆時初照日，落英頻處乍聞鶯。舞空柔弱看無力，帶月蔥蘢似有情。多事東風入闉闠，盡飄芳思委江城。」等。

《追昔遊集》總體風格，《四庫全書總目提要》卷一五〇云：「今觀此集，音節嘽緩，似不能與同時諸人角爭強弱。然春容恬雅，無雕琢細碎之習，其格究在晚唐諸人刻劃纖巧之上也。」概括的說，今存李紳詩以淺易為主，無雕琢之習，但是，敘事寫景，極為講求。其詩歌體裁多樣，七律較多，不過相比之下，樂府成就較高。如〈聞里謠效古歌〉：

鄉里兒，桑麻鬱鬱禾黍肥，冬有襤襦夏有絺。兄鋤弟耨妻在機，夜犬不吠開蓬扉。鄉里兒，醉還飽，濁醪初熟勸翁媼。鳴鳩拂羽知年好，齊和楊花踏春草。勸年少，樂耕桑。使君為我剪荊棘，使君為我驅豺狼。林中無虎山有鹿，水底無蛟魚有魴。父漁子獵日歸暮，月明處處舂黃粱。鄉里兒，東家父老為爾言，鼓腹那知生育恩？莫令太守馳朱轓，懸鼓一鳴盧鵲喧。惡聲主吏噪爾門，唧唧力力烹雞豚。鄉里兒，莫悲吒。上有明王頒詔下，重選賢良恤孤寡。春日遲遲驅五馬，留犢投錢以為謝。鄉里兒，終爾詞。我無工巧唯無私，舉手一揮臨路歧。

詩歌刻劃鄉里兒形象，諷刺惡吏，關心民生疾苦，一唱三歎，句式靈活，用詞平易。雖是學習民歌所致，但不難發現其風格與元、白極為相似。

第十章　中唐散文

提倡散體文章、反對六朝文風不始於唐，西魏時的宇文泰、蘇綽以及隋文帝、李諤等，都曾致力於文體改革，但收效甚微。初唐四傑批評當時文風，稍後，陳子昂高舉復古大旗，將古文復興推進了一步。至天寶前後，蕭穎士、李華等主張崇經復古，再次掀起文體變革運動，又將古文復興推進了一步。中唐時期，以韓愈、柳宗元二人為核心，另有李翺、皇甫湜、樊宗師、柳宗直等人，他們積極探索古文理論，廣泛參與文體改革實踐，使古文運動取得了重大成就。

第一節　韓柳之前的古文家

一、初唐文士的古文理論探索與創作實踐

唐代建國之初，政治家、史學家就有改革文體的呼聲。其主要代表者有魏徵。**魏徵**（五八〇－六四三），字玄成，館陶（今河北）人。曾事李密。降唐，歷官秘書丞、諫議大夫、尚書右丞、秘書監、侍中等，封鄭國公，

謚文貞。他在《群書治要．序》提出文章要「昭德塞違，勸善懲惡」，並批評前代浮靡文風「競採浮豔之詞，爭馳迂誕之說，騁末學之傳聞，飾雕蟲之小技，流蕩忘反，殊塗同致」，強調文章應當「掇彼清音，簡茲累句，各去所短，合其兩長，則文質斌斌，盡善盡美」（《隋書．文學傳論》）。他的〈論時政疏〉：「臣觀自古受圖膺運，繼體守文，控御英傑，南面臨下，皆欲配厚德於天地，齊高明於日月，本支百代，傳祚無窮。然而克終者鮮，敗亡相繼，其故何哉？所以求之失其道也。」〈韋宏質妄議宰相疏〉：「宰相有奸謀隱慝，則人人皆得上論。至於制置職業，固是人主之柄，非小臣所得干議。」這些諫議政論文章，觀點鮮明，駢散結合，對後世有一定影響。

初唐自「四傑」始，不少作品已於工整的對偶、華麗的辭藻之外，展示出清新活潑的生機和注重骨力的剛健風格，如王勃的〈秋日登洪府滕王閣餞別序〉、駱賓王的〈代李敬業討武氏檄〉、楊炯的〈王勃集序〉、盧照鄰的〈釋疾文〉、〈寄裴舍人遺衣藥直書〉、〈對蜀父老問〉等，都是情文並茂的名篇。不過也應看到，四傑不滿當時文風，但他們的文章仍未擺脫齊梁文風。

四傑之後，陳子昂高舉復古大旗，提倡風雅興寄。雖然其主要功力在詩歌領域，但他對唐代散文也有一定影響。韓愈以「國朝盛文章，子昂時高蹈」高度評價陳子昂在文壇地位（〈薦士〉），李華也以「最正」論及子昂文體風格（〈揚州功曹蕭穎士文集序〉）。子昂文章，最有影響的是其書疏。如〈諫靈駕入京書〉：「臣聞明主不惡切直之言以納忠，烈士不憚死亡之誅以極諫。故有非常之策者，必待非常之時；有非常之時者，必待非常之主。然後危言正色，抗議直辭，赴湯鑊而不回，至誅夷而無悔，豈徒欲詭世誇俗、厭生樂死者哉？實以為殺身之害小，存國之利大，故審計定議而甘心焉。」又如〈上蜀川軍事〉：「臣聞上有聖君，下得直言，賤臣敢越次冒昧以奏。臣在蜀時，見相傳云，聞松、潘等州屯軍，數不逾萬，計糧給餉，年則不過七萬餘石可盈足。邊郡主將不審支度，乃每歲向役十六萬夫。夫擔糧輪送，一㪷之米，價錢四百，使百姓老弱，未得其所，比年以來，多以逃亡。」這些文章，直陳時事，觀點鮮明，感情充沛，文辭嚴正有力，句式靈活自如。《四庫全書總目・陳拾遺集提要》說：「今觀其集……若論事書疏之類，實疏樸近古。」子昂的〈諫刑書〉、〈諫政理書〉、〈諫用刑書〉等，都是這類「疏樸近古」的名篇。同時，也應注意到，子昂的其他文章，如〈為程處弼應拜洛表〉等，文辭排儷，氣格卑弱。

盛唐前期，文壇上有張說、蘇頲等人，文名頗高。**張說**（六六七－七三〇），字道濟，一字說之，祖籍河東（今山西永濟），載元初年，應詔舉，對策第一，授太子校書。歷官右補闕、鳳閣舍人、兵部侍郎、工部侍郎、中書侍郎兼雍州長史、同中書門下平章事、中書令、右丞相等，封燕國公，開元十八年（七三〇）冬，卒，諡文貞。張說與蘇頲齊名，並稱「燕、許大手筆」。朝廷文誥，多出二人之手。張說猶長於碑碣，如〈唐故夏州都督太原王公神道碑〉，介紹王方翼，除傳統碑誌介紹家世、學行、歷官、品德等，作者描寫碑主神態：「公雄姿沉毅，凜難犯之色；虛懷信厚，坦招納之量；識略精斷，達應變之權；神守密靜，堅不奪之節。」敘述碑主守邊所作所為：「熱海之役，流矢貫臂，陣血染袖，事等殷輪，帝顧而問之，視瘡欷歔曰……奉詔與程務挺討擒之。」補敘碑主事蹟：「初，公善書與魏叔琬相輩，工射與趙持滿齊名，帝每矚之，賜比鳴輦，賞深懸帳。嘗獨行入夜，有怪人長丈，直來趣逼，射而僕焉，乃朽木也。太宗壯之，授右千牛。及持滿伏法暴骸，公哀而收葬，為金吾奏劾，高宗義之，釋而不罪。履道坦坦，多如此類。」結構上，兼用順敘、插敘、補敘，又採用描寫、敘述、議論、抒情等多種手法，避免了碑誌文的空洞、枯燥以及虛譽的弊病。張說的書、疏、碑、狀均有較高成就，如〈論幽州邊事書〉、〈論神兵軍大總管功狀〉、〈諫避暑三陽宮疏〉等，崇雅黜浮，運散入駢，展示出雍容雄渾的氣勢。

蘇頲（六七〇—七二七），字廷碩，京兆武功（今陝西武功）人。舉進士第，調烏程尉。歷監察御史、起居郎、考功員外郎、考功郎中等。神龍中，遷中書舍人，時其父蘇瓌官同中書門下三品，父子同在禁筦，朝廷榮之。玄宗時，歷太常少卿、知制誥、工部侍郎等，襲封許國公，累官同紫微黃門平章事。蘇頲與張說俱以文章顯，頲猶長於制誥。如〈禁斷錦繡珠玉制〉：「叔代遷訛，僻王驕縱，惟崇於玉盃象箸，不勝於捐金抵璧，好之者君也，習之者人也，即用匹帛服長纓之類歟？朕爰在幼沖，每期質樸，手未曾持珠玉，目未嘗觀錦繡，願言其志，造次不忘。」文章針對時弊，觀點鮮明，情感彰顯。寫法上，立駁並用，修辭手法多樣。尤其是作者採用駢散結合的寫法，這一點，是值得關注的。

二、蕭穎士等作家的古文主張與創作

稍晚於蘇頲、張說，唐文出現了新變化。主要是蕭穎士、李華、獨孤及、元結等人相繼登上文壇，他們在宗經復古的旗幟下，強調充實文章內容，反對浮靡文風，在理論探索和創作實踐上，向前邁進了一大步，為韓、柳古文之前驅。

蕭穎士（七〇九—七六〇），字茂挺，穎川汝陰（今安徽阜陽）人，郡望南蘭陵（今江蘇常州）。開元二十三年（七三五），進士及第。歷官秘書正字、集賢校理、廣陵府參軍事等，終揚州功曹參軍。蕭穎士仕途不達，文名遠播。他推崇經典，說自己是「經術之外，略不嬰心」（〈贈韋司業書〉），他又說自己「僕幼聞禮經，長習篇翰，多舉大略，不求微旨，且尤好史臣之言，自秦漢迄於周隋，馳乎千餘載間，天人秘理，軍國奇畫，皆耳剽其論，而為文未嘗不喜潤色」（〈為邵翼作上張兵部書〉），他強調「僕平生屬文，格不近俗，凡所擬議，必希古人，魏晉以來，未嘗留意」（〈贈韋司業書〉）。文章形式上，他反對儷偶奇靡，句式相對靈活。如〈與從弟評事書〉：「吾素志疏野，平時尚不求仕進，況今豈徼榮祿哉？前赴牒追者，蓋為三道重權，冀以疇昔厚眷，計議獲申，惟薦群才，庶其裨益。今既一言不見預，一士薦不行，方復規求一中下郡佐，而利其祿秩，豈在意耶？況馬墜所傷，全未平復。方恐便廢，自是棄人。才既不足採，而加此疾苦，更不復力強耳。」文章感情充沛，句式亦駢亦散。又如〈與崔中書圓書〉等，內容切中時弊，文辭不求華麗，已經與韓、柳文風相接近。惜穎士所為之文，多已散佚。今存者，僅賦十、表六、書牋七、序四，近三十篇。

李華（七一五？—七六六），字遐叔，趙州贊皇（今河北贊皇）人。開元二十三年（七三五），進士及第。天寶二年（七四三），登博學宏詞科。歷官秘書省校書郎、尹闕尉、監察御史、右補闕。安祿山陷長安，為奸黨所獲，署為鳳閣舍人。兩京既復，貶杭州司戶參軍。此後無意仕進。詔拜左補闕、司封員外郎等，均以疾辭。廣德二年（七六四），李峴知選江南，表為從事，加檢校吏部員外郎，後以疾去官，隱楚州山陽縣（今江蘇淮安），大曆九年（七七四），卒。李華與蕭穎士齊名，世稱「蕭李」，又兄事元德秀、友蕭穎士、劉迅，並為之撰〈三賢論〉。李華文學主張與蕭穎士接近。他在〈贈禮部尚書清河孝公崔沔集序〉說：「文章本乎作者，而哀樂繫乎時。本乎作者，六經之志也；繫乎時者，樂文武而哀幽厲也。立身揚名，有國有家，化人成俗，安危存亡。於是乎觀之，宣於志者曰言，飾而成之曰文。有德之文信，無德之文詐。……屈平、宋玉，哀而傷，靡而不返，六經之道遁矣。」可見，李華主張復古，宣導崇經，強調教化。

李華文名很高。他的「論」有〈質文論〉、〈三賢論〉、〈正交論〉、〈卜論〉，「序」、「記」有〈揚州功曹蕭穎士文集序〉、〈贈禮部尚書清河孝公崔沔集序〉、〈送十三舅適越序〉、〈臥疾舟中相里范二侍御先行贈別序〉、〈御史大夫廳壁記〉、〈賀遂員外藥園小山池記〉等，碑傳文有〈慶王府司馬徐府君碑〉、〈韓國公張仁願廟碑銘〉、〈慶王府司馬徐府君碑〉，「書」、「表」有〈與表弟盧復書〉、〈請施莊為寺表〉等。李華還有一些短小類似雜感的篇章，如〈賢之用捨〉：「上之於賢也，患不能好之。好之也，患不能求之；求之也，患不能知之；知之也，患不能任之；任之也，患不能終之；終之也，患不能同其心而化於道。是故士貴夫遇，懼夫遇而不盡也。」文章雖短，但所論頗有針對性。

李華最著名的文章是〈弔古戰場文〉。這篇文章，名為弔古戰場，實為哀古傷今。文章指出：「秦漢而還，多事四夷；中州耗斁，無世無之。古稱戎夏，不抗王師。文教失宣，武臣用奇。奇兵有異於仁義，王道迂闊而莫為。嗚呼噫嘻！吾想夫北風振漠，胡兵伺便；主將驕敵，期門受戰。」所謂「多事四夷」、「文教失宣」、「主將驕敵」等，正是天寶末期唐王朝所面臨的困境。文中議論敘事，處處充滿著激情。如：「傷心哉！秦歟？漢歟？將近代歟？」又如：「屍踣巨港之岸，血滿長城之窟；無貴無賤，同為枯骨。可勝言哉！鼓衰兮力竭，矢盡兮弦絕；白刃交兮寶刀折，兩軍蹙兮生死決。降矣哉，終身夷狄；戰矣哉，暴骨沙礫。鳥無聲兮山寂寂，夜正長兮風淅淅；魂魄結兮天沉沉，鬼神聚兮雲冪冪。日光寒兮草短，月色苦兮霜白，傷心慘目，有如是耶？」表明作者對社會的關注。全文以四言為主，對仗工整，又不拘一格。文字流暢，為千古傳誦的名篇。

獨孤及（七二五－七七七），字至之，河南洛陽人。天寶十三載（七五四），策洞曉玄經科及第。釋褐，授華陰尉。代宗召拜左拾遺，俄遷太常博士，歷吏部、禮部員外郎。大曆三年（七六八），出為濠州刺史，移舒州、常州刺史。大曆十二年（七七七）四月，卒，謚曰憲，世稱獨孤常州。

獨孤及乃唐古文運動重要先驅人物之一，他的思想與文學主張均近似李華。他們都強調文章內容，推崇經典。獨孤及評價李華、蕭穎士等人時指出「自〈典〉、〈謨〉缺，〈雅〉、〈頌〉寢，世道陵夷，文亦下衰，故作者往往先文字後比興。……天寶中，公與蘭陵蕭茂挺、長樂賈幼幾勃焉復起，振中古之風，以宏文德，公之作本乎王道，大抵以五經為泉源，抒情性以託諷，然後有歌詠。美教化，獻箴諫，然後有賦頌。」（〈檢校尚書吏部員外郎趙郡李公中集序〉〉可見，獨孤及重經術，強調「王道」、「五經」對於文章內容的作用，提倡文章具有教化功能。

獨孤及反對六朝拘泥於形式的駢儷文風，他說：「其風流蕩而不返，乃至有飾其詞而遺其意者，則潤色愈工，其實愈喪。及其大壞也，儷偶章句，使枝對葉比，以八病四聲為梏拳，拳拳守之，如奉法令。」〈〈檢校尚書吏部員外郎趙郡李公中集序〉〉。不過，獨孤及不是一味地重內容而反對文采，他讚美蕭立文章「直而不野，麗而不豔。」〈〈唐故殿中侍御史贈考功郎中蕭府君文章集錄序〉〉他評價漢魏間詩風「當漢魏之間，雖已樸散為器，作者猶質有餘而文不足」〈〈唐故左補闕安定皇甫公集序〉〉，這些都可以看出，獨孤及對待文辭形式的態度。

獨孤及文的成就很高。梁肅〈常州刺史獨孤及集後序〉云：「天寶中，作者數人，頗節之以禮。……曰：『常州之文，以立憲誡世、褒賢遏惡為用，故議論最長。其或列於碑頌，流於詠歌，峻如嵩華，浩如江河。若贊堯舜禹湯之命，為〈誥〉，為〈典〉，為〈謨〉，為〈訓〉。人皆許之，而不吾試。論道之位，宜而不陟。』」聯繫獨孤及文論，可以看到獨孤及文的藝術特點：第一，強調諷諫文風；第二，長於議論，有一種恢弘的氣勢；第三，注重文辭。如〈吳季子札論〉，開篇指出，季札廢先君之命，此乃非孝、非公、非仁、非智之舉，緊接著論述到：

夫國之大經，實在擇嗣。王者所慎，德之不建。故以賢則廢年，以義則廢卜，以君命則廢禮。是以太伯之奔勾吳也，蓋避季歷。季歷以先王所屬，故纂服嗣位而不私。太伯知公器有歸，亦斷髮文身而無怨。及武王繼統，受命作周，不以配天之業讓伯邑考，官天下也。彼諸樊無季歷之賢，王僚無武王之聖，而季子為太伯之讓，是徇名也，豈曰至德？且使爭端興於上替，禍機作於內室，遂錯命於子光，覆師於夫差，陵夷不返，二代而吳滅。以季子之閎達博物、慕義無窮，向使當壽夢之眷命，接餘眛之絕統，必能光啟周道，以霸荊蠻。則大業用康，多難不作，闔廬安得謀於窟室？專諸何所施其匕首？嗚呼！全身不顧其業，專讓不奪其志，所去者忠，所存者節。善自牧矣，謂先君何？與其觀變周樂，慮危戚鐘，曷若以蕭牆為心，社稷是恤？復命哭墓，哀死事生，孰與先釁而動，治其未亂？棄室以表義，掛劍以明信，孰與奉君父之命，慰神祇之心？則獨守純白，不干義嗣，是潔己而遺國也。國之覆亡，君實階禍，且曰非我生亂，其孰生之哉？其孰生之哉？

提出與古人不同的觀點，先列舉太伯避季歷、季歷纂服嗣位而不私、太伯知公器有歸而斷髮文身等為例證，指出「季子為太伯之讓，是徇名也，豈曰至德？」再論述季札讓國的危害是「使爭端興於上替，禍機作於內室」，指出季札是「全身不顧其業，專讓不奪其志，所去者忠，所存者節」，在此基礎上，義正詞嚴的指責季札「善自牧矣，謂先君何？」論述到這裡，作者筆鋒一轉，連用五個反問句，前四個問句與前文之論季札的行為形成對比，最後一個問句進一步加強語氣，全文觀點鮮明，情感充沛，邏輯嚴密，語詞犀利，富有磅礴的氣勢。文章批評季札讓國乃不識大體的愚昧之舉，所論雖屬歷史人物，卻富有現實意義。

獨孤及文數量較多，《全唐文》錄其文章約二百篇，諸體皆備，其中，序、表、碑誌、祭文比重較大。如〈直諫表〉、〈故御史中丞盧奕謚議〉、〈送李白之曹南序〉、〈慧山寺新泉記〉、〈虎丘山夜宴序〉、〈仙掌銘〉、〈古函谷關銘〉、〈琅琊溪述〉、〈風後八陣圖記〉等，都是比較有影響的文章。

盛中唐之交，有名的古文家尚有**元結**。元結的生平與文學主張見前節，他和蕭穎士、李華、獨孤及等都強調文章的治理邦家、平息禍患、安定民生等現實作用。他的散文，現存一百餘篇，包括表、狀、書、記、序、論、賦、頌、銘、箴等，不僅體裁多樣，而且內容也比較豐富。如《訂古五篇》、〈進士策問〉、《時議三篇》等，反映政治黑暗，或刺朝廷爭權亂政，或譏藩鎮軍閥禍國，或諷公卿奸佞荒虐。又如〈世化〉、〈請省官狀〉、〈化虎論〉、〈請給將士父母糧狀〉、〈請收養孤弱狀〉等文，表達了對民生疾苦的同情；〈左黃州表〉、〈崔潭州表〉、〈元魯山墓表〉等文，對廉吏清官予以熱情頌贊。又如〈述時〉述論作者立身處世的品格追求；〈右溪記〉、〈寒亭記〉模山範水，敘記登臨見聞感想；〈大唐中興頌〉頌贊復兩京，上皇還京師的史實；〈讓容州表〉、〈再讓容州表〉闡述了忠君與盡孝的矛盾心理；〈二風詩論〉論述作者的文學觀等等。《四庫全書總目・元次山集提要》謂元結「深抱閔時憂國之心」，從元結的這些文章，不難看出他思想情懷中的這一特點。

元結文風格多樣。他針對時弊的議論文往往觀點鮮明，說理充分，又飽含濃情，句式上，化駢為散，形式靈活自如。李商隱〈容州經略使元結文集後序〉謂其文「危苦激切，悲憂酸傷」。歐陽脩亦說：「次山當開元、天寶時，獨作古文，其筆力雄健，意氣超拔，不減韓之徒也。可謂特立之士哉！」（《集古錄》卷七）《四庫全書總目》說元結文章風格「文章戛戛自異，變排偶綺靡之習」。觀元結文，諸家所論甚是中的。如〈管仲論〉開篇指出時論之非，然後，旗幟鮮明地提出：「彼管仲者，人耳。止可與議私家畜養之計，止可以修鄉里畎澮之事，如此，仲可當少容與焉。至如相諸侯，材量已似不足。致齊及霸，材量極矣。使仲見帝王之道，識興國之記，則天子之國不衰，諸侯之國不盛。」在列舉大量材料述論管仲相齊所為之後，論曰：「使管仲能如此，則周之天子，未為奴矣，諸侯之國，則未亡矣，秦於天下，未至是矣。如曰：仲才及也，君不從也，仲智及也，時不可也，則仲曾是謀也乎？君不從之也歟？仲曾是為也乎？時之不可也歟？況今日之兵，不可以禮義節制，不可以盟誓禁止。如仲之輩，欲何為矣？」全文運用對比、排比、反問等修辭，如江河波濤，氣勢洶湧。其特徵，可與獨孤及〈吳季子札論〉媲美。元結的有些議論性文章，如〈時議〉、〈時規〉、〈辯惑〉、〈丐論〉、〈化虎論〉、

〈管仲論〉、〈惡圓〉等，篇幅短小，手法多樣，語詞犀利，對韓、柳散文也有一定的影響。

元結的山水文特徵明顯，長期以來，為人稱道。如〈右溪記〉：

> 道州城西百餘步，有小溪。南流數十步，合營溪。水抵兩岸，悉皆怪石，欹嵌盤屈，不可名狀。清流觸石，洄懸激注。佳木異竹，垂陰相蔭。此溪若在山野，則宜逸民退士之所遊處；在人間，則可為都邑之勝境、靜者之林亭。而置州已來，無人賞愛。徘徊溪上，為之悵然。乃疏鑿蕪穢，俾為亭宇；植松與桂，兼之香草，以裨形勝。為溪在州右，遂命之曰右溪。刻銘石上，彰示來者。

文章描寫右溪美景，並記敘修葺刻石的經過，狀物記事，層次分明，文字流暢簡潔，風格純真淡雅。類似者，又如〈寒亭記〉、〈廣宴亭記〉、〈茅閣記〉等，直接影響了柳宗元的山水散文。

元結的〈大唐中興頌〉，前人評價很高。胡應麟《少室山房集》卷一〇五〈題元次山集〉云：「余讀元子文，佳者僅世所共傳〈中興頌〉，迺其文體，典雅渾雄，非艱澀比。」該文採用秦刻石三句一韻的方法，如：「噫嘻前朝，孽臣奸驕，為昏為妖。邊將騁兵，毒亂國經，群生失寧。大駕南巡，百僚竄身，奉賊稱臣。」文辭古雅，形式整飭，氣格遒勁，被譽為「峻偉雄剛」，該頌由顏真卿書，大曆六年刻於祁陽浯溪石崖上，世稱二絕。

元結文，後世評價不一。如《少室山房集》認為：「元次山文，故為艱深險澀，而無大發明。蓋樊宗師、皇甫湜之前驅耳。」從歷史地位上講，元結上承子昂，下啟韓、劉，過渡之功甚偉。不過其文確有「險澀」、「詭激」的特點，胡氏所論不虛。

三、柳冕等作家的古文主張與創作

韓、柳稍前，有柳冕、梁肅等人，他們的理論與創作，是古文運動的先聲。**柳冕**（？—八〇四？），字敬叔，蒲州河東（今山西永濟）人。大曆中，柳冕曾官太樂令、右補闕等。貞元間，歷官太常博士、吏部郎中、婺州刺史、福建觀察使等，約貞元二十年（八〇四），卒。

與蕭穎士等人比較，柳冕的理論主張更為系統，他的觀點，概括起來，有兩點：一是強調以文載道，提倡教化論。如〈與權侍郎書〉：「且明六經之義，合先王之道，君子之儒，教之本也；明六經之注，與六經之疏，小人之儒，教之末也。」〈謝杜相公論房杜二相書〉說：「文章之道，不根教化，別是一枝耳。當時君子，恥為文人。」〈答徐州張尚書論文武書〉：「聖人之道，猶聖人之文也。學其道，不知其文，君子恥之；學其文，不知其教，君子亦恥之。」〈答荊南裴尚書論文書〉：「夫君子之儒，必有其道，有其道必有其文。道不及文則德勝，文不知道則氣衰，文多道寡，斯為藝矣。《語》曰：『文質彬彬，然後君子。』兼之者斯為美矣。」由此可以看出，柳冕在重道同時，也強調文的作用。二是否定屈宋以下文學。如〈與滑州盧大夫論文書〉說：「屈宋以降，則感哀樂而亡雅正；魏晉以還，則感聲色而亡風教；宋齊以下，則感物色而亡興致。教化興亡，則君子之風盡矣。」相比韓愈等人，柳冕對前人的評價，要偏執絕對得多，其實質是要由文返質，宣導復古。

柳冕文，《全唐文》僅存其文十四篇：〈青帥乞朝覲表〉、〈皇太子服紀議〉、〈請築別廟居獻懿二祖議〉、〈請定公主母稱號狀〉、〈與權侍郎書〉、〈謝杜相公論房杜二相書〉、〈答孟判官論宇文生評史官書〉、〈與滑州盧大夫論文書〉、〈與徐給事論文書〉、〈答荊南裴尚書論文書〉、〈答徐州張尚書論文武書〉、〈答楊中丞論文書〉、〈答衢州鄭使君論文書〉、〈再答張僕射書〉，這幾篇文章，內容上以論述其文學思想為主，藝術上講求引經據典立論說理，句式散化，文筆簡淨。因柳冕文散佚甚多，故今人已經很難判斷柳冕文章的特色。

梁肅（七五三—七九三），字敬之，一字寬中，河南陸渾（今河南嵩縣）人，郡望安定（今甘肅涇川）。大曆間，曾師事獨孤及。建中元年（七八〇），登文詞清麗科，授校書郎，歷右拾遺、淮南節度使杜佑幕書記等。貞元五年（七八九），徵為監察御史，歷右補闕、以本官充翰林學士、皇太子侍讀、史館修撰等。八年，協助陸贄主試，推舉韓愈、歐陽詹等登第。九年，卒。

梁肅繼承獨孤及等人文學思想，崇儒重道。〈補闕李君前集序〉認為：「文之作，上所以發揚道德，正性命之紀；次所以財成典禮，厚人倫之義；又其次所以昭顯義類，立天下之中。」強調文章要有利於教化，並在此基礎上提出了文氣說：「文本於道，失道則博之以氣，氣不足則飾之以辭。蓋道能兼氣，氣能兼辭，辭不當則文斯敗矣。」〈秘書監包府君集序〉云：「文章之道，與政通矣。世教之汙崇，人風之薄厚，與立言立事者邪正臧否皆在焉。故登高能賦，可以觀者，可與圖事；誦《詩三百》，可以將命，可與專對。」可見，梁肅強調以文載道，主張教化，關注現實。

梁肅是佛教天台宗荊溪大師湛然的弟子，他的思想中也有一些佛學成分，如〈三如來畫贊〉、〈天台山禪林寺碑〉、〈荊溪大師碑〉、〈泗州開元寺僧伽和尚塔銘〉、〈過海和尚塔銘〉、〈幽公碑銘〉等文即可見之。又如〈天台法門議〉：「昔法王出世，由一道清淨，用一音演說，機感不同，所聞益異。故五時、五味、半滿、權實、偏圓、小大之義，播於諸部，粲然殊流，要其所歸，無越一實。」又如〈代太常答蘇端駁楊綰謚議〉：「文之義有六：經天緯地曰文，道德博厚曰文，愍人惠禮曰文，不恥下問曰文，慈惠愛人曰文，修德來遠曰文。」可見，梁肅思想比較複雜。

和梁肅同時且頗有影響的古文家還有權德輿、李觀等人。**權德輿**（七五九—八一八），字載之，天水略陽

（今甘肅秦安）人，後徙居潤州丹陽（今江蘇丹陽）。幼聰穎，四歲即能為詩。貞元八年（七九二），入為太常博士，歷左補闕、起居舍人兼知制誥、禮部侍郎等。曾三掌貢舉，名高望重。憲宗元和五年（八一〇），升禮部尚書、同中書門下平章事，參與朝政。八年，罷為禮部尚書。十三年，卒於山南東道節度使任所。權德輿為文，主張「尚氣尚理，有簡有通」、「酌古始而陋凡今，備文質之彬彬。善用常而為雅，善用故而為新」（〈醉說〉），他強調「作為文章，以修人紀，以達王事」（〈唐銀青光祿大夫守中書侍郎同中書門下平章事贈太傅常山文貞公崔公集序〉），他讚美李栖筠文章「簡實而粹精，朗拔而章明」（〈唐故銀青光祿大夫御史大夫贈司徒贊皇文獻公李公文集序〉），讚美權若訥文「其學富，其才雄，有賈生之正，相如之麗。大抵以彩錯峻拔，使善否章明為主」、〈〈唐故通議大夫梓州諸軍事梓州刺史上柱國權公文集序〉〉，他說：「……非文不彰。後之人力不足者，詞或侈靡，理或底伏，文之難能也如是。」（〈比部郎中崔君元翰集序〉）可見，權德輿既強調內容，同時，也不是一味的忽略文章的形式。

權德輿存文較多，有表、狀、疏、議、書、序、記、論、碑銘等。其文宏博雅正，如〈論江淮水災上疏〉：「江東諸州，業在田畝，每一歲善熟，則旁資數道。春雨連夏，農功不開，人心既駭，亡者則眾。幸者京師歲稔，夏麥又登，誠為根本之固，以保斯箱之慶。然賦取所資，漕挽所出，軍國大計，仰於江淮。以陛下憂勞萬務，勵精為理之若是，而天災尚至者，將使陛下聖慮日新，又日新，而儆戒之耶？不然，臣所未喻也。誠災不勝德，賦有定制，倘又留聖念，因而拯之，斯實代天理物，為人父母之明徵也。」文章敘事說理，娓娓道來，典雅之中，暗藏鋒芒。

李觀（七六六－七九四），字元賓，郡望為隴西（今甘肅），徙居江東。貞元八年（七九二），與韓愈同登進士第。同年，中博學宏詞科，授校書郎。貞元十年，病卒。李觀自評文章是「上不罔古，下不附今，直以意到為辭」（〈帖經日上侍郎書〉）。李觀文章的總體特色是長於記事說理，注重文采。其「書」自敘身世，情感真摯動人。其有影響的文章如〈與處州李使君書〉、〈貽睦州糾曹王仲連書〉、〈與吏部奚員外書〉、〈與右司趙員外書〉。李觀頗有文名，韓愈稱其「文高於世」。雖然如此，其文仍顯現了刻意雕飾的弊端，未能全面擺脫六朝文風影響。

第二節　韓愈的散文

一、韓愈的古文理論主張

柳冕、梁肅之後，韓愈、柳宗元登上文壇。在他們周圍，聚集了張籍、李翺、李漢、皇甫湜、樊宗師、侯喜、柳宗直等一批古文作者，聲勢頗為強盛。《舊唐書．韓愈傳》載：「大曆、貞元之間，文字多尚古學，效楊雄、董仲舒之述作，而獨孤及、梁肅最稱淵奧，儒林推重。愈從其徒遊，銳意鑽仰，欲自振於一代。」在繼承前人的基礎上，韓愈提出了更為明確、更具有針對性的古文理論。韓愈強調道，重視文道關係。他在〈題歐陽生哀辭後〉說：「愈之為古文，豈獨取其句讀不類於今者邪？思古人而不得見，學古道則欲兼通其辭。通其辭者，本志乎古道者也。」〈答李秀才書〉亦說：「然愈之所志于古者，不惟其辭之好，好其道焉耳。」韓愈崇「道」之目的，〈原道〉說：「凡吾所謂道德云者，合仁與義言之也，天下之公言也……有聖人者立，然後教之以相生養之道。……是故：君者，出令者也；臣者，行君之令而致之民者也……君不出令，則失其所以為君；臣不行君之令而致之民，則失其所以為臣；民不出粟米麻絲，作器皿、通貨財，以事其上，則誅。……斯吾所謂道也，非向所謂老與佛之道也。堯以是傳之舜，舜以是傳之禹，禹以是傳之湯，湯以是傳之文、武、周公，文、武、周公傳之孔子，孔子傳之孟軻，軻之死，不得其傳焉。……明先王之道以道之，鰥寡孤獨廢疾者有養也。其亦庶乎其可也。」可見，韓愈主張以「道」充實文章內容，其旨在於弘揚儒家思想，使之成為參預現實政治的輿論工具。

韓愈關心現實，強調「不平則鳴」。他在〈送孟東野序〉中說：

> 大凡物不得其平則鳴。……其於人也亦然：人聲之精者為言，文辭之於言，又其精也，尤擇其善鳴者而假之鳴。其在唐虞，咎陶、禹其善鳴者也，而假以鳴。夔弗能以文辭鳴，又自假於〈韶〉以鳴。夏之時，五子以其歌鳴。伊尹鳴殷，周公鳴周。凡載於《詩》、《書》、六藝，皆鳴之善者也。周之衰，孔子之徒鳴之，其聲大而遠。……莊周以其荒唐之辭鳴。楚，大國也，其亡也以屈原鳴。臧孫辰、孟軻、荀卿以道鳴者也。楊朱、墨翟、管夷吾、晏嬰、老聃、申不害、韓非、昚到、田駢、鄒衍、尸佼、孫武、張儀、蘇秦之屬，皆以其術鳴。秦之興，李斯鳴之。漢之時，司馬遷、相如、揚雄，最其善鳴者也。其下魏、晉氏，鳴者不及於古，然亦未嘗絕也。

在韓愈看來，「鳴」的主體既包括伊尹、周公、孔子、孟軻、荀卿等儒家道統代表，也包括楊朱、墨翟、管夷吾、晏嬰、老聃、申不害等道統以外人物。同時，「鳴」的方法有「以文辭鳴」、「以其歌鳴」、「以其荒唐之辭鳴」、「以道鳴者」、「以其術鳴」，其效果有「鳴之善者」、「鳴者不及於古」等區別。他又說：「唐之有天下，陳子昂、蘇源明、元結、李白、杜甫、李觀，皆以其所能鳴。其存而在下者，孟郊東野，始以其詩鳴，其高出魏晉，不懈而及於古，其他浸淫乎漢氏矣。從吾游者，李翺、張籍其尤也。三子者之鳴信善矣，抑不知天將和其聲，而使鳴國家之盛耶？抑將窮餓其身，思愁其心腸，而使自鳴其不幸耶？」可見，韓愈「鳴」的內容既包括「國家之盛」，又包括「自鳴其不幸」。因此，在韓愈的思想體系中，文章就不僅是載道的工具，也是反映現實、抒發作者感受的工具。

雖然韓愈曾說「修其辭以明其道」（〈爭臣論〉）、「愈之所志於古者，不惟其辭之好，好其道焉爾」（〈答李秀才書〉），實際上，在文章內容與形式關係方面，和其前輩比較，韓愈的主張更為合理。他認為「辭事相稱，善並美具」（〈進撰平淮西碑文表〉），在論述對待「道」和「文辭」態度時，他說「愈之志在古道，又甚好其言辭」（〈答陳生書〉），他又說「辭不足不可以為成文」（〈答尉遲生書〉）、「好古義施於文辭」（〈送鄭十校理序〉），可見韓愈主張文以載道，並不主張因道廢文。如何能做到文質兼美，他說：「或問：『為文宜何師？』必謹對曰：『宜師古聖賢人。』曰：『古聖賢人所為書具存，辭皆不同，宜何師？』必謹對曰：『師其意，不師其辭。』」（〈答劉正夫書〉）這裡所強調的「師古聖賢人」與其好道觀點一致。韓愈主張「不師其辭」，並非反對文辭。在〈送權秀才序〉中，他讚美好的文章形式及其閱讀感受：「其文辭引物連類，窮情盡變，宮商相宣，金石諧和，寂寥乎短章，春容乎大篇，如是者，閱之累日而無窮焉。」怎樣的文辭形式最合乎審美標準，他在〈至鄧州北寄上襄陽于相公書〉中提到，「豐而不餘一言，約而不失一辭」，只有這樣，才能「其事信，其理切」。在〈答李翊書〉中，韓愈提出「惟陳言之務去」，他又說「能自樹立，不因循者是也」（〈答劉正夫書〉），他評價樊紹述：「然而必出於己，不襲蹈前人一言一句，又何其難也！」（〈南陽樊紹述墓誌銘〉）可見，韓愈主張新變，反對蹈襲，並非是簡單的「復古」。

二、韓愈古文的思想內容

韓愈文內容豐富。他有相當一部分文章，內容以宣揚道統和儒家思想為主。如〈原道〉：

> 夫所謂先王之教者，何也？博愛之謂仁；行而宜之之謂義；由是而之焉之謂道；足乎己，無待於外之謂德。其文《詩》《書》《易》《春秋》，其法禮、樂、刑、政，其民士、農、工、賈，其位君臣、父子、師友、賓主、昆弟、夫婦，其服麻絲，其居宮室，其食粟、米、果、蔬、魚、肉。其為道易明，而其為教易行也。是故以之為己，則順而祥；以之為人，則愛而公；以之為心，則和而平；以之為天下國家，無所處而不當。是故生則得其情，死則盡其常，郊焉而天神假，廟焉而人鬼饗。曰：斯道也，何道也？曰：斯吾所謂道也，非向所謂老與佛之道也。

本段開篇「所謂先王之教者，何也？」以發問引起論述，接著，作者不僅界定了他所謂道的內容，而且論述了他所宣導的道與佛、老之道的區別，同時，又論述了儒道傳播狀況。又如〈讀荀〉，文章盛讚孔子之道，肯定孟子之學，指出荀子「大醇而小疵」的特點。又如〈與孟尚書書〉指出「而今學者尚知宗孔氏，崇仁義，貴王賤霸而已」，同文並說自己「韓愈之賢不及孟子，孟子不能救之於未亡之前，而韓愈乃欲全之於已壞之後」據此可見韓愈對興復儒道的態度。如何復興古道，〈送王秀才序〉強調求觀聖人之道，必自孟子始。在論道時，韓愈往往論及墨子及其思想。〈爭臣論〉把夏禹、孔子、墨子並列，稱之為「二聖一賢」。〈讀墨子〉認為「儒墨同是堯舜，同非桀紂，同修身正心以治天下國家，奚不相悅如是哉？余以為辯生於末學，各務售其師之說，非二師之道本然也。孔子必用墨子，墨子必用孔子；不相用，不足為孔、墨。」同時，韓愈也主張兼收並蓄，如〈讀儀禮〉曾說「百氏雜家，尚有可取」，可見韓愈宣揚道統，提倡儒家思想，和李華等文士是有一定的區別的。相比之下，他融合儒墨，兼及百家，內容上更為豐富深廣。

韓愈關心政治，他的部分文章，內容上或批判佛老，或指陳時政弊端，或直諫主上，或頌揚賢臣，或刺諷奸佞。如名篇〈論佛骨表〉：

今聞陛下令群僧迎佛骨於鳳翔，御樓以觀，舁入大內，又令諸寺遞迎供養。臣雖至愚，必知陛下不惑於佛，作此崇奉，以祈福祥也。直以年豐人樂，徇人之心，為京都士庶設詭異之觀、戲玩之具耳。安有聖明若此，而肯信此等事哉！然百姓愚冥，易惑難曉，苟見陛下如此，將謂真心事佛。皆云：「天子大聖，猶一心敬信；百姓何人，豈合更惜身命！」焚頂燒指，百十為群；解衣散錢，自朝至暮；轉相仿效，惟恐後時；老少奔波，棄其業次。若不即加禁遏，更歷諸寺，必有斷臂臠身以為供養者。傷風敗俗，傳笑四方，非細事也。

這篇文章在論述佛教的消極基礎上，大膽指責唐憲宗迎佛骨是「傷風敗俗」，其結果會「傳笑四方」，在帝王權力至上的時代，韓愈這種批評是要勇氣的。又如〈張中丞傳後敘〉頌揚張巡、許遠抗敵之功，批評佞小「好議論，不樂成人之美」的惡習，將譏刺的矛頭直指當政，斥責其昏庸無能。又如〈子產不毀鄉校頌〉頌揚子產，批評朝政昏暗，諫言難以見用的社會現實。〈祭河南張員外文〉憤怒的說：「彼婉孌者，實憚吾曹。側肩帖耳，有舌如刀。」表現出韓愈對執政者奸佞行為極為憤慨。

韓愈同情下層民眾，關心民生疾苦。如〈圬者王承福傳〉：「愈始聞而惑之，又從而思之，蓋賢者也！蓋所謂獨善其身者也。……其賢於世之患不得之而患失之者，以濟其生之欲、貪邪而亡道以喪其身者，其亦遠矣！」飽含濃情讚美王承福自食其力的品格。又如〈送許郢州序〉，作者對苛賦窮民表示不滿的同時，殷切希望官吏能夠「不私於其民」、「不急於其賦」，表現出作者對下層民眾的關心與理解。又如〈贈崔復州序〉：「……小民有所不宣。賦有常而民產無恆，水旱癘疫之不期，民之豐約懸於州，縣令不以言，連帥不以信，民就窮而斂愈急。吾見刺史之難為也。」作者指出，苛斂重賦致使民困，自然災害加深民疾，腐朽官吏不能救民於水火之中。「吾見刺史之難為也」，語義深長，表達其內心的憂慮。

韓愈為人正直，敢於挑戰流俗。對當時社會的種種鄙陋，其文予以大膽的揭露和抨擊。如〈師說〉說：「古之學者必有師。師者，所以傳道授業解惑也。」又說「今之眾人，其下聖人也亦遠矣，而恥學於師」、「愛其子，擇師而教之；於其身也，則恥師焉。惑矣！彼童子之師，授之書而習其句讀者也，非吾所謂傳其道解其惑者也。句讀之不知，惑之不解，或師焉，或不焉，小學而大遺，吾未見其明也。巫醫樂師百工之人，不恥相師。士大夫之族，曰師、曰弟子云者，則群聚而笑之」，指出師的作用，以及相師的必要性，用「巫醫樂師百工之人」的「不恥相師」與士大夫「恥師」比較，旗幟鮮明，譏刺有力。又如〈原毀〉先指出「古之君子，其責己也重以周，其待人也輕以約」，接著說「今之君子則不然，其責人也詳，其待己也廉」，以鮮明的對比，批判詆毀後進之士的士大夫。〈雜說四〉以馬設比，指出「千里馬常有，而伯樂不常有」，比喻賢才難遇知己。〈諱辯〉指出「諱」與「不諱」的區別，為李賀辯解。又如〈進學解〉、〈送窮文〉揭露社會的庸俗腐敗，〈毛穎傳〉敘述才能之士始而見用，終而被棄的悲劇遭遇，諷刺當局對人才的「少恩」。

韓愈仕途屢經挫折，其友人孟郊等也是命運多舛，故他的散文，有部分篇章，抒發了自己不得志的心情。他的〈上兵部李侍郎書〉說：「愈少鄙鈍，於時事都不通曉，家貧不足以自活，應舉覓官，凡二十年矣。薄命不幸，動遭讒謗，進寸退尺，卒無所成。」文章回顧其貧困的少年生活，介紹了自己「遭讒謗」、「無所成」的艱難人生歷程。〈潮州刺史謝上表〉：「臣少多病，年才五十，髮白齒落，理不久長；加以罪犯至重，所處又極遠惡，憂惶慚悸，死亡無日。單立一身，朝無親黨；居蠻夷之地，與魑魅為群，苟非陛下哀而念之，誰肯為臣言者？」作者訴說謫居潮州的淒慘，一方面是描述現狀，冀以喚起同情，另一方面，也隱約流露出作者無咎遭貶的激憤。

韓愈重親情、友情，他的〈送陸歙州詩序〉、〈送孟東野序〉、〈送許郢州序〉等，均可見一斑。這類文章，〈祭十二郎文〉影響最大。該文寫於貞元十九年（八〇三）。十二郎，即韓愈侄子韓老成，老成與韓愈兩人自幼相守。韓愈由長嫂鄭氏撫養成人，他與韓老成共歷患難，因此感情特別深厚。文中記敘其幼小喪父後，依靠兄嫂撫養，以及早年與老成「零丁孤苦，未嘗一日相離」的經歷，又回憶老成來到京師與分別以後「其後四年」、「又四年」、「又二年」的三次相會，表明因其求食逐祿，幾番錯過了重聚的悔恨。「去年，孟東野往」至「其然乎？其不然乎？」作者極富濃情的訴說聽聞老成遽然辭世的悲痛之情，通過不信噩耗的複雜心理活動的描寫，表現老成之死對他內心的震撼，韓愈甚至埋怨天道難測，神靈不明。同時，作者又因為不能弄清老成的死亡月日，不能親自撫屍、憑棺、臨穴而愧疚。「今吾使建中祭汝」至篇末，慰祭亡靈，交代對老成身後事的安排。自開篇「銜哀致誠」，至結尾「言有窮而情不可終」，作者記日常瑣事，表現自己與死者的密切關係，抒寫難以抑止的悲哀，表達刻骨銘心的骨肉至情。

此外，韓愈的書、論中有部分篇章，論及其文藝思想。其中名篇如〈答李翊書〉、〈答張籍書〉、〈重答張籍書〉、〈與孟東野書〉、〈答竇秀才書〉等，其〈畫記〉，內容上雖以描述畫卷為主，實乃論畫之文。

三、韓愈文的藝術成就

陳師道《後山詩話》引蘇東坡語：「子美之詩，退之之文，魯公之書，皆集大成者也。」「集大成」，即韓愈文多樣化風格的概括。總體上看，韓文有一種特殊的氣勢。〈原毀〉、〈諱辯〉、〈爭臣論〉、〈論佛骨表〉等，大氣磅礴、排宕頓挫。如〈諱辯〉為李賀鳴不平，全文用十一個問句質疑爭名者，滿懷憤怒，淩厲斬截，與毀謷者針鋒相對。其中，作者用反問句連續發問，氣勢尤為雄邁有力。如：「今賀父名晉肅，賀舉進士，為犯『二名律』乎？為犯『嫌名律』乎？父名晉肅，子不得舉進士，若父名『仁』，子不得為人乎？」作者先指出李賀舉進士未犯「二名律」、「嫌名律」，已有咄咄逼人之勢，作者意猶未盡，筆鋒一轉，以「仁」、「人」諧音，指出「若父名『仁』，子不得為人乎？」義正辭嚴中隱含著輕蔑與悲憤。同時，這組問句由排比句構成，句句緊扣，層層推進，具有強風巨浪般的氣勢。又如〈重答翊書〉：「君子之於人，無不欲其入於善，寧有不可告而告之，孰有可進而不進也？言辭之不酬，禮貌之不答，雖孔子不得行於互鄉，宜乎余之不為也。苟來者，吾斯進之而已矣，烏待其禮踰而情過乎？雖然，生之志求知於我耶？求益於我耶？其思廣聖人之道耶？其欲善其身而使人不可及耶？其何汲汲於知而求待之殊也！賢不肖固有分矣，生其急乎其所自立，而無患乎人不已知。未嘗聞有響大而聲微者也，況愈之於生懇懇耶？」文之氣勢如排江倒海，洶湧滂沱。又如〈師說〉開篇便提出「古之學者必有師」的中心論點，接著借用古今、幼長、下層藝人與上層官僚等事蹟展開論證，多方對比，層層深入，嚴謹說理過程中，滲透著作者震懾人的氣勢。

韓愈文，不僅論事說理具有磅礴氣勢，其敘事、抒情文章，也是如此。如〈送楊少尹序〉：

予忝在公卿後，遇病不能出，不知楊侯去時，城門外送者幾人？車幾兩？馬幾匹？道旁觀者亦有歎息知其為賢以否？而太史氏又能張大其事為傳繼二疏蹤跡否？不落莫否？見今世無工畫者，而畫與不畫固不論也。然吾聞楊侯之去，丞相有愛而惜之者，白以為其都少尹，不絕其祿，又為歌詩以勸之，京師之長於詩者，亦屬而和之。又不知當時二疏之去，有是事否？古今人同不同，未可知也。……

這篇文章送楊少尹歸鄉，以「遇病不能出」導出「不知」下七個問句，看似平平，實則寫出離別的無限思念，筆力雄健，感情激烈。如果說〈原毀〉、〈諱辯〉、〈爭臣論〉等有大海般洶湧澎湃之勢，那麼，送楊少尹一文，作者將其綿長的思念之情層層托出，初如河溪，繼而似江水，一浪高過一浪，從而形成一種波瀾壯闊之勢。又如〈送董邵南序〉，全文僅一百五十餘字，但其中籠罩著鬱勃俠烈之氣與深長的悲愴情調。

韓文風格多樣。如〈原道〉、〈原性〉、〈原毀〉、〈子產不毀鄉校頌〉等篇章，滔滔述論，雄壯而又莊重。〈雜說〉、〈獲麟解〉、〈伯夷頌〉等，形式活潑，不拘一格。而有些文章，作者往往嬉笑怒罵，怪怪奇奇。如〈進學解〉，寫韓愈這位為人師者「恆兀兀以窮年」的勤勉和困厄，他借學生之口說：「三年博士，冗不見治。命與仇謀，取敗幾時？冬暖而兒號寒，年豐而妻啼飢。頭童齒豁，竟死何裨？不知慮此，而反教人為？」與前文「諸生業患不能精，無患有司之不明，行患不能成，無患有司之不公」形成鮮明對照，既詼諧幽默，又有無限的諷刺藝術力量。又如〈送窮文〉：

言未畢，五鬼相與張眼吐舌，跳踉偃仆，抵掌頓腳，失笑相顧。徐謂主人曰：「子知我名，凡我所為，驅我令去，小黠大癡。人生一世，其久幾何。吾立子名，百世不磨。小人君子，其心不同。惟乖於時，乃與天通。攜持琬琰，易一羊皮。飫於肥甘，慕彼糠糜。天下知子，誰過於予？雖遭斥逐，不忍子疏。

謂予不信，請質詩書。」

借五個窮鬼對主人的譏笑和侮弄，嘲罵當時社會。讀之，別有一種新穎奇妙之感。韓愈所寫的一些雜感，如〈雜說〉等，嘲諷現實，犀利尖刻。〈毛穎傳〉則用傳記體為毛筆立傳，戲謔滑稽，譏刺銳利。其他，如碑誌，雖然也有一小部分是「諛墓之文」，但在寫法上卻能不拘格套，或正寫，或反寫，或讚美，或諷刺，顯示了韓愈藝術上勇於創新、不拘一格的特徵。

韓文具有形象美感。韓愈的議論文，往往借助形象論述觀點。如〈師說〉中的「士大夫」、「巫醫樂師百工之人」，〈雜說四〉中的「伯樂」、「千里馬」，〈獲麟解〉中的「麟」等等，這些形象不同於議論文中常見的實例，而是作者精心刻劃具有特定內涵的議論形象。描摹他們，是作者論事說理的方式。又如〈原道〉中的一段：

老子之小仁義，非毀之也，其見者小也。坐井而觀天，曰天小者，非天小也。彼以煦煦為仁，孑孑為義，其小之也則宜。……其言道德仁義者，不入於楊，則入於墨；不入於老，則入於佛。入於彼，必出於此。入者主之，出者奴之；入者附之，出者汙之。噫！後之人其欲聞仁義道德之說，孰從而聽之？老者曰：「孔子，吾師之弟子也。」佛者曰：「孔子，吾師之弟子也。」為孔子者，習聞其說，樂其誕而自小也，亦曰：「吾師亦嘗云爾。」不惟舉之於其口，而又筆之於其書。

這一段雖屬議論，但刻劃老子及其後學、佛學弟子、儒學弟子，均生動有趣，在形象刻劃過程中，表明作者對待儒釋道的觀點態度。

韓愈記敘、抒情文中，形象刻劃尤見功力。如〈石鼎聯句詩序〉描寫道士軒轅彌明、劉師服、侯喜等人：

> 彌明在其側，貌極醜，白鬚黑面，長頸而高結喉，中又作楚語，喜視之若無人。彌明忽軒衣張眉，指爐中石鼎，謂喜曰：「子云能詩，能與我賦此乎？」劉往見衡湘間人說云年九十餘矣，解捕逐鬼物，拘囚蛟螭虎豹。不知其實能否也。見其老，頗貌敬之，不知其有文也。聞此說大喜，即援筆題其首兩句，次傳於喜。喜踴躍，即綴其下云云。道士啞然笑曰：「子詩如是而已乎！」即袖手竦肩，倚北牆坐，謂劉曰：「吾不解世俗書，子為我書。」因高吟曰：「龍頭縮菌蠢，豕腹漲彭亨。」初不似經意，詩旨有似譏喜。二子相顧慚駭，欲以多窮之，即又為而傳之喜，喜思益苦，務欲壓道士，每營度欲出口吻，聲鳴益悲，操筆欲書，將下復止，竟亦不能奇也。

作者運用形態、心理、語言、動作、神態等描寫手法，將三人形象刻劃得栩栩如生。又如〈張中丞傳後敘〉寫南霽雲向賀蘭進明求援：「霽雲慷慨語曰：『雲來時，睢陽之人不食月餘日矣，雲雖欲獨食，義不忍；雖食，且不下嚥。』因拔所佩刀斷一指，血淋漓，以示賀蘭，一座大驚，皆感激為雲泣下。」寥寥數語，便刻劃出南霽雲忠義剛烈的形象。

韓愈墓誌文也常常注重形象刻劃。如〈唐河中府法曹張君墓碣銘〉開篇：

> 有女奴抱嬰兒來，致其主夫人之語曰：「妾，張圓之妻劉也。妾夫常語妾云：『吾常獲私於夫子。』且曰：『夫子天下之名能文辭者，凡所言必傳世行後。』今妾不幸，夫逢盜死途中，將以日月葬。妾重哀其生志不就，恐死遂沉泯，敢以其稚子汴見先生，將賜之銘，是其死不為辱，而名永長存，所以蓋覆其遺胤子若孫。且死萬一能有知，將不悼其不幸於土中矣！」又曰：「妾夫在嶺南時，嘗疾病，泣語曰：『吾志非不如古人，吾才豈不如今人？而至於是、而死於是耶！若爾吾哀，必求夫子銘，是爾與吾不朽也。』」

這一段，通過形象描寫，介紹寫作碑誌緣起，活潑生動，打破了傳統碑誌死氣沉沉的局面。又如〈朝散大夫越州刺史薛公墓誌銘〉：「冕使公攝泉州，冕文書所條下，有不可者，公輒正之。冕惡其異於己，懷之未發也。遇馬摠以鄭滑府佐忤中貴人，貶為泉州別駕，冕意欲除摠，附上意為事，使公案置其罪。公歎曰：『公乃以是待我！我始不願仕者，正為此耳。』不許。冕遂大怒，因公於浮圖寺，而致摠獄，事聞遠近。值冕亦病且死，不得已，俱釋之。」幾筆細節描寫，即將碑主薛戎的性格、心態巧妙地展現出來，讀之，如一篇生動的人物傳記。

韓愈文注重形式美。從篇章到文句，都可以見到作者獨具匠心的構思。如〈送孟東野序〉「大凡物不得其平則鳴」警句開篇，先述物鳴，再敘「其於人也亦然」，最後說「孟郊東野，始以其詩鳴」，全文層層推進，條理清晰。〈原道〉開篇云：「博愛之謂仁，行而宜之之謂義；由是而之焉之謂道，足乎己，無待於外之謂德。仁與義為定名，道與德為虛位。故道有君子小人，而德有凶有吉。」作者用五十餘字簡要解題，正面提出觀點。接著以駁論方式指出老子觀點及其所非，再指出「周道衰，孔子沒」以後儒學失傳，從而論述「原道」重要。「古之為民者四」以下，運用古今對比的方式，從政治、經濟兩個角度，將駁論與立論結合，指出佛老的危害以及弘揚儒學的必要。「然則如之何而可也？」筆鋒一轉，又將論述引入深入，正面指出「人其人，火其書，廬其居，明先王之道以道之，鰥寡孤獨廢疾者有養也」，點破寫作目的。全文布局精心，結構嚴密，邏輯嚴謹。其他，如〈原毀〉通篇對比，〈進學解〉巧設問答，〈祭十二郎文〉一反祭文韻語慣例，將記敘、議論、抒情結合等等，都可見韓愈注重形式布局的特點。

在形式層面，應當著重強調的是，韓文的句式特點。韓愈提倡古文，反對駢文，以其宏大的氣魄以及過人的智慧，打破了駢文的僵化形式，創造出靈活自如的散體句式，更好的適應內容需求。如〈畫記〉：

> 雜古今人物小畫共一卷。騎而立者五人，騎而被甲載兵立者十人，一人騎執大旗前立，騎而被甲載兵行且下牽者十人，騎且負者二人，騎執器者二人，騎擁田犬者一人，騎而牽者二人，騎而驅者三人，執羈靮立者二人，騎而下倚馬臂隼而立者一人，騎而驅涉者二人，徒而驅牧者二人，坐而指使者一人，甲冑手弓矢鈇鉞植者七人，甲冑執幟植者十人，負者七人，偃寢休者二人，甲冑坐睡者一人，方涉者一人，坐而脫足者一人，寒附火者一人，雜執器物役者八人，奉壺矢者一人，舍而具食者十有一人，挹且注者四人，牛牽者二人，驢驅者四人，一人杖而負者，婦人以孺子載而可見者六人，載而上下者三人，孺子戲者九人。凡人之事三十有二，為人大小百二十有三，而莫有同者焉。
>
> 馬大者九匹。於馬之中，又有上者、下者、行者、牽者、涉者、陸者、翹者、顧者、鳴者、寢者、訛者、立者、人立者、齕者、飲者、溲者、陟者、降者、癢磨樹者、噓者、嗅者、喜相戲者、怒相踶齧者、秣者、騎者、驟者、走者、載服物者、載狐兔者。凡馬之事二十有七，為馬大小八十有三，而莫有同者焉。
>
> 牛大小十一頭。橐駝三頭，驢如橐駝之數而加其一焉。隼一。犬羊狐兔麋鹿共三十。旃車三兩。雜兵器弓矢旌旗刀劍矛楯弓服矢房甲冑之屬，瓶盂簦笠筐筥錡釜飲食服用之器，壺矢博奕之具，二百五十有一。皆曲極其妙。

作者記畫中一百二十三人，姿態有三十二種，馬八十三匹，姿態有二十七種，又有牛十一頭、橐駝三頭、驢一、隼一、犬羊狐兔麋鹿共三十、旃車三兩、雜兵器等二百五十一件，這麼複雜的畫面，描述物件數百種，如若呆板描述，則形如枯燥說明文。因作者巧妙使用變化多端的句式，讀之，使人覺得猶如畫卷，用作者的話，即「莫有同者」、「曲極其妙」。如寫人，其基本句式可描述為「X＋數詞＋人」，其中又間雜一句「一人騎執大旗前立」，其句式變為「數詞＋人＋X」，打破句式單調性。寫馬，基本句式變為「X＋者」；如此，寫人寫馬，形成明顯的句式變化。至於寫牛、橐駝等，句式更加靈活。再具體分析，作者寫騎馬者，雖然總體句式相似，但具體到每一種姿態，作者筆下有「騎而立者」、「騎而被甲載兵立者」、「一人騎執大旗前立」、「騎而被甲載兵行且下牽者」、「騎且負者」等等，可謂匠心獨具，各盡其妙。簡言之，韓文有時語句重疊，有時使用排句，有時妙用虛詞，有時語句倒裝，有時散，有時駢，其長短錯落有致，其節奏富於變化。雖然，作者強調志乎古道，但句式技巧上，足可見其功力頗深。句式之美，為韓文增添了更為亮麗的色彩。

韓愈是語言大師，他的散文語言富有特點。對於文辭，韓愈強調「惟古於詞必己出」、「文從字順」（〈南陽樊紹述墓誌銘〉），他又認為「人聲之精者為言，文辭之於言，又其精也」（〈送孟東野序〉）。創作過程中，韓愈一方面追求創新，汲取「瓌怪之言，時俗之好」（〈上兵部李侍郎書〉），一方面又重視前人典籍中莊重典雅的語彙，使得韓文在語詞層面取得了較高的成就。如〈進學解〉中有「業精於勤，荒於嬉；行成於思，毀於隨」、「渾渾無涯」、「貪多務得，細大不捐」、「含英咀華」、「同工異曲」、「左右具宜」、「跋前躓後，動輒得咎」、「各得其宜」、「俱收並蓄」、「雜進巧拙，紆餘為妍，卓犖為傑，校短量長，惟器是適」、「絕類離倫」、「頭童齒豁」、「佶屈聱牙」等等，可謂妙語連珠。又如「弟子不必不如師，師不必賢於弟子」（〈師說〉）、「事修而謗興，德高而毀來」（〈原毀〉）、「俛首帖耳，搖尾而乞憐」（〈應科目時與人書〉）、「怠惰因循」、「善誘不倦」（〈答殷侍御書〉）、「攜朋挈儔，去故就新」、「磨肌戛骨，吐出心肝」、「面目可憎」、「蠅營狗苟」、「垂頭喪氣」（〈送窮文〉），等等，這些語詞，雖然並非全部「己出」，或者沒有達到「文從字順」這一審美標準，但在相當程度上，使韓文更加生動傳神。有些語詞，至今仍為所用，足見韓文語言的生命力。

第三節　柳宗元的散文

一、柳宗元的文學理論主張

柳宗元基本思想以儒家為主。他在〈夢歸賦〉盛讚孔子說：「偉仲尼之聖德兮，謂九夷之可居。」〈寄許京兆孟容書〉敘說他對儒道的篤信：「勤勤勉勵，唯以忠正信義為志，以興堯、舜、孔子之道，利安元元為務，不知愚陋，不可力強，其素意如此也。」〈答周君巢餌藥久壽書〉也強調對待儒學的態度：「宗元始者講道不篤，以蒙世顯利……然苟守先聖之道，由大中以出，雖萬受擯棄，不更乎其內。……仕雖未達，無忘生人之患，則聖人之道幸甚，其必有陳矣。」柳宗元推崇儒學，其實是和他的政治理想相關的。如〈時令論下〉說：「聖人之為教，立中道以示於後。曰仁、曰義、曰禮、曰智、曰信，謂之五常，言可以常行者也。防昏亂之術，為之勤勤然書於方冊，興亡治亂之致，永守是而不去也……立大中，去大惑，捨是而曰聖人之道，吾未之信也。」

柳宗元關注現實人事，強調愛民。他在〈送薛存義之任序〉說：「蓋民之役，非以役民而已也。凡民之食於土者，出其十一傭乎吏，使司平於我也。今我受其直怠其事者，天下皆然。」〈答元饒州論政理書〉也說：「孔子曰：『吾與回言終日，不違如愚。』然則蒙者固難曉，必勞申諭，乃得悅服。用是尚有一疑焉。兄所言免貧病者，而不益富者稅，此誠當也。乘理政之後，固非若此不可；不幸乘弊政之後，其可爾耶？夫弊政之大，莫若賄賂行而征賦亂。苟然，則貧者無貲以求於吏，所謂有貧之實，而不得貧之名；富者操其贏以市於吏，則無富之名而有富之實。貧者愈困餓死亡而莫之省，富者愈恣橫侈泰而無所忌。」在〈答吳武陵論非國語書〉中，他更是明確提出：「然而輔時及物之道，不可陳於今，則宜垂於後。」可見柳宗元更為政治改革。他宣導儒家思想，極有現實意義。

柳宗元立足儒學，然崇信佛教，同時，又受老莊等諸家思想的影響。如〈送巽上人赴中丞叔父召序〉：「吾自幼好佛，求其道，積三十年。世之言者，罕能通其說，於零陵，吾獨有得焉。且佛之言，吾不可得而聞之矣。其存於世者，獨遺其書。不於其書而求之，則無以得其言。言且不可得，況其意乎？」不過，柳宗元好佛，有其獨特特徵。他在〈天對〉中說「往來屯屯，龐昧革化，惟元氣存」，〈天說〉也說：「彼上而玄者，世謂之天；下而黃者，世謂之地；渾然而中處者，世謂之元氣；寒而暑者，世謂之陰陽。是雖大，無異果蓏、癰痔、草木也。」表現出唯物宇宙觀。〈送僧浩初序〉亦云：「儒者韓退之與予善，嘗病予嗜浮屠言，訾予與浮屠遊。……退之好儒，未能過揚子，揚子之書，於莊、墨、申、韓皆有取焉。浮屠者，反不及莊、墨、申、韓之怪僻險賊耶？」他還說「本之《書》以求其質，本之《詩》以求其恆，本之《禮》以求其宜，本之《春秋》以求其斷，本之《易》以求其動，此吾所以取道之原也。參之《穀梁氏》以厲其氣，參之《孟》、《荀》以暢其支，參之《莊》、《老》以肆其端」（〈答韋中立論師道書〉），表達了他對佛儒以外諸家的態度。可見，柳宗元往往看到不同學術流派之間的聯繫，他說「浮屠誠有不可斥者，往往與《易》、《論語》合，誠樂之」（〈送僧浩初序〉），他又說「金仙氏之道，蓋本於孝敬，而後積以眾德，歸於空無」（〈送濬上人歸淮南覲省序〉），在〈送文暢上人登五臺遂遊河朔序〉中，他又提出了「統合儒釋」的主張。這些，和韓愈等人是有區別的。

在文與道的關係層面，柳宗元強調文以明道。如〈答韋中立論師道書〉：「及長，乃知文者以明道，是故不苟為炳炳烺烺，務采色、誇聲音而以為能也。……吾子好道而可吾文，或者其於道不遠矣。故吾每為文章，未嘗敢以輕心掉之，懼其剽而不留也；未嘗敢以怠心易之，懼其弛而不嚴也；未嘗敢以昏氣出之，懼其昧沒而雜也；未嘗敢以矜氣作之，懼其偃蹇而驕也。」〈報崔黯秀才論為文書〉也說：「然聖人之言，期以明道，學者務求諸道而遺其辭。辭之傳於世者，必由於書。道假辭而明，辭假書而傳，要之，之道而已耳。道之及，及乎物而已耳，斯取道之內者也。」等等，均表現了柳宗元對「文」與「道」的認識。

柳宗元反對過分追求形式。〈乞巧文〉：「擘眥流血，一辭莫宣。胡為賦授，有此奇偏。眩耀為文，瑣碎排偶。抽黃對白，啽哢飛走。駢四儷六，錦心繡口。宮沉羽振，笙簧觸手。觀者舞悅，誇談雷吼。獨溺臣心，使甘老醜。嚚昏莽鹵，樸鈍枯朽。不期一時，以俟悠久。旁羅萬金，不鬻弊帚。跪呈豪傑，投棄不有。」對駢文等靡麗形式予以譏諷。他推崇先秦兩漢文。〈柳宗直西漢文類序〉說：「文之近古而尤壯麗，莫若漢之西京。……殷、周之前，其文簡而野，魏、晉已降，則盪而靡，得其中者漢氏。漢氏之東，則既衰矣。當文帝時，始得賈生明儒術，武帝尤好焉。而公孫弘、董仲舒、司馬遷、相如之徒作，風雅益盛，敷施天下，自天子至公卿大夫士庶人咸通焉。於是宣於詔策，達於奏議，諷於辭賦，傳於歌謠，由高帝訖於哀、平，王莽之誅，四方之文章，蓋爛然矣。史臣班孟堅修其書，拔其尤者充於簡冊，則二百三十年間，列辟之達道，名臣之大範，賢能之志業，黔黎之風美列焉。」他又說：「而為文之士，亦多漁獵前作，戕賊文史，抉其意，抽其華，置齒牙間，遇事蜂起，金聲玉耀，誑聾瞽之人，徼一時之聲。雖終淪棄，而其奪朱亂雅，為害已甚。」（〈與友人論為文書〉）可見，柳宗元崇尚自然潔雅，反對華麗浮靡的文風。

二、柳宗元文的思想內容

柳文內容豐富，包括哲學、政治、社會、人生等各個領域。除論道、論文等，其文章關注社會現實，或揭露社會矛盾弊端，或同情民生疾苦。如〈捕蛇者說〉借蔣氏之口說：「則吾斯役之不幸，未若復吾賦不幸之甚也。嚮吾不為斯役，則久已病矣。自吾氏三世居是鄉，積於今六十歲矣，而鄉鄰之生日蹙。殫其地之出，竭其廬之入，號呼而轉徙，餓渴而頓踣，觸風雨，犯寒暑，呼噓毒癘，往往而死者相藉也。曩與吾祖居者，今其室十無一焉；與吾父居者，今其室十無二三焉；與吾居十二年者，今其室十無四五焉，非死而徙爾，而吾以捕蛇獨存。悍吏之來吾鄉，叫囂乎東西，隳突乎南北，譁然而駭者，雖雞狗不得寧焉。」蔣氏三代冒死捕蛇而倖存、同居鄉鄰非死則徙、悍吏叫囂隳突，表達了作者對苛賦重斂害民的憤激，同時，對下層民眾的苦難深表同情。又如《三戒》序：「吾恆惡世之人，不推己之本，而乘物以逞，或依勢以干非其類，出技以怒強，竊時以肆暴，然卒迨於禍。」對暴虐或淩弱者，表達了無比的憎恨。又如〈童區寄傳〉揭露販賣奴隸的罪行，〈種樹郭橐駝傳〉反映統治者繁苛的政治弊端，〈零陵郡復乳穴記〉、〈興州江運記〉、〈全義縣復北門記〉表現其愛民思想，〈時令論〉、〈斷刑論〉揭露禮樂刑政的虛偽和仁政掩飾下的殘暴，〈鞭賈〉、〈哀溺文〉諷刺上層階級，揭露其欺詐與貪欲。對於正直官吏，作者則予以熱情頌揚。如〈段太尉逸事狀〉中的段秀實，就是這樣的例子。

柳文寄寓著被壓抑的憂憤。如〈寄許京兆孟容書〉云：「賢者不得志於今，必取貴於後，古之著書者皆是也。宗元近欲務此，然力薄才劣，無異能解，雖欲秉筆覼縷，神志荒耗，前後遺忘，終不能成章。往時讀書，自以不至抵滯，今皆頑然無復省錄。每讀古人一傳，數紙已後，則再三伸卷，復觀姓氏，旋又廢失。假令萬一除刑部囚籍，復為士列，亦不堪當世用矣！伏惟興哀於無用之地，垂德於不報之所，但以通家宗祀為念，有可動心者，操之勿失。」「賢者不得志於今」、「神志荒耗」、「不堪當世用」等，表達了作者受打擊受壓抑後的內心苦悶。又如〈與蕭翰林俛書〉，作者描述貶謫生活，歷數內心壓抑與淒涼之感，愁苦憂鬱之中隱約可見其奮爭思想。又如，〈起廢答〉借與黧老笑答，指出朝廷「群談角智，列坐爭英」的紛亂局面，語辭中，滿懷譏刺。又如

〈小石城山記〉，以小石城山設比，藉以抒發人才被埋沒、受打擊的不平之鳴之慨。

山水遊記是柳宗元散文中的精品，如〈零陵郡復乳穴記〉、〈零陵三亭記〉、〈永州法華寺西亭記〉、〈遊黃溪記〉、〈柳州山水近治可遊者記〉等。其中，以《永州八記》最為有名。它們分別是：〈始得西山宴遊記〉、〈鈷鉧潭記〉、〈鈷鉧潭西小丘記〉、〈至小丘西小石潭記〉、〈袁家渴記〉、〈石渠記〉、〈石澗記〉、〈小石城山記〉。這八篇文章，前四篇寫於唐憲宗元和四年（八〇九），後四篇寫於元和七年（八一二），八記各自成篇，又前後貫通。其內容，主要是記敘所見所感。如〈始得西山宴遊記〉：

自余為僇人，居是州，恆惴慄。其隟也，則施施而行，漫漫而遊。日與其徒上高山，入深林，窮迴谿，幽泉怪石，無遠不到。到則披草而坐，傾壺而醉。醉則更相枕以臥，臥而夢。意有所極，夢亦同趣。覺而起，起而歸。以為凡是州之山水有異態者，皆我有也，而未始知西山之怪特。今年九月二十八日，因坐法華西亭，望西山，始指異之。遂命僕人過湘江，緣染溪，斫榛莽，焚茅茷，窮山之高而止。攀援而登，箕踞而遨，則凡數州之土壤，皆在衽席之下。其高下之勢，岈然洼然，若垤若穴，尺寸千里，攢蹙累積，莫得遯隱。縈青繚白，外與天際，四望如一。然後知是山之特出，不與培塿為類。悠悠乎與顥氣俱，而莫得其涯；洋洋乎與造物者遊，而不知其所窮。引觴滿酌，頹然就醉，不知日之入。蒼然暮色，自遠而至，至無所見，而猶不欲歸。心凝形釋，與萬化冥合。然後知吾嚮之未始遊，遊於是乎始，故為之文以志。是歲，元和四年也。

這篇文章是《永州八記》的第一篇，記敘發現西山及其登臨遊覽所見所感。開篇介紹謫居永州生活，既是始得西山原因，也是全文的題旨。「今年九月二十八日」以下，作者先由望西山、登西山，寫到西山俯瞰與環視，再寫到西山宴飲，最後寫不欲離開西山的心情。文章雖為狀物記遊，然文辭之中，無處不見作者對貶謫生活的感受。如「僇人」、「恆惴慄」、「臥而夢。意有所極，夢亦同趣」、「知是山之特出，不與培塿為類」、「心凝形釋」等，既表明作者鍾情自然的審美情趣，又表明了作者在政治挫折以後倍受壓抑、壯志難伸的愁苦心懷。

此外，柳宗元的寓言小品，其內容，主要是譏刺社會生活之弊端。如〈黔之驢〉譏諷那些外強中乾的龐然大物，〈臨江之麋〉譏刺恃寵而驕、得意忘形者，〈永某氏之鼠〉嘲諷為非作歹者。其他，又如〈敵戒〉、〈辯亢倉子〉、〈設漁者對智伯〉、〈愚溪對〉等，這些寓言小品，針對性強，也是柳文中的精品。

三、柳宗元散文的藝術成就

柳宗元散文，風格多樣，成就卓著。其中，山水遊記長期以來，為人推重。柳宗元的山水遊記，模山範水，如詩如畫，顯示了其高超的藝術技巧。

永、柳二州的秀山麗水，給柳宗元精神帶來一些安慰，然而，謫遷使他遭受了沉重的打擊。因此，縈繞作者心間的憂憤愁苦在剎那慰藉之後，總是會自覺或不自覺地流露出來。這樣，柳文中如畫般的山水，深深交融著作家特定處境中所有身世之慨。如他的名篇〈至小丘西小石潭記〉：

> 從小丘西行百二十步，隔篁竹，聞水聲，如鳴佩環，心樂之。伐竹取道，下見小潭，水尤清冽。全石以為底，近岸卷石底以出，為坻為嶼，為嵁為巖。青樹翠蔓，蒙絡搖綴，參差披拂。潭中魚可百許頭，皆若空遊無所依。日光下澈，影布石上，怡然不動；俶爾遠逝，往來翕忽，似與遊者相樂。

潭西南而望，斗折蛇行，明滅可見。其岸勢犬牙差互，不可知其源。坐潭上，四面竹樹環合，寂寥無人，淒神寒骨，悄愴幽邃。以其境過清，不可久居，乃記之而去。同遊者：吳武陵，龔右，予弟宗玄；隸而從者，崔氏二小生：曰恕己，曰奉壹。

作者描摹小石潭，或工筆、或簡筆，或點、或面，無不顯示其模山範水技巧之高。在作者筆下，水之清、石之奇、樹之蔭、魚之樂、山之蜿蜒，無不給人詩獨特的快感。但當作者坐潭上，此前所見秀麗景色的驚喜被謫居的寂寞、悽愴所取代，作者體會到的是「淒神寒骨」與「悄愴幽邃」。其他，如〈零陵三亭記〉、〈遊黃溪記〉、〈始得西山宴遊記〉、〈鈷鉧潭記〉等，讀者在飽覽一幅幅美麗的畫卷時，也能清晰的體會出激蕩於作者內心的幽怨與哀歎。

柳宗元的議論文，或立或駁，邏輯嚴密，嚴正端莊。他主張「情寧平夷」、「理達事成」。如〈答韋中立論師道書〉說「故吾每為文章，未嘗敢以輕心掉之，懼其剽而不留也；未嘗敢以怠心易之，懼其弛而不嚴也」。又如〈封建論〉：

或者曰：「封建者，必私其土，子其人，適其俗，修其理，施化易也。守宰者，苟其心，思遷其秩而已，何能理乎？」予又非之。周之事跡，斷可見矣。列侯驕盈，黷貨事戎。大凡亂國多，理國寡。侯伯不得變其政，天子不得變其君。私土子人者，百不有一。失在於制，不在於政，周事然也。秦之事跡，亦斷可見矣。有理人之制，而不委郡邑是矣；有理人之臣，而不使守宰是矣。郡邑不得正其制，守宰不得行其理，酷刑苦役，而萬人側目。失在於政，不在於制。秦事然也。

封建，即分封。中唐藩鎮割據，直接威脅唐王朝政權。有些人鼓吹夏商周三代分封制，為藩鎮特權張目。針對這些觀點，柳宗元逐一予以駁斥。這一段，作者列舉周、秦為例，指出「列侯驕盈，黷貨事戎」等弊端。同時，與秦郡縣制比較，指出「失在於政，不在於制」。文章先擺出駁論觀點為靶子，然後列舉史事，對比論證。猶如長者說理，不急不躁，娓娓道來。試與韓愈〈諱辯〉比較：

> 夫諱始於何時？作法制以教天下者，非周公孔子歟？周公作詩不諱，孔子不偏諱二名，《春秋》不譏不諱嫌名，康王釗之孫實為昭王，曾參之父名皙，曾子不諱「昔」。周之時有騏期，漢之時有杜度，此其子宜如何諱？將諱其嫌，遂諱其姓乎？將不諱其嫌者乎？漢諱武帝名徹為「通」，不聞又諱「車轍」之「轍」為某字也；諱呂后名雉為「野雞」，不聞又諱「治天下」之「治」為某字也。

與上文引柳宗元〈封建論〉比較，韓愈的這段文字駁斥「賀父名晉肅，賀不舉進士為是」不合情理，大氣磅礴，格調昂揚。由此可見，韓愈與柳宗元的古文風格有明顯的不同。

柳宗元序與傳記文成就很高。序文如〈送班孝廉擢第歸東川覲省序〉：「隴西辛殆庶，猥稱吾文宜敘事」，〈大理評事楊君文集後序〉亦提到「晚節遍悟文體，尤邃敘述」，可見，柳宗元對敘事方式的重視。柳文敘事，善於選取典型材料，敘事寫人，形象鮮明，筆法獨到。其傳記文如〈段太尉逸事狀〉選取段太尉制止郭晞軍卒橫暴、涇州營田愛民、拒收朱泚賄賂三件事，表現段秀實的勇毅、愛民與廉潔。又如〈宋清傳〉：「宋清，長安西部藥市人也。居善藥。有自山澤來者，必歸宋清氏，清優主之。長安醫工得清藥輔其方，輒易讎，咸譽清。疾病疕瘍者，亦皆樂就清求藥，冀速已。清皆樂然響應，雖不持錢者，皆與善藥，積券如山，未嘗詣取直。或不識遙與券，清不為辭。歲終，度不能報，輒焚券，終不復言。市人以其異，皆笑之，曰：『清，蚩妄人也。』

或曰：『清其有道者歟？』清聞之曰：『清逐利以活妻子耳，非有道也，然謂我蚩妄者亦謬。』這一段介紹宋清濟民之困而淡泊財利的品格，先概括述說，再引市人語側面描寫，又引用宋清語正面刻劃，文字筆墨簡潔，人物形象生動活潑。又如〈童區寄傳〉為十餘歲農村兒童立傳，擷取其生活瑣事，在層層波瀾之中，刻劃了這位奇童的勇敢機警。其他，〈種樹郭橐駝傳〉概述人物事件，人物形象、語言、動作、神態描寫以及巧妙的篇章結構，〈劉叟傳〉運用人物對白表現人物等，均能體現柳宗元傳記文特色。

柳宗元有些文章，具有濃厚的抒情色彩。其文〈婁二十四秀才花下對酒唱和詩序〉：「於是感激憤悱，思奮其志略以效於當世。必形於文字，伸於歌詠，是有其具而未得行其道者之為也。」寥寥數語，既表明了作者對婁圖南詩歌的讚美之情，又表明了作者對詩歌內容的態度。字裡行間，情感淡淡流露，顯示作者抒情手法之高妙。又如〈祭呂衡州溫文〉以沉痛的筆墨抒發對亡友呂溫的哀悼之情，全篇但見淚痕，不睹文字，其藝術成就完全可與韓愈的〈祭十二郎文〉相媲美。又如〈弔屈原文〉、〈弔樂毅文〉等，均乃情文並茂的佳篇。

柳宗元的寓言雜感，具有較強諷刺藝術特色。如〈蝜蝂傳〉：

> 蝜蝂者，善負小蟲也。行遇物，輒持取，卬其首負之。背愈重，雖困劇不止也。其背甚澀，物積因不散。卒躓仆不能起。人或憐之，為去其負。苟能行，又持取如故。又好上高，極其力不已，至墜地死。今世之嗜取者，遇貨不避，以厚其室，不知為己累也，唯恐其不積。及其怠而躓也，黜棄之，遷徙之，亦以病矣。苟能起，又不艾。日思高其位，大其祿，而貪取滋甚，以近於危墜。觀前之死亡不知戒，雖其形魁然大者也，其名人也，而智則小蟲也。亦足哀夫！

作者為蝜蝂立傳，篇幅短小，兼用敘事議論，文字簡潔，詼諧幽默，強烈的諷刺了蝜蝂貪婪本色，身死命絕仍不悔改，具有較強的現實意義。另，柳文中的《三戒》、〈羆說〉、〈罵尸蟲文〉、〈憎王孫文〉等，都是這類文章中的名篇。

柳宗元文，無論議論，還是敘事、抒情，語言明快清新，繁潔有致。他曾稱美他人「逾萬言而不煩」、「立片辭而不遺」（〈送巽上人赴中丞叔父召序〉），他反對華詞麗句，曾說「凡為文，去藻飾之華靡，汪洋自肆，以適己為用」（〈故銀青光祿大夫右散騎常侍輕車都尉宣城縣開國伯柳公行狀〉），他認為「參之太史以著其潔」（〈答韋中立論師道書〉）。創作過程中，柳宗元很好的實踐其理論主張。如〈與韓愈論史官書〉：「若書中言，退之不宜一日在館下，安有探宰相意，以為苟以史榮一韓退之耶？若果爾，退之豈宜虛受宰相榮己，而冒居館下，近密地，食奉養，役使掌故，利紙筆為私書，取以供子弟費？古之志於道者不宜若是。」句式多變，文字省淨。又如〈袁家渴記〉：「每風自四山而下，振動大木，掩苒眾草，紛紅駭綠，蓊勃香氣，沖濤旋瀨，退貯溪谷，搖揚葳蕤，與時推移。」句式汲取駢文特點，靈活多變，明快峻潔。

第四節　中唐古文的影響

唐代散文變革，自初唐四傑、陳子昂，再至盛、中唐時期張說、蘇頲、蕭穎士、李華、獨孤及、柳冕、梁肅等人，直到韓愈、柳宗元，古文運動才取得一定程度的勝利。其意義，不僅僅影響了唐代散文、詩歌、傳奇小說，對唐以後文學，也有深遠的影響。

從散文發展歷程來說，蕭穎士等人宣導文學崇經復古，主張「經術之外，略不嬰心」（蕭穎士〈贈韋司業書〉）、「本乎作者，六經之志也」（李華〈贈禮部尚書清河孝公崔沔集序〉）、「操道德為根本，總禮樂為冠帶」

〈梁肅〈常州刺史獨孤及集後序〉〉，等等，對唐文內容的變革有較大的影響。散文創作過程中，他們推崇儒經，強調教化，反對駢文浮麗，創作了一定數量內容充實的作品。與六朝駢文相比，無疑是有其積極意義的。然而，他們忽視了文學本身的特徵，在實踐過程中，很難取得有實際意義的成就。和蕭穎士等比較，韓、柳二人在理論主張與創作實踐過程中的大膽探索，對中唐以後散文有著深遠影響。概括起來，韓、柳之特徵，主要有三點：

一是韓、柳提倡「道」，但並非局限於這一口號之下。如韓愈說「自古聖人賢士，皆非有求於聞用也。閔其時之不平，人之不乂，得其道，不敢獨善其身，而必以兼濟天下也」（〈爭臣論〉），他又說「大凡物不得其平則鳴」（〈送孟東野序〉），柳宗元也說「意欲施之事實，以輔時及物為道」（〈答吳武陵論非國語書〉）、「則思責以堯舜孔子所傳者，就其道，施於物，斯已矣」（〈與楊誨之疏解車義第二書〉）等等，可見韓、柳既關注現實，又不排斥作者內心情感問題。這樣，把散文內容從狹隘的「道」範圍中解放出來，對中晚唐文學，尤其是宋代散文，都有很重要的影響。

二是韓、柳反對浮靡文風，但又不反對文辭藝術，尤其是能汲取駢文特長。在形式方面，韓愈提出「志在古道，又甚好其言辭」，強調「陳言務去」等等，表明情文並茂、文質彬彬的審美追求。實踐過程中，韓愈是語言大師，他善於駢散結合，長短句並用，又善於學習俚俗，發明創新，如「搖尾乞憐」、「磨牙戛骨」、「蠅營狗苟」等等，生動活潑，很好增強了文章的表現力。和韓愈一樣，柳宗元也反對文風駢麗浮靡，但他並不否定形式表現力。如〈鈷鉧潭西小丘記〉「由其中以望，則山之高，雲之浮，溪之流，鳥獸之遨遊，舉熙熙然回巧獻技，以效茲丘之下。枕席而臥，則清泠之狀與目謀，瀯瀯之聲與耳謀，悠然而虛者與神謀，淵然而靜者與心謀」，這些文字，有如膾炙人口的詩歌。韓、柳的努力，為散文審美提供了新的參照，為散文走上文質兼美的康莊大道打下伏筆。宋以後，歐陽脩等人取得卓著的藝術成就，和韓、柳藝術實踐是分不開的。

三是韓、柳文體革新。韓愈好古文，積極學習古典散文文體。尤其是韓愈的部分碑誌，他在繼承前人成就時，大膽創新，從某種程度上改變了碑誌文諛墓風格。韓愈〈師說〉、〈進學解〉、〈獲麟解〉、〈諱辯〉等，或辯駁問難、或詼諧譏刺，體式多變，風格清新。柳宗元除了〈四維論〉、〈封建論〉、〈天爵論〉、〈守道論〉等優秀論文以外，也創作了大量的雜文、山水遊記以及寓言等，其中，〈觀八駿圖說〉、〈晉文公問守原議〉、〈桐葉封弟辯〉、《永州八記》、《三戒》，顯示了柳宗元文體創新的卓著成就。所有這些，均對後世文學產生了很大的影響。

從中晚唐文壇現狀分析，《新唐書・韓愈傳》記載：「愈性明銳，不詭隨。與人交，始終不少變。成就後進士，往往知名。經愈指授，皆稱『韓門弟子』，愈官顯，稍謝遣。……從愈遊者，若孟郊、張籍，亦皆自名於時。」《新唐書・柳宗元傳》亦云：「南方為進士者，走數千里從宗元遊，經指授者，為文辭皆有法。」在韓、柳宣導之下，李觀、張籍、呂溫、歐陽詹、皇甫湜、沈亞之、樊宗師、劉禹錫、柳宗直等人都預身其列，一時間作家如林，雲蒸霞蔚，古文聲勢大振，散文創作出現了數百年來的少見繁榮局面。

在韓愈、柳宗元倡導文體文風改革同時，他們的詩歌創作也取得了很高成就。以韓愈為首的韓孟詩派，其崇尚古體、以文為詩、追求險怪等，和韓派散文家理論主張與實踐遙相呼應。同樣，柳宗元山水田園詩〈漁翁〉、〈江雪〉等，藝術上和其山水散文密切關聯。另外，柳宗元詠史詩如〈詠史〉、〈詠三良〉、〈詠荊軻〉和其仰慕先秦兩漢文風也不無聯繫。

韓、柳古文與傳奇小說並興，二者互相影響，有時，很難區分某篇作品是文還是傳奇小說。如韓愈〈毛穎傳〉，李肇《國史補》將其與沈既濟《枕中記》並論，認為「其文尤高，不下史遷，二篇真良史才也。」又如柳宗元〈童區寄傳〉，選材別出心裁，情節離奇曲折，人物形象鮮明生動，和傳奇小說相比，從題材特徵到方法技巧，都有著某種程度的聯繫。

隨著韓、柳等人相繼謝世，韓門弟子如李翺、皇甫湜、孫樵等人，片面地發展了韓愈提倡的創新主張，追求奇異怪僻，使得散體文逐漸喪失了內在的生命力。同時，憲宗以後，唐王朝日益衰落，古文失去了其蓬勃發展的土壤，駢文又占據了統治地位。北宋初年，柳開、王禹偁等人反對晚唐五代文風，其主張即是韓、柳理論的延續。北宋中葉，歐陽脩、王安石、蘇洵、蘇軾等人，再次掀起古文運動，韓、柳古文隨之成為傳統。南宋真德秀，明代王慎中、唐順之、茅坤、歸有光以及清代的桐城派作家，都是對韓、柳為首的古文傳統的繼承與發展。尤其是真德秀《文章正宗》、唐順之《文編》、茅坤《八大家文鈔》等，以選本的方式選錄韓、柳文章，肯定了中唐古文成就，確定了其歷史地位。

第十一章　晚唐文學

第一節　杜牧

一、杜牧的生平與詩歌思想內容

杜牧（八〇三—八五二），字牧之，京兆萬年（今陝西西安）人。祖父杜佑，是中唐著名的政治家、史學家，先後任德宗、順宗、憲宗三朝宰相。父杜從郁官至駕部員外郎，早逝。文宗大和二年（八二八），杜牧進士及第。同年，又中賢良方正直言極諫科登科，授弘文館校書郎、試左武衛兵曹參軍。此後，杜牧屢入幕府為僚。大和九年（八三五），為監察御史，分司東都。開成二年（八三七），入宣歙觀察使崔鄲幕為團練判官。三年（八三八），官左補闕、史館修撰。約五年（八四〇），轉膳部、比部員外郎。武宗會昌二年（八四二），出為黃州刺史。四年（八四四），遷池州刺史。六年（八四六），遷睦州刺史。宣宗大中二年（八四八），內擢為司勳員外郎、史館修撰，轉吏部員外郎。四年秋，出為湖州刺史。五年（八五一），入為考功郎中、知制誥。六年（八五二），遷中書舍人。歲暮，卒於長安，終年五十歲。

杜牧關注唐王朝內憂外患的局面，憂國憂民，渴望能夠安邦濟世。如名詩〈河湟〉：

元載相公曾借箸，憲宗皇帝亦留神。旋見衣冠就東市，忽遺弓劍不西巡。
牧羊驅馬雖戎服，白髮丹心盡漢臣。唯有涼州歌舞曲，流傳天下樂閒人。

河，黃河。湟，湟水。湟水是黃河上游支流。詩歌借用諫言整治吐蕃防務、唐憲宗關注河湟地區局勢等史事，表達了詩人收復失地、安邊保民的願望。杜牧極有抱負，如〈郡齋獨酌〉：「豈為妻子計，未去山林藏。平生五色線，願補舜衣裳。弦歌教燕趙，蘭芷浴河湟。」杜牧喜論朝政，他曾說：「君王若悟治安論，安史何人敢弄兵。」（〈詠歌聖德遠懷天寶因題關亭長句四韻〉）；他勉勵侄兒阿宜：「朝廷用文治，大開官職場。願爾出門去，取官如驅羊。」（〈冬至日寄小侄阿宜詩〉）；他憂慮戰亂的危害：「夷狄日開張，黎元愈憔悴。邈矣遠太平，蕭然盡煩費。」（〈感懷〉）；他讚譽清廉、憎恨貪吏：「太守政如水，長官貪似狼。」（〈郡齋獨酌〉）；他因國家千瘡百孔而憤激：「孤城大澤畔，人疏煙火微。憤悱欲誰語，憂慍不能持。」（〈雪中書懷〉）等等，可見杜牧關心社會之廣度與深度。

因理想抱負未能實現，杜牧也有部分詩篇表達內心的苦悶，寄予其人生感慨。如〈遣懷〉：「落魄江南載酒行，楚腰腸斷掌中輕。十年一覺揚州夢，贏得青樓薄倖名。」詩歌借用典故，描述詩人壯志難酬的憂憤。有時，為了排洩憤懣，詩人甚至縱情聲色，以致「贏得青樓薄倖名」，這裡雖有現實成分，但其中不乏作者的憤激與抗爭。

杜牧詠史詩是其詩歌中的精品，長期以來為人讚譽。如《過華清宮三絕句》：

長安回望繡成堆，山頂千門次第開。一騎紅塵妃子笑，無人知是荔枝來。（其一）

新豐綠樹起黃埃，數騎漁陽探使回。〈霓裳〉一曲千峰上，舞破中原始下來。（其二）

萬國笙歌醉太平，倚天樓殿月分明。雲中亂拍祿山舞，風過重巒下笑聲。（其三）

華清宮，故址在今陝西臨潼驪山下，開元十一年（七二三）修建，乃唐玄宗和楊貴妃尋歡之場所。這三首，是杜牧經過驪山華清宮時有感而作，詩中流露出作者對荒淫誤國的憂傷。杜牧這類詩歌名篇甚多，如〈題烏江亭〉、〈泊秦淮〉、〈赤壁〉、〈登樂遊原〉、〈題宣州開元寺水閣〉、〈題武關〉等。

杜牧寫景詩也頗有成就。如〈山行〉：

遠上寒山石徑斜，白雲生處有人家。停車坐愛楓林晚，霜葉紅於二月花。

詩敘寫一次山行所見所感。在詩人筆下，深秋山石路蜿蜒曲折，高山風光迤邐飄渺，楓林晚景獨特迷人，尤其是末二句，乃千古誦詠的絕唱。又如〈漢江〉，詩人以旁觀者的心態，以視覺感知為核心，描寫了飛翔白鷗、碧綠春水、來人過客、釣船歸晚四幅圖畫。杜牧詩中類似佳篇也很多，如〈江南春〉、〈長安秋望〉、〈春晚題韋家亭子〉、〈齊安郡晚秋〉等。

二、杜牧詩歌的藝術特色

杜牧強調詩歌的思想內容，也注重詩歌藝術表現。他說：「凡為文以意為主，氣為輔，以辭采章句為之兵衛，未有主強盛而輔不飄逸者，兵衛不華赫而莊整者。……苟意不先立，止以文采辭句，繞前捧後，是言愈多而理愈亂，如入闤闠，紛然莫知其誰，暮散而已。是以意全勝者，辭愈朴而文愈高；意不勝者，辭愈華而文愈鄙。」（〈答莊充書〉）他又說：「某苦心為詩，本求高絕，不務奇麗，不涉習俗，不今不古，處於中間。」（〈獻詩啟〉）這些觀點強調內容深度，但也不排斥形式追求。杜牧才華橫溢，他的詩自成一家，風格獨特。總體上說，杜牧詩清麗俊逸。如〈江南春〉：

千里鶯啼綠映紅，水村山郭酒旗風。南朝四百八十寺，多少樓臺煙雨中。

詩歌描寫江南風光，格調明朗、色彩絢麗、詩意廣闊而深邃，給讀者繪寫了一幅美妙的江南春色圖。又如〈九日齊山登高〉：

江涵秋影雁初飛，與客攜壺上翠微。塵世難逢開口笑，菊花須插滿頭歸。
但將酩酊酬佳節，不用登臨恨落暉。古往今來只如此，牛山何必獨沾衣。

詩歌寫佳節登山所見、所感、所為，這首詩本以抒寫抑鬱之思為主，但全詩爽快健拔，曠達灑脫。又如〈寄揚州韓綽判官〉：「青山隱隱水迢迢，秋盡江南草木彫。二十四橋明月夜，玉人何處教吹簫。」詩人遙想江南秋天山水草木，回憶二十四橋月夜與友人的活動，格調悠揚，意境優美。又如〈登樂遊原〉、〈題烏江亭〉等等，都可看出杜牧詩豪放爽朗、清新俊逸的風格。胡震亨《唐音癸籤》錄〈吟譜〉謂之「氣俊思活」，李調元《雨村詩話》評其「輕倩秀豔」，其他，或云其「俊爽」，或云其「宕麗」等，雖然這些評價各有側重，但大致說來，諸家對杜牧詩風格的認識基本還是比較接近的。

杜牧詩既善於寫景狀物，又善於敘事抒情，他往往能將事、物、情融於一爐。如〈泊秦淮〉：

煙籠寒水月籠沙，夜泊秦淮近酒家。商女不知亡國恨，隔江猶唱〈後庭花〉。

秦淮，即秦淮河。六朝至唐代，金陵（今江蘇南京）秦淮河一直是權貴富豪遊宴取樂場所。詩歌敘說詩人泊船秦淮的見聞感受，首句勾畫秦淮河迷濛夜色圖，次句交代詩人行蹤，末二句抒發對「商女」的憤慨。全詩敘事俊潔、寫景如畫、抒情委婉。沈德潛《唐詩別裁集》卷二〇推崇此詩為「絕唱」。方東樹《昭昧詹言》卷二一評唐人壓卷之作，認為杜牧這首詩亦乃「氣象稍殊、亦堪接武」者之一。

杜牧長於七絕、七律。如：

金河秋半虜弦開，雲外驚飛四散哀。仙掌月明孤影過，長門燈暗數聲來。須知胡騎紛紛在，豈逐春風一一回？莫厭瀟湘少人處，水多菰米岸莓苔。（〈早雁〉）

折戟沉沙鐵未銷，自將磨洗認前朝。東風不與周郎便，銅雀春深鎖二喬。（〈赤壁〉）

多情卻似總無情，唯覺罇前笑不成。蠟燭有心還惜別，替人垂淚到天明。（《贈別》其二）

〈早雁〉通篇比興、曲折轉跌、風格婉曲細膩而又清麗含蓄。〈赤壁〉融敘事、議論一爐，英氣逼人，筆鋒犀利。胡仔《苕溪漁隱叢話後集》卷一五云：「牧之於題詠好異於人，如〈赤壁〉云……皆反說其事。」「異」概括了杜牧這類絕句的特徵，就〈赤壁〉而言，一是構思超出常人思考範圍，二是詩歌結構奇妙，「轉」句出其不意。《贈別》其二妙用比興，寄情於物象，詩味雋永。

杜牧在文學史上有很重要的地位。翁方綱《石洲詩話》云：「小杜之才，自王右丞後，未見其比。其筆力回斡處，亦與王龍標、李東川相視而笑。」除詩歌以外，杜牧的〈阿房宮賦〉前半部分敘事描寫，後半部分史論，文筆流暢，詞句秀麗，幾如其詩。

第二節　李商隱

一、李商隱的生平及詩歌思想內容

李商隱（八一二？—八五八），字義山，號玉谿生、樊南生，懷州河內（今河南沁陽）人。大和三年（八二九），太平軍節度使令狐楚愛其才，辟為巡官。唐文宗開成二年（八三七），進士及第。三年（八三八），涇原節度使王茂元賞其才，招為婿。約開成四年（八三九），書判拔萃登科，授秘書省校書郎，調補弘農尉。會昌二年（八四二），以書判拔萃，受秘書省正字。大中初，桂管觀察使鄭亞辟為支使兼掌書記。後歷官盩厔尉、京兆府掾曹、太學博士等。大中十年（八五六），為鹽鐵推官，十二年罷，還鄭州閒居，旋病故。

李商隱創作了大量關心國家命運與民生疾苦的詩。如大和九年（八三五）十一月，宦官發起「甘露事變」，詩人創作《有感二首》，詩中憤怒的寫道：「古有清君側，今非乏老成。素心雖未易，此舉太無名。誰瞑銜冤目，寧呑欲絕聲。」（《有感》其二）「清君側」、「銜冤目」等，表達了詩人對亂政宦官的痛恨。開成元年初，昭義節度使劉從諫等上疏直斥宦官，表示要「誓死以清君側」，這種情況下，宦官雖有所收斂，然而危機局面並未得到很好的改變。詩人有感於朝綱不振，又寫下了〈重有感〉：

玉帳牙旗得上遊，安危須共主君憂。竇融表已來關右，陶侃軍宜次石頭。
豈有蛟龍愁失水，更無鷹隼與高秋。晝號夜哭兼幽顯，早晚星關雪涕收。

詩歌從讚美共主安危、救國家於存亡之秋的雄藩寫起，連用竇融、陶侃兩個典故，表達了對藩鎮發兵以清君側的期望。「蛟龍愁失水」喻文宗受制宦官，「鷹隼與高秋」一句表達詩人對現實政治狀況的不滿與憂憤。詩末「晝號夜哭」渲染悲慘恐怖氣氛，寄寓詩人對現實的深深憂慮，以及希望破滅後的失望之情。其他，如〈行次西郊作一百韻〉敘述詩人自梁還秦所見到的「農具棄道旁，飢牛死空墩。依依過村落，十室無一存」等破敗凋零景象，表達了詩人對朝廷政治以及民生疾苦的關心。又如〈富平少侯〉譏刺如「富平侯」等紈絝子弟荒耽無知，〈韓碑〉反對藩鎮割據，〈曲江〉為唐王朝衰退命運而憂傷。所有這些，表現了李商隱對時事的關注，對民生疾苦的同情，對亂政宦官佞臣的憤恨，以及對破敗朝廷命運的憂慮。

李商隱因文才深得牛黨令狐楚賞識，後李黨王茂元愛其才而將女兒嫁給他。因此他便在牛李兩黨爭鬥的夾縫中生存，鬱鬱而不得志，潦倒終身。故李商隱有許多抒寫不幸遭遇、排遣鬱悶、吟詠內心感情的作品。如〈安定城樓〉：

迢遞高城百尺樓，綠楊枝外盡汀洲。賈生年少虛垂涕，王粲春來更遠遊。
永憶江湖歸白髮，欲回天地入扁舟。不知腐鼠成滋味，猜意鵷雛竟未休。

安定，即唐涇州，是涇原節度使治所，在今甘肅涇川。這首詩寫登樓所見、所感。詩人連用賈誼、王粲、范蠡故實，以古人自況，寄寓詩人受壓抑、有志難酬的憤悶。又如〈賈生〉：

　　宣室求賢訪逐臣，賈生才調更無倫。可憐夜半虛前席，不問蒼生問鬼神。

賈生，即賈誼，西漢著名的政論家。賈誼提出許多重要政治主張，但卻遭受排擠、未被重用。詩歌頌贊賈誼，譏刺漢文帝，同情賈誼同時，隱喻著個人身世之慨。

李商隱詠史詩，長期為人稱頌。如高棅《唐詩品彙・姓氏爵里詳節》云：「商隱為文章瑰邁奇古……詠史尤精。」此類詩歌如〈詠史〉（歷覽前賢）、〈四皓廟〉、〈漢宮〉、〈過景陵〉、〈宋玉〉等，或寫古人，或敘古事，表達作者對歷史的認識與思考，寄寓其社會之思與人生之慨。

李商隱的愛情生活頗為曲折。其詩文中提及的女子至少有五位：一曰柳枝，李商隱開成元年（八三六）有組詩《柳枝五首》。二曰宋華陽，李商隱有詩〈月夜重寄宋華陽姊妹〉、〈贈華陽宋真人兼寄清都劉先生〉等。三曰錦瑟，如名詩〈錦瑟〉。四曰荷花，傳說李商隱在與王氏結婚前，曾有一小名「荷花」的戀人。在他進京趕考前一月，荷花突然身染重病，李商隱陪伴荷花度過最後的時光。這段悲劇對他造成很大的打擊，以後的詩中他常以荷花為題也是對舊情的眷戀。五曰王氏，李商隱髮妻，也有人認為王氏為李商隱再婚妻子。李商隱反映愛情生活的詩篇較多，成就也頗高，其無題詩更是堪稱一絕。如〈無題〉：

　　相見時難別亦難，東風無力百花殘。春蠶到死絲方盡，蠟炬成灰淚始乾。
　　曉鏡但愁雲鬢改，夜吟應覺月光寒。蓬山此去無多路，青鳥殷勤為探看。

這首詩起筆直抒別離遺恨，接著寫主人公別後思念情懷、想像被思念者別後苦痛生活，末二句表現主人公的情感期盼與追求。這首詩和〈無題〉（昨夜星辰昨夜風），長期以來，被譽之為描寫愛情的絕唱。

長期的幕僚，使得應酬和交際詩在李商隱作品中也占有一定比例。如〈酬別令狐補闕〉、〈寄令狐郎中〉、〈酬令狐郎中見寄〉、〈寄令狐學士〉、〈夢令狐學士〉、〈令狐舍人說昨夜西掖玩月因戲贈〉等。

二、李商隱詩歌的藝術成就

在藝術特徵方面，李商隱詩取得了很高的成就。有人評價他「瑰奇雄邁」（《竹莊詩話》卷一四），有人評價他「瑰邁奇古」（高棅《唐詩品彙．姓氏爵里詳節》），有人評價他「寄託深而措辭婉」（葉燮《原詩》），有人評價他「以文為詩」（《義門讀書記》卷五八），等等，可見，李詩的藝術成就是多方面的。他的許多詩歌，意境朦朧迷幻。如〈錦瑟〉：

> 錦瑟無端五十絃，一絃一柱思華年。莊生曉夢迷蝴蝶，望帝春心託杜鵑。
> 滄海月明珠有淚，藍田日暖玉生煙。此情可待成追憶，只是當時已惘然。

古往今來，人們對詩意有種種猜測。有以為是追懷亡妻的悼亡詩篇；有以為是追憶逝去的年華；有以為是自比文才；有以為是思念侍兒錦瑟；有以為是詠物言志詩篇。詩之「莊生曉夢」等典故，生如夢，生與死、夢與醒、物與我、真與假等，變幻莫測，其中所寄託詩人的情感，後人難以洞悉。「錦瑟」、「五十絃」、「思華年」、鮫人泣珠、良玉生煙、「迷蝴蝶」、「託杜鵑」等排列在一起，意境更加迷離恍惚。詩歌末尾，又以惘然情懷結束，使得全詩意境更加隱約幽妙。又如〈樂遊原〉：

> 向晚意不適，驅車登古原。夕陽無限好，只是近黃昏。

樂遊原，即樂遊苑，位置在曲江北、長安城南。詩中「夕陽」、「黃昏」這些看似平常的意象，經詩人巧妙組合，其蘊含變得非常豐富。有人認為，這首詩憂唐祚將衰。也有人認為，詩歌僅僅作者登原所見，別無興寄。也有人認為，這首詩詠歎自身遭遇。可見，李詩朦朧窈妙的特點。

李商隱詩善於想像、聯想。如〈夕陽樓〉：

花明柳暗繞天愁，上盡重城更上樓。欲問孤鴻向何處？不知身世自悠悠。

目睹「孤鴻」，詩人聯想到自己的「身世」。這一聯想本無奇特之處，但詩人先寫「花明柳暗」激起詩人之「愁」，再寫竭力求索行動，在這些基礎上展開聯想，以「不知身世」且「自悠悠」結尾，層層伏筆，前後呼應，彼此孤立的意象就被想像、聯想巧妙地聯繫在一起。又如〈蟬〉：「本以高難飽，徒勞恨費聲。五更疏欲斷，一樹碧無情。薄宦梗猶泛，故園蕪已平。煩君最相警，我亦舉家清。」這首詩詠蟬，全篇皆由想像、聯想構成。首句聞蟬鳴而想像「高難飽」，頷聯想像蟬的勤苦，聯想到樹的「碧無情」，頸聯由蟬聯想到自身身世遭遇，尾聯想像蟬知我心。唐人詠蟬有三絕，先有虞世南〈蟬〉，次有駱賓王〈在獄詠蟬〉，再有李商隱〈蟬〉。施補華《峴傭說詩》云：「三百篇比興為多，唐人猶得此意。同一詠蟬，虞世南『居高聲自遠，端不藉秋風』，是清華人語；駱賓王『露重飛難進，風多響易沉』，是患難人語；李商隱『本以高難飽，徒勞恨費聲』，是牢騷人語。比興不同如此。」據這首詩可見，李詩中的「比興」之妙，是建立在奇特的想像、聯想基礎上的。

李商隱詩綺麗精工。無論結構，還是立意，抑或是意象選取、色澤審視等，均有卓絕成就。如〈無題〉：

昨夜星辰昨夜風，畫樓西畔桂堂東。身無彩鳳雙飛翼，心有靈犀一點通。

隔座送鉤春酒暖，分曹射覆蠟燈紅。嗟余聽鼓應官去，走馬蘭臺類轉蓬。

詩歌一、二句追憶昨夜歡聚，三、四句寫今日思念，五、六句又回憶宴會上的熱鬧，末二句感歎離席應官去的無奈。全詩結構上時空跳躍、回環復沓，意象設色絢麗。又如〈夜雨寄北〉：

君問歸期未有期，巴山夜雨漲秋池。何當共剪西窗燭，卻話巴山夜雨時。

詩歌開篇點題，次句告訴妻子自己身居的環境，三、四句憧憬未來團聚時的幸福。全詩構思新巧，自然流暢，跌宕有致。

李詩善於用典。典故，在詩中俯拾即是。如〈無題〉：

颯颯東風細雨來，芙蓉塘外有輕雷。金蟾齧鎖燒香入，玉虎牽絲汲井迴。
賈氏窺簾韓掾少，宓妃留枕魏王才。春心莫共花爭發，一寸相思一寸灰。

這首詩描寫一位深鎖幽閨的女子愛情幻滅後的內心感情。首聯，典故見於屈原〈九歌・山鬼〉之「東風飄兮神靈雨，留靈修兮憺忘歸」、司馬相如〈長門賦〉之「雷殷殷而響起兮，聲像君之車音」；頷聯，典故見於南朝樂府〈楊叛兒〉之「歡作沉水香，儂作博山爐」。頸聯全部用典：「賈氏」，賈充的女兒。「韓掾」，晉韓壽。《晉書・韓謐傳》：「父韓壽……美姿貌，善容止，賈充辟為司空掾。充每宴賓僚，其女輒於青璅中窺之，見壽而悅焉。……壽勁捷過人，逾垣而至，家中莫知……自是充意知女與壽通，而其門閣嚴峻，不知所由得入。乃夜中陽驚，託言有盜，因使循牆以觀其變。左右白曰：『無餘異，惟東北角如狐狸行處。』充乃考問女之左右，具以狀對。充秘之，遂以女妻壽。」「宓妃留枕」、「魏王」，典故見於曹植〈洛神賦〉。曹植〈洛神賦序〉：「黃初三年，余朝京師，還濟洛川。古人有言，斯水之神，名曰宓妃。感宋玉對楚王神女之事，遂作斯賦。」李善《文選注》注云：「魏東阿王漢末求甄逸女，既不遂，太祖回與五官中郎將，植殊不平，晝思夜想，廢寢與食。……思甄后，忽見女來。自云：『我本託心君王，其心不遂。此枕是我在家時從嫁，前與五官中郎將，今與君王。……』」李詩典故，也有一些弊病。如嚴羽《滄浪詩話》錄有李商隱體。元好問《論詩三十首》：「望帝春心託杜鵑，佳人錦瑟怨華年。詩家總愛西昆好，獨恨無人作鄭箋。」也就是說，典故過多，讀者難於理解，以致有些詩歌晦澀難懂。這種傾向，對宋初詩風深有影響。

李商隱與杜牧齊名，並稱「小李杜」；與李賀、李白合稱「三李」；與溫庭筠合稱「溫李」。葉燮《原詩》評曰：「寄託深而措辭婉，實可空百代無其匹也。」

第三節　皮日休、陸龜蒙等詩人

晚唐後期，社會日益動盪不安。這時期的詩人，如皮日休、陸龜蒙、聶夷中、杜荀鶴等，他們飽受動盪與戰亂之苦，對社會現實有著較深刻的體驗。同時，在險惡的現實環境中，他們看不到理想前途所在，精神上處於困惑矛盾狀態。因此，他們的詩歌，一方面關心現實，一方面又表現出避世與閒逸情懷。

一、皮日休

皮日休（八三四？－八八三？），字逸少，後改襲美，號醉吟先生、醉士、鹿門子等。復州竟陵（今湖北天門）人。懿宗咸通七年（八六六），入京，應進士試不第，退居壽州（今安徽壽縣），自編詩文集《皮子文藪》。八年（八六七），榜末及第。約十三年（八七二），入為著作佐郎，歷官太常博士、毗陵副使等。黃巢入京，以皮日休為翰林學士。約卒於中和三年（八八三）。

皮日休有一些詩歌抨擊時弊、同情人民疾苦。這方面詩歌，以《正樂府十篇》為代表。如〈橡媼歎〉：

秋深橡子熟，散落榛蕪岡。傴傴黃髮媼，拾之踐晨霜。移時始盈掬，盡日方滿筐。幾曝復幾蒸，用作三冬糧。山前有熟稻，紫穗襲人香。細穫又精舂，粒粒如玉璫。持之納於官，私室無倉廂。如何一石餘，只作五斗量？狡吏不畏刑，貪官不避贓。農時作私債，農畢歸官倉。自冬及於春，橡實誑飢腸。吾聞田成子，詐仁猶自王。吁嗟逢橡媼，不覺淚沾裳。

詩歌一方面同情橡媼的淒慘生活，一方面對「狡吏」、「貪官」予以強烈的批判。《正樂府十篇》中的其他篇章，如〈卒妻怨〉、〈貪官怨〉、〈農父謠〉、〈路臣恨〉等，基本上繼承了白居易新樂府詩歌精神。除此之外，皮日休還有一些反映現實的作品，如《三羞詩》其二：「南荒不擇吏，致我交阯覆。綿聯三四年，流為中夏辱。儒者鬥即退，武者兵則黷。」（節錄）詩歌描述戰亂給國家和民眾帶來的危害，體現「惟歌生民病」的現實主義追求。

皮日休唱和詩篇，聲名尤甚。《唐才子傳》卷八云：「夫次韻唱酬，其法不古，元和以前，未之見也。暨令狐楚、薛能、元稹、白樂天集中，稍稍開端。以意相和之法，漸廢閒作。逮日休、龜蒙，則飆流頓盛，猶空谷有聲，隨響即答。韓偓、吳融以後，守之愈篤，汗漫而無禁也。於是天下翕然，順下風而趨，至數十反而不已，莫知非焉。」皮日休與陸龜蒙合稱「皮陸」，賀裳《載酒園詩話又編》：「皮、陸並稱，吾之景皮，更甚於陸。」這些唱和詩，大部分收集於《松陵集》。

其抒情寫景詩別有風味，如〈西塞山泊漁家〉：

白綸巾下髮如絲，靜倚楓根坐釣磯。中婦桑村挑葉去，小兒沙市買蓑歸。
雨來蓴菜流船滑，春後鱸魚墜釣肥。西塞山前終日客，隔波相羨盡依依。

詩一、二句描摹漁家的形態以及日常工作；三、四句介紹漁家家人活動狀況；五、六句描寫西塞山周邊自然風光；尾二句抒發詩人客旅他鄉的感慨。全詩描摹了詩人西塞山前所見，淡雅而又別致，樸拙而又清新。又如〈秋江曉望〉：「萬頃湖天碧，一星飛鷺白。此時放懷望，不厭為浮客。」這些詩，似乎遠離了晚唐亂世，體現了皮日休詩歌的另一風格。

皮日休文名頗高。其中一些篇章，也表現出關注社會現實的特點。如〈憂賦〉：「王道不宣，皇綱不維。元惡作矣，大盜乘之。是臣憂也。」又如〈白門表〉：「上於徐卒厚矣。今乃忘上恩，叛主帥，逐天子命將，殘天子兆民。如此。逆之甚也，上又活其半……」皮文中閃亮著光芒的是一些小品文，這些文章，具有強烈的諷刺批判精神。如〈鹿門隱書〉：

古之官人也，以天下為己累，故己憂之。今之官人也，以己為天下累，故人憂之。

又如：

古之殺人也，怒；今之殺人也，笑。

古之用賢也，為國；今之用賢也，為家。
古之酗醬也，為酒；今之酗醬也，為人。
古之置吏也，將以逐盜。今之置吏也，將以為盜。

文章以古襯今，寥寥數語，對禍國殃民的惡吏予以無情的譏諷。文辭鋒芒畢露，力量直透紙背。

二、陸龜蒙

陸龜蒙（？—八八一？），字魯望，吳郡（今江蘇蘇州）人，自稱江湖散人，別號天隨子、甫里先生。咸通十年（八六九），皮日休主持蘇州鄉試，龜蒙獲貢舉，然因兵亂未克成行。後經皮日休薦，入蘇州刺史崔璞幕。後屢入幕府，仕途未達。約中和元年（八八一），卒。昭宗光化三年（九〇〇），追賜進士及第，贈右補闕。

陸龜蒙部分詩作有力而辛辣地批判現實的腐朽與黑暗。如〈崦里〉：「今來九州內，未得皆恬然。賊陣始吉語，狂波又凶年。吾翁欲何道，守此常安眠。笑我掉頭去，蘆中聞刺船。」《築城詞二首》：「城上一培土，手中千萬杵。築城畏不堅，堅城在何處。」、「莫歎將軍逼，將軍要卻敵。城高功亦高，爾命何勞惜。」這些詩，或揭露戰亂罪行、或同情民生、或憂慮邊事，其風格，和白居易新樂府詩歌追求是一致的。尤其是陸詩的諷刺藝術，長期為人稱頌。

陸龜蒙與皮日休齊名，並稱「皮陸」，《松陵集》收錄陸龜蒙唱和詩甚多。如〈和襲美春夕酒醒〉：

幾年無事傍江湖，醉倒黃公舊酒壚。覺後不知明月上，滿身花影倩人扶。

襲美，詩人皮日休的表字。這首詩首句反映了浪跡江湖的無限自在；次句表達自己放達縱飲的生活態度；第三句承前啟後；第四句描寫歸去倩人攙扶的醉態。全詩融「花」、「月」、「影」、「醉人」於一體，繪出一幅春夕醉酒圖。言語之中，寄託著生平遭遇的感歎。

陸詩善於敘事、描寫、抒情。如〈懷宛陵舊遊〉：

陵陽佳地昔年遊，謝朓青山李白樓。唯有日斜溪上思，酒旗風影落春流。

宛陵，漢宛陵縣，屬丹陽郡。詩歌追懷宛陵舊遊事蹟，描寫生動，形神兼備。沈德潛《唐詩別裁集》卷二〇評本詩末句曰：「佳句，詩中畫本。」

陸龜蒙文大多收於他乾符六年編的《笠澤叢書》中。其文針對現實，運用諷刺手法，大膽的予以揭露譴責。如〈野廟碑〉，文章前半部分，作者描述甌粵間好事鬼之習俗，悲憤的指出：「豈不以生能禦大災捍大患，其死也則血食於生人，無名之土木，不當與禦災捍患者為比，是戾於古也明矣。」在此基礎上，作者進一步針對現實說道：「今之雄毅而碩者有之，溫願而少者有之，升階級，坐堂筵，耳弦匏，口粱肉，載車馬，擁徒隸者，皆是也。解民之懸，清民之暍，未嘗貯於胸中。民之當奉者一日懈怠，則發悍吏，肆淫刑，毆之以就事。較神之禍福，孰為輕重哉？平居無事，指為賢良。一旦有天下之憂，當報國之日，則恇撓脆怯，顛躓竄踣，乞為囚虜之不暇。此乃纓弁言語之土木耳，又何責其真土木耶？故曰以今言之，則庶乎神之不足過也。」作者以辛辣的筆調，諷刺了「雄毅而碩者」、「溫願而少者」等醜惡行為。全文今昔對比，詼諧而又有力。又如〈記稻鼠〉，文章將掠奪民眾財產的主上喻為害人之鼠，表現作者對不勞而食的害民行為的不滿。又如〈祀灶解〉、〈蟹志〉、〈說鳳尾諾〉、〈象耕鳥耘辨〉等，或借用寓言，或妙用比擬，或託古諷今，具有較強的諷刺力量。

三、杜荀鶴和聶夷中

杜荀鶴（八四六—九〇四），池州石埭（今安徽石臺）人，號九華山人。大順二年（八九一）進士及第。田頵在宣州，辟為從事。朱溫表薦授主客員外郎等職。天祐元年（九〇四），患疾卒。

杜荀鶴繼承杜甫、白居易詩歌傳統，積極關心現實生活，他說自己「未成終老計，難致此身閒」（〈與友人話別〉），他希望能夠「遠分天子命，深要使君知」（〈送友人牧江州〉），他認為作詩應當「言論關時務，篇章見國風」（〈秋日山中寄李處士〉）等等。這些詩，反映唐末軍閥混戰局面下的社會矛盾和下層人民的悲慘遭遇。現以〈山中寡婦〉為例：

> 夫因兵死守蓬茅，麻苧衣衫鬢髮焦。桑柘廢來猶納稅，田園荒後尚徵苗。時挑野菜和根煮，旋斫生柴帶葉燒。任是深山更深處，也應無計避征徭。

詩乃杜荀鶴登第前客遊大梁（今河南開封）所作《時世行十首》之一。一、二兩句介紹農家婦女的不幸遭遇；三、四兩句介紹農家婦女所承受的苛重賦稅壓榨；五、六兩句抒寫農家婦女的困苦生活處境；七、八兩句詩人痛斥殘酷的賦稅剝削制度。這首詩，體現了詩人感於時事、緣情而發的樂府詩精神。

杜荀鶴也有部分詩篇感歎身世、流露出棄官歸隱思想，如〈旅中臥病〉：「風射破窗燈易滅，月穿疏屋夢難成。故園何啻三千里，新雁纔聞一兩聲。」詩歌描述羈旅生活，流露出詩人內心愁苦與悲痛。又如〈秋日懷九華舊居〉：「吾道在五字，吾身寧陸沉。涼生中夜雨，病起故山心。燭共寒酸影，蛩添苦楚吟。何當遂歸去，一徑入松林。」詩歌憶古思今，述說自己歸隱情懷，詩風悲涼。

杜荀鶴有一些吟詠山水景物詩。如〈湘江秋夕〉：「三湘月色三湘水，浸骨寒光似練鋪。一夜塞鴻來不住，故鄉書信半年無。」詩歌描摹三湘水月，情繫故鄉親人。又如〈秋宿山館〉：「斜風吹敗葉，寒燭照愁人。」〈登山寺〉：「有果猿攀樹，無齋鴿看僧。」這些詩多以寫意為主，格調深沉，詩風悲涼。

荀鶴長於近體，尤以七律為最。他雖不用樂府詩形式，但卻能很好的繼承樂府詩歌精神，詩風淺易委婉。他說「自小僻於詩，篇篇恨不奇。苦吟無暇日，華髮有多時」（〈投李大夫〉），他還說「苦吟吟不足，爭忍話離群」（〈浙中逢詩友〉）。嚴羽《滄浪詩話．詩體》列杜荀鶴體。《唐才子傳》卷九云：「極事物之情、足丘壑之趣，非易能極者也。」可見，杜荀鶴詩狀物抒情的成就。

聶夷中（八三七？—八八四？），字坦之，河南中都（今河南沁陽）人。一說河東人。咸通十二年（八七一），進士及第。滯留長安日久，補調華陰尉。此後，夷中生平事蹟難以確考。

聶夷中存詩不多，其中部分詩篇對統治階級的剝削以及晚唐黑暗現實進行了揭露批判，對廣大農民的疾苦寄予深切的同情。如〈傷田家〉：

二月賣新絲，五月糶新穀。醫得眼前瘡，剜卻心頭肉。
我願君王心，化作光明燭。不照綺羅筵，只照逃亡屋。

題一作〈詠田家〉。詩開篇就揭露農家「賣青」的悲慘現實；次二句用比喻描繪田家的慘痛心境；「我願君王心」以下四句表達詩人改良現實的願望。詩語言簡練，描寫深刻具體，「醫得眼前瘡，剜卻心頭肉」成為千古傳誦名句。

聶夷中也有部分詩作反映他困苦的人生經歷，如〈住京寄同志〉：「在京如在道，日日先雞起。不離十二街，日行一百里。役役大塊上，周朝復秦市。貴賤與賢愚，古今同一軌。白兔落天西，赤鴉飛海底。一日復一日，日日無終始。」詩歌描寫了京畿生活光景，隱隱露出詩人的困頓與辛酸。又如〈短歌〉：「榮華忽銷歇，四顧令人悲。……無言鬢似霜，勿謂髮如絲。」〈飲酒樂〉：「草木猶須老，人生得無愁。一飲解百結，再飲破百憂。白髮欺貧賤，不入醉人頭。」這些詩歌，寄託了詩人深沉的人生哀歎，顯示了聶詩另一風格特徵。

第四節　溫庭筠、韓偓等詩人

在晚唐亂世生活環境中，詩人們幾乎沒有實現功業抱負的可能。於是，一部分詩人的作品題材退回到自己的狹小生活範圍裡，內容上，以表現個人的亂世傷痛與惆悵為主。詩調憂傷低沉，詩風儂麗綺豔。其代表詩人是溫庭筠、韓偓，另有唐彥謙等人。

一、溫庭筠

溫庭筠（八〇一？—八六六？），本名岐，字飛卿，太原祁（今山西祁縣）人，唐初宰相溫彥博之後裔。早年以詞賦知名。開成四年（八三九）試京兆，名登榜副卻因故罷舉，之後屢試不第。溫庭筠為人放蕩不羈，宣宗大中九年（八五五），沈詢主春闈，溫庭筠攪擾場屋。咸通四年（八六三），為虞侯折齒壞面。約咸通七年（八六六），任國子助教。未久，卒。據《唐摭言》、《唐詩紀事》等記載，溫庭筠才思敏捷。每試，燭下未嘗起草，但籠袖凭几，叉手一吟便成一韻，時人亦稱之「溫八叉」、「溫八吟」。

他的詩多寫閨閣與情愛，如〈織錦詞〉寫織錦女子別離相思之情：

丁東細漏侵瓊瑟，影轉高梧月初出。簇簌金梭萬縷紅，鴛鴦豔錦初成匹。
錦中百結皆同心，蕊亂雲盤相間深。此意欲傳傳不得，玫瑰作柱朱弦琴。
為君裁破合歡被，星斗迢迢共千里。象尺熏爐未覺秋，碧池已有新蓮子。

開篇描寫月夜環境，烘托悲涼氣氛。接著寫織刺錦繡的過程，描繪織錦女子先後繡成豔錦鴛鴦、百結同心、蕊亂雲盤等，再寫織錦女織錦繡花的目的，最後「未覺秋」、「新蓮子」寫女子織錦時的慨歎。這些描寫，一方面表現了織錦女子對千里之外的心上人愛戀思念，同時，對所思之人另有新歡又有一絲幽怨。又如〈舞衣曲〉、〈春愁曲〉、〈張靜婉採蓮曲〉等，或寫男女情歡，或寫美人閨怨等，這類詩歌，大多遠離現實，前人批評溫詩輕薄，多指這類詩歌。

溫庭筠有一些懷古作品，如〈過五丈原〉、〈過陳琳墓〉、〈蘇武廟〉等，這些詩多有登高懷遠、借古抒懷的特點。溫庭筠一些羈旅述懷詩，景物描寫頗具功力。如〈商山早行〉、〈經舊遊〉；溫庭筠也有一些邊塞詩，如〈塞寒行〉等。

在藝術上，溫詩效法齊梁詩體與樂府民歌，其詩歌特點明顯。如〈商山早行〉：

晨起動征鐸，客行悲故鄉。雞聲茅店月，人跡板橋霜。
槲葉落山路，枳花明驛牆。因思杜陵夢，鳧雁滿回塘。

商山，也叫楚山，在今陝西商縣東南。詩寫於宣宗大中末年，時詩人離開長安，途經商山。詩首聯寫早行以及羈旅愁思；頷聯寫晨起初登征途所見；頸聯寫沿途所見以及回望驛牆景色；尾聯寫詩人因目睹旅途早行景色而聯想起昨夜思鄉之夢。詩用白描手法，形象生動地勾畫出一幅遊子山村晨行圖。又如〈過分水嶺〉：

溪水無情似有情，入山三日得同行。嶺頭便是分頭處，惜別潺湲一夜聲。

分水嶺，疑為今陝西略陽東南的嶓塚山。此地是秦蜀或秦梁間往來必經之地，在唐代是著名的交通要道。題「過分水嶺」，實際上是寫沿小溪過分水嶺的一段行程。首句寫溪水；次句寫小溪相伴的旅程；第三句寫分離；第四句寫惜別。詩人想像豐富，化無情為有情，達到豐富曲折與自然平易的和諧統一。

溫庭筠與李商隱齊名，並稱「溫李」。與李商隱、段成式詩風接近，三人均排行十六，時稱「三十六體」（《舊唐書‧文苑傳》）。

二、韓偓和唐彥謙

韓偓（八四二—九二三），字致堯，小字冬郎，號玉山樵人，京兆萬年（今陝西西安）人。龍紀元年（八八九），進士及第。乾寧三年（八九六），授刑部員外郎，歷官司勳郎中兼侍御史知雜事、為翰林學士、中書舍人、諫議大夫等。天復元年（九〇一），拜兵部侍郎、翰林學士承旨。二年（九〇二），由兵部侍郎改戶部侍郎、知制誥，依前為承旨。三年（九〇三），貶濮州司馬。後棄官南下，累居湖南、江西、福建等地。約五代後唐莊宗同光元年（九二三），卒於福建泉州南安。

韓偓有較多的詩篇抒寫男女情愛。他有《香奩集》，收詩百篇，多為這類題材。如〈寄恨〉：「秦釵枉斷長條玉，蜀紙虛留小字紅。死恨物情難會處，蓮花不肯嫁春風。」〈深院〉：「鵝兒唼啑梔黃咀，鳳子輕盈膩粉腰。深院下簾人晝寢，紅薔薇架碧芭蕉。」這些詩，或敘男女愛戀事蹟，或描摹女性形象，或敘女子相思，或抒閨人幽怨，有些甚至到了淫狎放浪的地步。因此，前人對他這類詩評價不高。如魏慶之《詩人玉屑》卷一六說：「《香奩集》麗而無骨。」不過，韓偓這類題材詩中也有一些好詩。如〈夜深〉：「惻惻輕寒翦翦風，小梅飄雪杏花紅。夜深斜搭秋千索，樓閣朦朧煙雨中。」詩歌描寫女子夜晚所見、所感、所為，輕寒、小梅、飄雪等意象，細膩傳神的表達了女子內心情感活動。全詩語詞清新，含蓄雋永，尤其是末句，即情即景，引人遐思。

韓偓也有些詩歌，其內容以傷悼壯志破滅、國家敗亡、民生疾苦，以及表現其對禍國黨人的憤慨為主。如〈自沙縣抵龍溪縣值泉州軍過後村落皆空因有一絕〉：

水自潺湲日自斜，盡無雞犬有鳴鴉。千村萬落如寒食，不見人煙空見花。

詩中沙縣、龍溪縣、泉州均在今福建境內。詩歌首二句寫詩人旅途所見之荒涼，次二句寫詩人入村所見之悲慘，既溫婉含蓄又極富諷刺力量。其他，如〈息兵〉、〈故都〉、〈息慮〉、〈感事三十四韻〉、〈秋郊閒望有感〉等，史詩般的記載了唐朝滅亡前後的社會現實。

韓偓近體詩成就較高。鄭方坤《五代詩話・例言》把韓偓與韋莊、羅隱合稱「華嶽三峰」。如〈寒食夜〉：「清江碧草兩悠悠，各自風流一種愁。正是落花寒食夜，夜深無伴倚南樓。」詩歌描寫景物形態以及人物活動、心境，十分傳神。又如〈春盡〉：

惜春連日醉昏昏，醒後衣裳見酒痕。細水浮花歸別澗，斷雲含雨入孤村。
人閒易有芳時恨，地勝難招自古魂。慚愧流鶯相厚意，清晨猶為到西園。

春盡，即春天消逝。詩作於韓偓晚年寓居南安時。首聯以飲酒表達悼惜春光的哀痛心情；頷聯描寫暮春景色；

頸聯由寫景轉入抒發春歸引起的悵恨；尾聯借流鶯厚意消解春愁。全詩情景交融，沉摯動人。

唐彥謙（？—八九三？），字茂業，號鹿門先生，并州晉陽（今山西太原）人。彥謙應進士舉，屢不中，一說咸通二年（八六一）中進士。王重榮鎮守河中，辟為從事，累遷河中節度副使，晉、絳二州刺史等。昭宗景福二年（八九三）前後，卒於漢中。

唐彥謙集中多為羈旅、贈別、懷古之作，如〈聞應德茂先離棠溪〉：「落日蘆花雨，行人穀樹村。青山時問路，紅葉自知門。」又如〈留別〉、〈憶孟浩然〉等。唐彥謙亦有部分反映民生疾苦的詩篇，如〈採桑女〉、〈宿田家〉。唐彥謙抒情寫景，頗具韻味，如〈八月十六日夜月〉、〈垂柳〉、〈松〉、〈梅〉、《蘭二首》等。

唐彥謙詩文水準很高，辛文房《唐才子傳》卷九：「博學足藝，尤長於詩，亦其道古心雄，發言不苟，極能用事，如自己出。初師溫庭筠，調度逼似，故多纖麗之詞。後變淳雅，尊崇工部。唐人效甫者，惟彥謙一人而已。」如〈垂柳〉：

絆惹春風別有情，世間誰敢鬥輕盈？楚王江畔無端種，餓損纖腰學不成。

這首詩起句描寫垂柳的性格與情韻；次句寫垂柳的形態；後二句抒發詩人對上層統治者昏庸無能的不滿與憤慨之情。全詩以比興成篇，文辭幽默，趣味盎然。

第五節　鄭谷、韋莊、羅隱等詩人

晚唐後期，社會愈益動盪不安。在亂世劫難之中，詩歌風格又有所變化。顛簸流離、喪亂見聞與感受等，成為詩歌的主要內容。這一時期的詩風比較複雜，滄桑悲涼是其中主要的詩歌氣韻。代表詩人有鄭谷、韋莊、羅隱等人。

一、鄭谷

鄭谷（八五一—九一〇），字守愚，袁州宜春（今江西宜春）人。鄭谷屢試不第。黃巢入京，隨僖宗奔蜀。光啟三年（八八七），進士及第，授鄠縣尉，曾兼攝京兆府曹參軍。歷官右拾遺、都官郎中等，人稱「鄭都官」。約天復三年（九〇三），入蜀。後歸故里，卒。

鄭谷部分詩篇描寫自己亂離之痛。其中，〈淮上與友人別〉最為有名：

揚子江頭楊柳春，楊花愁殺渡江人。數聲風笛離亭晚，君向瀟湘我向秦。

淮上即揚州。詩一、二兩句點明別離時間、地點以及別離環境；三、四兩句寫離亭別宴與別離方向。詩人於揚子江頭別友人，選取「君」、「我」對舉，以「楊」、「向」重疊，極具詠歎的韻味。

鄭谷的寫景、詠物詩，風格清麗，感情豐富，韻味深長。如〈柳〉：「半煙半雨江橋畔，映杏映桃山路中。會得離人無限意，千絲萬絮惹春風。」首句寫「江橋畔」柳樹的形態特點；次句寫山路行走，杏桃相伴；第三句點破離情；第四句一語雙關，既寫柳樹嫵媚，又寫離人愁思緒。又如〈鷓鴣〉：

暖戲煙蕪錦翼齊，品流應得近山雞。雨昏青草湖邊過，花落黃陵廟裡啼。
遊子乍聞征袖濕，佳人纔唱翠眉低。相呼相應湘江闊，苦竹叢深春日西。

詩首聯詠鷓鴣形貌；頷聯詠鷓鴣啼唱環境；頸聯抒寫聽聞感受；尾聯想像聯想，抒發羈旅鄉思之愁。全詩構思奇妙，名為詠物，實為詠人。意象、構圖、動靜，極為講求，由物象到人事，過渡自然。語詞簡潔，詩句含蓄。《唐才子傳》卷九云：「又嘗賦〈鷓鴣〉，警絕，復稱鄭『鷓鴣』云。」可見，鄭谷這首詩的藝術成就很高。

鄭谷曾與許裳、張喬等唱和往還，號「芳林十哲」。歐陽脩《六一詩話》云：「鄭谷詩名盛于唐末，號《雲臺編》，而世俗但稱其官，為『鄭都官詩』。其詩極有意思，亦多佳句，但其格不甚高。以其易曉，人家多以教小兒。余為兒時猶誦之，今其集不行於世矣。」

二、韋莊

韋莊（八三六？—九一〇），字端己，京兆杜陵（今陝西西安）人。乾寧元年（八九四），登進士第，釋褐授校書郎。光化三年（九〇〇），除左補闕。天復元年（九〇一），應王建辟，入蜀為掌書記。天祐三年（九〇六），遷西蜀安撫副使。後梁開平元年（九〇七），王建稱帝，拜韋莊為左散騎常侍判中書門下平章事。開平二年（九〇八）八月，官門下侍郎同平章事。三年（九〇九）正月，以韋莊為吏部侍郎同平章事。蜀武成三年（九一〇）八月，卒。

韋莊詩歌較為廣闊地反映了唐末動盪的社會面貌，詩人憂時傷亂，對醜惡與黑暗表達了強烈的不滿。唐僖宗中和三年，韋莊在洛陽逢逃難歸來之秦婦，聞其不幸遭遇，撰成名篇〈秦婦吟〉，詩歌廣泛深入的反映戰亂社會的方方面面，韋莊亦因此有「〈秦婦吟〉秀才」之稱。又如〈憫耕者〉：「何代何王不戰爭，盡從離亂見清平。如今暴骨多於土，猶點鄉兵作戍兵。」〈壺關道中作〉：「處處兵戈路不通，卻從山北去江東。黃昏欲到壺關寨，匹馬寒嘶野草中。」這些詩，其事多為詩人目睹，詩人以實錄的筆法記載了戰亂及其所帶來的危害。

他有一部分懷古詩成就很高。如〈臺城〉：

江雨霏霏江草齊，六朝如夢鳥空啼。無情最是臺城柳，依舊煙籠十里堤。

這首詩憑弔六朝古跡，一、二句描繪臺城春雨江草，敘說六朝繁華如夢遠逝；三、四句寫臺城柳逢春枝繁葉茂對比人世滄桑。又如〈金陵圖〉、〈上元縣〉等，這些詩，詩人弔古傷今，寄寓較為深刻。

韋莊還有一些抒寫羈旅情懷、感傷個人不幸遭遇的詩篇。如〈古離別〉：

晴煙漠漠柳鬖鬖，不那離情酒半酣。更把馬鞭雲外指，斷腸春色在江南。

題一作〈多情〉。首句描寫日麗風和的美景；次句敘說離筵別宴的傷感；三、四兩句想像江南春色，抒發江南離情。這首詩色調鮮明，音節諧美，淺而不露，清新別致。又如，〈思歸〉、〈江外思鄉〉、〈多情〉等，詩人或客居思鄉，或漂離思親，都打上較深的亂世烙印。

韋莊有一部分寫景詩。如〈秋日早行〉：

上馬蕭蕭襟袖涼，路穿禾黍繞宮牆。半山殘月露華冷，一岸野風蓮萼香。
煙外驛樓紅隱隱，渚邊雲樹暗蒼蒼。行人自是心如火，兔走烏飛不覺長。

這首詩敘寫一次早行的經歷，首兩句介紹晨起踏上征程；三、四句寫初登征程所見景象；五、六句由回望驛樓寫到眺望前路；尾兩句描述羈旅心境。全詩由視覺寫到感覺，由感覺寫到內心感受，融敘事、描寫、抒情於一爐。

韋莊在唐末詩壇有一定的影響。《唐才子傳》卷一〇評韋莊：「莊早嘗寇亂，間關頓躓……故於流離漂泛，寓目緣情，子期懷舊之辭，王粲傷時之製，或離群軫慮，或反袂興悲，四愁九怨之文，一詠一觴之作，俱能感動人也。」翁方綱《石洲詩話》卷二：「韋莊在晚唐之末，稍為官樣，雖亦時形淺薄，自是風會使然，勝於咸通十哲多矣。」鄭方坤《五代詩話・例言》把他與韓偓、羅隱並稱為「華嶽三峰」。

三、羅隱等詩人

羅隱（八三三—九〇九），字昭諫，新城（今浙江富陽）人。試進士，屢舉不第。咸通十二年（八七一），官衡陽主簿，俄去任。光啟年間，吳越王錢鏐表薦錢塘令，遷著作郎，辟掌書記。天祐三年（九〇六），轉司勳郎中，充鎮海節度判官。約後梁開平二年（九〇八），錢鏐表授吳越國給事中。三年（九〇九），遷鹽鐵轉運使，卒，享年七十七歲。

羅隱有一部分詩歌反映了唐末亂世現實。如〈雪〉：「盡道豐年瑞，豐年事若何？長安有貧者，為瑞不宜多！」〈汴河〉：「當時天子是閒遊，今日行人特地愁。柳色縱饒粧故國，水聲何忍到揚州。乾坤有意終難會，黎庶無情豈自由。應笑秦皇用心錯，謾驅神鬼海東頭。」這些詩歌，描述戰亂，同情民眾。尤其是揭露批判統治者，頗具諷刺力量。

羅隱詠史詩甚有特色。如〈西施〉：

家國興亡自有時，吳人何苦怨西施。西施若解傾吳國，越國亡來又是誰？

詩歌借用春秋吳越爭霸時西施誤國典故，一、二句詩人提出自己的觀點，反對將亡國的責任強加在西施身上；

三、四兩句運用事理上推論，進一步申述觀點。人們多認為吳王為美色誤國，故將吳國滅亡的原因歸咎於越國美女西施。作者在詩中，給這一論點當頭一擊，矛頭直指皇帝等統治者。全詩邏輯性強，讀來鋒芒逼人。

羅隱也有一些感歎身世、發洩憤懣之作，如〈自遣〉：「得即高歌失即休，多愁多恨亦悠悠。今朝有酒今朝醉，明日愁來明日愁。」表現了亂世文人的無奈。

羅隱詩歌雄渾豪邁。賀裳《載酒園詩話又編》：「(羅隱)詩獨帶粗豪氣，絕句尤無韻度，酷類宋人。」李調元《雨村詩話》卷下：「其詩堅渾雄博，亦自老杜得來。」但他也有一些詩歌憂傷低沉。如〈魏城逢故人〉：「一年兩度錦江遊，前值東風後值秋。芳草有情皆礙馬，好雲無處不遮樓。山將別恨和心斷，水帶離聲入夢流。今日因君試回首，淡煙喬木隔綿州。」詩首聯概敘一年兩遊錦江；頷聯具體寫錦江遊蹤；頸聯寫告別錦江山水的離愁別恨；尾聯抒發對錦江的留戀之情。詩感情真摯，形象新穎，結構工巧。

羅隱文名很高。他主張以文反映社會現實，文風推崇嵇康等人。如〈答賀蘭友書〉：「然僕之所學者，不徒以競科級於今之人，蓋將以窺昔賢之行止，望作者之堂奧，期以方寸廣聖人之道。可則垂於後代，不可則庶幾致身於無愧之地。寧復虞時人之罪僕者與？夫禮貌之於人，去就流俗不可以不時。其進於秉筆立言，扶植教化，當使前無所避，後無所遜，豈以吾道沉浮於流俗者乎？」〈上太常房博士啟〉：「所以嵇康奏樂，忿魑魅以爭光。劉子嘗生，奈鬼神之相笑。那言不幸，一至於斯。」可見，其文以譏刺為主。咸通八年（八六七），乃自編其文為《讒書》，全集充滿了諷刺批判精神。如〈畏名〉：「瞭者與瞍者語於暗，其辟是非，正興替，雖君臣父子之間，未嘗以牆壁為慮。一童子進燭，則瞍者猶舊，而瞭者噤不得呻。豈其人心有異同，蓋牽乎視瞻故也。是以退幽谷則思行道，入朝市則未有不畏人。吁！」文章類似寓言，用「瞭者」、「瞍者」在黑暗和光明面前不同的反應對比，譏刺人心難測的社會狀況。又如〈英雄之言〉譏刺那些標榜救濟民生的英雄，〈說天雞〉憂慮大道崩壞，〈辯害〉批判君臣上下不正之為害等等，多針對現實問題，有感而發。藝術上，篇幅短小，文筆精練，諷刺藝術較高。

王駕（生卒年不詳），字大用，河中蒲州（今山西永濟）人，號守素先生。昭宗大順元年（八九〇），楊贊禹榜進士及第，釋褐，授校書郎，仕至禮部員外郎。後棄官遁於別業。與鄭谷、司空圖詩友唱和。王駕詩多已佚失，僅現存詩觀之，其描寫生活情趣的詩歌，成就頗高。如〈雨晴〉：「雨前初見花間蕊，雨後兼無葉裡花。蛺蝶飛來過牆去，卻疑春色在鄰家。」題一作〈晴景〉。詩前兩句緊扣「花」字，以「雨前」、「雨後」對比，表達詩人惜春之情；三、四句描寫蜂蝶逐春的神態。全詩一石二鳥，既是寫物象，又是寫人事，讀來妙趣橫生。「卻疑春色在鄰家」，詩論家多以之為「神來之筆」。其他，如〈夏雨〉等，亦具快活自然，清新別致的特點。

第十二章　唐代傳奇與俗講變文

唐代文學，在詩文取得很高成就的同時，其他文體，如唐傳奇、俗講、變文等，也進入一個新時期。尤其是唐傳奇，唐人寫下了中國敘事文學史上光輝的篇章。這些篇章，標誌著文人小說進一步走向成熟。

第一節　唐代傳奇

一、傳奇及唐代傳奇興盛的文化背景

「傳奇」，大約由晚唐裴鉶小說集《傳奇》而得名。陳師道《後山詩話》：「范文正公為〈岳陽樓記〉，用對語說時景，世以為奇。尹師魯讀之，曰：『傳奇體爾！』傳奇，唐裴鉶所著小說也。」由此可見，北宋時代，「傳奇」已被視為文體名稱。吳自牧《夢粱錄》卷二〇「小說講經史」云：「且小說名『銀字兒』，如『胭粉靈怪』、『傳奇公案』……」胡應麟《少室山房筆叢》卷一三將小說分為志怪、傳奇、雜錄、叢談、辯訂、箴規六種，其謂「傳奇」：「《飛燕》、《太真》、《崔鶯》、《霍玉》之類是也。」又云：「至於志怪、傳奇，尤易出入，

或一書之中二事並載，一字之內兩端具存，姑舉其重而已。」這說明，「傳奇」長期被看作小說的一個分類，大概指《崔鶯鶯傳》、《霍小玉傳》等。同時也應注意到，「傳奇」概念的複雜性。胡應麟《少室山房筆叢》卷二五云：「傳奇之名，不知起自何代。陶宗儀謂唐為傳奇，宋為戲諢，元為雜劇，非也。唐所謂傳奇，自是小說書名，裴鉶所撰。」陶宗儀為元末明初人，可見，至明代，何謂「傳奇」，尚有爭議。

唐傳奇受漢魏六朝文學影響。漢魏六朝時志怪小說取得了較高的成就，如《神異經》（漢，東方朔）、《十洲記》（題東方朔撰）、《漢武帝故事》（題班固撰）、《漢武洞冥記》（題漢郭氏撰）、《列異傳》（傳為曹丕撰）、《神仙傳》（晉，葛洪）、《搜神記》（晉，干寶）、《靈鬼志》（晉，荀氏）、《甄異傳》（晉，戴祚）、《異苑》（晉，劉敬叔）、《幽明錄》（南朝宋，劉義慶）等。志怪小說的繁榮，其題材內容、藝術經驗等，均影響了唐人傳奇創作。魯迅認為「傳奇者流，源蓋出於志怪」（《中國小說史略》），恰當的指出了志怪與唐人傳奇的文化關係。唐人在借鑑志怪小說經驗同時，也積極實踐創新。胡應麟《少室山房筆叢》卷二〇說：「凡變異之談，盛於六朝，然多是傳錄舛訛，未必盡幻設語。至唐人乃作意好奇，假小說以寄筆端。」魯迅也說：「小說亦如詩，至唐代而一變，雖尚不離於搜奇記逸，然敘述婉轉，文辭華豔，與六朝之粗陳梗概者較，演進之跡甚明，而尤顯者乃在是時則始有意為小說。……此類文字，當時或為叢集，或為單篇，大率篇幅曼長，記敘委曲，時亦近於俳諧，故論者每訾其卑下，貶之曰『傳奇』，以別于韓柳輩之高文。」（《中國小說史略》）可見，與漢魏六朝志怪相比，唐傳奇具有三個特徵：第一，「奇」，即奇人奇事；第二，有意為之；第三，篇幅曼長，敘述婉轉，文辭華豔。

唐傳奇的繁榮，亦有賴於唐人對史傳文學經驗的借鑑。《史記》以還，人物傳記創作方法日臻成熟，其敘事方式、情節結構、人物描寫等藝術經驗，對敘事文學有著較大的影響。唐傳奇作家，有一部分和「史」有聯繫。他們或為史官，或曾參與修史等工作。如王度，曾奉詔修國史。又如沈既濟，據《新唐書·沈既濟傳》記載，楊炎執政，薦既濟有良史才，召拜左拾遺、史館修撰。《新唐書・藝文志》乙部實錄類著錄沈既濟〈建中實錄〉，職官類著錄其〈選舉志〉。陳鴻自謂「臣少學乎史氏，志在編年。貞元丁酉歲登太常第，始閒居遂志，乃修大紀三十卷，正統年代，隨甲子紀年，書事條貫興廢，舉王制之大綱」（〈大統紀序〉）。這樣，傳奇作家有條件、也有可能學習史傳文學藝術技巧，並把它們遷移到傳奇創作實踐之中。

唐傳奇的繁榮，和唐代城市及商業經濟的發展是分不開的。唐建國後，李淵、李世民致力於國力的恢復，到唐玄宗開元年間，政治清明，國家富強，天下大治，全國出現了長安、洛陽、杭州、揚州等經濟文化繁榮的大都市。城市發展，商業經濟繁榮，隨之產生了市民文化消費的需求。雖然，中唐以後，唐王朝日趨衰落，但城市經濟繁榮所帶來的影響仍在繼續。這樣，不僅為唐傳奇發展提供了需要，而且也提供了素材可能。段成式《酉陽雜俎續集》卷四：「予大和末因弟生日觀雜戲，有市人小說。」據「雜戲」、「市人小說」等可以看出，市民的需求刺激了市井藝術的繁榮。《李娃傳》關於「凶肆」的描寫：「初，二肆之傭凶器者，互爭勝負。其東肆車輿皆奇麗，殆不敵。唯哀挽劣焉。其東肆長知生妙絕，乃醵錢二萬索顧焉。其黨耆舊，共較其所能者，陰教生新聲，而相讚和。」這段材料，雖未必和唐代「凶肆」實際完全相符，但據此可以看出，經濟生活材料對傳奇作家的影響。

唐代科舉考試，對傳奇也有一定的影響。趙彥衛《雲麓漫鈔》卷八：「唐之舉人，多先藉當世顯人，以姓名達之主司，然後以所業投獻。踰數日又投，謂之溫卷。如《幽怪錄》、《傳奇》等皆是也。蓋此等文備眾體，可以見史才、詩筆、議論。」雖然溫卷未必是唐傳奇繁榮的主要動因，其對提高傳奇作家的興趣等，也起到了一定作用。

唐傳奇與唐代其他文學樣式的繁榮也有密切關係。如白居易創作〈長恨歌〉，陳鴻有《長恨歌傳》；元稹既創作了《鶯鶯傳》，又寫下了〈會真詩三十韻〉、〈鶯鶯詩〉等豔詩；韓愈寫過〈毛穎傳〉，柳宗元寫過〈河間傳〉等，據此可以看出，唐代詩歌成就、古文興盛、新樂府運動等，都不同程度影響了傳奇創作。

此外，唐傳奇和唐代文人觀念也有一定關係。沈既濟《任氏傳》認為「淵識之士」應當「揉變化之理，察神人之際，著文章之美，傳要妙之情，不止於賞翫風態而已」，在重聲名的唐代，文人士子的這類審美追求無疑會影響到傳奇創作。另外唐代的佛學、道家文化等，對唐傳奇也有一定的影響。

唐傳奇發展，大致可以分為三個時期：一，初盛唐時期。這一時期，作品不多，藝術也不夠成熟。著名的作品有王度《古鏡記》、無名氏《補江總白猿傳》、張鷟《遊仙窟》等。二，中唐時期。這一時期傳奇名家眾多。今存中唐時期完整作品近四十種，唐傳奇名篇多在其中。如陳玄祐《離魂記》、沈既濟《任氏傳》、白行簡《李娃傳》、元稹《鶯鶯傳》、蔣防《霍小玉傳》、李朝威《柳毅傳》、李公佐《南柯太守傳》、陳鴻《長恨歌傳》等。三，晚唐時期。這一時期是唐傳奇由盛轉衰時期。代表作品有《紅線》、《聶隱娘》、《昆侖奴》、《賈人妻》等。值得關注的是，這一時期，豪俠題材為傳奇家所重視，如名篇《虬髯客傳》。另外，晚唐時期出現了不少傳奇專集，如袁郊的《甘澤謠》、李隱《大唐奇事記》、皇甫枚《三水小牘》、裴鉶《傳奇》、薛用弱的《集異記》、李復言的《續玄怪錄》等，都是值得關注的文化現象。

二、王度、張鷟等作家的傳奇創作

現存唐傳奇大都收集在《太平廣記》中。另外，《太平御覽》、《文苑英華》以及《全唐文》等，也收錄有一部分作品。在唐傳奇發展過程中，王度、張鷟、沈既濟、李朝威、沈亞之、白行簡、元稹、陳鴻、李公佐、蔣防、許堯佐、杜光庭等一大批作家值得關注。

王度（生卒年不詳），絳州龍門（今山西河津）人，郡望太原祁縣（今山西太原）。文中子王通之兄、東皋子王績之弟。王度曾官御史、著作郎等，武德中，卒。王度《古鏡記》是今存唐傳奇較早的作品。故事以「寶鏡」為核心，連綴照殺千年狸妖、遇日食而昏昧、制伏寶劍光彩等十二個故事，突出寶鏡之「奇」。這篇傳奇據當時傳說加工而成，尚未脫六朝志怪餘緒。

張鷟（六五八？—七三〇），字文成，自號浮休子，深州陸澤（今河北深州）人。唐高宗上元二年（六七五），登進士第。時考功員外郎騫味道見所對，歎為「天下無雙」，授岐王府參軍。八登制舉，皆甲科。調長安尉，遷鴻臚丞。四參選，判策為銓府之最。員半千稱其「猶青銅錢，萬選萬中」，時號「青錢學士」。武后證聖中，擢任御史，後貶嶺南。開元中，入為司門員外郎，卒。

《遊仙窟》是今存唐傳奇篇幅較長的一篇。小說以第一人稱方式，自敘其奉使河源，途中投宿仙窟，與仙女十娘、五嫂等宴飲賦詩故事。內容以人物對話為主，間有動作、神態描寫，人物特徵明顯，描寫筆法嫻熟。全文敘事語言以駢文為主，又徵引《詩經》等典籍，雜以騷體以及四言、五言、七言、雜言詩作。有些詩，寫的真摯感人。如別十娘：「忽然聞道別，愁來不自禁。眼下千行淚，腸懸一寸心。兩劍俄分匣，雙鳧忽異林。殷勤惜玉體，勿使外人侵。」雖然未脫豔詩風習，但顯示了傳奇力求融和多種表現手法的審美追求。

沈既濟（生卒年不詳），蘇州吳（今江蘇蘇州）人。大曆中，曾為江西從事。德宗建中元年（七八〇），因宰相楊炎薦，拜左拾遺、史館修撰。次年，坐貶處州司戶參軍。興元元年（七八四），復入朝。貞元中，官終禮部員外郎。沈既濟博通群籍，史筆尤工。傳奇作品有《任氏傳》和《枕中記》。

依《任氏傳》篇末所云，這篇故事是作者大曆中居金陵時所聞知，建中二年應眾文士邀請而作。小說敘述狐女任氏與鄭六邂逅相遇、委身於鄭後所發生的事蹟。先是反抗韋崟的非禮，接著敘說與韋崟的交往、幫助鄭六致富，最後敘述鄭六外調，任氏預卜有禍不願隨行，然而拗不過鄭六的堅持，結果同行之馬嵬，被獵犬咬死。小說內容雖涉怪異，但作者感慨任氏「異物之情也有人道焉！遇暴不失節，徇人以至死，雖今婦人，有不如者矣」，明顯流露出譏刺之意。小說以多樣化的寫人手法，塑造了聰穎、機智、純善、鍾情的狐女形象。如寫任氏幫助鄭六鬻馬：

他日，任氏謂鄭子曰：「公能致錢五六千乎？將為謀利。」鄭子曰：「可。」遂假求於人，獲錢六千。任氏曰：「鬻馬於市者，馬之股有疵，可買以居之。」鄭子如市，果見一人牽馬求售者，青在左股。鄭子買以歸，其妻昆弟皆嗤之，曰：「是棄物也，買將何為？」無何，任氏曰：「馬可鬻矣，當獲三萬。」鄭子乃賣之。有酬二萬，鄭子不與。一市盡曰：「彼何苦而貴買，此何愛而不鬻？」鄭子乘之以歸，買者隨至其門，累增其估，至二萬五千也，不與，曰：「非三萬不鬻。」其妻昆弟聚而詬之，鄭子不獲已，遂賣，卒不登三萬。既而密伺買者，徵其由，乃昭應縣之御馬疵股者，死三歲矣，斯吏不時除籍。官徵其估，計錢六萬。設其以半買之，所獲尚多矣。若有馬以備數，則三年芻粟之估，皆吏得之。且所償蓋寡，是以買耳。

這一段，作者運用人物語言、動作、心理、神態，尤其是側面對比描寫，將任氏的機智、鄭六對任氏的信任以及其妻昆弟等人的愚魯，描寫得栩栩如生。

《枕中記》敘述少年盧生因功名不遂而怨憤，遇道士呂翁，獲贈一青瓷枕，盧生就枕睡而入夢。夢中，與大族成婚，進士及第，歷任顯官，子孫滿堂，雖因奸人忌害，曾貶往嶺南。然，終居高位，望重而貴寵，後因病去世。盧生欠伸而寤，而主人蒸飯未熟。適才榮歡，不過一夢而已。於是，盧生醒悟云：「夫寵辱之道，窮達之運，得喪之理，死生之情，盡知之矣。」這篇小說受劉義慶《幽明錄》之焦湖廟祝以玉枕使楊林入夢故事影響，想像豐富，情節虛幻，文筆簡潔，極具現實意義。李肇《國史補》、王讜《唐語林》均將其與韓愈〈毛穎傳〉並稱，並謂其「不下史篇，良史才也」。《枕中記》影響很大。房千里〈骰子選格序〉云：「近者沈拾遺述枕中事，彼皆異類微物，且猶竊爵位以加人，或一瞬為數十歲，吾果斯人也，又安知數刻之樂……。」湯顯祖據以改編為「臨川四夢」之一《邯鄲夢》。

李朝威（生卒年不詳），因《柳毅傳》末有「隴西李朝威」云云，故知其郡望隴西（今甘肅秦安）。《柳毅傳》，又名《洞庭靈姻傳》。小說以落第書生柳毅的經歷為主線，故事分前後兩部分。前半部分敘述其路經涇陽，偶遇放牧龍女，龍女託他傳書洞庭，柳毅不負所託，向洞庭君訴說龍女為夫婿所薄諸事，使龍女被救回洞庭。錢塘君為感謝柳毅傳書，借酒說媒，遭到柳毅義正辭嚴的拒絕，表現了柳毅急人所急且堅守「禮義」、「五常」，不受脅迫的凜然氣概。後半部分寫柳毅回家，娶妻張氏、韓氏皆亡。再娶盧氏，既產愈月，乃知其即洞庭龍女。此後，柳毅夫婦得以長生不老、同入仙境。小說刻劃人物手法極為講求。如寫洞庭、錢塘二君：

> 君驚，謂左右曰：「疾告宮中，無使有聲，恐錢塘所知。」毅曰：「錢塘，何人也？」曰：「寡人之愛弟，昔為錢塘長，今則致政矣。」毅曰：「何故不使知？」曰：「以其勇過人耳。昔堯遭洪水九年者，乃此子一怒也。近與天將失意，塞其五山。上帝以寡人有薄德於古今，遂寬其同氣之罪。然猶縻繫於此，故錢塘之人，日日候焉。」
>
> 語未畢，而大聲忽發，天拆地裂。宮殿擺簸，雲煙沸湧。俄有赤龍長千餘尺，電目血舌，朱鱗火鬣，項掣金鎖，鎖牽玉柱。千雷萬霆，激繞其身，霰雪雨雹，一時皆下。乃擘青天而飛去。毅恐蹶仆地。君親

起持之，曰：「無懼，固無害。」毅良久稍安，乃獲自定。因告辭曰：「願得生歸，以避復來。」君曰：「必不如此。其去則然，其來則不然，幸為少盡繾綣。」因命酌互舉，以款人事。俄而祥風慶雲，融融怡怡，幢節玲瓏，簫韶以隨。紅妝千萬，笑語熙熙中，有一人，自然蛾眉，明璫滿身，綃縠參差。迫而視之，乃前寄辭者。然若喜若悲，零淚如絲。須臾，紅煙蔽其左，紫氣舒其右，香氣環旋，入於宮中。君笑謂毅曰：「涇水之囚人至矣。」君乃辭歸宮中。須臾，又聞怨苦，久而不已。有頃，君復出，與毅飲食。又有一人，披紫裳，執青玉，貌聳神溢，立於君左右。君謂毅曰：「此錢塘也。」毅起，趨拜之。錢塘亦盡禮相接，謂毅曰：「女侄不幸，為頑童所辱。賴明君子信義昭彰，致達遠冤。不然者，是為涇陵之土矣。饗德懷恩，詞不悉心。」毅撝退辭謝，俯仰唯唯。然後回告兄曰：「向者辰發靈虛，已至涇陽，午戰於彼，未還於此。中間馳至九天，以告上帝。帝知其冤而宥其失。前所譴責，因而獲免。然而剛腸激發，不遑辭候，驚擾宮中，復忤賓客。愧惕慚懼，不知所失。」因退而再拜。君曰：「所殺幾何？」曰：「六十萬。」「傷稼乎？」曰：「八百里。」「無情郎安在？」曰：「食之矣。」君憮然曰：「頑童之為是心也，誠不可忍，然汝亦太草草。賴上帝顯聖，諒其至冤。不然者，吾何辭焉？從此已去，勿復如是。」錢塘復再拜。

這幾段文字，通過襯托語言、側面描寫、相互對比以及人物的外貌、行動、神態等描寫，成功的塑造了洞庭君的涵養深厚、寬容慈愛，錢塘君的嫉惡如仇，勇猛率直。全文之中，作者精心刻劃的兩個主要人物，特點更是鮮明：龍女溫婉善良、忠貞篤情、知恩圖報；柳毅堅守信諾、豪俠正直、威武不屈。結構上，這篇小說情節與戴孚《廣異記・三山》略同，但《柳毅傳》布局嚴謹清晰，情節一波三折。同時，浪漫的幻想誇張以及插敘、補敘等手法使用，大大增強了敘事的感染力。

沈亞之（？—八三一？），字下賢，吳興（今浙江湖州）人。元和十年（八一五），登進士第。曾入涇原節度使幕掌書記、秘書省正字等。長慶元年（八二一），登賢良方正等科，補櫟陽尉，累官福建都團練副使等。大和三年（八二九），以殿中侍御史為柏耆宣慰德州判官，旋坐貶南康尉。約大和五年，遷郢州司戶參軍，卒於任所。

沈亞之傳奇有《異夢錄》、《湘中怨解》、《秦夢記》等。《異夢錄》敘述兩個奇異之夢。一夢乃「隴西公」見聞。故事敘說邢鳳夢西楹來一美人，執卷而吟。邢鳳覽之，其首篇題〈春陽曲〉，其他諸篇，皆累數十句。邢鳳取彩箋，傳〈春陽篇〉。美人為之示「弓彎」舞，泫然良久而去。鳳夢醒後，昏然忘其所記，更衣時，復於襟袖中得其詞。一夢乃吳興姚合見聞，敘述其友王炎夕夢遊吳，侍吳王久，聞宮中笳鼓葬西施，王悼悲不止，立詔詞客作挽歌。詞進，王甚佳之。及夢醒，亦記其事。《秦夢記》乃沈亞之自述其出長安，客臥橐泉邸舍，晝夢入秦，助秦穆公伐晉有功；穆公幼女弄玉之夫蕭史先死，公遂以弄玉妻亞之，拜左庶長，恩賜有加。後公主疾卒，亞之思之而病，愈後辭去。出函谷關而驚覺，發現自己仍臥於邸舍。《湘中怨解》記鄭生洛陽道遇孤女，結為夫婦，號汜人。數年後，汜人謂生：「我湘中蛟宮之娣也，謫而從君。今歲滿，無以久留君所，欲為訣耳。」泣別而去。後十餘年裡，鄭生登岳陽樓，見洞庭有畫艫浮漾而來，采樓帷帳中有神仙峨嵋，其中一人起舞，含嚬淒怨，形類汜人。須臾，風濤崩怒，遂迷所在。這三篇小說，均以人神戀愛為題材，篇幅短小，構思奇詭，敘事間插詩歌，富於抒情氣氛。沈亞之又有《馮燕傳》，寫魏人馮燕任俠尚武故事。據此可以看出，唐人小說對豪俠題材的關注。

白行簡（七七六—八二六），字知退，祖籍太原（今山西太原），後遷居下邽（今陝西渭南），詩人白居易之弟。元和二年（八〇七），登進士第，授秘書省校書郎。歷左拾遺、司門員外郎、主客員外郎、判度支案、膳部郎中等職。寶曆元年（八二五），官主客郎中，二年，卒。

白行簡才名甚著，《舊唐書》本傳謂其「文筆有兄風，辭賦尤稱精密，文士皆師法之」。白行簡傳奇代表作《李娃傳》，又名《汧國夫人傳》，寫滎陽鄭生愛戀長安娼女李娃故事：滎陽公子赴京試舉，遇娼妓李氏，羨其貌美，頓生戀情。歲餘，耗盡資財。鴇母設計棄之。因窮困怨懣成疾，遂淪為凶肆挽歌郎。在凶肆賽歌時，為其乳母壻發現，將鄭生事跡告訴其父。其父責其汙辱家門，鞭打昏死而棄之。生雖相救，但渾身潰爛，淪為乞丐。一日大雪，生為凍餒所驅而冒雪乞食，因飢寒憤懣而昏厥，幸得李娃而獲救。在李娃說服下，生登甲科，又以第一名登直言極諫科，授成都府參軍。適其父任成都尹，父子相認。父感其事，命媒氏通姓、備禮迎娶李氏。後生累遷清顯之任，李氏封汧國夫人，以大團圓結局。

《李娃傳》成功的刻劃了滎陽生與李娃兩個人物形象。滎陽生初為紈絝子弟，涉世不深，貪戀美色。但他聰慧有才，重情重意。在被欺騙以後，他並沒有責怨李娃。得李娃幫助，勵志勤學。取得功名後，他不在乎李娃身分。這樣，小說中的滎陽公子就超出一般紈絝子弟所有的形象特徵。李娃是小說刻劃最為成功的人物形象。她美麗溫順，又有一般娼女所有的貪財、薄情特徵。在滎陽公子蕩盡資財時，她聽從老鴇安排，將之無情拋棄。但當再次遇到困頓潦倒的滎陽公子，李娃表現出熱情、勇敢、重情守義的特徵。她用自己的錢財幫助滎陽生讀書上進，表現出極高的責任感。同時，李娃的內心也是矛盾的。當老鴇設計拋棄滎陽生時，李娃情有不捨。當滎陽生拜官上任時，她又礙於自己身分不願隨從。在矛盾面前，讀者感受到的，處處是李娃的自我犧牲精神。由此，也可以看到，李娃的明智與清醒，這和霍小玉、崔鶯鶯等是有區別的。

這篇傳奇描寫人物手法靈活。如：

生不知之，遂連聲疾呼：「飢凍之甚。」音響淒切，所不忍聽。娃自閤中聞之，謂侍兒曰：「此必生也，我辨其音矣。」連步而出。見生枯瘠疥癘，殆非人狀。娃意感焉，乃謂曰：「豈非某郎也？」生憤懣絕倒，口不能言，頷頤而已。娃前抱其頸，以繡襦擁而歸於西廂。失聲長慟曰：「令子一朝及此，我之罪也。」絕而復蘇。姥大駭奔至，曰：「何也？」娃曰：「某郎。」姥遽曰：「當逐之，奈何令至此。」娃斂容卻睇曰：「不然，此良家子也，當昔驅高車，持金裝，至某之室，不逾期而蕩盡。且互設詭計，舍而逐之，殆非人行。令其失志，不得齒於人倫。父子之道，天性也。使其情絕，殺而棄之，又困躓若此。天下之人，盡知為某也。生親戚滿朝，一旦當權者熟察其本末，禍將及矣。況欺天負人，鬼神不祐，無自貽其殃也。某為姥子，迨今有二十歲矣。計其貲，不啻直千金。今姥年六十餘，願計二十年衣食之用以贖身，當與此子別卜所詣。所詣非遙，晨昏得以溫凊，某願足矣。」姥度其志不可奪，因許之。

這一段，作者連用了「聞」、「謂」、「連步」、「出」、「見」、「感」、「抱」、「擁」、「歸」、「長慟」，系列細節動作描寫，細緻逼真地刻劃了李娃鍾情、細心的形象特徵以及內疚自責的心理，同時，將李娃與老鴇對比，既表現了李娃的正義、勇敢、仁孝，又表現了老鴇的貪財、無情。

《李娃傳》產生了很大影響。元稹有長詩〈李娃行〉，宋以後，小說、戲劇亦受其影響。如宋小說《李亞仙不負鄭元和》、明高文秀《鄭元和風雪打瓦罐》、明石君寶《李亞仙花酒麴江池》等。白行簡另有《三夢記》，始見陶宗儀《說郛》，今人或以為偽作。

元稹《鶯鶯傳》，又名《會真記》，寫張生與崔鶯鶯戀情故事。貞元中，張生旅居蒲州普救寺，適逢崔氏孀婦攜其女崔鶯鶯亦寓居該寺。恰遇蒲州兵變，張生與蒲將之黨友善，請吏保護崔氏一家免於軍亂。在謝宴上，張生遇見崔鶯鶯，遂生戀情。因婢女紅娘傳書，雖愛戀經歷一些曲折，最終鶯鶯以身相許。後來張生赴京應試未第，滯留京師。二人互傳情書信物，以表深情。但張生認為：「大凡天之所命尤物也，不妖其身，必妖於人。使崔氏子遇合富貴，乘寵嬌，不為雲，不為雨，為蛟，為螭，吾不知其變化矣。昔殷之辛，周之幽，據百萬之國，其勢甚厚。然而一女子敗之，潰其眾，屠其身，至今為天下僇笑。予之德不足以勝妖孽，是用忍情。」因之背棄鶯鶯。後，鶯鶯另嫁，張生另娶。張生希望再見鶯鶯，終遭謝絕。小說結尾藉時人之語，謂張生「為善補過」，顯然，是在為其薄倖行為辯護。

傳奇成功的刻劃了鶯鶯形象。她是大家閨秀，因此，當其母命令她拜會陌生男子，她「久之辭疾」，顯示了禮教對其影響。當張生「私為之禮者數四，乘間遂道其衷」，屢託紅娘說情，以致「數日來，行忘止，食忘飽，恐不能逾旦暮」，遂為之感動。當張生大膽赴約時，鶯鶯則義正辭嚴的訓斥。在父母之命、媒妁之言起決定作用的時代，張生行為無疑是不符合習俗文化規範的。因此，這段語言描寫，一方面顯示崔鶯鶯堅守禮教，另一方面，也是其貞慎自保的本能心理需求，同時也顯示了崔鶯鶯對美好未來的期待。在情與禮的矛盾中，崔鶯鶯終於選擇了情，這又顯示了她的渴望愛情、純真與軟弱。故事最後寫崔鶯鶯拒絕張生求見，體現出其由軟弱向剛強的轉變。張生也是小說刻劃比較成功的人物形象。他渴望愛情，輕薄又執守禮教，他對鶯鶯始亂終棄，棄後又略有悔意。故事中，他始終處於矛盾掙扎之中。

《鶯鶯傳》文筆優美，描述生動。敘事中間插詩歌，尤增藝術魅力。如〈明月三五夜〉：「待月西廂下，迎風戶半開。拂牆花影動，疑是玉人來。」這首詩，說它是即景興歎，也無不可。但在《鶯鶯傳》的特定氛圍裡，它重要的作用是敘述情節、交代線索。張生讀後便「微喻其旨」，故而「既望之夕」便「梯其樹而逾」，這樣敘事，有引人入勝之妙。

鶯鶯與張生愛情故事影響很大。元稹同時代人李紳寫有〈鶯鶯歌〉，宋有趙令時〈商調蝶戀花〉，金有董解元《西廂記諸宮調》，元有王實甫《西廂記》、關漢卿《續西廂記》，明有李日華《南調西廂記》、陸采《南西廂》等。魯迅將元稹《鶯鶯傳》與李朝威《柳毅傳》並列，譽之為唐傳奇「烜赫」之篇。

陳鴻（生卒年不詳），字大亮，貞元二十一年（八〇五），登進士第。歷官太常博士、虞部員外郎、主客郎中等。白居易作〈長恨歌〉，鴻因作《長恨歌傳》。內容取材於史事，述開元中，唐玄宗詔高力士潛搜外宮，於壽王府邸得弘農楊玄炎女，冊為貴妃。自此，楊妃與玄宗「行同輦，居同室，宴專席」，恩愛異常。楊妃叔父昆弟皆因之位列清貴。天寶末，安祿山反，楊妃縊死於馬嵬坡。後玄宗自蜀還京，思念楊妃。蜀之道士施方術求索貴妃魂魄，見之於海外仙山，取貴妃金釵鈿合。為了證明確與楊妃相見，道士乞求楊妃告知一件只有她與玄宗二人知道的事，楊妃乃言天寶十載七夕與玄宗盟誓之事。故事前半部分以現實描述為主，對唐玄宗縱情聲色、政治腐敗、搶占壽王嬪妃等，均直書不諱。後半部分以浪漫想像為主，誇張式的描述唐玄宗重情重義的特徵。篇末以對白方式論曰：「意者不但感其事，亦欲懲尤物，窒亂階，垂於將來者也。」寓有勸戒諷諭之意。這篇小說附驥尾於白居易〈長恨歌〉，流傳頗廣。北宋樂史撰《楊太真外傳》、元白樸《唐明皇秋夜梧桐雨》、清洪昇《長生殿》等，即受〈長恨歌〉與《長恨歌傳》影響。

李公佐（生卒年不詳），字顓蒙，郡望隴西（今甘肅秦安）。舉進士及第，曾為江南西道觀察使判官等，一生沉淪下僚。李公佐所作傳奇，今存《南柯太守傳》、《謝小娥傳》、《廬江馮媪傳》。前兩篇聲名尤著。

《南柯太守傳》講述俠士淳于棼入夢故事。其一日大醉，夢入槐安國，被招為駙馬，榮耀日盛。又拜為南柯郡太守，守郡二十載，有政績，王甚重之，遞遷大位。育五男二女，男以門蔭授官，女聘於王族，顯赫一時，代莫比之。後，檀蘿國入侵，其獲命將師迎敵，大敗。其妻病死，遂罷郡護喪歸國。因其久鎮外藩，廣交豪門貴族。待罷藩歸國，交友賓從，威福日盛。由是而遭讒譖，遂為王所忌，命使者送其歸還故里。入家門而夢覺，見二友人尚在濯足，夕陽猶未落於西垣。其遂與二友尋槐下洞穴，但見洞穴群蟻、城郭臺殿、土城小樓、檀蘿之國以及靈龜山、盤龍岡等，盡與夢中所見近似。於是，遂悟人生之倏忽，遂棲心道門，棄絕酒色，三年後，終於家。《南柯太守傳》立意略似《枕中記》，但想像更為豐富，情節更為曲折，描摹更為盡致，文辭亦較華麗。其結尾發掘蟻穴、探尋南柯郡、檀蘿國等，假實證幻，與《枕中記》相較，構思更為巧妙。《南柯太守傳》甚有影響，明湯顯祖戲劇《南柯記》，即取材於本篇。

《謝小娥傳》敘謝小娥父親與其丈夫經商，為盜所殺。她夢見其父告訴她：「殺我者，車中猴，門東草」。數日，其夫云：「殺我者，禾中走，一日夫。」小娥不自解悟，廣求智者辨之，亦不能知曉其意。後遇李公佐，知凶手名申蘭、申春。謝小娥服男裝，為傭保於江湖間，尋訪凶手至潯陽郡，伺機殺死申蘭，擒申春及其黨數十人。復仇後，乃出家為尼。故事成功的刻劃了謝小娥勇於除惡、堅忍不拔、沉著果敢的特徵，故事篇幅雖短，但構思精巧，敘事線索清晰、詳略錯落有致。《謝小娥傳》也很有影響。《新唐書》以其事載入《列女傳》。明代凌濛初《初刻拍案驚奇》卷一九〈李公佐巧解夢中言，謝小娥智擒船上盜〉，即取材於這篇傳奇。

蔣防（生卒年不詳），字子徵（一作子微），常州義興（今江蘇宜興）人。曾官左拾遺、右補闕等。長慶元年（八二一），因元稹、李紳薦，充翰林學士。歷司封員外郎、知制誥。長慶四年（八二四），出為汀州刺史，移連州、袁州，入為中書舍人。其《霍小玉傳》，長期被譽為唐傳奇壓卷之作。

《霍小玉傳》情節曲折，繁簡有致。敘述隴西進士李益與長安名妓霍小玉相戀，初同居時，李益信誓旦旦。得官後，聘於盧氏，遂與小玉斷絕。小玉羸臥空閨，遂成沉疾。後，霍小玉於李益之友人處得知李益之消息，遂遍請親友招李益，李益終不肯往見之。有豪士黃衫客挾李益至小玉家中，小玉因李益負心，誓言死後必為厲鬼報復，慟哭而絕。李益娶盧氏，因猜忌而休之，終「至於三娶，率皆如初焉」。小說故事以李益與霍小玉為主，又間插鮑十一娘為媒、李益因母命而聘盧氏、老玉工及延先公主對霍小玉同情、崔允明與李、霍交往、時人論議、黃衫客俠義舉措、霍小玉夜夢、李益與侍婢媵妾相處等事件，情節繁富，一曲三折。在敘述過程中，作者詳寫霍、李交往，略寫其他事件。詳寫霍、李時，又重點敘述二人前期歡愛與離別以後霍的思念、李的薄情。小說情節以霍小玉為串聯主線，脈絡分明。

傳奇成功刻劃了數個人物形象。其中，作者描寫得最生動、最有光彩的是霍小玉。霍小玉之母乃霍王侍婢，因此，她雖出身王府，卻地位低下。她渴慕愛情，但深知自己遭遇，並且清醒的預感到自己「一旦色衰，恩移情替」的命運。在現實面前，她給自己確立比較實際的理想與目標：「迨君壯室之秋，猶有八歲。一生歡愛，願畢此期。」此後，她甘願成人之美，自己出家為尼。然而，現實的殘酷，使她始料未及。當她確知自己鍾愛的人背負自己時，她難以置信的感歎「恨天下豈有是事乎！」這個時候，她沒有放棄，仍遍請親朋，多方努力。當希望徹底破滅，她憤怒的控訴：「我為女子，薄命如斯；君是丈夫，負心若此！韶顏稚齒，飲恨而終；慈母在堂，不能供養；綺羅弦管，從此永休。徵痛黃泉，皆君所致。李君李君，今當永訣！我死之後，必為厲鬼，使君妻妾，終日不安！」這段描寫，霍小玉一改昔日的溫順癡情，表現了軟弱女子直面現實、敢於決裂的抗爭精神。

李益也是傳奇刻劃得非常成功的形象。他最初戀愛霍小玉，純為「重色」，這也是特定時代文人士子的共同特點。不同的是，他對霍小玉也有一份真情，並表示「粉骨碎身，誓不相舍」，又云「皎日之誓，死生以之。與卿偕老，猶恐未愜素志，豈敢輒有二三」，信誓旦旦，並非全為誑語。但他又不能違背母命。在和盧氏定親以後，他「自以辜負盟約，大愆回期。寂不知聞，欲斷其望，遙托親故，不遺漏言」，表現出自責與愧疚。在情和禮的衝突面前，他選擇了後者，背負霍小玉，表現了他極端的薄情寡義。另一方面，他對盧氏「暴加捶楚，備諸毒虐」，對其他侍婢媵妾更是橫加猜忌，以至於三娶，率皆如初。這些描寫，在顯示霍小玉的復仇精神同時，也展示了李益偏狹多疑、凶狠殘忍、不問是非的性格特點。傳奇其他人物，如黃衫客豪俠、鮑媒婆的「性便辟、巧言語」以及崔允明的長厚等，雖然作者用墨不多，但依然刻劃得唯妙唯肖。

《霍小玉傳》亦很有影響。明湯顯祖《紫釵記》，即取材這篇傳奇。

晚唐有傳奇名篇《虬髯客傳》，傳為杜光庭所作。**杜光庭**（八五〇—九三三），字賓聖（一作賓至），號東（一作「登」）瀛子，又號華頂羽人，京兆杜陵（今陝西西安）人。懿宗咸通間，舉試未第，入天台山為道士。僖宗自蜀歸京，因潘稠薦，賜紫衣及號廣成子。光啟二年（八八六），隨僖宗奔興元，後入蜀，依蜀帥王建，拜戶部侍郎，又封蔡國公。後主王衍乾德三年（九二一），封為傳真天師、崇真館大學士。晚年隱居青城山。《虬髯客傳》寫李靖與楊素家妓紅拂女愛戀故事。紅拂女隨李靖出奔，在旅舍結識俠士虬髯客，與之結為兄妹。三人同至太原，會見李世民。虬髯客見李世民神氣揚揚，知不能匹敵，遂傾其財佐李世民成就功業。後虬髯入扶餘國自立為王。小說主要刻劃了紅拂女、虬髯客兩個人物形象：前者勇敢機智，後者豪爽慷慨，形象鮮明，文筆細膩。明代張鳳翼、張太和先後撰傳奇劇本《紅拂記》、凌濛初的雜劇《虬髯翁》等，均取材於《虬髯客傳》。

此外，唐傳奇小說家尚有**陳玄祐**（生卒年不詳），其傳奇《離魂記》，敘述王宙與張倩娘戀愛故事，王宙赴京，倩娘魂魄隨其入京，表現了張倩娘對愛情的執著追求。這篇傳奇，或譽為唐傳奇步入興盛期的標誌。**許堯佐**（生卒年不詳）。擢進士第，又舉宏詞，為太子校書郎。其傳奇《柳氏傳》，又名《章臺柳傳》，敘述韓翊與柳氏悲歡離合的愛情故事，一方面頌歌愛情，一方面也反映了安史之亂給人民帶來的災難。另有柳珵《上清傳》、薛調《無雙傳》、皇甫枚《非烟傳》、房千里《楊娼傳》等，均有一定影響。

第二節　俗講與變文

一、俗講

俗講，即僧徒在寺院中舉行的為俗眾宣講經義的活動。講解時，有說有唱，講說大多採用賦體形式敷陳敘述，詠唱時多用五言詩和七言歌行。這樣做，是為了以娛樂方式更好地吸引聽眾，以達到「悅俗邀佈施」的目的。俗講往往有一定程式，一般有贊唄、唱經題與詮解經題、誦經文與詮解經文、吟唱詩偈等。

俗講在唐代相當盛行。姚合〈聽僧雲端講經〉：「無生深旨誠難解，唯是師言得正真。遠近持齋來諦聽，酒坊魚市盡無人。」《冊府元龜》卷五二亦載：「永泰元年九月，於京城資聖、西明兩寺，置百高座，講《仁王經》……內侍魚朝恩護送。宰臣及百官列班於光順門觀禮。宰臣等表請依班序節級率錢以資僧供。二七日而罷。」楊夔〈題宣州延慶寺益公院〉：「嘿坐能除萬種情，臘高兼有賜衣榮。講經舊說傾朝聽，登殿曾聞降輦迎。幽徑北連千嶂碧，虛窗東望一川平。長年門外無塵客，時見元戎駐旆旌。」可見俗講僧講經，聽講者甚多。不僅是黎庶百姓，而且有很多達官權貴。有時，皇帝也推崇喜好聽經。

俗講的底本，即講經文，現今所見講經文主要保存在敦煌遺文中。講經文取材佛經，其內容不外乎解釋佛經術語以及宣講佛學的無我、無常、生死、苦、空、輪回、因果等主張。一般是以經為綱，然後再將經文敷衍為散句或詩歌。如〈金剛般若波羅蜜經講經文〉：

經：「須菩提，於意云何？佛可以具足諸相〔見不〕？」色身具足，是名諸相具足。言「不應以具足色身見諸相」者，乃至「是名諸相具足」。

言「不」，此明相好與法身異故，故不可以相好見身也。言「如來說諸相具足」者，此明相好本從法身上起也。言「是名諸相具足」者，此明雖異不乖一，成弟二句也。此是六段文中第四相身具足也。

如來若不現金身，爭化得閻浮世上人。

百憶垂刑由不悟，參差上自卻沉淪。

四弘誓願深如海，六度無邊布法雲。

蠢動含令皆利益，不論胎卵盡沾恩。

黃金座，紫金臺，一法門中萬法用。

假設虛施皆不用，真言實語唱將來。

這段文字解釋「諸相」，講解者兼用散句與詩歌。散句，主要是用通俗簡易的語言，將深奧難懂的經義娓娓動聽的述說講解，以達到引人入勝的目的。詩歌，主要是將經義用更為流暢的方式表達，以便吟唱。保存在敦煌遺文中的講經文有〈長興四年中興殿應聖節講經文〉、〈金剛般若波羅蜜經講經文〉、〈佛說阿彌陀經講經文〉、〈妙法蓮華經講經文〉、〈維摩詰經講經文〉、〈佛說觀彌勒菩薩上生兜率天經講經文〉等。

講經文藝術成就豐富多樣。有時，講經文據佛經詮釋大義，文字簡潔而又省淨。如〈金剛般若波羅蜜經講經文〉：「經言道：『須菩提，於意云何，佛可已（以）具足色身見不？』問也。『不也世尊。如來不應以具足色身』乃至『即非』『是名』，答也。此文有四：一、問，二、答，三、徵，四、釋。此明色身與法身有異，故二不可以色身見法身也。言『如來說具足色身』者，此明如來色身不離法身也。言『即非』者，不乖異也。言『是名具足色身』者，此明色法雖無本是一。」有時，講經文文詞手法極為講求。如〈妙法蓮華經講經文〉：「此唱經文是仙人來也，問於大王。仙人常居山裡，高閑無比；風吹叢竹兮韻合宮商，鶴笑孤松兮聲和角徵。隊隊野猿，潺潺流水；有心永住臨泉，無意暫遊帝里。」這段文字，描寫仙人「高閑」，形象逼真，文筆秀麗。

講經文由僧徒講解，這些僧徒即所謂俗講僧。據《唐會要》卷二七載：「咸通十二年五月，幸安國寺，賜講經僧沈香高坐。」宋李昉等《太平御覽》卷五六八亦載：「唐長慶初，有俗講僧文淑善吟經，兼念四聲觀世音菩薩，其音諧暢，感動時人。」可見有些俗講僧水準很高，影響很大。

二、變文

變文產生原因，眾說紛紜，或以為變文與變相圖有關，或以為「變」乃梵語音譯，或以為變更佛經經文為俗講之意等等。變文定義，迄今學界尚無定論。大致說來，可以從廣義與狹義兩方面解釋。廣義的講，指敦煌遺文中發現的所有說唱文字，包括講經文、押座文、變文、詞文、話本等。狹義變文，即敦煌遺文中標有「變文」的篇章，以及某些題目遺佚、體制特徵符合變文特徵的文章。本節討論，即狹義「變文」，它是唐代民間流行的說唱文學「轉變」的底本。形式上，多由韻文和散文交錯組成。

今存明確標有「變文」者，據其題材，可以分為三類：

第一類是宗教故事，這類故事以宣講佛教教義為主。如〈大目乾連冥間救母變文〉講述目連救母故事。目連母曰青提夫人，住在西方，家中錢物無數，牛馬成群，在世慳貪，多啫殺害。命終遂墮阿鼻地獄中，受諸殃苦。目連尋母，向冥路之中，先後拜見地藏菩薩、五道將軍、諸類獄主等，故事描寫目連冥獄所見尤為精彩：

至一地獄，高下可有一由旬，黑煙蓬勃，臭氣勳（薰）天。見一馬頭羅刹，手把鐵杈，意氣而立。目連問曰：「此個名何地獄？」羅刹答言：「此是銅柱鐵床地獄。」目連問曰：「獄中罪人，生存在日，有何罪業，當墮此獄？」獄主答言：「在生之日，女將男子，男將女人，行淫欲於父母之牀，弟子於師長之牀，奴婢於曹主之牀，當墮此獄之中。東西不可算，男子女人，相合一半。」

這段文字極力渲染冥界的陰森恐怖，令人頓生敬畏之心。文中描寫人生諸般惡行必將受到冥界懲處，有較濃厚的宣講佛家功德、勸善懲惡之意。類似者又如〈降魔變文〉、〈頻婆娑羅王后宮綵女功德意供養塔生天因緣變〉等。

第二類是歷史故事，這類題材，包括兩個層面，一是歷史事件演繹的故事，二是民間傳說故事。前者，如〈伍子胥變文〉、〈李陵變文〉、〈王昭君變文〉、〈漢將王陵變〉等。後者，如〈秋胡變文〉、〈董永變文〉等。其中，〈伍子胥變文〉成就最高。它是在《吳越春秋》基礎上，融合《左傳》、《呂氏春秋》、《史記》等記載，增飾民間傳說而成。故事講述楚平王昏聵荒淫，致忠臣伍奢父子蒙難，伍子胥歷盡艱難，亡命吳國，終於借兵復仇。後因吳王夫差聽信讒言，將伍子胥殺害。故事情節曲折，想像豐富，尤善於人物。如：

女子泊沙於水，舉頭忽見一人：行步獐狂，精神恍惚；面帶飢色，腰劍而行。知是子胥。乃懷悲曰：「兒聞桑間一食，靈輒為之扶輪；黃雀得藥封瘡，銜白環而相報。我雖貞潔、質素無虧，今於水上泊沙，有幸得逢君子。雖即家中不被，何惜此之一餐。」緩步岸上而行，乃喚：「遊人且住！劍客是何方君子、何國英才，相貌精神、容儀聳幹。緣何急事，步涉長途，失伴周章，精神恍惚？觀君面色，必然心有所求。若非俠客懷冤，定被平王捕逐。兒有貧家一惠，敢屈君餐。情裡如何，希垂降步。」子胥答曰：「僕是楚人，身充越使。比緣貢獻，西進楚王，及與梁、鄭二國計會軍國。乘肥卻返，行至小江，遂被狂賊侵欺，有幸得存。今日登山驀嶺，糧食罄窮，空中聞娘子打沙之聲，觸處尋聲訪覓。下官形骸若此，自拙為人。恐失王逞，奔波有實。今遊會稽之路，從何可通？乞為指似南途，亦不敢忘食。」女子答曰：「兒聞古人之語，蓋不虛言：『斷弦由（猶）可續，情去意實難留。』君之行李，足亦可知。見君畛後看前，面帶愁容而步涉，江山迢遞，冒染風塵，今乃不棄卑微，敢欲邀君一食……。」

這段文字通過對話、動作、神態、形象描寫，刻劃了難中伍子胥的沮喪與絕望以及謹慎與細心，同時刻劃了浣紗女仗義、睿智、爽朗與果敢，文字繁簡有致，形象生動感人。

第三類是社會時事，主要有〈張議潮變文〉、〈張淮深變文〉。這兩篇變文均有殘缺，但通過僅留之殘本，仍能管窺當時所發生的事件。如〈張議潮變文〉曰：「諸川吐蕃兵馬還來劫掠沙州，奸人探得事宜，星夜來報僕射：『吐渾王集諸川蕃賊欲來侵凌抄掠，其吐蕃至今尚未齊集。』僕射聞吐渾王反亂，即乃點兵，鏨凶門而出，取西南上把疾路進軍。……敦煌北一千里伊州城西有納職縣，其時迴鶻及吐渾居住在彼，頻來抄劫伊州，俘虜人物，侵奪畜牧，曾無暫安。僕射乃於大中十年六月六日，親統甲兵，詣彼擊逐伐除。」據這段文字，可以看出〈張議潮變文〉主要是描述唐王朝和吐蕃等部族的戰爭。故事刻劃了收復河湟地區的英雄張議潮的形象，描寫生動，情節動人。〈張淮深變文〉所刻劃的張淮深和張議潮乃叔侄關係，如同〈張議潮變文〉，變文主旨，主要是頌贊張淮深在異族侵擾之際的不畏艱難、奮不顧身、英勇殺敵、忠君愛國的精神。

唐變文對於以後的通俗文學如諸宮調、寶卷、鼓詞、彈詞以及雜劇、南戲等，均有一定的影響。如〈大目乾連冥間救母變文〉曾被明代鄭之珍敷衍成《目連救母勸善戲文》。〈王昭君變文〉影響了元馬致遠雜劇《漢宮秋》。其他，如伍子胥、孟姜女等故事，後來也被改編成多種戲曲，這些例子，均可以看出，變文在文學史上的地位。

第十三章　晚唐五代詞

唐代，除詩、文、傳奇小說等，詞創作也取得了輝煌成就。經過漫長的發展，至中唐，出現了文人詞。晚唐五代，詞的發展進入一個嶄新的階段。這一時期，出現了溫庭筠、馮延巳、李煜等詞作名家。同時，這一時期編纂結集了我國詞史上第一部選詞總集《花間集》。所有這些，對宋以後詞創作的繁榮，有著重要意義。

第一節　詞的起源和民間詞、文人詞

詞，早期通常稱作「曲子」或「曲子詞」，後又稱詩餘、樂府、長短句等等。它的起源，說法紛紜。胡仔《苕溪漁隱叢話後集》卷三九：「唐初歌辭，多是五言詩，或七言詩，初無長短句。自中葉以後，至五代，漸變成長短句。及本朝，則盡為此體。」《朱子語類》卷一四〇曰：「古樂府只是詩，中間卻添許多泛聲。後來人怕失了那泛聲，逐一聲添箇實字，遂成長短句，今曲子便是。」宋翔鳳《樂府餘論》「詞實詩之餘」曰：「《草堂詩餘》，宋無名氏所選……謂之詩餘者，以詞起於唐人絕句……則詞實詩之餘，遂名曰詩餘。」這些說法，既有值得肯定的一面，也有其不完全正確的地方。詞的興起，是受多方面因素影響的結果。

詞源於民間。《舊唐書‧音樂志》載：「時太常舊相傳有宮、商、角、徵、羽〈讌樂〉五調歌詞各一卷，或云貞觀中侍中楊恭仁妾趙方等所銓集，詞多鄭、衛，皆近代詞人雜詩……又自開元已來，歌者雜用胡夷里巷之曲。」可見初唐時期，詞的萌芽已經產生了。「詞多鄭、衛」、「胡夷里巷之曲」等，說明早期詞在民間流行的情形。今存《雲謠集雜曲子》中，有部分當為盛唐作品，這也是詞在民間流行的證據。從詞與音樂關係角度講，唐五代詞，一般是先有樂，再依聲填詞。這個「聲」，即宴樂，亦記作讌樂。沈括《夢溪筆談》卷五曰：「自唐天寶十三載，始詔法曲與胡部合奏，自此樂奏全失古法，以先王之樂為雅樂，前世新聲為清樂，合胡部者為宴樂。」沈括所謂「合胡部」，即宴樂，乃胡部樂與中原樂結合而成的新樂。其主要是因為北朝以還，少數民族進入中原，胡樂等也隨著傳入，並且很快為歌者接受，形成了包括胡樂、中原樂、江南樂等多種音樂特點的宴樂。宴樂的形成，對詞的產生，起著很大的影響。

詞的興起，與唐代歌舞藝人也有很大關係。唐代官府有教坊、梨園、樂府等機構，其中藝人數量很多，這一點，史志有大量記載。如《舊唐書‧德宗紀》上：「大曆十四年……停梨園使及伶官之冗食者三百人，留者皆隸太常。」《新唐書‧德宗紀》：「(貞元)二十一年……癸酉，放後宮及教坊女妓六百人。」《新唐書‧文宗紀》：「省教坊樂工、翰林伎術冗員千二百七十人……」唐代有名藝人很多。如劉采春母女，據范攄《雲谿友議》卷下載：「德華者，乃劉采春女也。雖〈羅嗊〉之歌，不及其母；而〈楊柳枝〉詞，采春難及。」可見，藝人有專攻與專長。有些音樂工作藝人不僅演唱，同時，也收集整理曲詞，甚至制題作曲。《舊唐書‧音樂志》：「(貞觀)十四年，有景雲見，河水清。張文收採古〈朱鴈〉、〈天馬〉之義，制〈景雲河清歌〉，名曰讌樂，奏之管絃，為諸樂之首……」大量藝人及其藝術實踐，不僅為詞的興盛創造了條件，也直接推動了詞創作的發展。

唐代宮廷、朝貴、文士等宴飲娛樂也刺激了詞的產生。唐代宴飲成風，如《唐音癸籤》卷二七〈談叢〉三載：「唐朝士文會之盛有楊師道《安德山池宴集》，注曰：『預宴賦詩，外有岑文本、劉洎、褚遂良、許敬宗、上官儀、及師道兄續。』」又如，李固言在成都，有李珪、郭圓、袁不約、來擇等諸詩人唱和；徐商帥襄陽，聚周繇、段成式、韋蟾、溫庭皓等文士唱和。文士酬唱的文詞、宴飲酒令等，都不同程度的刺激了詞的產生。尤其是有些歌舞化的宴飲酒令，已近於詞。此外，唐人聲律修辭的發展等，對此也有一定影響。

現存較早的民間詞是敦煌發現的曲子詞。敦煌曲子詞，原為唐五代宋初寫本。二十世紀初，敦煌藏經洞被發現，其中所藏寫本曲子詞等，先後流散於世界各地，陸續被抄寫、攝影、影印。這些曲子詞內容豐富，有反映社會政治問題的，如〈獻忠心〉：「自從黃巢作亂，直到今年。」有反映邊塞生活的，如〈望江南〉：「邊塞苦，聖上合聞聲。背番歸漢經數歲，常聞大國作長城。金榜有嘉名。」有反映理想抱負的，如〈菩薩蠻〉：「千年鳳闕爭雄棄。何時獻得安邦計。」有反映宗教信仰的，如〈蘇莫遮〉：「大聖堂，非凡地。左右龍盤，為有臺相倚。嶺岫嵯峨朝聖地。花木芬芳，菩薩多靈異。」《雲謠集雜曲子》所收，多抒發閨怨思夫等情感，如〈鳳歸雲〉：「征夫數載，萍寄他邦。」〈洞仙歌〉：「……恨征人久鎮邊夷。酒醒後多風醋，少年夫婿。向淥窗下左偎右倚，擬鋪鴛被，把人尤泥。」〈拋球樂〉：「珠淚紛紛濕綺羅，少年公子負恩多。當初姊姊分明道，莫把真心過與他！」等等。

敦煌曲子詞中，有些詞具有較高的藝術成就。如〈菩薩蠻〉：

枕前發盡千般願。要休且待青山爛。水面上秤錘浮。直待黃河徹底枯。　白日參辰現。北斗回南面。
休即未能休。且待三更見日頭。

詞中描述男女情愛，語言樸素、情感真摯，尤其是連用六個常見的物象設比，具有濃厚的生活氣息，堪與漢樂府民歌〈上邪〉媲美。又如〈望江南〉兩首：

莫攀我，攀我太心偏。我是曲江臨池柳，這人折了那人攀。恩愛一時間。

天上月，遙望似一團銀。夜久更闌風漸緊，為奴吹散月邊雲。照見負心人。

詞中曲江柳、雲吹月等，或比興寓意，或觸景生情，情感真摯淳樸。語言幾近口語，很少有華麗藻飾，具有較強的民歌特色。

中唐前後，文人開始學習模仿民間詞。其中，張志和、韋應物、戴叔倫、劉禹錫、白居易等人成就較高。

張志和（生卒年不詳），初名龜齡，字子同，號玄真子等，婺州金華（今浙江金華）人。明經及第，曾待詔翰林。大曆九年（七七四），曾遊湖州刺史顏真卿幕，作《漁父詞五首》。這是迄今所見較早的文人詞，體制短小，清新活潑。如《漁父詞》其一：

西塞山前白鷺飛，桃花流水鱖魚肥。青箬笠，綠蓑衣，斜風細雨不須歸。

這首詞描繪了一幅水鄉迷人畫卷：白鷺飛翔，桃花盛開，江水暢流，鱖魚正肥，斜風輕吹，細雨濛濛，垂釣漁父樂而忘歸，此中生活情趣何等濃厚！全詞意境明媚秀麗，用語樸素活潑，具有盛唐詩的韻味。

韋應物和**戴叔倫**的〈調笑令〉取材邊塞生活。韋作是：

胡馬，胡馬，遠放燕支山下。跑沙跑雪獨嘶，東望西望路迷。迷路，迷路，邊草無窮日暮。

戴作是：

邊草，邊草，邊草盡來兵老。山南山北雪晴。千里萬里月明。明月，明月，胡笳一聲愁絕。

韋作描繪胡馬奔馳的形象，烘托出迷惘、悲壯的複雜情緒。戴作以邊草起興，感歎邊關戰士的命運。這兩首詞或描物寓意，或取象比興，句式復沓、字數相同，均以「山」為地域、以「日暮」為時間，前者以邊草終，後者以邊草始，或以為唱和之作。

元和以後，文人詞數量增多。其中，**白居易**和**劉禹錫**是兩位重要作家。他們的詞，無論思想情感，還是藝術技巧，都逐步脫離了民間詞原始樸素風格，顯示了較為成熟的藝術技巧。如白居易〈憶江南〉：

江南好，風景舊曾諳。日出江花紅勝火，春來江水綠如藍。能不憶江南？

劉禹錫作〈和樂天春詞依憶江南曲拍為句〉：

春去也，多謝洛城人。弱柳從風疑舉袂，叢蘭裛露似沾巾。獨坐亦含嚬。

白詞以回憶方式描摹江南春天秀麗風光，劉詞抒發洛陽少女的惜春之情。這兩首詞，構思新穎，描寫細膩，對比、擬人等修辭手法運用靈活自如，語詞樸素而清新。白詞名篇，又如〈長相思〉：「汴水流，泗水流，流到瓜洲古渡頭。吳山點點愁。思悠悠，恨悠悠，恨到歸時方始休。月明人倚樓。」〈花非花〉：「花非花，霧非霧。夜半來，天明去。來如春夢幾多時？去似朝雲無覓處。」等等。劉詞名篇，如〈瀟湘神〉：「斑竹枝，斑竹枝，淚痕點點寄相思。楚客欲聽瑤瑟怨，瀟湘深夜月明時。」此外，劉禹錫貶謫巴楚所作的〈竹枝詞〉等，清新活潑，顯示了文人詞對民間詞學習與模仿的特徵。

第二節　溫庭筠及其他花間詞人

一、溫庭筠

溫庭筠在晚唐文學史的地位，主要取決於他的詞。庭筠以前，白居易、劉禹錫等人詞作，雖然顯示了文人詞的特點，但仍存在著模擬痕跡。溫庭筠是我國文學史上較早專門為詞的文士。從內容上說，溫庭筠有部分詞描寫閨閣情怨，如〈菩薩蠻〉：

玉樓明月長相憶，柳絲裊娜春無力。門外草萋萋，送君聞馬嘶。　畫羅金翡翠，香燭銷成淚。花落子規啼，綠窗殘夢迷。

這首詞寫女子送客之後的沉思，上闋開篇以「憶」起筆，然後寫送別。下闋寫女子回到樓中的情感活動，照應上文的「憶」。又如〈更漏子〉：「柳絲長，春雨細，花外漏聲迢遞。驚塞雁，起寒烏，畫屏金鷓鴣。　香霧薄，透重幕，惆悵謝家池閣。紅燭背，繡簾垂，夢長君不知。」這首詞寫女子春夜相思愁苦，上闋重在寫景，下闋重在抒懷。又如〈酒泉子〉（楚女不歸）寫「楚女」離情別緒，〈南歌子〉（懶拂鴛鴦枕）寫女子思念戀人，〈河傳〉（湖上）寫思婦因遊子不歸而產生的惆悵等等。

溫庭筠的詞作絕大多數是描摹婦女的容貌、服飾、情態。如〈菩薩蠻〉：

小山重疊金明滅，鬢雲欲度香顋雪。懶起畫蛾眉，弄妝梳洗遲。　照花前後鏡，花面交相映。新帖繡羅襦，雙雙金鷓鴣。

這首詞描寫婦女鬢雲、香腮、蛾眉、妝梳、花飾、羅襦等，將女主人公的富貴華麗情態刻劃得栩栩如生。又如〈菩薩蠻〉：「水晶簾裡頗黎枕，暖香惹夢鴛鴦錦。江上柳如煙，雁飛殘月天。　藕絲秋色淺，人勝參差剪。雙鬢隔香紅，玉釵頭上風。」這首詞描寫女主人公居處的水晶簾、玻璃枕、鴛鴦錦以及女子的絲絨衣裳、綵人飾品、雙鬢、面容、玉釵等，從用品服飾等方面刻劃了美麗動人的女子形象。

溫詞很講求藝術表現。他的詞，華美精工、豔麗綿纏。黃昇《花菴詞選》云：「詞極流麗，宜為《花間集》之冠。」如〈更漏子〉：

玉爐香，紅蠟淚，偏照畫堂秋思。眉翠薄，鬢雲殘，夜長衾枕寒。　梧桐樹，三更雨，不道離情正苦。一葉葉，一聲聲，空階滴到明。

這首詞寫離情，上闋以「思」統篇，前三句寫秋思的室內環境，後三句寫女主人公思極難眠。下闋以「苦」統篇，前三句以室外環境描寫襯托別後離情之「苦」，末三句寫主人公的情感活動，全詞線索清晰、構思精妙，尤其是室內外環境氣氛很好的烘托了人物情感。「玉爐」、「紅蠟」、「薄」、「殘」等，遣詞極為講求，疊字尤為精絕，顯示了文人詞較為成熟的雕飾技巧。又如〈夢江南〉：

梳洗罷，獨倚望江樓。過盡千帆皆不是，斜暉脈脈水悠悠。腸斷白蘋洲。

這首詞寫女子登樓遠眺、盼望歸人的情景，以「望」字統篇，將人、景、情完美的結合，情真意切，清麗自然。

二、其他花間詞人

溫庭筠時代，文人詞進入又一個新時期。五代後蜀趙崇祚編纂《花間集》十卷，錄晚唐五代詞人溫庭筠、皇甫松、韋莊、薛昭蘊、牛嶠、張泌、毛文錫、牛希濟、歐陽炯、和凝、顧夐、孫光憲、魏承班、鹿虔扆、閻選、尹鶚、毛熙震、李珣共十八人詞五百首。《花間集》是我國最早的選詞總集，歐陽炯為之序云：「鏤玉雕瓊，擬化工而迴巧。裁花剪葉，奪春豔以爭鮮。是以唱雲謠則金母詞清，挹霞醴則穆王心醉。名高白雪，聲聲而自合鸞歌。響遏青雲，字字而偏諧鳳律。楊柳大堤之句，樂府相傳。芙蓉曲渚之篇，豪家自製。莫不爭高門下，三千玳瑁之簪。競富罇前，數十珊瑚之樹。則有綺筵公子，繡幌佳人，遞葉葉之花牋，文抽麗錦。舉纖纖之玉指，拍按香檀。不無清絕之辭，用助嬌饒之態。自南朝之宮體，扇北里之倡風，何止言之不文，所謂秀而不實。有唐已降，率土之濱，家家之香逕春風，寧尋越豔。處處之紅樓夜月，自鎖常娥……」這標誌著詞在創作實踐與理論探索兩個領域均取得了可喜的成績。他們詞多取材婦女生活，藝術上講求詞句雕飾，陳振孫《直齋書錄解題》卷二一謂之「此近世倚聲填詞之祖也」。《花間集》影響很大，後世將這些詞人稱之「花間派」，其影響一直延續到清代常州詞派。

《花間集》中詞人，**韋莊**和溫庭筠齊名，並稱「溫韋」。韋詞除了具有《花間集》共同的婉媚、秀豔的特徵之外，他的詞還善於白描，常常有明朗、疏直的特點。如〈菩薩蠻〉：

人人盡說江南好，遊人只合江南老。春水碧於天，畫船聽雨眠。　壚邊人似月，皓腕凝雙雪。未老莫還鄉，還鄉須斷腸。

《花間集》中，韋莊〈菩薩蠻〉五首，風格相近。這首詞，上闋描繪江南美景，下闋由物及人。作者善於描寫，寫江南秀麗說「水碧於天」，寫女子形態說「人似月」，又用「雙雪」比喻當壚女子「皓腕」，突出表現江南景美，人更美，全詞猶如畫卷，直陳讀者目前。又如〈女冠子〉：

四月十七，正是去年今日，別君時。忍淚佯低面，含羞半斂眉。　不知魂已斷，空有夢相隨。除卻天邊月，沒人知。

這首詞上闋憶與郎君相別，如脫口而出。下闋抒發別後眷念，相思煎熬之餘，女主人公對月傾訴，似暗泉湧動。全詞語詞淺白如話，幾無雕琢痕跡，然而描摹女子神態，入木三分。又如〈思帝鄉〉：「春日遊，杏花吹滿頭。陌上誰家年少，足風流。妾擬將身嫁與，一生休。縱被無情棄，不能羞。」這首詞描寫女子對愛情狂熱與大膽的追求，其明直風格有如漢樂府民歌。

韋莊不同於溫庭筠的地方，還在於韋莊詞自抒情懷的風格。如〈菩薩蠻〉：「如今卻憶江南樂，當時年少春衫薄。騎馬倚斜橋，滿樓紅袖招。　翠屏金屈曲，醉入花叢宿。此度見花枝，白頭誓不歸。」張惠言《詞選》卷一評曰：「上云『未老莫還鄉』，猶冀老而還鄉也。其後朱溫篡成，中原愈亂，遂決勸進之志。故曰『如今卻憶江南樂』，又曰『白頭誓不歸』，則此詞之作，其在相蜀時乎！」陳廷焯《雲韶集》卷一曰：「風流自賞，決絕語，正是悽楚語。」這首詞上闋以「如今」開篇，與「年少」對比，感慨「江南」往事；下闋憶往昔、思今朝，信誓旦旦。又如〈歸國遙〉：「金翡翠，為我南飛傳我意。罨畫橋邊春水，幾年花下醉？　別後只知相愧，淚珠難遠寄。羅幕繡帷鴛被，舊歡如夢裡。」詞之上闋以南飛的青鳥起興，代致相思之意；下闋寫女子對戀人傾訴別離傷痛；全詞借男女歡情，寄寓故國的眷戀。韋詞這一特點，標誌著晚唐詞的又一變化。

《花間集》其他作家，歐陽炯、李珣、孫光憲、牛希濟也有一定成就。**歐陽炯**（八九六—九七一），益州華陽（今四川雙流）人。少事前蜀王衍，為中書舍人。後蜀曾官翰林學士、禮部、吏部侍郎、門下侍郎兼戶部尚書等。後蜀亡，歸宋，歷翰林學士、左散騎常侍等。歐陽炯工詩文，詞名尤著。其部分詞淺直明快，如〈南鄉子〉：

路入南中，桄榔葉暗蓼花紅。兩岸人家微雨後，收紅豆，樹底纖纖抬素手。

這首詞寫「南中」風光，「桄榔葉暗」、「蓼花紅」、「微雨」、「紅豆」以及綠蔭、素手的描寫，清新活潑，形象如畫，幾無花間詞豔麗雕琢特色。類似者，又如〈三字令〉（春欲盡）、〈獻衷心〉（見花好顏色）等。

李珣（生卒年不詳），字德潤，其先為波斯人，後家梓州（今四川三臺）。少有時名，嘗以秀才預賓貢，事蜀主王衍。蜀亡，不仕。他的詞明麗清新，如〈南鄉子〉：

煙漠漠，雨淒淒，岸花零落鷓鴣啼。遠客扁舟臨野渡，思鄉處，潮退水平春色暮。

這首詞描寫遠客野渡思鄉，所刻劃漠漠霧靄、淒淒細雨、岸花零落、鷓鴣聲裡、遊子渡頭、潮退水平、夕陽春色，猶如一幅淡淡的水墨畫。據《十國春秋》卷四四本傳載，他的〈浣溪沙〉「早為不逢巫峽夢，那堪虛度錦江春」，詞家競相傳誦。

孫光憲（？—九六八），字孟文，自號葆光子，陵州貴平（今四川仁壽）人。唐末為陵州判官。依荊南高季興，累官荊南節度副使、檢校秘書少監等。入宋，官黃州刺史等。光憲雅善小詞，尤長於白描。如〈浣溪沙〉：

蓼岸風多橘柚香。江邊一望楚天長。片帆煙際閃孤光。　目送征鴻飛杳杳，思隨流水去茫茫。蘭紅波碧憶瀟湘。

《花間集》共錄孫光憲〈浣溪沙〉九首。這首詞描寫蓼花、岸風、楚江、長天、孤帆、征鴻、流水、紅蘭、碧波，繪景如畫，字字傳情。

牛希濟（生卒年不詳），其先安定鶉觚（今甘肅靈臺），後徙狄道（今甘肅臨洮）。遇喪亂，流寓於蜀。後主王衍時，累官翰林學士、御史中丞。後隨蜀主降於後唐。明宗時，曾官雍州節度副使。其詞以情愛為主，詞風清澹。如〈生查子〉：「春山煙欲收，天澹稀星小。殘月臉邊明，別淚臨清曉。　語已多，情未了，回首猶重道：記得綠羅裙，處處憐芳草。」這首詞用語清峻委婉，構思精巧。

花間派其他詞人，也有一些可喜篇章。如顧敻〈訴衷情〉（永夜抛人何處去），豔中有質；牛嶠〈望江怨〉（東風急），布景造情，頗有章法；張泌〈浣溪沙〉（馬上凝情憶舊遊），清新疏朗，風格別致。總體說來，花間派詞人帶有濃厚的脂粉氣，詞風豔麗萎靡。但是，個別詞人詞章，風格別具，這也是值得關注的。

第三節　李煜及南唐其他詞人

一、李璟、馮延巳

五代戰亂，社會動盪不安，這種環境下，文士創作活動亦受到影響。而南唐情況稍微特殊一些。一方面，南唐偏安江南，經濟比較繁榮，中原詞人，多有避難於此者。另一方面，南唐統治者也比較喜尚文詞，於是金陵（今江蘇南京）便形成一個詞人活動中心。主要詞人有李璟、馮延巳、李煜等人，其中，李煜成就最高、影響最大。

李璟（九一六－九六一），南唐中主。他的詞傳世僅四首，其中，〈攤破浣溪沙〉比較著名：

菡萏香銷翠葉殘，西風愁起綠波間。還與韶光共憔悴，不堪看。　細雨夢回雞塞遠，小樓吹徹玉笙寒。多少淚珠何限恨，倚闌干。

這首詞上闋寫景，詞中描繪的香銷、葉殘、西風、綠波，處處含情；下闋抒情，以雞塞、小樓、闌干幾處容易勾起往事回憶的地點為線索，抒發作者無限悲愁離恨。和花間派婉靡華豔詞風比較，這首詞有更強的藝術感染力。

馮延巳（九〇四？－九六〇），一名延嗣，字正中，廣陵（今江蘇揚州）人。南唐烈祖時，曾官秘書郎，歷諫議大夫、翰林學士等，累官至中書侍郎平章事等。馮延巳人品頗受非議，時人以他與魏岑、陳覺、查文徽、馮延魯五人並稱「五鬼」。

馮延巳詞雖然沒有完全擺脫「花間詞」影響，但他較少喜尚描寫女子容貌、服飾、神態等，而是注重表現人物的內心情感。如〈鵲踏枝〉：

誰道閒情拋擲久？每到春來，惆悵還依舊。日日花前常病酒，不辭鏡裡朱顏瘦。　河畔青蕪堤上柳，為問新愁，何事年年有？獨立小橋風滿袖，平林新月人歸後。

這首詞描寫了主人公難以排解迷惘與愁苦，表現了有所期待而又悵然若失的內心矛盾情感。又如〈采桑子〉：

花前失卻遊春侶，獨自尋芳。滿目悲涼，縱有笙歌亦斷腸。　林間戲蝶簾間燕，各自雙雙。忍更思量，綠樹青苔半夕陽。

這首詞觸景感懷，上闋寫失卻遊春情侶之後的獨遊之悲，下闋寫目睹林間蝶燕雙雙之後的身世之歎。這首詞成就頗高，唐圭璋《唐宋詞簡釋》曾以「滿目悲涼」來概括讀該詞的藝術魅力。

馮延巳有一些感時傷物詞章。如〈三臺令〉：

春色，春色，依舊青門紫陌。日斜柳暗花蔫，醉臥誰家少年？年少，年少，行樂直須及早。

這首詞由讚春到惜春，寄寓作者人生感慨，具有濃厚的感傷情調。

馮延巳詞往往看似淺顯質樸，實則含蓄雋永。如〈鵲踏枝〉：

幾日行雲何處去？忘卻歸來，不道春將暮。百草千花寒食路，香車繫在誰家樹？　淚眼倚樓頻獨語。雙燕飛來，陌上相逢否？撩亂春愁如柳絮，悠悠夢裡無尋處。

僅從文字層面分析，這是一首抒寫女子思念戀人的閨怨詞。但從開篇「幾日行雲何處去」到篇末「悠悠夢裡無尋處」，可以看出主人公內心充滿期待、尋覓與徘徊。聯繫馮延巳所云「為問新愁，何事年年有」（〈鵲踏枝〉）、「徘徊一晌幾般心」（〈臨江仙〉）、「終日望君君不至，舉頭聞鵲喜」（〈謁金門〉）、「新著荷衣人未識，年年江海客」（〈謁金門〉）等可知，馮詞往往委婉情深，耐人尋味。

馮延巳有些詞，風格俊朗高遠。如〈醉花間〉：

晴雪小園春未到，池邊梅自早。高樹鵲銜巢，斜月明寒草。　山川風景好，自古金陵道。少年看卻老。相逢莫厭醉金杯，別離多，歡會少。

這首詞，時間上，由「老」及「少」，空間上，有小園、池邊，又有高樹鵲巢，有曠遠斜月，又有月下寒草，有山川風景，又有綿長古道，既寫出了萬物生機，又融匯了作者的哲理思考，全詞既有哀傷與悲愁，又有熱情與曠達。又如〈更漏子〉：「將遠恨，上高樓，寒江天外流」、〈歸國謠〉：「蘆花千里霜月白，傷行色，來朝便是關山隔」等，跨越時空，境界闊大，顯示了馮詞的新成就。

馮延巳在詞史上有重要地位。劉熙載《藝概》：「晏同叔得其俊，歐陽永叔得其深」，可見其對宋人詞的影響。

二、李煜

李煜（九三七—九七八），字重光，自號鍾隱，又稱鍾山隱士、鍾峰隱者、鍾峰白蓮居士等。建隆二年（九六一）初，立為太子，其年六月，即國主之位。在位十五年，開寶八年（九七五），降宋。宋太平興國三年（九七八），被害至死。

李煜工詩能文，尤以詞著稱。其詞，以南唐亡國為界，分為前後兩個時期，前期詞多描寫宮廷生活、男女情愛。如〈浣溪沙〉：

> 紅日已高三丈透，金爐次第添香獸，紅錦地衣隨步皺。　佳人舞點金釵溜，酒惡時拈花蕊嗅，別殿遙聞簫鼓奏。

這首詞描寫紅日三丈、金爐添香、紅錦地衣、佳人曼舞、醉酒拈花、別殿簫鼓等，再現了李煜奢華綺麗的享樂生活。又如〈菩薩蠻〉：「銅簧韻脆鏘寒竹，新聲慢奏移纖玉。眼色暗相鉤，秋波橫欲流。　雨雲深繡戶，來便諧衷素。宴罷又成空，魂迷春夢中。」〈一斛珠〉：「晚妝初過，沉檀輕注些兒個。向人微露丁香顆，一曲清歌，暫引櫻桃破。」這些詞，或傾訴男女情愛，或描摹女子神態形態，或圖繪女子服飾著裝，其中不難看出，花間詞風對李煜的影響。

受南唐的外憂內患等影響，李煜前期也有部分詞流露出哀愁與感傷。如〈清平樂〉：

> 別來春半，觸目柔腸斷。砌下落梅如雪亂，拂了一身還滿。　雁來音信無憑，路遙歸夢難成。離恨恰如春草，更行更遠還生。

這首詞寫作者春半之時，觸目傷懷，離愁別恨，齊集心頭。雖然所思者為誰，歷來解說紛紜，但由此不難看出，作者內心縈繞著無限哀思。又如〈臨江仙〉：「櫻桃落盡春歸去，蝶翻金粉雙飛。子規啼月小樓西，畫簾珠箔，惆悵捲金泥。　門巷寂寥人去後，望殘煙草低迷。爐香閒裊鳳凰兒，空持羅帶，回首恨依依。」這首詞，蔡條《西清詩話》謂圍城中作，未就而城破。據詞意，上闋傷春，下闋懷人，氣氛悲涼，寄託詞人深重的惆悵與哀傷。

李煜詞最感人，成就最高的是抒寫亡國之痛的篇章。國亡家破，給李煜以沉重打擊，但也成就了他詞創作的功業。這一時期，他的詞遠離帝王醉生夢死的享樂，充滿了亡國之君的哀愁與傷痛。如他的名篇〈虞美人〉：

春花秋月何時了，往事知多少。小樓昨夜又東風，故國不堪回首月明中。　雕欄玉砌應猶在，只是朱顏改。問君能有幾多愁，恰似一江春水向東流。

這首詞以「何時」、「多少」等詞問起，以「東風」引發「不堪回首」、「應猶在」、「朱顏改」等諸般哀歎，最後，以「一江春水向東流」答結，流露了沉痛的故國之思。

李煜後期詞，《西清詩話》云：「南唐李後主歸朝後，每懷江國，且念嬪妾散落，鬱鬱不自聊。」又如〈子夜歌〉：「人生愁恨何能免，銷魂獨我情何限。故國夢重歸，覺來雙淚垂。　高樓誰與上？長記秋晴望。往事已成空，還如一夢中。」〈望江南〉：「多少恨，昨夜夢魂中。還似舊時遊上苑，車如流水馬如龍。花月正春風。」可見，李煜後期詞作內容變化。

李煜詞在謀篇結構、意象選擇以及敘事、描寫、抒情手法等方面，均有很高成就。如〈相見歡〉：

無言獨上西樓，月如鉤。寂寞梧桐深院鎖清秋。　剪不斷，理還亂，是離愁。別是一番滋味在心頭。

這首詞上闋重繪景，下闋重在抒情，結構層次明晰。描繪景物選取「西樓」、「月」、「梧桐」、「深院」、「清秋」等意象，具有較強的個性特色。如「西樓」上徘徊著「無言」之人、「月」殘缺如鉤、「梧桐」寂寞孤獨、「深院」鎖「清秋」等，諸多意象組合一起，使讀者清楚看到一位內心充滿濃愁而又孤獨、淒楚的主人公形象。從抒情角度分析，下闋開篇直抒胸臆，分寸恰到妙處。作者用絲喻愁，新穎而別致。末句「別是一番滋味」極佳，作者由一國之君淪為階下囚，其中屈辱與辛酸自己說不清，常人也難以體會。縱觀全詞，寫景形象生動傳神；抒情自然真摯感人。又如〈浪淘沙〉：

簾外雨潺潺，春意闌珊，羅衾不耐五更寒。夢裡不知身是客，一晌貪歡。　獨自莫憑欄！無限江山，別時容易見時難。流水落花春去也，天上人間。

這首詞上闋敘事寫景，下闋詠懷抒情。作者描寫簾外雨、闌珊春、羅衾薄、五更寒、夢裡人、貪歡客等，選取意象特點分明，敘事抒情脈絡清晰。全詞眼界闊大、感情深邃、語詞生動、白描以及倒敘等手法運用巧妙，藝術成就極高。李煜這首詞，前人評論甚多，如李攀龍《草堂詩餘雋》謂之「悲悼萬狀」，許昂霄《詞綜偶評》謂之「語意慘然」等等，甚是。詞中一字一語，均乃血淚。

李煜秉承晚唐以還溫庭筠、韋莊等花間詞人的傳統，將詞推進至新的歷史時期。內容上，李詞擴大了詞的表現領域。藝術上，李詞在謀篇布局、意象選取等方式、技巧上，均作了很多有益的嘗試。王國維《人間詞話》：「詞至李後主而眼界始大，感慨遂深，遂變伶工之詞而為士大夫之詞。」可見，李煜在我國詞史上的地位。

附錄

唐代文學簡表

西元	帝王年號	事件
六一八	唐高祖武德元年，戊寅	五月，李淵稱帝，建立唐朝。六月，甲戌，李世民拜尚書令，庚辰，封秦王，時年二十一歲。本年，虞世南六十一歲，王績約二十九歲，許敬宗二十七歲，上官儀約十一歲。
六二一	唐高祖武德四年，辛巳	五月，唐秦王李世民攻洛陽，平王世充。十月，以天下漸平，秦王開文學館，延四方之士，虞世南、許敬宗等均在選中。
六二二	唐高祖武德五年，壬午	始行進士考試。
六二三	唐高祖武德六年，癸未	駱賓王約生於本年。

六二四	唐高祖武德七年，甲申	三月，唐平江南，完成統一。九月，歐陽詢等撰成《藝文類聚》一百卷，上之。
六二六	唐高祖武德九年，丙戌	六月，玄武門之變，李世民殺太子建成、齊王元吉。八月，李世民即帝位。九月，置弘文館，以虞世南等兼學士。
六二七	唐太宗貞觀元年，丁亥	上官儀等四人登進士第。
六三一	唐太宗貞觀五年，辛卯	正月，太宗作〈正日臨朝〉，群臣唱之。自後，朝廷百官屢有宴飲詩作唱和。
六三三	唐太宗貞觀七年，癸巳	盧照鄰約生於本年。
六三六	唐太宗貞觀十年，丙申	正月，魏徵等撰成梁、陳、周、齊、隋五代史，上之。史中提出合南北之長等文學主張。
六三八	唐太宗貞觀十二年，戊戌	虞世南卒，年八十一，有文集三十卷，已散佚。
六四一	唐太宗貞觀十五年，辛丑	高士廉等撰成《文思博要》一千二百卷上之。本年左右，慧淨纂輯自梁至唐初一百五十人詩五百四十八首，為《續古今詩苑英華》十卷。褚亮奉勅與諸學士撰《古文章巧言語》一卷，選輯前

		人詩歌名句。
六四四	唐太宗貞觀十八年，甲辰	王績自為墓誌，卒，約年五十五，有集五卷。
六四五	唐太宗貞觀十九年，乙巳	李嶠生。杜審言約生於本年。
六四八	唐太宗貞觀二十二年，戊申	蘇味道生。
六五〇	唐高宗永徽元年，庚戌	楊炯、王勃生。
六五一	唐高宗永徽二年，辛亥	劉希夷生。
六五二	唐高宗永徽三年，壬子	盧照鄰授鄧王府典簽。
六五三	唐高宗永徽四年，癸丑	三月，頒孔穎達《五經正義》於天下，明經科令依此考試。崔融生。
六五六	唐高宗顯慶元年，丙辰	本年左右，沈佺期、宋之問生。
六五七	唐高宗顯慶二年，丁巳	許敬宗等撰成《文館詞林》一千卷，上之。
六五八	唐高宗顯慶三年，戊午	李善上《文選注》六十卷。

六五九	唐高宗顯慶四年，己未	賀知章、陳子昂生。楊炯舉神童。
六六二	唐高宗龍朔二年，壬戌	十月，庚戌，西臺侍郎上官儀同東西臺三品，時人多效其詩，謂為「上官體」。
六六三	唐高宗龍朔三年，癸亥	龍朔中大量編纂類書，有許敬宗、上官儀等預修撰之《瑤山玉彩》五百卷、《芳林要覽》三百卷，郭瑜撰《古今詩類聚》七十九卷等。本年或稍前，上官儀作《筆札華梁》二卷；本年或稍後數年，元兢撰《詩髓腦》一卷，二書均多論對偶與聲律病犯。
六六四	唐高宗麟德元年，甲子	上官儀坐謀反罪下獄死，有集三十卷。
六六七	唐高宗乾封二年，丁卯	張說生。蘇味道登進士第。盧照鄰自益州還京。
六六八	唐高宗乾封三年，總章元年，戊辰	本年左右，盧照鄰出為新都尉，遊巴蜀數年。
六六九	唐高宗總章二年，己巳	六六七年，王勃為沛王府侍讀，本年，戲為〈檄英王雞〉，被逐，遊巴蜀數年。
六七〇	唐高宗總章三年，咸亨元年，庚午	蘇頲生。駱賓王西行出塞，從軍時間長達五、六年，作詩開邊塞詩先聲；其間曾淹留蜀中，與盧照鄰、王勃有交遊。

六七二	唐高宗咸亨三年，壬申	八月壬子，許敬宗卒，年八十一，有集八十卷。
六七五	唐高宗上元二年，乙亥	沈佺期、宋之問、劉希夷等四十五人登進士第。
六七六	唐高宗上元三年，丙子	正月，楊炯應制舉，授校書郎。八月，王勃渡海歸，溺水而卒，年二十七，有集三十卷。
六七八	唐高宗儀鳳三年，戊寅	張九齡生。
六七九	唐高宗儀鳳四年，調露元年，己卯	駱賓王為侍御史，屢上疏諷諫得罪，入獄，次年獲釋。陳子昂年二十一，自蜀入京遊太學，次年落第西還。劉希夷卒於本年或稍後，年二十九，有集十卷，又詩集四卷。
六八一	唐高宗永隆二年，開耀元年，辛巳	二月，楊炯、崔融等十人為崇文館學士。崔融《唐朝新定詩格》三卷或作於此時。秋，駱賓王出為臨海丞。
六八三	唐高宗永淳二年，弘道元年，癸未	十二月，中宗即位，武后臨朝稱制。本年或稍後，盧照鄰疾甚，投水而死，年五十餘，有集二十卷。
六八四	唐武后光宅元年，甲申	三月，陳子昂登進士第，獻書闕下，武后召見，授麟臺正字；後屢上諫疏，陳政見。九月，駱賓王從徐敬業起兵反武則天，十一

		月，於兵敗混亂中跳水逃亡，不知所之，其遺文集為十卷。
六八六	唐武后垂拱二年，丙戌	陳子昂本年從軍出塞。
六八八	唐武后垂拱四年，戊子	王之渙生。
六八九	唐武后永昌元年，己丑	蘇頲進士及第。張說制舉登科。孟浩然生。
六九〇	周武則天天授元年，庚寅	王昌齡生於本年左右。
六九一	周武則天天授二年，辛卯	陳子昂丁繼母憂，辭官歸蜀。
六九二	周武則天天授三年，如意元年，長壽元年，壬辰	王維當生於本年。楊炯為盈川令。
六九四	周武則天長壽三年，延載元年，甲午	楊炯約卒於本年或稍後，有集三十卷。陳子昂返朝廷，授右拾遺。
六九五	周武則天證聖元年，天冊萬歲元年，乙未	賀知章等二十二人登進士第。
六九六	周武則天萬歲登封元年，萬歲通天元年，丙申	陳子昂下獄後獲釋復官。本年，奉命隨武攸宜北討契丹。

六九七	周武則天萬歲通天二年，丁酉	陳子昂在幽州，不見用，登薊北樓。
六九八	周武則天聖曆元年，戊戌	秋，陳子昂以父老辭官歸侍。
七〇〇	周武則天聖曆三年，久視元年，庚子	陳子昂為縣令所迫陷，卒，年四十二，盧藏用編其遺文十卷。高適生於本年左右。
七〇一	周武則天久視二年，大足元年，長安元年，辛丑	崔融編珠英學士四十七人詩二百七十六首為《珠英學士集》五卷。李白生。
七〇二	周武則天長安二年，壬寅	常建生於本年左右。
七〇五	周武則天神龍元年，唐中宗神龍元年，乙巳	中宗即帝位，復國號唐，誅張易之兄弟，杜審言、沈佺期、宋之問坐貶嶺南。李嶠、蘇味道、崔融均遭貶。蘇味道未行而卒，年五十八，有集十五卷。
七〇六	唐中宗神龍二年，丙午	神龍（七〇五—七〇七）中，賀知章與賀朝、萬齊融、張若虛、邢巨、包融等吳越之士，俱以文詞俊秀，揚名京城。賀知章與張旭、張若虛、包融合稱「吳中四士」。崔融卒，年五十四，有集六十卷。儲光羲生於本年左右。

七〇八	唐中宗景龍二年，戊申	杜審言卒，年六十餘，有集十卷。
七一〇	唐中宗景龍四年，少帝唐隆元年，睿宗景雲元年，庚戌	六月，臨淄王李隆基盡誅武、韋之黨。宋之問坐交通韋、武，流欽州。王翰等登進士第。
七一二	唐玄宗先天元年，壬子	秋冬之際，宋之問賜死於桂州驛，年五十七，後友人編其遺文為集十卷。王灣進士及第。杜甫生於本年。
七一三	唐玄宗先天二年，開元元年，癸丑	本年左右，王維登進士第。孟浩然時居襄陽。張說入朝為檢校中書令，封燕國公，因與姚崇不合，貶外任。
七一四	唐玄宗開元二年，甲寅	李嶠本年或稍後卒，年七十，有集五十卷。
七一五	唐玄宗開元三年，乙卯	岑參、李華生於本年。李白十五歲，在蜀中，本年前後，觀奇書，學神仙與劍術，已作詩賦多首。
七一六	唐玄宗開元四年，丙辰	沈佺期卒於本年左右，約年六十一，有集十卷。
七一七	唐玄宗開元五年，丁巳	蕭穎士生。
七一八	唐玄宗開元六年，戊午	杜甫七歲，已能詩。

七一九	唐玄宗開元七年，己未	高適年二十，初遊長安，求仕不遇，此後近十年居宋州。岑參五歲，始讀書。元結生。
七二〇	唐玄宗開元八年，庚申	李白二十歲，大約本年之後，在蜀中漫遊。本年左右，錢起、皎然生。
七二一	唐玄宗開元九年，辛酉	張說再入朝為兵部尚書，同中書門下三品。春，王維進士及第，秋冬，坐事自太樂丞貶濟州司倉參軍，後在濟州四年多。
七二三	唐玄宗開元十一年，癸亥	崔顥登進士第。
七二四	唐玄宗開元十二年，甲子	祖詠等二十一人登進士第。儲光羲應進士舉不第，遂入太學。
七二五	唐玄宗開元十三年，乙丑	李白出峽東遊，至江陵，遇司馬承禎，又南遊洞庭。王昌齡西行出塞，次年東歸。獨孤及、孟雲卿生。
七二六	唐玄宗開元十四年，丙寅	儲光羲、崔國輔、綦毋潛等三十一人登進士第。春，李白自金陵赴揚州，夏，自揚州遊越。本年左右，劉長卿生。
七二七	唐玄宗開元十五年，丁卯	三月，王昌齡、常建等十九人登進士第。孟浩然遊京師應進士試不第。李白娶許圉師女，始居安陸。此後以安陸為據點，先後遊

汝州、襄陽、洛陽、太原、東魯等地。七月甲戌，蘇頲卒，年五十八，有集四十卷。本年左右，顧況生。

七二九　唐玄宗開元十七年，己巳

王維隱居淇上，本年歸長安，始受教於大薦福寺道光禪師。秋，孟浩然漫遊吳越。岑參年十五，丁家艱，隱於嵩陽，遍覽史籍。

七三〇　唐玄宗開元十八年，庚午

李白初入長安，賀知章見其〈蜀道難〉，歎為謫仙人。本年左右，高適北遊燕趙，始作邊塞詩。十二月，張說卒，年六十四，有集三十卷。

七三一　唐玄宗開元十九年，辛未

李白自長安東行，至宋州。孟浩然自越中歸襄陽。

七三二　唐玄宗開元二十年，壬申

李白南還。本年前後，杜甫漫遊吳越。戴叔倫生。

七三三　唐玄宗開元二十一年，癸酉

張九齡為相。岑參年十九，始至洛陽獻書，此後十年，屢出入京洛，為求仕奔波，蹉跎十載。

七三四　唐玄宗開元二十二年，甲戌

王昌齡登博學宏詞科，授汜水尉。本年左右，高適自幽薊南歸。

七三五　唐玄宗開元二十三年，乙亥

蕭穎士、李頎、李華等二十七人登進士科。高適、杜甫應進士舉，不第。王維擢為右拾遺。本年或前一、二年，韋應物生。

七三七	唐玄宗開元二十五年，丁丑	張九齡為李林甫所譖，出為荊州長史，後為荊州刺史。王維充監察御史，奉使出塞至河西。
七三八	唐玄宗開元二十六年，戊寅	高適作〈燕歌行〉。本年前後數年，杜甫東遊齊趙。
七三九	唐玄宗開元二十七年，己卯	王昌齡坐事謫嶺南。
七四〇	唐玄宗開元二十八年，庚辰	李白移居東魯。王維以殿中侍御史知南選，返京後，亦官亦隱，曾隱居於終南山。冬，王昌齡出為江寧尉。孟浩然卒，年五十二，後王士源搜其遺詩，編為四卷。張九齡卒於韶州，年六十三，有集二十卷。
七四一	唐玄宗開元二十九年，辛巳	常建約此後不久卒，有詩集一卷。
七四二	唐玄宗天寶元年，壬午	八月壬辰，李林甫加尚書左僕射，為相專權。秋，李白因玉真公主薦，被詔自東魯入京，待詔翰林。王之渙卒，年五十五。
七四三	唐玄宗天寶二年，癸未	本年左右，王維得宋之問藍田輞川別墅，經營之，與裴迪同遊。
七四四	唐玄宗天寶三載，甲申	安祿山以平盧節度使兼范陽節度使，得玄宗寵信。李白被賜金離京還山。李白、杜甫、高適同遊梁宋。賀知章歸越，卒，年八十六。

七四五	唐玄宗天寶四載，乙酉	冊太真妃楊氏為貴妃，楊氏家族，顯赫一時。
七四六	唐玄宗天寶五載，丙戌	李白由東魯再遊吳越。本年，杜甫到長安，困守達十年。
七四七	唐玄宗天寶六載，丁亥	李林甫秉政，杜甫、元結應舉不第。
七四八	唐玄宗天寶七載，戊子	盧綸、李益生。
七四九	唐玄宗天寶八載，己丑	高適至長安，制舉登科，授封丘尉，時年已五十。冬，岑參出塞，赴安西高仙芝幕府，充安西判官。
七五〇	唐玄宗天寶九載，庚寅	秋，王昌齡貶龍標尉。
七五一	唐玄宗天寶十載，辛卯	杜甫在長安，獻〈三大禮賦〉，作〈兵車行〉，作詩訴飢寒交迫之狀。秋，李白遊燕趙。岑參罷安西幕東歸。顧況約於本年應舉不第。孟郊生。
七五二	唐玄宗天寶十一載，壬辰	高適罷封丘尉，西至長安。秋，杜甫、高適、岑參、儲光羲同登長安慈恩寺塔，各賦詩，杜甫詩寓時事之憂。十一月，李林甫卒，楊國忠為右相。李頎約於本年卒。
七五三	唐玄宗天寶十二載，癸巳	李白自北南歸，遊於金陵、宣城間。秋，高適客遊河西武威，為

七五四　唐玄宗天寶十三載，甲午

哥舒翰節度使掌書記。殷璠編《河嶽英靈集》。梁肅生。

韓翃、元結等三十五人登進士第。岑參再度出塞，為安西北庭節度使封常清判官。

七五五　唐玄宗天寶十四載，乙未

十一月，杜甫赴奉先縣探視家小，預感大亂將至，憂國事，傷民生，作長詩〈自京赴奉先縣詠懷五百字〉。同月丙寅，安祿山於范陽叛亂，十二月，進據洛陽。高適為左拾遺、監察御史，佐哥舒翰守潼關。

七五六　唐玄宗天寶十五載，肅宗至德元載，丙申

正月，安祿山據洛陽，自稱大燕皇帝。六月，潼關失守，玄宗自長安西走，至馬嵬驛，兵變，誅殺楊國忠，命楊貴妃自殺。玄宗奔蜀。七月甲子，太子李亨即位於靈武，是為肅宗。李白避亂南奔，避地宣城，十二月，應邀入永王李璘幕。劉長卿避亂揚、潤諸州。韋應物離家避亂。杜甫自奉先歸京，仍官右衛率府胄曹參軍，又避亂至奉先，奔肅宗行在，為安史亂軍所俘，陷賊長安。王維、裴迪、儲光羲、李華在長安陷賊，王維後迫受偽職。王昌齡約於本年為閭丘曉所殺，年約六十七，有集五卷。郎士元、皇甫冉等三十三人登進士第。

七五七	唐肅宗至德二載，丁酉	正月，安祿山為其子安慶緒所殺，安慶緒篡稱帝。九月，收復長安，十月，收復洛陽。永王李璘兵敗，李白被繫潯陽獄中，後長流夜郎。杜甫陷長安，有〈春望〉等詩，五月，自長安間道奔鳳翔行在，授左拾遺，旋赴鄜州探親，後回長安。王維等因陷賊受偽職而下獄。顧況等登進士第。
七五八	唐肅宗至德三載，乾元元年，戊戌	王維免罪復官，責授太子中允。
七五九	唐肅宗乾元二年，己亥	三月，九節度兵潰相州。杜甫自東都歸華州，適逢相州之敗，作「三吏三別」。七月，棄官客秦州，十一月，寓居成州同谷縣，十二月，再離同谷赴蜀。李白長流夜郎，中道遇赦而還。儲光羲約於本年卒，有集七十卷。權德輿生。
七六〇	唐肅宗上元元年，庚子	杜甫在成都，卜居浣花溪，築草堂，從此在草堂居住三年多。蕭穎士卒，年四十四，有集十卷。
七六一	唐肅宗上元二年，辛丑	李白聞李光弼出鎮臨淮，欲往從軍，中道病還，依族叔當塗李陽冰。七月，王維卒，年七十，有集十卷。

七六二	唐肅宗寶應元年，壬寅	嚴武在成都為劍南節度使，入朝。杜甫相送至綿州，逢徐知道亂，流亡梓州。十一月，李白卒，年六十二，有集二十卷。
七六三	唐肅宗寶應二年，代宗廣德元年，癸卯	正月，史朝義敗死，安史之亂結束。吐蕃連年攻占西北各州，一度攻入長安。杜甫流亡於梓州、閬州，均有詩感傷時事。元結為道州刺史。
七六四	唐代宗廣德二年，甲辰	嚴武復為成都尹，劍南東西川節度使。杜甫攜家自閬州歸成都草堂，入嚴武幕。
七六五	唐代宗永泰元年，乙巳	杜甫離成都，經嘉、戎、渝、忠等州去蜀。岑參出為嘉州刺史。高適卒於長安，年六十六，有集二十卷。
七六六	唐代宗永泰二年，大曆元年，丙午	三月，杜甫在雲安，後移居夔州，在夔州居三年。張籍、王建約生於本年。
七六八	唐代宗大曆三年，戊申	正月，杜甫自夔州出峽，三月至江陵，九月移居公安，十二月至岳州，從此漂泊湖湘一帶。岑參罷官，客居成都。韓愈生。
七六九	唐代宗大曆四年，己酉	正月，杜甫自岳州南行，三月至潭州，復至衡州，九月在潭州。岑參卒於成都，年五十五，有集八卷。

七七〇	唐代宗大曆五年，庚戌	四月，杜甫在潭州，避臧玠之亂赴衡州，又南至耒陽，自潭州北歸，冬，臥疾舟中，卒，年五十九，有集六十卷，又《小集》六卷。
七七二	唐代宗大曆七年，壬子	正月，白居易生於鄭州新鄭。四月，賈至卒，年五十五，有集二十卷，蘇冕別編為十五卷。本月，元結卒於京師，年五十四，有《元子》十卷，《文編》十卷。呂溫、李紳、劉禹錫、李翺本年生。
七七三	唐代宗大曆八年，癸丑	柳宗元本年生。
七七四	唐代宗大曆九年，甲寅	五月，李華卒，年五十七。有《前集》十卷，又《中集》二十卷。八月，張志和來湖州謁顏真卿，作《漁父詞五首》，顏真卿、陸羽等和二十五首。九月，劉長卿貶睦州司馬。
七七六	唐代宗大曆十一年，丙辰	白行簡本年生。皇甫湜約本年生。
七七七	唐代宗大曆十二年，丁巳	獨孤及卒於常州，年五十三，有文集二十卷，梁肅編，李舟為序。姚合本年生。
七七九	唐代宗大曆十四年，己未	約本年，高仲武編《中興間氣集》，選肅、代兩朝詩人二十六家，

		詩一百三十二首。元稹、賈島本年生。
七八〇	唐德宗建中元年，庚申	約本年秋，韓翃以〈寒食〉詩受知德宗，擢為駕部郎中、知制誥。張繼本年卒，有詩集一卷。牛僧孺本年生。
七八一	唐德宗建中二年，辛酉	沈既濟《任氏傳》約作於本年。郎士元約本年卒，有詩集一卷。
七八二	唐德宗建中三年，壬戌	李翰約卒於本年，有《前集》三十卷，梁肅為之序。
七八三	唐德宗建中四年，癸亥	韓翃、錢起約卒於本年，韓有詩集五卷，錢有詩集十卷。
七八五	唐德宗貞元元年，乙丑	韋應物授江州刺史。
七八七	唐德宗貞元三年，丁卯	劉長卿、耿湋約卒於本年，劉有集十卷，耿有詩集二卷。李德裕本年生。
七八八	唐德宗貞元四年，戊辰	李益約於本年前後錄其從軍詩五十首贈盧景亮，自為序。韋應物約本年由左司郎中出為蘇州刺史。
七八九	唐德宗貞元五年，己巳	八月，戴叔倫卒於南海清遠縣，年五十八，有集二十卷，編《唐詩》數十萬言，草稿未就。本年，白居易年十八，據傳，其〈賦得古原草送別〉詩為顧況佳賞。

七九〇　唐德宗貞元六年，庚午	十二月，韋應物罷蘇州刺史，旋卒，年約五十五，有詩集十卷。韓愈本年二十二歲，冬，至華州，投書賈耽。李賀本年生。
七九二　唐德宗貞元八年，壬申	二月，歐陽詹、李觀、王涯、韓愈等人同登進士第，時稱「龍虎榜」。
七九三　唐德宗貞元九年，癸酉	二月，柳宗元、劉禹錫等人登進士第，元稹明經及第。十一月，梁肅卒，年四十一，有文集三十卷。賈島約本年出家，法號無本。
七九四　唐德宗貞元十年，甲戌	二月，顧況歸隱茅山。
七九五　唐德宗貞元十一年，乙亥	約八月，白行簡撰《李娃傳》。
七九六　唐德宗貞元十二年，丙子	二月，孟郊進士及第，有詩「春風得意馬蹄疾，一日看盡長安花。」
七九八　唐德宗貞元十四年，戊寅	李益在幽州劉濟幕。盧綸本年卒，有詩集十卷。
七九九　唐德宗貞元十五年，己卯	二月，張籍登進士第。本年秋，白居易中宣州鄉試。十二月，四門助教歐陽詹舉韓愈為博士，不果。

八〇〇	唐德宗貞元十六年，庚辰	二月，白居易登進士第。
八〇一	唐德宗貞元十七年，辛巳	三月，孟郊授溧陽尉，韓愈為〈送孟東野序〉送之。約七月，元稹、白居易在長安相識建交。溫庭筠約本年生。
八〇二	唐德宗貞元十八年，壬午	正月，韓愈授四門博士。八月，李公佐自吳之洛，為《南柯太守傳》。九月，李紳作〈鶯鶯歌〉，元稹作《鶯鶯傳》。韓愈約本年創「古文」之名。
八〇三	唐德宗貞元十九年，癸未	二月，白居易、元稹登書判拔萃科，同授秘書省校書郎。五月，韓愈侄韓老成卒，愈為〈祭十二郎文〉。杜牧本年生。段成式約本年生。
八〇四	唐德宗貞元二十年，甲申	十二月，日僧空海隨遣唐使來中國。柳冕約卒於本年。
八〇五	唐德宗貞元二十一年，唐順宗永貞元年，乙酉	二月，柳宗元擢禮部員外郎。四月，劉禹錫由監察御史轉屯田員外郎、判度支鹽鐵案。九月，柳宗元、劉禹錫等坐交王叔文遭貶遠州刺史。十一月，柳宗元由韶州刺史貶永州司馬，劉禹錫由連州刺史貶朗州司馬，同貶者，有韓泰、陳諫等八人，史稱「八司馬」。

八〇六　唐憲宗元和元年，丙戌	四月，元稹、白居易、崔護等登才識兼茂明於體用科。六月，韓愈自江陵召還，為國子博士。十二月，白居易作〈長恨歌〉，陳鴻作《長恨歌傳》。
八〇七　唐憲宗元和二年，丁亥	四月，韓愈作〈張中丞傳後敘〉。約五月，白居易為盩厔尉，作〈觀刈麥〉。十一月，白居易入為翰林學士。
八〇八　唐憲宗元和三年，戊子	二月，李益等坐牛僧孺、皇甫湜等策語太切，被貶。李賀至洛陽謁韓愈，愈見其〈雁門太守行〉，奇之。
八〇九　唐憲宗元和四年，己丑	本年，柳宗元在永州，相繼寫出《永州八記》前四記。李紳為校書郎，約本年作《樂府新題二十首》，元稹列而和之十二首。白居易本年前後作《秦中吟》、《新樂府》等詩。
八一〇　唐憲宗元和五年，庚寅	三月，元稹自東都召回，旋貶江陵士曹。韓愈本年為都官員外郎分司東都，冬為河南令。曾作〈毛穎傳〉，時人笑以為怪。
八一二　唐憲宗元和七年，壬辰	二月，韓愈本年由職方員外郎貶國子博士分司東都。本年，柳宗元在永州，作〈袁家渴記〉等四記。元稹在江陵，編其十六至三十四歲詩八百餘首，為二十卷。李商隱約本年生。

八一三	唐憲宗元和八年，癸巳	三月，韓愈作〈進學解〉，由國子博士改比部郎中、史館修撰。李賀辭奉禮郎，歸昌谷。本年，元稹在江陵，撰〈唐故工部員外郎杜君墓系銘〉，稱「詩人以來，未有如子美者。」
八一四	唐憲宗元和九年，甲午	八月，孟郊卒，年六十四，有詩集十卷。
八一五	唐憲宗元和十年，乙未	正月，柳宗元、劉禹錫、元稹奉召回京。三月，柳宗元出為柳州刺史，劉禹錫出為播州刺史，改連州，元稹出為通州司馬。七月，白居易因上疏諫捕刺殺武元衡之凶手，貶江州刺史，追改江州司馬。十二月，白居易編集此前詩歌為十五卷，作〈與元九書〉。
八一六	唐憲宗元和十一年，丙申	二月，姚合登進士第。本年秋，白居易在江州作〈琵琶行〉。李賀卒於昌谷故里，年二十七，有集五卷。約本年，顧況卒，有集二十卷。
八一七	唐憲宗元和十二年，丁酉	本年冬，白居易授忠州刺史。約本年，令狐楚奉旨編《御覽詩》，選大曆、貞元、憲宗朝詩人三十人、詩二百八十餘首。
八一八	唐憲宗元和十三年，戊戌	八月，權德輿卒，年六十，有集五十卷。

八一九	唐憲宗元和十四年，己亥	正月，韓愈因上書極諫唐憲宗鳳翔法門寺迎佛骨之事，貶潮州刺史，過藍關，有詩〈左遷至藍關示侄孫湘〉。十月，柳宗元卒於柳州刺史任所，年四十七，韓愈為撰墓誌，有集三十卷，劉禹錫編而序之。
八二〇	唐憲宗元和十五年，庚子	五月，元稹為祠部郎中、知制誥。韓愈去年冬自潮州量移袁州，本年春之任所，本月作文祭柳宗元。八月，又作墓誌銘。九月，徵為國子祭酒。十二月，白居易由司門員外郎擢主客郎中、知制誥。本年冬，姚合調武功主簿，世稱「姚武功」。
八二一	唐穆宗長慶元年，辛丑	三月，李紳、李德裕、元稹劾錢徽取進士不公，詔王起、白居易重試。七月，韓愈由國子祭酒轉兵部侍郎。本年冬，劉禹錫服除，授夔州刺史，後，效屈原〈九歌〉為〈竹枝詞〉等。
八二二	唐穆宗長慶二年，壬寅	二月，元稹以工部侍郎同平章事。三月，張籍由國子博士遷水部員外郎。六月，元稹罷相，出為同州刺史。七月，白居易自中書舍人出為杭州刺史。
八二三	唐穆宗長慶三年，癸卯	六月，韓愈由吏部侍郎改京兆尹兼御史大夫。八月，元稹由同州刺史授越州刺史、浙東觀察使。十月，韓愈由京兆尹改兵部侍

		郎，又改吏部侍郎。
八二四	唐穆宗長慶四年，甲辰	五月，白居易杭州刺史秩滿，除太子左庶子，分司東都。八月，劉禹錫自夔州移和州。十二月，元稹編白居易長慶二年以前詩兩千二百五十一首為《白氏長慶集》，五十卷。同月，韓愈卒於長安，有集四十卷，李漢為之序。
八二五	唐敬宗寶曆元年，乙巳	三月，白居易由太子左庶子分司東都授蘇州刺史。
八二六	唐敬宗寶曆二年，丙午	冬十一月，劉禹錫自和州、白居易自蘇州北歸，二人遇於揚州，交遊甚歡。本年冬，白行簡卒於長安，年五十一。後，白居易編其集為《白郎中集》二十卷。
八二七	唐敬宗寶曆三年，唐文宗大和元年，丁未	三月，白居易徵為秘書監。六月，劉禹錫任主客郎中，分司東都。
八二八	唐文宗大和二年，戊申	二月，杜牧等進士登第。本月，白居易由秘書監除刑部侍郎。三月，杜牧等登賢良方正能直言極諫科。秋，白居易編長慶三年後詩文為《白氏長慶集・後集》。
八二九	唐文宗大和三年，己酉	三月，白居易編《劉白唱和集》，本月末，改受太子賓客分司東

都。八月，李益卒，年八十四，贈太子少師。

八三〇　唐文宗大和四年，庚戌

正月，元稹由尚書左丞出為武昌軍節度使。十二月，白居易由太子賓客改河南尹。約本年，王建、張籍卒。建有集十卷，籍詩散佚甚多。

八三一　唐文宗大和五年，辛亥

七月，元稹暴卒於武昌任所，年五十三。十月，劉禹錫由吏部郎中改蘇州刺史。

八三三　唐文宗大和七年，癸丑

四月，白居易免河南尹，改授太子賓客分司東都。劉禹錫本年自編《劉氏集略》，又為李絳編輯遺集二十卷。

八三四　唐文宗大和八年，甲寅

七月，白居易編大和三年至本年夏在洛陽所為詩歌為一集。同月，劉禹錫罷蘇州，移汝州。

八三五　唐文宗大和九年，乙卯

三月，杜牧離淮南幕入京任監察御史。夏，白居易編《白氏文集》六十卷。九月，白居易授同州刺史，辭疾不就，改授太子少傅分司東都。十一月，宦官仇士良誅殺李訓、鄭注等，時謂「甘露事變」，後，白居易、李商隱、杜牧等有感懷詩作。

八三六　唐文宗開成元年，丙辰

五月，白居易續編《白氏文集》，成六十五卷。約本年六月，李

	翺卒，有文集十卷。秋，劉禹錫遷太子賓客分司東都，與白居易、裴度等唱和。
八三七　唐文宗開成二年，丁巳	二月，李商隱等登進士第。賈島本年坐飛謗，責授長江主簿。
八三九　唐文宗開成四年，己未	二月，白居易重編《白氏文集》，成六十七卷。五月，李商隱由秘書省校書郎調弘農尉。
八四〇　唐文宗開成五年，庚申	秋，賈島長江主簿秩滿，遷普州司倉參軍。十一月，白居易將在洛陽所為詩篇編為《白氏洛中集》。
八四二　唐武宗會昌二年，壬戌	七月，劉禹錫卒，有集四十卷。十二月，姚合卒，有詩集十卷，曾編《極玄集》等。白居易罷太子少傅。
八四三　唐武宗會昌三年，癸亥	七月，賈島卒，有《長江集》十卷。
八四五　唐武宗會昌五年，乙丑	本年三月、五月，白居易在洛陽宴飲集會，前次為七老會，後者為九老會。五月，白居易編其近年詩文，合前所編者，總計七十五卷。
八四六　唐武宗會昌六年，丙寅	七月，李紳卒於淮南節度使任，年七十五，有《追昔遊》詩三

	卷。八月，白居易卒於洛陽，年七十五，有文集七十五卷。九月，杜牧由池州刺史轉睦州。
八四七 唐宣宗大中元年，丁卯	十月，李商隱自桂林奉使南郡，編其文為《樊南四六甲集》二十卷，錄文四百三十三篇。
八四九 唐宣宗大中三年，己巳	八月，唐收復河湟三州，杜牧等人有詩詠之。李商隱由長安赴盧弘正幕，杜牧在京任司勳員外郎。
八五〇 唐宣宗大中四年，庚午	初秋，杜牧由吏部員外郎出為湖州刺史。
八五一 唐宣宗大中五年，辛未	四月，李商隱罷徐州幕，稍後，其妻王氏卒，商隱補太學博士。 八月，杜牧擢考功郎中。約本年冬，李商隱赴梓州東川幕。
八五二 唐宣宗大中六年，壬申	十二月，杜牧卒於中書舍人任，有《樊川文集》二十卷。
八五三 唐宣宗大中七年，癸酉	十一月，李商隱編定《樊南四六乙集》。
八五五 唐宣宗大中九年，乙亥	正月，沈詢主春闈，溫庭筠攪擾場屋。十一月，李商隱由梓州返長安。
八五八 唐宣宗大中十二年，戊寅	李商隱卒於鄭州，年四十七，有《樊南四六甲集》、《樊南四六乙

集》等。

八六三	唐懿宗咸通四年，癸未	二月，皮日休在長安，建言有司去《莊周》、《列子》諸書，將《孟子》列為考試科目；其《鹿門隱書》六十篇或撰於本年前後。六月，段成式卒，著有《酉陽雜俎》等。
八六六	唐懿宗咸通七年，丙戌	約本年冬，溫庭筠卒。
八六七	唐懿宗咸通八年，丁亥	正月，羅隱應春試在京，編集其文，名《讒書》。三月，皮日休榜末登進士第。
八六九	唐懿宗咸通十年，己丑	二月，司空圖登進士第。
八七〇	唐懿宗咸通十一年，庚寅	正月，聶夷中去年入京應進士試，因戰亂滯留京中，窮困寥落。約本年夏，羅隱任衡陽主簿，明年，離任東歸。本年，皮日休、陸龜蒙在蘇州頗多唱和，後編纂唱和詩篇為《松陵集》。
八七一	唐懿宗咸通十二年，辛卯	二月，聶夷中登進士第。
八七八	唐僖宗乾符五年，戊戌	二月，牛嶠登進士第，嶠博學有文，詞名甚著。
八七九	唐僖宗乾符六年，己亥	本年春，陸龜蒙集其所為文為《笠澤叢書》，旋往湖州震澤別業。

八八〇	唐僖宗廣明元年，庚子	杜荀鶴本年前後移居池州長林山中。十一月，黃巢攻陷洛陽，十二月，破潼關，入長安。司空圖在禮部郎中任；韋莊在長安等候春試，陷兵中；皮日休從巢為翰林學士。唐彥謙約本年避亂漢南鹿門山。
八八一	唐僖宗廣明二年，辛丑	陸龜蒙約本年卒，有《笠澤叢書》三卷、《詩編》十卷等。
八八七	唐僖宗光啟三年，丁未	二月，鄭谷登進士第。
八八九	唐昭宗龍紀元年，己酉	二月，韓偓登進士第，後，入河中幕。
八九一	唐昭宗大順二年，辛亥	二月，杜荀鶴登進士第。杜光庭在成都，約本年作〈無上黃籙大齋後述〉。
八九四	唐昭宗乾寧元年，甲寅	二月，韋莊進士及第。
八九七	唐昭宗乾寧四年，丁巳	韋莊被辟為兩川宣諭和協使判官，韓偓隨昭宗在華州，羅隱在錢鏐幕。
九〇〇	唐昭宗光化三年，庚申	七月，韋莊在左補闕任，編成《又玄集》。十二月，韋莊上書請賜李賀、皇甫松、陸龜蒙、羅隱等進士及第。本年，鄭谷在京任

		都官郎中，韓偓在翰林學士任，羅隱在鎮海軍節度判官任。
九〇四	唐昭宗天復四年，甲子	杜荀鶴官主客員外郎、充翰林學士，卒，有《唐風集》。
九〇七	後梁太祖開平元年，丁卯	四月，朱溫迫使唐昭宗禪位，國號梁。杜光庭、牛嶠、韋莊等均在蜀。
九〇八	後梁太祖開平二年、前蜀高祖武成元年，戊辰	韓偓去福州。韋莊為蜀門下侍郎、同平章事。
九〇九	後梁太祖開平三年、前蜀高祖武成二年，己巳	冬十二月，羅隱卒，年七十七，有《羅隱集》二十卷、《吳越掌記集》三卷、《江東後集》十卷、《甲乙集》十卷、《讒書》五卷、《汝江集》三卷、《歌詩》十四卷等。約本年，鄭谷卒，有《雲臺編》、《宜陽集》等。
九一〇	後梁太祖開平四年、前蜀高祖武成三年，庚午	八月，韋莊卒，著有《浣花集》、《諫疏集》、《箋表》等，又編有《又玄集》。
九二三	後唐莊宗同光元年、前蜀後主乾德五年、南漢高祖乾亨七年、吳睿帝順義三年，癸未	約本年，韓偓卒，有《韓偓詩》、《香奩集》等。本年，杜光庭為蜀傳真天師、崇真館大學士。

九三七	後晉高祖天福二年、南漢高祖大有十年、南唐烈祖昇元元年、閩康宗通文二年、後蜀後主明德四年，丁酉	和凝為晉翰林學士。馮延巳為吳王李璟元帥府掌書記。李煜本年生。歐陽炯、趙崇祚在蜀為官。
九四〇	後晉高祖天福五年、南漢高祖大有十三年、南唐烈祖昇元四年、閩景宗永隆二年、後蜀後主廣政三年，庚子	和凝在晉為翰林學士承旨、戶部侍郎。李璟為後唐齊王，顧夐仕蜀為太尉，歐陽炯為蜀中書舍人，作《花間集》序，趙崇祚為蜀衛尉少卿，編成《花間集》十卷。孫光憲在荊南，官荊南節度副使、檢校秘書少監等。
九六〇	宋太祖建隆元年，庚申	正月，宋建國，改元建隆。明年二月，李璟卒，存詞四首，宋人以之與李煜詞合編為《南唐二主詞》。七月，李煜嗣位。
九七五	宋太祖開寶八年	宋軍拔金陵，南唐亡。
九七八	宋太平興國三年	李煜被毒死。

李杜詩選

郁賢皓、封野／編著

李白與杜甫是中國古代詩歌史上最璀璨的兩顆明星，兩人同處於盛唐時代，又有深厚情誼，他們以各自特有的稟賦與成就，將中國詩歌藝術推上了頂峰。本書精選李杜詩各七十五首，多為代表性的作品，力求各體兼備，並顧及各個時期，期使讀者能從中領略李杜詩歌的精髓。

宋詩菁華——宋詩分體選讀

張鳴／編著

宋詩是文化高度繁榮時代社會精神文化、人格修養、審美趣味和想像力的結晶，從藝術構思、手法技巧、遣辭造句等方面皆有所創新，創造了不同於唐詩的美學風格。本書精選宋詩三百六十首，按體裁分體編排，並加詳細注釋和講解，為讀者領略宋詩之美提供參考。前言介紹宋詩文化特色和歷史地位，並概述宋詩發展歷程，可看作一篇簡明宋詩小史；書後還附有入選詩人小傳，都對讀者深入理解宋詩有所助益。

蘇辛詞選

曾棗莊、吳洪澤／編著

全書選錄蘇軾詞七十四首、辛棄疾詞八十七首。本書入選作品，以豪放詞為主，同時也兼顧其他風格的代表作，以期展現詞壇大家不拘一格之風範。本書緊扣蘇辛時代背景，剖析入微，在展現蘇辛獨特風格之外，也力圖再現其心靈的歷程。本書注釋力求簡明地闡釋原文，賞析注重對寫作背景、思想內容與藝術風格的點評，集評則匯聚歷代對該詞的主要評論。前有〈導言〉，末附蘇辛詞總評、蘇辛年表，是將學術性、資料性與鑑賞性集於一體的難得佳作。

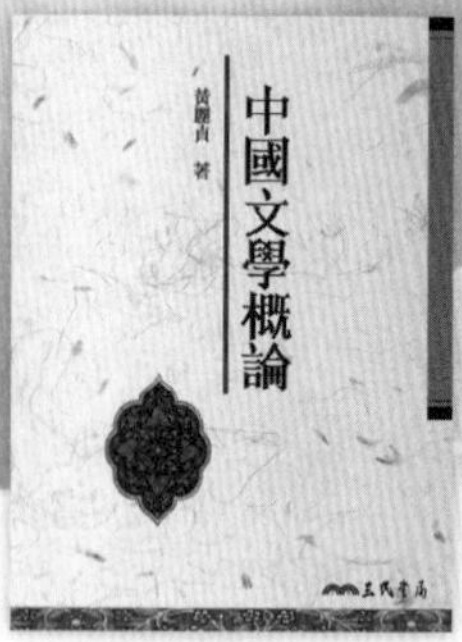

中國文學概論

黃麗貞／著

本書內容論述中國從古到今各種文學體類，涵蓋詩歌、散文、楚辭、賦與駢文、小說、詞、散曲、戲劇，並選擇名家的代表作詮釋欣賞，清晰明白地呈現中國各類文學發展的歷史源流與脈絡，作家在其處身的時代、社會中所感發的情懷思想以及作品成就。同時，作者也將自己研究的心得新見，融入各章節中，使本書不但內容充實，搜羅豐富，更有獨特而精準的眼界與眼光。不僅可供相關科系研讀使用，愛好中國文學的人士更可以之作為進一步的參考。

佛學概論

林朝成、郭朝順／著

本書以佛教的發展史為經，基本義理為緯，呈現佛學思想的概念與流變。內容依佛陀的基本教法、緣起思想、心識論、無我思想、佛性思想、二諦說、語言觀、修行觀、慈悲觀、生死智慧與終極關懷等十個主題，闡釋佛教的觀念史脈絡與宗教旨趣。本書通盤地介紹佛學思想，同時也反映了當代佛學的研究成果，讀者可以透過本書適切地了解佛教義理，並藉以重新檢視自己所知的佛教信仰內容。

俗文學概論

曾永義／著

本書為作者積年之研究成果。書中建構，頗見新穎。其開宗明義，商榷民間文學、俗文學、通俗文學三者之命義，並予以融通之，以祛學者之疑，有名正則言順之深意。論述俗文學之各類別，首釋名義、次敘源流，據此以見概要；然後舉例說明其體製、語言、內容以見其特色和價值。可供初學入門之津梁，亦可供學者治學之參考。

民間故事論集

金榮華／著

這是臺灣地區第一部專門討論國內外民間故事的論文集。書中介紹及討論中外故事三十餘則，探源察變，考訂異同，從中國的故事、古代神話、比較民間文學、韓國民間故事，到民間故事的整理、分類和情節單元的編排，有系統地帶領讀者領略民族經驗與智慧之美。

細說桃花扇——思想與情愛

廖玉蕙／著

本書探討《桃花扇》研究的狀況與檢討、《桃花扇》的運用線索、人物形象與史實的關係、關目的因襲與劇作的創新等，另有附錄兩則，為資料的辨正。作者博覽、表記運用，一直探討到孔尚任寫作歷史劇的虛構點染，對號稱清代傳奇雙璧之一的《桃花扇》作出全新的詮釋。

聲韻學

林燾、耿振生／著

在國學的範疇裡，「聲韻學」一向最為學子所頭痛，雖然從古至今，諸多學者、專家投身其中，引經據典，論證詳確，然或失之艱深，或失之細瑣，或失之偏狹；有鑑於此，本書特別以大學文科學生和其他初學者為對象，不僅對「聲韻學」的基本知識加以較全面的介紹，更同時吸收新近的研究成就，使漢語音系從先秦到現代標準音系的演變脈絡清楚分明，各大方言及歷代古音的構擬過程簡明易懂，堪稱「聲韻學」的最佳入門教材。